Süddeutsche Zeitung Bibliothek des Humors

Woody Allen – Nebenwirkungen & Ohne Leit kein Freud • **Ernst Augustin** – Gutes Geld • **Thomas Berger** – Abenteuer einer künstlichen Frau • **Heinrich Böll** – Doktor Murkes gesammeltes Schweigen und andere Satiren • **T. C. Boyle** – Willkommen in Wellville • **Roald Dahl** – Onkel Oswald und der Sudankäfer • **Robert Gernhardt** – Kippfigur **Eckhard Henscheid** – Geht in Ordnung – sowieso –– genau ––– • **David Lodge** – Schnitzeljagd • **Paul Murray** – An Evening of Long Goodbyes **V. S. Naipaul** – Wahlkampf auf karibisch • **Gerhard Polt** – Fast wia im richtigen Leben • **Gregor von Rezzori** – Maghrebinische Geschichten **Tom Robbins** – Salomes siebter Schleier • **Tom Sharpe** – FamilienBande **Peter Ustinov** – Monsieur René • **Boris Vian** – Drehwurm, Swing und das Plankton • **Fay Weldon** – Die Teufelin • **P. G. Wodehouse** – Der unvergleichliche Jeeves • **Ror Wolf** – Fortsetzung des Berichts

Ausgewählt von der Feuilletonredaktion der Süddeutschen Zeitung, 2011

Süddeutsche Zeitung Bibliothek
Bibliothek des Humors

Tom Robbins

Salomes siebter Schleier

Tom Robbins

Salomes siebter Schleier

Roman

Deutsch von Pociao

Süddeutsche Zeitung Bibliothek

Einige der in diesem Buch beschriebenen Kunstwerke sind fiktionale Beschreibungen ursprünglich von Patti Warashina, Fred Bauer und Norma Rosen angefertigter Arbeiten. Der Autor erweist den Künstlern hiermit seine Reverenz.

Bibliografische Information der Deutschen Nationalbibliothek
Die Deutsche Nationalbibliothek verzeichnet diese Publikation in der Deutschen Nationalbibliografie.
Detaillierte bibliografische Daten sind im Internet über http://dnb.d-nb.de abrufbar.

Der vorliegenden Ausgabe liegt die Textfassung der 2009 im Rowohlt Taschenbuch Verlag erschienenen deutschsprachigen Ausgabe zugrunde.
Lizenzausgabe der Süddeutschen Zeitung GmbH, München
für die Süddeutsche Zeitung Bibliothek des Humors, 2011

Gestaltung: Stefan Dimitrov
Titelillustration: Oliver Weiss
Autorenfoto: Peter Peitsch/peitschphoto.com
Projektleitung: Marion Meyer, Michaela Adlwart
Produktmanagement: Felix Scheuerecker
Redaktion: Harald Eggebrecht
Satz: HJR, Jürgen Echter, Manfred Zech
Herstellung: Thekla Licht, Hermann Weixler
Druck und Bindung: CPI – Ebner & Spiegel, Ulm
Printed in Germany
ISBN 978-3-86615-930-3

Für Alexa d'Avalon und Ginny Ruffner
und ihre rosaroten Schuhe

Der Messias wird erst kommen,
wenn er nicht mehr nötig sein wird.
Franz Kafka

It’s the end of the world as we know it
(And I feel fine.)
R. E. M.

Vorspiel

Das ist der Raum mit der Wolfsmuttertapete. Das Giftpilzmotel, das du stets für ein Volksmärchen hieltest, für eine sentimentale, altmodische Erfindung vom Lande.

Das ist der Raum, in dem dein weisester Vorfahr zur Welt kam, ganz gleich ob du Christ, Araber oder Jude bist. Das Linoleum unter deinen Füßen ist geweihtes Linoleum. Bitte zieh die Schuhe aus. Erst vor kurzem wurde dieses Linoleum mit einem Wachs aus Hornissenfett wieder auf seinen ursprünglichen Hochglanz gebracht. Es nutzt sich schnell ab. Also mach dir nichts draus, wenn du Löcher in den Socken hast.

Das ist der Raum, wo deine Musik erfunden wurde. Beachte das geplatzte Trommelfell an der Wand, das auf die Wolfsmuttertapete genagelt ist über dem Waschbecken in der Ecke, wo die störrische Ehefrau ihre seidenen Unterhöschen wusch und sie im bläulichen Schein des Neonlichts (»Belegt!«) begutachtete, das draußen im fahlen Eidechsenmorgengrau verdächtig flackerte.

Welcher Raum das ist? Es ist der Raum, wo das Geweih den Kürbis ausstach. Es ist der Raum, wo sich die Abflußrohre am Mondschein berauschten. Es ist der Raum, wo das Moos allmählich den Schatz erstickte, die Rubine zuletzt. Signale aus Insektenantennen wurden in diesem Raum abgehört. Erstaunlich, wie oft sie in ihren Sendungen auf die Sterne anspielten.

Ein Hinweis: das ist der Raum, wo der bemalte Stock begraben, wo die Schneckenmuschel in schmeichlerischen Papyrus gehüllt lag. Liebhaber häuteten sich schlangengleich in diesem Raum aus Lehm. Erinnerst du dich *jetzt* an die Tapete? An die Sprache der Tapete? An die Rosen aus dem Blut der Wolfsmutter, die hier vibrierten?

Doch genug von diesem wilden Fuchsgebell. Du bist in einem uralten Cadillac gekommen, einer Kiste, von der du sagst, du hättest vergessen, wie man sie fährt. Du hast zwischen dem Swimmingpool und der Reihe von geschwärzten Schädeln geparkt. *Klar* weißt du, welcher Raum das ist.

Es ist der Raum, wo Jezabel sich die Lider mit dem tragischen Flimmer der Geschichte bestäubte, wo Delila ihre Konzession als Kosmetikerin erwarb, der Raum, in dem Salome den siebten Schleier fallen ließ, als sie den Tanz der höchsten Erkenntnis tanzte, mit Storchenbeinen und allem.

DER
ERSTE
SCHLEIER

Es war ein strahlender Tag zu Beginn des Frühlings, sanft wie ein Weidenkätzchen, alles taute und schmolz, und die Jungvermählten fuhren in einem großen Truthahn quer durchs Land.

Der Truthahn lag auf dem Rücken, wie es sich für gebratene Truthähne gehört, die Brust willig dem Tranchiermesser dargeboten, die fetten Schlegel steif, aber unbekümmert emporgereckt, als wollte er im nächsten Augenblick wieder auf die Füße springen, aber natürlich hatte er keine Füße, was diese Möglichkeit vage und lächerlich erscheinen ließ und noch zu der Aura vertrottelter Verletzlichkeit beitrug, die den Truthahn umgab.

Trotz fehlender Füße, einer mitleiderregenden Verkrüppelung, schoß dieser gebratene Truthahn – beziehungsweise sein überdimensionales Ebenbild – mit fünfundsechzig Meilen pro Stunde über den Highway und kam so mit gespreizten Beinen schneller und weiter voran als so manches aufstrebende Filmsternchen.

Der Truthahn, der jetzt im schwachen Licht der Märzsonne glänzte, war das Hochzeitsgeschenk des Bräutigams an die Braut gewesen, obgleich das Eigentumsrecht beim Bräutigam verblieb und er tatsächlich nie auf seinen Besitzanspruch verzichten sollte. Eigentlich machte die Präparierung des Truthahns, ja das bloße Phänomen seiner Existenz, das eigentliche Geschenk an die Braut aus. Wichtiger noch, die Materialisation des Truthahns, die überschwengliche, schwindelerregende Überraschung seiner Kreation, hatte letztendlich erst zur Eheschließung geführt: Der Bräutigam Boomer Petway hatte den Truthahn benutzt, um Ellen Cherry Charles auszutricksen. Jedenfalls dachte Ellen Cherry das in diesem Augenblick, kaum eine Woche nach der Hochzeit, während sie zusah, wie der Truthahn die schmelzende Landschaft in seine Windschutzscheibe sog und durch den Rückspiegel wieder ausspie: daß Boomer sie reingelegt hatte. Kaum eine Woche nach der Hochzeit war das wohl nicht gerade ein günstiges Vorzeichen für bevorstehende Jahrzehnte ehelichen Glücks.

Manche Ehen werden im Himmel geschlossen, dachte Ellen Cherry. *Meine ist* made in Hongkong. *Wie die kleinen*

Schweinekoteletts aus Gummi, die sie im K-Mart in der Tierabteilung verkaufen.

I & I

Spottdrosseln sind wahre Künstler im Königreich der Vögel. Will heißen, sie kommen zwar mit einem charakteristischen Gesang zur Welt, einer angeborenen Melodie, die zufällig eine der vielseitigsten Ausdrucksweisen der Vogelwelt ist, doch geben Spottdrosseln sich keineswegs damit zufrieden, die Karte zu spielen, die sie zufällig gezogen haben. Wie alle Künstler sind sie darauf aus, die Realität zu *verändern*. Innovativ, eigensinnig, wagemutig, keineswegs an Regeln gebunden, die andere blind befolgen würden, schnappt die Spottdrossel alle möglichen Fetzen von Vogelgesang auf, in diesem Baum einen und von jenem Feld einen anderen, macht sie sich zu eigen, stellt sie in einen neuen und unerwarteten Kontext, erschafft eine neue Welt aus der alten. In South Carolina soll es eine Spottdrossel gegeben haben, die den Gesang von zweiunddreißig verschiedenen Vogelarten zu einem zehnminütigen Konzert verschmelzen konnte, eine virtuose Darbietung, die keinem praktischen Zweck diente und daher in die Sparte reine Kunst fiel.

Und so kam es, daß Spottdrosseln in den Hornsträuchern und Fliederbüschen auf dem Gelände der Third Baptist Church von Colonial Pines Kunst schufen und »dem Herrn ein fröhlich Lied sangen«, während sich im Inneren des Gebäudes, eines typisch georgianischen Rechtecks aus staubfarbenen Ziegeln mit pedantischen weißen Verzierungen, mehrere hundert frisch geschrubbte, wohlgenährte menschliche Wesen keineswegs um die Schöpfung kümmerten, sondern um die Vernichtung. Die endgültige Vernichtung.

Im Zentrum Virginias, wo Colonial Pines gelegen ist, war der Frühling schneller auf den Beinen als drüben im äußersten Westen, durch den Boomers und Ellen Cherrys Truthahn stetig ostwärts fuhr. Die Weidenkätzchen waren in Virginia bereits gekommen und wieder gegangen, und Hornstrauchblüten mit kränklichen Gesichtern, die an Elfen mit Verstopfung erinnerten, strengten sich an, ihren Platz einzunehmen. Aus unterirdischen Silos feuerten Jonquillenzwiebeln eine Salve von butterspitzenbewehrten Stengeln nach der anderen ab; alle Arten von Knospen schwollen und platzten auf, Vögel (nicht nur Spottdrosseln) spannten Vogelsangleinen von Baumwipfel zu Zaunpfahl, Bienen und andere Insekten erwachten vom ungewohnten Alarm ihres eigenen leisen Summens; überall befand sich die warme Welt der Natur in einem Prozeß von Wiedergeburt und Erneuerung, fast als wolle sie bewußt Zweifel an der Richtigkeit der Predigt säen, die im Inneren der Kirche gerade zu Ende ging.

»Gott hat uns ein Zeichen gegeben«, donnerte der Prediger von seiner eichenfurnierten Kanzel herab. »Ein *Zeichen*! 'ne Warnung, wenn ihr so wollt. 'nen weisen Ratschlag. Er hat seinen Kindern ein deutliches, leicht verständliches Zeichen gegeben, Worte in hohen schwarzen Lettern, vielleicht in goldnen Lettern – vielleicht sogar in *Neon*schrift. Jedenfalls so, daß keinerlei Zweifel an seiner Botschaft bestehn. Dieses Zeichen hat der Herr seinem geliebten Jünger Johannes unter die Nase gehalten, und da Johannes ein rechtschaffener Kerl war, ein *weiser* Bursche, hat er nich mit der Wimper gezuckt, sich am Kopf gekratzt oder nach Einzelheiten gefragt, nein: der heilige Johannes hat nich erst beim Anwalt angerufen und sich juristischen Beistand geholt, nein, Johannes las das Zeichen, schrieb es nieder und gab es an die Menschheit weiter. An euch und an mich.«

Die Stimme des Predigers erinnerte an ein Saxophon. Nicht an das coole, lakonische Horn eines Lester Young, sondern an das volle, satte, lebendige Saxophon eines, na, sagen wir Charlie Barnet. Es lag eine wunderbare, dunkle Poesie in seiner Stimme, eine Art Trotz, der aus tiefer Einsamkeit erwächst. Sein pockennarbiges Gesicht war hager und wirkte hungrig, es war ein gezeichnetes Gesicht, verunstaltet von Pusteln und den Absonderungen fauliger Zähne. Doch der Klang der Stimme, der aus diesem Gesicht unter dem jungenhaft feuchten schwarzen Haarschopf drang, dieser Klang war schöpferisch und rund und düster romantisch. Besonders die Frauen in der Gemeinde waren hingerissen von dieser Stimme, kamen allerdings nie auf die Idee, daß vielleicht nur frischer Eiter ihren erregenden Klang bewirkte.

»Was Gott der allmächtige Vater Johannes gesagt hat, war folgendes: Wenn die Juden in ihre Heimat zurückkehren – jawohl! wenn die Juden erst wieder im Lande Is-ra-el zu Hause sind –, dann is das Ende der Welt nich mehr weit!«

Der Prediger machte eine Pause. Seine hungrigen Augen fixierten die Gemeinde. Verlin Charles würde später sagen: »Manchmal, wenn er uns so anstarrt, hab ich das Gefühl, er will mir die Blüte aus'm Knopfloch fressen.« Worauf seine Frau Patsy erwiderte: »Ich weiß nich, ich finde, er sieht eher aus, als würd er im Geist an mei'm Höschen sabbern.« Verlin Charles hielt überhaupt nichts von Patsy Charles' Interpretation der hungrigen Blicke des Predigers und machte auch keinen Hehl daraus.

Links vom Altar hob ein Radiotechniker drei Finger. Reverend Buddy Winkler nahm die Geste aus den Augenwinkeln wahr, ließ von der starren Betrachtung seiner Herde ab und wandte sich wieder dem Mikrophon zu.

»Nach der Rückkehr der Juden in ihre Heimat is das *Ende der Welt* nich mehr weit. Das is das Zeichen, das Gott uns hinterlassen hat. Warum hat er das getan? Ich möcht euch mal was fragen. Glaubt ihr, Gott hat uns diese kleine Neuigkeit einfach so nebenbei mitgeteilt, als wär's ein Stück Tratsch, ein interessanter Absatz aus dem *Reader's Digest*? Oder hat Gott vielleicht was damit bezweckt, als er Johannes das Zeichen offenbarte? Hat er ein *Motiv* gehabt, als er Johannes befahl, die Prophezeiung im Buch der Offenbarungen niederzuschreiben? Solln wir vielleicht auf diese Botschaft irgendwie reagieren?«

Der Techniker hob zwei Finger. Buddy Winkler nickte und beschleunigte sein Tempo. Jetzt ging er in die vollen wie Charlie Parker, ließ eine geballte Ladung harmonischer Rhetorik auf seine Zuhörer niederprasseln und brachte seine Saxstimme auf ungefähr achtundfünfzig Takte in der Minute. Den üblichen Tenor hatte er am Eingang der Synkopen abgegeben, er setzte jetzt mit dem Altsaxophon zu einer scharfen

Schmährede gegen Semiten und Antisemiten gleichermaßen an: Unter einem Schwall ornamentaler Riffs forderte er seine Brüder auf, ihr Augenmerk auf Jerusalem zu richten, auf die Stadt, in der sich ihr Schicksal erfüllen würde, er ermahnte sie, sich auf ihren physischen Einzug nach Jerusalem vorzubereiten, wo die Rechtschaffenen unter ihnen den verheißenen Lohn in Empfang nehmen würden, kündigte für den folgenden Sonntag eine Beschreibung der Zustände im neuen Jerusalem an und erinnerte sie schließlich, daß auch diese Predigt wie alle in der Serie, die sich mit dem unmittelbar bevorstehenden Ende beschäftigten, über die Southern Baptist Voice of the Sparrow Network übertragen würde, dem die regionale Sendeanstalt WCPV angeschlossen war. Er hängte eine letzte schrille Gebetscoda an und schloß genau in dem Moment, als sich der Zeigefinger des Radiotechnikers senkte, mit »Amen«.

Speichelrosetten schmückten sein Lächeln, als er vor der Kirchentür die Glückwünsche seiner Schäfchen entgegennahm.

»Starke Predigt, Reverend Winkler.«

»Gott schütze Sie, Roy.«

»Reverend Winkler, niemand predigt so wie Sie! Es berührt mich tief im Herzen, Sie sprechen etwas in mir an, Sie –«

»Es is der Herr, der durch mich spricht, Miss Packett.« Er quetschte ihr die Hand. »Es is das Werk des Herrn.«

»Wirklich prima, Bud. Übrigens, die Kröten sind unterwegs.«

»Weiß nich, ob ich dies Frühjahr Zeit zum Stechen hab, Verlin.«

»Bist wohl hinter andern Kröten her, wie, Bud?«

Die Pusteln in seinem Gesicht verfärbten sich tiefrot. »Also wirklich, Patsy!«

»Hast noch mehr Fische an der Angel, was?«

»Patsy!« Er sprach ihren Namen mit Mühe aus, als koste es ihn eine Riesenanstrengung, diese einsame, tiefe Note aus seinem Saxophontrichter zu locken. Es war Tadel und flehentliche Bitte zugleich. Patsy grinste und überließ ihn seiner Herde.

Verlin und Patsy Charles machten sich auf den Weg zu ihrem Buick Regal, der auf dem Parkplatz stand.

»Du könntest ihn wenigstens hier in Ruhe lassen, Patsy. In Gottes Haus ...«

»Er stand doch draußen auf der Treppe.«

»... am Sabbat.«

»Bud bleibt Bud, egal, ob sonntags oder am vierten Juli.«

»Und am Jüngsten Tag?«

»Das werden wir noch schnell genug erleben, schätz ich mal«, sagte Patsy, und Verlin lächelte im Schutz der Fliederhecke.

»Weißt du«, sagte er, während er stehenblieb und einen neuen Ford-Lieferwagen bewunderte, der einem Bekannten von ihnen gehörte, »das Ende der Welt kann gar nich so unmittelbar vor der Tür stehn, wie er immer tut. Weißt du auch, warum? Weil's 'ne Tatsache ist, daß mehr Juden in New York leben als in ganz Isra-el.« Er versuchte, es so auszusprechen wie sein Vetter Buddy, aber Verlins Stimme hatte mehr von einem Fiedelbogen als von einem Saxophon.

»Willst du sie etwa deportieren?«

»Mich juckt's nich, wenn New York jüdischer is als Jerusalem. Hab eh keine Lust aufs Armageddon. Ich muß meine Rechnungen bezahlen.«

»Du mußt eine Tochter durchfüttern, die dabei is, nach New York zu ziehen.«

Verlin runzelte nicht nur die Stirn, sondern gleich das ganze Gesicht. Es war ein rosiges Gesicht, weder auf der Westbank noch in den östlichen Gefilden von einem einzigen Barthaar besetzt. Verlin gehörte zu den Männern, die sich von innen zu rasieren scheinen. Er war schlaksig wie sein Vetter, der Prediger, doch sein Gesicht war rund, glatt, satt (was nicht dasselbe ist wie »zufrieden«), und es roch unweigerlich nach muffigem Waschlappen, egal, wieviel Old Spice Aftershave er draufschüttete. »Nett, daß du mich dran erinnerst«, sagte er.

»Millionen von Menschen leben in New York. So schlimm kann es nicht sein.«

»Perverse. Puertoricaner. Straßenräuber. Terroristen. Und wie nennen sie das noch gleich: Stadtstreicher.«

»Terroristen in New York? Liebling, New York liegt in den USA, nur damit du's weißt.«

»Sie werden kommen, wenn sie nich schon längst da sind. Juden ziehn den Terrorismus an wie Scheiße die Fliegen. Is schon immer so gewesen.«

»Ich schwör dir, du hörst dich schon an wie Bud. Schließlich sind die Juden nich erst seit letzten Dienstag in New York. Die Stadt ist voll von ihnen, seit was weiß ich wie lang. Und 1940 oder so haben sie angefangen, sie nach Israel zurückzuschicken. Ich weiß wirklich nich, warum ihr beide euch plötzlich dermaßen über die Juden aufregt.«

»Ach, vielleicht, weil es in den Nachrichten plötzlich dauernd um den Nahen Osten geht.« Er seufzte. »Scheint, als gäb's kaum noch was andres auf der Welt.«

»Außerdem wird Boomer auf Ellen Cherry aufpassen. Das hast du selbst gesagt.«

»Is lang her, daß ich so was gesagt hab. Heute würd ich's nich mehr tun. Diese verdammte Kiste, die er gebastelt hat, um sie da abzuholen! Ich glaub, sie hat ihm mittlerweile so den Kopf verdreht, daß er jetzt schon genauso spinnt wie sie.« Verlin spuckte aus. *»Künstler!«*

Während das Paar auf den Buick zusteuerte, flogen zwei Spottdrosseln von dessen Kühlergrill auf. Die eine zwitscherte in einem wenig bekannten Dialekt der Distelfinken, die andere vermischte ihren Spottdrosselschrei mit einem heiseren Krächzen, das sie einem Buntspecht abgelauscht hatte. Jahrhundertelang hatten Spottdrosseln lebende Insekten gejagt und sich von Saatkörnern ernährt, doch als auf den Straßen des Südens Autos in großer Zahl aufzutauchen begannen, lernten sie, daß sie es viel einfacher haben konnten, wenn sie die toten Insekten vom Kühlergrill geparkter Wagen pickten. Diese Spottdrosseln. Machten sich auf ihre typische Art modernste Technik zunutze. Erfanden neue Tricks, um ihre Ausdrucksfähigkeit zu erhöhen. *Künstler* eben!

I & I

Kurz bevor das statische Rauschen sie schließlich ganz verschluckte, knisterte noch ein Teil der Sonntagspredigt von Reverend Buddy Winkler aus dem Truthahnradio. »Onkel Buddy«, sagte Ellen Cherry und verzog das Gesicht. Obgleich er im Grunde nur das war, was die Leute im Süden als »Hemdschoßverwandten« bezeichneten, hatte sie ihn »Onkel« genannt, seit sie krabbeln konnte. »Der gute alte Onkel Buddy kommt ja echt groß raus.«

Für Boomer war das nichts Neues. In den vergangenen Jahren hatte er der Familie ihres Vaters näher gestanden als sie selbst. Boomer schien nicht zu merken, daß sie das Autoradio auf eine Nachrichtensendung einstellte. (»Im arabischen Viertel von Jerusalem eröffneten auch heute wieder israelische Soldaten das Feuer auf ...«) Boomer schien Kühe zu zählen. Kühe, die am Horizont klebten wie Mücken an einem Fliegenfänger. Immer wenn er eine bestimmte Zahl erreicht hatte, lächelte er. Und Ellen Cherry dachte: *Ich werde wohl nie dahinterkommen, wie viele kleine ferne Kühe nötig sind, um meinen Mann zum Lächeln zu bringen.*

Merkwürdig, aber in einem Land wie diesem – trocken, unfruchtbar und weit, einem Land voller Viehweiden, flacher Felsen und Klapperschlangen – hatte Buddy Winklers apokalyptischer Eifer eine gewisse Glaubwürdigkeit. Westlich der Cascade Range, um Seattle herum, wo sie ihre Reise begonnen hatten, waren die Bäume so dick, kräftig und hoch, daß sie grünes Gras ausschwitzten, moosige Schnurrbärte trugen und die Waldarbeiter mit Sprüchen wie »Fällt euch doch selbst, ihr Holzköpfe!« begrüßten. Diese kühlen Wälder, gelassen in der Gewißheit um ihre uralte Lebenskraft, schienen den fundiertesten eschatologischen Überzeugungen zu trotzen. Hier dagegen wuchsen die Bäume verkrüppelt, trist und spärlich. Die Straße, ein klares und schnurgerades Band, entrollte sich vor dem Truthahn, wand sich hinter ihm wieder auf und nahm seine Passagiere mit einem einschläfernden, leblosen Rhythmus in Beschlag, von dem die körnige gelbbraune Schichttorte zu beiden Seiten kaum Erleichterung versprach. Die Kuhflecken in der Ferne, Rosinen im schmelzenden Zuckerguß, übertrafen die Weidenkätzchen an Zahl, und tatsächlich schien alles wie von einem gigantischen Hufabdruck geprägt.

In einem Land wie diesem erwartete Ellen Cherry immer, im nächsten Moment die goldene Uhr losschrillen zu hören. Die Uhr mit dem Wecker, der nach Feuersbrunst und Flügelhörnern klang. Gefolgt von Orson Welles, der aus dem *Totenbuch* rezitierte. »Wär ja wieder typisch«, sagte sie, »wenn das Jüngste Gericht käme, und wir hocken hier draußen am Arsch der Welt, meilenweit vom nächsten Telefon.«

Boomer gab keine Antwort. Er konzentrierte sich auf einen entgegenkommenden Viehtransporter. Als er näher kam, bremste der Laster plötzlich ab und fing an zu schlingern. Um ein Haar hätte er sie gerammt, als sie an ihm vorbeifuhren. Der Fahrer hängte den Kopf aus dem Fenster und glotzte. Boomer scherte aus und drückte auf die Hupe.

»Blöder Cowboy«, schimpfte er. »Hätte uns fast ein Bein ausgerissen.«

I & I

Colonial Pines war ein Vorort ohne Ort. Mit zweiundzwanzig Meilen lag es zu weit von Richmond entfernt, um wirklich dessen Anhängsel zu sein, doch fehlte ihm die Autonomie einer selbständigen Stadt. Es konnte sich keiner nennenswerten Industrie rühmen; andererseits wurden in der unmittelbaren Umgebung jede Menge ausgezeichnete Tomaten angebaut, ohne daß man Colonial Pines deshalb als landwirtschaftliches Zentrum hätte bezeichnen können. Merkwürdigerweise hatte es nicht einmal ein Zentrum. Was man in Colonial Pines als Einkaufsviertel bezeichnete, war ein vierspuriger Highway, der trotz der Schnellstraße, die den Verkehr heutzutage weiträumig an der Stadt vorbeileitete, noch immer Tausende von Yankee-Touristen nach Florida und zurück führte. In Colonial Pines reihten sich auf diesem Highway über eine Strecke von drei Meilen unzählige Motels, Tankstellen und Restaurants Nase an Nase – dabei war *Restaurants* vielleicht eine etwas hochgegriffene Bezeichnung für die Imbißstuben, Eisdielen, Fernfahrerkneipen und sogenannten »familienfreundlichen« Gaststätten (deren fade, beinahe totalitäre Küche unterdrückte Geschmacksknospen garantiert nicht mit neuartigen oder gewagten Kreationen kitzeln würde). Angeblich verdienten die Bewohner dieser Quasi-Stadt ihren Lebensunterhalt auf dem »Strip«, wie man diesen Abschnitt nannte (ihn mit dem Strip von Las Vegas zu vergleichen wäre dasselbe wie Marie Osmond auf eine Stufe mit Mae West zu stellen), doch zugleich lag die Vermutung nahe, daß sie auch von den Erlösen aus Verfahren gegen Temposünder profitierten: der Ruf der Radarfalle in Colonial Pines reichte von Boston bis Miami.

Wie sich eine Gemeinde von neunzehntausend ausschließlich weißen Angehörigen der unteren Mittelschicht hier halten konnte, wie sie ihre grünen Fensterläden, elektrischen Rasenmäher und allgegenwärtigen amerikanischen Flaggen bezahlte, ist eine Frage, die einem Demographen einen unnötigen Monat Arbeit beschert hätte, uns aber Gott sei Dank nicht beschäftigt. Uns genügt es zu wissen, daß Ellen Cherry Charles in Colonial Pines, Virginia, geboren wurde und hier aufwuchs, daß sie es vom ersten Tag an haßte und schon als kleines Mädchen Pläne schmiedete, dem Dunstkreis der ewigen Langeweile zu entfliehen, der sie zu ersticken drohte. Schließlich machte sie sich tatsächlich aus dem Staub, und es kostete sie einige Mühe. Doch die Tentakel der Heimat sind ebenso zäh wie unsichtbar, und daß Ellen Cherry noch beweisen mußte, daß sie sich endgültig aus ihren Umschlingungen befreit hatte, zeigte sich in den allwöchentlichen Telefonaten mit dem Elternhaus. Eins davon fand an diesem Märztag statt.

»Hi.«

»Liebling!« rief Patsy. »Schön, deine Stimme zu hören. Bleib 'nen Augenblick dran, ich muß mir schnell was überziehen, bevor wir reden. Du hast mich im falschen Augenblick erwischt – ich bin grade so nackig, wie Gott mich erschaffen hat.«

»Nackig oder nackt, Mami?«

»Wo zum Teufel is der Unterschied? Hast du etwa Yankee-Manieren angenommen und machst dich über meine Art zu reden lustig? Was im übrigen auch mal *deine* Art zu reden war.«

»Nein, nein, Mami, keine Sorge. ›Nackt‹ heißt, du hast nichts an. ›Nackig‹ heißt, du hast nichts an und gewisse Absichten.«

Patsy kicherte. »Ach so, Kleines, aber das hab ich schon hinter mir.« Sie senkte ihre Stimme, bis sie kaum mehr als ein Flüstern war. »Tatsache is, daß dein Daddy sich grad mit mir verlustiert hat, wie jeden Sonntagnachmittag. Ich hab gehört, die meisten dieser Einmal-die-Woche-Leute ziehn den Samstagabend vor, aber *irgendwie* muß dein Daddy sich ja von den anderen unterscheiden, nehm ich an. Ich schwör dir, ich glaub fast, daß irgendwas in Buddys Predigten ihn scharf macht, genauso scharf wie die halbe fromme baptistische Weiblichkeit. Vielleicht is es auch der Football, ich hab keine Ahnung. Jedenfalls guckt er immer zuerst Football.« Patsy hielt inne und räusperte sich, um den kichernden Unterton aus ihrer Stimme zu vertreiben. »Na ja, vielleicht sollte ich ausgerechnet *dich* mit so intimen Einzelheiten verschonen. Obwohl du natürlich inzwischen selbst ein alter Ehehase bist.«

»Boomer is okay, Mami.«

»Gut. Von wo rufst du an?«

»Aus irgendeinem Rodeokaff. Kurz vor Idaho, glaube ich. Man sollte meinen, daß es in einem solchen Ort, wo die Kühe praktisch auf der Hauptstraße weiden, gute Hamburger geben müßte, aber ich sage dir, in dem Rinderhack hier steckt mehr Sägemehl als in dem in Colonial Pines. Trotzdem hat Boomer schon zwei verdrückt. Er ist gerade beim dritten.«

»Paß bloß auf den Jungen auf! Nich daß sich diese tollen Muskeln in Fettpolster verwandeln!«

Bei diesen Worten warf Ellen Cherry einen Blick über die Schulter auf die Snackbar an der Straße, wo sie ihren muskulösen Bräutigam zuletzt gesehen hatte. Ungefähr ein halbes Dutzend Männer hatte sich staunend um den großen Truthahn versammelt, und Boomer stand mitten unter ihnen.

»Nennt man euch Herrschaften eigentlich immer noch Cowboys?« fragte Boomer. Er nagte an der trockenen Brötchenrinde, die von seinem Hamburger übrig war, so wie heulende Wölfe manchmal an der Mondsichel zu nagen scheinen.

Offensichtlich war der Teenager, an den er seine Frage gerichtet hatte, zu schüchtern, um zu antworten. Der junge Mann nahm die Gelegenheit wahr, seine Stiefel zu begutachten. Sah so aus, als könnten sie vor dem Sommer neue Sohlen gebrauchen.

Einer der älteren Männer reckte den Hals aus dem blauen Overallkragen wie ein Ganter und besaß zumindest den Anstand, Boomer zu antworten. »Wie sollte man uns denn Ihrer Meinung nach sonst nennen?« Seine Stimme war träge und bedächtig, eine vollgefressene Viper, die langsam über einen Steinhaufen kriecht.

»Ach, ich dachte halt, heutzutage würde man womöglich ›Aufsichtspersonal für Rindvieh‹ sagen.« Boomer gluckste. Dann stopfte er sich das letzte Stück senfverschmierte Brötchenrinde in den Mund. »Irgendwo hab ich gelesen«, sagte er und kaute genüßlich, »die präziseste Arbeitsbeschreibung für den guten alten Cowboy im Wilden Westen wäre ›grobianisch-reaktionärer Landarbeiter‹. Ich glaub kaum, daß *das* erstrebenswerter ist.«

Allgemeines Stiefelscharren.

»O je«, sagte Ellen Cherry.

»Liebling, laß mich schnell was überziehen«, drängte Patsy.

»Mami, ich glaube, wir müssen los. Und zwar schleunigst. Ich hab dich lieb. Wiedersehen.«

Vielleicht ist die Bewunderung für den Cowboy als Verkörperung des prototypischen amerikanischen Helden tatsächlich nicht mehr so verbreitet wie einst. Während seiner Reise durch das Reich des »Aufsichtspersonals für Rindvieh« von Wyoming sollte Can o' Beans später einmal äußern, daß im Vergleich zwischen dem amerikanischen Cowboy und, sagen wir, dem japanischen Samurai ersterer ziemlich alt aussah. »Bevor ein Samurai in die Schlacht zog«, erzählte Can o' Beans, »verbrannte er Räucherwerk in seinem Helm, damit dem Feind, der ihm vielleicht den Kopf abschlug, wenigstens ein angenehmes Aroma in die Nase stieg. Cowboys dagegen badeten oder wechselten ihre vor Dreck starrenden Klamotten so gut wie nie. Wenn der Feind eines Samurai sein Schwert verlor, überreichte ihm der Samurai sein Ersatzschwert, damit der Kampf auf ehrenwerte und faire Art weitergehen konnte. Cowboys spezialisierten sich darauf, ihren Gegnern hinter Büschen aufzulauern und sie von hinten zu erledigen. Seht ihr den Unterschied?« Spoon und Dirty Sock wunderten sich, daß Can o' Beans so gut über Samurais Bescheid wußte. »Oh, ich stand mal über einen Monat lang neben einer Schachtel japanischer Reiscracker im Regal«, erklärte Can o' Beans. »Man kann eine Menge lernen, wenn man sich mit Ausländern unterhält.«

Ah, doch wir eilen unserer Geschichte voraus. Im Moment bleibt bloß festzuhalten, daß Boomer und Ellen Cherry genötigt waren, das Rodeokaff reichlich überstürzt zu verlassen. Eine wilde Meute jagte den Truthahn und verfolgte ihn, von einer Flotte japanischer Kleintransporter getragen, zwanzig Meilen über die Staatsgrenze nach Idaho hinein.

I & I

Als die Verbindung jäh unterbrochen wurde, zwängte sich Ellen Cherrys Mutter leicht verwirrt und frisch begattet in ihren Morgenrock, goß sich eine Tasse Kaffee ein und setzte sich auf die Glasveranda, um nachzudenken. Wieder einmal war sie bestrebt, herauszukriegen, ob ihre Tochter sich nicht geirrt haben könnte, als sie Boomer Petway heiratete, und ob Verlin und sein Vetter sich nicht auf hinterhältigste Weise in Ellen Cherrys Leben eingemischt hatten, nicht nur in bezug auf Boomer, sondern ganz allgemein. Patsy hatte nämlich insgeheim ihre eigenen Pläne für Ellen Cherry, und es fuchste sie, daß es Verlin vielleicht doch noch gelingen könnte, sie zu durchkreuzen.

Wenn sie in New York den Durchbruch als Künstlerin schafft, hat sie das mir *zu verdanken,* dachte Patsy. Sie öffnete den Morgenmantel ein wenig, so daß die späte Nachmittagssonne sie zwischen den Beinen wärmen konnte, wo sich jetzt eine Lache jener männlichen Flüssigkeit bildete, in der, wie sie gelegentlich argwöhnte, ihre eigene Kunst untergegangen war.

Als Teenager war Patsy Cheerleader gewesen und hatte vom Tanzen geträumt. Und siehe da, mit fünfzehn wurde sie Grapefruit-Prinzessin von Okaloosa County! Mit siebzehn lernte sie Verlin Charles kennen, einen Luftwaffenpiloten vom Stützpunkt Pensacola, und heiratete ihn. Nach seiner Entlassung nahm Verlin sie mit nach Virginia, wo er seine zivile Karriere als Ingenieur wiederaufnahm. Von nun an tanzte Patsy, wenn Verlin bei der Arbeit war: allein, zu Hause, in niedlichen weißen Go-go-Stiefelchen.

Ellen Cherry schaute ihr gern dabei zu, doch es war, ehrlich gesagt, nicht Patsys Gehopse, das Ellen Cherry zur Kunst gebracht hatte. Es war die Übelkeit. Und Colonial Pines.

Zweimal im Jahr fuhr die ganze Familie runter nach Florida, um Patsys Verwandte zu besuchen. Unweigerlich wurde es Ellen Cherry im Wagen schlecht. Um den Brechreiz zu unterdrücken, mußte sie im hinteren Teil des Kombis auf dem Rücken liegen und nach oben schauen. Infolgedessen fing sie an, die Welt aus einem anderen Blickwinkel zu betrachten.

Telefonmasten flogen in einer Wellenlinie vorbei. Sie registrierte zuerst die Beleuchtung der Reklametafeln, dann die Oberkante und schließlich ihre verwischte Botschaft: den sich auflösenden Marlboro-Mann, das in die Länge gezogene Stück Fleischpastete. Mit der Zeit begann sie zu experimentieren. Erfand das sogenannte »Augenspiel«. Wenn sie die Augen zusammenkniff und das Blinzeln kontrollierte, brachte sie es fertig, daß Objekt und Hintergrund die Plätze tauschten. Objekt-Hintergrund, Hintergrund-Objekt, es ging hin und her. Sie brachte es sogar so weit, nach Belieben farbenblind zu werden. Meilenweit war die Landschaft ausschließlich rot, wenn sie es wollte.

»Na, wie geht's meiner Kleinen?« fragte Verlin vom Fahrersitz. »Mußt du mal Pipi?« Häufig gab seine Kleine keine Antwort. Die Kleine war damit beschäftigt, ihren Fokus zu verschieben, um die gewohnten Assoziationseffekte von Objekt und Raum zu dämpfen oder zu verzerren, sie ihrer gewöhnlichen Bedeutung oder symbolischen Funktion zu berauben, damit sie sich in jenen höchst geheimnisvollen Bereich zwischen Hornhaut und Gehirn begaben – nur um dort weiter Faxen mit ihnen machen zu können. Die parallelen Linien der Telegrafenleitungen zeigten unter ihrem dynamischen Blick eine Neigung zum Überlappen, bis sie ihre Verbindung abbrachen und den freien Raum zwischen sich vergrößerten. Das war besonders interessant, wenn man einen Amselschwarm in das optische Experiment integrieren konnte. Zuweilen ruhte ihr Blick auf dem Horizont, doch ohne eine einzelne, besonders hervorstechende Form, einen Wasserturm etwa, zu bevorzugen; statt dessen konzentrierte sie sich auf den Raum um den Turm herum und entdeckte Struktur und Substanz in Bereichen, die auf unsere Augen normalerweise sekundär, leer, schemenhaft wirken. Und das alles sah sie auf dem Kopf oder auf der Seite stehend, und immer war ihr dabei übel. Was Wunder also, daß sie Boomer Petways Gewohnheit, Kühe zu zählen, ein bißchen albern fand?

Schon im Kindergarten konnte Ellen Cherry besser zeichnen als jedes andere Kind in ihrer Gruppe, und daran änderte sich bis zum Abschlußexamen in der High-School nichts. Bei allem Respekt vor Patsys Einbildung: das war ein Talent, das sie von ihrem Vater geerbt hatte. Als Ingenieur konnte er meisterhafte Grundrisse und technische Zeichnungen hinzaubern. (Von ihrer Mutter hatte sie, abgesehen von einer lebhaften Phantasie, den quecksilbrigen Körper geerbt, perfekt geformte Brüste, die – Grapefruit-Prinzessin hin, Grapefruit-Prinzessin her – in der Skala der Zitrusfrüchte eher zur Mandarinenseite neigten, die freche Stupsnase, den Schmollmund, große blaue Augen und eine wirre Masse karamelfarbener Locken, die, ganz gleich, wie sie gebändigt wurden, immer aussahen, als hätten sie im ersten Teil von *The Wizard of Oz* die Hauptrolle gespielt. Ellen Cherrys Haar allerdings drehte seine eigenen Dinger.) Jede Schule hat ihren inoffiziellen Künstler, nicht wahr, und natürlich war es auf der High-School Ellen Cherry. Im Lauf der Jahre, als sie lernte, das optische Erz zu veredeln, das sie auf ihren Ausflügen nach Florida förderte, wurden ihre künstlerischen Projekte immer abenteuerlicher und komplexer. Sie verlor ihre lokale Anhängerschaft. Klassenkameraden machten grausame Bemerkungen. Sie hörte nicht darauf. Sie hatte beschlossen, Malerin zu werden.

In Colonial Pines gab es weniger Kunst als Pornographie im Wohnzimmer eines Quäkers. Wie es gelegentlich vorkommt, verwandelte sich der schiere Mangel an kultureller Inspiration in eine kulturelle Inspiration. Ellen Cherry sah in der Kunst einen Wegweiser, der eindeutig von Colonial Pines wegführte. Die Kunst würde Ellen Cherry auf einem fliegenden Teppich aus dieser Gemeinde herausholen, deren einziges Kino ein schäbiges Drive-in war, das nur deshalb noch existierte, weil es Liebespaaren als Ersatz für verschwiegene Gäßchen diente.

Im letzten High-School-Jahr, als Ellen Cherry unter einer chronischen Krankheit litt, die Patsy aus langer Erfahrung am eigenen Leib als »Hummeln im Hintern« bezeichnete, besuchte sie in Begleitung von Boomer Petway regelmäßig jeden Freitagabend die Filmvorführungen dieses Drive-ins. Im folgenden Herbst, wenn sie auf die Kunsthochschule wechselte, würde sie den guten Boomer nie wiedersehen, dachte sie, und das war ihr eigentlich ganz recht. Doch schon in der ersten Nacht, die sie im Erstsemester-Mädchenflügel verbrachte, hörte sie gegen zwei Uhr Geräusche an ihrem Fenster – und dann kam Boomer hereingeklettert, eine Dose Pabst in der Faust und eine Rose zwischen den Zähnen. Er war auf der Harley seines Bruders nach Richmond gebraust und hatte dann drei Stockwerke hoch eine tückische, efeubewachsene Mauer erklommen. Boomer war nämlich bis über beide Ohren, mordsmäßig und – das muß zu seiner Ehre gesagt werden – aufrichtig verknallt.

»Das kannst du mir nicht antun«, flehte Boomer, als Ellen Cherry versuchte, ihn wieder durch die Fensteröffnung zu bugsieren. »Du mußt wieder nach Hause kommen. Bei mir bleiben. Nach allem, was wir zusammen erlebt haben! Wir – wir haben uns in dem Motel damals als Mann und Frau eingetragen! Du hast – du hast es mir mit dem *Mund* gemacht!«

»Du hättest eben das Kleingedruckte lesen sollen, Schatz«, flüsterte Ellen Cherry und versuchte, ihm so leise wie möglich die Efeuranken hinabzuhelfen. »Daß ich dir mal einen geblasen habe, heißt noch lange nicht, daß du lebenslänglich Garantie darauf hast.«

I & I

Letztendlich muß man den Truthahn als Monument für Boomers Liebe sehen.

Schau ihn dir an, wie er schwer und glänzend über Idaho hinwegschwebt, als wäre er eine überdimensionale, mutierte Samenkapsel. Hör zu, wie der Auspuff knallt, wenn er an den Silberminen vorbeikommt: vielleicht ist das sein Tribut an die Herkunft von Messern und Gabeln aus prachtvollem Sterlingsilber, die der Truthahn, und allein der Truthahn mit seinem Charisma, aus dunklen Schubladen auf festlich gedeckte Tafeln zu locken vermag.

Sieh nur, wie gemütlich er durch die Kartoffelfelder schaukelt, denn mit Kartoffeln steht er auf gutem Fuß, aber zugleich ist da ein Ausdruck freudiger Erwartung auf seinem Gesicht, als könnte jeden Augenblick ein satter Schwall Sauce auf ihn niedergehen.

Der Truthahn birgt in seinem rundlichen Inneren eine beachtliche Menge unseres primitiven heidnischen Gepäcks.

Primitiv? Heidnisch? Wir? Wir mit unseren Lasern, unseren Mikrochips, wir mit unseren christlich-theologischen Seminaren und *Time*-Magazinen? Na sicher. Nehmen nicht zweimal im Jahr Millionen und Abermillionen von uns kybernetisch geschulten Christen und faxgewohnten Juden an einer rituellen, hochgradig stilisierten Zeremonie teil, in deren Mittelpunkt ein großer toter Vogel steht?

Und wird dieses Tier nicht geopfert wie in uralten Zeiten, um die Aufmerksamkeit eines göttlichen Geistes zu erwecken, Dankbarkeit für erwiesene Gnade zu bezeugen und zukünftigen Segen zu erflehen?

Der Truthahn wird geschlachtet und langsam über gas- oder stromgespeisten Feuern geröstet. Er ist der Mittelpunkt unseres heiligen Festes. Er ist das Totemtier, das unseren Stamm zusammenbringt.

Und weil es ein merkwürdiges und eigensinniges Geschöpf ist, begründet und fördert das Tranchieren eines Truthahns die Stammeshierarchie. Es gibt nur zwei Schlegel, zwei Flügel, eine bestimmte Menge weißes und ein begrenztes Quantum dunkles Fleisch. Wer welches Stück bekommt, ja sogar wer den Vogel zerteilt und seine Glieder und Organe den anderen vorlegt, unterstreicht auf anschauliche Weise, welchen Rang jedes Mitglied der Versammlung innehat.

Denken wir daran, daß die Schlegel dieses Vogels in Amerika »drumsticks« heißen, nach den rituellen Objekten, die verwendet wurden, um dem ursprünglichsten und heiligsten aller Instrumente Musik zu entlocken. Unsere Vorfahren betrachteten ihre Trommeln als Allgemeinbesitz, die Stöcke aber, von denen eine aktive Magie ausging, wurden gewöhnlich an Orten gehütet, die nur dem Schamanen, dem Medizinmann, dem Hohenpriester oder der weisen alten Frau bekannt waren. Der Flügel des Vogels ist ein Symbol für den Auftrieb der Seele, mit dem Schlegel aber beschwört man den Rhythmus, den Puls, den Herzschlag des Universums.

Wenige von uns beteiligen sich heute noch an der eigentlichen Jagd und Erlegung des Truthahns, doch wir alle beobachten, zuweilen tief bewegt, die alltägliche Neuinszenierung dieses alten Brauchs. Wir verfolgen sie im Fernsehen, unmittelbar vor dem gemeinsamen Mahl. Denn was sind Footbälle anderes als metaphorische Truthähne, die über eine Wiese flattern? Und was ist ein Touchdown, wenn nicht ein Abschuß, erzielt von einem der beiden feindlichen Stämme? Unter unserem Applaus erlegen großartige junge Jäger aus Alabama oder Notre Dame den Vogel. Dann ruft uns die weise alte Frau in Gestalt der Großmutter an den Tisch, wo wir in der Überzeugung, unsere primitiven Verhaltensweisen längst abgelegt zu haben, den Vogel gierig in Stücke reißen.

War Boomer Petway sich über diese totemistischen Implikationen im klaren, als er, um seine Geliebte zu beeindrucken, das überdimensionale Kernstück des Erntedankfests anfertigte? Nein, bewußt sicher nicht. Wenn der letzte Schleier fiele, würde er vielleicht verstehen, was er sich da zusammengebastelt hatte. Im Augenblick aber war er ebenso ahnungslos wie Can o' Beans, Spoon und Dirty Sock, bevor Conch Shell und Painted Stick ihr Bewußtsein für derartige Phänomene schärften.

Und doch war es Boomer, der den garen Braten quer durch Idaho lenkte, über die natürliche Messerschneide der Sawtooth Mountains bugsierte und ein- oder zweimal an Rastplätzen in der Wildnis parkte, wobei die Flora in der Umgebung die Funktion der Petersilie übernahm.

I & I

Randolph »Boomer« Petway war Schweißer von Beruf. Er war sieben Jahre älter als Ellen Cherry Charles, kräftig, dunkel und auf seine breitgesichtige, dümmlich grinsende, brutale Art sogar gut aussehend. Er trank viel, lachte viel und humpelte ein bißchen, seit ihm bei einem Unfall in der Schweißbrennerei ein Stück Eisen den Knöchel zerschmettert hatte. Trotz dieser Behinderung tanzte er exzentrischer zum Country Rock als jeder andere Mann im Zentrum Virginias. Ein diesbezüglicher Fachmann, der hinter der Theke seiner Stammkneipe arbeitete, meinte, wenn Boomer tanzte, sähe er aus wie ein Affe auf Rollschuhen, der mitten im Hurrikan mit Rasierklingen jongliert.

»Er hat wirklich nicht alle Tassen im Schrank«, berichtete Ellen Cherry ihrer Mutter. »Aber ich muß zugeben, es macht tierisch Spaß mit ihm.«

Was Ellen Cherry, abgesehen von seiner »affenartigen Körperbehaarung«, noch an Boomer störte, war, daß er keinen Schimmer von Kunst hatte, sich keinen Deut aus Kunst machte und obendrein auch noch versuchte, sie von *ihrem* Interesse daran abzubringen. (Obwohl Boomer jedesmal, wenn die jungen Banausen von Colonial Pines sarkastische Bemerkungen über Ellen Cherrys »bekloppte« Gemälde abließen, drohte, ihnen mit seinen stahlverstärkten Arbeitsschuhen die Fresse zu polieren – ein Versprechen, von dem sie wußten, daß er es garantiert gehalten hätte.) Von der High-School war er abgegangen.

Als man ihn eine Woche vom Unterricht ausschloß, weil er im Biologieraum Bier getrunken und bei verschiedenen Gelegenheiten Randale gemacht hatte, ging er eines Tages nach Hause und setzte nie wieder einen Fuß in die Schule. Der Trainer hätte fast geheult und flehte ihn auf Knien an, sich die Sache noch einmal zu überlegen. Denn Boomer hatte zu diesem Zeitpunkt bereits den Landesrekord im Kugelstoßen und Diskuswerfen gebrochen. Die Hälfte aller Universitäten an der Atlantikküste hatte ihm Stipendien angeboten. Man witterte olympisches Material.

»Stell dir vor, ich würd die besten Jahre meines Lebens auf irgendwelchen Leichtathletikveranstaltungen verbringen«, sagte er zu Ellen Cherry. »Nach all dem Training, dem Schweiß und der Anstrengung, wo du nie von was andrem träumst als Kugelstoßen, und so muß es sein, wenn du zur Weltklasse gehören willst – wozu wär ich dann am Ende fähig, außer Werbung für Cornflakes zu machen?«

»Und wozu bist du jetzt fähig, Liebling? Werbung für Pabst Blue Ribbon zu machen?«

Im Dosenbiertrinken gehörte Boomer tatsächlich zur Weltspitze. Er soff wie ein Stier, nicht nur Bier, sondern mindestens genausoviel RC-Cola. Schaufelte Unmengen von Pizza, Wassermelonen und Schoko-Doughnuts in sich rein. Lenkte seinen Schweißbrenner mit rauhem Zartgefühl und steckte seinen gesamten Verdienst in einen aufgemotzten Camaro, der nie richtig zu laufen schien. Tanzte und zettelte Schlägereien an und las Spionageromane. Einmal prahlte er damit, jeden Thriller der Welt gelesen zu haben, manche sogar zweimal. Er rauchte billige Zigarren. Machte sich Sorgen um sein schwindendes Haar. Nahm heimlich Tango-Unterricht. Und war verknallt in Ellen Cherry Charles.

Daß diese Liebe von Verlin und Buddy gebilligt und sogar begünstigt wurde, schien auf den ersten Blick unlogisch, einmal wegen Boomers Ruf als Raufbold, zum anderen in Anbetracht der Tatsache, daß Verlin um so strenger mit seiner Tochter umging, je älter sie wurde. Auf Buddys Rat hin hatte Verlin eine konservative Kleiderordnung für Ellen Cherry durchgesetzt. Er zensierte ihre Lektüre, überwachte ihren Fernsehkonsum, setzte Sperrstunden fest und verbot ihr, den leisesten Hauch von Make-up oder Parfum zu benutzen. Bestimmt hätten Buddy und Verlin sich nicht träumen lassen, daß ihre Ellen Cherry jeden Freitagabend im Robert E. Lee Drive-in saß, das Höschen bis zu den Schienbeinen runtergeschoben, und sich zuckend auf einem von Boomers dicken Kugelstoßfingern wand. Oder?

Die Petways waren eine feine, alteingesessene Familie in Virginia. Es gab Richter und Gesetzgeber in ihrem Clan. Verlin und Buddy hatten mit Boomers Daddy so manche Kröte gestochen. Einen Jungen wie Boomer konnten sie verstehen. Picasso nicht.

»Auf der Kunsthochschule verschwendest du bloß deine Zeit und mein Geld«, protestierte Verlin. »Das Ganze is völliger Schwachsinn. Bud sagt, Kunst is die Art des Teufels, Gottes Schöpfung zu bekritteln, und damit könnte er gar nich so falsch liegen. Warum gehst du nich auf ein anständiges College für christliche Frauen und wirst Lehrerin? Oder lernst Sekretärin? Irgendwas, auf das du zurückgreifen kannst. Das dir Sicherheit gibt. Heiratest jemand, der für dich sorgen kann –«

»Wie den guten Boomer zum Beispiel?«

»Eine Frau braucht nun mal 'nen starken, tüchtigen Mann. Willst du etwa mit einem von diesen Waschlappen enden, die in rattenverseuchten Dachstübchen hocken und rumspintisieren?«

Ellen Cherry lächelte. Sie dachte an die Nagetiere, die sich zwischen den Wagen mit beschlagenen Fensterscheiben im Robert E. Lee um Popcornreste balgten.

Es war nur Patsys militanter Unterstützung zu verdanken, daß Ellen Cherry die Erlaubnis bekam, sich an der Virginia Commonwealth University von Richmond einzuschreiben, die über einen der besten Fachbereiche für Kunst im ganzen Land verfügte. Sie war glücklich und erfolgreich auf der VCU. Sie war aufgeregt. Sie lernte, eine Leinwand richtig zu spannen und zu präparieren und einen Lithographiestein einzufärben. Sie entdeckte den postmalerischen Expressionismus und Georgia O'Keeffe. O'Keeffe wurde auf der Stelle zu ihrem Ideal, zu ihrer Heldin und zum Thema eines Aufsatzes, für den Ellen Cherry ihre erste Auszeichnung auf dem College bekam. Mit frischem Eifer besann sie sich auf das Augenspiel aus ihrer Kindheit und entdeckte darin eine Art Mistgabel, mit der sich alles, was Melville einmal als die »Pappmachémaske« der sichtbaren Realität bezeichnet hatte, aufspießen ließ. Sie fing an zu verstehen, was de Kooning gemeint hatte, als er sagte: »Alles, was ich sehe, wird zu meiner Form und meiner Bedingung.«

An den Wochenenden fuhr sie per Greyhound nach Colonial Pines – Daddys Befehl –, wo sie sich weiterhin mit Boomer Petway traf. Bier zu trinken und mit Boomer durch die Motelbetten zu hüpfen erwies sich als entspannender Ausgleich für die Anstrengungen im Klassenzimmer und im Atelier. So lebte sie nun wie die Katze im Brei. Bis etwas passierte, das alle Träume platzen ließ und ihr eine emotionale Verkrüppelung beibrachte, die weitaus schlimmer war als Boomers schwankender Gang.

In der Gemeinde der Third Baptist Church von Colonial Pines hatte sich das Gerücht verbreitet, daß die Kunststudenten an der VCU gezwungen würden, nackte Körper zu zeichnen. Es wurde gemunkelt, daß sowohl Frauen als auch Männer splitternackt vor gemischtgeschlechtlichen Klassen auf und ab spazierten. Im großen und ganzen entsprach das der Wahrheit, nur wurde niemand »gezwungen«, am Aktzeichnen teilzunehmen, und die männlichen Modelle posierten ausnahmslos mit Sackhaltern. Jedenfalls beschlossen Reverend Buddy Winkler und Verlin Charles, als die Antwort der Schule auf ihre schriftliche Anfrage sie nicht befriedigte (und Ellen Cherry aus Gründen der Selbstverteidigung die Existenz solcher Klassen rundheraus abgestritten hatte), sich mit eigenen Augen zu überzeugen.

Buds und Verlins Erstürmung des Klassenzimmers verlief so melodramatisch, daß viele der anwesenden Studenten in brüllendes Gelächter ausbrachen und »Rambo! Rambo!« johlten. Doch Ellen Cherry war das Lachen vergangen. Ihre Proteste nahmen einen hysterischen Tonfall an, als Verlin sie aus dem Raum zerrte. (Buddy Winkler blieb zurück, um den Professor zurechtzustauchen und dem ziemlich verlegenen Model Gottes Wort zu verkünden.) Schreie, so durchdringend wie Fleischerhaken und so düster wie Sumpfwasser, entrangen sich ihrer Brust, als Verlin anfing, ihre Sachen zu packen.

Kurz darauf kam Buddy ins Zimmer. Wie von Sinnen griffen die beiden Männer nach trockenen Waschlappen und rieben ihr Lippenstift, Rouge und Lidschatten aus dem Gesicht.

Die Prozedur war dermaßen grob, daß sie ihr die Wangen aufschürften. Ihre Lippen sprangen auf wie die Haut einer gebrühten Tomate. Ihre Lider schwollen an, bis sie das Gefühl hatte, ihr Zimmer nur noch durch einen Ascheschleier zu sehen. Es war, als sei sie in einen Feuersturm geraten, der ihren reinsten und sanftesten Teil zerstörte.

Und währenddessen stießen die Männer immer wieder ein einziges Wort aus.

»Jezabel«, sangen sie.

»Jezabel!«

I & I

Jezabel saß mit Ellen Cherry und Boomer in dem großen Truthahn. Wo immer Ellen Cherry hinging, Jezabel kam mit. Wenn Georgia O'Keeffe ihr vorübergehendes Vorbild gewesen war, so entwickelte Jezabel sich zu ihrer ständigen Begleiterin, ihrer Vertrauten, zu einer klaffenden Wunde, zu einem Keramikskelett, das in ihrem Fleisch klapperte. Vom Tag ihrer Erniedrigung an der VCU bis zum gegenwärtigen Augenblick schlug ein Tamburin in ihrem Blut. Es hätte Salomes Tamburin sein können, doch für Ellen Cherry gehörte es zu Jezabel. Gewöhnlich war sein Klang leise, sein Rhythmus weit entfernt: Monate vergingen, in denen sie und ihr unsichtbarer Zwilling sich höchstens einmal im Flur begegneten. Doch kaum begann der Truthahn einen farbenprächtigen Canyon im südöstlichen Idaho zu durchqueren, eine Landschaft, in der der Sandstein lavendelfarbenen Lidschatten und granatapfelroten Lippenbalsam aufgelegt zu haben schien, da verbreitete sich Jezabels verborgener Weihrauch im Inneren des Truthahns wie der Duft einer Füllung, und ...

Aber halt. Jezabel hat so lange gewartet, sie kann auch noch ein bißchen länger ausharren. Zuerst sollten wir uns dem Truthahn selbst zuwenden; seinem Ursprung, seinem Ziel, seiner Raison d'être.

Nach dem erzwungenen Rückzug aus dem College verbrachte Ellen Cherry ganze Tage in ihrem Zimmer und weinte. Währenddessen fochten Patsy und Verlin unten im Wohnzimmer erbitterte Kämpfe aus. Verlin nannte Patsy eine Dirne, eine Mutter, die ihrer Tochter nichts als Lüsternheit beibrachte. Patsy nannte Verlin einen Heuchler, der Lüsternheit genoß, aber nicht Manns genug war, es zuzugeben.

»Gott hat meinen Körper geschaffen«, sagte Patsy. »Ich schäm mich nich, wenn ich nackig bin.«

»Na prima«, sagte Verlin. »Warum ziehst du dich dann nich aus, und ich lad meine Freunde ein, rüberzukommen und Bilder von dir zu malen.«

»Deine Freunde könnten nich mal 'ne Scheißhauswand anstreichen!«

Patsy führte an, daß sie hätte Tänzerin werden können, wenn er nicht gewesen wäre. Verlin erwiderte, sie könne auf die Knie fallen und ihm danken, daß er sie vor dieser Schande bewahrt habe.

Irgendwann hörte Ellen Cherry Verlin sagen: »Sie hat sich jetzt verdammt noch mal 'ne ganze Woche lang da oben eingeschlossen. Wann kommt sie eigentlich wieder runter?«

»Oh, wahrscheinlich, wenn ihr Gesicht verheilt ist«, gab Patsy zurück.

»So schlimm is es ja nun auch wieder nich mit ihrem Gesicht. Wir haben sie gereinigt, zum Teufel, nicht gehäutet!«

»Auf alle Fälle kann sie runterkommen, wann immer ihr danach is. Sie is frei, weiß und achtzehn.«

Stimmt, dachte Ellen Cherry und saß plötzlich kerzengerade in ihrer tränenverschmierten Bettwäsche, aufgeschreckt von der Erkenntnis dessen, was doch auf der Hand lag. »Sie hat recht!«

Als sie sicher war, daß Johnny Carson die Show für diesen Abend beendet hatte, schlich sie hinunter – Verlin lag im Schlafzimmer und schnarchte wie ein Alligator, Patsy wälzte sich auf dem Sofa hin und her –, und machte sich ein Omelett aus vier Eiern, das sie mit dem einzigen Alkohol im Haus, dem für Patsys englischen Kuchen bestimmten Brandy, hinunterspülte.

Am Morgen tauchte sie in der Schweißbrennerei auf, wo sie Boomer irgendwie überredete, ihr fünfhundert Dollar zu leihen. Vielleicht drohte sie ihm, seinen Saufkumpanen zu erzählen, daß er heimlich Tango-Unterricht nahm. Vielleicht bohrte sie ihm auch die Zunge ins Ohr.

Um Mitternacht schlich sie wieder hinunter. Patsy war ins Schlafzimmer umgezogen, Verlin schnarchte auf dem Sofa. Eine Weile stand sie vor ihrem Vater. Sein rosiges Gesicht, das auf einem Teich süßen Vergessens trieb, erinnerte sie an eine Wasserlilie von Monet. Sie kam zu der Erkenntnis, daß er ein zwar ehrenhafter, aber von Dogmen verknöcherter Mann war. Patsy und Onkel Buddy stritten sich um seine unschlüssige Seele. Buddy lag in Führung. Trotzdem hätte Ellen Cherry Boomers fünfhundert auf Patsy gesetzt. Als sie sich herabbeugte, um ihn auf die Wange zu küssen, stieg ihr ein muffiger Geruch in die Nase, und sie überlegte es sich anders.

Ellen Cherry stieg in den nächsten Greyhound, der in Colonial Pines hielt. Das war um vier Uhr morgens. Er brachte sie nach Cincinnati. Von dort trampte sie weiter, Richtung New Mexico, um irgend etwas Albernes und Romantisches zu tun, ihre Staffelei neben Georgia O'Keeffes Grab aufzustellen oder so was. Sie hatte jedoch nicht mit den Irrwegen des Lebens auf der Straße gerechnet und landete schließlich in Seattle, wo sie sich genötigt sah, ihr Augenspiel so zu modifizieren, daß es den sprühenden Regenschleiern gerecht wurde.

Obwohl sie nachts als Kellnerin arbeitete, schaffte sie binnen drei Jahren ihren Abschluß auf dem Cornish College of the Arts. Nur in einer Hinsicht beeinflußte das Examen ihr Schicksal: Jetzt konnte sie ihre Mitgliedschaft bei den »Daughters of the Daily Special« beantragen, einer örtlichen Vereinigung von Kellnerinnen mit Hochschulabschluß. Mit relativ hohen wöchentlichen Abgaben und zusätzlichen Geldern, die sie sich verdienten, indem sie Autowäschen im Bikini anboten oder Kuchen verkauften, den sie größtenteils in den Restaurants geklaut hatten, wo sie arbeiteten, brachten die Daughters einen Fonds zustande, der verdienten Mitgliedern Stipendien bewilligte, so daß diese die Möglichkeit erhielten, das Tablett an den Nagel zu hängen und sich eine Weile ihrer eigentlichen Berufung zu widmen. Als Ellen Cherry ihr

Stipendium bekam, malte sie sechs Monate hintereinander. Die fertigen Arbeiten wurden in einem Restaurant ausgestellt. »Ich bin entkommen, meine Bilder nicht«, sagte sie zu den anderen Mädchen. Vielleicht war es die glücklichste Zeit ihres Lebens.

Mehrere Jahre lang wurde Seattles Kunstszene, genau wie die in New York, von der Schule der »großen häßlichen Köpfe« beherrscht. Händler und Sammler, die zu unsicher waren, um sich gegen die Mode aufzulehnen, sahen sich gezwungen, ihre Wände mit kantschädeligen Porträts von aggressiven Opfern der Großstadtangst zu schmücken: jenen zornigen und gequälten Sauertöpfen, für die das nächste Plutoniumklistier offenbar schon bereitlag. Im Hintergrund sah man unweigerlich brennende Gebäude, Totenköpfe und gekreuzte Knochen oder tollwütige Hunde mit erigierten Schwänzen. Zum Glück dreht sich die Welt der Kunst meistens recht schnell um ihre geldgeschmierte Achse, und – BUMS! – waren von einem Tag auf den anderen Kunstkenner wieder an Integrität, Vision und Technik interessiert. Vielleicht aus einer gewissen Nostalgie heraus, aufgrund der unbewußten Sehnsucht nach einer Natur, die nicht durch Umweltverschmutzung und Nutzbarmachung zum Untergang verdammt war, nahm man zum erstenmal seit der großen Depression die Landschaftsmalerei wieder ernst. Und begann Ellen Cherry die Tür einzurennen.

Sicher, sie malte Schachtelhalme, die aus dem Bug eines Fährschiffes sprossen, sicher, ihre Bäume waren Kringel im Raum, ihre Berge himmelblau und ihre Himmel so braun wie Gestein: dennoch handelte es sich unverkennbar um Landschaften, und sie fanden ein Publikum. Ellen Cherry hatte keine Schickeria-Galerie und nicht die elegantesten Mäzene, aber sie wurde lanciert, wie es so schön heißt, und reduzierte ihre Arbeit im War on Tuna Café auf zwei Schichten pro Woche.

So stellte sich ihre Situation mehr oder weniger dar, als Boomers Truthahn in Seattle auftauchte.

I & I

Als Boomers Vater auf den Ruhestand zuging, hatte er sich ein Airstream-Wohnmobil gekauft, in der Hoffnung, er und seine Frau könnten ihre goldenen Jahre kreuz und quer durch die Vereinigten Staaten tourend verbringen. »Mit diesem Prachtstück zockeln wir vom Atlantik bis zum Pazifik«, verkündete er. »Ohne eine einzige von unseren Lieblingssendungen im Fernsehen zu verpassen«, setzte Mrs. Petway hinzu.

Dann aber, mitten in seiner Pensionierungsfeier, auf dem Höhepunkt der Stimmung, war Mr. Petway plötzlich tot zusammengebrochen. Seine Witwe verkaufte das Haus und zog zu ihrer Schwester, nicht ohne zuvor Boomer das Wohnmobil zu überschreiben.

»Was zum Teufel soll ich mit einem acht Tonnen schweren silbernen Ei anfangen?« fragte sich Boomer.

Die Metapher traf ins Schwarze. Abgesehen davon, daß es ein Cockpit mit Lenkrad hatte, sah das Airstream-Wohnmobil genauso aus wie der ovoide Ableger eines metallenen Lindwurms, wie das hartgekochte Eichen, das sich die Freiheitsstatue zum Frühstück pellen würde. Silberglänzend wie Sterngefunkel, knollig wie eine Tümmlernase, glich der Airstream einer in die Länge gezogenen Erbse, einer Bohne, einer quecksilbergefüllten Wurstpelle, einem Zeppelin, einer Zitrone, dem Football der Titanen.

Jeden Morgen, bevor er zur Arbeit ging, stand Boomer mit den Händen in den Taschen in seiner Einfahrt, musterte den Airstream und schüttelte den Kopf. An manchen Tagen, wenn er nicht verkatert war oder spät dran oder gar beides, umkreiste er ihn und zeichnete mit dem lahmen Fuß seine Umrisse im Staub nach. Eines Morgens kam ihm eine wahnwitzige Idee. Von da an mußte er jedesmal, wenn sein Blick auf das Wohnmobil fiel, an diese Vorstellung denken.

So ging es ungefähr ein Jahr, bis er eines Freitagmorgens in einer Stimmung aufwachte, die man am treffendsten als opernhaft bezeichnen könnte. Überdreht, melodramatisch, vor Energie sprühend, in einer theatralischen, fatalistischen Ouvertürenwolke schwebend, vertrieb er die Sopranstimme, mit der er die Nacht verbracht hatte, griff sich ein Sechserpack und lenkte das Wohnmobil zur Schweißbrennerei, wo er, ohne sich um irgendwelche Arbeitsaufträge oder den Spott seiner Kumpel zu kümmern, einen Monat damit verbrachte, ein Paar überdimensionale Truthahnschlegel und zwei plumpe Flügel aus Metall anzufertigen, die er dann an den entsprechenden Stellen ans Wohnmobil schweißte.

»Da«, sagte Boomer, »sieht er nicht haargenau aus wie'n echter Truthahn?«

»Er ist süß«, sagten die Mädchen. »Wie ist dir das bloß eingefallen?« Und kicherten nervös.

»Da hast du ein verflucht teures Ding für nichts und wieder nichts demoliert«, beschuldigten ihn seine Kumpel. Und schämten sich für ihn.

Seelenruhig packte er seine gesamte Garderobe (sechs Jeans, fünf Hawaiihemden), seine Schweißbrennerausrüstung und seine Sammlung von Spionageromanen in das vordere Ablageschränkchen. Dann nahm er einen ordentlichen Vorrat Pabst an Bord. Und schließlich richtete er die schimmernde Brust des Bratens nach Nordwesten.

»Wenn Ellen Cherry da nicht mitmacht, fahr ich einfach runter nach Mexiko und mach mich mit Tequila zu, bis ich ein lebendiges Fossil bin«, sagte er.

I & I

Frauen hatten mehr für Sex übrig als Männer, davon war Ellen Cherry überzeugt. Zugegeben, Männer redeten mehr über Sex. Männer machten immer ein großes Getue darum mit ihren Witzen, ihren *Hustler*-Magazinen, ihrer aggressiven Anmache und allzu durchsichtigen Aufschneiderei – doch Ellen Cherry zufolge war das meiste davon für die Ohren anderer Männer bestimmt. Sie hielten es für männlich, so zu tun, als seien sie wahre Dynamos im Bett. So diente es größtenteils der Stabilisierung ihrer ungefestigten Männlichkeit, wenn sie sich in eine primitive Zurschaustellung ihrer Sexualität flüchteten, obwohl gerade ihr relativ geringes Interesse an echtem Körperkontakt häufig den Ursprung ihrer Unsicherheit bildete. Warum bin ich nicht geiler? Warum ist mein

Schwanz nicht größer? Warum bin ich nach einem Orgasmus erledigt, während sie ein Dutzend hat und immer noch (mit einem neuen Mann) weitermachen könnte? Woher weiß ich, daß das wirklich mein Kind ist? Es hat rotes Haar! Ellen Cherry mußte lachen.

Typisch, daß ihr eigener Appetit auf Sex unstillbar und unergründlich war. Und sich obendrein bedeckt hielt. In einer patriarchalischen Gesellschaft mußte die unerschöpfliche Lust einer gesunden Frau auf Sex gut getarnt werden. Ohne sich der Ironie ihres Tuns bewußt zu werden, machten die Männer ein Mordsgetue um ihre schlaffe Begierde, während die intensivere Leidenschaft der Frau gewöhnlich versteckt wurde. Diese Überzeugung ließ sich Ellen Cherry von keinem ausreden.

Das einzige, was sie mehr interessierte als Sex – in den fünf Jahren in Seattle hatte sie mindestens acht Knäblein den nächtlichen Tau ausgesaugt, aber keiner war, wie sie zu ihrer Enttäuschung feststellen mußte, auch nur halb so gut wie Boomer –, war die Liebe. Und die Kunst. So kam es, daß sich Sex, Liebe und Kunst vermischten, als Boomer den umgemodelten Airstream auf dem Parkplatz vor ihrem Mietshaus abstellte.

Er hupte so laut, daß sie aus dem Fenster der kleinen Küche spähte. Die berüchtigten Regentropfen von Seattle schlugen Blasen auf der Feuerleiter, und der Himmel sah aus wie verschimmelter Bananenbrei. Aber da war er! Glänzend im Einheitsgrau. Zehn Meter lang, achteinhalb Tonnen schwer. Mit blinkenden Warnleuchten und einander jagenden Scheibenwischern. Und daneben Boomer Petway, der einen wilden, komischen Tanz aufführte und das Pfützenwasser fast bis zu den Extremitäten des Truthahns aufstieben ließ.

»Ich hab ihn für dich gemacht!« schrie Boomer. »Nur für dich, mein süßes Honigpfläumchen!«

»Juhuu!«

Nachdem sie sich mit dem erstbesten Utensil – zufällig ein tofuverkrustetes chinesisches Eßstäbchen – durch die Locken gefahren war, rannte sie die Treppe hinunter. Ungeachtet der niederprasselnden Regendusche, strahlend vor Überraschung und Freude, spazierte sie Hand in Hand mit seinem Schöpfer um das exotische Truthahnmobil herum. Immer wieder machten sie die Runde, in halb amüsierter, halb ehrfurchtsvoller Trance, bis sie praktisch einen Pfad in den feuchten Asphalt getrampelt hatten. Schließlich nahm er sie in die Arme und trug sie ins Innere des Vogels. Ihr Höschen flog in die Ecke, noch bevor sie auf dem Bett landete.

Er hat mich ausgetrickst, dachte Ellen Cherry jetzt. *Mir Kunst und Sex als Liebe verkauft.*

Dummerweise traute sie ihren eigenen Gefühlen für Boomer auch nicht so recht. Nach kaum einwöchiger Ehe hing die Liebe schon durch wie ein ausgeleierter Keilriemen. Und auch die Lust, fürchtete sie, könnte mit der Zeit abhanden kommen. Könnte eines Morgens auf ihren salzigen roten Schwingen durchs Oberlicht davonschwirren. Doch was immer passierte, die Kunst würde ihr darüber hinweghelfen. Ihr traute sie genug, um sie mit nach New York zu nehmen. Sie würde ihr großen Spaß bringen. Ihr zum großen Durchbruch verhelfen. Ihr Manhattan schenken. Die Bronx und Staten Island gleich mit. Ihr ihr täglich Brot geben. Und Boomer mit seiner Schweißerei würde vorläufig für den Schinken darauf sorgen, und für Terpentin.

Boomer hatte sie mal bei einem Anruf aus Virginia gefragt: »Warum bedeutet dir dieses verrückte Zeug, dieser handgemalte Wahnsinn, eigentlich so dermaßen viel? Er taugt doch nur dazu, völlig normale Wände zu verschandeln.«

Es war eine schlechte Verbindung, aber er hätte schwören können, daß er sie antworten hörte: »Im Spukschloß des Lebens ist die Kunst die einzige Treppe, die nicht knarrt.«

Mr. und Mrs. Petway, Trickser und Ausgetrickste, zockelten in ihrem Truthahn durch eine Schlaufe des Bibelgürtels, jener gottesfürchtigen Region im Süden der Vereinigten Staaten. Überall sprangen ihnen die Slogans des Todeskults in die Augen. »Jesus kommt«, verkündeten die Reklametafeln. »Bereite dich auf die Begegnung mit deinem Schöpfer vor.« – »Bereut, denn das Ende ist nah.« Can o' Beans hatte das Gefühl, wenn der Weltuntergang nicht bald von selber käme, würden diese Leute eine Kollekte veranstalten und ihn in Auftrag geben.

»Die Zeit verrinnt.« – »Hast du dir deinen Platz im Neuen Jerusalem gesichert?« Echos der Sprüche von Onkel Buddy und seiner Sippschaft. Sie jagten Ellen Cherry heiße Schauer über den Rücken. Zumal es den bunt gefärbten Klippen und Kratern um die Reklametafeln gelungen war, ihre Doppelgängerin Jezabel aus dem Rougetiegel zu befreien.

»Bringt ihm das blutige Haupt der Hure«, hieß es auf einem Schild, und das machte sie dann wirklich fickrig, denn sie war fest davon überzeugt, daß mit »Hure« niemand anderes gemeint sein konnte als Jezabel.

Mit zunehmendem Alter hatten sich ihre Übelkeitsanfälle beim Autofahren gelegt; trotzdem kniff sie jetzt die Augen zusammen, um sich mit dem guten alten Augenspiel abzulenken. Sofort wurden die groben, kantigen Konturen der Sandstein-Landschaft, die ineinander verschachtelten Konfigurationen von Plateaus, tief eingeschnittenen Wasserrinnen und natürlichen Kaminen weicher, unschärfer; der Hintergrund verschwamm, und die Landschaft trat hervor, bis sie nur noch Millimeter von Ellen Cherrys Nase entfernt war und wie ein vielfältig verwobenes Muster aus sich überlagernden Farbschichten wirkte. Doch da die körnige Oberfläche auch sehr dekorativ war – sie bestand hauptsächlich aus Lachs-, Trauben- und Elfenbeintönen –, wurde ihre Ähnlichkeit mit Schminke nur noch deutlicher betont als aus der Hard-Edge-Perspektive und Jezabels Gegenwart eher hervorgehoben als verdrängt. Daraufhin brach die Künstlerin das Spiel ab.

Kurz nach der Ankunft in Seattle, als der Vorfall an der VCU in ihrem Kopf noch schmerzlich lebendig gewesen war, hatte sie sich eine Bibel besorgt und nach den schmutzigen Details von Jezabels Ausschweifungen gesucht. Aus der Sonntagsschule hatte sie das vage Bild einer zutiefst unmoralischen, wie ein Rock'n'Roll-Vamp aufgedonnerten Schlampe behalten, konnte sich aber an kein einziges biographisches Faktum erinnern. Man stelle sich ihre Überraschung vor, als das alttestamentarische Buch der Könige sie darüber belehrte, daß Jezabel eine königliche – und treue – Ehefrau war.

Eigentlich ist die biblische Geschichte von Jezabel nur ein paar Sätze lang. Offenbar wurden sie und ihr Mann, König Ahab, von einem jungen Rechtsradikalen namens Jehu, der selbst scharf auf den Thron war, der Götzenverehrung beschuldigt. Zuvor hatte Ahab mit zweifelhaften Methoden einem Nachbarn ein Stück Land abgeluchst, und von Jezabel hieß es, sie habe ein Gerücht in die Welt gesetzt, das den Tod dieses Nachbarn zur Folge gehabt hatte. Der Hebräer Ahab war König von Nordisrael, Jezabel die Tochter eines phönizischen Königspaares. Als Ausländerin betete sie den Gott der Juden nicht gerade aus tiefstem Herzen an. Vielleicht gab das Anlaß für den Vorwurf der Götzenverehrung, doch abgesehen davon, daß sie ihrem Mann bei seinem dubiosen Grundstücksdeal loyal zur Seite stand, legte sie offenbar ein ebenso korrektes Benehmen an den Tag wie, sagen wir, Königin Elisabeth.

Dann folgte eine seltsame, fatale Episode. Der ehrgeizige Jehu, der heimlich Jezabels Sohn ermordet hatte (Ahab war mittlerweile auf dem Schlachtfeld gefallen), erschien vor dem Tor von Jezabels Palast. Als Jezabel von seinem unerwarteten Besuch erfuhr, so die Bibel, »schminkte sie ihr Angesicht und schmückte ihr Haupt und sah zum Fenster hinaus«. Einer anderen Überlieferung zufolge schminkte sie ihre »Augen« und »richtete ihr Haar«. Jedenfalls stand sie königlich geschmückt am Fenster und sah auf den hebräischen Rebellen hinab, als dieser »zwei oder drei Kämmerer« aufforderte, »sie herabzustürzen«. »Die Wand und die Rosse wurden mit ihrem Blut besprengt«, so das grausame Alte Testament weiter. Jehu ließ sie im Hof liegen, wo die Hunde sie fraßen, während er hineinging und sich über den Wein hermachte. Nach ein paar Krügen aber müssen ihm doch Gewissensbisse gekommen sein, denn er gab seinen Vasallen den Befehl, ihre Leiche zu bestatten. Aber da hatten die Köter schon nichts mehr von ihr übriggelassen »denn den Schädel und die Füße und die flachen Hände«.

Ellen Cherry war ungefähr so verwirrt wie eine Fliege, die den ganzen Tag ein Steckenpferd umschwirrt hat. Was hatte Königin Jezabel verbrochen, daß man sie als Inbegriff eines treulosen Flittchens abgestempelt hatte? In der Ruhmeshalle weiblicher Ungeheuer bewohnte Jezabel einen eigenen Saal, nein, einen ganzen Flügel. Weil sie ihr Haar gerichtet und Make-up aufgelegt hatte? Sollte das etwa heissen, daß sie ans Fenster getreten war, um mit dem aufsässigen Krieger zu *flirten*? Und wenn ja, was war daran so verwerflich, daß es ihren Ruf für die nächsten 3000 Jahre so gründlich ruinieren konnte? Der Augenaufschlag des Jahrtausends?

Als Ellen Cherry auf dem regennassen Pflaster von Seattle auf Jobsuche ein Restaurant nach dem anderen abklapperte, trug sie auf den Schultern die Last eines Schädels, eines Fußpaares und zweier Hände. Die Fußnägel waren zinnoberrot lackiert, und aus einem Spalt im Schädel flatterte eine bunte Schleife. Und im Gehen fragte sie sich: »Was will die Bibel uns damit sagen?«

Daß der Teufel Friseur ist?

Daß man Elizabeth Arden an die Pudel verfüttern sollte?

»Ganz schön unheimlich hier, findest du nicht, Boomer?«

»Hmmm, wie auf'm Mond.«

»Wir hätten doch lieber die direkte Strecke nehmen sollen.«

»Wozu die Eile? Wir sind in den Flitterwochen. Flitterwochen auf'm Mond.«

»Macht dich New York nervös?«

»Teufel, nein. *Ich* hab doch keinen Grund, nervös zu sein. New York ist bloß ein Haufen Stahl und Eisen. Genau das Richtige für'n Schweißbrenner.« Er sah wieder hinaus auf die Landschaft. Sie befanden sich jetzt entweder in Wyoming oder in Utah, da war er sich nicht ganz sicher, und die Felsformationen sahen aus wie Möbel in der Lobby des Hotels zur Ewigkeit. »Das hier ist was anderes«, fuhr er fort. »Hier draußen würde so ein Schweißbrenner glatt einschrumpeln und absterben, einfach so, weil keiner ihn braucht.« Er starrte seine Braut an. Hier draußen war das ungefährlich. Die Straße verlief so schnurgerade wie die Kante einer

Straight-Bourbon-Whiskeyflasche, und die Karnickel, na ja, es blieb eben jedem Karnickelmann und jeder Karnickelfrau selbst überlassen, ob sie den Weg eines heranpreschenden Airstreamtruthahns kreuzen wollten oder nicht. »Übrigens wird ein wichtiger Teil von mir gleich ebenfalls einschrumpeln, wenn du und ich nicht bald ein Päuschen einlegen.«

»O Boomer. Wir haben es doch erst heut morgen gemacht!«

»Eben drum.« Er packte ihren Schenkel.

»O Boomer!«

Er wandte sich wieder dem Highway zu, fuhr jedoch fort, ihr Bein zu betatschen, als sei es eine arme Kugel, die er im nächsten Augenblick in die Rekordverzeichnisse von West-Wyoming stoßen würde. Oder war es doch Utah? »Vielleicht bist *du* ein bißchen nervös wegen New York, hm, Baby?«

Sie schüttelte den Mop auf ihrem Kopf, diesen karamelbonbonfarbenen Mahlstrom, sagte dann jedoch: »Ja, ich schätze schon. Berühmte Künstler, Händler, Sammler, Sachverständige, Kritiker. Ich werde es mit ein paar dynamischen Leuten zu tun kriegen, reichen, weltgewandten, abgebrühten Typen; ich, Ellen Cherry Charles, die malende Kellnerin, die kleine Jezabel aus Colonial Pines.«

Wieder nahm Boomer den Blick von der Straße und gab damit einem Karnickel Gelegenheit, seinen Pakt mit dem Schicksal zu besiegeln. »Mrs. Randolph Petway III von den Petways aus Virginia – laß sie das ja nie vergessen.«

Er wünschte, sie würde aufhören, sich andauernd mit Jezabel in Verbindung zu bringen. Egal, wie lässig sie darüber sprach, irgendwie kam es ihm schon beinah selbstzerstörerisch vor. Man kann keine Karriere auf einer Beschimpfung aufbauen. Kürzlich hatte ihn mal jemand einen hydrozephalen Blödian genannt, und er hatte sich nicht mal die Mühe gemacht, das im Lexikon nachzuschlagen. Leckte Ellen Cherry sich nur alte Wunden, oder was?

In ihrer Verwirrung über das Bild, das die Bibel von Jezabel zeichnete – es schien nahezulegen, daß Schminke Hexenwerk war und Koketterie ein Kapitalverbrechen –, hatte Ellen Cherry ihre Mutter gefragt (die diplomatischen Beziehungen zu ihren Eltern waren etwa sechs Monate nach ihrer Flucht nach Seattle wiederaufgenommen worden), was sie über den schlechten Ruf der Königin wußte.

»Sie is wohl einfach ein durchtriebenes Luder gewesen.«

»Mami! Könntest du dich vielleicht ein bißchen deutlicher ausdrücken?«

»Dein Daddy hat es nich so gemeint, Herzchen, als er dir damals die Leviten gelesen hat. Es lag an Bud, der hat ihn so angestachelt. Bud schafft es ständig, ihm ein schlechtes Gewissen einzureden, sogar mit Sachen, die sie als kleine Jungen verbrochen haben, irgendwelche uralten Streiche, und dann führt er ihn an der Nase spazieren. Aber –«

»Mami, bitte tu mir den Gefallen, und frag Onkel Buddy mal danach, was Jezabel eigentlich so Schlimmes angestellt hat. Versuch Einzelheiten rauszukriegen.«

Als Reverend Buddy Winkler das nächste Mal zum Essen gekommen war, hatte Patsy das Thema tatsächlich angesprochen. Totenstille breitete sich aus, nur das muntere Brutzeln der Schweineschnitzel in der Pfanne war zu hören. Langsam erhob sich der Prediger von seinem Küchenstuhl, dessen grüner Anstrich einen lebhaften Kontrast zu seinen hagebuttenfarbenen Pusteln bildete, und ließ seinen hungrigen Blick wie eine Ochsenzunge über Patsy wandern. Sie hatte beinahe das Gefühl, daß Fäden kalten Sabbers herabtropften und sich mit dem Mehl auf ihrer Schürze zu einem Teig vermengten.

»Willst du mir vielleicht den Appetit verderben, Patsy? Sind nich genug Schnitzel für alle da? Den Namen dieser schamlosen Ehebrecherin in den Mund zu nehmen, dieses geschminkten Flittchens, und das noch vorm Essen! Am besten sprichst *du* heute das Tischgebet, dann verschwindet wenigstens der Abschaum, den Jezabels Name in deinem Mund hinterlassen hat.«

»Mein Mund is pikobello sauber, besten Dank, Bud.« Sie sperrte ihn auf und behielt ihn eine Weile offen, direkt vor seiner Nase, um zu sehen, ob der Blick in ihren rosigen Schlund seinen Tic auslösen würde. Es funktionierte. »Ich will doch bloß wissen, mit wem das Flittchen alles rumgehurt hat.«

Buddy trat zurück. Etwas an der Art, wie sie »rumgehurt« sagte, brachte ihn aus der Fassung. »Also wirklich, Patsy.«

»Na, wer war's, Buddy?«

Als er jetzt sprach, hatte er seine Predigerstimme wiedergefunden, seine Saxophonstimme, seine flammende Stimme, obgleich das von Patsy ausgelöste Zucken im Mundwinkel dafür sorgte, daß er die eine oder andere Pause übersah und daß die höheren Register verschwommen klangen. »Es steht geschrieben im Buch der Offenbarungen, Kapitel zwei, Vers elf, daß Gott der Allmächtige seiner Gemeinde in Thyatira eine Botschaft sandte –«

»Wo?«

»Thyatira.«

»Wo liegt das?«

»Spielt keine Rolle. Es existiert nich mehr. Gott sagte zu ihnen: ›Aber ich habe wider dich, daß du lässest das Weib Jezabel, die da spricht, sie sei eine Prophetin, lehren und verführen meine Knechte, Hurerei zu treiben und Götzenopfer zu essen.‹«

»Also hat sie nich selbst Hurerei getrieben. Sie hat versucht, andere Leute dazu zu bringen.«

»Patsy, du merkst offenbar nich, worum es geht. Jezabel war eine Prophetin Baals. 'ne heidnische Fanatikerin, 'ne schmutzige Götzendienerin, die die Israeliten von Jehova weggelockt hat. Siebenundzwanzig Jahre lang hat diese Frau ihre Macht als Königin mißbraucht, um Jehova zu stürzen und ihn durch die Götzen ihres Heimatlandes zu ersetzen.«

»Und was hat der König inzwischen getan?«

»Ahab stand unterm Pantoffel. Is doch immer dasselbe Lied. 'ne hinterlistige Frau bringt 'nen schwachen Mann dazu, Verbrechen zu begehen, auf die er von selbst nie gekommen wär.«

»Aha.«

»Sie wollte die Israeliten zu Anhängern Baals machen. Ich rede hier vom Goldenen Kalb, Patsy. Weißt du, was ich meine? Ich mein' diese komischen Schreine in den Wäldern. Ich mein' Unzucht, Orgien, Menschenopfer. Kleine Kinder, die zu Hunderten einem dummen, stinkenden Milchvieh geopfert wurden. Babys, die im Mondschein auf 'nen schmierigen Altar gelegt und zerstückelt –«

»Igitt, Bud!« Patsy musterte die fetten Schweineschnitzel, als müßte sie sich jeden Augenblick übergeben. »Ich hab keine Lust, mir Geschichten von toten Babys anzuhören.«

»Oh, mach dich auf 'ne Menge unappetitlicher Einzelheiten gefaßt, wenn du nach Jezabel fragst. Mit ihren Lügenmärchen hat sie 'nen unschuldigen Nachbarn in einen gräßlichen Tod getrieben, bloß damit Ahab dessen Weinberg einkassieren konnte.«

»Seine kleinen Helferlein sind zu weit gegangen, meinst du? Aber eins würd ich gern noch wissen, Bud: welche Rolle spielt da eigentlich die Schminke?«

»Die Schminke?«

»Ach, du weißt doch, die Geschichte von dem geschminkten Flittchen ... is sie nich deshalb so bekannt?«

»Patsy, hast du noch nie das Hinterteil eines Pavians gesehen?«

»Ich dachte, wir wollten uns nich das Abendessen verderben?«

»So ein Pavianhintern is röter als deine Schürze. Manchmal is auch ein bißchen Gelb und Blau dabei. Und warum hat der Pavian ein buntes Hinterteil? Um Pavianweibchen anzulocken, mit denen er sich paaren kann. Und warum hat Jezabel sich das Gesicht geschminkt? Ich denke, du verstehst schon, worauf ich raus will.« Er hielt inne. Legte das Saxophon wieder in seine Kiste.

»Die Kartoffeln sind fertig, wie ich seh. Vielleicht sollt ich jetzt mal Verlin rufen. Er wird sich doch nich das Montagabendspiel nach dem Essen entgehen lassen wollen.«

Noch in derselben Woche hatte Patsy in Seattle angerufen und Ellen Cherry Jezabels Laster aufgezählt, so wahrheitsgetreu, wie sie sich traute.

»Nett«, hatte Ellen Cherry geantwortet. »Ich bin begeistert, daß er mich mit einer heidnischen Ehebruch-Expertin, einem männermordenden Vamp und einem Pavianhintern vergleicht, und das alles in einem Aufwasch.«

Patsy, die den Teil mit den verhackstückten Babys bewußt ausgelassen hatte, warnte sie: »Manche von Buddys Reden muß man mit Vorsicht genießen. Sicher, er ist ein Mann Gottes, aber der alte Bud hat einen gewissen ... *Ehrgeiz.*«

»Mami, du sagst das, als wär's 'ne Krankheit.«

»Na ja, Ehrgeiz is nich so schlimm wie AIDS, nehm ich an. Aber zehnmal schlimmer als Masern.«

I & I

Sie kamen gut voran. Winkten den Berggipfeln zum Abschied. Boomer fiel es schwer, sich von ihnen zu trennen. Er bewunderte die offensichtliche Entschlußkraft, mit der diese Bimssteinpaladine ganz allein und hochaufragend auf kräftigen Beinen standen, um ihren Göttern ins Gesicht zu blicken und eines Tages von diesem geschwätzigen Planeten in eine Welt aufzusteigen, die ihr Schweigen besser zu würdigen wußte. Da standen sie, zerklüftet und ungerührt, und nicht einer darunter, der *Pouilly-fumé* geschlürft hätte. Nein, diese Felsen waren keine Künstler, sondern Arbeitstiere, heroische Schweißbrenner, die es verstanden, die Angeln der Höllentore zu reparieren und, wenn es sein mußte, wenn ihre Liebsten es verlangten, ein Wohnmobil in eine in Sonnenbutter geschwenkte Moloch-Mahlzeit zu verwandeln.

Doch die Gesteinformationen wurden spärlicher. Das Land bäumte sich nicht mehr zu unvermittelten Brechern auf, sondern rollte in sanfter Dünung dahin. Auf die Rockies zu. Es war auch nicht mehr so ausgetrocknet. Die Straße verlief jetzt sogar parallel zu einem Bach, vielleicht einem Zufluß des Green River. Wacholder sproß auf den sanften Hängen, und eben erblühte Espen kauerten an den Ufern wie Geistersquaws, die gekommen waren, um dort ihre Wäsche zu waschen.

Es gab keine einzige Siedlung mehr, nicht einmal auf der Karte, aber man konnte sich darauf verlassen, daß hinter der nächsten Straßenbiegung eine Reklametafel stand, die in archaischem Englisch die apokalyptischen Sprüche eines vor Urzeiten abgenippelten Propheten aus dem Nahen Osten zitierte. Sie jagten Ellen Cherry erst Schauer über den Rücken und machten sie dann stinkwütend. »Jeder, der mit einer derart gräßlichen Plakatwand so eine herrliche Landschaft verschandelt«, sagte sie sich, »würde auch in eine Telefonzelle furzen, ein Vogelhaus in die Luft sprengen, die Mona Lisa als Dartboard mißbrauchen, beim Brand der ›Hindenburg‹ nach einem japanischen Belichtungsmesser greifen oder seinen Erstgeborenen Richard Milhous Nixon nennen.«

So rollten sie dahin, Truthahn und Hügel. Die schrecklichen Prophezeiungen konnten sie weder bremsen noch den Griff des Fahrers um den Schenkel der Beifahrerin lockern. Plötzlich flog ein Lächeln über Ellen Cherrys Gesicht.

»Boomer, ist dir klar, daß wir jetzt nicht mehr rumhuren können?«

Er schien überrascht. »Können wir nicht?«

»Nein, natürlich nicht. Wir sind jetzt verheiratet. Im Lexikon steht, huren heißt es nur bei Unverheirateten und Ehebrechern. Von jetzt an müssen wir es irgendwie anders nennen.«

»Wann haben wir's denn je so genannt? Was für'n blöder Ausdruck: rumhuren.«

»Nun ja, jedenfalls haben wir jetzt ausgehurt, Liebling.« Sie legte ihre kleine Hand auf seine Pranke. »Also, was machen wir in Zukunft?«

»Dasselbe, wir drücken es nur ein bißchen netter aus.« Er versuchte sich zu erinnern, ob in Spionageromanen je die Rede von »rumhuren« war. Bei Bond jedenfalls nicht.

»Also was würdest du sagen? Welche nette kleine Sache treiben wir demnächst?«

»Darüber hab ich noch nicht nachgedacht.«

»Na, dann fang mal an.« Sie kraulte das Haar auf seinem Handrücken. »Wie würdest du's denn am liebsten nennen?«

»Ich würd's überhaupt nicht irgendwie nennen. Ich will's einfach nur machen.«

»Na, dann los.«

Das Herumalbern mit ihm hatte sie auf Touren gebracht. Sie küßte ihn auf den rechten Mundwinkel, und er fuhr von der Straße ab und versteckte ihr Vehikel hinter dem letzten Hochplateau in der Wildnis.

I & I

Wird das Neue Jerusalem etwa aussehn wie Richmond, die reizende Hauptstadt unseres reizenden Landes? Nein. Wird es aussehn wie Washington, D. C., die großartige Hauptstadt unserer großen Nation? Nein! Wird es aussehn wie London oder Paris oder gar – gar was? Welche Stadt käm denn in Sachen Schönheit noch in Frage? Äh ... Venedig. Wird es aussehn wie Venedig? Nein. Sind das zu viele Neins? O nein! All diese großen Städte werden verblassen neben dem Neuen Jerusalem; Rom auf der Höhe seines Ruhmes wird, nein, *wäre* nichts als ein Slum im Vergleich mit ... Tallahassee. Tallahassee, du Trottel!«

Trotz der Ermutigung durch Reverend Buddy Winkler nannte der Kandidat als Hauptstadt von Florida Miami Beach – »Miami *Beach*? Der Trottel muß obendrein Jude sein« – und verlor damit ein Service vom feinsten Wedgwood und eine Jahresration Margarine.

»Also schaun wir mal weiter. Wo war ich stehengeblieben? Jede, aber auch jede von Menschenhand erbaute Stadt der Welt, einschließlich der legendären Palastanlagen orientalischer Potentaten, das is gut, legendäre Palastanlagen orientalischer Potentaten, wird zu einem Getto verblassen ... Hmmm, *verblassen* und Getto paßt wohl nich ganz so gut zusammen, wie? Hehe! Wird verblassen gegenüber dem verwandelten Jerusalem, das Gott der Allmächtige als Hauptstadt seines Königreichs auf Erden vom Himmel schicken wird, die Stadt, in der ich und ihr ... ihr und ich ... immerdar ... Rumba. Na los, komm schon, du Dummkopf. Rumba! So? Okay, Samba. Wo zum Henker is schon der Unterschied? Tanzt doch sowieso kein Mensch mehr. Also. Immerdar wohnen werden. Wohnen oder vereint sein werden? Hmmmm ...«

Reverend Buddy Winkler hatte einige Schwierigkeiten, sich zu konzentrieren. An der Quizsendung lag es nicht. Er sah sich häufig Quizsendungen an, wenn er an einer Predigt arbeitete. In der Regel inspirierten sie ihn eher, als daß sie ihn ablenkten. Diese herzzerreißende Gier. Jeder Kandidat stand am Tor zum Reichtum und hoffte, des Einlasses für würdig befunden zu werden. Nein, es war nicht das »Glücksrad«, das seinen Stift verlangsamte, es war die gute Nachricht vom Sparrow Network. Erst an diesem Morgen hatte er erfahren, daß zwei Stationen in Kalifornien und eine in Oregon beschlossen hatten, seine wöchentlichen Predigten ebenfalls zu übertragen. Kalifornien! Jetzt würde der Feldzug gegen Huren, Pharisäer und Sünder erst richtig anfangen. Bei der derzeitigen Verbreitungsgeschwindigkeit seiner Radiosendungen würde auch ein Fernsehvertrag nicht mehr lange auf sich warten lassen. Er durfte die Regulierung seiner Zähne nicht noch weiter auf die lange Bank schieben, das konnte er sich einfach nicht leisten. Auf der Mattscheibe war Lächeln das einzige Kapital, es war Gold wert. »Stimmt's, Bob?« Er grinste dem Quizmaster zu. Und dann, während ihm die Spucke im Mund zusammenlief und sich in giftigen Kakerlakenkiller verwandelte, fuhr er verzweifelt mit der Hand über seine bonbongroßen Eiterbeulen. »Heilt!« hätte er um ein Haar gerufen, aber diese Art von Prediger war er nicht.

Buddys Gedanken wanderten zu dem Hausbesuch, der ihm am nächsten Tag bevorstand. Ein Mitglied seiner Gemeinde hatte sich im Alter von zweiundachtzig Jahren einer Operation unterziehen müssen, um das Sehvermögen wiederzugewinnen. Eine Frau, die mit vier Jahren erblindet war. Die Operation war ein ausgesprochener Erfolg, doch als die Patientin zum erstenmal in den Spiegel blickte und ihre zerknitterte Haut sah, all die Runzeln und Falten, die dafür sorgten, daß ihr Gesicht einer Nahaufnahme vom Skrotum eines Lappländers glich, ließ sie das Wunder Wunder sein und bekam einen Wutanfall. Da sie noch nie das Gesicht eines alten Menschen gesehen hatte, glaubte sie, die Ärzte hätten ihr das angetan, die Wüste in ihrem Gesicht sei eine ungewollte Folge der Operation. Schließlich war ihr nichts Besseres eingefallen, als den Arzt wegen Fahrlässigkeit zu verklagen. Weder ihre Angehörigen noch ihr Anwalt konnten sie davon abbringen, also fiel Buddy als ihrem geistlichen Beistand die Aufgabe zu, ihr klarzumachen, wie und warum Gott routinemäßig seine süßesten Träubchen in Rosinen verwandelte.

»Achtundsiebzig Jahre lang saß diese Frau im Dunkeln, ohne zu merken, wie die Milch sauer wurde. Immerhin kam's bei mir nich aus dem Hinterhalt.« Nachdenklich betastete er seine Pusteln, dann wandte er sich erneut seiner Predigt zu.

Gott der Herr hatte Johannes offenbart, daß jedes Tor des Neuen Jerusalem aus einer Perle bestand und seine Grundmauern mit allerlei kostbaren Edelsteinen verziert waren. Buddy unterstrich die entsprechende Bibelstelle: »Und die Gassen der Stadt waren lauteres Gold wie ein durchscheinend Glas.«

Womöglich würde er sich genötigt sehen, diese Beschreibung zu verteidigen. Es gab bestimmt den einen oder andern Klugscheißer drüben in Kalifornien, der einwenden würde, daß lauteres Gold als Baumaterial nicht in Frage kam. Selbst in Colonial Pines könnten die Ungläubigen, die ewigen Unruhestifter das Thema auf den Tisch bringen und anführen, daß Gold völlig ungeeignet war. Patsy zum Beispiel.

Nun, er wäre bereit, er würde ihnen zuvorkommen. »Wär ich einer von diesen sogenannten modernen Predigern, würd ich vielleicht sagen, guckt nich auf den Buchstaben. Man darf Johannes' Vision vom Neuen Jerusalem nich allzu wörtlich nehmen – es geht nur um die ›symbolische‹ Bedeutung. Der Herr zeigte Johannes eine Stadt, die war so schön, so prächtig, die überwältigte seine Sinne dermaßen, daß er sie mit Edelsteinen und Gold verglich, da ihm die Worte fehlten, um zu beschreiben, wie sie wirklich war. Johannes nahm einfach die märchenhaftesten Metaphern, die ihm einfielen. Also, wenn ihr unbedingt glauben wollt, daß Heilige und Propheten aus biblischen Zeiten herumliefen und wie Professoren daherredeten, bitte schön. Ich aber freß 'n Besen, wenn die Heilige Schrift nich genau das meint, was sie sagt. Sicher, ihr oder ich, wir könnten kein Haus aus purem Gold bauen, das nich am nächsten Tag einstürzt wie 'n Kartenhaus. Nich mal Donald Trump würd 'nen soliden Wolkenkratzer aus Gold hinkriegen. Aber, Brüder und Schwestern im Herrn, *Gott* kann alles, wenn er will. Schließlich hat *er* das Gold selbst erschaffen. Gott könnte sogar eine Stadt aus ...« Buddy wollte schon »Zuckerguß« sagen, doch dann fiel ihm ein, daß heutzutage ja Leute zuhörten, die auf ihre Ernährung achteten. Trotzdem würde er nicht Tofu sagen, Kalifornien hin, Kalifornien her. Die Vorstellung einer Tofustadt war nicht nur ketzerisch, sondern geradezu widerlich. »Gott könnte eine Stadt aus ...

Spinnweben baun, wenn ihm danach wär, und sie würde Pittsburgh überdauern.« O nein, Reverend Buddy Winkler würde sich nicht verstecken, er würde den Ungläubigen und Erneuerern einheizen: »Pansen! Bries is ein Feinschmeckerausdruck für stinknormalen Pansen. Na komm schon, Bob, spuck's endlich aus. Und die wetterfesten Plastikgartenmöbel von Bessie's in Beverly Hills gehören *mir*!«

Leider erfuhr Buddy Winkler nie, ob »Pansen« die richtige Antwort war, denn in diesem Augenblick wurde die Quizsendung von Kurznachrichten unterbrochen. Wieder einmal war eine Bombe in einem vollbesetzten Jerusalemer Bus explodiert, hatte neunzehn Menschen getötet und vierundfünfzig verletzt.

I & I

Boomer glaubte, sie würden es einfach im Truthahn treiben, im Hinterteil, auf dem ganz in schummrigem »Lavendelrosa« gehaltenen Doppelbett mit der dicken Federkernmatratze und farblich passender Steppdecke (unter dem sich in speziellen, herausnehmbaren »Pack-zu-Hause»-Lagerkästen reichlich Stauraum befand). Doch Ellen Cherry hatte anderes im Sinn. Die Sonne schien, es war die erste Frühlingswoche, und hier gab es weder Verkehr noch Zuschauer – sie wollte sich ihre Streicheleinheiten draußen in der Wüste holen, inmitten der Natur, unter dem alles verschlingenden Himmel.

»Außerdem werden wir ein Picknick veranstalten«, verkündete sie und packte eine Schachtel Cracker, eine Büchse Sardinen, eine Dose Schweinefleisch mit Bohnen, ein Glas eingelegte Gürkchen, drei Scheiben Cheddar und ein Stück Brie, einen Dosenöffner, ein Messer und einen Löffel in eine Papiertüte. Boomer legte noch vier eisgekühlte Bierdosen obendrauf.

Hand in Hand, sie klein, er riesig, sie hüpfend, er humpelnd, schlenderten sie am Fluß entlang. Am Ufer war es schattig und um einige Grade kühler, als es vom Wohnmobil aus geschienen hatte, daher bogen sie vom Fluß ab und kletterten einen sonnigen Hügel hinauf. Nach einer Weile ließ Boomer ihre Hand los und ging ein paar Schritte voraus, was bedeutete, daß Ellen Cherry, die Schnellere von beiden, gezwungen war, ihr Tempo zu verringern. Er wollte sie vor giftigen Reptilien beschützen, die möglicherweise vom Frühlingsläuten aus dem Winterschlaf gerissen worden waren. Er hob dazu einen dicken Knüppel auf, mit dem er im Vorbeigehen auf Sträucher und Grasbüschel einschlug. Während sie nach einem idealen Plätzchen suchten, um ihr Laken auszubreiten, warf er von Zeit zu Zeit einen Blick über die Schulter und betrachtete sie, wie so oft, bevor sie miteinander schliefen: als sei sie ein verlorener Kontinent, der kurz vor der Wiederentdeckung stand.

Es war süß von ihm, sie so zu beschützen, fand sie, süß und typisch für den Mann aus dem Süden. Ihrer Erfahrung nach spielten alle Männer aus dem Süden auf diese Art ihren Charme aus. Verläßlich wie Protectas, höflich wie eine Einladung zum Tee, respektvoll wie ein Arbeitsuchender während einer Rezession. Doch gleich unter der Oberfläche dieser einladenden Lagune wetzten zornige grüne Hummer ihre brutalen Scheren. Diese Männer waren besitzergreifend und liebten den Faustkampf; selbst die gebildetsten und vornehmsten unter ihnen – Rechtsanwälte, Psychologen, Finanzberater – wurden regelmäßig handgreiflich, gewöhnlich auf rauschenden Festen, wo der Bourbon in Strömen floß, und nicht selten war der Anlaß ein harmloser Flirt. Männer aus dem Süden steckten noch im Sumpf maskuliner Ethik, sie hingen einem klassischen Bild von Männlichkeit an, dem der Rest der Bevölkerung größtenteils entwachsen war. Sicher, ihr Ehrenkodex rief den ritterlichen Charme auf den Plan, doch er förderte auch ein für Primaten charakteristisches Konkurrenzdenken, das jegliche friedliche Koexistenz verhinderte, es sei denn im Vollrausch. Ihre Stärke war nur Fassade, denn sie speiste sich aus Regeln und Protokollvorschriften statt aus Selbsterkenntnis oder innerer Stärke. Sie waren Papiertiger, diese weißen Dixie-Boys, obwohl sie Ellen Cherry noch lieber waren als Latinos: diese Burschen (Mexikaner, Puertoricaner, manchmal sogar Italiener) besaßen nämlich nicht einen Funken Selbstironie und regten sich noch über Beleidigungen auf, die so läppisch waren, daß Frauen ein Mikroskop brauchten, um sie überhaupt zu erkennen.

Sie war schon fast soweit, griechische Männer mit den Latinos in einen Topf zu werfen, als ihr angelsächsischer Ehemann, der, so schloß sie, somit vielen Mittelmeerbewohnern, den meisten Südamerikanern und allen Kunstkritikern vorzuziehen war, ihren Gedankenfluß mit einem Wink seines Knüppels unterbrach. »Sieh mal«, rief er und deutete auf eine Öffnung im Berg direkt unter einem Felsüberhang. »Eine Höhle.«

Tatsächlich, eine Höhle. So wie Ellen Cherry automatisch Landschaften betrachtete, indem sie die Augen abwechselnd zusammenkniff und aufriß, fokussierte und dann wieder alles verschwimmen ließ, mit Hilfe ihres Augenspiels Gottes Gartenmöbel von einer Netzhautveranda zur anderen schleppte, hätte sie sie wahrscheinlich übersehen. Andererseits wäre vielleicht selbst ein herkömmlicher Wanderer daran vorbeigegangen, denn die Höhle war klein und ihre Öffnung teilweise unter Wacholder und herabgestürztem Schiefergestein verborgen.

Während sie sich den Hang zum Eingang emporkämpften, gingen beiden die gleichen Gedanken durch den Kopf. Die Nachmittagsbrise war aufgefrischt, und Frühling hin, Frühling her, es war so kühl, daß sie allein bei der Vorstellung, sich auszuziehen, eine Gänsehaut kriegten. Vielleicht würde die Höhle ihnen eine warme, behagliche Zuflucht bieten, einen sicheren Hafen, indem sie das Kanu ihrer Lust vertäuen konnten. Sie wären immer noch draußen in der Natur, aber so gemütlich aufgehoben wie im Bauch des Truthahns.

Natürlich bestand Boomer darauf, die Höhle zuerst zu erkunden. Da der Berghang steil war, fiel ziemlich viel Licht durch den Eingang. »Sie ist flach und ziemlich staubig, aber sie scheint mir okay«, berichtete er, nachdem er sich überzeugt hatte, daß keine Klapperschlangen oder Bären auf der Lauer nach seiner appetitlichen Braut lagen. Sie kroch auf allen vieren hinter ihm her.

Im Inneren der Höhle hätten sie aufrecht stehen können, aber dazu waren sie ja nicht hergekommen.

»Hast du dich je für Speläologie interessiert?« fragte Ellen Cherry, als sie die Picknicksachen ausbreitete.

Boomer wußte ganz genau, was Speläologie war, da in seinem Lieblingsthriller, *Shibumi* von Trevanian, ein Höhlenforscher die Hauptrolle spielte, erwiderte jedoch: »Ist das eine neumodische Art von Hurerei oder was, das auch Verheiratete tun können?«

Ellen Cherry stellte die Gürkchen hin und sah ihn spitzbübisch an. Sie wußte, daß er trotz der großen Töne, die er immer spuckte, in den Federn eher schüchtern war. »Oh«, sagte sie schließlich, »manche verheirateten Männer sind ausgezeichnete Speläologen.« Sie griff nach seiner linken Hand, steckte den Ringfinger in den Mund, um ihn anzufeuchten, und zog ihm den Ehering ab. Sein Protest ging in lustvolles Grunzen über, als sie dem Finger noch einen Gratislutscher gab.

Dann raffte sie ihren Rock bis zur Hüfte, streifte das Höschen ein paar aufreizende Zentimeter herab und steckte den Ehering in ihre Vagina. Sie faßte noch einmal nach, um sich zu überzeugen, daß, nun ja, daß er festsaß; dann ließ sie mit einer schwungvollen Gebärde, wie ein Zauberer, der soeben ein Kaninchen *in* den Hut gezaubert hat, ihren Höschenbund schnappen und erklärte, er könne sein Glück als Höhlenforscher versuchen, wann immer er soweit sei.

Das *Uh*, das *Ah*, das *Oh*, das klebrige Klatschen nackter Bäuche, feucht wie die Höhlenwände, das leise Klicken von Gold auf Zahnschmelz, als sie den salzigen Ehering von Mund zu Mund gehen ließen, die fast hörbaren Vibrationen von Ellen Cherrys kleinem Stalaktiten.

Boomer lag verloren unter Glühwürmchen, unter seidigen Fledermausgespinsten. An der Schaftspitze seines Bohrers spürte er ein Prickeln wie von einer mineralischen Lösung, die langsam in die Ewigkeit eines unterirdischen Sees tröpfelte. Es waren auch schon andere Forscher in dieser Höhle gewesen, wie sie ihm gestanden hatte, doch tröstete ihn die Gewißheit, daß er sie zuerst erforscht hatte, daß es sein Pinsel gewesen war, der die Jagdszenen auf den Wänden ihres labialen Lascaux hinterlassen hatte.

Uh oh ah, diese Troglodytenliebe war für ihn ganz allein; diese Höhle in der Höhle, diese paläolithische Pussi, dieser Abstieg in die dunkelsten Abgründe des Fickens. Leidenschaftlich starrten sie einander in die Augen, die Blicke aneinandergefesselt wie die Erforscher der Höhlen von Carlsbad. Boomer hatte das Gefühl, daß sie zusammen in einem engen Schacht lagen, der sie jeden Augenblick ausstoßen und in einen sagenhaften, noch nie betretenen Raum schleudern würde, in dem vielfarbige Säulen und Orgelpfeifen aus Kalkspat funkelten – doch ach, genau in diesem Augenblick flüsterte Ellen Cherry ein Wort, das ihn mindestens so schmerzte wie der Zusammenstoß mit einem Tropfstein.

»Jezabel«, hauchte sie.

»Hä?«

»Bitte, Liebling, nenn mich Jezabel.«

O nein, dachte er, *tu mir das nicht an. Werd bloß nicht pervers.* Er sagte nichts, steigerte jedoch seine Stoßkraft.

»Komm schon, Liebling.«

»Äh-äh.« Wenn sie doch nur den Mund halten würde. Dieser Trick mit dem Ehering war nicht schlecht, aber das ...

»Na los, mach schon. Nenn mich deine Jezabel.«

»O je, Ellen Cherry.« Er pumpte noch heftiger, doch sie bestand auf ihrer Forderung, und er wußte, wenn sie weiter darüber stritten, wäre es aus mit seiner Erektion. Schon jetzt knickte sie in der Mitte ab wie die Fliege eines Oberkellners. »Jezabel«, grunzte er.

»Ich hör nichts.«

»Jezabel.« Sein fehlender Enthusiasmus war nicht zu überhören.

Sie schlug ihm die Fingernägel in die Arschbacken, die Zähne in die Schulter. »Sag es, Boomer!«

Gegen jede Vernunft – so verhielten sich also Frauen, wenn sie verheiratet waren – platzte es aus ihm heraus, laut und vernehmlich. »Jezabel!« Und die Wände warfen es zurück: »Jezabel! Jezabel!« Dumpf rappelte der Name in der kleinen Höhle wie ein Würfel in einem Becher.

Ellen Cherry bohrte ihm die Nägel tiefer ins Fleisch und bäumte sich unter ihm auf. Ein Stöhnen flatterte aus ihrer Kehle wie eine übergewichtige Taube.

»Jezabel!« schrie er. »Du billiges kleines Flittchen, verdammtes Luder, Jezabel!«

Dann verlor er das Bewußtsein. Und ihr Orgasmus hatte jene dramatische Steigerung erfahren, die dem Publikum in antiken Tragödien Katastrophen, Unsterblichkeit oder gar beides verheißt.

Aber natürlich gab es in diesem unheimlichen, düsteren Abgrund in der im Schwinden begriffenen amerikanischen Wildnis kein Publikum.

Oder doch?

Sie lagen schweigend da, einander kaum berührend, die postkoitale Verträumtheit von vager Verlegenheit überlagert. Jeder wartete, daß der andere etwas sagte, jeder hoffte insgeheim, daß, wenn der andere sprach, seine Worte fröhlich und zärtlich wären, ohne eine Spur dieser Scham, die ihn selbst am Sprechen hinderte – und ohne den geringsten Bezug auf eine gewisse übel beleumundete Königin aus dem neunten Jahrhundert vor Christus. So hätten sie bis zum Sonnenuntergang nebeneinander liegen können, wäre nicht drei oder vier Minuten nachdem ihre Lustschreie verebbt waren – obgleich es ihnen viel länger vorkam –, im hinteren Teil der Höhle ein schwaches Geräusch zu hören gewesen.

Ellen Cherry erstarrte. Boomer fuhr auf und suchte hektisch nach seinem Knüppel.

Da war es wieder, ein trockenes Rascheln, gefolgt von einem Geräusch wie dem von Boomers Arbeitsstiefeln, wenn er müde war und seinen lahmen Fuß mehr als gewöhnlich nachzog. Ellen Cherrys Augen weiteten sich, und diesmal nicht um irgendwelcher künstlerischer Faxen willen. Ihr fürsorglicher Ehemann aus dem Süden wandte sich in die Richtung, aus der die Geräusche kamen.

Die Höhle war höchstens sechs Meter tief. Sicher, es gab nicht viel Licht, aber die Rückwand war ohne Schwierigkeiten zu erkennen. Hier konnte sich nichts, weder Mensch noch Tier, verstecken. Es sei denn ... erst jetzt fiel Boomer eine kleine Nische auf, ein vaginaler Schlitz in der oberen linken Ecke. Er begann etwa drei Meter über dem Erdboden, fast unter der Decke, zu hoch jedenfalls, um hineinzuspähen. Er schien eigentlich nicht groß genug, um einem Tier Platz zu bieten, obwohl ... ein bis zwei Schlangen könnten sich dort durchaus eingenistet haben.

Die Geräusche wollten jedoch nicht recht zu Schlangen passen, und auch nicht zum Geist von Injun Joe. Stell dir, wenn du kannst, ein naives junges Mädchen vor. Sie ist der Einladung eines älteren Herrn gefolgt, der ihr seine Kupferstichsammlung zeigen will. Stell dir vor, wie der in Leder gebundene Wälzer aus dem Regal gezogen wird, horch auf das Umblättern der kostbaren schweren Seiten. Stell dir vor, wie das junge Mädchen in ihrer Nervosität das Glas Mezcal umstößt, mit dem der ältere Herr sie rumkriegen wollte, und dabei den Mezcalwurm befreit, der zum Leben erwacht und versucht, auf einem Teller voller Nacho-Chips eine Revolution anzuzetteln. Ungefähr diese Art von Geräuschen hörten sie.

Zum Leben erwacht ... Und gleichzeitig spürten unsere beiden etwas. Es war ein Gefühl, das sie im gleichen Augenblick überkam, als sie die Geräusche hörten, und das, wie sie später übereinstimmend fanden, genau dem Gefühl entsprach, das man hat, wenn *etwas zum Leben erwacht*, wobei ihnen völlig schleierhaft war, was das sein konnte. Es war unheimlich, weit unheimlicher als die Vorstellung eines großen, giftzahnbewehrten Reptils, das sich auf seinem schuppigen Bauch aus der Nische ringelte. Sie schlüpften hastig in die Kleider, rafften ihre Picknicksachen zusammen und stürzten Hals über Kopf aus der Höhle.

Auf dem ganzen Weg zum Highway spähten sie immer wieder zurück, um sich davon zu überzeugen, daß sie nicht verfolgt wurden, und erst als sie sicher im Inneren des Truthahns hockten, konnten sie wieder lachen.

»Du hast nur einen Socken an«, stellte Ellen Cherry fest.

»Ich war ja schon froh, daß ich wenigstens den einen erwischt hab«, sagte Boomer. »Hast du's vielleicht geschafft, dein Höschen anzuziehen?«

»Klar. Wofür hältst du mich, eine Art Jezabel etwa?«

Einen spannungsgeladenen Augenblick lang starrten sie einander an, dann kicherten sie los und umarmten sich fest.

»Wahrscheinlich hab ich den Socken als Opfer für das Höhlenmonster dagelassen«, sagte Boomer.

»Wenn ich mich recht erinnere, Liebling, hattest du ihn schon drei Tage an.«

»Jessas! Du hast recht. Wie unangenehm. Besser, wir machen uns aus dem Staub.«

Erst als sie eine beträchtliche Distanz zwischen sich und die Höhle gelegt hatten, fühlten sie sich wieder einigermaßen wohl in ihrer Haut. Und selbst da waren sie noch zu durcheinander, um zu merken, daß sie, abgesehen von Boomers stinkendem Socken, auch noch einen echten Silberlöffel und die Dose Bohnen in der Höhle vergessen hatten.

I & I

Noch fast eine Viertelstunde, nachdem das Pärchen aus der Höhle geflohen war, hielt das Rascheln in der Nische an. Niemand außer Dirty Sock, Spoon und Can o' Beans konnte es jetzt noch hören.

»Ich habe Angst«, sagte Spoon.

»Hier drin kann uns nichts passieren«, entgegnete Dirty Sock. Der Gedanke an eine Viper, die sich in einen alten roten Socken verbiß, kam ihm ziemlich komisch vor. Die Vorstellung dagegen, daß sich ein junger Hund in der Nische verstekken könnte, hätte er weniger amüsant gefunden.

»Psst«, machte Can o' Beans. »Hört mal, dieses Seufzen. Was immer da erwacht, es erwacht sehr, sehr langsam, denn es hat sehr, sehr lange geschlafen.«

Can o' Beans hatte recht. Tatsächlich waren fast zweitausend Frühjahre gekommen und vergangen, seit das, was da erwachte, zum letztenmal wach gewesen war. Offenbar brauchte es mehr als eine simple Tagundnachtgleiche, um einen solchen Dornröschenschlaf zu stören. Denn was das, was da erwachte, aus seinem Schlummer gerissen hatte, war der Geschlechtsakt von Mr. und Mrs. Boomer Petway in Verbindung mit dem Echo eines vertrauten und hochgeschätzten Namens gewesen.

O ja, Jezabel war denen, die in der Spalte dort schliefen, wohlbekannt. Sie hätten jede Frage, die Ellen Cherry hinsichtlich des »verdorbenen Luders« unter den Nägeln brannte, bis ins kleinste Detail beantworten können.

So hätten sie beispielsweise mit folgender Information aufwarten können: Außer auf ziemlich äußerliche Art und Weise hat Königin Jezabel niemals Baal verehrt. *Baal*, das war die alte semitische Bezeichnung für »Herr« oder »Ehemann«. Der Gott, der in der Bibel als Baal bezeichnet wird, verdankte seinen göttlichen Status vor allem der Tatsache, daß er der Ehemann Astartes war. Und Jezabel verehrte Astarte.

Wer war Astarte? Sie war eine Göttin, besser gesagt, *die* Göttin überhaupt, die Große Mutter, das Licht der Welt, die am längsten und leidenschaftlichsten verehrte Gottheit in der Geschichte der Menschheit. Ihre Heiligtümer datierten bis zurück in die Steinzeit, und es gab nicht eine indoeuropäische Kultur, die es versäumte, den Staub von ihren sternenbestickten Pantoffeln zu küssen. Im Vergleich dazu war »Gott«, wie wir Heutigen Jahwe nennen (was fälschlich oft als Jehova wiedergegeben wird), bloß ein Epigone, der nie ihre enorme Popularität erreichte. Sie war die Mutter Gottes, wie sie in der Tat unser aller Mutter war. Sosehr sie auch wegen ihrer lebenspendenden und nährenden Eigenschaften geliebt wurde, den einzigen Aktivitäten, die ihr die Patriarchen durchgehen ließen, sie herrschte doch zugleich über die Vernichtung des Lebens ebenso wie über seine Entstehung und repräsentierte, so ein Gelehrter, »den Abgrund, der den Anfang und das Ende bildet, den Ursprung allen Daseins«.

In Jezabels Geburtsland Phönizien hieß diese Göttin Astarte. In Babylon war sie Ishtar, in Indien Kali, in Griechenland Demeter (und in ihrer noch nicht erwachsenen Erscheinungsform Aphrodite). Im Land der Angeln und der Sachsen nannte man sie Ostara; im Norden sagte man Freya und in Ägypten Isis – oder Nut oder Hathor oder Neith. O ja, die Göttin hatte viele Namen und spielte viele Rollen. Sie war Jungfrau, Braut, Mutter, Prostituierte, Zauberin und blutrünstige Richterin, alles in einer Person. Sie hatte mehr

Phasen als der Mond und kannte seine dunkle Seite wie ihre eigene Westentasche. Sie ging dort ein und aus.

Weil die Göttin so launisch und verspielt war, weil sie das natürliche Chaos ebenso liebevoll akzeptierte wie die natürliche Ordnung, weil ihre warme feminine Intuition nur allzuoft mit dem kühlen männlichen Verstand in Widerspruch geriet, weil die sich auf den Penis gründende Macht ihrer Söhne seit dem Heraufdämmern menschlichen Bewußtseins von der uterinen Magie ihrer Töchter überschattet worden war, landeten rachsüchtige Priester eines hebräischen Nomadenstammes vor etwa viertausend Jahren einen Coup gegen sie – und ein Großteil dessen, was wir als westliche Zivilisation bezeichnen, ist das Resultat. Noch immer nimmt das Leben im Schoß seinen Ausgang, noch immer schlaffen stolze Penisse ab und liegen nutzlos da, wenn die Frau in ihrer überlegenen Sexualität mit ihnen fertig ist, aber trotzdem kontrollieren heute Männer die göttlichen Sendschaften. Zwar mag diese Kontrolle zum größten Teil eine Illusion sein, doch existieren die Gesetze, Institutionen und ausgeklügelten Waffensysteme der Männer vor allem deshalb, um sie aufrechtzuerhalten.

Zu Jezabels Zeiten, ein volles Jahrtausend nach der patriarchalischen Revolte, hatte Jahwe gerade mal einen ziemlich unsicheren Fuß in ihre Tempeltür gezwängt. Noch heute dürfte jede Ejakulation, jedes Erdbeben, jeder herbstliche Vollmond das männliche Unterbewußtsein an die fortdauernde Anwesenheit der Göttin erinnern, doch im neunten Jahrhundert wurde sie in den Ländern um Israel offen und in Israel selbst heimlich verehrt. Kein Wunder also, daß die Patriarchen Zeter und Mordio schrien, als König Ahabs phönizische Braut anfing, der Göttin Astarte Tempel zu bauen, und die Israeliten diese Tempel aufzusuchen begannen – offensichtlich zog die Bevölkerung Astartes Sinnenfreude Jahwes rigider Askese vor. Interessanterweise bestand eines der Verbrechen, die man, dem Zeugnis des Historikers Josephus zufolge, Jezabel vorwarf, darin, Bäume zu pflanzen. Da die Göttin stets in heiligen Hainen verehrt wurde, ist es verständlich, daß die Patriarchen damals wie heute zum Abholzen neigen.

Übrigens wird Astartes hebräischer Name – Ashtoreth – in der Bibel nur dreimal erwähnt. In sorgfältig patriarchalisierten Inkarnationen erscheint die Göttin in der Heiligen Schrift als Eva und Jungfrau Maria (einmal als arglistige Verführerin, das andere Mal als leidenschaftsloses, passives Vehikel); Johannes bezeichnet sie als Hure von Babylon und identifiziert sie als die schamlose »Bestie«, die von dem unschuldigen, asexuellen »Lamm« in einer Schlacht, die aller menschlichen Geschichte ein Ende macht, besiegt wird. Doch waren die Sprecher des Patriarchats viel zu panisch angesichts ihrer Offenheit, ihrer Unbeständigkeit, ihrer Magie und Sinnlichkeit, um auch nur ihren Namen niederschreiben zu können. Daher ersetzten sie die Göttin durch ihren Ehemann, ihren *baal*, in der Erkenntnis, daß sie das angebliche Kindsopfer nur einer männlichen Gottheit überzeugend zuschreiben konnten.

Damit hier nicht der falsche Eindruck entsteht, diejenigen, die sich in der unterirdischen Nische reckten und streckten, verfolgten eigennützige historische Ziele, sollte an dieser Stelle festgehalten werden, daß sie ... nun ja, Agenten der Realität waren, nicht Gelehrte oder Konvertiten. Sie hätten sich wohl kaum damit abgegeben, selbst wenn sie dazu imstande gewesen wären, die Namen der Göttin runterzuleiern, als handelte es sich um die Aufstellung eines Footballteams. Zwar wären sie zweifellos nicht so redselig gewesen, doch hätten sie Ellen Cherry sicher bereitwillig Auskunft über den wahren Charakter von Jezabels Missetaten gegeben: Ihr Vergehen bestand in der Verehrung Astartes. Weil diese Verehrung ansteckend war (denn sie ist ein instinktiver menschlicher Reflex), weil sie den harten Griff des Jahwe-Kults schwächte, wurde Jezabel verleumdet, verfolgt und schließlich ermordet.

Als der Augenblick kam, war sich Jezabel durchaus darüber im klaren, was ihr bevorstand. Sie kämmte ihr mutterkornschwarzes Haar, setzte ihre Tiara auf, legte Rouge auf Wangen und Lippen, bestäubte die Lider ihrer riesigen phönizischen Augen mit Khol und trat mit dem Stil, der Würde und Anmut, die einer regierenden Herrscherin geziemen, ihrem Henker entgegen. Soviel zum Thema geschminkte Flittchen.

Die von den Hunden zernagten Gebeine Jezabels könnten das Skelett sein, das im tiefsten Inneren unserer Rasse mit den Knochen klappert.

Warum war sich Ellen Cherry all dessen nicht bewußt? Warum ahnte der größte Teil der Menschheit nichts davon? Weil Schleier von Unwissenheit, Desinformation und Illusion uns von allem trennen, was für das Verständnis unserer evolutionären Reise unabdingbar ist, und uns das für alle lebenswichtige Mysterium vorenthalten.

Der erste dieser Schleier verbirgt die Unterdrückung der Göttin, verhüllt das sexuelle Gesicht des Planeten, tarnt den uralten Sockel des erotischen Schreckens, auf den sich die Religion des modernen Menschen gründet.

Aber Moment mal. Wenn Painted Stick und Conch Shell gestattet wird, die Höhle zu verlassen, wo sie geschlafen haben – und was steht ihnen im Weg außer einem Löffel, einem stinkenden alten Socken und einer Dose Bohnen? –, könnte auch Salome in den Tempel zurückkehren und tanzen. Und wenn niemand Salome am Tanzen hindert, könnte dieser erste Schleier schon sehr bald fallen.

DER
ZWEITE
SCHLEIER

Wie kommt es eigentlich«, fragte Boomer, »daß Bier einem tagsüber schneller zu Kopf steigt als abends?«

Der Mann, an den die Frage gerichtet war, zupfte an seinen kratzigen Bartstoppeln, nickte und gab keine Antwort.

»Tatsache«, fuhr Boomer fort. »Nach Sonnenuntergang vertrag ich dreimal soviel wie am Nachmittag. Ist Ihnen das auch schon aufgefallen?«

Ellen Cherry stand in einem Waschsalon und wusch ihre Wäsche. Von nun an, darauf hatte sie bestanden, würde Boomer in der saubersten und hygienischsten Fußbekleidung durch die Welt marschieren, die mit Waschmittel und heißem Wasser zu haben war. Sollte sie diesen Schwur je brechen, brauchte er sie nur an den schmutzigen Socken zu erinnern, den er tags zuvor in der Höhle zurückgelassen hatte. Sein Gestank, so vermuteten sie halb im Scherz, beleidigte jetzt irgendeinen Höhlengeist, dessen Gastfreundschaft sie so schmählich verletzt hatten, und das, nachdem er über ihren wunderbaren Fick gewacht hatte. Während sie mit zusammengekniffenen Augen zusah, wie sich hinter dem Bullauge in der Tür der Waschmaschine Strümpfe und Unterwäsche drehten und überschlugen, in den Schaum fielen und wieder an die Oberfläche trieben, hatte sich Boomer in eine Kneipe auf der anderen Straßenseite geflüchtet.

»Es ist ein bekanntes Phänomen«, sagte Boomer. »Aber ich hab noch nie gehört, daß irgendwer es in 'nem Gesundheitsmagazin oder sonstwo erklärt hätte. Wie ist das bei Ihnen?«

Es saßen nur drei Leute an der Bar: Boomer, der Mann links von ihm und der Mann links von dem Mann. Boomers Nachbar war groß und bräsig und sah ziemlich heruntergekommen aus. Sein kariertes Flanellhemd machte den Eindruck, als sei es des öfteren unter die Räder einer Dreschmaschine geraten. Mit seinem Bart stand es nicht viel besser. Er nickte Boomer zu, sagte jedoch nichts. Sein Kumpel, halb verdeckt von der massigen Gestalt des ersten Mannes, starrte vor sich hin. Die Kellnerin, eine ältere Frau, saß am anderen Ende und beschäftigte sich so eifrig damit, die Gläser zu polieren, gegen das Licht zu halten und aufs neue zu polieren, daß man hätte meinen können, sie erwartete jeden Augenblick die Queen mit ihrem Hofstaat. Von einem unbeachteten Fernseher, der einsam unter der Decke hing, flimmerten krause Bilder: eine weibliche Gestalt, die geradewegs einer Seifenoper entsprungen schien, weinte um ihren Freund. Er war in den Nahen Osten abkommandiert worden, um mitzuhelfen, den Frieden zu bewahren. Das Mädchen in der Sendung fragte sich, warum Juden und Araber nicht lernen konnten, einträchtig nebeneinander zu leben.

Boomer hatte sich, wie die meisten Amerikaner, selbst schon ein- bis zweimal den Kopf darüber zerbrochen. Heute hatte er andere Probleme. »Es muß was mit dem Licht zu tun haben. Irgendwie bricht der Alkohol das Sonnenlicht und verursacht eine Reaktion im Gehirn. Peng! Mitten zwischen den Augen.«

Der Bräsige neben ihm sagte immer noch nichts. Boomer beugte sich zu ihm hinüber.

»Natürlich kann es sein, daß die Wirkung hier oben in den Rockies anders ist, keine Ahnung. Bei der Höhe! Ich weiß zufällig, daß Pfauen über fünftausend Meter nicht mehr schreien können. Die Höhe macht sie stumm wie eine Nuß. Ich nehm doch an, daß Nüsse stumm sind. Jedenfalls heißt es im allgemeinen, daß sie taub sind. Lauter kleine Helen Kellers.« Ein verständnisvolles Lächeln zuckte über Boomers Gesicht. »He, sagen Sie, ist *das* vielleicht Ihr Problem?« Er hielt seinen Mund direkt an das Ohr des Kerls und brüllte: »Annie Sullivan am Apparat!« Zweifellos würde der Mann den Namen der Therapeutin kennen, die Ms. Keller das Sprechen beigebracht hatte.

Mit einem gezielten, unausweichlichen Hieb seiner Pranke fegte der Mann Boomer vom Barhocker. Als er sich hastig aufrappelte und das verschüttete Bier von den Palmwedeln auf seinem Hawaiihemd wischte, rief Boomer: »Wenn Gott nicht lieber gewollt hätte, daß wir abends trinken, hätt er das Neon nicht erschaffen! Stimmt's oder hab ich recht? Und das ist *keine* rhetorische Frage!«

Dann flogen die Fäuste, und der Kampf begann erst richtig. Sie gingen in den Clinch und landeten schließlich auf dem Boden, Boomer zuunterst. Er hatte dem Mann – der immer noch keinen Piepser von sich gegeben hatte – gerade die Finger um die knorrige Kehle gelegt und war im Begriff, zuzudrücken, als Ellen Cherry hereinstürzte, mit ihrem vollen Wäschesack auf die beiden einschlug und sie auseinanderzerrte. Der dritte Mann glitt von seinem Hocker, als verspüre er nicht übel Lust, sich einzumischen, aber da löste sich aus dem Wäschesack ein frisch gewaschener rosafarbener Spitzen-BH (Größe A, die Körbchen fein säuberlich übereinandergelegt) und landete auf seinen Schuhen. Er zuckte zurück wie ein Vampir beim Anblick von Knoblauch.

Ellen Cherry rettete ihre Unterwäsche, half den Kampfhähnen auf und schob Boomer in Richtung Ausgang. »Bitte um Verzeihung, die Herren«, sagte sie. »Mein Mann ist ein kompletter Idiot.« Sie nickten. »Aber Sie müssen zugeben, er ist umwerfend komisch.«

Erst als das Pärchen sich durch die Tür zurückzog, brach der bräsige Mann sein Schweigen. Mit heiserer Stimme krächzte er: »Dir hab ich's aber gegeben, was?«

Boomer wirbelte auf dem Absatz herum und schwang wütend die Faust. »Du hast's gar niemand gegeben, du Blödmann! Du nimmst Anabolika! Du bist disqualifiziert!«

Mit einem heftigen Ruck, der glatt einem Tukan den Schnabel abgebrochen hätte, zerrte Ellen Cherry ihn hinaus auf die Straße. In den Rinnsteinen des Kaffs lagen noch dreißig Zentimeter Schnee. Als die verharschten Kristalle die Glut in Ellen Cherrys Augen sahen, wimmerten sie vor Angst. »Was, o was wird im August aus uns geworden sein?« riefen sie wie aus einem Munde.

»Verdammt noch mal, Boomer!« fluchte Ellen Cherry. »Willst du solche Shows etwa auch in New York abziehen?«

Im Inneren der Kneipe war wieder alles beim alten. Im Fernsehen weinte ein sitzengelassenes Mädchen, in der Jukebox schmachtete ein sitzengelassenes Mädchen, in einem Bierglas löste sich Fliegenscheiße auf, unter der Decke sammelte sich eine Marlborogewitterwolke, auf Drahtgestellen verrottete Trockenfleisch, und auf den Barhockern saßen die beiden Gäste und befeuchteten sich die Kehle mit dem bajuwarischen Naß. Im Gleichtakt.

»Weißte was«, sagte der Kleinere und fuhr mit dem Zeigefinger über den Rand seiner Coors-Dose. »Das Arschloch hatte recht.«

»Was meinste denn damit?«

»Das Zeug wirkt tagsüber anders als abends.«

»Bei dir vielleicht.«

»Macht ein' müde. Man sieht plötzlich Sachen.«

Das Lachen des Bräsigen wirkte so sehr wie ein Erstikkungsanfall, daß er sich in der Öffentlichkeit keine Vorabendkomödie anschauen konnte, ohne daß jemand, der ihn nicht kannte, den Heimlich-Handgriff an ihm ausprobierte. Als sein verächtliches Glucksen jetzt schließlich durch die diversen Schleimschichten im Hals gerutscht war, echote er: »Sieht Sachen«, als würde schon die Wiederholung der Bemerkung seines Freundes ausreichen, sie zu widerlegen.

»Meine Schwester hat heut morgen angerufen. Tja, du weißt ja, die verträgt einiges, mindestens soviel wie du und ich. Du bräuchtest schon eins von diesen vermaledeiten Pustedingern, um festzustellen, daß sie nich Nesquik getrunken hat oder so. Ich mein abends. Na schön, heut so um die Mittagszeit hat sie angerufen, aus Pocatello, wo sie wohnt. Sie hatte schon 'n paar getankt. Und sie hat eben Sachen gesehn.«

»Sachen?«

»Na, du weißt schon. Sachen halt.«

»Überall um uns rum wimmelt's von Sachen, Mike. Wo du auch hinguckst, sind Sachen. Sogar auf dem Hemd von dem Mistkerl, dem hab ich's aber gegeben. Was hat 'n deine Schwester gesehen – fliegende Untertassen?«

»Ganz normale Sachen, stinknormale alltägliche Sachen. Du verstehst nich, worum's geht, Mann. Es war morgens, und sie hatte allerhöchstens vier Bier intus. Sie hat im Wagen gesessen und plötzlich geglaubt, sie würd diese Sachen da am Straßenrand langlaufen sehen. Das is alles.«

Der Bräsige schüttelte bedächtig den Kopf. Er schwieg so lange, daß man tatsächlich auf die Idee hätte kommen können, Anne Sullivan zu Rate zu ziehen, damit sie ihm die Sprache wiedergab. Schließlich zupfte er heftig an seinem Schnurrbart und fragte: »Was für Sachen solln denn da langgelaufen sein?«

»Ach, vergiß es.« Mike unterbrach die Kellnerin bei ihrem Dschihad gegen die Fliegenscheiße, bestellte eine neue Runde Coors und wechselte dann das Thema, indem er sagte, Uncle Sam solle doch endlich da unten einmarschieren und den Arabern einfach die Ölfelder abnehmen, fertig. »Nicht, daß ich die Juden vorziehn würd, sind doch da unten alle so schmutzig wie Sautitten, wennde mich fragst, aber wir sollten mit dem Terrorismus Schluß machen und das Öl einkassieren.«

Mike hatte eigentlich gar keine Lust, über Außenpolitik zu diskutieren, aber wie sollte er jemandem erklären, daß seine Schwester an diesem Morgen eine Schneckenmuschel am Straßenrand entlangspazieren gesehen hatte. Und eine Gabel oder einen Löffel. Und einen roten Stock und eine Socke. Eine Socke, lieber Himmel! Und etwas, das aussah wie eine Dose Bohnen.

I & I

Es gibt Landschaften, da hat man das Gefühl, über einem wölbe sich nicht der Himmel, sondern das All. Etwas Größeres, Weiteres als der Himmel, man spürt und sieht es, obwohl der Himmel in einer solchen Umgebung stets überwältigend ist. Es gibt eine Stelle zwischen dem Großhirn und den Sternen, da hört der Himmel auf und das All beginnt, und manchmal, wenn wir uns zu einer bestimmten Stunde auf einer bestimmten Prärie oder Bergkuppe einfinden (die kleinste Wolkenschliere kann die ganze Wirkung verderben), löst sich unsere Beziehung zum Himmel in Luft auf, während die zum All immer festere Formen annimmt.

Unweit der reliefartigen Naht auf der Landkarte, wo die Flicken von Idaho, Utah und Wyoming aneinandergesteppt sind, rastete Can o' Beans im Zwielicht, unter einer nach allen Seiten überkragenden Kuppel, mehr All als Himmel, von der er sich hingerissen aufsaugen ließ.

Es war das Ende ihrer ersten Tagesreise und der Anfang ihres ersten Nachtmarsches. Nach den Ereignissen des Morgens – der beschwipsten Frau, die um ein Haar ihren Lieferwagen zu Schrott gefahren hätte, als sie sie auf der Landstraße erspähte, die Jäger, die auf sie schossen (die dachten wohl, sie seien Kaninchen oder was?), nachdem sie sich von der Straße in die Büsche geschlagen hatten –, nach alldem waren Painted Stick und Conch Shell übereingekommen, Can o' Beans' ursprünglichem Rat zu folgen und nur noch bei Nacht zu reisen. Es war in der Tat ein wenig naiv von Painted Stick, zu glauben, er könne sein Häuflein von Objekten unbeschadet bei hellem Tageslicht durch Amerika führen. Willkommen in der modernen Welt, Painted Stick.

Also hatten sie sich den Nachmittag über in einem kleinen Arroyo verborgen gehalten und beabsichtigten, in Kürze wieder aufzubrechen. Can o' Beans stand am Ufer des Wasserlaufs und sah durch den dunkler werdenden Himmel hinauf ins Reich der Stille und Barmherzigkeit. Mit einem feierlichen, wenn auch ein wenig blechern fröstelnden Schauder stand er/sie mitten auf jener Kreuzung, wo das Vertraute und das Nichts aufeinandertreffen, und betrachtete die seltsame Lage, in der er/sie sich befand, von der philosophischen Warte aus.

I & I

Conch Shell hatte die Spalte als erste verlassen. Sie war so gesprungen, daß sie auf der harten Spitze ihres sich nach oben verjüngenden Gehäuses landete, und hatte damit vermieden, daß Teile ihrer Spiralreifen beim Aufprall splittern oder Sprünge bekamen. Einen Augenblick verharrte sie so, aufrecht in der weichen Erdschicht des Höhlenbodens steckend. Dann ließ sie sich behutsam fallen und rollte auf die breitgeschwungene Seite. So blieb sie liegen, odaliskengleich, rekelte sich träge und bot einen ungehinderten und ja, vielleicht schamlosen Blick auf die dunklen Außenlippen, die cremefarbenen Innenlippen und das himmlische Rosa ihrer Öffnung, ihrer Spalte.

Can o' Beans und Dirty Sock, die etwas Geschupptes, Gekringeltes erwartet hatten, kam Conch Shells rosiges

Leuchten in der Tat überirdisch vor. Can o' Beans fand, sie sei das Schönste, was er/sie je gesehen hatte, und stieß einen Seufzer aus, der jede einzelne Bohne in seiner /ihrer Sauce zum Rotieren brachte. Dirty Sock pfiff durch die Zähne wie ein Bauarbeiter und rief: »Junge, Junge, was für Kurven!« oder so was Ähnliches.

Spoon dagegen durchfuhr ein Anflug von Eifersucht, daß sie so grün im Gesicht wurde, als hätte sie die ganze Nacht in Mayonnaise verbracht.

Die Schneckenmuschel ist die Stimme Buddhas, die Wiege Aphrodites, das Tritonshorn, das alle Dämonen vertreibt und verirrte Seefahrer nach Hause führt. Vom Mondlicht gefärbt und von frühester Geometrie geformt, ist sie das allererste Traumschiff, das heilige Unterseeboot, das zu seinem Rendezvous mit der Poesie die Fruchtbarkeit als Geschenk mitbringt.

Von frühester Geometrie geformt? Nein, die Schneckenmuschel *ist* früheste Geometrie. Ihre vollkommen logarithmische Spirale windet sich von links nach rechts um eine Achse fundamentaler Wahrheit. Als aus den Träumen seines Bewohners entstandenes Haus ist sie das beste Beispiel für eine Architektur der Phantasie, für eine Logik des Verlangens.

Sie ist ein zu Kalk erstarrter Schoß, ein Nest mit eigenem Antrieb, und sie überdauert ihren Bewohner, ihren Erbauer, reist allein weiter und erinnert die Vergeßlichen dieser Welt an das feuchte Element ihrer Sexualität.

Zunge einer Seejungfrau. Magengeschwür eines Milchmädchens. Puderdose einer Kurtisane. Moschusduft einer Ballerina. Das rosafarbene Leuchten aus Conch Shells langer, weicher, sanft gekräuselter Spalte erfüllte die ganze Höhle. Es war ein Bonbonrosa, ein tropisches Rosa, vor allem aber ein weibliches Rosa. Ihr Farbton war der einer Vagina, die einen Kaugummi aufbläst.

Während die drei vergessenen Gegenstände noch Conch Shell bewunderten und sich verwirrt den Kopf darüber zerbrachen, wie sie wohl an dieses trockene Plätzchen geraten war, flog plötzlich Painted Stick aus der Spalte in der Höhlenwand und jagte allen dreien einen höllischen Schreck ein.

Conch Shell hatte so elegant aufgesetzt wie ein Fallschirmspringer. Painted Stick dagegen stürzte sich hemmungslos in die Tiefe – so hemmungslos, um genau zu sein, daß er auf ihr landete.

Doch sie nahm keinen Schaden, denn er fiel auf ihren Rükken, der so rauh war wie ihre Vorderseite glatt. Conch Shell war nicht gerade eine mickrige Strandschnecke, sie wog volle fünf Pfund und maß vom Scheitel bis zur Lippenkräuselung achtundzwanzigeinhalb Zentimeter. Ihr Gehäuse war stachelig wie ein mittelalterlicher Streitkolben, und die Spiralreihen, die sich über ihre Schale zogen, waren dick und hart. Es sah fast so aus, als sei sie vorn, um die rosigen und sahnefarbenen Schattierungen der Ritze herum, nackt, während alles andere von einem dunkelbraunen Panzer geschützt war, bei dessen Anblick jeder Ritter vor Neid mit der Rüstung gerasselt hätte.

Apropos eiserne Smokings, einer der frommen Sprüche, an denen der Truthahn vorbeigekommen war, hatte den Leser aufgefordert, »die Rüstung Gottes« anzulegen. Boomer und Ellen Cherry wußten nicht, daß dies ein von den Kreuzfahrern entlehntes Motto war, obgleich Ellen Cherry schließlich noch lernen sollte, daß es die Kreuzfahrer waren, jene barbarischen, europäischen Ritter, die im Namen unseres Herrn Jesus Christus ihr Bestes getan hatten, um den Nahen Osten in jenen monumentalen, fegefeuergetriebenen Trockner zu werfen, in dem er sich seit Jahrhunderten qualvoll überschlägt.

Painted Stick prallte von Conch Shells Panzer ab und rollte dann bis auf wenige Zentimeter an unser vergessenes Trio heran. »Seien Sie gegrüßt«, sagte er, weder um Atem noch um Worte verlegen (obgleich Objekte natürlich nicht in der Manier lebendiger Wesen atmen oder sprechen). »Seien Sie gegrüßt! Ihrem Äußeren nach zu urteile haben Sie nichts mit dem leidenschaftlichen Fick zu tun, der unseren Schlummer unterbrochen hat.«

Spoon errötete, und Dirty Sock gluckste in sich hinein. »Es waren Menschen«, erklärte Can o' Beans, »aber sie sind schon weg.«

»Wie schade«, sagte Painted Stick.

»Wieso?« fragte Dirty Sock, der eher froh war, Boomers Klumpfuß entronnen zu sein.

»Sie hätten uns dahin gebracht, wo wir hinmüssen«, erwiderte Painted Stick.

»Darauf würde ich nicht wetten«, sagte Dirty Sock.

Aus der Jezabel-Anrufung während der Vereinigung hatte Painted Stick gefolgert, Boomer und Ellen Cherry seien ein Priester und eine Priesterin Astartes gewesen. Painted Stick hatte eigentlich nicht vorgehabt, zu Fuß durch ganz Amerika zu wandern. Er rechnete damit, daß die Anhänger der Göttin Conch Shell und ihn auf Händen an ihren Bestimmungsort tragen würden, so wie es in früheren Zeiten der Brauch gewesen war.

Als Painted Stick am nächsten Morgen die Gruppe trotz Can o' Beans Warnungen auf die Landstraße geführt hatte, flüsterte Can o' Beans, an Conch Shell gewandt: »Ich fürchte, Mr. Stick ist ein wenig naiv.«

»Nicht naiv«, hatte Conch Shell ihn verbessert. »Er hat einfach nicht gelernt, dieselben Dinge zu fürchten wie Sie.«

I & I

Hysterisch, wie sie war, hatte Mikes Schwester den Stock als »rot« bezeichnet. In Wirklichkeit war seine ursprüngliche Farbe ein starkes, rostrotes Umbra gewesen, doch die Jahrhunderte hatten die Erdpigmente ihrer oxidierenden Kräfte beraubt und nur ein helles, stumpfes Rosa übriggelassen, der Erinnerung an einen Ballsaal gleich und so dünn, daß das nackte Holz hindurchschien wie der nächtliche Himmel durch einen Baldachin aus Fischernetzen. Darüber hinaus verliefen fünf blaue Streifen – vier schmale und ein breiter – um die Mitte des Stocks, obgleich auch diese ziemlich verblaßt waren. Painted Sticks oberes Ende war knotig, als hätte jemand versucht, ihm dort Hörner zu schnitzen, kleine Stierhörner. Diese halbmondförmigen Höcker waren einst vergoldet gewesen, und noch immer klebten ein paar Fetzen

Blattgold an ihnen, wie Spinat zwischen den Zähnen. Painted Stick maß kaum einen Meter, war aber groß genug, um einem blinden Jockey als Tastwerkzeug oder einem tyrannisch veranlagten Dirigenten als Taktstock zu dienen. Im Durchmesser hatte er Ähnlichkeit mit einer reifen Karotte, ohne sich jedoch irgendwohin zu verjüngen.

Wie der Baum des Lebens steht auch sein Kind da, der heilige Stock. Schamanen besteigen ihn. Junge Mädchen umtanzen ihn. Männer benutzen ihn zum Deuten. Er weist auf Donner, auf Kometen, auf wandernde Herden. Manchmal weist er auf dich.

Es war einmal ein Mann, der trug einen Stock bei sich, den er so lange herumwirbelte, bis sich ein Haar an ihm verfing. Die Richtung, in die das Haar zeigte, führte zum Glück. Doch wem war das zu verdanken, dem Haar oder dem Stock?

Der Stock ist der magische Penis. Wird er geschwungen, bringt er Söhne und Töchter hervor. Doch er ist auch eine tödliche Waffe. Er eignet sich wunderbar zum Einschlagen von Schädeln.

Schußwaffen werden gelegentlich »Zauberstäbe« genannt, aber von ihnen geht nur der halbe Zauber aus: Sie zerstören das Leben, ohne es erschaffen zu können.

Wenn man einen Stock im richtigen Winkel reibt, macht er Feuer. Wenn man ihn gegen einen anderen Stock reibt, macht er auch Feuer. Ist ein Stock jedoch bemalt, erfüllt er andere Aufgaben.

Sigmund Freud beobachtete Kinder, die Reifen mit Stökken antrieben. Er notierte das in seinem Tagebuch.

T. S. Eliot schrieb:

Gekreuzte Stäbe auf einem Feld
Die tun, was der Wind will.

In einem Kartenspiel gibt es vier Farben: Karo, Pik, Herz und Kreuz. Das Kreuz war nicht nur das Joch des Bauern, sondern auch der Stab des Zauberers. Schlag den Esel. Berühr den Mond.

Es fühlt sich wirklich gut an, einen Stock in der Hand zu halten, ungefähr so wie ein Schwert oder ein Phallus. Wenn er richtig gehalten wird, also mit einem Maximum an Bewußtheit (und das ist wirklich schwer), treibt der Stock vielleicht plötzlich Blüten.

In gewissem Sinne ist der bemalte Stock ein blühender Stock. Dieser Stock weist auf das verborgene Gesicht Gottes. Manchmal weist er auf dich.

I & I

Später, als Dirty Sock sich bei Painted Stick erkundigte, was er denn so mache, und damit nur das meinte, was alle Leute meinen, wenn sie auf einer Cocktail-Party fragen: »Und was machen Sie so?«, antwortete Painted Stick, er sei ein Navigationsinstrument.

Diese Tätigkeitsbeschreibung war ein Understatement, eine Vereinfachung, aber keine ausgesprochene Lüge. Dirty Sock nahm sie für bare Münze, und bis zu einem bestimmten Punkt tat dies auch Can o' Beans. Schließlich ließ sich nicht abstreiten, daß Painted Stick sie trotz gewisser Fehleinschätzungen unbeirrbar gen Osten führte.

Beinahe ebenso abrupt, wie sie aufgetaucht waren, hatten sich Conch Shell und Painted Stick wieder verabschiedet.

»Verzeihen Sie unsere Unhöflichkeit«, sagte Conch Shell, »aber wir haben sehr lange Zeit an diesem fremden Ort verbracht.«

»Und wenn der Globus nicht geschrumpft ist, während wir in Trance lagen«, fügte Painted Stick hinzu, »haben wir noch eine ziemlich lange Reise vor uns.«

»Wo wolln Sie denn hin?« fragte Dirty Sock.

»Na, zur Heiligen Stadt«, antwortete Painted Stick ungeduldig, als sei das eine äußerst dumme Frage.

»Das wäre der Vatikan«, flüsterte Spoon, die einen Großteil ihres Lebens im Marmeladentopf einer streng katholischen Familie verbracht hatte. Ellen Cherry hatte sie auf einem Wohltätigkeitsbasar der Kirchengemeinde erstanden.

Dirty Sock nickte zustimmend, doch die Dose schüttelte gurgelnd ihren Inhalt, als sei sie nicht so sicher.

»Ohne menschliche Hilfe werden wir wahrscheinlich zu spät kommen«, erklärte Painted Stick besorgt.

»Oh, deswegen brauchst du dich nicht zu beunruhigen«, sagte Conch Shell, »ich spüre es in den Spiralen, daß wir noch jede Menge Zeit haben.« Und dann, bevor Can o' Beans dazu kam, auch nur eine der vielen Fragen zu stellen, die ihm/ihr in der Sauce brannten, erkundigte sich Conch Shell in ihrer mitfühlenden Art nach den Lebensumständen der anderen und wollte wissen, was sie in diese abgelegene Höhle verschlagen hatte. Als sie ihr von dem hastig abgebrochenen Picknick berichteten, fragte sie: »Und was soll nun aus Ihnen werden?«

Spoon und Dirty Sock sahen dumm aus der Wäsche, doch Can o' Beans, der/die offensichtlich darüber nachgedacht hatte, erwiderte: »Nun, hier drin scheint es ziemlich trokken zu sein. Das ist unser Vorteil. Aber wenn nicht irgendein menschliches Wesen vorbeikommt und uns mitnimmt ...«

»Wer würde schon 'nen einzelnen alten Socken wollen?« fragte Dirty Sock mißmutig.

»Wenn nicht ein einbeiniges menschliches Wesen vorbeikommt und uns mitnimmt, müssen wir wohl mit der Zeit unseren Tribut an die Elemente entrichten. Miss Spoon wird das wahrscheinlich am besten überstehen. Natürlich wird sie anlaufen und so schwarz werden wie Aretha Franklin, aber sonst kann ihr nicht viel passieren.«

»Nein, das stimmt nicht«, schluchzte Spoon auf. »Wozu ist ein Löffel gut, wenn niemand mehr damit ißt? Essen ist – ist mein ganzer Lebensinhalt.« Versehentlich waren mit den Tränen zugleich ihre geheimsten Sehnsüchte ans Licht gekommen. Die anderen konnten förmlich spüren, welch unvorstellbar sinnliche Lust dieser schmucke Haushaltsgegenstand empfunden haben mußte; ewig in Marmelade oder Eiscreme, in weiche, süße Substanzen getaucht zu werden, um sich dann in den Mund stecken, genüßlich ablecken und schließlich mit einem warmen Schaumbad belohnen zu lassen.

»Was mich angeht«, fuhr Can o' Beans fort, »so werde ich wohl im Lauf der Jahre mein Etikett verlieren und langsam einrosten. Oder mein Inneres beginnt eines Tages zu gären, bis ich platze. Aber ich bin Optimist. Irgendein neugieriger Pfadfinder wird mich schon finden und zu seiner hungrigen Meute schleppen.« Er/sie hielt inne. »Armer Mr. Sock. Ihm wird nichts anderes übrigbleiben, als vor sich hin zu schimmeln und langsam zu Staub zu zerfallen.«

Conch Shell machte Anstalten, den niedergeschlagenen Socken zu trösten, doch Painted Stick hielt sie zurück. »Wir wünschen Ihnen dasselbe Schicksal, das wir uns selbst erhoffen«, sagte er, »aber geschieden muß nun einmal sein. Es stehen Ereignisse von ungeheurer Tragweite bevor, die unsere Anwesenheit dringend erforderlich machen.«

»Das wollen wir jedenfalls hoffen«, sagte Conch Shell. Zögernd folgte sie der hölzernen Reliquie aus der Höhle. »Bleiben Sie zuversichtlich«, hatte sie noch über die Schulter gerufen. »Wir werden bei den Elementen ein gutes Wort für Sie einlegen.«

Und dann waren sie allein, die drei, mutterseelenallein. Und so stumm und unnütz wie Mozarts Tintenkleckse.

Kaum eine Stunde später kamen die exotischen Objekte wieder zurück.

»Seien Sie nochmals gegrüßt«, sagte Conch Shell. »Wir sind gekommen, um Sie zu bitten ...«

»Wir sind gekommen, um Sie einzuladen«, berichtigte sie Painted Stick.

»... uns zu begleiten.«

»Wie weit?« fragte Can o' Beans.

»So weit wir kommen«, erwiderte Conch Shell.

»Bloß nicht ins Allerheiligste«, sagte der Stock. »Dorthin können Sie uns nicht folgen.«

»Es ist ja nicht einmal sicher, ob *wir* dort hineinkommen«, sagte Conch Shell.

»Was zweimal war, wird auch ein drittes Mal werden«, erklärte Painted Stick und zitierte damit ein altes Gesetz.

Der Bohnendose stand die Verwirrung ins Etikett geschrieben, und ihre Gefährten wußten auch nicht, was sie sagen sollten.

»Sie stammen von hier«, sagte Painted Stick. »Da keine Priesterinnen da sind, die uns tranportieren können – jedenfalls habe ich bisher noch keine zu Gesicht bekommen –, könnten Sie uns wertvolle Hilfe bei der Durchquerung dieses weiten Landes leisten.«

»Und außerdem«, fiel ihm die hübsche Einschalerin ins Wort, »haben wir die beiden Liebhaber vertrieben, und deshalb ist es unsere Schuld, daß Sie hier gestrandet sind. Wir können Sie nicht guten Gewissens einfach zurücklassen. Ich bin sicher, daß Sie angenehme Reisegefährten sein werden.«

»Hey, das ist ’ne klasse Idee!« rief Dirty Sock.

Spoon warf Can o’ Beans einen hoffnungsvollen Blick zu.

»Miss Spoon hier glaubt, Sie wollen zum Vatikan«, sagte Can o’ Beans, »aber ich habe das Gefühl, daß es nicht ganz so einfach ist. Sie machen mir nicht gerade den Eindruck von Katholen.«

In menschlichen Begriffen hätte man vielleicht gesagt, daß die Fremden lächelten. Und Spoon erkannte mit einemmal, daß Can o’ Beans recht hatte.

»Daher«, so fuhr die Bohnendose fort, »stellen sich zwei Fragen. Wo genau wollen Sie hin? Und wie sollen wir Sie Ihrer Meinung nach begleiten? Sie wissen ja, daß wir uns nicht aus eigener Kraft fortbewegen können.«

»Unser Ziel ist Jerusalem«, sagte Painted Stick. »Ich dachte, das wäre klar.«

»Und was die Fortbewegung angeht«, fuhr Conch Shell fort, »so glauben wir, Ihre Schwingungen beträchtlich steigern zu können.«

Wie alle unbelebten Objekte auf der Welt wußten die drei verschleppten Gegenstände aus dem Airstream-Truthahn instinktiv, was die Schneckenmuschel meinte.

»Wir brauchen ein wenig Zeit, um darüber nachzudenken«, hatte Can o’ Beans gesagt.

»Wozu denn das, zum Teufel?« wandte Dirty Sock ein.

»*Bitte*, Mr. Sock«, sagte Can o’ Beans ein wenig aufgebracht.

»Wie Sie wünschen«, sagte Conch Shell, »am besten lassen wir Sie allein, damit sie die Angelegenheit in Ruhe besprechen können.«

»Aber bitte beeilen Sie sich«, fauchte Painted Stick.

Can o' Beans hatte die beiden zurückgehalten, als sie die Höhle verlassen wollten. »Noch ein Wort zu dieser Stadt, Jerusalem«, sagte er. »Vielleicht interessiert es Sie zu erfahren, daß dort heutzutage Aufstände und Unruhen an der Tagesordnung sind. Ehrlich gesagt habe ich sogar den Eindruck, daß es ein ziemlich gefährliches Pflaster ist.«

»Liebe Güte«, sagte Spoon.

»Ja genau, was sagen Sie dazu?« fragte Dirty Sock.

Painted Stick blieb nicht einmal stehen. »In Jerusalem gab es schon *immer* Unruhen. Solange das Blut in den Straßen nicht bis zu meinem ersten blauen Streifen schwappt, kann es nicht so gefährlich sein wie früher.«

Zu Painted Sticks Befriedigung ging die Abstimmung schnell vonstatten und fiel positiv aus: zwei Ja-Stimmen, eine Enthaltung. Can o' Beans war viel zu neugierig, um die Gelegenheit, mehr von der Welt zu sehen, auszuschlagen, ganz gleich, ob es gefährlich war oder nicht, während der Socken nicht viel verlieren konnte: alles war besser, als in einer gottverlassenen Höhle zu Staub zu werden. Von bösen Vorahnungen wie betäubt, hatte Spoon sich einfach nicht entscheiden können. Während ihre Gefährten rasch die Vor- und Nachteile abhakten, dachte sie wehmütig an Schokoladenpudding mit Sahne und den schmallippigen Mund des jungen Jesuiten, dem schon beim Anblick der Schüssel das Wasser im Mund zusammenlief.

Nachdem sie die Entscheidung des Trios vernommen hatten, begannen Painted Stick und Conch Shell auf der Stelle mit den Vorbereitungen für das frequenzsteigernde Ritual, das von allen Beteiligten enorme Anstrengung und ein Höchstmaß an Konzentration erforderte.

Die angebliche Trägheit der Objekte ist eine Illusion. Die unbelebte Welt erscheint uns Menschen nur wegen unseres neuromuskulären Chauvinismus statisch oder »tot«. Unser eigenes begrenztes Wahrnehmungsvermögen läßt uns die Augen vor der Tatsache verschließen, daß fast alle Aktivitäten im Universum sich außerhalb von unserem Aktionsradius abspielen, noch dazu in einem Tempo, das so viel langsamer oder schneller ist als unser eigenes, daß diese Aktivitäten uns verborgen bleiben wie hinter einem ... einem Schleier.

Wir betrachten die Gegenstände des täglichen Lebens, als seien sie stabile, berechenbare, feste Bestandteile unseres Daseins, die, von untergeordneter Bedeutung, in Zeit und Raum erstarrt sind. Doch wie können wir mit solcher Sicherheit wissen, was die Dinge tun, wenn wir gerade nicht hinsehen? Wenn unser Sehvermögen nicht ausreicht, um sie wirklich wahrzunehmen?

Nehmen wir zum Beispiel eine Dose Van Camp's Bohnen mit Schweinefleisch. Kennen wir? Dann schauen wir uns das Etikett doch mal genauer an. Vergessen wir die Bestandteile (einschließlich Zucker und Maissirup, den man in diesem Produkt sicher nie vermutet hätte), lassen wir auch die Kochanleitung, die Gewichtsangabe (einundzwanzig Unzen oder 595 Gramm, ein bißchen schwerer als ein Pferdehirn) und die leicht modifizierte Wildwestschrift aus dem Spiel, in der diese Information gedruckt ist, kuhblessenweiß und rodeogelb auf halstuchrotem Fond. Versuchen wir, tiefer zu sehen.

Wir brauchen jetzt ein Vergrößerungsglas, ebenfalls kaum das passive, unbewegliche Objekt, als das wir es betrachten, da Glas im Grunde eine Flüssigkeit ist: Es tropft und fließt in Geschwindigkeiten, die wir gewöhnlich nicht wahrnehmen. Jedenfalls ist das Etikett aus Papier. Sieht man genauer hin, entpuppt es sich als grobe Mischung aus Zellstoff, Holzstoff, Hadern, Asbestfasern, Füllstoffen, Farben, Ölen und Harzen. Jede dieser Substanzen hat ihre eigenen, festgelegten Eigenschaften, und wenn man noch genauer hinsieht (jetzt wird ein Elektronenmikroskop erforderlich) und die molekulare Struktur jeder dieser Substanzen untersucht, stößt man auf eine überwältigende Vielfalt an Formen – Pyramiden und Schleifen, Spiralen, Säulen und Zickzack-Ketten. Und das ist erst die Ouvertüre. Für den Hauptakt müssen wir noch tiefer vordringen.

Auf atomarer und subatomarer Ebene knistern und flakkern gespenstische elektrische Kräfte, während amorphe Partikel (die, wie man sich erinnern wird, in direkter Verbindung mit der Zusammensetzung des Etiketts der Bohnendose stehen) gleichzeitig vorwärts, rückwärts und seitwärts durcheinanderwirbeln, in Geschwindigkeiten, die so unberechenbar sind, daß Ausdrücke wie »Ankunft«, »Abflug«, »Reisedauer« und »Einen schönen Tag noch« jede Bedeutung verlieren. Das ist die Ebene, auf der sich »Magie« abspielt.

Die von Conch Shell und Painted Stick initiierte Magie bestand darin, ihre beiden Kraftfelder so zu konzentrieren, daß sie kaum merklich den elektronischen Rückstoß der anderen erhöhten, den Streuwinkel ihrer Photonen um den Bruchteil eines Grades vergrößerten. Eine Quantenstarthilfe, wenn man so will. Sie waren schon immer in der Lage gewesen, sich zu bewegen. Jetzt, nach stundenlangem Energieaustausch, kontrollierten Spannungsschüben und akribischer Synchronisation waren sie imstande, es in einem Tempo zu tun, das für das menschliche Auge sichtbar war und ihnen ermöglichte, die Höhle ebenso eindeutig, wenn auch (aus anthropomorphischer Perspektive) nicht ganz so überstürzt zu verlassen wie Boomer Petway und Ellen Cherry Charles.

I & I

So stand Can o' Beans nun also am Fuß des kleinen Arroyo, beobachtete die Sterne, die einer nach dem anderen ins Blickfeld rutschten wie kleine gebackene Bohnen, die über den Rand eines Campinggeschirrtellers schwappen, und dachte über die Abenteuer des Tages und die relative Freiheit nach, die die relative Steigerung ihrer relativen Fortbewegungsfähigkeit bewirkt hatte.

Die Bohnendose war freudig erregt, das steht fest, doch ihre erste Erfahrung mit belebter Beweglichkeit hatte zur Folge, daß sie ihren früheren Zustand der Trägheit nur um so mehr schätzte. Es sprach doch eine Menge für Stillstand (relativen Stillstand), wie Can o' Beans einräumen mußte, für eine Statik, die weniger von einem Mangel an Bewegungsfähigkeit als von einem friedlichen Gleichgewicht der Kräfte gekennzeichnet war. Weil unbelebte Objekte in ihrer Unbeweglichkeit gezwungen sind, sich auf sich selber zu konzentrieren, können sie ganz sie selbst sein. Die hektischen Wirren des organischen Reiches fluten über sie hinweg. Das Universum kreist um sie. Das Göttliche steht hinter ihnen. Ihre Stabilität kann spiritueller, aber auch physischer Natur sein. Im Unbeweglichen wirbelt das Unendliche.

Ein sanfter Schubs von Conch Shells Gehäuse setzte den Betrachtungen der Bohnendose ein Ende. »Wir müssen los«, sagte Conch Shell. »Painted Stick hat den Leitstern gefunden!«

»Hey!« rief Dirty Sock. »Auf ›los‹ geht's los!« Daß er seinen Spaß hatte, war nicht zu übersehen.

Spoon hüpfte probeweise ein paar Schritte am Ufer des Baches entlang. Sie war nervös, aber tapfer.

Na schön, dachte Can o' Beans. *Auf nach Jerusalem.* Vielleicht knisterte es tatsächlich vor Spannung in der Stadt, erbebte sie unter gewaltigen Explosionen, flogen einem dort die Kugeln um die Ohren, zumindest aber wären seine/ihre Chancen, geöffnet und verspeist zu werden, beträchtlich geringer als auf Ellen Cherrys Küchenregal. Im Moment war Jerusalem die Hauptstadt des jüdischen Staates, und wenn auch der eigentliche Schweinefleischanteil in einer solchen Bohneneintopfdose minimal ist, wie jedermann weiß, so reicht er doch aus, um selbst den sterbenshungrigsten Rabbi in Schach zu halten.

So brach das Häuflein von Objekten also mit viel guter Laune und Optimismus in die amerikanische Nacht auf. Doch noch ehe die Sonne sich wieder auf ihren diversen Oberflächen spiegelte, stand ihnen eine furchtbare Feuerprobe bevor.

Im Schutz der Nacht holperten, stolperten und polterten sie dahin, und je weiter sie dem Bach in die Ausläufer der Berge hinein folgten, desto höher stiegen sie. Obgleich sie die Tükken der Beweglichkeit nicht gewohnt waren, hielten sich Spoon, Dirty Sock und Can o' Beans recht wacker. Doch als die Gruppe gegen Mitternacht eine Rast einlegte, waren die drei mehr als dankbar, eine Weile sitzen zu können.

»Verdammt noch mal, Leute«, sagte Dirty Sock. »Das hätten wir ja sauber hingekriegt. Aber ich kann euch sagen, jetzt bin ich auch verflucht erledigt.«

»Verzeihen Sie, wenn ich mich einmische, Mr. Sock«, sagte Can o' Beans, »aber Sie sollten sich mit Ihrer Wortwahl wirklich etwas mehr Mühe geben.«

Der Socken war pikiert. »Wieso, was ist damit?« fragte er gereizt.

»Nun«, fuhr Can o' Beans ein wenig zögernd fort, »unpräzise Wortwahl ist eine der Hauptursachen für Geisteskrankheiten bei menschlichen Wesen.«

»Hä?«

»Ganz recht. Eine gewisse Unfähigkeit, die Realität korrekt wahrzunehmen, ist nicht selten der Grund für das irrsinnige Verhalten der Menschen. Und jedesmal, wenn sie nicht aufpassen und ein Slang- oder Allerweltswort benutzen, statt eines Begriffes, der eine Emotion oder Situation *korrekt* beschreiben würde, beeinträchtigt es ihren Bezug zur Realität, treibt sie weiter von der Küste weg, hinaus in die trüben Gewässer von Verwirrung und geistiger Umnachtung.«

Aus der Art und Weise, wie die anderen ihn/sie anstarrten, entnahm Can o' Beans, daß er fortfahren sollte. »Die Bezeichnung *sauber* zum Beispiel hat höchst präzise Konnotationen. *Sauber* heißt ordentlich, rein, gut gepflegt. Es ist eine passende Bezeichnung für ein Zimmer, eine Frisur oder ein Manuskript. Wenn es jedoch ständig und unpassend gebraucht wird, wie es im Slang der Fall ist, verschleiert es nur die wahre Natur der Sache oder des Gefühls, das es repräsentieren soll. Es wird zu einem schwammigen Begriff. Man kann Dutzende von Bedeutungen aus ihm herauswringen – und weiß nie, welches die richtige ist. Wenn jemand einen Film als ›sauber‹ bezeichnet, meint er dann, er sei komisch oder tragisch oder spannend oder schmalzig? Meint er, daß die Technik gut ist, die Darstellung herzergreifend, das Skript intelligent, die Regie gelungen oder daß die Hauptdarstellerin ein umwerfendes Dekollete zur Schau trägt? Slang besitzt eine gewisse Knappheit und Unmittelbarkeit, die attraktiv sind, richtig, aber er entwertet die Erfahrung, weil er sie standardisiert und durcheinanderwirft. Er hängt zwischen der Menschheit und der wirklichen Welt wie ein ... ein Schleier. Slang macht die Menschen noch dümmer, das ist alles, und die Dummheit macht sie schließlich verrückt. Ich hasse die Vorstellung, daß diese Art von Verrücktheit eines Tages auch auf Objekte abfärben könnte.«

Spoon, die wie die Bohnendose ein paar Filme im Fernsehen mitgekriegt hatte, fand, daß sie mit ihrer Analogie den Nagel auf den Kopf getroffen hatte. Painted Stick und Conch Shell wußten nicht einmal, was ein Film war. Der einzige unter ihnen, der je ein Kino von innen gesehen hatte, war Dirty Sock, aber seine Sicht war auf die unter den Sitzen klebenden Kaugummis beschränkt gewesen. Eine Zeitlang war er still. Man hätte sogar sagen können, daß er nachdenklich geworden war. Dann grummelte er, daß doch jeder von ihnen verdammt genau verstanden hätte, was er gemeint habe, als er sagte, das hätten sie »sauber« hingekriegt, und daß er es überhaupt nicht einsähe, deswegen so einen Zinnober zu veranstalten. Damit stülpte er das ausgeleierte Elastikbündchen über seine schweißverkrustete Ferse und rollte sich zu einem Nickerchen zusammen.

Außerstande, ihre Erregung zu verbergen, wandte sich Spoon an den Stock und seine Gefährtin und platzte heraus: »War das nicht wunderbar? Can o' Beans ist so weise wie Salomon.«

Die Fremden sahen einander an. »Hast du das gehört?« fragte Conch Shell. »König Salomon ist also immer noch berühmt für seine Weisheit.«

»Aber natürlich«, sagte Spoon, das feine Stimmchen von aufrichtiger Bewunderung durchdrungen. »Salomon war der weiseste Mann, der je gelebt hat.«

Conch Shell wandte sich höflich ab, aber Painted Stick lachte Spoon aus.

Sie glaubte, so etwas wie einen Fauxpas begangen zu haben, errötete und zog sich zurück. Can o' Beans dagegen rückte dichter an die Fremden heran. »Entschuldigen Sie bitte«, sagte er/sie. »Aber Sie scheinen die Ansicht zu vertreten, daß Salomon weniger weise war, als sein beträchtlicher Ruhm vermuten läßt.«

»Das tun wir wahrhaftig«, sagte Painted Stick. »Salomon. Haha.«

Conch Shell wurde deutlicher. »König Salomon war der stolzeste und anmaßendste Mann, den die Welt je gesehen hat. Sein einziges Lebensziel bestand darin, seinen Ruhm zu verbreiten und seinen Namen in alle Ewigkeit unsterblich zu machen. Er versklavte seine Untertanen und mißbrauchte jedermann in seiner Umgebung, um Monumente zum Gedenken seiner Größe zu errichten. Das werden Sie doch nicht als Weisheit bezeichnen wollen.«

»Aber er war doch wirklich berühmt, oder nicht?« fragte Can o' Beans, denn er erinnerte sich an Geschichten über die sagenhafte Größe des Königs.

»Unter Salomon verarmte Israel und blieb hinter den anderen Ländern zurück. Seine ›Städte‹ waren Dörfer aus Lehm. Nicht einmal Jerusalem konnte europäische und arabische Besucher beeindrucken.«

»Aber der Tempel«, protestierte Can o' Beans. »Was ist mit Salomons Tempel?«

»*Salomons* Tempel«, wiederholte Painted Stick. »Haha.«

»Erstens war es nicht *Salomons* Tempel«, erklärte Conch Shell, »sondern der von Hiram, Hiram aus Tyrus, der großen Stadt in Phönizien. Der Tempel trug Salomons Namen, das ist wahr, aber Hiram erbaute ihn, richtete ihn ein, schmückte ihn und nahm Einfluß auf die Aktivitäten darin. Zwar stand der Tempel in Jerusalem, in Wirklichkeit aber war er phönizisch.«

»So wie wir«, rief Painted Stick dazwischen.

»Ja«, gab Conch Shell zu. »Viele Phönizier dienten Israel: Hiram, Jezabel, zahllose Priester und Priesterinnen unserer Göttin, und auf bescheidene Art auch wir, eure bescheidenen Gäste.«

Bis jetzt hatte sich das exotische Paar nur ziemlich vage über den Grund seiner Reise nach Jerusalem ausgelassen, und die Bohnen in der Dose furzten praktisch vor Neugier. Jetzt ergriff Can o' Beans die Gelegenheit beim Schopf und rückte noch ein bißchen näher. »Augenblick mal«, meinte er/sie. »Wollen Sie etwa sagen ...«

Aber sie wollten gar nichts sagen, im Moment wenigstens nicht. Eine Wolkenbank vor dem Mond zog sich zurück wie ein ... ein Schleier von einem Gesicht, und im jäh aufscheinenden bleichen, beinahe klirrenden Frühlingsmondlicht drehte Painted Stick eine ausgiebige Pirouette auf dem Absatz und wirbelte dabei einen Haufen Tannennadeln auf wie Splitter blauen Glases. Seine kleinen Hörner kreisten und zuckten: eine Stimmgabel, die versucht, den Gesang der Sterne zu beeinflussen. Und wie das Herz eines großen Tieres, das plötzlich bricht, stieß Conch Shell eine rosige Wolke aus, die sich langsam im Mondlicht auflöste und einen Duft nach Honig und Meer verströmte.

»Wir müssen weiter«, drängte die Muschel sanft.

Can o' Beans weckte seine/ihre Freunde, und wenig später setzten sie holpernd, stolpernd und polternd ihre Reise durch die nächtlichen Wälder fort, die ihnen Heulen und Zähneklappern beibringen sollten.

Während der nächsten drei Stunden erklommen sie Felsen, kletterten über umgestürzte Bäume, schlugen sich mit Schatten herum und lauschten dem Schrei der Eule, der so unheimlich war, daß die Hälfte der amerikanischen Städtebewohner an ihrer Stelle zur Valiumflasche gegriffen hätte. Dann machten sie erneut Rast. Spoon, Can o' Beans und Dirty Sock waren sichtlich am Ende. Painted Stick erklärte, unter diesen Umständen würden sie ihr Lager eben früher aufschlagen, gute drei Stunden vor Anbruch der Dämmerung, und hoffen, in der folgenden Nacht die verlorene Zeit wieder wettmachen zu können.

Sie suchten sich eine flache, moosgepolsterte Lichtung. Sie lag vollkommen abgeschieden, im schwärzesten Teil des Waldes; nur vereinzelt fielen ein paar Streifen Mondlicht durch die Tannenzweige wie Klopapierrollen, die aus einem Fenster im obersten Stock eines efeuberankten Verbindungshauses geworfen worden sind. Die aus dem Truthahn (der in diesem Augenblick viele Meilen weiter östlich im ungefilterten Mondschein parkte) Verstoßenen fanden übereinstimmend, daß es ein angenehmes Plätzchen war. Schnell versanken sie in etwas Ähnliches wie Schlaf, jeder an den Stamm eines anderen Baumes gelehnt.

»Gute Nacht, Miss Spoon. Gute Nacht, Mr. Sock.«

»Schlafen Sie gut«, antwortete Spoon. »Ich werde Sie beide in mein Nachtgebet einschließen.«

»Hm«, grunzte Dirty Sock, der immer noch sauer war wegen der Lektion über seine Ausdrucksweise.

Can o' Beans wollte Spoon noch fragen, zu wem sie denn eigentlich betete, aber dann gähnte er nur und ließ es sein. Er bekam nicht einmal mehr mit, daß Painted Stick und Conch Shell sich in die Büsche schlugen, auf der Suche nach einer größeren Lichtung, um Verbindung zu den Sternen aufzunehmen.

Etwa ein Stündchen später schreckte ein markerschütternder Schrei die Bohnendose aus dem Schlummer.

»Hilfe! Helft mir! Verdammt! Helft mir!«

Can o' Beans brauchte einen Augenblick, bis er Dirty Socks Stimme erkannte – und einen weiteren Augenblick, bis er die Silhouette des Monsters sah.

Im Schein des untergehenden Mondes ragte sie riesig und stachelig vor ihm auf, wie eine Punkfrisur, die mutiert und gestärkt aus einer Atomkatastrophe hervorgegangen ist.

»Hilfe! Haltet mir doch dieses Mistvieh vom Leib!«

»Liebe Güte! Was ist los?« fragte Spoon.

»Ein Stachelschwein. Es hat Mr. Sock beim Wickel.«

So war es. Das dreißig Pfund schwere Nagetier hatte die Socke im Maul und kaute gierig das Salz aus dem Gewebe, das Salz von Boomer Petways Stinkfüßen.

»Laß mich los, du Miststück! Hilfe!«

»Oh, Can o' Beans, unternehmen Sie etwas! So unternehmen Sie doch etwas!«

Mit der ganzen ungelenken Wucht ihrer frischgewonnenen Beweglichkeit warf sich die Bohnendose gegen das linke Vorderbein des Stachelschweins. Verdutzt schwankte das

Tier und hörte einen Augenblick auf zu kauen. Um ein Haar hätte es die Socke fallen gelassen. Doch dann, als es nach Art der Nagetiere die Bedrohung analysiert und festgestellt hatte, daß sein Gegner erheblich kleiner war, machte es einen Schritt zur Seite und zog Can o' Beans kräftig eins mit dem Schwanz über.

Das Stachelschwein war überrascht von der sogar ein wenig schmerzlichen Erkenntnis, daß es mit seinen Stacheln gegen den metallenen Behälter nichts ausrichten konnte. Doch war der Schlag heftig genug gewesen, um Can o' Beans holterdipolter in die Finsternis purzeln zu lassen, worauf der Eindringling nun behäbig weitermampfte.

»Hilfe! Geben Sie's ihm! Na los, machen Sie schon!«

Mittlerweile wieder aufrecht stehend, sein/ihr Van Camp's Etikett von den Stacheln zerkratzt und halb abgerissen, fand Can o' Beans es ziemlich unsinnig, noch einmal anzugreifen. Aber dann hatte er/sie eine Idee. »Beeilen Sie sich, Miss Spoon. Kommen Sie her. Lehnen Sie sich gegen den Baumstamm hier!«

»Liebe Güte!«

Es war eigentlich kein Baumstamm, nur ein von einer Tanne herabgestürzter Ast, aber Spoon lehnte sich wie befohlen dagegen. »Ich werde versuchen, Ihnen nicht weh zu tun«, sagte Can o' Beans und rollte vorsichtig einen Kiesel in ihre Höhlung. Dann kletterte er/sie auf den Ast, suchte festen Halt, faßte sein/ihr Ziel ins Auge und sprang. *Zing*! Volltreffer! Unglücklicherweise war die Höhlung des Löffels für kein größeres Kaliber als kandierte Erdbeeren gedacht (von der Art, wie sie der zahnlose alte Bischof so gern gemümmelt hatte), darum richtete der Kiesel nicht viel mehr Schaden an als eine Pferdefliege. Nachdem aber drei oder vier weitere Geschosse an seinen Stacheln abgeprallt waren, fühlte sich das Stachelschwein belästigt und trabte zum Entsetzen der wackeren Kanoniere in den Wald, indes die Socke von seinem Maul herabhing wie ... wie der verrutschte Schleier einer kopulierenden Haremsdame.

»Ich folge ihnen!« rief Can o' Beans. »Rufen Sie Mr. Stick!«

Das erwies sich als unnötig. Als sie des Lärms gewahr wurden, hatten Painted Stick und Conch Shell ihre himmlischen Angelegenheiten vorzeitig unterbrochen und waren so schnell sie konnten zu ihren Gefährten zurückgeeilt. »Was ist denn hier los?« fragte die Muschel.

Mit dünnem, immer wieder von hysterischen Schluchzern ersticktem Stimmchen gab Spoon einen weitgehend unzusammenhängenden Bericht der schrecklichen Geschehnisse, doch am Ende hatte Painted Stick begriffen, was Sache war, und machte sich auf den Weg. Spoon und Conch Shell folgten.

Mittlerweile war das Stachelschwein am Bachufer angelangt. Es stand da und kaute geistesabwesend, so selig berauscht von dem salzigen Leckerchen, das ihm da zwischen die Hauer geraten war, daß ihm gar kein Gedanke an Angriff oder Flucht kam. Can o' Beans holte das Tier ein, hatte aber keinen blassen Schimmer, was nun.

Radschlagend wie ein chinesischer Akrobat, schnellte Painted Stick wutschnaubend den Waldweg entlang. Er raste direkt auf das Stachelschwein zu und versetzte ihm – *zack*! – einen gezielten Schlag auf die Schnauze. Das Tier quiekte vor Schmerz, ließ den Socken fallen und rotierte benommen zweimal um die eigene Achse, bevor es den Stamm der nächstbesten hohen Konifere erklomm.

»Hi-hi-Hilfe!« schrie Dirty Sock aus weiter Ferne, und Can o' Beans kam die grauenvolle Erkenntnis, daß der wild wedelnde Schwanz des Stachelschweins die Socke ins schäumende Wasser des Baches befördert hatte.

Schon richtig, daß Boomer Petway seine Socken nicht allzu häufig wusch (Aristokraten haben noch nie etwas für den Sauberkeitsfimmel der Bourgeoisie übrig gehabt), aber Dirty Sock *hatte* schon ein- oder zweimal im Wasser gelegen. Es war besser als im Maul eines Stachelschweins. Er geriet erst in Panik, als er merkte, daß die Strömung ihn mit solcher Geschwindigkeit davontrug, daß er zum Frühstück zurück in Idaho sein würde.

Jedesmal, wenn er sich an die Oberfläche gekämpft hatte, zog die Strömung ihn wieder nach unten. Er hatte keine Kontrolle mehr über sich. Unter Wasser pfeift die Realität ein anderes Liedchen. Zeit und Raum sind zusammengeknüllt wie eine alte Zeitung. Es gibt Licht unter Wasser, selbst bei Nacht, aber es ist ganz anders als die Lichter, die wir alle kennen und lieben.

Das Licht leuchtet grün wie ein Ungetüm. Hailicht. Fäkalienlicht. Es ist das Licht, in dem der Sensenmann seine Liste durchgeht. Das Licht, in dem unsere Ururahnen aus dem Sumpf krochen, um ihn für immer hinter sich zu lassen. Ein Licht, das durch alte Kohlköpfe gefiltert ist.

Die Strömung spuckte Dirty Sock gerade so lange aus, daß er um Hilfe schreien konnte, dann zerrte ihn die Meute der wild dahinstürzenden grünen Schaumschläger, die offensichtlich keinen Spaß verstanden, wieder hinab.

Das war's, dachte Dirty Sock. *Ende meines Sockenlebens. Ich werd am Grund dieses gottverdammten kalten Baches verrotten und die knackige Muscheltussi nie wiedersehen.* Er sehnte sich nach der stinkenden Enge in Boomer Petways Wäscheschublade. Wie gern hätte er noch einmal diesen merkwürdig schiefen Klumpen von einem Fuß umarmt, ihn vor verschüttetem Bier und gelegentlichen Funken des Schweißbrenners beschützt. Verdammt, selbst mit diesem Klugscheißer von Bohnendose in der Höhle zu verschimmeln wäre um einiges besser gewesen als das hier.

Man hofft, solang man lebt, heißt es, doch ist es nicht wirklich so? Erst wenn wir aufgeben und alle Hoffnung fahrenlassen, uns wirklich und wahrhaftig in unser Schicksal fügen, wenden sich die Dinge gewöhnlich zum Besseren. Zen-Meister sagen, daß wir uns erst dann der Heiterkeit – dem idealen Geisteszustand – überlassen, wenn wir überzeugt sind, daß die Lage der Menschheit hoffnungslos ist. Dirty Sock stand nicht gerade auf Zen, dafür enthielt er einfach zuviel Polyester, aber er hatte sich schon so gut wie abgefunden mit seinem nassen Grab, als die Strömung plötzlich abnahm. Seine schlaffe, übel zugerichtete Gestalt wurde in einen ruhigen Tümpel getrieben, wo er sich einen Augenblick um sich selbst drehte und einem Forellenpaar eine Heidenangst vor polymeren Göttern einjagte, bevor er sich an einem im Morast hängengebliebenen Stück Treibholz festklammerte.

Er wollte schreien, brachte aber nur ein Blubbern zustande.

Über eine Stunde stolperten sie am Bachufer entlang, bevor sie ihn fanden. Conch Shell schwamm zu ihm hinüber und schaffte es, ihn mit ihrem rosigen Hauch wiederzubeleben, konnte ihn jedoch nicht von dem knorrigen Ast befreien. Daraufhin kehrte sie zurück, holte Painted Stick und setzte ihn über. Der Stock kämpfte den Socken frei, und beide gelangten an Bord der Schneckenmuschel ans rettende Ufer.

Dirty Socks Gewebe war schwer in Mitleidenschaft gezogen; an einigen Stellen hatten die Stachelschweinzähne richtige Löcher hineingerissen. Schlimmer noch, er war von oben bis unten pitschnaß, so vollgesogen, daß er keinen Schritt laufen konnte, und in der Kühle der Morgendämmerung bildete sich nun gar eine schimmernde Eisschicht auf seinen Fasern.

Ziemlich verzweifelt fragten sie sich, was sie machen sollten, als Spoon hinter ein paar Bäumen ein flackerndes Licht erspähte. Da ihnen nichts Besseres einfiel, machten sie sich auf den Weg dorthin. Painted Stick schleifte Dirty Sock an seinen Hörnern mit. Nach kaum hundert Metern kamen sie zu einem Campingplatz, wo sie nicht nur eine himmelblaue Volvo-Limousine, sondern auch eins dieser modischen reißverschlußbestückten Zelte aus der R. E. I.-Rucksackboutique in Seattle und ein munter prasselndes Lagerfeuer entdeckten.

Obgleich das Feuer erst vor kurzem entfacht worden sein konnte, war von den Campern keine Spur zu sehen. Aus dem Zelt jedoch drang schläfriges Stimmengemurmel.

»Wir müssen es riskieren«, stimmten die Objekte überein. Während Spoon Schmiere stand, schleppte Painted Stick den klatschnassen Socken zu einem flachen Felsen am Feuer und breitete ihn darauf aus. Dann kam Can o' Beans auf die Idee, sich über Dirty Sock zu wälzen, um das Wasser aus ihm herauszupressen, damit er schneller trocknete. Der war zwar nicht gerade begeistert von diesem Arrangement, aber auch zu schwach, um dagegen zu protestieren. Hin und her rollte die Bohnendose, hin und her, kleine Rinnsale flossen über den Felsen, und die Eiskristalle auf den Synthetikfasern wurden allmählich zu Dampf.

»Aber Schatz«, quengelte eine anscheinend männliche Stimme aus dem Inneren des Zelts. »Ich *mag* keinen Instant-Kaffee, auch nicht, wenn es Cappuccino ist.«

»Er ist importiert. So gut wie frischer.«

»Ich will wenigstens dieses eine Mal Kaffee, der in einem Topf über dem Feuer gebrüht wurde.«

»Echten Männerkaffee, Dabney?«

»Er braucht kein Geschlecht zu haben.«

»Hemingway-Kaffee?«

»Genau.«

Die Stimme der Frau klang schrill, nasal und gequetscht, als wäre sie durch die Häkchen von Jane Austens Korsett gefädelt worden. »Hemingway hätte längst den Kanal voll gehabt.«

»Vor Tagesanbruch? Quatsch! Hemingway hatte noch Überzeugungen. Zum Beispiel glaubte er an ein gutes Frühstück. An echten, starken Kaffee.«

»Normalerweise würdest du solchen Kaffee in den Ausguß kippen.«

»Das hier ist nicht ›normalerweise‹, Heather. Das ist unser Abenteuerurlaub.«

»Na schön. Aber wenn deine Vorstellungen von romantischen Abenteuern darin besteht, Batteriesäure zu trinken ...«

Der Mann schnüffelte. Er schnüffelte so heftig, daß die Zeltwände flatterten. »Das ist keine Batteriesäure. Das ist Starbucks Kolumbien-Neuguinea-Mischung.«

»Sie wird Sondermüll sein, sobald du sie aufgebrüht hast. Mit andern Worten, wenn du deinen Männerkaffee, deinen Fischerkaffee willst, mußt du ihn dir wohl oder übel selber machen.«

»Heath-er«, wimmerte der Mann. »Ich hab doch schon das Feuer gemacht.« Doch noch während er protestierte, zog er den vorderen Reißverschluß des Zeltes auf.

Spoon warf sich mit ihrem verzierten Griff gegen einen der metallenen Zeltpflöcke und schlug so Alarm. Geschickt wie ein Stier aus Pamplona, der einen betrunkenen Touristen aufspießt, nahm Painted Stick Dirty Sock auf die Hörner und zerrte ihn ins Gebüsch. Conch Shell half von hinten nach.

Can o' Beans war gerade von dem flach ausgestreckten Sokken heruntergerollt, als der Stock ihn gepackt und davongeschleift hatte. Der plötzliche Ruck versetzte der Dose noch zusätzlichen Schwung: Sie rollte vom Felsen herab auf den Waldboden und landete genau vor den Füßen des Mannes.

»Heather! Hier draußen ist was!«

»O mein Gott!« keuchte die Frau. Visionen von Ted Bundy oder einem haarigen Charlie Manson zwirbelten durch ihre Phantasie wie ein blutgetränktes Gummiband.

Dem Mann entrang sich ein tiefes Gelächter. »Es sind nur Viecher, Schatz«, rief er. »Ein paar kleine Viecher, die das Feuer angezogen hat.«

»Sie könnten tollwütig sein«, kreischte die Frau. Doch als sie merkte, wie hysterisch sie war, setzte sie in ruhigerem Ton hinzu: »Wirf ein paar Steine nach ihnen, Schatz.«

In einem himmelblauen Pyjama, über den er einen himbeerroten Nylon-Parka mit Klippverschlüssen gezogen hatte, sah sich der Mann mißtrauisch um. Er war nicht alt, so zwischen fünfunddreißig und vierzig, taperte jedoch in seinen nagelneuen Timberland-Schnürstiefeln herum, als käme er geradewegs aus dem Altersheim. Klobige randlose Brillengläser saßen auf seiner spitzen kleinen Nase wie die Räder eines Streitwagens, der einen ausgemergelten Frühchristen überfährt, und doch wirkte er immer noch ziemlich kurzsichtig. Er sah aus wie ein Mittelklasseakademiker; vielleicht war er einer von diesen Literaturmaulwürfen, die in verstaubten Hinterzimmern ihre Blässe kultivieren und sich an den komplizierten Nuancen von E. M. Forster aufgeilen. Vielleicht war er Redakteur einer städtischen Wochenzeitschrift, die ihre Seiten mit Anzeigen von Weinhandlungen und Galerien und gewissenhaften Kritiken über das mit zusammengekniffenen Ärschen fabrizierte Gefiedel europäischer Streichquartette füllt. Erst vor ein oder zwei Tagen hatte dieser Mann Boomer Petway derart überheblich und verächtlich gemustert, als sein Volvo den riesigen Truthahn überholte, daß Boomer sich zu Ellen Cherry umgedreht und gefragt hatte: »Glaubst du, daß es Männer gibt, die an Penisneid leiden?«

»Heather«, rief der Mann. Seine hervorquellenden Augen hatten vor dem Lagerfeuer etwas entdeckt.

»Ja, Liebling?«

»Hast du Schweinefleisch mit Bohnen eingepackt?«

»Was?«

»Schweinefleisch mit Bohnen.«

Er kniff die Augen zusammen und ging im Schein des Feuers in die Hocke. Die chinesischen Finger der Morgendämmerung, schmal und opiumbefleckt, massierten bereits den geschundenen Rücken des Himmels, und die Schreie der Eulen wichen dem wohltuenden Gesang der Vögel und dem Lärm der Krabbeltier-Nachtschicht, die ihre Lochkarten in die Stechuhr schob und sich aus dem Staub machte. Ungerührt von dieser planetarischen Routine, die jeden Poeten in ihren Bann zog – jedenfalls jeden, der um diese Zeit wach und nüchtern war –, machte der Mann eine Bewegung, als wolle er Can o' Beans aufheben, doch dann überlegte er es sich anders und stocherte mit einem im Laden gekauften Stück Feuerholz an ihm/ihr herum.

Spoon, die das Ganze vom Unterholz aus beobachtete, stieß einen unterdrückten Schrei aus. »Oh, was können wir nur tun?« fragte sie.

»Rühren Sie sich nicht von der Stelle«, befahl Painted Stick.

Die Frau trat aus dem Zelt. Sie hatte erstaunliche Ähnlichkeit mit ihrem Mann, bis hin zum Flanellschlafanzug und den aquariumdicken Brillengläsern. Vielleicht war sie einen oder zwei Zentimeter größer als er, doch selbst sie hätte noch auf eine Pfirsichkiste klettern müssen, um die Ohren eines Shetland-Ponys zu streicheln. Aggressiv wie ein Fernsehbulle marschierte sie auf die hilflose Blechdose zu.

»Du fragst mich, ob ich Schweinefleisch mit Bohnen eingepackt habe? Dabney, ich habe mehr als eine Woche lang für diesen Ausflug eingekauft ...«

»Über eine Woche lang ...«

»Entschuldige. Über eine Woche lang. Bist du dir eigentlich im klaren, wieviel Geld ich ausgegeben habe?«

»Also ist das nicht *unser* Schweinefleisch mit Bohnen?«

»Also wirklich, Dabney!« Die Frau machte ein Gesicht, als sei ihr soeben eine Schwade Latrinengestank aus Kalkutta in die Nase gestiegen. Dann entspannte sie sich und grinste. »Zum Frühstück mach ich uns Orangencrêpes. Mit Cointreau. Aber erst, wenn du mit dem ersten Fisch auftauchst.«

»Einverstanden.« Er legte ein kleines Holzscheit auf das Feuer. »Ich ziehe mich an und zische los.« Während er ins Zelt kroch, rief er: »Oh, Schatz. Vergiß nicht, das Leinentischtuch aufzulegen.«

»Habe ich das schon jemals vergessen?«

Entschlossen bückte sich die Frau nach der Bohnendose, unterzog sie einer skatologischen Untersuchung und schleuderte sie dann mit erstaunlicher Wucht gegen einen Felsen am anderen Ende des Campingplatzes.

Der Konservierungsprozeß wurde 1809 von einem französischen Konditor namens Nicolas Appert erfunden. *Oui*, der simple proletarische Behälter, der unser Dosenfleisch von der Herstellungsfirma bis zum Abendbrottisch begleitet und beschützt, stammt aus Paris, dem Geburtsort so manchen Genies, so mancher Extravaganz. Ist es also übertrieben, wenn ein Maler wie Andy Warhol dafür sorgte, daß die *soup can* zum anerkanntesten Symbol der zeitgenössischen Kunst wurde? Ist es reiner Zufall, daß der repräsentativste Pariser Tanz *Cancan* heißt? Oder daß das berühmte französische Filmfestival in einem Ort namens *Cannes* stattfindet? Sicher, und trotzdem: Es gibt mehr Blechdosen auf der Welt als Menschen (allein in den USA werden Jahr für Jahr hundert Milliarden neue hergestellt), und sie führen ihre Herkunft nicht auf eine öde, von Affen bevölkerte Steppe zurück wie wir, sondern auf die Heimat von Matisse und Baudelaire, von Debussy und Sarah Bernhardt; auf die Metropole der Musen, die Stadt der Lichter.

Trotz der funkelnden Eleganz, die ihre Geburt begleitete, ist die Dose solide, verläßlich. Bruch oder verdorbener Inhalt bleiben die Ausnahme. Man kann sie nach fünf Jahrzehnten öffnen, und der Inhalt ist einwandfrei, vorausgesetzt, man macht sich was aus Hammel in Dosen. Könnten wir doch auch unsere Unschuld so konservieren, unser Staunen, unsere jugendliche Libido. Campbell's Ewige Jugend. Swanson's Junger Hüpfer.

Die ersten Konservendosen wurden aus Blech handgefertigt und mit Lötmetall verschweißt. Heute werden sie maschinell aus Preßstahl hergestellt. Das einzige Blech in einer modernen »Blechdose« steckt in dem feuerverzinnten Überzug, der so dünn ist, daß man durch ihn lesen könnte. Zum Beispiel die *Blechtrommel*, wenn man sich dafür interessierte. Blech strahlt von Natur aus zusätzliche Elektronen ab, und diese überflüssigen Partikel schaffen eine Barriere gegen Säuren im Essen, die sonst die Dose zersetzen und langsam von innen heraus zerfressen würden, so wie politische Überzeugungen die Moral und religiöse Überzeugungen den Geist zerfressen.

Als Can o' Beans gegen den Felsen flog, war die Wucht des Aufpralls so groß, daß sein/ihr Stahlzylinder eine Delle abkriegte. Das allein wäre schon problematisch genug gewesen, denn eine äußere Deformation hebt unweigerlich das Gleichgewicht im Inneren der Dose auf. Doch leider war es damit nicht getan. Da sich die Delle unmittelbar über der Schweißnaht befand, brach diese auf und schuf eine zentimeterlange Wunde, durch die Tomatensauce austrat wie Blut.

Eine Prokofjew-Melodie auf den Lippen, schulterte der Mann sein Angelgerät, an dem noch das Preisschild hing, und machte sich frohen Mutes auf den Weg zum Fluß. Fröstelnd stattete die Frau dem Abort des Campingplatzes einen zögerlichen, aber unaufschiebbaren Besuch ab. Sobald beide außer Sichtweite waren, eilten Painted Stick und Conch Shell Can o' Beans zu Hilfe. Zuerst drehten sie ihn/sie auf die Seite, so daß die Wunde nach oben zeigte, um zu verhindern, daß noch mehr Sauce herausquoll. Als nächstes schoben sie die Dose – rollen kam in diesem Zustand nicht in Frage – ins Unterholz.

Conch Shells Aufklärungsexkursion förderte einen abgeschiedenen Felshaufen zutage, der bald vom Sonnenlicht erwärmt werden würde. Painted Stick schleifte den Socken dorthin und schob mit Conch Shells Hilfe die Dose nach. Vielleicht bekam Painted Stick nach reiflicher Überlegung allmählich doch Zweifel an der Wahl seiner Reisegefährten. Er war ein Talisman, eine heilige Gerätschaft, er taugte dazu, den Respekt einer Gemeinde von ekstatischen Gläubigen zu bemessen, aber nicht zur Krankenschwester. Es war Zeit für eine Neubeurteilung der Lage.

Verwirrt, erschöpft, vielleicht sogar unter Schock, doch außer Gefahr war mittlerweile der alte rote Fußwärmer. Die Löcher in seinem Gewebe waren nicht der Rede wert; damit konnte er leben. Ein paar Stunden in der Sonne würden auch den letzten Tropfen der Feuchtigkeit aufsaugen, die ihm jetzt noch zu schaffen machte. Sauberer, vielleicht sogar klüger als zuvor, würde der Socken weiterleben.

Den Hüter der Hülsenfrüchte dagegen hatte es ziemlich böse erwischt. Wäre er gezwungen, in einer anderen als seiner jetzigen Position zu liegen – auf der Seite nämlich, so daß die Schweißnaht nach oben zeigte –, würden seine Säfte aufs neue austreten. Und wäre erst genug Blut geflossen, würden die Bohnen in seinem Inneren zu einer harten, trockenen Masse erstarren. Am Ende würde sich nicht vermeiden lassen, daß Bakterien durch die Wunde eindrangen und den Inhalt zersetzten. Eine verkrüppelte Dose voller Schimmel und Fäulnis. Can o' Beans war wirklich schwer angeschlagen, eine Weiterreise ausgeschlossen.

Was tun? Dirty Sock tat gar nichts. Er lag den ganzen Morgen im Stupor und briet in der Sonne wie ein Malocher am ersten Tag eines Billigurlaubs in Hawaii. Can o' Beans war ebenso still. Spoon wich ihm/ihr nicht von der Seite und strich immer wieder über das aufgeweichte Papieretikett, als wollte sie seine/ihre Wunden mit geradezu zwanghafter Zärtlichkeit heilen. Conch Shell warf ein rosiges Netz ozeanischen Mitgefühls über sie, ohne daß es im geringsten nützte, während Painted Stick, darauf bedacht, seine Verabredung im fernen Jerusalem einzuhalten, ungeduldig auf und ab marschierte. Die kleinen Hörner zuckten wie Fühler. Was tun?

Das Szenario war düster und obendrein sterbenslangweilig. Am Nachmittag hatte Can o' Beans die Nase voll. »Mir ist klar, daß ich wahrscheinlich zurückbleiben muß«, erklärte er/sie. »Und ich bin bereit, das zu akzeptieren. Wie heißt es so schön? Pech im Spiel, Glück in der Liebe. Aber ich möchte Sie beide, Miss Shell und Mr. Stick, nicht gehen lassen, ohne wenigstens zu erfahren, warum ich dahin sollte, wo ich jetzt nicht hinkomme. Ich platze geradezu – kleiner Scherz am Rande, haha – vor Neugier ... wozu die Reise nach Jerusalem und warum gerade jetzt? Was steckt hinter diesem Marathon? Worin besteht Ihre Mission? Was werde ich verpassen? Lassen Sie mich in der Nacht zurück, aber bitte lassen Sie mich nicht im dunkeln tappen.«

Vielleicht brauchten auch sie ein wenig Zerstreuung, etwas, das sie von all den Strapazen und ihrer Verspätung ablenkte; auf alle Fälle machten es sich Conch Shell und Painted Stick in dem wirr herabgestürzten Geröll (es sah aus, als sei der Gott der Berge betrunken nach Hause gekommen und habe überall im Zimmer seine Kleider verstreut) neben der invaliden Bohnendose bequem und versuchten, ihre Neugierde zu befriedigen.

»Wie bereits erwähnt, stammen wir ursprünglich aus Phönizien, einem großen Handelszentrum am Rand eines sanften blauen Meeres. Phönizien war mit Hügeln und Häfen gesegnet; ein Land voller Leuchttürme, Zedernhaine und purpurrotem Staub auf den Oliven. Es war in zwei Königreiche geteilt, die Stadtstaaten Sidon und Tyros –«

»Vielleicht interessiert es Sie«, unterbrach Can o' Beans, »daß diese beiden Städte noch existieren. Sie liegen in einem Land, das heute Libanon heißt.«

Spoon warf Can o' Beans einen bewundernden Blick zu, als sei sie wieder einmal von seiner/ihrer Intelligenz überwältigt.

»Das abgefuckteste Land der Welt«, grunzte Dirty Sock. »Verzeihen Sie die Ausdrucksweise.« Er hatte keinen Faden gerührt. Niemand hatte überhaupt mitgekriegt, daß er zuhörte.

»Ein langer Bürgerkrieg hat das Land zerstört«, erklärte Can o' Beans. »Moslems kämpften gegen Juden, wie üblich, aber auch Moslems gegen Christen. Und Moslems gegen Moslems. Jeder bekämpft dort jeden, einschließlich sich selbst. Es ist verrückt. Mörderisch und verrückt.«

»So sind die Menschen eben manchmal«, sagte Conch Shell.

»Da haben Sie recht«, nickte Can o' Beans. »Aber Menschen in Ihrem Teil der Welt scheinen ein besonderes Talent dafür zu haben. Ich würde nur gern wissen, warum.«

»Nun, die Juden waren die ersten, die die Göttin ablehnten«, sagte Conch Shell.

»Und der Islam ist nichts weiter als ein Ableger des Judaismus?« fragte Can o' Beans.

Wollte Conch Shell etwa andeuten, daß es ihre Göttin war, die die Juden mit einem Fluch – dem Fluch, dem legendären Fluch – belegt hatte? Und damit den gesamten Nahen Osten? Gab es denn überhaupt einen solchen Fluch, oder war es nur ein verzweifeltes (zuweilen gewalttätiges) Festklammern an engstirnigen, rigiden Glaubenssystemen, das so viel Leid über diese Region und diese Rasse gebracht hatte? War es Schicksal, ein rein zufälliges Aufeinandertreffen von Geographie und Geschichte? Oder gab es noch einen anderen Grund für ihr Leid: etwas Sagenhaftes, Unerforschtes, Undenkbares gar, Umstände, die dem menschlichen Wissen verborgen blieben wie hinter einem ... einem Schleier?

Die Phantomschwimmer in den Gewässern von Can o' Beans' Bewußtsein stürzten sich kopfüber in einen Strudel von Spekulationen und machten ein paar hastige Schwimmzüge, doch in seinem augenblicklichen Zustand schaffte er/sie es einfach nicht, die notwendige Konzentration aufzubringen, und so versanken sie schnell wieder in der Tiefe des Unterbewußtseins. Als die Wellen sich gelegt hatten, sagte Can o' Beans: »Ich muß Ihnen leider mitteilen, daß Sidon und Tyrus an Größe und Bedeutung verloren haben. Heutzutage sind sie nur noch Provinzstädte. Aber Sie wollen ja ohnehin nicht in Ihr Herkunftsland zurück. Sie reisen nicht in den Libanon, das einstige Phönizien, sondern nach –«

»Wir reisen zur Eröffnung des Dritten Tempels nach Jerusalem«, sagte Painted Stick. Das war praktisch die einzige relevante Bemerkung, die er während des ganzen Nachmittags machen sollte. Painted Stick nutzte diese Phase der Exegese als Rechtfertigung für allerlei Kommentare zu den

Galaxien, die er beschrieb, als seien es Tintenfässer, in die er wie ein geschäftiger Gänsekiel regelmäßig eintauchen mußte.

»Das klingt, als hätten Sie lange darauf warten müssen.«

»Ein Großteil der Welt hat darauf gewartet«, sagte Conch Shell.

»Wie das?«

»O Sir/Ma'am, das wissen Sie nicht?« platzte Spoon heraus, überrascht, auf eine solche Lücke in Can o' Beans' Bildung zu stoßen. »Wenn der Dritte Tempel errichtet wird, so heißt es, steht die Wiederkunft Christi bevor.«

Can o' Beans zuckte die Achseln. »Dritter Tempel, Wiederkunft Christi. Was soll das?«

»Die Christen assoziieren die Wiederherstellung des Tempels in Jerusalem mit dem zweiten Auftauchen ihres Gottes Jesus Christus«, erklärte Conch Shell. »Die Juden assoziieren sie mit dem *ersten* Erscheinen ihres lange erwarteten Messias, falls es das war, was Sie wissen wollten. Beide Fälle implizieren das Ende der Welt, so wie wir sie kennen.«

»Was ist, wenn Christus *und* der Messias kämen, und es wären zwei verschiedene Typen?« fragte Can o' Beans. »Würden sie in Fernseh-Talkshows debattieren? Würden sie ihren Anhängern zwei verschiedene Belohnungen verheißen, getrennte Sperrbezirke im Himmel? Und würde Jesus, ein frommer Jude, wirklich zu den Nichtjuden überlaufen? Könnte es zum Krieg zwischen den beiden Erlösern kommen, der die Welt ›erlöste‹, indem er sie zerstörte? Schauen Sie sich den Nahen Osten an, schauen Sie sich Nordirland an, Indien mit seinen Hindus und Sikhs. Man könnte meinen, ein Großteil des Blutvergießens auf der Welt sei die Folge religiöser Auseinandersetzungen. Vielleicht bin ich deswegen so zynisch, wenn die Sprache auf die Religion kommt.«

»Sind Sie das?« fragte Spoon ungläubig. »Also, gerade in Ihrer Verfassung ...«

»Das ist Blasphemie, oder?« murmelte Dirty Sock.

»Die Dinge entwickeln sich nicht immer so, wie die Menschen es erwarten«, erinnerte sie Conch Shell.

Painted Stick warf eine erstaunliche und irrelevante Bemerkung über die Monde des Saturn ein.

»Sie haben ganz recht«, sagte Can o' Beans, womit er/sie sich auf Conch Shells Äußerung über die Erwartungen der Menschen bezog. Was Spoon und Dirty Sock gesagt hatten, tat er/sie als deplazierte Anthropomorphismen ab, und ob Painted Stick richtig lag, stand wirklich in den Sternen. »Immerhin ist Jesus vor zweitausend Jahren untergetaucht. In all der Zeit muß er sich verändert haben. Und was den Messias betrifft, so kaufen wir da eher die Katze im Sack.«

Conch Shell lachte. Es war ein hohes, melodisches, ein fröhliches Lachen, es erinnerte an den Gesang von Feldmäusen, die ausziehen, in einem Land Körner zu sammeln, wo alle Falken Vegetarier sind. »Wahrscheinlich ist Ihre Einstellung sehr gesund«, sagte sie. »Immerhin könnte sich herausstellen, daß der Dritte Tempel mit ... mit etwas ganz anderem in Verbindung steht.«

»Wissen Sie und Mr. Stick, was es ist?« Die Dose war ganz Ohr.

»In Anbetracht der Vergangenheit sind wir ziemlich sicher, daß wir es wissen. Doch wenn es ans Eingemachte geht, werden wir wahrscheinlich überrascht sein wie jeder andere.«

»Aber es wird eine große Sache, dieser neue Tempel in Jerusalem?«

»Wir haben allen Grund, es anzunehmen.«

»Und Sie und Mr. Stick – unbelebte Objekte – werden daran teilhaben?«

»Das hoffen wir«, sagte Conch Shell. »Man hat es uns jedenfalls versprochen. Ist es nicht endlich an der Zeit, daß unbelebte Objekte – wie auch Pflanzen und Tiere – ihren rechtmäßigen Platz bei der Regelung der Angelegenheiten der Welt wieder einnehmen? Wie lange soll die Menschheit diese integralen Bestandteile der Gesamtwirklichkeit noch vor den Kopf stoßen dürfen?«

Ein Schauer lief über die zerplatzte Naht der Dose. Die Implikationen dieser Vorstellung erregten sie, obgleich sie sie vielleicht trotz ihrer günstigen Position als unbelebtes Objekt nicht ganz verstand. *Hätte* sie sie ganz verstanden, wäre zumindest für sie, eine verwundete Dose Schweinefleisch mit Bohnen, der zweite Schleier bereits gefallen.

DER
DRITTE
SCHLEIER

Ellen Cherry und Boomer versuchten zu entscheiden, wie sie ihr Jubiläum feiern sollten. Sie waren jetzt eine Woche verheiratet. Zwar hätte Ellen Cherry lieber den ganzen Abend mit Zeichnen verbracht – denn sosehr sie sich auch anstrengte, ihr wollte nicht ein einziges Attribut des Ehedaseins einfallen, das sich mit der Wonne messen konnte, die sie empfand, wenn ihr Bleistiftstrich wie eine Schlange über das Paradies eines leeren Blatts Papier glitt –, trotzdem schlug sie vor, tanzen zu gehen. Nun tanzte Boomer Petway zwar ausgesprochen gern, aber es traf sich, daß der einzige an diesem Märzabend in Livingston, Montana, für die Öffentlichkeit zugängliche Ort dazu eine »internationale« Disco war, die erst kürzlich die Country-and-Western-Bar im Grizzly Bear Hotel abgelöst hatte. Livingstons renommiertes Literatenvölkchen würde da sein, so versicherte man dem jungen Paar, und gewiß auch die gesamte aufstrebende Schickeria aus diesem Teil des ländlichen Montana, deren Mitglieder sich im glitzernden Schein von Chrom und Neon aufbauen würden wie die sorgfältig arrangierten Gestalten eines barocken Meisterwerks.

»Kommt nicht in die Tüte«, sagte Boomer. »Als ich dreißig wurde, habe ich alle diplomatischen Beziehungen zur Pepsi-Generation abgebrochen. Falls einer von diesen hippen jungen Leuten Verbindung zu mir aufnehmen will, soll er die Schweizer Botschaft einschalten.«

Scheint mir kein gutes Omen für unser Leben in der Kunstszene von New York zu sein, dachte Ellen Cherry. Aber was hätte denn *dafür* schon ein gutes Omen sein können? »Wenn ich mich recht erinnere, mein Süßer, sind deine Beziehungen zu Ranchern und Farmern auch nicht gerade in einer Entspannungsphase, deshalb ist es wahrscheinlich ganz gut, daß heute nacht keine Kuhscheiße auf den Tanzböden dieses Nests breitgetreten wird. Es fällt mir von Tag zu Tag schwerer, aus deiner Außenpolitik schlau zu werden.«

»Ich bin blockfrei.«

»Was nicht dasselbe ist wie gewaltfrei.« Sie strich sich übers Haar. Es fühlte sich wie immer widerspenstig und struppig an; das war beruhigend. Sie wickelte sich eine Strähne um den Finger, zog ihn dann heraus und spürte, wie sie zu einer

Locke aufsprang. »Was würdest *du* denn heute abend am liebsten machen?«

Boomer meinte, er fände es wahnsinnig romantisch, ins Autokino zu fahren. Dort könnten sie innerhalb gewisser Parameter ihre jugendlichen Nächte im Robert E. Lee noch einmal aufleben lassen. Wie sich herausstellte, war das Yellowstone Drive-in erst diese Woche nach dem Winterschlaf ausgemottet worden und eröffnete die neue Saison mit einem echten Knüller, einer langen Science-fiction-Nacht:

2001: Odyssee im Weltraum
2010: Das Jahr, in dem wir Kontakt aufnahmen
2020: Wer braucht jetzt eine Brille?

Sie mußten insgesamt vier Karten lösen. Der Truthahn war so lang, daß er zwei Plätze brauchte, und je einen rechts und links nahmen die Schlegel ein. »Zum Teufel mit der Knete«, rief Boomer. »Für meine knackige kleine Braut ist mir nichts zu teuer!«

Ellen Cherry schlug die Augen nieder und wandte sich an den Kartenverkäufer. »Seit einer Woche«, hauchte sie verschämt.

»Seit einer vollen Woche!« donnerte Boomer. »Wie wär's mit einem Bottich Popcorn, Liebling?«

»Du verwöhnst mich.«

Da sie rechtmäßigen und physischen Zugang zu vier Lautsprechern hatten, nutzten sie alle und empfingen den Zeichentrickangriff der Snack-Bar-Werbung quadrophonisch. Außerdem drehten sie die Heizung des Airstreams auf, denn seit Sonnenuntergang heulte ein eisiger blauer Wind aus Kanada um das Kino. Dieser Wind nahm jeden verfügbaren Parkplatz in Beschlag, hörte aber nur auf sich selbst.

Da Boomer rechtmäßigen und physischen Zugang zu allem hatte, was in Ellen Cherrys Höschen steckte, zog sie es aus, um ihm die Mühe zu ersparen. Nach ein, zwei Küssen begab er sich zu dem zweieinhalb Kubikmeter großen Kühlschrank, angeblich, um ein Bier zu holen, überraschte sie jedoch mit einer ziemlich guten Flasche französischem

Champagner. »Laut Auskunft des Weinkellners hier ist das die ideale Ergänzung zu gebuttertem Popcorn.«

»Es gibt also doch noch Hoffnung für dich«, sagte sie. Sie selbst konnte nicht entscheiden, ob sie über diesen Hoffnungsschimmer lachen oder weinen sollte. »Alles Gute zur ersten Woche!« Unter ihrem Rock, wo das Höschen gekommen und gegangen war, wo es nichts gab als Haar und nakkige Haut, unter ihrem Rock (denn sie war und blieb eine Frau aus dem Süden und weigerte sich, in Jeans oder anderen Hosen herumzulaufen) drückte Ellen Cherry die Daumen, so fest sie konnte.

I & I

Ich frag mich, wo sie jetzt wohl gerade sind.« Verlin Charles hatte eine Landkarte der Vereinigten Staaten von Amerika auf dem Kaffeetisch ausgebreitet. Verlin betrachtete die Staaten, oder besser gesagt, er betrachtete die kleinen, mit verschiedenen Farben gekennzeichneten Felder, in die jene größere Form, die seine Nation repräsentierte, unregelmässig unterteilt war. Verlins Vorstellung von »wo sie jetzt wohl gerade sind« bezog sich auf die Felder der Staaten, nicht mehr, nicht weniger. Die Leute neigten dazu, diese Felder, diese vergleichsweise brandneuen, willkürlichen, politisch motivierten Unterabteilungen, für natürliche Gegebenheiten zu halten, die von alters her unveränderlich bestanden, für Endprodukte der Evolution (»Nein, Kinder, Texas ist nicht aus Rhode Island entstanden; Texas und Rhode Island haben nur einen gemeinsamen Vorfahren«), oder, wenn die Leute Kreatianisten aus dem Bibelgürtel waren, glaubten sie, daß Gott der Allmächtige die Staaten eigenhändig geschaffen hatte, sich mit seinem großen Titanstift in der großen schöpferischen Faust an seinen großen Wolkenschreibtisch gesetzt und mit lauter Stimme gedonnert hatte: »Ich glaube, ich werde Louisiana so machen, daß es aussieht wie ein Frankensteinstiefel.« Wie auch immer, jedenfalls hatten sich die Leute ziemlich an die imaginierte physische Realität dieser Staaten gewöhnt.

Da die Karte auf eine ebene Fläche gedruckt war, waren nur vier Farben nötig, um jeden einzelnen Staat von seinen Nachbarn abzuheben. Auf einer Kugel, einem Globus, genügten ebenfalls vier Farben. Wäre sie auf einen Torus – eine doughnutähnliche Form – gedruckt worden, hätte man *sieben* Farben gebraucht, um die Staaten voneinander zu unterscheiden. Es gibt aber natürlich noch andere Gründe, warum man nur selten eine Karte der Vereinigten Staaten auf seinem Doughnut findet.

»Ich frag mich, wo sie jetzt wohl gerade sind«, sagte Verlin. Er verfolgte den Fortgang der Reise seiner Tochter und seines Schwiegersohns einigermaßen genau, nicht ohne die stille Hoffnung, daß sie sehr, sehr lange brauchen würden, um das schreckliche New York zu erreichen.

»Ich frag mich, wo *er* jetzt wohl gerade ist«, sagte Patsy. Sie schüttelte ihr ramponiertes Kuckucksnest – diesen Haarschopf, dessen Milliarden wirbelsturmartige Locken ihr genetisches Muster irgendwie in ihre Chromosomen gemogelt hatten und so an ihre Tochter weitergegeben worden waren – in die Richtung von Reverend Buddy Winkler.

Auf dem Sessel, wo er eingenickt war, als er sich vor dem Fernsehgerät der Charles' »Riskant!« ansah, zuckte Buddy unruhig im Traum. Es sah nicht nach einem Alptraum aus: Über die schmalen Lippen huschte gerade so etwas wie ein frommes Grinsen. Doch er zuckte und zappelte, und er schwitzte wie eine Kühlbox. Patsy beobachtete fasziniert den Glanz, der von ihm beziehungsweise seinen Pusteln ausging. Sie knipste die Lampe aus.

»He! Was machst du da?« protestierte Verlin. »Ich studier diese gottverdammte Karte!«

»Tut mir leid, Schätzchen. Ich wollt nur sehen, ob du sie im Licht von Buds Eiterbeulen noch erkennen kannst.«

In dem Augenblick, als sie die Lampe wieder anknipste, schrak Bud auf. Als er sich einigermaßen gesammelt hatte und merkte, daß die Hauptsendezeit begonnen hatte und die Gameshow zu Ende war, wandte er sich an Verlin und Patsy und lächelte feierlich. »Der Herr hat zu mir gesprochen«, sagte er. Mühelos schaltete er auf sein Saxophon um. »*Der Herr* hat in diesem Wohnzimmer zu mir gesprochen!«

»Das is aber ziemlich unhöflich. Zu mir hat er keinen Piepser gesagt, und immerhin isses mein Haus!«

»Patsy!«

»Hast du den Herrn gehört, Verlin? Ich schwör, wenn ich gewußt hätte, daß der Herr hier bei uns aufkreuzen würde, hätt ich die verflixten Aschenbecher geleert.«

Verlin und Buddy, wie aus einem Mund: »Patsy!«

»Tut mir leid. Ich wollte nich respektlos sein. Es is nur ein bißchen ... ungewöhnlich.« Sie sah zu Verlin hinüber, in der Hoffnung, daß er den Ball aufnehmen würde, aber er war ebenso verschlossen wie die Kellogg-Staaten, jene kleinen Präriestaaten auf seiner Karte, die alle so aussahen wie Cornflakes-Packungen. Patsy war neugierig. »Was hat der Herr denn zu dir gesagt, Bud?« Sie meinte es ehrlich. Echt.

»Der Tempel«, antwortete Buddy vage. »Gott sprach vom Wiederaufbau des Tempels.« Es hatte den Anschein, als hätte der Prediger den Herrn nicht allzu deutlich verstanden.

»Welcher Tempel?«

Plötzlich stand Buddy auf. »Wie spät isses?«

»Gleich Viertel nach acht«, sagte Verlin.

»Hmm. Tja, zu spät für heute.« Beinahe zärtlich strich Buddy über die Krater auf seinem Kinn. »Morgen früh muß ich mich als erstes mal mit einem Juden darüber unterhalten«, erklärte er.

I & I

Als Ellen Cherry den stämmigen Burschen mit dem spärlichen schwarzen Haar, diesen Mann namens Boomer heiratete, hatte Can o' Beans schon befürchtet, er/sie würde zusammen mit einer Reihe von Kolleginnen und Kollegen ausgeleert und an die Stoßstange des Hochzeitswagens gebunden werden. Und wenn der Wagen die Straße hinabfuhr und Luftschlagen, aufgeblasene Kondome und Rasierschaumflocken hinter ihm herwehten, würden die Dosen scheppern und klirren und mit ihrem vulgären Radau auch dem letzten in der Stadt klarmachen, daß die schüchternen, nervösen Unschuldslämmer im Wageninneren sich auf dem Weg vom Altar zum Bett befanden.

Aber dann stellte sich heraus, daß der Hochzeitswagen der Airstream-Truthahn war, und keine von Ellen Cherrys Freundinnen – die Kellnerinnen, die heulten, sich betranken und dann noch mehr heulten – brachte den Mut auf, oder was immer es erforderte, das Ding zu schmücken. Schmuck stand ihm einfach nicht. »Wie wär's mit Preiselbeersauce?« schlug eine Kellnerin vor. »Da bräuchten wir mindestens hundert Pfund«, gab eine andere zu bedenken. »Wo tun wir sie hin?« fragte die dritte. »Wo kriegen wir sie her?« fragte die vierte. Die fünfte, die schon jetzt in Tränen schwamm, fragte: »Was hat Preiselbeersauce damit zu tun, daß man einen Mann hat, der einen in alle Ewigkeit liebt?« Am Ende hatten sie den Truthahn nicht angerührt. Vielleicht war er ein Statement für sich, ein Satz, an den sich keine weitere logische Wendung oder Floskel anhängen ließ. Vielleicht war er einfach zu ausgeflippt.

Mittlerweile glaubte Can o' Beans, daß er/sie ganz zufrieden wäre, in einer Hochzeitsprozession zu enden. Wenn er/sie es mit Hilfe von Mr. Stick bis zu einer Kirche schaffte, einer kleinen Kapelle am Wegesrand, nun, dann könnte er/sie sich einfach irgendwo auf den Vorplatz legen, aller Sauce ledig, und früher oder später käme schon eine Brautjungfer oder ein jüngerer Bruder vorbei und würde ihn/sie an die Stoßstange eines Hochzeitswagens binden, und er/sie würde unter lautem Gehupe, Geschepper und Gejohle – JUST MARRIED, JUST MARRIED – seine/ihre Karriere beenden, wenn schon nicht im blendenden Glanz der himmlischen Herrlichkeit, so doch wenigstens als Teilnehmer an einem traditionellen Ritus voll lärmender Fröhlichkeit. Wieviel angenehmer wäre das, als hier auf diesem Steinhaufen zurückzubleiben, um den Stachelschweinen als Freßnapf dienen und sich von hochfliegenden Bussarden bepinkeln lassen zu müssen.

Doch halt. Warum sich derart morbiden Phantasien hingeben? Es war noch ein paar Stunden hin bis zum Sonnenuntergang. Mit thermonuklearer Nonchalance verwandelte die Sonne noch immer munter Wasserstoff in Helium, 4 200 000 Tonnen pro Sekunde, und im Inneren der solarerhitzten

Dose schwelgten die Bohnen in genetischen Erinnerungen an die Photosynthese, die sie erschaffen hatte. Außerdem hatte Conch Shell den Faden ihrer Erzählung wiederaufgenommen. Can o' Beans schüttelte das Gefühl drohenden Unheils ab und lauschte aufmerksam.

I & I

Boomer hätte den Champagner direkt aus der Flasche geschlürft, aber das hätte Ellen Cherrys Anstandsgefühl verletzt. Sie stammte aus dem Süden und hatte Manieren. Sie hatte vielleicht kein Höschen an, aber sie hatte Manieren.

Ellen Cherry ging nach hinten in die Bordküche und holte zwei Gläser. Es waren Wassergläser, aber immerhin Gläser. »Liebling«, sagte sie. »Ich habe meinen Löffel verloren.«

»Sag bloß, du wolltest den Champagner löffeln.«

»Er ist zwar gut, aber so gut nun auch wieder nicht.«

»Dann wolltest du dein Popcorn mit dem Löffel essen? Eine Yankee-Sitte, die du dir in Seattle angewöhnt hast?«

»Ach, halt den Mund, Boomer«, sagte sie. Der Film hatte begonnen, und ein paar Typen in Affenkostümen hüpften um das überdimensionale Denkmal eines Schokoladenriegels herum. Einen Augenblick hielt Ellen Cherry das für eine etwas ausgeflipptere Version der Snack-Bar-Werbung.

»Was soll das heißen, du hast deinen Löffel verloren? Hattest du etwa bloß *einen*?«

»Vergiß es.« Die Affenmenschen auf der Leinwand beteten den großen Gott Hershey an. Irgendein primitiver Schokoladenkult. »Ich besitze – wir besitzen – einen ganzen gottverdammten Satz von rostfreiem Edelstahlbesteck. Aber ich hatte einen speziellen kleinen Löffel. Es war ein silberner Dessertlöffel. Ich habe ihn auf einem katholischen Wohltätigkeitsbasar gekauft.«

»Er muß dir ja mächtig was bedeutet haben«, sagte Boomer. Er hatte den Mund voller Popcorn. »Und jetzt isser weg.«

»Du machst dich über mich lustig, wie? Echt nett von dir.« Sie füllte ihre Gläser. »Während der ersten drei Jahre in Seattle war es der einzige Löffel, den ich besaß. Ich hatte Stäbchen und einen Löffel. Ich glaube, ich habe ihn neulich in der Höhle vergessen.«

»Willst du zurückfahren und ihn holen?«

»Na klar.«

Boomer starrte sie an. »Ernsthaft?«

»Nein. Du lieber Himmel, nein. Sei nicht albern.«

»Ich würd's machen.«

»Vergiß es, Boomer.«

»Ich würd zurückfahren und dir deinen Löffel holen. Es sind Hunderte von Meilen, aber ich würd's tun.«

»Ich weiß, daß du's tun würdest. Vergiß es. Laß uns anstoßen. Es war nur ein dummer kleiner Löffel, noch dazu gebraucht.«

Er hob sein Glas. Ein Raumschiff erschien auf der Leinwand. »Na ja, vielleicht leistet dein Löffel meinem Socken Gesellschaft.«

Sie lachten. Sie stießen auf ihr einwöchiges Jubiläum an, inklusive der Stunde in der Höhle. Was wußten sie schon!

I & I

Mr. Stick wurde aus dem Holz eines Feigenbaums geschnitzt, eines sehr alten Baumes mit einer besonderen Aura; die Einheimischen hielten ihn offenbar für verzaubert oder dergleichen. Vielleicht war er einst vom Blitz getroffen worden, oder eine Quelle entsprang unter ihm. Vielleicht war er einfach nur alt. Manchmal genügt es, alt zu sein. Ist doch klar, ich werde ja auch nicht deshalb respektiert, weil ich eine Bohnendose bin, sondern weil ich so alt geworden bin, wie Bohnendosen nur selten werden. Ich bin herumgekommen, habe eine Menge gesehen, ein, zwei Dinge gelernt und überlebt. Das plaziert mich in eine andere Kategorie, ich bin eine Art Respektsperson unter all dem jungen Dosengemüse. Bei Menschen ist das ganz normal. Mr. Petway hat einmal zu Miss Charles gesagt, jetzt, mit dreißig, würde er anfangen, die Kragen seiner Hawaiihemden zu stärken. Sie kratzten ihn zwar am

Hals, aber Würde habe nun mal ihren Preis. Lustiger Vogel. Obwohl unangenehm produktiv in Sachen epidermales Blattwerk. Ich bin froh, daß unbelebten Objekten der Fluch der Körperbehaarung erspart geblieben ist. Auf alle Fälle gab es diesen allseits verehrten Feigenbaum in Phönizien, und Mr. Stick wurde von einem ebenso verehrten Astronomen aus seinem Holz geschnitzt.«

Während Conch Shell und Painted Stick ihre Geschichte erzählten (der Beitrag des Stocks bestand vor allem aus irrelevanten Bemerkungen bezüglich dessen, was sich im Spinnennetz der Sterne verfing und was nicht), wiederholte Can o' Beans sie im stillen noch einmal. Das war seine/ihre Methode, Information zu speichern. Alles, was er/sie hörte oder zufällig mitbekam, wurde heimlich auf der Stelle wiederholt, besser gesagt, eine persönliche Version davon. Es wäre ganz interessant zu erfahren, ob man sich als Student mit einer von einer Dose Schweinefleisch mit Bohnen perfektionierten Lerntechnik durch Harvard schummeln könnte.

»Dieser angesehene Astronom leitete ein Observatorium in der Ebene von Al Biqā. Es ist erstaunlich, daß es vor so langer Zeit, fast tausend Jahre vor Christus, schon Observatorien gab, aber ich nehme an, daß die Altvorderen dem Himmel viel Aufmerksamkeit widmeten, obgleich sie keine Instrumente hatten. Das heißt, keine Teleskope. Offensichtlich sollte Mr. Stick so etwas sein wie ein astronomisches Instrument. Er wies auf ungewöhnliche Erscheinungen am Himmel hin.

Der Astronom schnitzte also den Stock und brachte ihn in sein Observatorium, wo er im Schein des Vollmonds von der Priesterin bemalt wurde. Das Observatorium diente zugleich als eine heilige Stätte, zu der die gebildeten Phönizier kamen, um Astarte zu verehren. (Einer der Titel der Göttin war ›Hüterin der Sterne‹.) Eine sehr attraktive Priesterin tat hier Dienst, und Mr. Stick behauptet, daß sie mit jedem, der das Observatorium finanziell unterstützte, Geschlechtsverkehr hatte. Eine neue Art institutionalisierten Spendensammelns. Ich frage mich, ob das Smithsonian davon weiß.

Am Ende desselben Jahres schenkte ein Seefahrer dem Observatorium Miss Shell. Die Phönizier waren ein Volk von

Seefahrern, berühmt für ihre Navigationskünste, und dieser Bursche hatte die Muschel an einem verlassenen Strand gefunden. Seiner Meinung nach manifestierte sie einen Aspekt Astartes, daher schenkte er sie dem Astronomen, der ihm alles beigebracht hatte, was er über das Licht der Sterne wußte, und der Priesterin, die ihm daraufhin die unwiderlegbare Verbindung zwischen der Pussi und den Plejaden bewies. Ein echter Schlag für Carl Sagan.

Für Mr. Stick und Miss Shell war es Liebe auf den ersten Blick. Jeder für sich war gut, aber als Gespann waren sie unschlagbar. Wie Tracy und die Hepburn. Mit der Zeit machten sie sich einen Namen als besonders wirkungsvolle Talismane. Mit dazu beigetragen hatte ein Besuch von König Ethbaal und Königin Acco aus Sidon, bei dem diese ihre junge Tochter, Prinzessin Jezabel, mitbrachten. Das Mädchen erlebte hier ihre erste spirituelle Erfahrung. Sie begriff, daß es etwas Größeres, Bedeutungsvolleres im Leben gibt, als an Honigwaben zu lutschen und ihren Lieblingsaffen mit neuen Kleidern auszustaffieren.

Mehrere Jahre später, Jezabel war inzwischen die voll erblühte Frau des Königs Ahab von Israel, berichteten ihr ihre Eltern, daß der Astronom gestorben war. Jezabel schickte einen Vertrauten nach Phönizien, der alles erwerben sollte, was sich im Inneren des geheimen Observatoriumtempels befand, denn sie hatte vor, in Samaria, der Hauptstadt des nördlichen Israels, einen Schrein zu errichten. Jerusalem war die Hauptstadt des südlichen Israels, damals bekannt als Judäa. Ist die Rivalität zwischen Nord und Süd nicht unausweichlich? Nord- und Südkorea, Nord- und Südvietnam, Nord- und Südirland, Yankees und Rebellen, Uptown und Downtown. Kann mir irgend jemand erklären, warum das so ist? Vielleicht kriegen die Menschen im Süden zuviel Sonne ab, wie Mr. Sock da drüben, der seine Fäden von ihr trocknen läßt, und die im Norden haben nicht genug (obgleich ich Nordisrael kaum als kühles schattiges Plätzchen bezeichnen würde), aber die Leute im Süden – ob in den Tropen oder Downtown – scheinen immer etwas mehr zur Dekadenz zu neigen, während im Norden oder Uptown der Fortschritt blüht. Dekadenz und Fortschritt sind ganz offensichtlich Gegensätze. Auf jeden Fall waren Israel und Judäa Gegner, und es gab einen gewaltigen militärischen und wirtschaftlichen Aufschwung in Israel, als Ahab Jezabel zur Frau nahm und damit seine ohnehin engen Beziehungen zu Phönizien festigte. Als Ahab Jezabel nahm, bekam er jedoch auch Astarte, was kein schlechter Handel war, denn kaum einer in seiner Umgebung außer einer Bande verkniffener alter Stiesel mit Mundgeruch und Impotenzkomplexen gab einen Pfifferling für Jahwe. Das jedenfalls berichtet Miss Shell.«

I & I

Mitten in *2010* verlor Ellen Cherry die Lust. Sie hatte genug von langweiligen Supermännern, schwulen Computern und außerirdischen Schokoriegeln. (»Das Zeug stammt vom Jupiter«, sagte sie, »es ist nicht mal ein richtiges *Mars«.)* Champagner und Popcorn waren längst alle und hatten fettige Blasen in ihrem Bauch und Kopf hinterlassen. Auch die Petting-Session war im Sande verlaufen – wie zum Teufel sollte man auf Schalensitzen gemütlich fummeln?

Schließlich, nachdem sie genug hin und her gerutscht war und sich mehrmals geräuspert hatte, hatte sich Ellen Cherry ein Herz gefaßt: »Liebling, bist du mir sehr böse, wenn ich nach hinten gehe und ein bißchen male?«

»Tu, was du nicht lassen kannst.«

Ellen Cherry tat, als bemerke sie den plötzlichen Temperatursturz ihres Holden und die frappierende Ähnlichkeit seines Tonfalls mit dem Todesseufzer eines unterkühlten Eisbären nicht, sondern küßte seine hohe Stirn, auf der sich die Haare lichteten wie die Reihen der Farmersöhne, die ihre alte Heimat gegen die Lichter der Großstadt eintauschen, und sagte: »Danke, Schatz. Ich werde mich bei unserem zweiwöchigen Jubiläum revanchieren.«

»Dann sind wir in New York.« Er sagte das, als wäre es eine Strafe Gottes, in New York zu sein.

»Genau«, rief sie fröhlich. »Im größten Apfel diesseits des Atlantiks, und wir werden ihn knacken, verlaß dich drauf!« Bevor er noch widersprechen konnte, schwebte sie vom Cockpit in die Kabine, ganz schön anmutig, wenn man bedenkt, daß sie ein mächtig schlechtes Gewissen im Schlepptau hatte.

Während sie eine von mehreren zugeschnittenen, gespannten und grundierten Leinwänden aus der langen Vorratsschublade unter dem Sofa zog, dachte sie:

Ich hab's ihm verdorben.

Während sie ihre Staffelei neben dem Sofa aufbaute, dachte sie:

Er wollte, daß ich bleibe. Ich wollte weg. Einer von beiden mußte verlieren.

Als sie kleine Kringel Farbe aus den Tuben drückte, dachte sie:

Er findet es nicht richtig, daß Kunst das Wichtigste in meinem Leben ist. Aber nur deshalb bin ich gut in dem, was ich mache.

Als sie ihre Pinsel auspackte und jeden einzelnen im Schein der gräßlichen truthahnroten Beleuchtung inspizierte, dachte sie:

Er sagt, daß ich meine Kunst mehr liebe als ihn. Da hat er recht. Aber ich liebe sie auch mehr als mich selbst.

Doch kaum hatte sie angefangen zu malen, hörte sie auf zu denken. Das schlechte Gewissen wirbelte davon wie eine Staubfluse. Bald pfiff sie unbekümmert vor sich hin und tanzte von einem Fuß auf den anderen. Sie schmierte die Farbe auf die Leinwand, sie tupfte sie, sie trug sie messerdick auf und mit wäßrigem Pinsel, sie hellte mit Weiß auf und tönte mit Schwarz ab, sie verwischte sie zu pastellfarbenen Strukturen und isolierte sie in einzelnen, kraftvollen Pinselstrichen wie Kommata. Was die Technik anging, so war sie zweifellos ein ausgefuchstes Luder.

Auf ihrer kleinen Leinwand ließ sie einen Abschnitt der Crazy Mountains neu erstehen, jener Bergkette in der Nähe von Livingston, die sie am Morgen desselben Tages bewundert hatten; das heißt, sie gab die Berge nicht so wieder, wie sie tatsächlich ausgesehen hatten, sondern wie sie sie letztendlich sehen wollte, denn man nimmt nicht nur wahr, sondern hat auch den Willen, wahrzunehmen, besitzt nicht nur die Fähigkeit, die Welt zu beobachten, sondern auch die Möglichkeit, diese Beobachtungen zu modifizieren – und das ist letztlich nichts anderes als die Fähigkeit, die Welt an sich zu verändern. Menschen, die erkennen, daß die Phantasie der Meister der Realität ist, heißen »Weise«, und solche, die danach handeln, »Künstler«.

Oder »Verrückte«. Can o' Beans hatte recht, als er/sie eine wenig an der Realität orientierte Wahrnehmung mit einem kranken Geist in Verbindung brachte, aber der wahre Verrückte unterscheidet sich vom »verrückten« Weisen oder »verrückten« Künstler durch seinen offensichtlichen Mangel an Selbstkontrolle. Die verzerrte Wahrnehmung der Welt, die ein wirklicher Verrückter hat, ist nicht freiwillig oder phantasievoll abgewandelt worden, sondern schlicht und einfach unzulänglich. Verrückte sind der Willkür mißverstandener oder unbeherrschbarer Wahrnehmungen ausgeliefert. Wenn es jedoch um das Thema einer *eigenen* Realität geht, sind Künstlerinnen und Künstler gefragt.

Ellen Cherry zum Beispiel. Sie stellte Berge auf den Kopf, verwandelte Felshänge in Weidenbäume und Weidenbäume in Zitronenbaisers. Die Leinwand erbebte unter den ausgeklinkten Megajoules natürlicher Energie: Geologie, Meteorologie, Zoologie und Botanik, die zu einem sich langsam steigernden Tribut an Natur und Farbe verschmolzen. Mit ihrer Malerei sang sie das Lied von Kobalt und Oxid, Kadmium und Umbra; leierte sie die Pigmente herunter wie der Novize im Konvent die Namen der Heiligen: »Van-Dyck-Braun« zum Beispiel, der Schutzheilige billiger Zigarren, oder »Krapprot«, Schirmherr wütender Floristen.

Sie sang, pfiff und tanzte; sie zwinkerte, blinzelte und streckte die Zunge heraus; sie grinste, schnaufte und kratzte sich die Pussi (ihr Höschen baumelte noch über der Gangschaltung im Cockpit); Farbe geriet ihr auf die Ellbogen und ins Haar (wo sie sich tagelang unbemerkt halten konnte, weil es gelbes Ocker war – Schutzheiliger der chinesischen Eisenbahnarbeiter von Tulsa); sie kleckste, rackerte, tupfte und streichelte mit gefüllten Pinseln, in einem Rausch schwindelerregender Transzendenz, glücklich wie ein Hobo auf dem Weg aus der Stadt.

Das fertige Produkt? Nun, es war weder ein Stück harte Realität noch ein harmloses Phantasiegebilde, eher eine Mischung aus beidem. In völlig unscheinbaren nackten Felsoberflächen hatte Ellen Cherry einen hellen Wirbel wankelmütiger Emotionen entdeckt, während sie in Wolkenhaufen, aus deren Kaminen die seltsamsten Schrullen blakten, eine Düsterkeit aufspürte, die selbst einen Finanzbeamten hätte weich werden lassen. Sie verschwendete jedoch keine Zeit darauf, das fertige Produkt zu bewundern, sondern fing an, sich und die Stätte ihres Wirkens zu säubern. Und sobald sie den reinen Schöpfungsakt abgeschlossen hatte, kam das schlechte Gewissen zurück. Vor lauter Eile, zu ihrem Liebsten zurückzukehren, beging sie die Todsünde der Malerinnen und Maler: sie vergaß, ihre Pinsel ordentlich zu reinigen.

Doch wegen Boomer hätte sie sich nicht zu beeilen brauchen. Er schlief tief und fest, über das Lenkrad drapiert wie ein Bärenfell. Sie rüttelte ihn sanft. Wie er da so weggetreten blinzelte, machte er den Eindruck, als sei ihm der Akt des Aufwachens vollkommen fremd, als ginge ihm allein schon die Vorstellung des Wachwerdens nicht in den Kopf.

»Wieso weckst du mich?« brummte er.

Irgendwie konnte sie ihm nicht die Wahrheit sagen: daß es schon nach eins war, daß sie vier Parkplätze eines Drive-in-Kinos irgendwo in Montana belegten, daß die Filme zu Ende waren, die Lichter an, die anderen Wagen verschwunden, daß ein gemeiner Wind sie umheulte und Schneeflocken ausspuckte wie Kerne einer Albino-Wassermelone, daß die Kinoangestellten zu eingeschüchtert waren, um an die Fensterscheibe ihres grotesken Gefährts zu klopfen, und in diesem Moment wahrscheinlich abstimmten, ob sie den Sheriff anrufen sollten oder nicht. Irgendwie konnte Ellen Cherry Boomer all das nicht sagen. Deshalb antwortete sie: »Weil du geschnarcht hast.«

Er blinzelte erneut. Traute seinen Ohren nicht. »Ich hab nicht geschnarcht«, sagte er empört. »Ich hab auf dich gewartet.«

Als der Streifenwagen neben dem Truthahn zum Stehen kam, war Ellen Cherry noch dabei, sich seine Worte durch den Kopf gehen zu lassen, als könnte sie, wenn sie sie begriff, entscheiden, ob sie ihn liebte oder nicht.

I & I

Phönizien bedeutet ›Land des Purpurs‹. Trauben? Glyzinien? Blutrote Durchfallprosa? Ein violetter Dunstschleier in den Bergen? Nein, phönizische Kaufleute waren im ganzen Mittelmeerraum und darüber hinaus berühmt für ihre rotgefärbten Waren.

Ob Sie es glauben oder nicht, aber die Quelle der roten Farbe war die Schneckenmuschel, jenes Meerestier, das Panzer wie den konstruierte und bewohnte, der mir hier in der Stunde der Not beisteht. Die Phönizier fingen die Schneckenmuscheln um der Farbe willen, die sie enthielten. Wenn sie das Tier auslösten, wurde das Gehäuse gewöhnlich beschädigt, weshalb große, unbeschädigte Exemplare wie unsere Freundin hier recht selten waren.

In gewissem Sinne war die Farbmuschel ein Symbol Phöniziens. Das Phönizische war eng verwandt mit dem Hebräischen, der Sprache König Ahabs, und es gab auch andere kulturelle Verbindungen; trotzdem hatte Jezabel Heimweh nach dem Land ihrer Geburt. Miss Conch Shell war ihr Trost und diente ihr als emotionale und spirituelle Stütze, da sie nicht nur Astarte repräsentierte, sondern auch für jene friedlichen, palmengesäumten Küstenstädte stand, wo Gebäude, Straßen und Arbeiterhände unauslöschlich purpurrot gefärbt waren. Für die Königin war die durch und durch phönizische Miss Shell das Zentrum von Samarias Tempel der Göttin. In purpurroten Papyrus gewickelt, fand sich die Muschel häufig an ihren königlichen Busen gedrückt.

Land des Purpurs. Das klingt gut. O du Land des Purpurs, Heimat der Malvenfarbe. Unser Mr. Sock ist purpurrot, wenn man es recht bedenkt, rot wie die Ringe unter den Augen eines Mafiabosses, rot wie der Gütestempel auf einem Stück rohen Fleisches. Ich würde nur allzu gern wissen, was Mr. Sock auf dem phönizischen Markt wert gewesen wäre. Hoppla! Ich darf nicht lachen, sonst läuft mir die Sauce raus.«

I & I

Du lieber Himmel!« sagte Patsy. »Bud war ja mächtig gut drauf, als er ging.«

»Warum auch nich?«

»Hab nich gesagt, daß er's nicht sein sollte, nur daß er's war.«

»Irgendwas muß passiert sein, als er nach dem Essen eingenickt ist. Irgendwas, weiß der Teufel, was. Vielleicht is ihm wirklich im Traum der Herr erschienen oder so. Vielleicht war es was, was du und ich nich verstehen würden. Die Wege des Herrn sind unergründlich.«

»Da hast du recht«, nickte Patsy. Sie wandte sich wieder ihrer Häkelei zu, während Verlin erneut versuchte, seine Straßenkarte zusammenzufalten. »Aber weißt du, Schatz, diese Geschichte mit dem Wiederaufbau des Tempels – meinst du nich, da steckt was anderes hinter?«

»Ich hab keinen gottverdammten Schimmer, was dahinterstecken könnte. Was soll schon dahinterstecken?«

»Nun ja, es scheint, als wärn jede Menge Prediger heutzutage nur auf Ruhm und Geld aus.«

»Kann schon sein. Aber Buddy hat doch gar nix zum Investieren.«

»Noch nich.«

»Willst du wieder rumkritteln, Patsy?«

Sie seufzte. »Dazu hab ich wohl kein Recht.« Sie schwieg einen Augenblick, grübelte über ihre eigenen Sünden nach und verglich sie mit denen, die sie bei Buddy Winkler vermutete. Die Schwachheit des Fleisches im Kampf mit dem Hunger des Ehrgeizes. Doch das brachte sie natürlich nicht weiter, und schließlich gab sie auf. Sie lächelte resigniert und versteckte das Lächeln hinter ihrer Häkelei. *Ich würd mal so sagen*, schloß sie für sich. *Von den sieben Todsünden schießt die Fleischeslust mit Sicherheit den Vogel ab.*

I & I

Während der Frühlingsnachmittag verstrich, lärmende Vögel mit Insektensaft gurgelten und Knospen sich Schicht für Schicht aus ihren enggeschnürten viktorianischen Unterkleidern zu schälen versuchten, erzählten Painted Stick und Conch Shell, wie die frauenfeindliche Jahwe-Partei erbarmungslos den Ruf Astartes und ihrer Fürsprecherin in Israel, Königin Jezabel, schändete und die verwitwete Jezabel schließlich von Elishas jahwistischer Marionette Jehu ermorden ließ. Sie berichteten, wie mutige Bauern ihnen beiden halfen, unterzutauchen, indem sie sie während der grausamen Säuberung, die auf Jehus Machtergreifung folgte, in Getreidebehältern versteckten. Zu Hunderten wurden Priester und Priesterinnen der Göttin niedergemetzelt, ihre Heiligtümer dem Erdboden gleichgemacht. Das war 843 vor Christus. Das Jahr, in dem die Patriarchen die Macht an sich rissen.

Innerhalb weniger Monate jedoch hatte Jezabels Tochter Athaliah es sozusagen als Seiteneinsteigerin geschafft, den Thron des *südlichen* Israels, also Judäas, zu übernehmen. Painted Stick und Conch Shell wurden nach Jerusalem geschmuggelt, in den Großen Tempel, den Ersten Tempel, Salomons Tempel, wie er genannt wurde; jenen prächtigen hebräischen Mischmasch, wo Vorhänge aus phönizischem Purpur, Wiegenliedern gleich, das schrille Psalmodieren unruhigen Goldes dämpften.

Athaliah konnte sich sechs Jahre halten, bevor sie von einem patriarchalischen Attentäter umgebracht wurde. Unter Athaliahs Herrschaft lag Jerusalem wieder einmal im Schoß der Göttin. Im Tempel, den Hiram und seine hervorragenden phönizischen Handwerker für Salomon gebaut hatten, lebten Painted Stick und Conch Shell zwischen Barren von Gold und Silber, Zehntausenden Leuchtern mit Kerzen, die Nacht für Nacht angezündet wurden, vierzigtausend Harfen und zweihunderttausend Trompeten, zwischen zahllosen juwelengeschmückten Weihrauchfässern, Bechern und Phiolen, alabasternen Gefäßen mit Salben und Ölen, zwischen Löffeln, Becken, Lichtputzscheren und Zangen, alle aus feinstem Messing und für den bronzenen Altar bestimmt, auf dem die Opfer dargebracht wurden. Diese prächtige, von Salomon georderte Ausstattung hatte wenig mit der Göttin zu tun, abgesehen davon, daß sie überall mit dem Bild des Lotus, der Feige, des Granatapfels und »der wunderlichsten Blumen« – so der Historiker Josephus, tatsächlich alles Vagina-Symbole – geschmückt war. Dennoch fühlten sich der Stock und die Muschel in all dem Protz wohl, denn solange Astarte hier verehrt wurde, galten sie als ebenso kostbar wie ein Schatz.

Im Verlauf des Großreinemachens jedoch, das auf den Mord an Athaliah folgte, landeten sie in einem dunklen und abgeschiedenen Gelaß, wo sie in Gesellschaft von diversen goldenen Kälbern, Spermieren, Fruchtbarkeitstrichtern, Tamburinen, Eselsmasken, Tanzrollen und trägen Vipern mit Einlegearbeit aus Elfenbein ein Jahrhundert lang Staub ansetzten. »Wir wurden nicht in Trance versetzt, wie später in der Höhle«, erklärte Conch Shell, »so daß selbst für ein unbelebtes Objekt die Zeit langsam verstrich.« Sie erinnerte sich an Rosenholzgefäße in jenem Gelaß, deren Bestimmung es war, die Tränen gebärender Frauen aufzufangen, und die so ungeduldig waren, daß sie sich bis zum Rand mit ihren eigenen staubigen Tränen füllten. Doch es stand geschrieben, daß die Talismane ihren hohen Rang wiedererlangen sollten. Über Jahrhunderte hinweg, von der Zeit seiner Vollendung (962 v. Chr.) bis zu seiner Zerstörung durch die Babylonier (586 v. Chr.) schwang der Große Tempel wie ein Pendel zwischen Jahwe und Astarte hin und her.

Salomon selbst paktierte mit der Göttin, eine Tatsache, die so ausführlich dokumentiert ist, daß nicht einmal biblische Revisionisten wagten, sie zu vertuschen, wenngleich sie seine »Toleranz heidnischen Sitten gegenüber« dem Einfluß seiner zahlreichen Frauen aus dem Ausland zuschrieben. Es heißt, daß Salomon die Geheimnisse der Pflanzen- und Tierwelt gekannt und Flüche habe ausstoßen können, mit denen er Dämonen austrieb und Kranke heilte. Josephus will erfahren haben, daß in Wirklichkeit die Frauen und Konkubinen des Königs diese Taten in seinem Namen vollbrachten. Vielleicht waren die heidnischen Frauen – immerhin hatte er mehr als siebenhundert – auch die eigentliche Quelle seiner allseits gerühmten Weisheit, obgleich das Buch, das von dieser Weisheit berichtet, erst sechshundert Jahre nach seinem Tod entstand und viele seiner Gedanken auf die frühen griechischen Philosophen zurückgehen.

Als 693 v. Chr. König Manasse gekrönt wurde, schwang das Pendel jedenfalls mit solcher Wucht zur Göttin zurück, daß Painted Stick und Conch Shell, vom Staub befreit und auf Hochglanz poliert, mit einer Regelmäßigkeit und Ehrerbietung zu Rate gezogen wurden, wie sie sie seit ihrer Blütezeit im Observatorium nicht mehr erlebt hatten. Painted Stick erfüllte nicht nur astronomische Pflichten auf dem Dach (aus vergoldetem phönizischem Zedernholz), sondern stand zusammen mit Conch Shell den Priestern im innersten Heiligtum bei, wenn diese sich an die Aufgabe machten, privilegierte Jungfrauen, Siegerinnen einer Reihe von »Miss-Judäa«-Ausscheidungen, zu deflorieren.

Spoon war gewaltig schockiert von diesem Gerede. Unzucht im Allerheiligsten? Conch Shell erklärte ihr, daß im Ersten Tempel seit seiner Einweihung und bis zu einem gewissen Grad selbst unter dem strengen levitischen (jahwistischen) Regiment schon immer sexuelle Aktivitäten stattgefunden hatten. Ein berühmtes Paar phallischer Säulen bewachte seinen Eingang, und wie fast alle Tempel der alten Welt wurde er von den Einnahmen geweihter Prostituierter finanziert.

»Liebe Güte, liebe Güte«, murmelte Spoon vor sich hin. Sie fühlte sich plötzlich so schwach wie die gebeutelte Bohnendose und mußte sich festhalten, um nicht neben ihr in Ohnmacht zu fallen.

Trotz seiner/ihrer unangenehmen Lage versuchte Can o' Beans, sie zu trösten. »Soweit ich das beurteilen kann, Miss Spoon, hatten diese Handlungen nichts mit irgendwelchen schmutzigen Geschäften in billigen Motels oder besoffenem Gefummel auf dem Rücksitz eines Wagens zu tun, was die Jesuiten möglicherweise in Ihrer Gegenwart verurteilt haben. Im Gegenteil, sie nahmen einen noch höheren Rang ein als die eheliche Vereinigung. Es handelte sich um einen heiligen Akt, der feierlich und in vollem Bewußtsein begangen wurde, in der Absicht, den ursprünglichen Schöpfungsakt zu kopieren, das Leben in seinem intensivsten und entscheidendsten Aspekt zu verherrlichen. Es ist hier nicht die Rede vom alten Reinraus-Spiel, Miss Spoon, weit gefehlt, wir sprechen vom Entfachen des göttlichen Funkens, von ...« Zum erstenmal verschloß Miss Spoon die Ohren (nicht daß sie welche gehabt hätte, wohlgemerkt) vor Can o' Beans' Gelehrsamkeit und wandte sich verletzt und verstört von ihm/ihr ab.

Dirty Sock gluckste leise in sich hinein (nicht daß da drin etwas gewesen wäre, wohlgemerkt).

I & I

Wie eine neonrote Fuchszunge, die an zerfallenden kosmischen Hühnerknochen leckt, schlabberte die aufgehende Sonne die über Nacht gefallene dünne Schneeschicht weg. Ellen Cherry war bereits auf den Beinen und stellte Sandwiches mit Spiegelei, Schoko-Doughnuts und Bier auf ein Tablett: Boomers Lieblingsfrühstück.

Sie machte sich nichts vor. Sie versuchte, ihr schlechtes Gewissen zu beruhigen, das war alles. Ihr Verstand sagte ihr, daß sie nichts getan hatte, dessen sie sich hätte schämen müssen. Andererseits war sie so konditioniert, daß sie es für die Pflicht einer Frau hielt, ihren Mann zu umsorgen. So glaubte sie, Buße tun zu müssen, denn sie hatte zugelassen, daß das Wichtigste in ihrem Leben vorübergehend die alltäglichen Pflichten verdrängte. So war es nun mal. Es hatte keinen Zweck, das zu leugnen.

»Hab ich dir genug Mayonnaise draufgetan, Liebling?«

»Jawohl, Ma'am, vielen Dank auch.« Er leckte sich einen Tupfer von der Oberlippe. »Und danke, daß du den Bullen vergangene Nacht daran gehindert hast, mich einzulochen.«

»Du warst nicht gerade die Freundlichkeit in Person, Boomer. Er wollte nur deinen Ausweis sehen.«

»Er wollte, daß ich Angst vor ihm kriege. Alle Bullen wollen das. Ich glaub, ich bin immer eine schreckliche Enttäuschung für diese Wichser.«

Sie sah zu, wie er einen Doughnut in sein Bier stippte, und sagte: »Du hast wohl vor gar nichts Angst, wie?«

»Solange du keine Angst hast, kann sich niemand in dein Leben einmischen. Vergiß das nie. Es ist die Hölle, wenn man Angst hat. Aber es ist himmlisch, wenn man sich einfach weigert, Angst zu haben. Und das meine ich wörtlich.«

Er biß ein Stück von dem aufgeweichten Doughnut. »Jetzt kennst du meine Religion.«

»Aber kann man tatsächlich einfach beschließen, keine Angst zu haben?«

»Na und ob!« Er starrte in sein Bier, das die Farbe eines nackten Buddhas hatte, und mampfte ein paar Minuten lang schweigend vor sich hin. Dann sah er sie plötzlich an. »Ich bin ein elender Lügner«, sagte er.

»Was soll das heißen?«

»Ich hab doch Angst vor was. Ich hab Angst vor *dir.*«

»Ach, komm.« Sie lachte so trocken, daß es klang wie Husten. »Warum um alles in der Welt solltest du Angst vor mir haben?«

»Weil du mein Herz gestohlen hast.«

»Schatz!« Sie stellte erstaunt fest, daß er Tränen in den Augen hatte und seine Mundwinkel zitterten – ein kleiner Junge, der jeden Augenblick losheulen konnte. »Aber hör mal, ich würde doch nie mit Absicht ...«

»Du hast mein rauhes altes Schweißerherz, und du hast obendrein deine Kunst. Ich weiß nicht, ob du groß genug für uns beide bist.«

»O Baby, aber wie kannst du ...« Doch noch während sie protestierte, sah sie an ihm vorbei durch ein Fenster des Airstream und auf die Sonne, die über die leicht bestäubten Hügel kletterte, und dachte, wie gern sie sie als neonrote Fuchszunge malen würde, die an zerfallenden Engelsknochen leckt.

I & I

Auf einem der Hügel, auf denen Jerusalem sproß, gab es eine Tenne, einen Dreschboden, der aus einem großen flachen Felsen bestand, zu dem die Bauern nach der Ernte ihr Getreide brachten, um die Ähren zu schlagen und zu schütteln, bis das Korn herausfiel. Nun verbreitete sich die Kunde, daß dieser Dreschboden in Wirklichkeit den Berg Moriah krönte, also die Stelle, an der im Mythos von Abraham und Isaak der Vater bereit gewesen war, seinem Sohn die Kehle durchzuschneiden, um Jahwe seine Ergebenheit zu beweisen. Soviel zum Thema Treueschwüre. Später wurde dieser Felsen, ob absichtlich oder durch Zufall, zu einem heiligen Ort für die Hebräer, einem Schnittpunkt von Kraftlinien. Die Überlieferung beträchtlich überstrapazierend, behaupteten manche gar, der Felsen stamme aus dem Garten Eden, und unter ihm sei Adam begraben. Kein Wunder, daß Salomon sich für diesen Berg entschied, als sich die Frage stellte, wo der Große Tempel stehen sollte.

Um den massiven Komplex, der Salomon vorschwebte – es sollte ein gewaltiger Hort des Glaubens werden –, tragen zu können, mußte der Hügel gekappt, geebnet und terrassiert werden. Dies kostete Zeit und Geld, doch Salomon, oder vielmehr sein Harem, war zumindest weise genug, um eines einzusehen: Wenn man vorhat, das prächtigste Gotteshaus der Welt zu errichten, ein Heiligtum, das eine große, mächtige Nation unterschiedlichster Rassen und Religionen vereinigen und kontrollieren soll, stellt man es nicht einfach auf das erstbeste freie Feld wie ein neues Einkaufszentrum. Für ein solches Gebäude braucht man einen Platz mit einer gewissen Magie.«

(An diesem Punkt hätte Can o' Beans, der Conch Shell und Painted Stick die ganze Zeit nach Hintergrundinformationen über den Ersten Tempel gelöchert hatte, ihren Bericht – und seine stille Wiederholung – am liebsten unterbrochen, um sich genauer nach dem Wesen dieser Magie zu erkundigen, denn er/sie vermutete, daß die Muschel und der Stock über die magischen Künste gut Bescheid wußten – immerhin stammten sie aus einem Zeitalter, in dem solche Dinge nicht lächerlich gemacht wurden –, doch wie viele schüchterne oder engstirnige Schriftsteller traute er/sie sich nicht, den Erzählfluß zu stören.)

»Nachdem die Spitze des Berges Moriah abgetragen und seine Hänge so umgestaltet waren, daß man Straßen und Treppen anlegen konnte, kam Salomon mit Hirams Hilfe zur Sache: Jetzt war der Zeitpunkt gekommen, seinen extravaganten Traum in die Tat umzusetzen. Salomon war so etwas wie der Produzent und Hiram der Regisseur. Sie befehligten eine tausendköpfige Crew, darunter kein einziges Gewerkschaftsmitglied. Das Vorprogramm bestritten einhundertfünfzigtausend kanaanitische Sklaven, die sich abrackerten, um der Peitsche zu entgehen, sowie dreißigtausend Israeliten, die in die Tempelbau-Korps abkommandiert worden waren, ohne von dem Sold auch nur ihre Falafel bezahlen zu können. Dreitausend Vorarbeiter brüllten Befehle, und hinzu kam eine wahrscheinlich ebenso hohe Zahl von gelernten Steinmetzen, Metallarbeitern und hervorragend ausgebildeten Zimmermännern aus Hirams Phönizien. Die Phönizier kleideten sich in Purpur und sahnten in den firmeneigenen Basaren die besten Kichererbsen ab.

Trotz dieses Großaufgebots an Hilfsarbeitern und Laufburschen dauerte es sieben Jahre, bis der Bau vollendet war – und noch mal drei Jahre waren schon draufgegangen, um die Materialien heranzuschaffen. Typischer Fall von Regierungsprojekt, nehme ich an. Doch als er fertig war, bot der Tempel einen eindrucksvollen Anblick. Mit seinen übereinandergeschichteten Wänden und den hierarchisch angelegten, wie russische Holzpuppen ineinander verschachtelten Innenhöfen erstreckte er sich über Zehntausende von Quadratmetern. Laut Miss Shells Beschreibung bestanden die Außenwände, wie auch die einzelnen Gebäude, aus Stein, Israels einzigem natürlichem Rohstoff. Von innen wurde der Stein mit gutem altem Zedernholz aus Phönizien verkleidet, und dieses wiederum mit Platten aus Gold und Silber überzogen und verschwenderisch mit Edelsteinen besetzt. Nach heutigen Maßstäben hätten allein die Edelmetallkosten für den Bau des Tempels über sechs Milliarden Dollar betragen. Kein Wunder, daß man sich da lieber für Aluverkleidungen entscheidet.

Ich frage mich nur, wie hoch Salomons Versicherungsprämie für ein solches Unternehmen gewesen wäre.

Natürlich war der ehrgeizige König Salomon schon mehr als ein Jahrhundert unter der Erde, als Miss Shell und Mr. Stick auf der Bildfläche erschienen. Sie erfuhren von den Steinen selbst über die Konstruktion des Tempels. Der Ort war ein bißchen heruntergekommen und schmuddelig, als unsere Freunde dort eintrafen, aber es war immer noch eine Anlage von außerordentlichem Prunk, zumal an staatlichen Feiertagen, wenn Tausende die Treppen hinaufströmten, sangen, Tamburine schlugen und mit ihren blökenden Opfertieren kämpften, derart geblendet von der funkelnden Pracht um sie herum, daß sie nicht wagten, den Blick zu heben. Hoppla. Augenblickchen mal, Bohnendose. Ich habe gesagt, der alte Sal sei schon mehr als ein Jahrhundert unter der Erde gewesen. Falsch. Salomon starb 933 v. Chr., Miss Shell und Mr. Stick nahmen ihre Arbeit im Tempel 843 v. Chr. auf. Das sind neunzig Jahre, nicht hundertzehn. Dieses Rückwärtszählen macht einen ganz konfus. Aber wie muß es erst für die Leute gewesen sein, die zur Zeit von Christi Geburt lebten. Ihr Leben lang hatten sie rückwärts gezählt, auch ihre Vorfahren hatten rückwärts gezählt, soweit man zurückdenken konnte, und dann wachten sie eines Morgens auf, kamen mit quietschenden Reifen zum Stehen und zählten fortan in die entgegengesetzte Richtung. Ich sage Ihnen, bei dieser Umstellung von v. Chr. auf n. Chr. müssen sie völlig meschugge geworden sein. Jede Wette, daß eine Menge Israeliten ihre Zahnarzttermine verpaßt haben.«

I & I

Blaue Lichter blinkten wie für ein mutiertes Sonderangebot in einem postnuklearen K-Mart, als der Streifenwagen eine qualmende, uralte Rostbeule von Chevy mit klapperndem Auspuff zwang, rechts ranzufahren.

»Ich bin Reverend Buddy Winkler«, verkündete der Fahrer zuversichtlich.

»Officer Dishman. Darf ich mal Ihren Führerschein sehen?«

Buddy war nur neunundzwanzig Meilen pro Stunde gefahren, aber die Geschwindigkeitsbegrenzung auf dem Strip lag bei fünfundzwanzig und nicht einem Kolbenschlag mehr. Als sich der Beamte ungerührt gab, zückte der Prediger seine Brieftasche. Ein leeres Kaugummipapier machte sich selbständig und flatterte wie eine magersüchtige Motte auf das blauschimmernde Pflaster zu Füßen des Polizisten.

»Gott hat heut abend zu mir gesprochen, Officer«, sagte Buddy. »Ich bin nach dem Abendessen eingenickt, und da is mir der Herr erschienen. Er hat mir eine Vision geschenkt und mir einen Auftrag erteilt.« Buddy wärmte sein Saxophon auf. »Man kann sich doch nich von irdischen Geschwindigkeitsbegrenzungen aufhalten lassen, wenn man im Auftrag Gottes unterwegs is.«

In den meisten anderen Städten hätte man ihn auf die Wache gebracht und pusten lassen, aber dies war Colonial Pines, Virginia. Der Polizist ließ Buddy nicht nur ohne Verwarnung laufen, sondern spendete obendrein noch fünf Dollar für die gute Sache. »Schließen Sie meinen kleinen Jimmy in Ihre Gebete ein, Reverend. Er kriegt immer ganz scheußliche Allergien.«

Merkwürdig hochgestimmt, hatte Buddy keine Lust, gleich nach Hause zu fahren. Er steckte den Fünfdollarschein, den er als Zeichen künftigen Segens ansah, in die Brusttasche und kehrte, ohne zu wissen warum, zum Haus der Charles', dem Schauplatz seiner Erscheinung, zurück. Durchs Wohnzimmerfenster erhaschte er einen Blick auf seinen Vetter und dessen liederliche Frau. Verlin versuchte noch immer, die vermaledeite Straßenkarte zusammenzufalten, Patsy dagegen hatte ihren Bikini zu Ende gehäkelt. Es hatte nicht lang gedauert. Das Ding war nämlich so winzig, daß ein paar Seidenraupen es locker in der Frühstückspause hätten wegputzen können.

Obgleich er mittlerweile an ihrem Haus vorbei war, drückte Buddy voll auf die Hupe. »Erhebt eure Stimmen zum Herrn!« rief er durch die morschen Kruzifixstummel seines dentalen Golgatha.

I & I

Wieder schwang das Pendel aus. Diesmal bestieg ein Widerling namens Josia den Thron, und während seiner dreißigjährigen Herrschaft mußten sich Miss Shell und Mr. Stick ziemlich bedeckt halten. Nachts trug man sie zwischen den verschiedenen verborgenen Schreinen hin und her, die die Wüste unweit des Toten Meeres säumten. Nach menschlichen Vorstellungen von Ruhm war es ungefähr so, als müßten sie sich nach einer rasanten Karriere in der ersten Liga nun plötzlich damit abfinden, für kleine Vorstadtclubs anzutreten – doch Conch Shell und Painted Stick hatten keineswegs Beulen im Ego. Oh, ganz im Gegenteil. Der Erste Tempel diente dem Staat mittlerweile als Schatzkammer, Akademie, Seminar und Ort für Ratsversammlungen und Talk-Shows. Es gab dermaßen viele politische, ökonomische und theologische Debatten (ganz zu schweigen von allerlei sexuellem Mumpitz), daß das Allerheiligste in Bürokratengeschwätz zu erstikken drohte. Die einfachen Wüstenschreine waren zwar durch jahwistische Attacken gefährdet, boten unserer Muschel und dem Stock jedoch willkommene Erholung von den Verschwörungen und Intrigen, die zwangsläufig den Honig in den Waben der Mächtigen vergiften.

Ob Sie mir glauben oder nicht – und dabei wird mir allmählich etwas schwindlig –, die Schlacht zwischen Astarte und Jahwe war damit *noch lange nicht* entschieden. Nach Josias Tod machte sein Nachfolger König Jojakim dessen Reformen auf der Stelle rückgängig (die Anziehungskraft der alten Göttin war offensichtlich immer noch sehr groß), und Miss Shell und Mr. Stick, die mittlerweile Salzwasser, Sandstürme und Freudenfeuer überstanden und eine gewisse Patina angesetzt hatten, wurden aus der steinübersäten Wildnis wieder in den Großen Tempel geschafft und dort ausgestellt. Sie verbrachten die Jahre zwischen 609 und 586 v. Chr. Seit an Seit mit priesterlichem Instrumentarium und dienten als Mittler für Astartes launische Blitze, die, so hieß es, die menschliche Psyche vorübergehend von den Ketten zu befreien vermochten, die sie an ein irdisches Dasein in Schweiß und Tränen fesselten. Doch dann …

Eines Abends, als das Zwielicht die steinernen Mauern der Stadt vergoldete und der Rauch von den Kochstellen sich in die abendliche Dämmerung kräuselte wie der Bart zum Himmel auffahrender Propheten, wurde Painted Stick auf das Dach des Tempels gebracht. Jerusalem lag ihm zu Füßen, in seinem ganzen Schmutz und seiner ganzen Pracht, eine dornige, windige, sonnenverbrannte Hügelstadt, streng in ihren Dachlinien, doch biegsam im Geiste, ein bißchen mitgenommen nach all dem Kommen und Gehen von Armeen und Aberglauben, Kulten und Karawanen, Plünderern und Philosophen, Erlösern und Zerstörern, und trotz alledem eine Heimstatt, eine Zuflucht, die sich nun der Nacht mit ihren einfachen Freuden hingab: Weinschläuchen und Pita-Broten, Geschnarche, Gebeten und Umarmungen – die steinernen Lider bereits verschlossen vor der einzigartigen Schuld, die sie, wie ich fürchte, eines Tages mit der Ewigkeit wird regeln müssen.

Jenseits des Jaffa-Tores versank die Sonne im Gazastreifen wie ein Flamingo im Treibsand, und schließlich wandten sich die Priester dem östlichen Quadranten zu, der nun dunkel genug war, um einen oder zwei Sterne zu beherbergen. Mit einemmal bemerkten sie ein ungewöhnliches mattrotes Glühen am nordöstlichen Horizont, einem verirrten Funken gleich, der sich an einen wollenen Umhang klammert, schwelend, glimmend, unsicher, ob er aufflammen oder erlöschen soll. Automatisch richteten sich aller Augen auf Painted Stick, doch der Stock registrierte nichts. Einer der Priester hob ihn in die Höhe und richtete ihn wie einen anklagenden Zeigefinger auf die ferne Glut. Nichts. Er schwang ihn hin und her, redete ihm gut zu, so wie ein Rutengänger manchmal seiner Wünschelrute. Kein Zucken, kein Beben. Der rote Fleck glühte weiter. Höchst merkwürdig.«

I & I

Es gab einen berühmten Landschaftsmaler namens Russell Chatham, der in Livingston, Montana, lebte, und Ellen Cherry hatte gehofft, ihm einen Höflichkeitsbesuch abstatten zu können. Unter den gegebenen Umständen entschied sie sich jedoch dagegen. Es hatte keinen Sinn, Boomer mit einem weiteren künstlerischen Stachel unter dem Sattel zu reizen, zumal sie sich nicht entscheiden konnte, ob das Pferd ihn abwerfen sollte oder nicht. Gewiß gab es auch andere Frauen auf der Welt, die sich über die Gefühle für ihre Männer im unklaren waren, sonst hätte Burt Reynolds seine Daseinsberechtigung verloren. Die Frage war nur: Zweifelten diese Frauen schon nach einer Woche Ehe an ihren Gefühlen? Sie entschied, daß es so sein mußte. Wahrscheinlich gab es einige, womöglich sogar viele Frauen, die durchs Kirchenschiff schritten und sich fragten: »Wer ist dieser Mann im Smoking eigentlich? Warum sieht er mich so an? Will ich ihn tatsächlich noch besser kennenlernen?« Auf alle Fälle hielt Ellen Cherry es für sicherer, das Wort Kunst nicht mehr in den Mund zu nehmen, bis sie in New York waren. Doch als das Thema am selben Tag doch noch zur Sprache kam, war Boomer derjenige, der es aufbrachte.

Sie verließen die Stadt. Der letzte Frühlingsschnee in den Crazies würde dahinschmelzen und der berühmte Landschaftsmaler Russell Chatham weiter durchs Leben gehen, ohne seine Kollegin Ellen Cherry Charles kennengelernt zu haben. Sie lenkten den Truthahn nordostwärts und überquerten am späten Nachmittag den Missouri. »Weißt du, wer diesen Missouri wahnsinnig gern hatte?« fragte Boomer. »Weißt du, wer hier gelebt hat?«

Thomas Hart Benton, dachte Ellen Cherry. Da sie jedoch keinen Künstler erwähnen wollte, antwortete sie: »Nein, Schatz, keine Ahnung.«

»Jesse James, der Gangster«, sagte Boomer. »Der hat hier gelebt.« Er schwieg eine Weile, als hätte der Fluß ihm die Sprache geraubt und sie an einen weit entfernten Ort entführt. Dann sagte er: »Jesse James hat jede Menge Banken überfallen und noch mal so viele Züge. Er ist in Schießereien, Hinterhalte und weiß der Geier was noch geraten. Ein Bullenaufgebot, so groß wie 'ne Armee, war rund um die Uhr hinter ihm her, einschließlich Weihnachten. Und der gute Jesse hat nie auch nur 'ne Schramme abgekriegt. Doch eines Tages wurde er übermütig und wollte ein Bild aufhängen. Er stand auf einem Stuhl und war dabei, das hübsche Bild aufzuhängen und zu bewundern, als sich Robert Ford von hinten an ihn heranstahl und ihm ein Loch in den Schädel pustete. Soviel zum Thema Kunst, würd ich sagen.«

Wenig später blinzelte die Sonne durch die Pappeln, und der mit Schweigen gestopfte Truthahn erhaschte einen Blick auf sein eigenes Spiegelbild, das im Missouri schwamm.

I & I

Die Priester schickten nach der Hohepriesterin. ›Irgend etwas stimmt nicht mit deinem Stock‹, sagten sie zu ihr. ›Er reagiert nicht auf den roten Fleck dort am Himmel.‹ Die Hohepriesterin machte die Probe aufs Exempel. ›Es ist alles in Ordnung mit dem Stock‹, erwiderte sie. ›Diese Glut stammt von Menschenhand.‹«

Um Mitternacht waren alle Priester, Priesterinnen, Rabbis, Weisen und Ratgeber, die im Tempel Dienst taten, auf dem Dach versammelt und starrten angestrengt nach Norden und Osten. Mittlerweile gab es *drei* leuchtendrote Flekken am Himmel.

Der verachtete alte Prophet Jeremias versuchte ebenfalls aufs Dach zu gelangen, doch jedesmal, wenn sein stinkender grauer Bart über der obersten Stufe der Treppe erschien, drohte ihm jemand mit der Faust und jagte ihn wieder hinunter. ›Es sind Babylonier!‹ schrie Jeremias immer wieder. ›Jahwe hat die Babylonier als Strafe gesandt, weil ihr seine Gesetze mißachtet habt.‹

Jeremias hatte zumindest teilweise recht, und alle wußten es. Am Ende schickten sie einen Boten, um den König zu wecken. Kurz vor Morgengrauen stieg der König zum Dach empor. Dort stand er in seiner Robe aus phönizischem Purpur und sah seine vorgelagerten Festungen brennen. ›Ergebt euch! Ergebt euch!‹ kreischte der alte Jeremias. ›Ergebt euch und nehmt Jahwes Urteil an, sonst wird Jerusalem zerstört.‹ Der König befahl, Jeremias eins mit Mr. Stick überzubraten, doch die Hohepriesterin, die nicht riskieren wollte, daß der

Stock am Schädel des Propheten zerbrach, warf statt dessen einen Pantoffel nach ihm.

In den meisten praktischen Belangen hatten die Babylonier schon seit zehn Jahren das Sagen in Judäa (dem südlichen Israel, du erinnerst dich?). Ungefähr wie die Sowjetunion in Polen oder der Tschechoslowakei das Sagen hatte, nehme ich an. Babylon erstarkte unter seinem mächtigen Führer Nebukadnezar. Du lieber Himmel, solche Namen gibt's heutzutage einfach nicht mehr. Ronald, George, Gary, Jimmy oder schlicht Bill: diese mittelmäßigen modernen Namen taugen doch nicht mal dazu, Nebukadnezar die Schuhe zu wienern. John ist ein Etikett, Nebukadnezar ein Gedicht. Ein Monument. Ein Schwarm von Killerbienen, die man in den Hallen des Alphabets losgelassen hat. Doch ich schweife ab. Nebukadnezar und seine Babylonier hatten Jerusalem bereits elf Jahre zuvor einmal überfallen, doch nachdem sie den Tempel geplündert und ihre Jutesäcke mit einigen der zehntausend Kerzenleuchter, zweihunderttausend Trompeten und vierzigtausend Harfen vollgestopft hatten, ließen sie die Stadt wissen, daß sie ihre Autonomie behalten könne, solange sie sich benahm. Ha! Denkste! Das stolze kleine Jerusalem wurde von Tag zu Tag trotziger, und nun erhellte die gefürchtete babylonische Kriegsmaschinerie den Himmel über den Vororten mit einem nicht gerade amüsanten Feuerwerk.

Viele Monate lang stöhnte Jerusalem unter der Belagerung, und während dieser Zeit gelang es Mr. Stick kein einziges Mal, ein verheißungsvolles Zeichen in den Wolken auszumachen. Als Hunger, Durst und Krankheiten selbst die Priester und Priesterinnen überwältigten, wurde unser Stock schließlich vergessen. Er lag einsam und verlassen auf dem Dach des Tempels, wo sie ihn nach einem letzten Schwenk über den Himmel hingeworfen hatten.«

I & I

Ein Taxifahrer aus San Antonio mit einem Abschluß in Ichthyologie räumte in jeder Kategorie des »Glücksrads« auf und sahnte mächtig ab, doch Buddy Winkler sah kaum hin. Buddy las ein Buch, jawohl, ein Buch, das er in der Stadtbücherei von Colonial Pines entdeckt und mit hochrotem Kopf ausgeliehen hatte.

Gewöhnlich lag eine aufgeschlagene Bibel auf dem mit Fertigtomatensauce bekleckerten, resopalbeschichteten Tisch oder auf der gepolsterten Armlehne seines Lieblingssessels (die so verschlissen war, daß in regelmäßigen Abständen Fetzen der Füllung herausquollen wie Samen aus den Kapseln der Seidenpflanze). Doch Buddy las nicht wirklich in der Bibel, nicht mehr, er zog sie höchstens gelegentlich zu Rate wie ein Schauspieler seinen Spickzettel. Er brauchte nur die Worte »Und es öffnete sich der Abgrund, und eine große Wolke Rauch wälzte sich heraus ...« zu lesen – schon war er wieder in seinem Element und erging sich in langgezogenen Tenor-Riffs über sein Lieblingsthema, die Letzten Tage, das schreckliche, blutige Ende der Geschichte, den Schwall kochender Gedärme, der, wie viele glaubten, alle Sünden und Sünder mit sich reißen und das Universum für alle Zeiten blitzblank zurücklassen würde.

An diesem Märzabend jedoch las Reverend Buddy Winkler ein Buch. Und auf dem Servierwagen stapelten sich weitere Bücher, so hoch, daß eine Katze von dort aus bequem eines der vielen Spottdrosselnester in der Nachbarschaft hätte erreichen können. Doch nur eines dieser Bücher fesselte Buddy.

Buddy hatte manchmal den Verdacht gehabt, daß Gott der Allmächtige nicht mit ihm zufrieden war, an seinen Diensten allerlei auszusetzen hatte, sein Gesicht nur deshalb mit Eiterbeulen übersäte wie eine Kumquat und mit Zahnschmerzen zur Verzweiflung trieb, um ihm seine Mißbilligung zu zeigen. Aber jetzt hatte der Herr zu ihm gesprochen und ihm einen Auftrag erteilt. Buddy fühlte sich bestätigt (obgleich auf seinem Kinn soeben ein Furunkel von der Größe und Temperatur eines ofenfrischen Pastetchens erblühte). Er fühlte sich demütig und heldenhaft zugleich und war mehr als willig, seine gemarterten Schultern unters Rad zu stemmen. Das schlimme war nur, die Juden wollten nicht mitmachen. Er hatte jeden Rabbi in Richmond und Norfolk angerufen (der einzige Jude, der in Colonial Pines lebte, war ein im nahe gelegenen Fort Lee stationierter Heeresoffizier), doch ohne Erfolg. Als er ihnen den Kernpunkt seiner Mission erklärte, hatten sie ihm ziemlich rüde zu verstehen gegeben, daß sie ihn für bekloppt hielten. Buddy war ebenso überrascht wie gekränkt. Er hatte immer geglaubt, die Juden wollten den Tempel wieder aufbauen. Er hatte geglaubt, sie sehnten die Wiederkehr des Messias herbei. Betroffen, aber keineswegs geschlagen begab er sich zur Bibliothek, um in ein paar Büchern über den Judaismus zu blättern. Dabei fiel sein Blick auf jenes andere Buch, das ihn nun schon den ganzen Abend beschäftigte.

Es stammte von James Schaffer und Colleen Todd und trug den Titel *Christliche Ehen: Die Frauen hinter den Evangelisten*. Er wußte selbst nicht, warum er den verdammten Schmöker mitgenommen hatte, und schon gar nicht, warum er ihn verschlang. Als er las, daß Tammy Faye Bakker, die Frau des Superpredigers Jim Bakker, das Interesse ihres Mannes aufrechterhielt, indem sie mehrmals am Tag die Perücke wechselte, fiel ihm die Kinnlade so weit runter, daß ihm seine schwellende Bouchée dort einen schmerzhaften Stich versetzte. Und als er erfuhr, daß Mrs. Bakker der ehelichen Langeweile zu entgehen versuchte, indem sie Reverend Bakker niemals ohne Make-up unter die Augen trat und im Bett routinemäßig falsche Wimpern und Ohrringe trug, ließ er das Glücksrad sich einfach allein weiterdrehen.

»Typisches Jezabel-Getue«, murmelte er bei sich. »Reinstes Jezabel-Theater.« Kein Wunder, dachte er, daß Jim Bakker und seine Spießgesellen in Ungnade gefallen waren. Wenn die mächtigsten Prediger des Landes geschminkte Flittchen zu rechtlich angetrauten Ehefrauen nahmen, mußte das Reich des Bösen auf dem Höhepunkt seiner Macht sein. Wo ist die Zuflucht, die vor dem Teufel, dem Leibhaftigen in seiner heimtückischsten Gestalt, der Hure von Babylon, sicher ist? Würde er, Buddy Winkler, bedeutendster Priester der Southern Baptist Voice vom Sparrow Network, würde er jemals eine Frau nehmen ... Er riß sich zusammen. Was dachte er da?

In diesem Moment klopfte es an der Tür. »Himmel, Arsch und Zwirn«, fluchte er. »Das sind Verlin und Patsy.« Wenn Patsy ihn dabei erwischte, daß er dieses Buch las ...! Hastig stopfte Buddy die *Christlichen Ehen* unter die Sofakissen. Erst als er das Fliegengitter entriegelte, bemerkte er die Schwellung in seiner Hose, die älteste Geschichte der Menschheit, einen Wälzer, den er unter kein Möbel schieben, ein Opus, das er nicht verstecken konnte.

I & I

Nebukadnezar war ein geduldiger Mann. Soviel hatte er mit den unbelebten Objekten gemein. Monat um Monat spazierte er den Festungswall entlang, den seine Soldaten um Jerusalem gezogen hatten, und hielt seine große babylonische Nase in den Wind. Als der Gestank, der nach draußen drang, so durchdringend wurde, daß er davon ausgehen konnte, die Hälfte der Bevölkerung sei krepiert, befahl er seinen Männern, die Rammböcke einzusetzen. Als sie die leicht verwundbare nördliche Mauer einrissen, stießen sie auf keinen nennenswerten Widerstand.

Nun, da sie die Stadt eingenommen hatten und die Jungs aus Babylon durch die schmalen Straßen ausschwärmten, tat unser alter handbemalter Stock, der auf einer von der Sonne erwärmten Goldplatte auf dem Tempeldach gelegen und zugesehen hatte, etwas, was – außer in ganz seltenen und geheimsten Ausnahmefällen – seit der Hervorbringung menschlicher Wesen durch die Evolution auf der Erde kein Objekt in Millionen von Jahren mehr getan hatte. Er sprang auf und rannte los.

Den Grund für diese radikale Maßnahme kann ich nur vermuten. Vielleicht hatte er einfach die Nase voll von dem ewigen Hin und Her, vielleicht sah er nicht ein, warum er mit dem sinkenden Schiff untergehen sollte. Vielleicht gab es gar keinen vernünftigen Grund, und falls doch, dann stand er in den Sternen. Jedenfalls war es kein Honiglecken, soviel steht fest. Ungeheure Willensanstrengung war vonnöten, um jene

Kräfte in Bewegung zu setzen, die lange in ihm geschlummert hatten. Bestimmte subatomare Partikel mußten veranlaßt werden, ihre Richtung zu ändern, Umlaufbahnen zu benutzen, deren Existenz ihnen bis dato nicht bekannt gewesen war. Doch in weniger als einer halben Stunde menschlich subjektiver Zeit klapperte Mr. Stick die Treppe hinunter zum Haupthof des Tempels.

Er hüpfte an den ausgemergelten Leichen von Priestern und Priesterinnen vorbei, mit denen er einst in enger Verbindung gestanden hatte, durchquerte den Verbindungsgang und betrat die große Halle. Wie es der Zufall wollte, lag Miss Shell, eingehüllt in feinstes purpurrotes Leinen, auf einem weißen Steinsockel am anderen Ende der Halle. Wäre sie im Allerheiligsten gewesen, hätte er die schweren Türen aus massivem Gold nicht aufstoßen können, um zu ihr zu gelangen. Miss Shell spricht nicht gern über diesen Punkt, aber irgendwie hat Mr. Stick sie überredet, ihre eigenen Bewegungskräfte zu mobilisieren und mit ihm zu fliehen. Wahrscheinlich hat er ihr ins Ohr gepustet.

Zuerst zierte sich Miss Shell ein wenig. Das tun viele Frauen, habe ich mir sagen lassen. Sie verwies darauf, daß die Babylonier fromme Anhänger Ishtars seien – also der Göttin Astarte unter einem anderen Namen – und daß keine geweihte Reliquie der Großen-Mutter-Religion von Babylon etwas zu befürchten habe. Mr. Stick konterte, Soldaten seien nun mal Soldaten, in jeder Kultur und in jedem Zeitalter. Soldaten würden immer nur alles kurz und klein schlagen, vergewaltigen und niederbrennen, und in ihrem Zerstörungsrausch sei ihnen nichts heilig, ganz gleich, ob belebt oder unbelebt. Außerdem sei er, Painted Stick, nicht aus Angst gesprungen. Es sei ... etwas anderes gewesen.

Sie kam mit.

Sie wandten sich nach Süden, weg von den hereinbrandenden Wellen der Invasoren, ohne sich in der Hektik ihrer Flucht darum zu kümmern, daß der halb verhungerte Jeremias sie gesehen hatte und anfing, von einem Bein aufs andere zu springen. So gelangten sie zum Gipfel des Ölbergs und sahen im kargen Schatten eines kahlgepflückten Obstbaums zu, wie der Tempel zuerst geplündert, dann zerstört und am Schluß in Brand gesetzt wurde. Ganz gleich, ob man ihn nach Salomon oder nach Hiram nennen will, er muß ein eindrucksvolles Bauwerk gewesen sein, dieser Erste Tempel: prächtiger als die kühnsten Träume von Beverley Hills, der Dreh- und Angelpunkt, der Zentralnerv der schicksalsgeschlagenen Nation von Israel, ihr Herz und ihre Seele. Die Babylonier legten ihn in Rekordzeit in Schutt und Asche. Dann zertraten sie die Asche. Kein Stein von ihm ist je gefunden worden.«

I & I

Manche Frauen haben Schlafzimmeraugen«, sagte Boomer Petway. »Meine hat Schlafzimmerhaar.«

Er zwinkerte Ellen Cherry zu. Sie standen auf einem Campingplatz irgendwo in North Dakota. Eine kleine Menschenmenge hatte sich staunend um den Airstream-Truthahn versammelt. Einige Zuschauer ließen sich von der eher rituellen Geste ablenken, mit der Ellen Cherry ihre Locken zu bändigen versuchte. Sie saß auf der Türstufe des Airstream und harkte und striegelte mit dem Kamm. Der Kamm war schon ganz verbogen.

»Bevor es den Kommunisten in die Hände fiel«, erklärte Boomer einer Hausfrau mit farblosen Fransen, »war ihr Haar genauso glatt wie Ihres. Der KGB hat es tagelang gefoltert, aber es hielt dicht.«

»Hielt dicht worüber?« sagte die Hausfrau.

»Und was ist mit *Ihrem* Haar?« fragte ihr zwölfjähriger Sohn dazwischen.

Boomer wurde tatsächlich rot. Seine kahle Birne flammte auf wie ein Streichholzkopf. Einen Moment lang wetteiferte sie mit der untergehenden Sonne, die sich im silbernen Rumpf des Truthahns spiegelte.

Ellen Cherry kicherte. »Er spricht nicht gern über seine Kriegserfahrungen«, sagte sie. »Aber ich kann dir versichern, seins hat auch nicht ausgepackt.«

Boomer drängte sich an ihr vorbei. »Es wird ein bißchen kühl hier draußen«, sagte er.

»Er kriegt einen kalten Kopf«, flüsterte Ellen Cherry dem Jungen verschwörerisch zu. Beide lachten, dann folgte sie ihrem Mann ins Innere des Truthahns. Er stand in der Bordküche und stöberte in den Regalen.

»Was du übers Auspacken gesagt hast, hat mich auf eine Idee gebracht«, sagte er und wühlte weiter.

»Falls du zufällig Lust auf Bohnen hast, ich habe welche eingepackt«, sagte sie.

»Wo?«

»Sie müssen da drin sein. Eine Dose Bohnen mit Schweinefleisch, die jahrelang auf meinem Küchenregal gestanden hat. Ich schwöre, ich bin mindestens dreimal damit umgezogen. Ein Typ in Seattle hat sie mir geschenkt, als er seinen Abschluß an der Kunsthochschule gemacht hatte. Davor stand sie jahrelang auf seinem Küchenregal. Die armen Bohnen sind wahrscheinlich so alt, daß du eher die flotte Katharina davon kriegst als Blähungen.«

»Sie ist nicht da.«

»Also, ich bin ...«

»Ich weiß, was passiert ist. Wir haben sie in der Höhle vergessen.«

»Nein.«

»Doch!«

»Mitsamt den Bohnen?«

»Sieht so aus.«

»Bist du sicher, Boomer?«

»Hundertpro. Ich hab ein fotografisches Gedächtnis.«

I & I

Can o' Beans sah zu, wie die letzten Mandarinenschalen der Abenddämmerung hinter den Bergen in den Abfluß rauschten. Jetzt war es vollkommen dunkel. Es wurde Zeit.

Als er/sie daran dachte, daß Painted Stick und Conch Shell die einzigen Überlebenden aus dem Großen Tempel von Jerusalem waren, erschienen sie ihm kostbarer und wunderbarer denn je zuvor, und er/sie war noch trauriger, sich von ihnen trennen zu müssen. Zum einen gab es jede Menge unbeantwortete Fragen. Zum anderen stand ihnen ein einzigartiges, in seiner Tragweite gar nicht zu ermessendes Abenteuer bevor, von dem er/sie ausgeschlossen war. Ach ja ...

Trotzdem gab es eine Menge, für das er/sie dankbar sein mußte. Was war eine Bohnendose schon anderes als ein Bauer im Konsumspiel? Vom Feld in die Fabrik, vom Laden in den Haushalt, vom Kochtopf auf den Teller; das Schicksal einer Dose Bohnen war ebenso besiegelt wie bedeutungslos. Endstation Schrottplatz oder Müllkippe. Doch er/sie hatte es geschafft, sich von der Masse abzuheben, die Freiheit zu kosten, die für andere von ebenso niederer Herkunft unvorstellbar gewesen wäre. Außerdem, war es denn um das Leben der meisten menschlichen Wesen wirklich besser bestellt? Wenn Menschen jung waren, wurden sie in Kinderwagen herumbugsiert. Wenn sie alt waren, wurden sie in Rollstühlen herumbugsiert. Dazwischen wurden sie einfach nur herumbugsiert.

Der dichte Schleier, der ein Wesen vor dem transformierenden, trügerischen Licht der Freiheit, vor der verwirrenden Glut der Selbstbestimmung schützt, dieser Schleier war für Can o' Beans kurz gelüftet worden. Offenbar ist der Glanz der Freiheit für viele zuviel. Sie geraten in Panik, wenn ein plötzlicher Windstoß den Saum des Vorhangs hebt. Sie kneifen die Augen zusammen und klammern sich bis zum letzten abgebrochenen Nagel an die schützenden Falten sozialer Kontrolle. Einige wenige jedoch, unter ihnen Can o' Beans, sonnen sich in diesem Glanz. Er wärmt sie an verborgenen und unerwarteten Stellen, die sonst auf ewig dunkel und kalt geblieben wären.

Natürlich ist der erleuchtete Libertär, wie die sprichwörtliche Motte, die um die Kerze flattert, ständig in Gefahr. Doch ist es nicht besser, vollständig in der Flamme der Freiheit zu verbrennen, als stückweise im eigenen, schwindenden Saft zu schmoren, verklemmt und verklumpt von innen her auszutrocknen? Can o' Beans dachte so. Raus aus der Kasserolle und ab ins Feuer, lautete das Credo der Dose. Wäre sie nicht eine solche Last für die anderen gewesen, hätte sie sich *trotz* ihrer Behinderung auf den Weg in den Nahen Osten gemacht. So aber …

Sie bauten aus Espenrinde und Grasschlingen eine Art Schlitten für Can o' Beans. Painted Stick zog ihn. Wenn ein Stein, ein umgestürzter Baumstamm oder ein steiler Abhang den Weg versperrte, half Conch Shell von hinten nach. Zurückgelehnt, die Wunde dem Mond darbietend, ließ sich die Bohnendose Meile um holprige Meile schleppen, bis das Häuflein von Objekten im Morgengrauen auf einen unkrautüberwucherten Kirchenvorplatz irgendwo am Rand einer Kleinstadt von Wyoming gelangte.

»Leben Sie wohl, Can o' Beans. Haben Sie Dank für Ihre weisen Ratschläge bezüglich Ihres bizarren Landes.«

Painted Stick, so charismatisch, so ursprünglich, so schwer zu durchschauen. Auf Wiedersehen.

»Möge die Göttin über Ihr Schicksal wachen, liebes edles Gefäß.«

Conch Shell, liebreizende Sirene, stets fürsorglich, charmant und voller Zuversicht. Auf Wiedersehen.

»Halten Sie die Ohren steif, Professer.«

Ich werd's versuchen, Sie grober Klotz. Mögen Sie sich inzwischen Ihre Offenheit und Dreistigkeit bewahren. Auf Wiedersehen.

»Buu-huu-huu.«

Aber, aber, wer wird denn da sentimental werden? Auf Wiedersehen, Miss Spoon.

Da Painted Stick die Absicht hatte, seine Gruppe noch vor Tagesanbruch aus dem Dorf hinauszuführen, war der Abschied kurz. Aus dem Unkraut neben der weißgetünchten kleinen Kirche, wo sie Can o' Beans abgesetzt hatten, sah er/sie zu, wie seine/ihre bisherigen Reisegefährten davonholperten, -stolperten und -polterten, bis sie einer nach dem anderen – Spoon, nach einem tränenverhangenen Blick über die Schulter, zuletzt – in einem Graben verschwunden waren. Hier rauschte das Tauwasser aus den Bergen herab und in seinem Gefolge schmutziges Zeitungspapier, Teile von Autoreifen und Bierdosen, so leer, wie die Bohnendose sicher auch bald sein würde, doch die kleinen Pilger ließen sich davon mitreißen, als sei es die Straße zur himmlischen Herrlichkeit. O wundersam sind die Wege nach Jerusalem!

I & I

Wir kommen wegen des Wunders, Bud«, sagte Verlin.

»Der Herr sei mit euch. Kommt rein!« Buddy Winkler war so geschmeichelt, daß er seinen Ständer ebenso schnell vergaß, wie er ihn zuvor bemerkt hatte.

»Jawohl, Sir«, fiel Patsy ein und beäugte seinen ausgebeulten Hosenschlitz, verzichtete jedoch auf einen Kommentar. »Ich schätze, du hast von dem Wunder gehört?«

Buddys Augen verengten sich vor Enttäuschung und Mißtrauen. »Wovon redet ihr? Was für'n Wunder? Wo?«

»Eine Heimsuchung«, erklärte Verlin. »Irgendwo an der Straße nach Chesterfield.«

Buddy Winkler war zwischen widerstreitenden Gefühlen hin und her gerissen. Einerseits erregte und beflügelte ihn der Gedanke an ein leibhaftiges Wunder gleich hier vor seiner Haustür. Andererseits beunruhigte ihn die Vorstellung, daß diese angebliche Heimsuchung seiner eigenen Vision – und der Mission, die sich daraus ergeben hatte – die Show stehlen könnte. Er hoffte, daß Verlin und Patsy, seine Gemeinde und, wenn Sparrow Network zustimmte, auch seine Radiohörer diese Mission bald mit ihren persönlichen Spenden unterstützen würden.

Und jetzt kamen Verlin und Patsy und erzählten ihm, daß eine Frau ihre Nachbarschaft in helle Aufregung versetzte, weil das Licht auf der Veranda ihres Nachbarn nun schon in der vierten Nacht hintereinander den Schatten eines bärtigen Mannes auf ihren Kühlschrank warf.

»Sogar im Fernsehen ham sie drüber berichtet«, sagte Verlin. »Jeder Prediger aus der Gegend ist schon dagewesen. Wir waren sicher, daß sie dich auch angerufen hätten.«

»Das Telefon is kaputt«, sagte Buddy. »Ich glaub, einer von den Rabbis hat es verhext.«

»Was für eine Schande«, sagte Patsy. »Wir dachten, du würdest dich auf dieses Wunder stürzen wie'n Penner auf'n Schinkenbrötchen.«

Es war schon beinahe zehn, als sie das Haus der Frau fanden, aber mehr als sechzig Menschen drängten sich auf ihrem Einstellplatz, wo der Kühlschrank stand.

»Er ist es«, flüsterte ein Mann voller Ehrfurcht. »Es ist Jesus Christus, der Herr!« Buddy dagegen war der Meinung, der Schatten habe eine gewisse Ähnlichkeit mit Willie Nelson.

»Oder Castro«, schlug Verlin vor. Patsy dagegen sagte so laut, daß jeder es hören konnte: »Wenn der liebe Gott zur Erde zurückkehrt, wird er bestimmt nicht auf einem ordinären Kühlschrank landen.«

I & I

Kurz vor elf an diesem Morgen bogen Autos auf den Kirchhof ein, Dutzende von Autos. Can o' Beans war begeistert. Welch wunderbarer Zufall, daß es an seinem/ihrem allerersten Tag vor der Kirche eine Hochzeit geben würde! Wenn sein/ihr Glück anhielt, würde er/sie vielleicht schon um die Mittagszeit hinter einem Hochzeitswagen herklappern.

Mühsam rappelte sich die Dose auf. Die Delle in der Seite warf sie aus dem Gleichgewicht und erschwerte die Fortbewegung, aber sie schaffte es, zu einer günstigeren Stelle unweit der Kirchentreppe zu watscheln, wo sie womöglich jemandem auffallen würde, der ihre Dienste für die Hochzeitsprozession in Anspruch nehmen wollte. *Ich frage mich, ob einer von ihnen einen Dosenöffner dabei hat*, dachte das Gefäß. Nie hätte es sich träumen lassen, daß es das Wort »Dosenöffner« einmal mit derartiger Vorfreude aussprechen würde. Mit fatalistischer Gelassenheit, ja, aber mit Erleichterung wohl kaum. Und doch stand es jetzt hier und sehnte sich fast nach der singenden Klinge. Nun, da sein Glück sich gewendet hatte und die größte Gelegenheit in der Geschichte des Konservengemüses vertan war, brannte es darauf, seine Karten auszuspielen und sich endgültig in das Schicksal zu fügen, das es vor Erlangung seiner

Beweglichkeit schon gleichmütig akzeptiert gehabt hatte. Can o' Beans drehte sich einmal um die eigene Achse, in der Hoffnung, einen Blick auf die Braut zu erhaschen. Ein dünnes Bächlein orangefarbener Sauce löste sich aus seiner/ihrer Seite wie ein Faden aus der Unterhose eines Vulkans und aktivierte die Antennen der ringsum lebenden Ameisen.

In diesem Moment fuhr der Leichenwagen vor. Gefolgt von einem Militärjeep mit der Fahnenwache.

Can o' Beans taumelte zurück und ließ sich wieder ins hohe Unkraut fallen. Keine fünfzig Meter entfernt betteten die Trauernden einen Jungen aus der Gegend, den Körper vom unersättlichen Dosenöffner des Nahen Ostens durchlöchert und aufgeschlitzt, für alle Ewigkeit oder zumindest für geraume Zeit zur letzten Ruhe.

I & I

Wir könnten nach Kanada rüberfahren«, schlug Ellen Cherry vor, »und dann über Montreal nach New York runter.«

»Ach nee«, meinte Boomer. »Die Leute da oben sagen zu ihrem Käse *fromage.*« Er verzog das Gesicht, als hätte sie ihm eine Giftflasche unter die Nase gehalten.

»Verstehe«, neckte Ellen Cherry. »*Fromage*, also wirklich, und das soll reichen, um *dich* vom Essen abzuhalten?«

»Früher oder später würd ich mit dieser Kiste lieber mal in Chicago einlaufen«, sagte Boomer.

Ellen Cherry warf einen Blick aus dem Küchenfenster. Mittlerweile war es schon ziemlich dunkel, doch es standen immer noch mehrere Gestalten da draußen und begutachteten den Truthahn. Sie schwenkten Taschenlampen und benahmen sich, als wären sie vom Tierschutzamt, Abteilung Geflügelhaltung.

»Warum Chicago?« fragte sie. Mit Sicherheit lockte ihn nicht das Chicago Art Institute. Und Ellen Cherry zweifelte keine Sekunde, daß ihr Mann sich die schwieligen Finger auch nicht nach dem Chicago Museum of Contemporary Art leckte.

»Nun ja, ich würd mir gern mal den Ort ansehn, wo das Valentinstag-Massaker stattgefunden hat.«

Da brauchst du dir nur irgendeine verheiratete Frau am vierzehnten Februar anzugucken, dachte sie. Doch sie sagte: »Und was noch?«

»Das Krankenhaus, wo Dutch Schultz gestorben ist.«

»Ach richtig, Dutch Schultz. War das nicht der holländische Junge, der die Stadt gerettet hat, indem er seinen Finger in den Deich steckte?«

Boomer sah sie an, als hätte sie ihr Abendessen als Makkaroni *au fromage* bezeichnet.

»Tut mir leid, Schatz. Ich glaube, das war eine andere Geschichte. Du meinst wahrscheinlich ›Dutch Schultz and the Silver Skates‹.«

Boomer trank einen großen, einen gewaltigen Schluck Bier. *Wahrscheinlich kriegt sie bald ihre Pünktlichen*, dachte er. Ellen Cherry nannte ihre Tage »die Pünktlichen«. *So ist sie meistens kurz vor ihren Pünktlichen.*

Hauptsächlich aus praktischen Gründen verlassen wir Boomer Petway und Ellen Cherry Charles jetzt, überlassen sie auf diesem Campingplatz in North Dakota, umringt von übergewichtigen, taschenlampenbewehrten Mittelwestlern, ihrem Schicksal; lassen sie ihr Abendessen in der Küche des Airstream beenden; lassen Boomer darüber nachdenken, wie er sie noch schnell zu einer Nummer überreden könnte, bevor sie ihre »Pünktlichen« kriegte, weil sie sich immer so mit den Laken anstellte, wenn die monatliche Flut kam (wo wir gerade bei Massakern sind); lassen Ellen Cherry dasitzen und sich fragen, ob sie nun, verheiratet und auf dem Weg nach New York, mehr oder weniger für ihre Kunst würde leiden müssen – und wenn sie weniger litt, ob sie dann weniger malen würde oder mehr, und wenn sie mehr litt, ob sie dann mehr malen würde oder weniger, und wenn sie weniger malte, ob besser oder schlechter, und wenn sie mehr malte, ob schlechter oder besser, und ob das alles überhaupt eine Rolle spielte, solange sie bloß nicht kellnern mußte.

Wir werden unsere Jungvermählten sich selbst überlassen, sie ihren intimen, vielleicht ein wenig auseinanderstrebenden Gedanken nachhängen lassen, und abgesehen von einer kurzen Zusammenfassung wird, wenn wir sie wiedertreffen, mehr als ein Jahr vergangen sein und ihr Leben eine unerwartete Wendung genommen haben.

Diese Seiten wurden von Anfang an nicht als Chronologie ihrer Reise durch Amerika konzipiert, sondern zwecks Offenlegung ihrer indirekten, aber unleugbaren Verbindung zum alten und neuen Jerusalem, einer Stadt, die weit von unseren Küsten entfernt liegt und einen völlig anderen Lebensstil hat, und in der dennoch, so könnte man argumentieren, jeder von uns psychisch zu Hause ist: Jerusalem, heilig und schrecklich, blutig und strahlend, die bedeutendste Stadt von Amerika.

Es genügt wohl zu sagen, daß ihnen die Reise nicht nur zum Vergnügen, sondern auch zur Erbauung gereichte. Mit Boomer am Steuer fuhren sie im Zickzack, in Mäandern und in einem Tempo weiter, das ihnen (abgesehen von ihren »Pünktlichen«) Muße für sexuellen Kontakt miteinander und sozialen Kontakt mit ihren Landsleuten ließ. Übrigens kamen sie tatsächlich durch Chicago. Ellen Cherry fertigte ein winziges Gemälde von der Straßenecke an, wo der Gangster John Dillinger niedergeschossen worden war (Dutch Schultz hatte, wie sich herausstellte, sein Leben in New Jersey beendet), und überreichte es Boomer als Hochzeitsgeschenk. Er vergoß ein paar markige Tränen. Dann ging er mit ihr tanzen.

Am Ende der Reise hatten sie von Manhattan aus Ellen Cherrys Eltern angerufen und berichtet, daß die Leute im ganzen Land offenbar nur drei Themen hatten: AIDS, den Nahen Osten und das Finale. AIDS war eine tödliche und bislang unheilbare Krankheit. Der Nahe Osten schien, obwohl in seinem ewigen Auf und Ab recht unberechenbar, in der Vorstellung der Menschen irgendwie unauslöschlich mit dem »Ende der Welt« verknüpft zu sein. Das Finale war der strahlende Höhepunkt der studentischen Basketballmeisterschaften (die gerade voll im Gang waren) und vermittelte allein durch seinen Namen – es hätte auch Ausscheidungs- oder Endrunde heißen können – ebenso wie AIDS oder der Nahe Osten ein Gefühl von Endgültigkeit, Entropie, Apokalypse, von etwas, das unaufhaltsam auf sein Ende zusteuert. Daher, so die Jungvermählten, schleppte Amerika das Ende mit sich herum wie einen Gehirntumor. Das Ende, glücklich oder tragisch, der Ausgang, dramatisch angemessen oder nicht, der Höhepunkt, nicht zu verwechseln mit dem Orgasmus, beherrschte ihr ganzes Denken. Ihr Geist war sozusagen am Ende.

»Da wird Bud sich aber freuen«, sagte Patsy.

Jetzt kam Verlin ans Telefon. »Wie bist du denn mit der – wie hieß das Ding noch gleich? – Dura-Torque-Aufhängung zurechtgekommen?«

»Is'n Gefühl, wie durch Kartoffelpüree zu fahren«, erwiderte Boomer.

»Hab ich mir gedacht«, sagte Verlin.

Übrigens, da wir gerade vom Truthahn sprechen, überall, wo sie anhielten, von der Westküste bis New York, waren sie gefragt worden: »Was verkauft ihr?« – »Wen repräsentieren Sie?« – »Für welche Gesellschaft arbeitet ihr? Armour's?« – »Kommen wir ins Fernsehen?« Es war traurig, aber die Leute konnten einfach nicht fassen, daß ihr überdimensionales Hauptgericht kein Reklametrick, keine Werbung für irgendwas war.

»Sie kapieren's nicht«, beklagte sich Boomer. »Geht es denn nicht in ihren Kopf, daß sich nicht alles auf der Welt ums Geld dreht? Daß man manchmal eine Sache nur macht, um zu sehen, wie sie wird, oder weil man das Gefühl hat, irgendwer muß sie einfach machen?«

Da sah Ellen Cherry ihn beinahe bewundernd an. Sie sah ihn im zerbrechlichen Glanz neugewonnener Zuversicht. *Eines Tages wird dieser Holzkopf vielleicht doch noch imstande sein, die Kunst zu verstehen*, dachte sie.

I & I

V*orwärts, marsch*! Ein Verband von lakritzschwarzgepanzerten Ameisen (eine pulsierende Arterie von Bluesnoten, eine

Linie Erdferkel-Kokain) näherte sich im Gleichschritt, *links zwo drei vier fünf sechs* (jede von ihnen hatte drei Paar Beine), die zuckenden Fühler rotierend wie die Parallelfäden in Salvador Dalís Glühbirnen, dem leckgeschlagenen Can o' Beans – so wie sich im Lauf der Jahre unzählige Soldatenkolonnen Jerusalem genähert hatten.

Physisch und metaphorisch mit seinen felsigen Hängen verwachsen, konnte Jerusalem nur stehen bleiben und kämpfen. Can o' Beans dagegen konnte, indem er schwankend einen Meter hierhin, einen Meter dorthin watschelte, den militanten Ameisen erfolgreich ausweichen. *Das ist die Schwäche der Schreibtischhocker*, dachte er/sie grinsend. *Sie treffen einfach keine beweglichen Ziele.*

Die Ameisen kamen ganz in Schwarz, wie die Leute in der Kirche, eine Ironie, die Can o' Beans durchaus nicht entging. Ehrlich gesagt wurde ihm/ihr dabei schon ein bißchen mulmig, aber er/sie nahm es mit Humor. »Finden Sie nicht, daß Ameisen spießig sind?« fragte er/sie einen in der Nähe herumliegenden Ziegelstein. »Jessas, nicht mal William F. Buckley würde im Smoking zum Picknick erscheinen.« Der Ziegelstein, der genausowenig Sinn für Humor besaß wie die Ameisen, blickte ausdruckslos ins Leere, und Can o' Beans machte einen Schlenker nach links. Diese Ausweichmanöver hinderten ihn/sie jedoch keineswegs daran, fasziniert und aufmerksam den Trauergottesdienst zu verfolgen.

Wie eine verblichene italienische Mama, die auf ewig dazu verdammt ist, den Dämonen der Hölle Pasta zu kochen, nudelte die Frau des Pfarrers einen geschmacklosen Einheitsbrei von Tönen aus einer pfeifenden alten Orgel. Der Pfarrer widerstand tapfer der Versuchung, ein bißchen Pfeffer dazu beizusteuern. Statt dessen zauberte er ein schmackhaftes Arrangement zuckersüßer Gemeinplätzchen zusammen und offerierte es der Trauergemeinde. Er wählte Worte wie »Heldentum«, »Opfer« und »himmlischen Lohn«, während die Köpfe schluchzend auf und nieder tanzten wie Angelkorken in einem gutbesuchten Fischteich. Später trugen sie das zerschmetterte Skelett (das sich mit jedem Knochen nach Rock 'n' Roll sehnte) hinaus auf den Friedhof, breiteten eine amerikanische Flagge über den Sarg und feuerten in die Luft (als seien die Wolken daran schuld, daß er tot war). Ein einsames Horn zerriß den Frühlingsmorgen mit einem Geheul, das trauriger war als ein mitternächtlicher Güterzug, und dann ließen sie ihn hinab, an der fruchtbaren Krume vorbei in die mineralische Erde, wo er für die Jets einer Zukunft, die Wyoming sich noch gar nicht vorstellen konnte, zu Gas komprimiert werden würde.

Während er/sie dies alles in sich aufnahm und zugleich der Ameisenattacke auswich, fragte sich Can o' Beans, ob menschliche Lebewesen sich nicht viel zu schnell mit unvorstellbarem Leid abfanden, obwohl dieses sich mit einem winzigen Aufwand an Phantasie hätte vermeiden lassen können. Ohne es zu wissen (denn sie hatte keine Ahnung von den vielfältigen Auswirkungen von Salomes Tanz), hatte die Bohnendose den Schleier der politischen Illusion – und auch das Zögern der Menschheit, ihn zu lüften – als Ursache für diese traurige morgendliche Veranstaltung erkannt.

Seiner Familie, den Freunden, seiner Freundin, seinem Jagdhund, der Gesellschaft und sich selbst nun auf ewig entrissen, war dieser arme junge Seemann wenige Meilen von Jerusalem entfernt gefallen, ohne den leisesten Schimmer von der Lage im Nahen Osten zu haben. Wahrscheinlich glaubte er, es ginge um einen Kampf zwischen Richtig und Falsch, Gut und Böse, Freiheit und Unterdrückung. Das war sein zweiter Fehler. Der dritte war die sichere Überzeugung, daß, selbst wenn *er* nichts von der Situation verstand, seine Vorgesetzten schon wissen würden, wo es langging. Sein erster – und verhängnisvollster – Fehler aber hatte darin bestanden, blind zu tun, was von ihm verlangt wurde. Ohne ihre Methoden oder Motive auch nur im geringsten anzuzweifeln, hatte er Politikern gestattet, Entscheidungen zu treffen, die zu seinem frühzeitigen Ableben geführt hatten.

Was ist Politik letztlich anderes als der zwanghafte Wille zu besitzen, zu herrschen und Entscheidungen für andere zu treffen? Freiheit, dieses absolute Gegenteil von Besitzdenken und Kontrolle, kann daher nicht aus politischem Handeln resultieren, wird weder in Wahlen noch auf den Barrikaden erstritten; Freiheit entwickelt sich aus einer Haltung heraus. Wenn sie überhaupt aus etwas resultiert, dann wahrscheinlich aus Sorglosigkeit.

Unbelebte Objekte, die dazu bestimmt sind, ihr Leben in *äußerlicher* Passivität und in Gehorsam zu verbringen, verstehen vielleicht besser als Menschen, daß wahre Freiheit eine innere Haltung ist, unabhängig von den Launen der Politik. Freiheit kann man nicht besitzen. Daher kann man sie sich auch nicht aneignen. Oder sie kontrollieren. Aber man kann sie aufgeben. Der Seemann aus Wyoming hatte seine Seele verkauft, lange bevor er seinen Körper opferte. Und dieser innerliche Tod war beklagenswerter als der physische – jedenfalls in den Augen von Can o' Beans.

In nicht allzu ferner Zukunft, bei einer jähen Tanzbewegung, könnte auch der dritte Schleier fallen, derjenige, hinter dem sich gelegentlich die politische Zweckmäßigkeit (meistens vergänglich, häufig dumm, regelmäßig korrupt) als zeitloser, universeller Ausdruck von Freiheit, Tugend und Vernunft ausgibt. Dann machen sich junge Leute vielleicht ihre eigenen Gedanken über die »Freiheiten«, die sie zu verteidigen gewillt sind, und retten damit nicht nur ihre Seele, sondern, wenn sie schnell genug denken und laufen können, auch ihr Leben.

Bis dahin muß jeder einzelne noch selbst, so gut er kann, an der Verkleidung zerren, um schließlich, wenn er genügend Durchblick gewonnen hat, sein Schicksal selbst in die Hand nehmen. Die Verantwortung für sein Leben zu übernehmen ist kein Honiglecken. Frag nur mal Can o' Beans. Angelockt (ebenso wie die Industrienationen vom Öl des Nahen Ostens) von der herausquellenden Sauce, dem Zucker und Maissirup darin, setzten die Ameisen ihre Verfolgung erbarmungslos fort. Can o' Beans dagegen drohte allmählich schlappzumachen.

Doch da der einzelne die Masse gewöhnlich austricksen kann, sammelte die geschundene Bohnendose mit einer verzweifelten Anstrengung ihre letzten Kräfte und machte einen wilden, unbeholfenen Satz mitten in eine Pfütze, die entstanden war, als der Friedhofsgärtner nach dem Ende der Trauerfeier saubergemacht und die Pflanzen auf dem Grab etwas zu reichlich mit Wasser bedacht hatte. Die untere Hälfte ihres Etiketts weichte auf und löste sich vom Blech, doch was soll's, das war zu verschmerzen. Frustrierte Ameisen säumten das Ufer und verfluchten ihren Schöpfer, der sie zu den leistungsstärksten Geschöpfen der Erde gemacht, aber irgendwie vergessen hatte, ihnen das Schwimmen beizubringen.

DER

VIERTE

SCHLEIER

Das ist der Raum mit der Wolfsmuttertapete, der Raum, wo die schwarze Madonna durch den Kamin fiel und ein Loch ins Linoleum brannte. Ungezählt sind die Antilopenhufe, die über diesen Boden stampften. Kein Wunder, daß das Linoleum abgenutzt ist.

Das ist der Raum, wo die schwarze Madonna entführt wurde, um später in der großen Moschee von Mekka gefangengehalten zu werden. Nach all den Jahren befragen sie sie immer noch nach der genauen Position des Nordens. »Warum steht der Polarstern nicht still?« wollen sie wissen. Dies und ... noch etwas anderes.

In diesem Raum wurde der Salamander zwischen den Seiten des Reimlexikons zerquetscht, was die Poesie auf ewig verwandelte. Hier trug Salome einen großen roten Fisch hoch über dem Kopf umher. Der alte Vater vertrimmte sie mit einem Ballettschuh und schickte sie ohne Milch und Honig zu Bett. Auch der Tanz wurde in diesem Raum verwandelt.

Das ist also der Raum des Matratzensambas. Die Badewanne voller Orchideen. Die Kleiderkammer voller Rauch.

Und auf der Wolfsmuttertapete kleine Feuchtigkeitsperlen.

I & I

Ellen Cherry sah nicht unbedingt nach einer Dollarmillionärin aus, aber keiner konnte abstreiten, daß sie aussah wie die *Steuer* auf eine Million Dollar. Raoul, der Türsteher, war beeindruckt.

Monatelang hatte Raoul sie in Turnschuhen, farbverschmiertem Sweatshirt und Jeansrock durch die Upper West Side laufen sehen, den ungeschminkten Mund zu einem derartig langen Flunsch verzogen, daß sie damit Münzen von der Straße hätte sammeln können, ohne sich bücken zu müssen. Doch jetzt stand sie hier, an einem regnerischen Herbstnachmittag, und zog einen neuen roten Regenmantel über ein enganliegendes rotes Wollkleid, ein ganzes Stück größer geworden durch ein Paar Pumps von der Art, die Raoul immer

»Komm-mit-und-fick-mich-Schuhe« nannte, und das übliche Stirnrunzeln von den hedonistischen Pigmenten in Lippenstift und Lidschatten zum Anflug eines Lächelns gemäßigt. Das aufregende Make-up unter den ungebändigten Locken hätte auf der Stelle sämtliche Jezabel-Detektoren in Colonial Pines aktiviert. Raoul störte es kein bißchen, obgleich irgend etwas in seinem Unterbewußtsein ihn unmerklich dazu veranlaßte, langsam mit dem Daumen über das Kruzifix an seinem Hals zu streichen. Als Ellen Cherry die Geste bemerkte, lächelte sie tatsächlich, vor allem über den *salsa*-Rand, der sich unter seinem Daumennagel zeigte.

»Hmmm, Mann, sehn Sie klasse aus, Mann«, sagte Raoul. »Woll'n Sie ein Taxi?«

»Nein, danke, Raoul. Mein Boss schickt einen Wagen.«

»Ach ja? Wußte gar nich, daß Sie arbeiten. Wo arbeiten Sie denn, Miz Charl?«

Das erste, was sie sah, als Raoul ihr die Tür öffnete, war ein himmelblauer Volvo-Kombi, der auf der nassen Straße an ihr vorbeizischte. Im gleichen Augenblick fiel ihr ein gleichfarbiger Volvo ein, aber eine Limousine, die der Truthahn achtzehn Monate zuvor überholt hatte. Der Fahrer des Wagens hatte Boomer irgendwie geärgert, und um ihn abzulenken, um zu verhindern, daß er eine seiner schrecklichen Schimpfkanonaden vom Stapel ließ, hatte sie gesagt: »Wieso heißt es eigentlich immer, daß Volvos die sichersten Autos der Welt sind, Liebling?«

»Verdammt, wenn ich das wüßte«, hatte Boomer wutschnaubend erwidert. »Wahrscheinlich haben sie was in die Sitze getan, das einem das Gift aus'm Körper saugt.«

Ellen Cherry verlor sich in Erinnerungen, und auf ihr Gesicht kehrte eine Traurigkeit zurück, die kein Lidschatten verdecken konnte.

Raoul stand da und beobachtete sie. Sein ausgebeulter Regenmantel war so schmutzig, daß man in seinen Falten Ackerbau hätte betreiben können, doch auf dem Kopf saß ihm ein funkelnagelneuer, teurer, absolut makelloser Filzhut. Diesen Hut trug Raoul jeden Tag. »Ich mein', wo gehn Sie zur Arbeit, Miz Charl, daß Sie so gut aussehn?«

»Hä?« Mit einem Schlag war Ellen Cherry wieder in der Gegenwart, der Zeit, wo man Kummer und Kunst verdrängte, der Zeit eines Neubeginns, einer ungeahnten Gelegenheit im Gastronomiegewerbe. »Oh.« Einen Augenblick lang schenkte sie Raoul ihr strahlendstes Lächeln. »In Jerusalem«, sagte sie.

Eine Limousine, elegant und kraftvoll wie eine Vitaminkapsel, hielt vor dem Gebäude. Raoul und der Fahrer halfen Ellen Cherry mit vereinten Kräften auf den Rücksitz. Eine Menge Hilfe für so eine kleine Frau.

»Jerusalem. Scheiße, Mann, Jerusalem«, murmelte Raoul, als der Wagen anfuhr. Raoul fragte sich, ob die *blanquita* Jezabel ihn nicht vielleicht verkohlen wollte. In Raouls Kopf war Jerusalem ein vager, unantastbarer Schemen, eine Stadt auf, aber nicht von dieser Welt, ein Ort, der von Engeln bewacht wurde, wo aber die übelsten Sachen passierten, Mann. Nicht mal der Papst traute sich dahin. Jerusalem war der heiligste und unheimlichste Ort auf der Welt, Mann. Raoul schloß die großen braunen Augen, um sich Jerusalem vorzustellen. Er sah Felsen und Roben, goldene Kuppeln und Esel. Er sah keine Engel, aber er wußte, daß sie da irgendwo rumhingen. Jerusalem – da kam alles zusammen, Mann. Es hatte einen direkten Draht zum Himmel, so wie Spanish Harlem zu Puerto Rico.

Als er in die Lobby des Ansonia-Hotels zurückkehrte, griff Raoul nach seinem Filzhut und schnippte sorgfältig die Regentropfen ab, einen nach dem anderen. Dabei fragte er sich, ob dieses »Jerusalem«, wo Miz Charles arbeitete, nicht auch ein Club sein konnte. Vielleicht war es eine Galerie. Ihm fiel ein, daß sie Künstlerin war. Wie ihr *loco* von Ehemann, bevor er abgehauen war. Vielleicht arbeitete sie ja in einem Laden für religiöse Kunst. Aber in dem Kleid? Mit dem Arsch? Nee, Mann. Vergiß es, Mann. Eine Puertoricanerin würde in solchen Schuhen vielleicht sogar zur Kirche staksen, aber eine *blanquita*? So hohe Absätze brachten die Frauen dem Himmel näher, aber die Gringos sahen das anders. In einem solchen Schlitten nach »Jerusalem«, Mann? *Blöd*sinn.

Raoul zog einen Stift aus seinem schmutzigen Regenmantel und kritzelte auf einen feuchten Notizblock:

Die Jungfrau Maria sitzt aufm Esel
Ihr Söhnchen Jesus aufm Kreuz
Mick Jagger sitzt in 'ner Concorde
Und'n rollender Stein wird niemals feucht

Vielleicht würde er für Mrs. Charles einen Song aufnehmen. Mrs. Charles würde ihn im Radio hören. Und dann würde sie mit ihm ficken, Mann.

Die Limousine schoß durch den Nieselregen im Central Park wie ein Pfeil, der durch den Amazonasdschungel auf den Buckel eines nichtsahnenden Faultiers zuflitzt. Es war das erste Mal, daß Ellen Cherry in einem gummibereiften Gefährt saß, seit der Truthahn den Besitzer gewechselt hatte. Morgen würde sie wieder mit der U-Bahn fahren, doch der heutige Abend war etwas Besonderes, und sie strengte sich an, etwas Besonderes zu empfinden.

Heute abend sollte die Eröffnung des Isaac & Ishmael's stattfinden. Eigentlich war es eine Wiedereröffnung. Das Isaac & Ishmael's hatte bereits im vergangenen Juni eröffnet. Es dauerte keine vierzehn Tage bis zum ersten Brandanschlag. Nun, da der Schaden behoben und die Sicherheitsvorkehrungen verstärkt worden waren, plante man den zweiten Anlauf.

Ellen Cherry machte sich keine großen Sorgen wegen ihrer Arbeit im I & I. Ab morgen würde sie die Tagesschicht übernehmen. Die altehrwürdige Sicherheit der Lunchzeit. Die Dinnerschicht und die Cocktailschicht dagegen, hatte sie gehört, waren so nervös wie der Schwanz des Q bei einer alphabetischen Massenpanik. Die Angestellten schienen ziemlich überzeugt davon, daß man das Restaurant erneut aufs Korn nehmen würde.

Nicht weniger als sieben Organisationen hatten damals die Verantwortung für den Brandanschlag auf das I & I übernommen: drei militante zionistische Gruppen, drei verbotene islamische Sekten und eine fundamentalistische christliche Gang, die sich »Jesu kleine Streichholzmänner« nannte. Ihr Motto war ein Spruch, den Lukas (12,49) unserem Erlöser zuschreibt: »Ich bin gekommen, daß ich ein Feuer anzünde auf Erden.« Seit mehr als einem Jahr trieben die Streichholzmänner ihr Unwesen und setzten »gottlose« Institutionen in Brand, vor allem in Brooklyn und Queens. Manchmal wurden sie auch Heilige Pyromanen oder Gottes Glühwürmchen genannt.

In Wahrheit, so vermuteten die Ermittler der Polizei, war der Brandanschlag auf das I & I einer achten Organisation zuzuschreiben, einer Koalition aus ultraorthodoxen Zionisten und christlichen Evangelisten, die sich jüngst als Third Temple Platoon, Inc., einen Namen gemacht hatte. Einer der Hauptsprecher der Gruppe war Reverend Buddy Winkler aus Colonial Pines, Virginia.

Onkel Buddy hatte seine Juden gefunden.

I & I

Ein Araber und ein Jude eröffneten gemeinsam ein Restaurant gegenüber den Vereinten Nationen ...

Hört sich an wie der Anfang eines Judenwitzes. Aber die Geschichte von Isaac und Ishmael war überhaupt nicht komisch. Klar, sie hatte ihre lustigen Seiten, wie wahrscheinlich alle lohnenden Abenteuer, und weder der Araber noch der Jude war ein Kind von Traurigkeit, doch das I & I war ein ernstgemeintes Unterfangen, ein idealistisches, vielleicht sogar ein heroisches Experiment.

Ein Araber und ein Jude beschlossen, gemeinsam ein Restaurant zu eröffnen. Es sollte eine Geste ungewöhnlicher Zusammenarbeit sein, eine symbolische Versöhnung, ein exemplarisches Statement für den Frieden – im Nahen Osten und darüber hinaus. Wenn es gelänge, in kleinem Rahmen zu beweisen, daß traditionelle, »natürliche« Feinde sich für einen gemeinsamen Zweck, von dem beide etwas hatten, zusammentun konnten, würde das nicht überall auf der Welt Feinde inspirieren, einander in die Augen zu sehen und den Weg einer beiderseits nützlichen Freundschaft einzuschlagen? Das war ihr Argument, ihre große Hoffnung.

»Haben Sie schon mal gehört von kosmische Liebe?« fragte Spike Cohen, der jüdische Partner, der »Isaac« im Isaac & Ishmael‘s. »Also, zwischen Juden und Arabern es gibt nu schon so was wie kosmische Haß. So viel Hassenswertes, daß der Haß hat durchdrungen den Staub, der Haß hat sich erhoben zu die Sterne, was da sind im Himmel. Ist keine leichte Sache, abzubauen diese Haß, aber leichte Sachen ich habe nu genug hinter mir. Für die Menschheit, für uns und unsere Enkel, mein Kumpel Abu und ich haben uns vorgenommen dies höchst schwierige Projekt.«

»Mein Vater pflegte zu sagen: ›In Allahs Garten wachsen alle möglichen Sorten Rettich‹«, warf Roland Abu Hadee (natürlich der »Ishmael« im I & I) ein. »Obgleich ich persönlich die Sicht meines Vaters, was Allah angeht, keineswegs teile, hat mir dieser Spruch immer sehr imponiert. Ich wollte sogar unser Restaurant ›Zu den zwei Rettichen‹ nennen, doch mein Freund Spike hielt nicht viel davon. Isaac & Ishmael’s war unser erster Kompromiß. Eine kluge Entscheidung, finden Sie nicht? Verstehen Sie nun, was alles möglich ist?«

In der Tat. Andererseits, wären acht verschiedene Organisationen daran interessiert gewesen, einen Brandanschlag auf ein Restaurant mit dem Namen »Zu den zwei Rettichen« zu unternehmen?

Zwei Sorten Rettich eröffneten gemeinsam ein Restaurant gegenüber den Vereinten Nationen. Es sollte bei zwei verschiedenen Gelegenheiten und aus zwei völlig verschiedenen Gründen (von denen keiner etwas mit dem Essen zu tun hatte) das berühmteste Restaurant von New York City werden. Es hieß Isaac & Ishmael’s.

Warum Isaac & Ishmael’s statt Spike & Abu’s oder Cohen & Hadee’s? Mythologie. Die purpurrote Wolke des Mythos, durch deren Schwaden Ereignisse und Mächte, zu groß, zu komplex für eine einfache Erklärung, dem menschlichen Blick sichtbar werden.

Während Brahma, der große Vatergott Indiens, mit den Gewürzkarawanen nach Westen zog, verwandelte sich sein Name in Abram. Im Lauf der Jahrhunderte bekam er Haut und Zähne und buschige Augenbrauen und wurde bekannt als Abraham. Obgleich um einiges handfester, behielt die semitische Version Brahmas ihren Status als Patriarch bei.

Bevor Abraham von Mesopotamien, dem Geburtsort unserer Spezies, auf der Suche nach dem Polarstern (der fast unmerklich seinen ursprünglichen – manche hatten schon geglaubt, unveränderlichen – Platz am nördlichen Himmel verlassen hatte) nach Kanaan wanderte, heiratete er seine Halbschwester Sarai (Sarah). Bis die Städte Sodom und Gomorrha den Inzest auf eine derart orgiastische Spitze trieben, daß ihnen die Bundesmittel gestrichen wurden, war dergleichen in nahöstlichen Mythen eine allgemein akzeptierte Praxis, wenn nicht sogar alltägliche Realität. Als ein Jahr oder mehr vergangen war und Sarai noch immer nicht empfangen hatte, präsentierte sie ihrem Mann eine höchst originelle freudige Überraschung in Gestalt ihrer jungen Dienerin Hagar. Abraham nahm Hagar mit in sein Zelt und machte sich sofort daran, sie zu schwängern. Den Sohn, den sie ihm gebar, nannten sie Ishmael.

Einige Zeit später, als er im Süden von Kanaan Brunnen aushob, schaffte es Abraham endlich, auch Sarai zu knacken. »Well Diggers Do It Deeper« stand auf dem Heckfenster seines Wagens. Sarais kleiner Sohn hieß Isaak.

Jetzt, da sie und Abraham ihren eigenen Sohn hatten, ließ Sarai ihrer unterdrückten Eifersucht freien Lauf und vertrieb Hagar und Ishmael aus dem Lager. Die Konkubine und ihr Knirps streiften durch die Wildnis und ließen sich schließlich in der Wüste nieder, unweit des heutigen Saudi-Arabien. Als Ishmael alt genug war, verheiratete Hagar ihn mit einem ägyptischen Mädchen, und aus dieser Vereinigung, so die Legende, stammen alle Araber ab.

Nachdem Isaak um Haaresbreite dem Opfermesser entkommen war, heiratete er seine Cousine Rebekka, und ihre Nachkommen wurden Hebräer genannt, eine semitische Bezeichnung für »Wanderer«.

So wurden die Grenzen gezogen. Isaac und Ishmael, mythische Halbbrüder, beide Nomaden, gezeugt von dem mythischen Protopatriarchen, brachten Juden und Araber hervor, die sich unter der sengenden Sonne des Nahen Ostens, auf immer aneinandergefesselt durch Blutsbande von Rivalität und Haß, gegenseitig verleumdeten, beleidigten und abschlachteten, Jahrhundert um Jahrhundert.

Und nun versuchten Isaac und Ishmael, Pseudonyme zweier ganz anderer Brüder, zu beweisen, daß zwei verschiedene Sorten Rettich durchaus im gleichen Beet gedeihen und sich sogar gegenseitig befruchten konnten – vorausgesetzt, sie wurden von scharfmacherischem Meerrettich in Ruhe gelassen.

Stammkunden – und während seiner zweiten Ruhmesphase gewann das Restaurant tatsächlich einige Kunden – sprachen vom Isaac & Ishmael's nur als dem »I & I«. Das Personal schloß sich an, bis auf Ellen Cherry Charles, die ihre Arbeitsstelle normalerweise »Jerusalem« nannte. Die beiden Besitzer waren nämlich dermaßen verliebt in die ferne Stadt, daß sie Tag und Nacht in den höchsten Tönen von ihr schwärmten.

In den Lobgesängen von Spike Cohen und Roland Abu Hadee war Jerusalem ebenso traumhaft und unerreichbar wie in den Betrachtungen Raouls, des Türstehers, wenngleich sich Raouls Vorstellung von der Heiligen Stadt aus düsteren und ungenauen Illustrationen in einer spanischsprachigen Ausgabe der Heiligen Schrift speiste, wogegen Spike und Abu Jerusalem nicht nur mehrmals besucht hatten, sondern auch die Mittel besaßen, es immer wieder zu tun. Sie hätten ihr Restaurant sogar in dieser Stadt ihrer sehnsüchtigen Träume eröffnet, wenn die israelische Regierung es erlaubt hätte.

Am Ende waren die Herren ganz zufrieden mit der Lage des Lokals. Das Gebäude selbst war möglicherweise nicht das Gelbe vom Ei, doch seine Nähe zum Hauptquartier der Vereinten Nationen verlieh dem I & I eine halboffizielle Aura und verknüpfte es, symbolisch zumindest, mit dem Zentrum aller Hoffnungen der Welt auf Einheit und Frieden. Im übrigen sorgte die Tatsache, daß das Lokal sich in New York befand, für weit größere Aufmerksamkeit in den Medien, als sie in Jerusalem je hätten bekommen können. Daher taten sie so, als sei die Nähe zu den Vereinten Nationen von Anfang an intendiert gewesen.

Das hielt sie jedoch keineswegs davon ab, von Jerusalem zu träumen, als sei Jerusalem eine reiche und wunderbare Frau, die sie zu ihren Liebhabern erwählen würde, kaum daß sie von ihrer Krankheit genesen war.

I & I

Joshua Cohen, alias Spike, kam als Sohn einer armen, Jiddisch sprechenden Familie in Manhattans Lower East Side zur Welt. Er war zwölf Jahre alt, als er zum erstenmal einen menschlichen Zeh sah, der nicht ihm selbst oder seiner Mama gehörte. Warum? Dazu kommen wir gleich.

Im eisigen Winter 1923 waren seine Großeltern väterlicherseits mit ihren drei Kindern zu Fuß aus Rußland geflüchtet und damit einem kurzen, aber grausamen Pogrom entronnen, das die Tschekisten in Kiew organisierten. Sie flohen über Polen nach Deutschland, wo sie Verwandte hatten. Großvater Cohen war Schneider, und seine Frau hatte jeden Fetzen Stoff aus seinem Laden aufgehoben und ihnen davon warme, dick gefütterte Mäntel und Mützen für die Flucht genäht. Ihre Fußbekleidung jedoch bestand aus Straßenschuhen von feinstem Leder. Als die Familie endlich in Deutschland ankam, waren ihre Füße so voller Frostbeulen, daß sie sich die Zehen amputieren lassen mußten. Alle Zehen an allen Cohen-Füßen. Fünfzig Zehen insgesamt, fünfzig grünglänzende Eiswürmchen, die wie Fischköder in den Abfalleimer eines Berliner Krankenhauses geworfen wurden.

Die Berliner nannten sie die »Krebsfamilie«, wegen der Art, wie sie gingen. Sie huschten auf den Spitzen ihrer Stummel über die Bürgersteige, manchmal so hastig, daß sie stürzten und auf die Nase fielen. Da es ihnen peinlich war, so riesige Landkrabben in ihrer Mitte zu haben, veranstalteten die deutschen Verwandten der Cohens eine Kollekte und zahlten dem zehenlosen Stamm die Überfahrt nach Amerika.

Als der mittlere Sohn heiratete, und er war der einzige von den drei Geschwistern, der sich dazu entschließen konnte, holte er seine Braut in das Mietshaus über der Schneiderei in der Orchard Street, wo die Cohens, von einer auf die andere Seite schlingernd (sie schwankten noch abenteuerlicher als Can o' Beans), herumkrebsten. Als kleiner Junge fand Joshua, daß die langen, rosigen und makellosen Zehen seiner Mutter das Allerschönste auf der Welt waren.

Abgestoßen von den plumpen Stummeln, auf denen der Rest der Familie den täglichen Krebstanz des Lebens vollführte, betrachtete der kleine Joshua die Füße seiner Mutter und liebkoste die Füße seiner Mutter, als hätte sie ein genialer Renaissance-Bildhauer aus Alabaster geschnitzt, dabei waren es in Wirklichkeit ganz gewöhnliche Exemplare. Als er älter wurde, übertrug sich die Liebe zu den unteren Gliedmaßen seiner Mutter auf gesunde Frauenfüße ganz allgemein. Da nackte weibliche Füße im Getto der Orchard Street nicht alle Tage zu besichtigen und Ausflüge nach Coney Island äußerst selten waren, verlagerte sich Joshuas podalgische Passion allmählich auf Schuhe. Frauenschuhe.

Der halbwüchsige Joshua hatte genug vom Schneiderhandwerk, gab Fersengeld und verdingte sich als Lehrling bei einem Schuster. Mit einundzwanzig hatte er seinen eigenen kleinen Schuhladen auf der Delancey Street. Mit fünfunddreißig nannte man ihn den Galoschenhahn von Long Island, wo er, auf der Suche nach Distanz zu den Schalentierstummeln der Orchard Street, Dutzende von Schuhboutiquen besaß. Als er fünfzig wurde, hatte sich die Kette – Golda Shoes (nach seiner Mama) – über New York nach New Jersey und bis nach Connecticut ausgebreitet.

Joshua Cohen war Autodidakt. Im Fach Geschichte kannte er sich ziemlich gut aus. Etwa in der Mitte seiner Karriere als Schuhtycoon stieß er in einem Buch über das moderne Japan zufällig auf die Fotografie einer Mutter mit ihrer Tochter, deren Füße von Strahlenverbrennungen fast weggefressen worden waren. Sie waren Überlebende des Atombombenangriffs auf Hiroshima. Joshua betrachtete das Bild voller Grauen. Es berührte ihn in zweierlei Hinsicht. Einmal ging ihm auf, daß die Krebsfamilie der Cohens genau wie die Frauen von Hiroshima bedauerliche Opfer der menschlichen Unmenschlichkeit waren. Das wiederum erweckte in ihm eine unüberwindliche Abneigung gegen Krieg, Verfolgung, Terrorismus und jede Art von Gewalt, die Fleisch und Knochen der Menschen verstümmelt, besonders das weiche Fleisch und den zarten Knochenbau eines weiblichen Fußes.

Infolgedessen wurde Joshua Cohen Pazifist, um so aktiver, je älter er wurde. Er übernahm die persönliche Verantwortung für sämtliche verstümmelten und fehlenden Zehen der Welt, er marschierte, entwarf Transparente, verteilte Flugblätter und veranstaltete Unterschriftenaktionen, er demonstrierte gegen militärische Aktionen in Vietnam, in Afghanistan, in Nicaragua, El Salvador und Südafrika. Als Jude konzentrierte er sich mit der Zeit immer mehr auf die Situation im Nahen Osten, vor allem im Anschluß an eine besonders eindrucksvolle Reise nach Jerusalem.

Als er mit sechzig Roland Abu Hadee kennenlernte, dachte er längst daran, das Einzelhandelsimperium seinem einzigen Sohn zu übergeben (seine Frau, der seine Bewunderung für ihre Füße unheimlich war, hatte ihn nach nur zehn Monaten Ehe verlassen: einen Monat, so pflegte er zu sagen, für jeden ihrer Zehen) und sein Leben dem Frieden im Nahen Osten zu widmen.

So gab er seine Schuhboutiquen auf, nicht aber seine Liebe zu ihrem Inventar. Im Tennisclub oder in Cafés, wo er und Abu von ihrem Restaurant träumten, am Empfangsschalter, wo er den Gastgeber spielte, nachdem das I & I wirklich und wahrhaftig eröffnet worden war, auf dem Bürgersteig, wo er nach dem Anschlag mit Tränen in den Augen den ausgebrannten Speisesaal betrachtete, in diesen Momenten, aber auch in vielen anderen dazwischen, merkte er plötzlich, wie sich sein Blick von irgendeiner Sache, mit der er beschäftigt war, löste und auf die beschuhten Füße einer Frau in der Nähe fiel (häufig eine völlig fremde in der Menge), wie er gedankenverloren Designer und Hersteller identifizierte und dann, wenn das Prosaische erledigt war, im Geiste mit, sagen wir, einem Riemen oder einer Schleife, den Schnürsenkeln, einer Troddel, Spange oder ein paar Knöpfen spielte, wie er aus der Ferne über die diversen Materialien strich, glatt oder rauh, Kalbsleder, Vinyl oder Kroko, wie er schließlich, als sei dies alles nur das Vorspiel gewesen, die Umrisse des *yoni*-lippigen Behältnisses nachzeichnete: die weichen, fleischigen Kurven, die kräftige animalische Muskulatur, die schmeichelnde Wölbung des Spanns, das schwindelerregende Gefälle vom Absatz zum Zeh, die genauen Umrisse der geschmeidigen, rhythmischen Membran, die das äußerliche Unendliche vom inneren Kern trennt, also die Unendlichkeit der Bewegung von der relativen Ruhe eines Objekts im Raum und somit süßes und verschwitztes Fußfleisch vor Glassplittern und Hundescheiße außerhalb seiner schützenden Hülle bewahrt.

Schuhe, wie hat Cohen euch geliebt? Wollen mal sehen.

Flache Schuhe, Hüttenschuhe, Stöckelschuhe, Filzpantoffeln, Pumps, Spitzenschuhe, Turnschuhe, Clogs, Slipper, Mokassins, Damenstiefel mit Keilabsatz oder Plateausohle, Halbschuhe, Schnürschuhe, Tennisschuhe, Sandalen, Jesuslatschen, Go-go-Stiefel, Stiefeletten, Birkenstocks, Pantoffeln, Omastiefel, Schlittschuhe, Clarks, Docksiders, Rennradschuhe, Lauflernschuhe, mexikanische Sandaletten, Schwimmflossen, zweifarbige Schuhe, Lackschuhe, Segelschuhe, Reitstiefel, Espadrilles, Holzpantinen, Abendschuhe, Golfschuhe, Schuhe mit Pfennigabsätzen, Bowlingschuhe, Schneestiefel, Treter, Spikes, Schuhe mit Einlagen, Gummistiefel, Ballettschuhe, Haremspantöffelchen, japanische Geta, Archeschuhe, Hush Puppies, Wanderschuhe, marokkanische Babouches, Stepschuhe und Galoschen. O Schuh, du lederne Barkasse, du segelst über unsere Zementflüsse und handgewebten Meere, folgst dem Stern der Mode, umschiffst feindliche Riffe aus Teer und Kaugummi, hie Tanker, der dem Playboy Champagner zuführt, da Floß im Schlamm – bon voyage, o leuchtende Gondel! Möge dir ein ruhiger Schrank zum Ankern beschieden sein, dem Zugriff lüsterner Schuhleisten entzogen!

Kann sein, daß Ungeziefer ein Liedchen über den Schrekken der Schuhe zu singen weiß – Spike Cohen besang ihre Schönheit. In seiner Erinnerung glichen die schlichten schwarzen Schnürstiefel seiner Mutter Desserttellern, nur dazu bestimmt, das Pfirsicheis zu präsentieren, aus dem ihre erstaunlichen Zehen geformt waren. Und wie Aschenbrödels

Prinz wußte er instinktiv, daß der Pantoffel die Höhlung darstellte, durch den der phallische Held die uterine Unterwelt betritt. Für den Jungen von der Orchard Street besaß Merkurs magischer Schuster durchaus kein Monopol auf geflügelte Sandalen.

Wenn das I & I sich dem Erhalt der Menschheit und ihrer Leistungen verschrieben hatte, so zählte die Herrlichkeit der Schuhe unbedingt dazu. Daher wurde Spike nur selten von Gewissensbissen geplagt, wenn ein vorbeitrippelnder Stökkelschuh ihn von seinen Pflichten als pazifistischer Gastronom ablenkte. Als wahrer Freund tolerierte Abu Hadee diese bizarre Leidenschaft, obgleich er sie nicht verstand. »Mir bedeuten Schuhe nicht mehr als Konservendosen«, gestand Abu. »Schuhe sind die Dosen, in die die Füße kommen.«

Spike lachte über diese Bemerkung. (Ein gewisses Gefäß für Bohnen mit Schweinefleisch hätte an diesem Vergleich seine helle Freude gehabt.) Auch wenn Freunde die Nase rümpften, Ehefrauen das Weite suchen, es blieb dabei, daß Schuhe eine Brücke bildeten, welche die falschen Zähne seiner Begierde hielt.

I & I

Ein Schatten gehört nicht dem Objekt, das ihn wirft.« Das war eines von Roland Abu Hadees Lieblingszitaten. Er verstand es nicht ganz. Er wußte nur, es hatte etwas mit der Tatsache zu tun, daß Schatten vom Licht erzeugt werden, nicht von Objekten; daß ein Schatten sich verlängern, verkürzen oder völlig verschwinden kann, je nachdem, wieviel Licht vorhanden ist und aus welchem Winkel es fällt, selbst wenn das Objekt bewegungslos bleibt. So viel wußte er, und es war in seinen Augen mehr als genug. Die wissenschaftlichen Implikationen – und auch die philosophischen – interessierten ihn nicht. Für Abu zählte nur die *Musik* dieses Satzes. »Ein Schatten gehört nicht dem Objekt, das ihn wirft.« Abu entdeckte darin ein kleines Gedicht. Und ganz allgemein war es die Poesie, die Musik in den Dingen, um die es ihm ging.

Er kam in einer Stadt zur Welt, deren Name ein kleines Gedicht war: Daressalam. Er wuchs auf in Alexandria, dessen Vokale über der Zunge aufgehen wie Hefe. Die Sprachen, die der junge Abu sprach, waren das ziemlich prosaische Englisch und Griechisch – sein Vater war Schiffsreeder mit internationalen Verbindungen, muß man wissen, und das waren die Sprachen dieser Branche –, doch die Schrift, die er überall um sich herum auf den Straßenschildern und Fassaden von Alexandria entdeckte, war durchaus Musik. Sie übte komplizierte Tonleitern auf dem Sehnerv. Von allen Seiten wand und schlängelte sich das arabische Alphabet ins Blickfeld, belebte die bröckelnde Architektur mit linguistischen Jazzeruptionen, Notationen aus dem Songbuch der DNS, energetischen Zeichen, so ursprünglich wie die ersten Grunzlaute und so modern wie die abstrakte Rückkoppelung eines Synthesizers.

Klangfülle, Spannung und Tempo dieses wurmförmigen Wortschwalls, dieser Schlangenaugen-Symphonie, zogen ihn in ihren Bann, doch erst Jahre später, in Madison, Wisconsin, lernte er, ihn fehlerlos zu lesen.

Zwar stammten sein Vater aus Syrien und seine Mutter aus Ägypten, zwar waren beide Moslems und hielten den kleinen Abu an, täglich zu beten und den Koran zu studieren, doch insgesamt legte man im Hadee-Haushalt größeren Wert auf geschäftlichen Erfolg, und daher wurde er einerseits vom Vorbild des Vaters, andererseits von seinen Lehrern aus Griechenland und England geprägt. Die Verhältnisse, in denen er heranwuchs, standen in krassem Gegensatz zu denen des jungen Spike Cohen. Abu, *Roland* Abu, kam mit einem silbernen Löffel im Mund zur Welt (ein Ausdruck, der Miss Spoon jedesmal einen Schauer kaum verhohlener Erregung über den Rücken jagte). »In Alexandria«, pflegte er zu sagen, und dabei ließ er die Vokale über seinen Gaumen perlen wie Champagner, »in Alexandria lebten wir im Gegensatz zu Spikes Familie auf großem Fuß. Wir hatten Schwein.« Aber die Gegend, in der das Penthouse seines Vaters lag, war nichts für arme Schweine. Ein akzeptables Arrangement, vom Standpunkt der Schweine aus zumindest, da kein Hadee seine Hauer jemals in einen Schinken geschlagen hätte. Oh, es gab eine Zeit, in der ein rebellischer Abu eine Diät von in Plastik eingeschweißten Wiener Würstchen und Miller-Bier einhielt, aber das war in Madison, Wisconsin, als er längst kein Schwein mehr hatte.

Mit achtzehn wurde Abu nach Harvard geschickt und verfügte über ein gut dreimal so hohes Monatseinkommen wie der Direktor des Colleges. Er freundete sich mit ein paar anderen gut betuchten Studenten an, kaufte sich einen schnellen Wagen und verbrachte bald mehr Zeit in New Yorker Nightclubs als im Seminar. Da er den Bauchtanz von Kindesbeinen an kannte, war es von da nur ein kleiner Sprung zum Matratzensamba. Abu hinterließ halbmondförmige Knutschflekken auf den Hinterteilen von Shimmy-Shammy-Prinzessinnen in ganz Manhattan. Als der Direktor ihn zu sich zitierte, um ihm mitzuteilen, daß er die Universität verlassen müsse, paffte der junge Araber eine Zigarre, die halb soviel kostete wie das gesamte Direktoratsmobiliar und mehr wog als das Telefon auf dem Schreibtisch.

Die Duke University gab ihm noch eine Chance. Duke hatte schließlich auch schon auf Richard Nixon und Plucky Purcell gesetzt. In den ausgefallensten Anzügen, mit einem Schnurrbart, so dünn wie der Sprung in einer Espressotasse, spielte Abu den Clown vor einem amüsierten Publikum von Südstaatlern, die ihm im Tausch gegen ein paar Tropfen illegalen Absinth, die er in ihren Julep spritzte, ihren Töchtern schöne Augen machen ließen. Am Ende spritzte er seinen Samen in eine junge Debütantin und besiegelte mit diesem flüssigen Wachs auch sein Schicksal. Der Sheriff, der ihn bis an die Stadtgrenze eskortierte, erinnerte sich später an unverständliches, heidnisches Gestammel und wildes Zähneknirschen. Tatsächlich machte nur ein besonders schwerer Kater Abu zu schaffen, während er versuchte, die wohlklingende Zeile, das kleine Gedicht *»Nigger, don't let the sun set on you in Durham County«* ins Griechische und ein fehlerhaftes Arabisch zu übertragen.

Den nächsten Zwischenstopp legte er an der UCLA ein, mit ihrer Nähe zu Filmstars, Champagner und Swimmingpools, die groß genug waren, daß man gestohlene Viehtransporter darin parken konnte, was er so oft tat, daß er es in seinem Lebenslauf als Hobby anzugeben begann. An der UCLA hielt er sich genau ein Vierteljahr. Nach erfolgreicher Beendigung seiner akademischen Verpflichtungen stand es ihm nun frei, die Karriere eines Fulltime-Playboys einzuschlagen. Abu und das Los Angeles der Nachkriegszeit schienen wie geschaffen füreinander. Eines Nachts biß er in einer Mischung aus Absinth-, Champagner- und Kokainrausch einem Starlet von Warner Brothers die rechte Brustwarze ab und spuckte sie in eine Schale mit Blauschimmelkäsedressing. Da war selbst Hollywood schockiert.

Der Vorfall machte Schlagzeilen in den Klatschspalten der internationalen Regenbogenpresse. Als die Neuigkeiten Ägypten erreichten, regelte Hadee senior die Angelegenheit mit achtzigtausend 1950er Dollar und kabelte seinem unflätigen Sohn, er sei enterbt und verstoßen. Abu lachte nur. Überzeugt, daß sein Vater mit der Zeit schon nachgeben werde, machte er sich daran, sein Bankkonto dieser Gemeinde von Phantomen (Phantomreichtümer, Phantomruhm) anzupassen. Je rascher sich seine Barschaft in Luft auflöste, desto spürbarer verhärtete sich seine Leber. Eines Morgens bei Sonnenaufgang, nachdem er ein rosafarbenes, stuckverziertes Doppelhaus, sechs Palmen und einen zufällig vorbeilaufenden Pudel mit einem Schwall von Kotze in allen Technicolorfarben überschüttet hatte, besaß er nicht mal mehr das Kleingeld für Aspirin.

»Hilfe!« winselte er. Das war keine wohlklingende Zeile, kein kleines Gedicht. Und niemand schenkte ihm Beachtung. Kein Araber in Los Angeles erhörte sein Flehen. Er hatte Schimpf und Schande über seine Rasse gebracht. Seine R-Gespräche mit arabischen Bekannten in ganz Amerika wurden abgelehnt. »Ungläubiger!« brüllten sie der armen Vermittlung in die Ohren. Schließlich bot ihm ein entfernter Cousin in einem Außenposten namens Madison, Wisconsin, einen Job in seinem französischen Restaurant an – unter der Bedingung, daß er sich verpflichtete, drei Jahre für den Mindestlohn zu arbeiten, in dieser Zeit täglich eine Stunde den Koran zu lesen und sich des Genusses von Alkohol und

Schweinefleisch sowie der Gesellschaft von Frauen zu enthalten. Es war ein Angebot, das er nicht ablehnen konnte.

Da er groß, kultiviert und vielsprachig war und überdies in Harvard studiert hatte, nahm Abu an, daß er zum Oberkellner oder Maître d' berufen würde. Diese Annahme erwies sich als irrig. Bei seiner Ankunft in Madison (mittels kultiviertem, vielsprachigem Daumen) wurde er durch die Hintertür des Restaurants eingelassen und geradewegs zu einer überdimensionalen Spüle voller schmutzigen Geschirrs geleitet. »In der Vorratskammer steht ein Feldbett«, sagte sein Cousin. »Da kannst du schlafen. Sobald du diese Küche gewienert hast. Und morgen früh nimmst du diesen lächerlichen Schnurrbart ab.«

Wasser summte. Abflüsse gurgelten. Leitungen hämmerten. Dampf stieg auf. Seifenlauge schäumte (nicht ein einziger eleganter alexandrinischer Vokal in dieser beißenden Industriebrühe). Fett erstarrte. Schmutz, wohin das Auge sah. Salatrestinseln und Entenfettbojen tanzten im Wasser. Löffelchen waren mit *mousseline de volaille* überzogen, Schneebesen mit *œufs à la Bourguignonne* verkrustet, Teller voll schmieriger Reste von *beurre d'anchois*. Der eingetrocknete Teig auf den Backformen erinnerte an verhärtete Ablagerungen von Mondgestein. Er verbrannte sich die Haut an diesen heißen Backblechen und dann die Brandblasen an heißen Pfannen. Geflügelscheren, Käsereiben, zerbrochene Weingläser und scharfkantige Zerkleinerungseinsätze verbündeten sich mit Messern jeder Größe, um in den trüben Gewässern Jagd auf seine Hände zu machen, ihm Schnitte, Abschürfungen und Schrammen beizubringen, wo es nur ging. Kaum fing die Wunde an zu heilen, fielen Stahlwolle und Scheuerpulver über die Kruste her und rieben die rosigen Narben mit Hitze und Nässe auf. Bis zum Bizeps schimmerten Abus Arme vor Fett, der Dampf färbte sein Gesicht hummerrot, und seine schrumpeligen Finger, die mittlerweile eine gewisse Ähnlichkeit mit der Vorhaut alter Eremiten aufwiesen, stanken Tag und Nacht nach Knoblauch, ranzigem Öl und Mülleimer. Seine Kleider waren vom gleichen, übelriechenden Aroma durchsetzt. Am ganzen Körper setzten sich klebrige

Warzen von Gekochtem fest, Placken von Fauna und Flora, denen keine Fruchtbarkeitsgöttin je wieder ihren Segen spenden würde.

Für viele wäre es die Hölle gewesen (eine von Julia Child erfundene, um Colonel Sanders zu bestrafen), diesen sengendheißen Pfuhl mit seinem wogenden Schaum, den Essensresten, der organischen Schlacke und den gefährlichen Metall- und Glasminen auch nur zu betrachten. Tatsächlich sah Roland Abu Hadee, als er die ersten paar Male in diesen Abgrund von Spüle starrte, die Augen des Scheitans gnadenlos zurückstarren, und als sich ihm vor Schreck der Magen umdrehte, meinte er glucksende und pinkelnde Asbestdämonen zu hören. Er hielt den Atem an, schloß die Augen, tauchte die Hände in die teuflische Brühe – und verlor auf der Stelle das Bewußtsein.

Es war das Wunderbarste, was er je erlebt hatte.

Nach etwa einer Woche, als der Ekel und die Schwindelanfälle nachließen, begann das Abwaschen eine beruhigende Wirkung auf ihn zu haben, mehr noch, eine läuternde, ja transzendierende Wirkung. Es war, als spülte das Abwaschwasser, grau und fettig wie das Haar eines Penners, seine arrogante Verwirrung hinweg. Wenn er Töpfe schrubbte, reinigte er ganz nebenbei seine Seele, befreite sie von allen Schwielen, machte sie wieder empfänglich für menschliche Regungen. Der Alkoholfilm ging ab und legte zuerst eine Schicht von Schuldgefühlen und dann ein ungeheures Entsetzen frei. Das schlechte Gewissen war verständlich: abgenippelte Brustwarzen und so weiter. Das Entsetzen war eine Überraschung. Bis zu seiner Taufe im schäumenden Napalm der Spüle hatte er nicht gewußt, wie groß seine Angst gewesen war, in die Fußstapfen seines Vaters zu treten, das steife Lächeln und die Krakenarme eines weltläufigen Geschäftsmannes zur Schau tragen, mit einem Kopf voller Zahlen durch die Welt gehen zu müssen, die weder sangen noch sich reimten.

Mit der Zeit überkam ihn eine gewisse Gelassenheit, Ehrfurcht gar. Seine Madisoner Verwandten schrieben die Veränderung dem Koran zu, doch es war der glühendheiße Bottich, der Abu reinigte, die Spüle mit ihren versunkenen Silberschätzen, ertrunkenen Kakerlaken und dahinsegelnden Tupfern von *sauce béarnaise*. Die Drahtbürste feierlich erhoben wie in einem Ritual, schob er den seifigen Schleier beiseite und drang in die Unterwasserhöhle ein wie ein Pilger, der in einen heiligen Fluß taucht. Neben einem vor Gänsefett gelierenden Ganges legte er all seine Bürden ab.

So vergingen drei Jahre. Nach Erfüllung der Abmachung nahm Abu Abschied von Töpfen und Pfannen. Wie ein Mönch ohne Kloster streifte er einsam und verlassen durch Madison. Ein antrainierter rebellischer Reflex bewirkte, daß er sich als erstes den Bauch mit Hot Dogs und Bier vollschlug und dann seine Nächte der weitgehend erfolglosen Jagd auf Studentinnen der University of Wisconsin widmete. Das sechs Monate lang, und es sprang keine einzige Stunde der Befriedigung dabei heraus. Als seine Ersparnisse verpulvert waren, kehrte er zum Restaurant zurück und forderte seinen Job wieder ein. »Na schön«, sagte sein Cousin. »Aber nur unter zwei Bedingungen. Du wirst dich bei mir zum Küchenchef ausbilden lassen. Und du wirst meine Tochter heiraten.«

Nabila war keine Schönheit, zugegeben, aber wie stand es um Roland Abu Hadee? Er war groß und dunkel, okay, und stets gelassen und würdevoll, aber seine Nase ...! Der Dampf hatte seinen semitischen Zinken dermaßen gerötet, daß er mittlerweile dem Bug der *S. S. Tomate* oder einem im Windkanal entworfenen Stoppschild glich. Was für ein Fang war ein Junggeselle, dem die Kinder von Madison »Rudolph! Rudolph! Rudolph!« nachriefen? Und außerdem, welche Braut sehnte sich schon nach der Liebkosung durch vom Wasser verschrumpelte Finger, die aus unzähligen Runzeln kalte, nach Fisch stinkende Feuchtigkeit abzusondern schienen?

Obwohl sie mehr oder weniger zur Ehe genötigt worden waren, lernten Abu und Nabila einander erst zu mögen und später sogar zu lieben. Um sich von ihrem Vater unabhängig zu machen, sparten sie jeden Dime und eröffneten schließlich in der Nähe des Universitätscampus einen Falafel-Stand. Die Gewinne flossen spärlich, aber regelmäßig; das Pärchen lebte bescheiden, aber glücklich. Der Falafel-Stand war wie ein Fenster in die akademische Welt, die Abu zuvor verachtet hatte. Von Erstsemestern, Doktoranden und jungen Dozenten, die zu seinen ersten Stammkunden zählten, schnappte er kleine Gedichte der Wissenschaft, wohlklingende Zeilen aus Jurisprudenz und Kunst auf. Im Gegenzug versorgte er sie auf seine Art mit Beschreibungen des Nahen Ostens, jener geographisch bewanderten Schnappschildkröte, die schon damals den amerikanischen Hirnstamm im Maul hatte und ihn nie wieder loslassen sollte.

»Ägypten?« sagte er und füllte Kichererbsen in die Mühle. »Ägypten ist so heiß wie eine Zigeunerhochzeit und so ausgedörrt wie Skarabäusatem. Ägypten betrachtet die Welt durch Katzenaugen. Ägypten hat ein Herz aus grüner Chilipaste. Mit Krokodilklauen und Mumiengeschmeide hat Ägypten seinen Namen für alle Ewigkeit ins Fundament der Geschichte geritzt. Vor dem Islam dachten die Ägypter nur an die Unsterblichkeit. Seit dem Islam denken sie nur an das Leben nach dem Tod. Wo ist der Unterschied? Um den Unterschied zu verstehen, muß man monatelang ohne einen Tropfen Flüssigkeit gelebt haben. Ist das mit dem Nahen Osten also eine Frage des Klimas? Vielleicht. Der Mond ...« Mit einer Gurke, die ebenso groß war wie seine Nase, aber komplementär gefärbt, deutete er auf die Halbmonde, die seinen Stand dekorierten. »Der Mond gehört den Moslems genausowenig wie den Hindus oder Eskimos. Der Spiegel des Mondes reflektiert nur die in uns allen verborgene Poesie. Die Sonne dagegen gehört den Semiten.«

Und so weiter und so fort.

Das Fenster des Falafel-Standes bot auch einen ziemlich guten Ausblick auf die Antikriegsdemonstrationen, die Madison in den sechziger Jahren erschütterten. Abu sah, wie seine studentischen Freunde von der Polizei mißhandelt und von Politikern im Dienst des militärisch-industriellen Komplexes diffamiert wurden. Bald gab er seine Zurückhaltung auf und ergriff Partei für die Kräfte der brüderlichen Liebe. Er machte seinen Stand während der Demos dicht und schloß sich den Pazifisten auf der Straße an, sehr zu Nabilas Mißfallen, da mittlerweile zwei hungrige Babymäuler zu stopfen waren. Wie sich herausstellte, bekam er häufig Tränengas (dessen Schwaden ohnehin in den Stand trieben), aber selten Prügel ab.

Der Vietnamkrieg ging zu Ende. Die Jahre falafelten ins Land. Die Kinder wuchsen heran. Abu hatte noch immer ein Ohr für die Musik in den Dingen und ein Auge auf die Schurken in den oberen Etagen. An dem Tag, als ein offizieller Brief aus Alexandria kam, hatte er für Abrüstungsverhandlungen demonstriert. Ohne daß er es ahnte, hatte sein Vater in seinem letzten Willen verfügt, er solle sechs Millionen Dollar aus dem Familienvermögen erben, unter der Voraussetzung, daß er mit fünfundfünfzig seßhaft geworden und geschäftlich erfolgreich war. Verwandte machten Abu das Recht auf die Hinterlassenschaft streitig. Ein Falafel-Stand! Ausgerechnet! Sein Anwalt bewies, daß Abus Stand seit seiner Eröffnung jedes Jahr einen kleinen Gewinn abgeworfen hatte. »Rote Nase, schwarze Zahlen«, sagte Abu. Er bekam sein Erbe.

Er flog mit seiner Frau nach Jerusalem, der Traumstadt seiner Jugend. Sie verbrachten einen Monat dort, sahen viele poetische Sehenswürdigkeiten und diverse Gewalttaten.

»Fortan werde ich Bücher lesen und Musik hören«, verkündete er nach ihrer Rückkehr. »Ich will Tennis spielen lernen und mich für den Weltfrieden einsetzen. Für meine Nabila werde ich ein Dienstmädchen einstellen. Zwei. Die können ihr die Teppiche saugen und die Betten machen. Ich aber, ich, Roland Abu Hadee, werde mich wie gewöhnlich um den Abwasch kümmern.«

I & I

Als die Limousine Ellen Cherry beim Isaac & Ishmael's absetzte, stand Abu in der Küche und inspizierte zum zehntenmal an diesem Tag die Spüleinrichtung. Es war Spike, der auf ihr Klopfen öffnete. »Wie geht's, Mr. Cohen?« fragte sie. »Ist alles bereit?« Spike brachte keinen Ton heraus. Er war hin und weg von ihren Schuhen.

Spike hatte sie angeheuert. Sie war in flachen Leinenschuhen zum Einstellungsgespräch erschienen – in praktischen Kellnerinnenschuhen halt –, und es ist schwer zu sagen, ob seine Entscheidung von ihrem Schuhwerk beeinflußt wurde oder nicht. Wahrscheinlicher ist, daß es ihre politischen Überzeugungen waren. Oder besser gesagt, deren Fehlen. Nachdem er Dutzende von Gesprächen mit allen möglichen Weltverbesserern geführt hatte – wohlmeinenden, aber inkompetenten Liberalen, die aus persönlichem Engagement heraus an diesem Experiment teilnehmen wollten –, war Spike froh, eine erfahrene Kellnerin vor sich zu haben, die überdies gestand, so gut wie keine Ahnung von der Lage im Nahen Osten zu haben.

»Ich bin Künstlerin«, erklärte sie.

»Und ist sie nicht politisch, die Kunst, was Sie machen?«

»Eine Menge Künstler haben das noch nicht geschnallt, Mr. Cohen, aber ›politische Kunst‹ ist ein Widerspruch in sich.«

»Wie steht es mit diesem ... diesem Goya? Und seinen berühmten Bildern gegen den Krieg?«

»Goyas Werk ist stark, weil seine Technik stark war. Reiner Zufall. Ein schlechter Maler, der Greueltaten malt, begeht selbst welche, finde ich. Im übrigen, wie steht es mit Rubens? Seine großen, rosigen, fröhlichen Nackten sind ein ebenso starkes Argument gegen den Krieg wie Goyas verstümmelte Opfer. Rubens sagt ja zum Leben. Und in meinen Augen ist jeder, der das Leben bejaht, automatisch gegen den Krieg.«

Spike stellte sie als Kellnerin ein. Als er Abu von ihr erzählte, schlug dieser vor, sie zum Maître d' der Lunch-Schicht zu befördern. Und so geschah es.

Zwei Wochen später war Ellen Cherry wieder arbeitslos. Als sie mit Colonial Pines telefonierte, sagte sie: »Wenn Onkel Buddy dahintersteckt, schuldet er mir eine Menge Geld.«

»Dein Daddy sagt, es is völlig ausgeschlossen, daß Bud so weit gehen würde«, antwortete Patsy. »Dein Daddy glaubt, es waren Terroristen.«

»Und was sagt meine Mami?«

»Ha! Auf deine Mami hört doch kein Mensch. Es sei denn, sie hat ein Brathühnchen oder du weißt schon was anzubieten.«

»Was, Mami?«

»Ach, vergiß es.«

»Was?«

»Sei endlich still, ich sag nichts mehr.«

Ellen Cherry hatte sich nicht groß aufgeregt, als ihre Arbeitsstelle unter Feuer genommen worden war. Das alles war im Juni gewesen, als sie insgeheim noch gehofft hatte, die Sache mit Boomer würde sich wieder einrenken. Jetzt, mit der Aussicht auf die bevorstehende Scheidung, brauchte sie eine Einkommensquelle. Boomer hatte ihr eine großzügige finanzielle Regelung versprochen, wenn seine Ausstellung gut lief, aber lieber verkaufte sie ihr Haar an ein Museum für Naturgeschichte, bevor sie auch nur einen Brosamen von diesem Mistkerl annahm. In ihren düstersten Augenblicken sah sie ihr Haar schon neben einem wolligen Mammut in einem Schaukasten liegen. Schulkinder auf Klassenausflug würden Aufsätze darüber schreiben und ihre kleinen Brüder und Schwestern mit leicht übertriebenen Beschreibungen zu Tode ängstigen. »In der Eiszeit brauchte man einfach ein dickes Fell«, würden sie sagen und gräßliche Ansichtskarten schwenken.

Sie war eine der wenigen Angestellten, die in das reinkarnierte I & I zurückkehrten. Die meisten ihrer Kollegen hatten irgendwo anders Arbeit gefunden oder waren sonstwo untergeschlüpft. Als sich der neue Stab zur großen Wiedereröffnung versammelte, sah Ellen Cherry auf den ersten Blick, daß nicht einer darunter war, der etwas von Gastronomie verstand. Die meisten waren jugendliche Idealisten. Manche hatten sich beim I & I beworben, weil es ihnen das Gefühl vermittelte, wichtig zu sein. Andere, so vermutete sie, weil sie Selbstmordgedanken hegten.

»Soll ich noch mal nach den Tischsets sehen, Mr. Cohen?«

»Nein, nein, nein. Das ist Teddys Sache.« Teddy war der fürs Dinner zuständige Maître d'. »Nu entspannen Sie. Nehmen Sie eine kleine Drink, genießen Sie.«

»Ich habe bemerkt, daß Sie dauernd auf meine Füße sehen, Sir. Sind diese Schuhe zu ... zu auffallend für das I & I?«

»Nein, nein, nein. Sehr attraktiv, sehr hübsch. Cassini. Ich hoffe, ein Sonderangebot. Wenn Sie brauchen mehr Cassini, ich kann sie besorgen zum Einkaufspreis.« Spike reichte Ellen Cherry ein leeres Glas und nickte in Richtung des Eiskübels. »Aber Sie müssen zugeben – Ihre Schuhe leuchten wie Hadees Zinken.«

Ellen Cherry lachte höflich. Sie füllte ihr Glas. Es war dieselbe Champagnermarke wie die, mit der Boomer sie im Drive-in-Kino in Montana überrascht hatte. Einen Augenblick wurde ihr schwarz vor Augen. Sentimentale Erinnerungen waren wie Eiszapfen aus Zuckerwasser. Würde man ihr denn nun lebenslang im Herzen herumstochern?

Draußen auf der United Nations Plaza war das Wasser weicher, aber auch saurer. Der Regen hatte die Farbe und den Geschmack von Krötenschweiß und fiel schon den ganzen Tag. Sogar die mobilen TV-Einheiten, die schon an der Ecke Forty-ninth Street anfingen, nach Parkplätzen Ausschau zu halten, wurden sauer.

Die Berichterstattung über die Wiedereröffnung des Isaac & Ishmael's war noch ausführlicher als beim erstenmal. Ein Restaurant, das sich der jüdisch-arabischen Freundschaft verschrieben hatte, gab vielleicht gutes Dokumentarmaterial ab, aber ein Restaurant, das vor laufenden Kameras in sesamkorngroße Stücke explodierte, war ein potentieller Aufmacher.

Gleichzeitig mit den Berichterstattern, wie inszeniert, tauchten die ersten Protestler auf: verstreute kleine Grüppchen von radikalen Zionisten und Palästinensern. Polizeibeamte sorgten dafür, daß sie nicht aneinandergerieten, doch als die Farben auf ihren vom Regen aufgeweichten Transparenten anfingen zu zerlaufen, konnte man nur noch an den Kopfbedeckungen erkennen, wer wer war. »Nu sieh dir an ihre Schuh, welche Ähnlichkeit«, sagte Spike. »Ja«, stimmte Abu zu, den man aus der Küche vertrieben hatte. »Für einen Vogel in der Luft ist es der Unterschied zwischen Käppis und Feudeln. Für einen Käfer auf der Straße dagegen ist es Jacke wie Hose.«

Dann, nur wenige Augenblicke bevor um sieben Uhr die Pforten geöffnet wurden, fuhr ein gecharterter Bus vor und spuckte eine gepflegte Mischung von Juden und Ariern aus, die meisten in Burberry-Regenmänteln. Sie waren mit Verstärkern und Lautsprechern bewaffnet, und ihre Transparente forderten in wasserdichten Farben »Wiedergutmachung jetzt!«.

Durch die beschlagenen Scheiben des I & I glaubte Ellen Cherry ihren »Onkel« Buddy zu erkennen. Der Mann kommandierte die Leute herum und schwatzte mit den Polizeibeamten. Er war abgezehrt wie ein Kriegsgefangener und ähnelte so sehr einer Vogelscheuche, daß auch ein Burberry-Schneider ihn selbst unter größter Anstrengung nicht in einen Gentleman hätte verwandeln können. Es *mußte* Reverend Buddy Winkler sein. Als er schließlich den Lautsprecher nahm und das Saxophon seiner Stimme erst in der Nachbarschaft und dann, durch die Mikrophone der Fernsehanstalten, über der ganzen Nation widerzuhallen begann, bestand kein Zweifel mehr. Brutal und sanft zugleich vibrierten die dunklen Akkorde langsam durch die Nacht und wälzten sich im Regen wie ein Gigolo im Bett.

Ellen Cherry hielt sich im Hintergrund, damit Buddy sie nicht sah, und verstand trotzdem jedes Wort. Er forderte die gewaltsame Entfernung der Moslems von Jerusalems Tempelberg, denn die Ankunft des Messias stand unmittelbar bevor. Sie hatte nicht die leiseste Ahnung, wovon er redete, aber seine Stimme machte sie so scharf, daß sie anfing, unruhig hin und her zu rutschen, die Beine übereinanderzuschlagen und herumzuhüpfen wie ein kleines Mädchen, das aufs Klo muß.

Über das Thema Ägypten hatte Ellen Cherry so verschwommene Vorstellungen, daß sie Ramses II. für einen Jazzpianisten hielt. Daraus könnten wir folgern, daß sie auch von Jazz nicht viel verstand. Und tatsächlich hielt sie »Birdman of Alcatraz« für Charlie Parkers Spitznamen im Knast. Zu ihren Gunsten mag jedoch hinzugefügt werden, daß sie trotz der Ähnlichkeit der um die beiden gescharten schrägen Vögel den Alcatraz-Birdman nicht mit dem heiligen Franz von Assisi verwechselte.

Einer der ägyptischen Götter hatte einen Vogelkopf gehabt. Mit seinem scharlachroten Zinken sah Roland Abu Hadee ihm irgendwie ähnlich. Als Abu aus der Küche kam (der Tellerwäscher hatte gedroht zu kündigen, wenn Abu nicht aufhörte, ihm über die Schulter zu gucken) und sich zu Ellen an einen Ecktisch setzte, strahlte sie genauso, wie eine Priesterin am Nil über den Besuch des falkenköpfigen Gottes gestrahlt hätte. Abu lenkte sie sowohl vom Gesumm in ihrer Klitoris (einem Organ, das seit sechs Monaten keine Zuwendung mehr erfahren hatte) als auch von dem Chaos auf der Straße ab, wo die wogenden Massen von Moslems, Juden und Christen Slogans skandierten und Fäuste schüttelten. Mittlerweile hatte sich eine Delegation von New-Age-Propheten dazugesellt und nutzte nun die Gelegenheit, um sanft auf die neueste einer langen und sterbenslangweiligen Reihe von Katastrophen (Erdbeben, Kometen, Weltuntergänge usw.) hinzuweisen, die entweder ganz ausgeblieben waren oder es nicht geschafft hatten, die erhofften Veränderungen im sozialen Bewußtsein einzuleiten.

Vor dem Restaurant ging es weitaus lauter zu als drinnen, denn die Demonstranten, Propheten, Polizisten, Kameraleute, Reporter und Neugierigen waren den Gästen mengenmäßig zirka zwanzigfach überlegen. Abu und Spike hatten anläßlich der Wiedereröffnung ein paar Prominente zu einem kostenlosen Dinner eingeladen, doch von allen, die bei der eigentlichen Eröffnung anwesend gewesen waren, hatte nur Norman Mailer den Mumm gehabt, wiederzukommen. Mailer und die paar Dutzend anderen Gäste schienen allerdings mehr an den ägyptischen und israelischen Weinen als am Dinner selbst interessiert, was entweder hieß, daß das Essen mies war, oder daß sie Angst hatten, mit vollem Magen um ihr Leben rennen zu müssen.

Auf alle Fälle hatten Ellen Cherry und Abu keine Mühe, sich in normaler Lautstärke zu unterhalten.

»Ich finde diesen Speisesaal ziemlich düster«, gestand Abu. Er deutete auf die goldgesprenkelten Bambusmatten an den Wänden. »Dafür haben wir einem Dekorateur gutes Geld bezahlt? Es gibt im ganzen Nahen Osten nicht *ein* Bambusrohr.«

»Vielleicht hat er gedacht, Jerusalem liegt in Polynesien«, sagte sie.

»Jerusalem ist überall«, antwortete Abu, eine Spur zu feierlich. »Seine Aura erstreckt sich über den ganzen Globus. Jerusalem ist überall. Es ist nur nicht genug davon in diesem Raum.« Er dachte einen Augenblick nach. »Sie sind doch Künstlerin, meine Liebe. Warum hängen wir nicht ein paar von Ihren Bildern auf?«

Als sie nicht gleich antwortete, setzte er hinzu: »Selbstverständlich würden wir sie versichern.«

Ellen Cherry mußte lächeln. Erst wenn ihre Gemälde mit dem I & I in die Luft flogen, würden sie ihr finanziell also etwas einbringen. »Nun ja, ich habe Ihnen im Juni Dias gezeigt«, sagte sie.

Abu verbarg einen Schauder. Er erinnerte sich an Bäume, die aussahen wie schwule alte Schauspieler, die Kimonos anprobierten, und an Hügel, die wie rote Gummihämorrhoiden durch die Gegend hüpften. Wer konnte in einem solchen Ambiente essen? Wer über Brüderlichkeit oder das leuchtende Jerusalem meditieren? »Ja, meine Liebe, aber die waren doch schon etwas älter, wenn ich mich recht entsinne. Aus der Zeit, als Sie in Dingsda, äh, Seattle wohnten. Wie wär's mit etwas ... Neuerem?«

»Es gibt nichts Neueres. Ich bin irgendwie nicht mehr zum Malen gekommen, seit ich in New York wohne.«

Ellen Cherry flunkerte. Schon wahr: Nachdem der Airstream-Truthahn ans Museum of Modern Art verkauft worden war (es hatte einen großen Konzern überboten, der ihn bei der Erntedankparty von Macy's ausstellen wollte), hatte sie ihre Pinsel und Farben in den Ofen gefeuert. Im Spätsommer aber hatte sie wieder angefangen zu malen. Richtig fieberhaft. Sie hatte genug neue Bilder, um jede Wand im I & I damit zu tapezieren, inklusive Küche und Herrentoilette. Aber sie hätte sie niemandem gezeigt, nicht einmal ihrer angeblichen Galeristin Ultima Sommervell, die wie Abu darum gebeten hatte, ihre neuesten Arbeiten zu sehen. Ellen Cherry hatte nicht die Absicht, sie jemals irgend jemandem zu zeigen.

Aber angenommen, du würdest in einer mondlosen Nacht deinen schwarzen Judoanzug anziehen (die Ninja-Turtle-

Sorte, die Fassadenkllettterersorte) und mit Hilfe von Seil und Saugnäpfen unter den Schuhen die Hochzeitskuchenfassade des Ansonia-Hotels an der Seventy-third, Ecke Broadway bis zum elften Stock hinaufklettern (Pech für deinen armen Arsch, wenn du nicht schwindelfrei bist), wo du mit einer kurzen Brechstange ein Fenster aufbrechen würdest. Nehmen wir weiter an, du würdest reinsteigen und als letztes deine ebenholzschwarzen taiwanesischen Turnschuhe über den verrußten Sims ziehen. Nehmen wir an, du lenktest den Strahl deines starken Leuchtstifts diskret durchs Zimmer und entdecktest die fraglichen Bilder, gegen die Wand des Apartments gelehnt, die Gesichter entschlossen dem Putz zugewandt. Vorsichtig drehst du eins nach dem anderen herum und inspizierst sie. Zu deiner Überraschung ist keine einzige Landschaft darunter! Auf vielen ist nichts anderes zu sehen als ein kleiner silberner Löffel. Andere zeigen eine einsame, schmutzige rote Socke. Und wo du schon geglaubt hattest, die Pop-art sei zusammen mit Andy Warhol untergegangen, entdeckst du mehrere realistische Darstellungen einer Dose Van Camp's Schweinefleisch mit Bohnen. Eins nach dem anderen: Löffel, Socke, Bohnendose, Löffel, Socke, Bohnendose, nur gelegentlich unterbrochen von lebensgrossen Akten eines Mannes, den du als Kunstkenner auf den ersten Blick als Randolph »Boomer« Petway III identifizierst. Aus dem Schlafzimmer hörst du das federleichte Seufzen einer einsamen Schlafenden, und während du auf Zehenspitzen aus dieser Galerie der Verschollenen schleichst, fällt dir ein, daß irgendwer mal gesagt hat: »Die Funktion der Kunst besteht darin, uns das zu bieten, was das Leben uns vorenthält.«

Abu wurde herausgerufen, um mit Spike für ein Foto zu posieren und ein weiteres Interview zu geben. Er hätte lieber mit Ellen Cherry weitergeplaudert oder den Abwasch und die Falafel-Produktion beaufsichtigt, doch bei einer großen öffentlichen Geste wie der mit dem Isaac & Ishmael's blieb einem gar nichts anderes übrig, als den Wünschen der Presse nachzukommen.

Solange er fort war, lauschte Ellen Cherry wieder den Demonstranten. Sie konnte Onkel Buddys Saxophon hören, wie es die Gläubigen einlullte, sie die Hänge des Tempelberges hinauf- und den Messias vom Himmel herablockte, damit er ihnen hallo sagte. Und hinter dem Schleier des gestärkten weißen Tischtuchs berührte sie sich zwischen den Beinen. Es war, als streichelte sie eine lebende Biene. Eine gefangene Biene, winzige schwirrende Flügel in einer Siruplache.

Als Abu zurückkam, erklärte er: »Ich fürchte, Spike läßt sich von den Demonstranten provozieren.«

»Und Sie fühlen sich nicht provoziert, Mr. Hadee?« Sie hob ihre auf Abwege geratene Hand ans Licht und untersuchte sie unauffällig nach Spuren von Feuchtigkeit.

»Doch, natürlich. Ich bin entsetzt über die Angst und Unwissenheit, die solchem Verhalten zugrunde liegt. Ich fürchte die Gewalttätigkeit. Der Unterschied, meine Liebe, liegt darin, daß ich Araber bin und Spike Jude. O ja! Zu sagen, daß Araber und Juden Brüder und Schwestern sind, heißt noch lange nicht, daß wir gleich sind. Es gibt Rassenunterschiede zwischen Völkern, nicht wahr? Es gibt kulturelle Unterschiede, sexuelle Unterschiede.« (Bei dem Wort »sexuelle« zuckte Ellen Cherry unwillkürlich zusammen.) »Meiner Meinung nach können solche Unterschiede gut sein. Wie langweilig, wenn wir alle gleich wären. Welche Sackgasse für die Evolution! Um Brüder zu sein und in Frieden miteinander zu leben, müssen wir nicht alle gleich sein. Wir brauchen die Eigenheiten des anderen nicht unbedingt zu bewundern, wir brauchen sie nicht einmal zu mögen. Wir müssen sie nur *respektieren* – und dankbar dafür sein. Unsere Ähnlichkeiten sorgen für eine gemeinsame Basis, die Unterschiede dagegen machen es möglich, daß wir uns gegenseitig anziehen. Unterschiede sorgen für die Würze, den Kick, das gewisse Etwas bei menschlichen Begegnungen.«

Trivial oder nicht, Ellen Cherry fand Abus Ansichten gut. Hätte er so was mit Onkel Buddys Stimme sagen können, wäre er unwiderstehlich gewesen. Hätte ein Mann Mr. Hadees Ansichten und Reverend Buddy Winklers Stil in sich vereinigen können, so hätte er in ihren Augen eine passable Kopie jenes Messias abgegeben, um den die Verrückten da draußen so viel Tamtam machten. Natürlich war Ellen Cherry ziemlich beschickert.

»Was meinen Sie denn zu den Demonstrationen?«

»Was ich dazu meine?«

»Ja, Sie wissen schon, wie Sie die Sache ...« Ihre Gedanken schweiften ab, vielleicht in einem unbewußten Versuch, ihre überschäumende Fülle zu bändigen. Abus blühende Phantasie dagegen konzentrierte sich voll auf das Thema.

»Es gibt auch Unterschiede zwischen Juden«, sagte er. »Die Juden sind nicht alle aus demselben Holz geschnitzt, glauben Sie das ja nicht. Ihr sogenanntes Zusammengehörigkeitsgefühl, ihre Solidarität, kennt viele Ausnahmen. Dennoch brennt eine gemeinsame Flamme in ihrem Blut, und so unterschiedlich ihr Leben nach außen hin auch verlaufen mag, alle Juden lesen die Geschichte ihres Lebens im Schein dieser Flamme. Es kränkt Spike Cohen, wenn er von anderen Juden so hart angegriffen wird. Er mag es leugnen, unser Schuhwolf, aber man merkt ihm an, daß die Angriffe ihn verletzen. Wir Araber dagegen sind daran gewöhnt. Wir haben einander bekämpft, so weit die Sandkörner zurückdenken können. Vendettas, Überfälle, Blutrache, all das gibt es in der arabischen Welt häufiger als Öl oder Dromedare. Araber haben sich gegenseitig mehr Wunden zugefügt als den Juden. Mich überrascht es nicht, daß es da draußen auf der UN Plaza Araber gibt, die mich am liebsten in einen Lutscher verwandeln würden. Sie verstehen? Die meinen Kopf aufspießen wollen.«

Abu schwieg. Ellen Cherry und er wechselten verstohlene Blicke, und beide versuchten vergeblich, sich seinen dunklen Kopf nicht als am Spieß geröstetes Marshmallow vorzustellen.

Schließlich fuhr er fort: »Sie sind doch Künstlerin ...«

Aha, Themawechsel, dachte sie. *Er ist wieder bei der Dekoration. Tja, dabei kann ich ihm nicht helfen. Er würde gar nicht verstehen, was ich im Moment male. Ich verstehe es ja selbst kaum.*

»Sie sind doch Künstlerin. Kennen Sie das große Bild im Museum im Stadtzentrum, das Bild von diesem Burschen namens Rousseau? Es heißt *Der schlafende Zigeuner.*«

»Na klar. Das ist ein ganz berühmtes Bild.«

»Es sollte besser *Der schlafende Araber* heißen, dieses Bild. Der Araber liegt in der Wüste und schläft unter einem verrückten Mond. Ein Löwe schnuppert an dem Araber. Der Araber hat keine Angst. Der Araber träumt weiter. Der Fluß im Hintergrund, ich glaube, der Fluß ist der Traum des Arabers. Vielleicht ist auch der Löwe ein Traum: Sie sehen, daß seine Tatzen keine Spuren im Sand hinterlassen. Auf alle Fälle, meine Liebe, ist dieses Bild ein sehr treffendes Porträt des arabischen Charakters. Stolz und frei schläft der Araber furchtlos unter den wilden Sternen der Nacht. Aber er träumt. Träumt immerzu vom Wasser. Träumt von Gefahren, wenn keine wirklichen Gefahren drohen, um seine Tapferkeit zu beweisen. Der Araber lebt in seiner Phantasie. Wir sind kein praktisches Volk wie die Juden. Der Jude bringt etwas zuwege. Der Araber träumt – und führt Gespräche mit dem Mond.

Aber, meine liebe Ellen Cherry, was ist noch auf diesem wunderbaren Bild von Rousseau zu sehen? Sagen Sie es mir.«

»Was noch? Was noch darauf zu sehen ist? Warten Sie. Äh, ja, ich glaube, da steht noch irgendein Gefäß oder so was …«

»Richtig. Ein Wasserkrug. Und was noch?«

»Äh …«

»Ein Musikinstrument. Stimmt's? Eine Art Mandoline, das, was die Griechen Bouzouki nennen. Und das verrät Ihnen noch etwas anderes über den Araber. Einen weiteren Aspekt. Wir lieben die Musik. Araber lieben die Musik der Sterne. Aber auch die Arithmetik der Sterne. Beide sind arabische Erfindungen. Wußten Sie das? O ja, die Araber waren einst Meister der Kunst und der Wissenschaften. Unsere Bauwerke waren einfallsreich und mächtig. Wir erfanden die Astronomie, die moderne Mathematik, wir zeichneten Karten, bauten Schiffe, kreierten Parfums. So könnte ich endlos fortfahren. Wir haben ein uraltes literarisches Erbe. Im achten, neunten und zehnten Jahrhundert, als Europa sich im finstersten Mittelalter suhlte, als Europa unwissend, arm und schrecklich barbarisch war, standen die arabischen Länder in der Blüte der Aufklärung. Die arabische Welt war kultiviert, reich, gebildet und auf ihre stolze, träumerische Art vergeistigt. Mathematiker spazierten durch Rosengärten. Poeten ritten auf edlen Hengsten.

Was also ist passiert? Tja, meine Liebe, die Kreuzfahrer kamen und statteten uns einen kleinen Besuch ab. Die Kreuzfahrer. Christliche Ritter aus Europa. Sie massakrierten Männer, Frauen und Kinder – Juden ebenso wie Araber, das sollte man dazusagen, eben alle Nichtchristen. Die Kreuzfahrer zerstörten das intellektuelle und wissenschaftliche Leben in Kleinasien und Nordafrika. Sie setzten die größte und vollständigste Bibliothek der Welt, die große Bibliothek von Tripolis, in Brand und machten Hunderte von Kunst- oder Wissenschaftszentren dem Erdboden gleich. Was für eine Tragödie. Was für eine Verschwendung.«

Abu beugte sich über den Tisch, beugte sich über die Bambusdeckchen, über die Serviettenringe aus Bambus und die lotosgeschmückten Leinenservietten, bei deren Anblick Spike sich gefragt hatte, warum der Dekorateur das I & I nicht auch noch mit Eßstäbchen versorgt hatte, beugte sich zu Ellen Cherry hinüber, bis sein rosiger Rüssel, ein fleischgewordener Painted Stick, nur noch Millimeter von ihrem eigenen kleinen Näschen entfernt war, und während das Metronom in ihrem Höschen, dieser Zeitmesser, dieser Östrogenzeitmesser, dieser Anzeiger des insektoiden Rhythmus weiblicher Erregung, plötzlich schneller tickte, öffneten sich seine Lippen. Ellen Cherry war auf ein Bellen, ein Grunzen, ein Zischen gefaßt. Statt dessen sagte er mit seiner gewöhnlichen, sanften Stimme:

»*Edle* Kreuzfahrer. *Heilige* Kreuzfahrer. Sie zogen die arabischen Länder zusammen mit Europa in den Abgrund. Und davon haben sich die arabischen Länder nie erholt. Kein Ölprofit kann ihnen ihre Aufklärung zurückkaufen. Wie anders wäre die Lage heute im Nahen Osten, wieviel vernünftiger und sicherer ginge es auf der Welt zu, hätten die Christen nicht eine Zivilisation besudelt, die viel zu fortgeschritten war, als daß sie sie mit ihren arroganten beschränkten Hirnen hätten begreifen können. Haben Sie in Ihrer Sonntagsschule je davon gehört, meine hübsche Cherry?«

Noch bevor Ellen Cherry antworten konnte, versuchte eine der demonstrierenden Gruppen – schwer zu sagen, welche –, das Restaurant zu stürmen, und als die Polizei sie an der Tür zurückschlug, gab es einen Riesenaufruhr. Gummiknüppel flogen, Blut spritzte, Kameras blitzten, und die Gäste sprangen Wein verschüttend und Linsen speiend auf und rannten in wilder Flucht Richtung Küche. Das Summen in Ellen Cherrys Klitoris ging im aufwallenden Adrenalin ebenso unter wie ihre Erregung durch den Champagner, und auch sie machte Anstalten aufzuspringen, doch Abu blieb einfach sitzen. »Die Kreuzfahrer wollten Jerusalem«, sagte er ruhig. »Jerusalem war ihre Belohnung. Das können wir ihnen nicht vorwerfen, denke ich.«

Es war ein langer, turbulenter Abend, doch das I & I überstand ihn. Der einzige Schaden, den es davontrug, waren die Weinflecken auf dem allgegenwärtigen Bambus. Und die Berichterstattung übertraf die kühnsten Erwartungen.

Auf dem Heimweg, allein in der Limousine mit dem viel zu breiten Rücksitz und der Aussicht auf die vorbeigleitende bedrohliche und fremde Stadt, kam sich Ellen Cherry vor wie ein kleines Mädchen. Sie zog die Füße auf den Sitz, Stöckel hin, Stöckel her, und umklammerte ihre Knie. Aber so fühlte sie sich noch kleiner. Um wieder groß zu werden, fing sie an, darüber nachzudenken, mit wem sie schlafen würde.

Es war klar, daß sie demnächst mit jemandem schlafen würde. Kein Nostradamus mußte das vorhersagen. Die Frage war, mit wem?

Boomer hätte auf ihrer Wunschliste ganz oben gestanden. Aber von wegen. Beinahe mußte sie lachen. Noch vor anderthalb Jahren, als sie mit ihrem Flitterwochentruthahn durchs Land gefahren waren, hatte sie sich insgeheim ein Szenario ausgemalt: In New York, das war klar, würde sie sich früher oder später in einen Künstlerkollegen verlieben, einen erfolgreichen Maler wahrscheinlich, einen Mann, der sie, ihre Arbeit und ihre kreativen Bedürfnisse wirklich verstand; und seinetwegen würde sie Boomer verlassen, würde sie dem guten Boomer das Herz brechen müssen. Damals war ihr das so unausweichlich erschienen, daß sie heimlich schon einstudiert hatte, was sie unter echten Tränen sagen würde, wenn sie ihm eröffnete, daß sie sich von ihm scheiden lassen wollte. (Da waren sie in Minnesota, wohlgemerkt, in Minnesota und Wisconsin, und hie und da lag noch ein vergessenes Reiskorn von der Hochzeitsfeier auf dem Teppich des Airstream.) Was für eine Anmaßung, wie sich herausstellte. Was für ein Witz!

Boomer hatte *sie* verlassen. Und der New Yorker Maler, den sie in ihre Gedanken *oder* ihr Höschen lassen würde, mußte ihr erst noch über den Weg laufen. Aber natürlich kannte sie bisher auch nicht viele.

Was andere Männer anging, Singles, die sie in Clubs und Bars und auf Parties kennengelernt hatte, nun ja ... Die meisten schienen eines gemeinsam zu haben: nachdem sie am Punkt A verletzt worden waren, sicherten sie sich dagegen ab, an Punkt C erneut verletzt zu werden, indem sie sich an Punkt B in Arschlöcher verwandelten. Doch ehrlich gesagt galt das auch für alleinstehende Frauen über Dreißig.

Männer für eine Nacht kamen nicht in Frage. Angst vor AIDS.

Könnte sie mit Mr. Hadee oder Mr. Cohen schlafen? Ja, in der Tat. Mr. Hadee war so kultiviert und süß, Mr. Cohen so dynamisch und gut aussehend. Vielleicht wäre es ganz nett, einen älteren Liebhaber zu haben. Mit seinem Boss zu schlafen hatte unübersehbare Vorteile, obgleich die Kellnerinnen, die sie kannte, dabei offenbar stets den kürzeren gezogen hatten. Leider war Mr. Hadee glücklich verheiratet. Und Mr. Cohen, tja, irgendwie wurde ihr immer ein bißchen schwummrig, wenn er ihre Füße anstarrte. Wie hatte Mr. Hadee ihn noch genannt? Unser Schuhwolf.

Ein älterer Mann, der als Kandidat garantiert nicht in Frage kam, ganz gleich, ob seine Stimme ihre Säfte zum Sprudeln brachte oder nicht, war Buddy Winkler. Bisher hatte ihr Daddy Buddy verheimlicht, daß sie wieder für den Araber und den Juden arbeitete. Dafür hatte Bud spitzgekriegt, daß Boomer und sie sich getrennt hatten, und da er automatisch davon ausging, daß es ihre Schuld war, hatte er bereits sein Interesse bekundet, ihr seinen weisen Ratschlag angedeihen zu lassen. O Gott, sie hoffte nicht, daß er sie in diesem geschwächten Zustand überfallen würde! Natürlich hätte Buddy sie mit Freuden so oft »Jezabel« genannt, wie sie wollte. Was ging wohl mit einem Prediger im Bett ab, fragte sie sich. Patsy würde es bestimmt wissen.

Raoul nahm den Wagen vor dem Ansonia in Empfang. Es hatte aufgehört zu regnen, und er trug eine knappsitzende braune Uniform mit »Messing«knöpfen aus Plastik. Wäre nicht sein Filzhut gewesen, hätte er als Luftwaffenoffizier einer Bananenrepublik durchgehen können. Als er ihr aus dem Wagen half, drückte er ihr Handgelenk. »Sind aber nich lang in Jerusalem geblieben, Miz Charl.« Das Gute an Raoul war seine Verfügbarkeit. Ihn könnte sie *auf der Stelle* haben! Das war eine echte Verlockung. Sie bekam weiche Knie, als sie daran dachte. Aber sie widerstand. Keine Latino-Liebhaber mehr: ein Vorsatz, an dem sie festhielt wie Tesaband an einem Chihuahua.

Raoul schien zu spüren, daß sie ihn gewogen und für zu leicht befunden hatte. Doch statt zu schmollen, als Mrs. Charles den Aufzug betrat, ohne sich noch einmal umzusehen, kritzelte er in sein Notizbuch:

Muddy Waters spielt im Fluß
Joan Rivers spielt im Schlamm
Swami Guru spielt im Dreck
Zählt die Gräser wie'n Lamm

Der Tag würde kommen, Mann, an dem jede *blanquita* in New York hinter Raoul Ritz her wäre. Raoul war zum Star geboren, Mann.

Als Ellen Cherry vor dem Badezimmerspiegel stand und beim Abschminken – wie buchstäblich jeden Tag seit zwanzig Jahren – über die epische Fülle ihres Haares staunte, fragte sie ihr Spiegelbild: »Weißt du, mit wem ich gern schlafen würde? Mit wem ich echt gern schlafen würde?« Sie kicherte. »Mit dem einzigen richtigen Künstler in New York City. Turn Around Norman.«

Sie meinte nicht Norman Mailer, den Schriftsteller, der auf der I & I-Party einen flüchtigen Blick – ob bei- oder abfällig, konnte sie nicht sagen – auf sie geworfen hatte. Nein, sie dachte an einen bestimmten Straßenkünstler, der ... ach, lassen wir's. Turn Around Normans Zeit wird kommen. Lassen wir Ellen Cherry erst mal ausschlafen.

Poch! Poch! Poch! Irgendwas hämmerte wie die Kolben in des Teufels Nash Rambler. Ellen Cherry hätte nicht sagen können, ob der Krach von draußen oder drinnen kam, ob ein Besucher an der Tür klopfte oder ob ihr Kater versuchte, in ihrem Schädel ein Bild aufzuhängen. *Das Massaker an den Unschuldigen* auf schwarzem Samt, gemalt von einem wasserköpfigen Pavian.

Sie setzte sich hin und schlug die Augen auf. Vorsichtig, damit sie nicht zerbrachen. Ihre Augen schienen ohne ihre Beteiligung das Augenspiel zu spielen. Das Zimmer war dermaßen verschwommen, daß sie sich so lange hütete zu atmen, bis sie ganz sicher war, nicht unter Wasser zu sein. Aber sie hörte besser mit offenen Augen. Wie die meisten Leute. *Poch! Poch!* Es war an der Tür.

»Wer ist da?« rief sie – und zuckte im gleichen Augenblick schmerzerfüllt zusammen.

»Ich!«

»Wer?«

»Ich! Mach auf! Immerhin hab ich mal hier gewohnt! Yippie!«

Warum jetzt, lieber Gott, warum ausgerechnet jetzt? Sie hatte den Blödmann seit über einem Monat nicht gesehen, und *jetzt* mußte er aufkreuzen, wenn sie nichts anhatte, mit einem Kater kämpfte und zweifellos aussah wie *Das Massaker an den Unschuldigen* auf schwarzem Samt, gemalt von einem wasserköpfigen Pavian. Die Tatsache, daß er sie hundertmal so gesehen hatte, frühmorgens nach einer harten Nacht, hatte nichts zu sagen. Das war damals gewesen, und dies hier war jetzt. Sie sprang aus dem Bett. »Gib mir fünf Minuten«, rief sie und wußte ganz genau, daß sie allein schon länger dazu brauchen würde, sich die Tapete von der Zunge zu pellen.

Daß sie ihr Haar nicht zu bürsten brauchte – was für einen Unterschied hätte es gemacht? –, wirkte sich günstig auf die Reparaturzeit aus. Nach genau acht Minuten zeigte der Spiegel sie nur unwesentlich vom Gipfel ihrer Möglichkeiten entfernt. Sicher, sie hatte nicht geduscht, aber ein, zwei Spritzer »Jungle Desire« würden es auch tun. Sie schraubte die Flasche zu und ging zur Tür.

»Honigpfläumchen.«

»Na, Boomer?«

Er trug eins seiner alten, verschossenen Hawaiihemden und, wenn ihre Erinnerung sie nicht trog, dieselben mit Stahlkappen verstärkten Schuhe, in denen er sie geheiratet hatte, aber die Lederhose war neu und teuer. Eine Baskenmütze, rot wie ein Moskito-Rülpser, reduzierte die vom schwindenden Haaransatz freigelegte Kopfhaut auf eine kahle Fläche, die ein bißchen zu klein war, um noch zu Graffiti-Experimenten einzuladen. Die Baskenmütze war aber nicht neu. Er trug sie seit dem Tag, an dem er herausgefunden hatte, daß er ein Künstler war.

Sie fischte ihm ein Bier aus dem Kühlschrank, ein Pabst Blue Ribbon, das er beim Auszug vergessen hatte. In der ganzen Wohnung war zwar kein Stück kalte Pizza mehr aufzutreiben, aber das machte nichts, weil er an dem Morgen schon drei verdrückt hatte.

»Ich war zufällig in der Nähe ..«

»Ja. Sicher. Und – wie geht's, Boomer?«

»Ich schufte wie ein Schwein.«

»Gut.«

»Schlafe wie ein Bär.«

»Fein.«

»Fresse wie ein Scheunendrescher.«

»Aha.«

»Schwimme wie ein Fisch.«

»Scheinst ein bißchen ausgetickt in letzter Zeit.«

»Besser ausgetickt als ausgefickt.«

»Macht sie dich so fertig?«

»Sei doch nicht so kratzbürstig.«

»Und wie geht's der alten Ultima sonst?«

»Ellen Cherry, ich kriege Ultima gar nie zu Gesicht. Oder jedenfalls kaum. Aber sie will dich sehen. Ich hab ihr gesagt, ich glaube, du malst wieder.«

»Tja, da hast du falsch geglaubt.«

»Und was ist *das* da?« Er nickte und deutete mit der Baskenmütze auf die zwanzig oder mehr Bilder, die sich vor der Wand stapelten.

»Experimente.«

»Ich verstehe nicht, warum –«

»Nein! Wehe, du rührst sie an!«

»Ich dachte, es wären nur Experimente.«

Eine Zeitlang saßen sie schweigend da. Boomer trank sein Bier aus. Sie bot ihm kein neues an. Er zerdrückte die leere Dose in seiner großen Schweißerfaust und fing dann an, das Aluminium in die eine oder andere Form zu biegen. Sie fragte sich, ob er sie in seine Ausstellung aufnehmen würde.

Nach einer Weile erkundigte er sich: »Kommst du klar?«

»Oh, sicher, sicher. Ich verdiene mein Geld. Ich bin gesund. Ich hab bloß ein paar psychische Probleme in letzter Zeit. Ich höre zuviel Janis Joplin.«

»Hä?«

Sie fing an zu singen: *»I'm gonna wash that man right outta my hair, I'm gonna wash that man right outta my hair …«*

»Ellen Cherry.«

»… and send him on his way-ay.«

»Bitte, Ellen Cherry.«

»Sorry, ich kann nichts dafür. Manchmal scheint sie einfach in meine Haut zu schlüpfen.«

Nervös kratzte sich Boomer seinen kräftigen Nakken. »Kann schon sein, aber das war irgendeine Broadwayschnulze, die du da geträllert hast. Janis Joplin hätte so was nie gesungen. Sie machte Rock 'n' Roll.«

»Sie ist tot, Boomer. Nach dem Tod hat eine Sängerin das Recht, ihr Repertoire zu erweitern.«

»Und was soll der Unsinn mit dem Mann, den du dir aus dem Haar waschen willst? Aus diesem Haar? Den Mann, der sich darin verfängt, kannst du ewig shampoonieren und wirst ihn nicht los.«

»Na, dein Problem ist das ja jedenfalls nicht. Wieviel müder Flaum sprießt denn eigentlich noch unter dieser affenscharfen Baskenmütze?«

Und so ging es weiter. Sie piesackten sich, klopften auf den Busch, und keiner von beiden sagte, was er wirklich sagen wollte, bis Ellen Cherry auf die Uhr sah und ihr klarwurde, daß sie in vierundzwanzig Minuten im I & I sein mußte. Er bot ihr an, sie hinzubringen, und weil es schon so spät war, nahm sie an. Sie ließ ihn unten in der Halle warten, während sie sich anzog, weniger aus Schamgefühl als aus Angst, daß er heimlich einen Blick auf die Bilder werfen könnte, kaum daß sie ihm den Rücken zukehrte.

Als sie im Aufzug nach unten fuhr, bereitete sie sich auf einen dschungelschwülen Flirt mit Raoul vor. Boomer sollte ruhig sehen, wie sehr dieser knackige Hengst auf sie stand. Doch Raoul war nicht da. Sie hatte vergessen, daß er erst ab vier Uhr nachmittags die Tür zierte. *Wahrscheinlich ist er zu Hause und vögelt seine Schwester*, dachte sie. *Oder bürstet seinen Hut. Vielleicht sogar beides gleichzeitig.*

Doch da war Ellen Cherry auf dem Holzweg. Raoul saß im Aufnahmestudio und investierte seinen Lohn aus dem Ansonia in die Aufnahme eines Songs.

'ne Taube spaziert auf'm Dach herum
'n Kaker spaziert übern Tisch
Mein Baby spaziert nach Jerusalem
Blut gibt's da jeden Tag frisch

»*Leban zabadi.* Das ist der sahnige ägyptische Yoghurt. *Turshi.* Äh, *turshi* ist das ... gemischte Gemüse in ... scharfer Sauce. *Dajaj mashwi.* Das ist ein halbes Hühnchen, eingelegt in Zitrone, Oregano, Knoblauch, Pfeffer und Olivenöl. Warum hat das halbe Hühnchen die Straße überquert, Boomer?«

»Welche Hälfte war's denn?«

»Egal. Kannst du dir aussuchen.«

»Also, wenn es ein halbes war, wär's ja ein halbgares Hühnchen. Ich müßte schon ziemlichen Kohldampf haben, ehe ich so was bestellen würde.«

»*Shawarma*. Das ist hauchdünn geschnittenes Rindfleisch mit arabischen Gewürzen. *Majadra* ist Reis mit Linsen und gebratenen Zwiebeln. *Roz bel khalta. Roz bel khalta*. Was zum Teufel war noch gleich *Roz bel khalta*?«

»Jiddisch für Mrs. Jimmy Carter?«

»Klingt mir mehr nach einer Stripperin. Roz Bel Khalta, die Rose Lee des Nahen Ostens. Aber wir haben keine Stripperinnen im I & I.« (Vielleicht noch nicht, Ellen Cherry. Aber die Zeit wird kommen. O ja! Ganz sicher wird die Zeit kommen.)

»*Shish kebab*. Jeder kennt *shish kebab*. *Shish tawook*. Dasselbe, nur mit Hühnchen. Aber ein lustiger Name. Mr. Hadee mag den Namen, *shish tawook*. Ein melodischer Name, sagt er. Wie ein kleines Gedicht.«

Boomer schüttelte den Kopf, bis seine Baskenmütze verrutschte. »Direkt von Robert Frost geklaut«, sagte er.

Während sie in Boomers brandneuem Ford-Lieferwagen zum Restaurant fuhren, ging Ellen Cherry im Kopf noch einmal die Speisekarte durch. Sie mußte sie in- und auswendig kennen, um die Kellner und Kellnerinnen besser überwachen zu können. Es gehörte zu ihren Pflichten, sie zurechtzuweisen, wenn sie einem Gast falsche Auskunft gaben oder eine Bestellung verwechselten. Zwar war die Speisekarte weder lang noch in ihren Augen besonders appetitanregend, aber eine Herausforderung war sie allemal.

»*Baba ghanoug*. Das müßte ich aber wirklich wissen. *Baba ghanoug* ...«

»Das ist doch der Name, den Richard Alpert angenommen hat, als er aus Indien zurückkam. Oder es sind die Dinger, die die Marokkaner an den Füßen haben?«

Auf den Schlag genau um zehn Uhr setzte er sie an der Ecke Forty-ninth und United Nations Plaza ab. Er warf ihr eine große Schweißerkußhand zu und brauste davon. Nach außen hin machte sie ein finsteres Gesicht, doch ihr Inneres verwandelte sich in *leban zabadi*.

Da dies eine Art Probelunch war, der erste in der Renaissance des I & I, waren Abu und Spike ebenfalls gekommen.

In Zukunft würden sie nur noch abends anwesend sein. Den größten Teil des Tages verbrachten sie mit Tennisspielen.

Sie hatten sich in einem Tenniscamp für Senioren in Florida kennengelernt. Das Schicksal führte sie als Doppel-Partner zusammen. Als bestes Team im ganzen Camp hatten sie den Preis des Doppel-Turniers schon beinahe in der Tasche, als Spike erklärte, er stünde für das Endspiel nicht zur Verfügung. Zu Spikes Überraschung antwortete Abu, er sei ebenfalls verhindert.

Am nächsten Morgen, um dieselbe Stunde, für die ihr abgeblasenes Match vorgesehen gewesen war, sollte in Miami Beach eine kleinere Friedensdemonstration stattfinden. Spike und Abu liefen sich vor dem Fontainebleu Hotel über den Weg, wo ein jingoistischer Präsidentschaftskandidat schwadronierte, man müsse den Einfluß der Sowjetunion im Nahen Osten bremsen. Spike starrte auf Abus Transparent. Abu starrte auf Spikes. Dann lachten sie. Seitdem waren sie Partner, auf dem Court und anderswo.

Ellen Cherry war als Maître d' eingestellt worden, war aber praktisch Mädchen für alles. Zu ihren Aufgaben gehörte es, die Tischreservierung zu beaufsichtigen, Mittagspausen und freie Plätze aufeinander abzustimmen, Arbeitspläne aufzustellen, für Ersatz zu sorgen, wenn Angestellte ausfielen oder krankfeierten, Lieferungen anzunehmen, darauf zu achten, daß die Tische korrekt gedeckt, die Eiskübel gefüllt waren und daß es in der Bar an nichts fehlte – kurz, den Laden zu schmeißen. Man verlangte keine Buchführung von ihr, erwartete jedoch, daß sie die Angestellten auf Ränder unter den Fingernägeln, Körpergeruch und auffallende Knutschflecken aufmerksam machte und obendrein ein wachsames Auge auf Kakerlakenreste im *baba ghanoug* hatte.

Wie die meisten Restaurantbesitzer in Manhattan hatten Spike und Abu die Beamten des Gesundheitsamtes bestochen. Trotzdem galt jedes etwaige hagere Beinchen, das sich um eine Kichererbse schlang wie das wohlgeformte Bein einer Strandnixe um einen Wasserball, als schlecht fürs Geschäft.

»Welches Geschäft?« könnte man zu Recht fragen, denn der Speisesaal war bei diesem ersten Lunch zu kaum einem Viertel gefüllt, und diese Gäste – nichtsahnende Touristen, die den Sitz der Vereinten Nationen besichtigt hatten – wurden Hals über Kopf evakuiert, als wenige Minuten nach Mittag eine telefonische Bombendrohung einging.

Während sie auf dem Bürgersteig standen und warteten, daß die Sprengstoffexperten ihre Suche beendeten, erkundigte Spike sich bei Ellen Cherry, ob der Anrufer zufällig erwähnt habe, welcher Organisation er angehörte.

»Mit keinem Wort«, sagte sie. »Er hatte einen ausländischen Akzent, aber ich wüßte nicht, ob es ein arabischer oder ein jiddischer war.«

»In vielen Teilen des Nahen Ostens sie klingen gleich«, sagte Spike. »Fragen die Leute, was ist eure Speisekarte, palästinensisch oder israelisch? Aber was spielt für eine Rolle? frage ich zurück. Einmal hat sich die PLO offiziell beschwert bei den Vereinten Nationen, daß die Israelis haben stibitzt ihre Nationalgericht Falafel. Ha! Die Israelis nur haben gelacht und weitergekaut. Sie wissen, was meint die Wissenschaft: Du bist, was du ißt.«

»Wollen Sie damit etwa sagen, daß Araber und Juden einander so ähnlich sind? Mr. Hadee denkt ganz anders darüber.«

»Ähnlich oder nicht, das ist nicht das Problem. Das Problem ist, sie *glauben*, daß sie sind so verschieden. Alle denken, daß sie sind mehr wert. Die Religionen hämmern ihnen ein, daß sie sind den anderen überlegen. Ich liebe mein Volk. Wenigstens in modernen Zeiten wir sind ein kluges, tüchtiges Volk, was sich auszeichnet vor allen anderen, und auch ein mitfühlendes Volk. Ein freundliches und humorvolles Volk. Aber zu behaupten, daß wir sind ›von Gott auserwählt‹, ojojoj, das heißt, das Schicksal herausfordern, sich einhandeln Probleme. Und Probleme wir haben schon genug. Jerusalem ist die Hauptstadt mit die meisten Probleme der Welt. Seit Tausenden von Jahren Jerusalem ist Hauptstadt von Streit und Blutvergießen.«

»Warum haben Sie und Mr. Hadee es dann so ins Herz geschlossen?«

Es folgte ein langes, dramatisches Schweigen. Das Schweigen war fast so lang wie der East River, dieses schmuddelige Waisenkind des Ozeans, das hinter ihnen verlief wie eine bis zum Rand mit Rotze gefüllte Gosse. Und es war beinahe so dramatisch wie das UNO-Gebäude, dieser moderne Turm zu Babel, Sitz des Egos, der Chiffren, der Hoffnung und des Mißtrauens, der sich einen Block weiter südlich in den bewölkten Himmel erhob. Es war ein langes, dramatisches Schweigen, während dessen Spike – so Ellen Cherrys Eindruck – wollüstig auf ihre Leinenschuhe schielte.

Spike Cohen war beträchtlich kleiner als Abu Hadee, stämmiger und gewöhnlich lebhafter als er. Während Abu so still wie das Auge eines Hurrikans schien, war Spike der Wirbelwind, der es hektisch umkreiste. Sein Haar schimmerte silbern wie ein königliches Teetablett. Er kämmte es mit Hilfe von etwas Brillantine glatt nach hinten. Es erinnerte an die mondhelle Gischt an einem chromfarbenen Strand, an eine Welle, die über ein tropisches Detroit rollte. Seine Gesichtszüge waren so fein wie die der Gipsstatuen auf einem dieser Poster in griechischen Lebensmittelläden, die Augen jedoch alles andere als klassisch: funkelnde Smaragde, die aussahen, als hätte man sie dem Standbild eines Jaguars aus den Höhlen gerissen. Tatsächlich hatte er etwas Katzenhaftes an sich; mehr Schuhlöwe als Schuhwolf. Abu – der sich im Verlauf des langen Schweigens zu ihnen gesellte – war mit zunehmender Reife dazu übergegangen, dunkle, schwere Kleidung zu tragen, Spike dagegen favorisierte die orangefarbenen Sportjacketts und giftgrünen Krawatten eines Mannes, der auszog, um Rennpferde das Fürchten zu lehren.

Abu wollte gerade anfangen, sich über das Chaos auszulassen, das die Bombensucher im Inneren des Restaurants veranstalteten, als Spike sein Schweigen beendete. »Was mir hat gefallen am meisten an Jerusalem, ist, daß es hat nichts zu tun mit Geld.«

»Wie bitte?«

»Hier in New York alles dreht sich ums Geld. In L.A. es dreht sich ums Geld. In Las Vegas es dreht sich ums Geld. Dallas – dasselbe. Tokio, London, Mailand, Zürich, Singapur: der einzige Grund für ihre Existenz ist Geld. In Tel Aviv es dreht sich ums Geld. Aber in Jerusalem nicht.«

»Er hat vollkommen recht«, nickte Abu. »In Jerusalem geht es um ... etwas ganz anderes.«

Die Sprengstoffexperten erklärten das Restaurant für bombensicher, richteten noch ein paar Fragen an Ellen Cherry und verschwanden. Spike inspizierte das Durcheinander und meinte, wahrscheinlich hätte das I & I weniger Schaden davongetragen, wenn tatsächlich eine Explosion stattgefunden hätte. Kichererbsen kullerten gefährlich zwischen ihren Füßen herum, und halb heruntergerissene Bambusmatten hingen von den Wänden wie die runzligen Falten eines Elefanten. »Wieviel sie haben mitgehen lassen?« fragte Spike den Barmann.

»Ungefähr zwölf Flaschen.«

»Oj! Mit unsere beste Brandy sie spülen ihre Doughnuts runter!«

»Wenn es noch mal eine Bombendrohung gibt, sollten wir sie unseren eigenen Sicherheitskräften überlassen«, schlug Abu vor.

»Was meinst du mit *wenn*?«

Trotz tatkräftiger Unterstützung der gesamten Mittagsschicht brauchten die drei fast den ganzen Nachmittag, um das Restaurant rechtzeitig fürs Abendessen wieder auf Vordermann zu bringen. Gegen fünf Uhr wurden Köche und Kellner nach Hause geschickt, doch Ellen Cherry blieb noch auf ein Glas Tee mit Spike und Abu. Spike genehmigte sich einen Schuß Rum dazu. »Ojojoj«, murmelte er.

Als Ellen Cherry ihr Bedauern über die externen Probleme des Restaurants zum Ausdruck brachte, meinte Abu, sie solle sich keine Sorgen machen. »Ich finde das ziemlich schmeichelhaft«, sagte er. »Es gibt eine ganze Menge Menschen, einflußreiche Leute, die gegen eine friedliche Lösung im Nahen Osten sind. Es ist doch ermutigend zu wissen, daß unser kleines Restaurant ein Zeichen setzen könnte. Sollen sie protestieren und Bomben werfen. Ich fühle mich geehrt.«

»Ich nicht«, sagte Spike. »Ich werde schon außer mir, daß Juden sich beteiligen an diese Hokuspokus. Mir bricht das Herz, obwohl ich weiß, daß in alten Zeiten die Juden waren noch schlimmer, und ihr Verhalten in der Bibel gab ein schlechtes Vorbild für die Christen, was folgten. Nichts als Mord und Totschlag.«

Ellen Cherry fragte sich laut, wie es überhaupt Leute geben konnte, die im Nahen Osten keinen Frieden wollten, doch sogleich dämmerte ihr, daß sie besser den Mund gehalten hätte. Abu und Spike brannten – jeder auf seine Art – darauf, sie aufzuklären. Ihre Erklärungen wären vielleicht erhellend gewesen, hätten sie die Tugenden der Schlichtheit oder Logik besessen, doch offenbar mußte jede genaue Schilderung der Lage im Nahen Osten diese Eigenschaften vermissen lassen.

Wäre sie noch vor wenigen Wochen gefragt worden, was ihr spontan einfiel, wenn sie die Worte »Naher Osten« hörte, hätte sie geantwortet: »Teppiche.«

Sie hatte der Lage im Nahen Osten an sich nie viel Aufmerksamkeit gewidmet, und sie wußte auch, warum. Es war eine Überdosis Irrsinn. Es war ein siebzigköpfiges Orchester, das in einer Besenkammer einen Trauer- und einen Hochzeitsmarsch zugleich einstudierte. Es war eine Feuerteufel-Konferenz in einem Strohhotel.

Seit sie mit dem I & I zu tun hatte, hatte sie gelernt, daß es verschiedene Arten von Arabern gab: Drusen, Schiiten, Sunniten, Hijazi, Beduinen, Sufis, Wahhabiten, Kopten – und die Palästinenser, die sich selbst nicht als Araber bezeichneten und die nomadischen Traditionen ihrer Cousins vom Schlage des »Schlafenden Zigeuners« verachteten. Jessas! Im Nahen Osten gab es mehr verschiedene Araber als Pillendosen bei Cartier. Und mit den Juden war es offenbar genauso schlimm. Alles andere als aus demselben Holz geschnitzt, verteilten sich die Juden über ein weites, politisch höchst gegensätzliches Spektrum; statt eines jüdischen Standpunkts gab es Dutzende, streng nach Klassenzugehörigkeit, ethnischen und religiösen Richtlinien getrennt.

Die Frage, wer als legitimer Herrscher über Jerusalem und das dazugehörige Land in Frage kam – als legitimer Herrscher über Palästina oder Israel oder wie auch immer man es nennen will –, fangen wir lieber gar nicht erst damit an! Wir könnten für beide Seiten eine vollkommen logische Rechtfertigung konstruieren, ja wir könnten im Viertelstundentakt für jede Seite eine *neue* logische Rechtfertigung konstruieren, bis die Flüsse rückwärts fließen. Und dann wären da immer noch die Christen einzurechnen.

Es ist alles zu komplex, zu verwirrend, dachte sie. *Sie werden es nie schaffen, dieses Durcheinander zu entheddern.* Und seit diesem Nachmittag dachte sie, sobald die Rede auf den Nahen Osten kam, immer nur noch: *Teppiche.* Schenkt ihr einen orientalischen Teppich, blütenreich und farbenprächtig, tröstlich und doch faszinierend, wie ein überzogenes Augenspiel, das sich ausrollen und auf dem Boden ausbreiten läßt. Schenkt ihr Muster und Farben, den Plan eines höheren Bewußtseins, eine Landkarte, gewebt aus Träumen und Haar, verfeinert mit Wein und Spezereien. Anders ausgedrückt, schenkt ihr Schönheit. Schenkt ihr das Beste, was die Menschheit zu bieten hat. Schenkt ihr Kunst.

Sie küßte Abu und Spike auf ihre traurig gerunzelten Stirnen, befreite sich aus den bizarren Verschlingungen ihrer Grübelei und lenkte das, was von ihrem Kater übrig war, eilig in Richtung Fifth Avenue. Hoffentlich war es noch nicht zu spät, um Turn Around Norman bei der Arbeit zuzusehen.

Es würde noch eine volle Stunde dauern, bis das Tageslicht endgültig der Dämmerung wich, doch es war das schwachbrüstige Licht eines Herbstnachmittags, ein von der Nacht bereits besiegtes Licht. Lange Schatten tauchten die Straßen in Sepiabraun, und die Kühle, die sich über Manhattan legte, fühlte sich so erfrischend dekadent an wie der Atem einer Kürbislaterne. In der Tat spukte schon morbid verwässerter Halloweenschmuck in den Fenstern der eleganten Sandsteinhäuser an der Forty-ninth Street. Über dem Eingang von Mel Davis' Hundeboutique, wo Ellen Cherry kurz stehenblieb, um mit prähalloweenschem Gruseln zuzusehen, wie eine zimperliche Töle mit allerlei Ölen gesalbt wurde, tanzte sogar ein Papierskelett. Sie fragte sich, warum Mel sich nicht ein *Hundes*kelett vor die Tür hängte, bei dem wenigen, was Pudel von den Wegen der Toten verstanden, aber zugleich mußte sie einräumen, daß alle Hunde, einschließlich solcher gestutzter Bettvorleger, einen gewissen Riecher für unsichtbare Spuren haben.

Die Straße war von Bäumen gesäumt, an denen, so stand zu vermuten, zahlreiche Köter ihr Bein gehoben hatten. Geschäftsleute schwangen Aktentaschen und trotteten durch herabgefallenes Laub nach Hause. Von Zeit zu Zeit ließ einer eine messingfarbene Blätterwolke aufstieben und sah sich dann schuldbewußt um, als könnte man ihn eines Vergehens gegen das Erwachsensein bezichtigen.

Jedesmal, wenn sie an einem japanischen Restaurant vorbeikam, was hier auf der East Forty-ninth etwa alle zwanzig Sekunden der Fall war, dachte Ellen Cherry: *Der Bambus war für dieses Lokal bestimmt, sie haben es nur aus Versehen an unser Jerusalem geliefert.* Als sie an der Ecke Third Avenue bei Wollensky's vorbeikam, dem beliebten Politikertreff, fragte sie sich, wie viele wohl da drinnen insgeheim gegen den Frieden im Nahen Osten waren. Dann dachte sie: *Teppiche.* Dann trat sie in einen Haufen Blätter, wirbelte eine messingfarbene Blätterwolke auf und sah sich herausfordernd um, als wollte sie sagen: »Ich bin vierundzwanzig, mein Mann hat mich sitzengelassen, ich arbeite als Kellnerin und bin so frei, wie ich will.« Plötzlich fiel ihr auf, daß sie sich trotz des Scheiterns ihrer Ehe und ihrer Karriere, trotz ihres Katers und ihrer chronischen Geilheit ziemlich leicht, fast schwindlig fühlte. Sie verstand nicht, warum. War sie einfach nur zu oberflächlich, um unbegrenzt zu leiden, oder war sie zu weise, um im Kummer zu versinken, zu lebenslustig, um zuzulassen, daß er ihr Leben beherrschte? Sie entschied sich für weise und lebenslustig, ging weiter und wirbelte neue Blätterwolken auf.

Zur Lexington Avenue hin wurden die Bäume immer spärlicher. Die vornehmen alten Sandsteinhäuser wichen verspiegelten Apartmentkomplexen und eleganten Hotels. Von den kräftigen Fingern des Geldes geknetet, verbreiterten sich die

Bürgersteige. Der Fluß der Büroangestellten schwoll zu einer Sturmflut von gutangezogenen, nach Eau de Cologne duftenden Männern, die sich heimlich ärgerten, weil die Limousinen, die doppelreihig vor jedem Stückchen Bordstein parkten, nicht gehorsam auf *sie* warteten. Sie überquerte die Lexington Avenue und lief über die Belüftungsschächte der unterirdischen Gleisanlagen von Grand Central. Wie jedes Kind in New York wußte, gab es in den Tunneln da unten eine weitere Stadt, bevölkert von Flüchtlingen, Aussteigern, Zigeunern, verrückten Wissenschaftlern, Albino-Alligatoren, mutierten Riesenkakerlaken, Zauberern, Weisen und überlebenden Mitgliedern des verlorenen Stammes von Manhattan (gehüllt in glasperlengeschmückte Decken und Perlen im Wert von vierundzwanzig Dollar).

Ellen Cherry hatte den Eindruck, daß auch Turn Around Norman diesem unterirdischen Milieu entstammte. Wenn nicht gratis in der Unterwelt, wo sollte er dann hausen? Die Sammelbüchse, die er bei seinen Performances aufstellte, enthielt selten mehr als ein paar Dimes. Jedem Hippie, der am Times Square mehr schlecht als recht auf seiner Holzflöte blies, gaben die Leute lieber was als ihm. Nach Fusel stinkende Penner mit eiterverklebten Augen verdienten mehr mit ihrem einschüchternden Anblick als Turn Around Norman mit seiner Kunst. Entweder er schlief auf der Straße, oder er hatte einen Gönner. Ellen Cherry stellte sich eine hübsche Barnard-Studentin vor, die ihr Kleiderbudget opferte, um Turn Around Norman ein Dach überm Kopf zu verschaffen. Von einem Anflug von Eifersucht gepackt, schwor sich Ellen Cherry, ihm heute zehn Dollar in seine Büchse zu legen.

An der Kreuzung mit der Park Avenue befanden sich Banken an allen vier Ecken. Es stank nur so nach Geld. Bank des Westens, Bank des Ostens, Bank des Südens, Bank des Nordens. Bank des Feuers, Bank der Luft, Bank der Erde, Bank des Wassers. Spike hatte recht, in New York zählten nur die Schekel. Aber war es in Jerusalem anders? Bestand nicht eine der Hauptattraktionen des Neuen Jerusalems (des Himmels, wenn man so will) aus mit Gold gepflasterten Straßen? In diesem Augenblick fiel Ellen Cherry auf, daß an allen vier Ecken außerdem Hot-dog-Verkäufer standen. Stände, die nach Sauerkraut und furzenden Würstchen stanken. Merkwürdigerweise schienen sie das Gleichgewicht wiederherzustellen – jedenfalls in New York. Was Jerusalem betraf, so mochte es dort um alles mögliche gehen, aber bestimmt nicht ums Essen. Es war kein Zufall, daß die Bibel in ihrer Beschreibung der himmlischen Stadt niemals deren Küche erwähnte. Wie viele Leute brächten es fertig, weiter Steuern zu hinterziehen oder ihre Ehepartner zu betrügen, wenn sie wüßten, daß der himmlische Lohn dafür in einer rigorosen *baba-ghanoug*-Diät bestand? Im zwölften Jahrhundert hatte es eine Durchgangsstraße in Jerusalem gegeben, die »Straße der schlechten Küche« genannt wurde. Doch nicht einmal das hatte Spike Cohen und Roland Abu Hadee von ihren kulinarischen Vorlieben abbringen können.

Als sie sich in der Menge am Waldorf-Astoria und einigen weiteren japanischen Restaurants vorbeigedrängelt hatte (diese Gegend erinnerte Ellen Cherry immer an eine Petri-Schale, in der sich Sushi-Bars und Touristen vermehrten wie Bakterien), kam sie endlich zur Fifth Avenue, wandte sich an Sak's vorbei Richtung Uptown und blieb vor den Stufen der St. Patrick's Cathedral stehen. War sie sich auch nur annähernd bewußt, wie oft sich in der letzten halben Stunde New York und Jerusalem in ihrem Kopf begegnet waren, wie oft sie einander durchdrungen hatten? Wahrscheinlich nicht. Auf alle Fälle spielte es jetzt keine Rolle mehr. Dort, vor den massiven Bronzetüren von Amerikas berühmtestem Denkmal für Jerusalems berühmtesten Einwohner, konzentrierte sich ihre ganze Aufmerksamkeit auf Turn Around Norman und seine Talente.

Turn Around Norman trat immer am selben Ort auf: auf dem Bürgersteig gleich unter der Treppe, die zur Kathedrale führte. Soviel Ellen Cherry wußte, verbrachte er jeden Tag vom frühen Morgen bis zum Einbruch der Dämmerung auf seinem Posten, außer mittwochs. Aus irgendeinem Grund arbeitete Turn Around Norman mittwochs nachmittags nicht. Er nahm die Mittwochnachmittage frei, genau wie

Ärzte oder Apotheker. Was machte Turn Around Norman am Mittwochnachmittag? Ellen Cherry versuchte sich vorzustellen, wie er mit Dermatologen aus Yonkers oder Proktologen aus White Plains Golf spielte.

Die Treppe vor St. Patrick's war relativ niedrig, trotzdem erreichte Ellen Cherry eine Höhe, von der sie einen einigermaßen guten Blick auf den Ort des Geschehens hatte. Gerade als sie es sich, wie eine reiche alte Schachtel in ihrer Opernloge, auf ihrer Stufe bequem machen wollte, spürte sie eine Hand, die sich sanft wie eine Taube auf ihre Schulter legte, und hörte eine vertraute Stimme, die einem Streichholz gleich neben ihrem Ohr aufflammte.

»Der Teufel soll mich holn, wenn das nich mein kleines Mädchen aus Colonial Pines ist!«

Da stand Reverend Buddy Winkler in all seiner schäbigen Pracht und lächelte durch ein Feuerwerk neuer Goldfüllungen.

»Onkel Buddy! Was für eine Überraschung! Wow! Mit deinen Zähnen könnte man ja glatt die Straßen des Himmelreiches pflastern.«

»Und mit deinem Lippenstift die Tore zur Hölle lackieren! Aber Kleines, ich muß schon sagen, es is Labsal für meine Seele, daß du vom Himmelreich sprichst und ich dich hier so nah bei 'nem Gotteshaus antreffe – selbst wenn's ein korruptes is. Du warst doch nich etwa auf'm Weg in dieses papistische Monstrum, oder?«

Ellen Cherrys und Buddys Blicke streiften über St. Patrick's, kletterten langsam die hundertzehn Meter bis zur Spitze seiner Zwillingstürme hinauf und flatterten dann wieder zur Treppe hinab.

»Nein, Onkel Buddy, vielleicht bin ich ja eine Jezabel, aber zumindest eine protestantische.«

»Du hast dasselbe lose Mundwerk wie deine Mutter, Mädchen.« Ellen Cherry grinste frech, grinste wissend, und Buddy lief rot an, als beschäme oder irritiere ihn irgendeine Erinnerung an Patsys Schlund. Als er sich wieder gefaßt hatte, fragte er: »Also, dann verrat mir mal, was du hier zu suchen hast. Vor diesen Portalen, durch die die dicksten Fische von New York ein und aus spazieren? Wobei einige davon, muß ich sagen, meine Sache großzügig unterstützen. Was natürlich streng geheim is.« Er fuhr mit der Hand über seine Wange, über Löcher, die alles Gold in Fort Knox nicht hätte stopfen können. »Meine Partner und ich ham ein Büro eingerichtet, gleich hier, 'n Stück die Straße rauf. In der Bank von Österreich. Die Burschen sind netter zu uns als unsre eignen Landsleute.«

Sie waren auch nett zu Hitler, dachte sie, aber sagen tat sie: »Ich warte auf jemanden.« Sie warf einen verstohlenen Blick auf Turn Around Norman, ein wenig ärgerlich, weil ihr wegen dieser zufälligen Begegnung mit Buddy die Feinheiten seiner Arbeit entgingen. Man mußte Turn Around Norman nämlich sehr, sehr aufmerksam zusehen.

»Wohl nich auf unsern guten Boomer, was? Natürlich hab ich von eurer Trennung gehört und mir Sorgen gemacht. Ziemliche Sorgen. Ich wär mit Freuden das Werkzeug, durch das Gott euch zwei Streithähne wieder vereint.«

»Na, da mußt du dich an den guten Boomer halten, schätze ich.«

»Hab ich bereits getan.«

»Ach ja?«

»Ja, stell dir vor. Dein Gatte marschiert nämlich grad heute morgen in mein Büro und erklärt, er würd mir höchstpersönlich sämtliche wiedergeborenen Beißerchen einschlagen, wenn dir in diesem satanischen Café auch nur ein Haar gekrümmt wird, wo du, wie ich zu meinem großen Bedauern hör, wieder angefangen hast zu arbeiten. Darüber müssen wir bei Gelegenheit übrigens auch mal plaudern.«

Ellen Cherry hatte keine Lust, über das I & I zu plaudern. Im Augenblick hatte sie nicht mal Lust, Turn Around Norman zuzusehen. Alles, woran sie denken konnte, war, daß Boomer versucht hatte, ihr zu helfen, ja sogar sie zu beschützen. »Das hat Boomer getan? Wirklich?« Mit einemmal ging ihr unerklärlicherweise das Herz über, wovon, wußte sie selbst nicht.

Reverend Buddy Winkler trug einen senfbraunen Kammgarnanzug, der so knalleng saß, daß man versucht war, eine

Kollekte zu veranstalten, um seinen Unterleib für eine Weile zur Kur zu schicken. Das gestärkte weiße Hemd war steif wie eine kugelsichere Weste, und um den Kragen hatte er einen grauen Wollschlips zu einem altmodischen Windsorwulst geschlungen, der wie ein besonders häßlicher Kropf aussah. Dazu trug er schwarze Halbschuhe, an denen ein Rudel Wölfe geknabbert zu haben schien. Ah, doch sein Lächeln schimmerte golden, und seine Stimme hatte nicht ein Jota ihrer alten, schwermütigen Schwülstigkeit verloren.

»Sicher, sicher sorgt sich Boomer um das Wohlergehn seiner kleinen Frau. Genau wie ich. Was hast du mit dem Burschen angestellt, Kleines? Dieser affige französische Pfannkuchen, den er neuerdings auf'm Kopf trägt. Und seine Kunst. Ich hab gehört, er macht 'ne Ausstellung. Der Junge hat sein Leben lang hart und ehrlich gearbeitet. Mußtest du unbedingt hingehen und 'nen Künstler aus ihm machen?«

»Ich hatte nicht das geringste damit zu tun, verflixt noch mal. Er ist von selbst geworden ... was immer er jetzt ist.«

Erneut legte Buddy ihr eine überraschend leichte Hand auf die Schulter. »Als du noch 'n kleines Würmchen warst und mir kaum bis zu den Knien gingst, hast du schon in deinen Wackelpudding gestarrt – Himbeergeschmack meistens, mit Sahne obendrauf – und den Weihnachtsmann drin gesehn. ›Der Weihnachtsmann is in mei'm Pudding‹, hast du gesagt. Du hast ständig Bilder in dei'm Essen gesehn. Schon damals ham wir uns gedacht, daß aus dir mal was andres wird, was Besondres. War also keine Überraschung, als du unbedingt Künstlerin werden wolltest. Aber Boomer Petway ... der Junge is doch kein Künstler.«

»Das hast du gesagt, nicht ich.«

»Aber du stimmst mir zu?«

»Hat der kleine Boomer je den Weihnachtsmann in seinem Wackelpudding gesehen?«

»Du lieber Himmel – nein! Er hat sein' Nachtisch immer so schnell verputzt, daß er gar keine Zeit hatte, was drin zu sehn.«

»Also Schwamm drüber«, sagte Ellen Cherry. Das letzte Restchen Tageslicht gurgelte in den dämmrigen Himmel wie Sahnesauce in eine Senkgrube. Turn Around Norman würde bald gehen. Sie versuchte, sich auf ihn zu konzentrieren, in der Hoffnung, eine Nuance von besonderer Reinheit oder Anmut zu entdecken, doch Reverend Buddy Winkler rückte ihr immer dichter auf die Pelle.

»Wer is'n das?«

»Wer ist wer?«

»Dieser Holzkopf da drüben. Meinst du, ich würd nich mitkriegen, wie du den angaffst?«

»Ach der.«

»Hat keinen Muskel geregt, seit ich hier bin. Steht einfach bloß da wie 'n Ölgötze und glotzt ins Leere. Isser krank oder was?«

»Er ist Straßenkünstler.«

»Soso, und wann fängt er an?«

»Er *hat* längst angefangen.«

Buddy verstärkte seinen Griff auf ihrer Schulter. Er schüttelte sie sogar ein wenig. »Hör mal, der Junge is nich ganz dicht, verstehst du? Das soll Kunst sein? Daß er sich nich bewegt? Kein Wunder, daß der liebe Gott Ed Sullivan zu sich genommen hat.«

»Aber er bewegt sich doch«, protestierte Ellen Cherry und ließ sich damit auf eine Diskussion ein, die sie um jeden Preis hatte verhindern wollen. »Darum geht es doch. Er dreht sich. Dreht sich um sich selbst. Aber so langsam, daß man gar nicht mitkriegt, wie er's macht. Wenn du ihm lang genug zusiehst, wirst du merken, daß er anderswohin guckt als vorher, als du das erste Mal hingesehen hast. In ein paar Stunden hat er sich einmal um die eigene Achse gedreht, um dreihundertsechzig Grad. Nur kriegst du nicht mit, daß er sich bewegt, wie genau du auch hinsiehst. Das ist das Aufregende an ihm.«

Buddy ließ die Hand fallen. Er seufzte überrascht auf, dann stöhnte er verzweifelt. »Das Aufregende«, murmelte er. »Das Aufregende! Wenn du nich mein eigen Fleisch und Blut wärst ... Ich will dich mal was fragen, Kleines. Wie oft kommst du eigentlich hierher und guckst dir diesen versteinerten Depp an?«

»Jetzt, wo ich in Laufentfernung arbeite –« Hoppla. Sie hatte nicht die Absicht gehabt, sich so zu verplappern. »Oh, ich weiß nicht. Ziemlich oft wohl. Er ist eine Quelle des Trostes und der Inspiration für mich, Onkel Bud. Man könnte wohl sagen – das wirst du nicht gern hören –, daß er so was wie meine Kirche ist.«

»Hmpf! Schöne Kirche. Er hat keinen roten Heller in seinem Klingelbeutel.«

Der Grundstein zu St. Patrick's wurde 1858 gelegt, in einer Zeit, als New York gerade anfing, so richtig aufzublühen, und Jerusalem (unter den Türken) bis zum Hals in Schutt und Asche lag. Wieviel Jahre Ellen Cherrys »Kirche« auf dem Buckel hatte, war schwer einzuschätzen. Turn Around Norman war eines dieser Geschöpfe unbestimmbaren Alters; er hätte zwischen Ende Zwanzig und Anfang Vierzig sein können. Auch das mit seinem Gewicht war so eine Sache, denn zwar hätte ihn jeder Zuschauer als übergewichtig eingeordnet, aber keiner wäre auf die Idee gekommen, ihn als fett zu bezeichnen. So ein bißchen rosig und ein bißchen rund, wie er war, ähnelte er einem gesunden Cherubim. Doch, oh, an was für Höllentorscharnieren hing sein Gesicht vor dem großen Kopf! Die blitzenden blauen Augen, die tief gefurchte Stirn, dieser Mund, der eines übergeschnappten Poeten würdig gewesen wäre (gespitzt, wie um den zerbrechlichen Knöchelchen der Schönheit das Mark auszusaugen), die Nase so vollkommen, daß sie auf einem Schwan in die Stadt hätte einschweben können; all dies vereinigte sich zu einem stolzen Ausdruck, einer Mischung aus Transzendenz und Tragik, die die Herzen vieler Frauen in der Stadt hätte höher schlagen lassen können und ihre Höschen feucht werden, hätten sie ihm auch nur die geringste Aufmerksamkeit geschenkt, wie er da still und scheinbar reglos an der belebten Straße stand, in seinem ausgebeulten braunen Anzug, den schmutzigen Turnschuhen und einem farblosen Sweatshirt mit dem Aufdruck *Aplondontia rufas*, was, wie Ellen Cherry nach einigen Nachforschungen herausbekam, die lateinische Bezeichnung für eine Biberspezies war.

Im Moment blickte Turn Around Norman nach Downtown, daher sahen sie ihn im Profil. Offenbar konnte er sie in seiner augenblicklichen Stellung nicht wahrnehmen, was Ellen Cherry nur recht war. Sie wollte nicht, daß ihre »Kirche«, ihr »Kunstmuseum«, ihr »Ballettsaal« mitbekam, daß der aufdringliche Prediger einer anderen Glaubensrichtung ihr Gesellschaft leistete. Sie hoffte, daß Buddy verschwinden würde, solange noch Zeit war, an der friedlichen Ekstase dieses wundervoll beherrschten und doch innerlich glühenden Straßenkünstlers teilzuhaben, aber Buddy hielt trotz der traurig prickelnden herbstlichen Kühle aus und beglotzte Turn Around Norman wie ein Farmerjunge eine plattgefahrene Schlange.

»Also, schlägt das nicht alles«, staunte er. »Ein gesunder junger Mann, der auf ei'm öffentlichen Bürgersteig steht und sich den lieben langen Tag um die eigene Achse dreht, so lahmarschig, daß man ihm nich mal dabei zusehn kann. Pah! Und obendrein erwartet er scheint's auch noch Lohn dafür, obwohl man kaum was mitkriegt!«

»Noch ein Zug, den er mit der Kirche gemein hat, schätze ich. Das war mir bisher entgangen.«

Buddys verborgenes Saxophon gab einen leisen, indigoblauen Ton von sich. »Mädchen, ich warne dich, Gott der Allmächtige wird dich erschlagen, wenn du so weitermachst, aber das sag ich auch deiner Mama schon seit Jahren, und er in seiner unendlichen Sanftmut und Güte hat den Blitzstrahl seiner Rache bisher zurückgehalten.«

»Es würde dir doch ganz schön leid tun, wenn Patsy der Blitz erschlüge. Dir und der halben männlichen Einwohnerschaft von Colonial Pines.«

Jetzt legte Buddy ihr beide Hände auf die Schultern. Er brachte sein Gesicht so nah an das ihre, wie ihre Haare es zuließen. »Dann weißt du also von den Flirts deiner Mama?« flüsterte er.

»Ich wußte schon davon, als ich noch gute Feen in meinem Essen sah. Aber das ist lange her, denke ich, und die Vergangenheit soll man ruhen lassen.«

»Find ich auch. Reden wir lieber von der Gegenwart.«

»Onkel Buddy, ich habe keine Zeit zum Reden.« Besorgt betrachtete sie das schwindende Licht. Noch fünf Minuten, und Turn Around Norman wäre Geschichte. Oder besser gesagt Geologie. »Aber das nächste Mal muß du mir erklären, warum du gegen Frieden im Nahen Osten bist.«

»Ich erklär's dir sofort.«

»Nein. Bitte.«

»Ich erklär's dir auf der Stelle. Hättst du die Heilige Schrift gelesen, würdst du die Antwort kennen. Gott hat keinen Frieden im Nahen Osten gewollt. Jedenfalls noch nich. Zuerst sollen wir Zeugen eindrucksvoller Geschehnisse werden. Wahrlich, ich sage euch ...«

O Scheiße, dachte sie. Er hatte das Saxophon draußen.

»... die Greuel des bevorstehenden Gerichts werden nie dagewesene Ausmaße annehmen! Das Heilige Land, euer sogenannter Naher Osten, so haben die Propheten vorausgesagt, wird zum Schauplatz des letzten, des entscheidenden Weltkriegs werden. Satans Dämonen locken die Gegner dorthin, damit sie alle Heerscharen der Welt zusammenziehn, um gegen die des Himmels zu kämpfen. Überall im Heiligen Land werden sie kämpfen. Und noch am Tag der Wiederkunft Christi wird es in Jerusalem Straßenkämpfe geben, denn ich werde alle Heiden wider Jerusalem sammeln zum Streit, und die Stadt wird gewonnen, die Häuser geplündert und die Weiber geschändet werden. Zacharias, vierzehn, zwo.«

»Bud, wirklich ...«

»Dies ist der letzte Krieg, Kleines. Die Gottlosen werden ein für allemal vernichtet, die Rechtschaffenen aber werden mit Jesus in Jerusalem ...«

»Bud!«

»Jetzt laß mich deine Frage beantworten. Es geht nich darum, daß wir Christen keinen Frieden wolln, es geht darum, daß die Zeit noch nich reif is für Frieden. Zuerst muß unser Messias zurückkehren. Dann muß der Kampf im Heiligen Land richtig losgehn. Diese Jammerlappen, die nach Frieden im Nahen Osten schrein, ham doch keine Ahnung, was sie tun. Ahnungslose Unruhestifter sind das, die sich in den natürlichen Lauf der Dinge einmischen – ihn störn –, nach dem sich Gottes Verheißung erfüllen und die Welt ewigen Frieden haben soll.«

Turn Around Norman würde jeden Moment aus seiner Trance erwachen. Ellen Cherry kannte die Anzeichen: das Flattern der mädchenhaft langen Wimpern, das Glätten der Origamifalten auf der Stirn. Trotzdem platzte sie heraus: »Und deshalb demonstriert ihr vor dem Isaac & Ishmael's und schmeißt Bomben? Weil deren Bemühungen um Brüderlichkeit und Liebe euren angeblichen Zeitplan der Vernichtung durcheinanderbringen?«

»Sei still. Kann schon sein, daß wir demonstriern, meine Partner und ich, aber Bombenwerfer sind wir nich. Das glaubst bloß du und Boomer und die blöden Yankee-Bullen.« Er ließ seine Goldzähne aufblitzen, Zähne, die für die Ewigkeit gemacht schienen. »Diese Kneipe da is doch bloß 'n kleiner Fisch. 'ne Lappalie. Wenn das Aufgebot des Dritten Tempels richtig losschlägt, wird es ein wichtigeres Ziel treffen als diese schäbige kleine Spelunke, das laß dir gesagt sein.«

»Ach ja? Und was für eins könnte das sein?«

»Sei still, ich hab sowieso schon zuviel gesagt. Aber eins sollst du wissen. Dieser Araber und der Jude da ham sich diese Suppe selbst eingebrockt – und es sind ihre eigenen Leute, die am meisten dagegen sind. Ihre eigenen Völker.«

Ellen Cherry mußte zugeben, daß er damit recht haben könnte. »Aber warum?« fragte sie.

»Weil sie keine richtigen Araber und Juden sind, die beiden. Sie glauben nich an Gott, das isses. Von dem Araber, diesem Hadee, weiß jedes Kind, daß er 'n Ungläubiger is, 'ne wandelnde Beleidigung des Islam. Dem würd man glatt verbieten, in Mekka auch nur 'n Furz fahren zu lassen. Und der alte Jude, dieser Cohen, was glaubst du, wann der zum letztenmal den Fuß in eine Synagoge gesetzt hat? Er kokettiert gern mit sei'm jiddischen Akzent, bei dem einem das Schmalz in der Schüssel erstarrt, aber ich hab mir sagen lassen, daß er privat genauso gut Englisch spricht wie du und ich. Wie können sie behaupten, sie repräsentiern ihre Völker, wenn keiner von beiden den Glauben seines Volkes teilt?«

»Sie sind freundlich, anständig, mitfühlend –«

»Freundlich und anständig! Pah! Das hat doch nix damit zu tun! Am Ende der Zeiten wird es viele falsche Propheten und falsche Religionen geben. Deine falsche Religion, mein Fräulein, is die Kunst. Bei Verlin, hab ich den Veracht, isses der Football. Damit steht er weiß Gott nich allein, das kannst du mir glauben. Über Patsys Religion will ich lieber gar nich spekuliern. Aber die heimtückischste und gefährlichste von allen falschen Religionen ist der weltliche Humanismus. Er is so durchtrieben, so hundsföttisch in seiner Freundlichkeit, in seiner Anständigkeit, daß er nur auf dem Mist des Leibhaftigen persönlich gewachsen sein kann. Okay, und das is genau das, was die beiden Friedensapostel praktiziern, und genau aus dem Grund sind sie den wahrhaft Gläubigen, einschließlich Moslems und Juden, so verdächtig. Ich hab's Boomer gesagt, und ich sag's dir auch, verschwinde aus diesem Heidenpfuhl, kümmre dich um den heiligen Stand deiner Ehe, wie es sich gehört, denn ich kann für deine Sicherheit da nich länger garantiern.«

I & I

Frühe Religionen waren wie schlammige, mit Laub bedeckte Teiche. In ihren Tiefen tummelten sich die Seelenfische, dort fanden sie ihre Nahrung. Doch im Lauf der Zeit verwandelten sich die Religionen in Aquarien. Dann in regelrechte Zuchtbecken. Vom kleinen Fisch zum tiefgefrorenen Filet ist es nur ein Flossenschlag.

Reverend Buddy Winkler hatte recht in bezug auf Spike Cohen und Roland Abu Hadee: Sie zogen keine tumben Kreise in einem religiösen Glaskasten. Tatsache war, daß Spike und Abu den Erfolg ihrer Verbindung direkt auf ihren mangelnden Sinn für formale Gläubigkeit zurückführten. Hätte einer von beiden seine Religion aktiv ausgeübt, wäre es ihnen unmöglich gewesen, Partner oder Freunde zu sein. Dogma und Tradition hätten alle natürlichen Freundschaftsinstinkte abstumpfen lassen.

Es war, als sei Spike und Abu ein heimlicher Blick hinter den Schleier gewährt worden, der ihnen offenbarte, daß organisierte Religion das größte Hindernis auf dem Weg zu

Frieden und Eintracht bildete. Wenn das zutraf, muß es eine allmähliche Offenbarung gewesen sein, denn diese Erkenntnis entfaltete sich langsam und in vielen Etappen, wie ein ihnen kaum bewußter Nebeneffekt ihres gemeinsamen Einsatzes für die Menschlichkeit und ihres Widerstandes gegen alle Doktrinen.

Im besten Fall werden Spike und Abu, wenn der vierte Schleier fällt, besser als die meisten anderen darauf vorbereitet sein, dieser herben Wahrheit ins Auge zu sehen: Religion ist eine der Hauptursachen menschlichen Elends. Sie ist nicht Opium, sondern Zyanid für das Volk.

Natürlich werden die allgegenwärtigen Verteidiger der Religion sich beeilen, auf den *Trost* zu pochen, den sie Kranken, Geschlagenen und Enttäuschten spendet. Mag sein. Aber Gott vertrödelt seine Zeit nicht mit Trostspenden. Wer danach trachtet, das Gesicht des Göttlichen zu erblicken, muß aus dem Aquarium ausbrechen, der Fischzucht entfliehen, wilde Wasserfälle bezwingen, in tiefe Fjorde tauchen. Er muß das Labyrinth des Riffs, die Schatten der Wasserlilien erforschen. Wie beschränkt und welche Beleidigung, sich Gott als gütigen Vater vorzustellen, als einen fernen Manager der Zucht, der uns im »Trost« künstlicher Teiche gefangenhält, wo seine Vertreter keimfreie Flocken industriell hergestellten Futters auf unsere toten Gewässer streuen.

Die Sehnsucht nach dem Göttlichen ist tief im Homo sapiens verwurzelt. (Nach allem, was wir wissen, trifft das auch für Eichhörnchen, Löwenzahn und Diamantringe zu.) Wir nähern uns dem Göttlichen, indem wir unsere Seele öffnen und uns erleuchten lassen. Diese beiden Ziele zu erreichen könnte der Sinn unseres Lebens sein.

Gut und schön. Doch solcherlei Aktivitäten laufen den Bestrebungen von Kommerz und Politik zuwider. Politik ist die Wissenschaft von der Herrschaft, und Menschen, die nach Erweiterung ihres Bewußtseins und Erleuchtung streben, sind für ihre Unbeherrschbarkeit bekannt. Um mithin ihre ureigenen Interessen zu schützen, haben sich Politiker vor langer Zeit die Religion dienstbar gemacht. Könige bestachen Priester mit Land und Schmuck. Gemeinsam legten sie die schattigen Teiche trocken und ersetzten sie durch Zuchtbecken. Die Wände der Becken bestanden aus Ignoranz oder Aberglauben und wurden mittels Angst und Schrecken zusammengehalten. Man nannte diese Becken »Synagogen«, »Kirchen« oder »Moscheen«.

Kaum waren die Becken da, redete man nicht mehr viel von der *Seele.* Statt dessen sprach man jetzt vom *Geist.* Die Seele ist heiß und schwer. Der Geist ist kühl, abstrakt, distanziert. Die Seele steht in Verbindung mit der Erde und ihren Wassern, der Geist dagegen mit dem Himmel und seinen Gasen. Aus den Gasen entspringt das Feuer. Feuerkraft. Jemand hat mal gesagt, Krieg sei die logische Fortsetzung der Politik mit anderen Mitteln. Als die Religion politisiert worden war, konnte man absehen, daß ihre Ausübung früher oder später ebenfalls zum Krieg führen mußte. »Krieg ist die Hölle.« Daher stürzen uns religiöse Überzeugungen kopfüber in die Hölle. Die Geschichte scheint diese Ansicht immer wieder zu belegen. (Jede moderne Religion protzt damit, daß sie und sie allein mit der Gottheit auf du und du steht, und ihre Anhänger waren stets bereit zu sterben – oder zu töten –, um ihre hochtrabenden Behauptungen zu untermauern.)

Natürlich konnte nicht jede verborgene Wasserstelle trokkengelegt werden. Die Seelenfische, die in den wenigen vergessenen Tümpeln blubbernd nach Luft schnappten, wurden »Mystiker« genannt. Sie galten als Außenseiter, exotisch und minderwertig. Wenn sie zuviel herumplanschten, hielt man sie für bedrohlich und versuchte sie auszurotten. Die furchtsamen Flundern in den Becken, die mittlerweile von den süchtigmachenden Geistesflocken psychisch abhängig waren, hatten vergessen, daß sie vor langer Zeit selbst einen Sinn für das Mystische besessen hatten.

Religion ist nichts als institutionalisierter Mystizismus. Der Haken ist nur, *Mystizismus taugt nicht zur Institutionalisierung.* In dem Augenblick, da wir versuchen, den Mystizismus zu organisieren, zerstören wir seine innere Natur. Religion ist also Mystizismus, in dem das Mystische abgetötet wurde. Oder zumindest abgebaut.

Jene, die Zeugen sein werden, wenn der vierte Schleier fällt, sehen möglicherweise deutlich, was Spike Cohen und Roland Abu Hadee nur vage vermuteten: daß Religion nicht nur entzweit und unterdrückt, sondern auch alles Göttliche im Menschen leugnet – daß sie die Seele erstickt.

I & I

Als die Nacht die Türme von St. Patrick's in ihre Bluse steckte, umarmte Buddy Winkler Ellen Cherry nervös und drückte sie fest an sich. »Ich werd für dich beten, Kleines«, rief er und eilte zu einem Treffen mit seinen Juden. »Ich halt dich auf dem laufenden. Und du werd endlich wieder vernünftig, hörst du?«

Völlig geschafft winkte sie ihm nach. Als sie sich umdrehte, war Turn Around Norman verschwunden. Möglich, daß er sich so langsam drehte wie eine Schnecke, aber wenn's darum ging, die Fliege zu machen, war er so schnell wie der Wind. Sie hatte nicht mal mehr Zeit gehabt, ihm etwas in seine Sammelbüchse zu tun.

Gut, dann würde sie eben am nächsten Tag wiederkommen. *Morgen gebe ich ihm zwanzig*, dachte sie. Extravagant, na schön, aber sie hatte das Gefühl, ihn ermutigen zu müssen. Schließlich war er der einzige seiner Art – und soweit sie das beurteilen konnte, gab es außer ihr niemand, der auch nur seine Existenz zur Kenntnis nahm.

Soweit sie das beurteilen konnte. Tatsache war, daß fünf Augenpaare den ganzen Tag auf Turn Around Norman geruht hatten. »Augen« war vielleicht zuviel gesagt. Durch das Gitter über einem Schacht, der zum Keller der Kathedrale führte, war Turn Around Normans Performance von einem merkwürdigen Quintett unbelebter Objekte, die sich im Keller versteckt hielten, ausgiebig und mit größtem Interesse verfolgt worden.

Da war die sinnliche Schneckenmuschel, die Turn Around Norman zusah. Da war der geschmückte Stock. Da waren ein kleiner Silberlöffel, eine zerfranste Herrensocke und ein armseliger Blechhaufen, an dem lose Papierfetzen hingen, die vor langer Zeit den Blechhaufen als eine Dose Schweinefleisch mit Bohnen ausgewiesen hatten.

DER
FÜNFTE
SCHLEIER

Es war einmal, vor langer Zeit, da ging die Wolfsmutter zum Markt und suchte sich eine Tapete aus. Das Muster bestand aus Spiralen und Molekularketten. Die Ränder waren mit Elektronen und abgenagten Knochen gesäumt. Die Wolfsmutter leckte über den Schnürsenkel des Verkäufers und verwandelte ihn in Jade. Das war ihre Anzahlung.

Es war einmal, vor langer Zeit, da kamen ein bemalter Stock und eine Schneckenmuschel nach New York. Die Muschel war warm, schwer und feucht, wie die Erde und das Meer. Der Stock zeigte zum Himmel. Auf seiner Spitze balancierte er Gaskonfigurationen. Obwohl sie eine lange und weite Reise hinter sich hatten, hieß man den bemalten Stock und die Muschel nicht willkommen in New York. Da sie an den Schutz heiliger Orte gewöhnt waren, verbargen sie sich im Keller einer zentral gelegenen Kathedrale. Es war einfach ein Ort, an dem sie ausruhen konnten, während sie überlegten, wie sie den Atlantischen Ozean überqueren sollten. Dennoch sahen sie sich genötigt, darauf hinzuweisen, welch enormen Unterschied die richtige Art von Tapete in diesem Augenblick hätte machen können.

I & I

Es gab in dieser Woche noch zwei weitere Bombendrohungen im I & I. Beide gingen während des Dinners ein, so daß Ellen Cherry nicht direkt davon betroffen war. An der Publicity dagegen konnte auch sie nicht vorbei. Ob sie kam oder ging, stets mußte sie sich an den Kameras der Neugierigen vorbeidrängeln. Wie eine fotoscheue Filmschauspielerin gewöhnte sie sich an, einen Schal und eine dunkle Brille zu tragen, und sah beim Gehen auf ihre Füße, als hätte die Stiftung zum Erhalt der Zehenstummeln ihr ein Forschungsstipendium verliehen. Sie hatte Angst, unter den Demonstranten Buddy zu begegnen. Oder ins Fernsehen zu kommen. Familienkrach war schlimmer als alles andere. Einige Familien schienen ihren eigenen Nahen Osten zu haben. Und was war die Situation im Nahen Osten letztlich anderes als ein außer Rand und Band geratener Familienkrach? *Isaac gegen Ishmael.*

Ihre Eltern riefen sie bei der Arbeit an. »Ich hab zu tun«, schwindelte sie. Die einzigen Gäste im berühmtesten Restaurant von New York waren zwei Tische voll Japaner, die grünes ägyptisches Bier tranken und beim Anblick des *baba ghanoug* in hysterisches Gekicher ausbrachen.

»Wie viele Kneipen gibt's in New York? Zehntausend? Zwanzigtausend? Mehr? Deine Mami sagt ›mehr‹. Und du mußt dir ausgerechnet die aussuchen –«

»Reg dich ab, Daddy, das Schlimmste ist schon vorbei. Es wird keine weiteren Explosionen geben.«

Tatsächlich verging die Woche ohne Gewalttätigkeiten, was beträchtlich schwindende Zuschauerzahlen zur Folge hatte – ein weiteres Beispiel für die begrenzte Aufnahmebereitschaft der Menschen in dieser Metropole. Doch eine Bombe platzte trotzdem. Sie platzte in Ellen Cherrys eigenem Apartment und hätte sie beinahe umgehauen, obgleich sie damit gerechnet hatte. Die »Bombe« war eine Einladung zu Boomer Petways Ausstellung in der Ultima-Sommervell-Galerie.

I & I

Damals, als sie in New York angekommen waren, hatten sie den Truthahn direkt an der Ecke Seventy-third und Broadway geparkt, wo im plüschigen Ansonia-Hotel ein Einzimmerapartment auf sie wartete. Sie wohnten zur Untermiete bei einem Bildhauer, der für drei Jahre nach Florenz gezogen war und seinerseits Untermieter des neuen Kurators für zeitgenössische Kunst im Kunstmuseum von Seattle war, ein Mann, der Ellen Cherrys Talent bewunderte. Dieser Kurator hatte ihnen obendrein ein Empfehlungsschreiben an die bekannte Kunsthändlerin Ultima Sommervell mitgegeben.

Kaum hatten sie sich eingerichtet, das Bett bezogen, die Badewanne geschrubbt und das Küchenregal mit *ramen*, Pizza-Mix, Pabst-Blue-Ribbon-Bier und sechs verschiedenen

Sorten Kakerlakenkiller gefüllt, ging Ellen Cherry los und brachte ihre Dias zur Sommervell-Galerie. Ultima fiel nicht gerade von ihrer Josef-Hoffman-»Sitzmaschine«, war aber immerhin interessiert und versprach, zum Ansonia zu kommen und sich die Bilder selbst anzusehen. Drei Tage später stand sie vor der Tür.

Boomer hatte mittlerweile herausbekommen, daß Schweißereien hauptsächlich in den äußeren Stadtbezirken angesiedelt waren. Da er auf einen Job in Manhattan hoffte, hing er erst mal zu Hause herum und las gerade einen Spionagethriller, als Ultima auftauchte. Sie war so atemlos, daß sie schon glaubten, sie sei zu Fuß heraufgekommen. Doch dann stellte sich heraus, daß sie unten den großen Truthahn entdeckt und dadurch einen ungeheuren Kulturschock erlitten hatte.

»Ach der, den hat Boomer da gemacht«, sagte Ellen Cherry ahnungslos und deutete auf den kräftigen Kerl, der sich, mit T-Shirt, kurzen Sporthosen von der Highschool in Colonial Pines und einer roten Socke bekleidet, auf dem Sofa lümmelte.

»Wirklich? Wirklich, Darling? Oh, *magnifique*!«

Ultima Sommervell war groß, dunkel, hektisch und in den steil ansteigenden Dreißigern. Ihr Gesicht war erdbeerförmig und olivenfarbig, weich und herb zugleich. Sie war schlicht, aber elegant gekleidet und frisiert, die Sorte Frau, die ein Bauhaus-Architekt hätte entwerfen können, mit Ausnahme des Busens, dessen freischwebende Fülle den strengen Formen ihres üppigen Körpers völlig zuwiderlief, das Gleichgewicht störte und einen solch auffallenden Kontrast bildete, daß sie, rein ästhetisch gesprochen, von einer beiderseitigen Brustamputation nur hätte profitieren können. Es war, als habe Gropius sie geschaffen und dann Gaudi erlaubt, die Titten draufzusetzen. In einem näselnden englischen Akzent, der Ellen Cherry an ein Schulmädchen erinnerte, das versucht, Alfred Hitchcock nachzuäffen, unterbrach sie ihre selbstsichere Einschätzung von Ellen Cherrys Gemälden immer wieder, um Boomer über den fahrbaren Vorgel auszuquetschen.

»Was ich letztlich in Ihren Bildern sehe, ist eine schwierige Dichotomie zwischen Illusion und Abstraktion. Energetisch, ja, auch reizvoll, aber wie schon gesagt, äußerst schwierig. Sie typifizieren die nicht unbedingt liebenswerte Verrücktheit in der modernen Kunst, bevor sie schließlich reifte und ein soziales Gewissen entwickelte.« Sie wandte sich an Boomer. »Was wollen Sie mit Ihrem *enormen* silbernen Truthahn ausdrükken, Mr. – äh – Boomer? Er scheint äußerst … äh, polyvalent.«

Obwohl sie der Meinung war, daß der Markt für das, was sie »sozial insignifikantes Bildermachen« nannte, ziemlich tot war, erklärte sich Ultima Sommervell schließlich bereit, Ellen Cherry auf begrenzter Basis zu repräsentieren. Sie wählte drei Bilder aus und verlangte, daß sie in die Galerie geliefert wurden. In ihre Uptown-Galerie, wohlgemerkt, nicht die in SoHo, wo, wie Ellen Cherry wußte, die ganze Action lief. Dann fragte sie Boomer, ob er sie zu einer Spazierfahrt in seinem *»monstre sacré«* einladen würde.

Boomer zwängte sich in seine Jeans und schien keineswegs abgeneigt, ihr den Gefallen zu tun.

Dann waren sie weg, und Ellen Cherry wußte nicht, ob sie traurig, wütend oder froh sein sollte. Sie hatte einen Fuß in der Tür einer bedeutenden Galerie, keine schlechte Leistung für eine unbekannte Künstlerin frisch aus der Provinz. In ihrem Herzen hätte Silvester hoch zwei sein müssen. Aber jetzt war sie eher unglücklich darüber, wie Ultima sich über den Truthahn ausgelassen hatte. Und wie Boomer auf Ultimas Titten gestarrt hatte.

»Wirklich, Darling?« murmelte sie, als Boomer und Ultima im Lift verschwanden. »Oh, *magni*fick!«

Der erste Axthieb traf das eheliche Pflaumenbäumchen, als Boomer seiner Frau erklärte, Ultima werde den Truthahn für ihn verkaufen.

»Ich dachte, es wär *mein* Truthahn. Hast du ihn mir nicht zur Hochzeit geschenkt?«

»Doch, aber du verstehst nicht, was ich sagen will, Honigpfläumchen. Es geht nicht um irgendeinen Gebrauchtwagen-Deal. Ultima will ihn als *Kunst* verkaufen. Und ich bin der Künstler. Ich hab das verdammte Ding gemacht.«

War das nicht süß? Es war Kunst, und er hatte es gemacht. Na ja, okay, Ellen Cherry wollte ihm nicht seine Illusionen rauben. Sie mußte zugeben, daß der Truthahn eine umwerfende Idee gewesen war, und außerdem war ihr klar, daß es ein kleines Vermögen kostete, ihn in dieser Gegend zu parken. Und wenn er sich tatsächlich verkaufen ließ, wurde sie am Gewinn beteiligt und konnte ihre Materialien aufstocken. Also beschloß sie, sich zu freuen.

Die nächsten Holzsplitter flogen, als Boomer anfing, Ultima zu den »Präsentationen« zu begleiten. Zwei- oder dreimal die Woche bot sie den Airstream feil, mit Boomer stets an ihrer Seite. *An ihrem Busen, besser gesagt*, dachte Ellen Cherry und betrachtete ihre eigenen kleinen Ausbuchtungen im Badezimmerspiegel. Da sie schwer den Verdacht hatte, daß da hinter ihrem Rücken aus dem Mustopf genascht wurde, begann sie Boomer im Bett zu testen. Entweder war seine Beziehung zu Ultima wirklich rein geschäftlicher Natur, oder er war ein biologisches Wunder.

Doch dann ging ein Schauer von faulen Pflaumen über der Bumsparade nieder, mit der sie den Verkauf des Rollbratens ans Museum of Modern Art feierten. Ellen Cherry hatte geglaubt, die Sache wäre damit erledigt, Boomer würde die Hälfte des Profits in eine eigene Schweißerei investieren und zu dem Leben zurückkehren, das sie gemeinsam geschmiedet hatten. Aber denkste, denn Boomer – so Ultima – war plötzlich sehr gefragt. Sein Truthahn schlug ein wie eine Bombe, und er selbst wurde andauernd zu irgendwelchen Parties und Vernissagen eingeladen. Eine Zeitlang ging Ellen Cherry mit. Am Anfang war sie sogar dankbar dafür, daß sie sozusagen durch die Hintertür in die New Yorker Kunstszene geschleust wurde, doch dann ging ihr schnell auf, daß es dasselbe war, wie einem Pfau in den Arsch zu kriechen. Sie zog sich zurück.

»Früher, und das ist noch gar nicht lange her«, maulte sie, »zogen Künstler die besten Parties der Welt ab. Wilde, phantastische Orgien. Romantisch. Da gab es die ausgeflipptesten Typen und die geistreichsten Gespräche. Und jetzt sieh dir die Poseurveranstaltungen an, auf die sie uns hier schleifen! Diese Künstler, was für Langweiler! Eitel wie Models und tumb wie Immobilienmakler. Sie kriegen den Mund nicht auf, es sei denn, man redet über Kohle. Oder ihre Karriere. Und kann dir auch nur einer von denen in die Augen sehen? O nein, mein Freund. Sie sind viel zu beschäftigt damit, über deine Schulter zu luren, denn sollte irgendwas Neues am Horizont auftauchen, kriegen sie es garantiert vor dir mit und können es entsprechend ausschlachten.«

»Genau das mag ich an ihnen«, sagte Boomer. »Sie sind nicht die genialen Überflieger, wie ich immer dachte, wenn von berühmten Künstlern die Rede war. Sie sind genauso kleine Lichter wie du und ich.«

»Das war früher ganz anders. Künstler waren was Besonderes. Ein Schlag für sich. Und wie gesagt, das ist noch gar nicht so lange her.«

Zwar war Ellen Cherry von ihrer Einführung in die New Yorker Kunstwelt und der Erkenntnis, daß sie genauso war wie die von Seattle, nur größer, reichlich enttäuscht, doch läßt sich ihre Unzufriedenheit möglicherweise zum Teil auch auf die Tatsache zurückführen, daß ihr Mann auf allen Parties gefeiert und als kreativer Künstler gehandelt wurde, während sie, abgesehen von einem gelegentlichen Liebhaber unbezähmbarer Locken, im großen und ganzen ignoriert wurde.

Boomer ging weiterhin aus. *Vanity Fair* wußte zu berichten, er sei »Ultima Sommervells ständiger Begleiter«. Die Kunstwelt lag ihm zu Füßen. Er war ein willkommener Schuß Gammaglobulin für ihr eifersuchtzerfressenes System. Leute, die es besser hätten wissen müssen, waren entzückt von seinen ungeschliffenen Manieren, seinen Muskeln, seinen Hawaiihemden und der neuen roten Baskenmütze. Wenn Ultima und er in ihrem Lieblingsclub einen Tango hinlegten und Boomer wegen seines lahmen Fußes bizarre kleine Variationen einbaute, war nicht einmal die Fackel der Freiheitsstatue gut genug, um ihm Feuer für seine billigen Stumpen zu geben.

Ellen Cherry hockte derweil im Ansonia, eingehüllt in ihren Glauben an das Einmalige und Schöne, und sie tröstete sich mit ihrem Augenspiel und noch mehr mit der Gewißheit, daß (1) ein Scheck vom Museum of Modern Art ins Haus stand und (2) Boomer sie vorzüglich vögeln würde, wenn er nach Hause kam – obgleich sich dieser Zeitpunkt heimlich, still und leise mehr und mehr in Richtung Sonnenaufgang zu verschieben schien.

Erst an dem Morgen, als Boomer, statt mit ihr zu vögeln, über Kunst reden wollte, begann das große Kettensägenmassaker in ihrem Pflaumenhain.

»Mindestens sechs palästinensische Jugendliche kamen ums Leben, als gestern nach einmonatiger Ruhepause erneut Demonstrationen, Streiks und Proteste in der besetzten West Bank und im Gazastreifen aufflammten und von israelischen Soldaten mit Waffengewalt unterdrückt wurden.

Die seit zwanzig Monaten andauernden Unruhen forderten nach offiziellen israelischen Schätzungen auf seiten der Palästinenser bislang mindestes vierhundert Menschenleben. Etwa eintausend Personen wurden verletzt. Palästinensische Quellen sprechen von sechshundert weiteren Toten und mehreren tausend Verletzten.«

Ellen Cherry hatte den Radiowecker auf drei Uhr morgens gestellt, damit sie aufstehen und sich die Zähne putzen konnte, um Boomer mit einem frischen, nach Minze duftenden Mund zu empfangen, wenn er nach Hause kam. Statt mit Musik unterbrach das Radio ihren Schlaf jedoch mit dem Bericht eines Auslandskorrespondenten aus Jerusalem.

Irgendwie fing sie an, darüber nachzudenken, wieviel Uhr es jetzt wohl in Jerusalem war, ob es dort auch um ihren Mundgeruch besorgte Ehefrauen gab und ob Israelis und Palästinenser wohl verschiedene Sorten Zahnpasta benutzten. Sie fragte sich, ob Jezabel sich die Zähne geputzt hatte an jenem verhängnisvollen Tag, an dem sie »ihr Gesicht schminkte und ihr Haupt schmückte«, bevor sie ans Fenster trat. Eine volle halbe Stunde lag Ellen Cherry da und zerbrach sich den Kopf über all diese Dinge, doch schien die Zeit keine Rolle zu spielen, denn Boomer kreuzte ohnehin erst um Viertel nach fünf auf. Mittlerweile waren die Bakterien in ihre saubere Mundhöhle zurückgekehrt wie Badende nach einem Sommergewitter an den Strand und veranstalteten schale Picknicks.

Boomer kam durch die Tür wie Rodins »Denker« auf Schlittschuhen. Er bewegte sich rasch, fast gleitend, wirkte jedoch nachdenklich und zerstreut. Ellen Cherry wachte auf und wollte schon aufstehen, um sich noch einmal die Zähne zu putzen (bikinibekleidete Mikroben hörten bereits ein fernes Donnergrollen), überlegte es sich jedoch anders, als Boomer zu ihr ins Bett schlüpfte, ohne die Jeans auszuziehen.

Gleichwohl optimistisch, kuschelte sie sich an ihn und fuhr mit den Fingern durch das Haar auf seiner Brust. Seine Haut verströmte solche Schwaden von abgestandenem Tabakqualm, daß selbst der Marlboromann Erstickungsanfälle davon bekommen hätte, aber wenigstens, so tröstete sie sich, stank er nicht nach Ultima Sommervell. Ellen Cherry fing gerade an, seinen Hosenschlitz aufzuknöpfen, als er, an die Decke starrend, fragte: »Wie kommt eigentlich Kunst zustande?«

»Wie meinst du das?«

»Genauso, wie ich es gesagt hab. Wie macht man Kunst?«

»Das müßtest *du* doch wissen. Hast du nicht diesen ›bedeutenden‹ Truthahn geschaffen, den ein berühmtes Museum gekauft, aber noch nicht bezahlt hat?«

»Du weißt genausogut wie ich, daß ich nicht vorhatte, irgendwas Bedeutendes zu schaffen.«

»Die wenigsten Künstler nehmen sich das vor, und wenn doch, geht es meist daneben. Hilf mir doch mal mit diesen Knöpfen, Schatz, ich schaff es nicht allein.«

»Ich krieg das einfach nicht geregelt.«

»Wirst du auch nicht, wenn du deine Hose weiter anbehältst.«

»Wenn Künstler sich nicht vornehmen, ein bedeutendes Kunstwerk zu schaffen, was machen sie dann?«

»Oh, Boomer.« Sie seufzte und ließ seinen Hosenschlitz Hosenschlitz sein. »Vielleicht nehmen sie sich vor, was Bedeutendes zu schaffen, in einem ziemlich allgemeinen Sinn, aber das ist nicht dasselbe, als wenn sie sich vornehmen würden, was Praktisches oder Nützliches zu schaffen, verstehst du? Zum einen ist es mehr ein Spiel als Arbeit. Zum anderen haben sie da gar keine große Wahl. Die Guten machen Kunst, weil sie sie machen *müssen* – obwohl sie wahrscheinlich selbst erst schnallen, warum, wenn sie fertig sind.«

»Aber woher wissen sie, was sie machen sollen?«

»Sie haben eine Vision.«

»Du meinst, es erscheint ihnen, wie im Traum?«

»Nein, nein, so dramatisch ist es nur selten. Paß auf, eigentlich ist es ganz einfach. Wenn es eine Sache gibt, oder eine Szene vielleicht, ein Bild, das du unbedingt sehen willst, das du sehen mußt, das aber in deiner Umwelt nicht existiert, jedenfalls nicht in der Form, wie du es dir vorstellst, dann schaffst du es, damit du es betrachten und um dich haben oder anderen Leuten zeigen kannst, die es sich nicht hätten vorstellen können, weil sie die Realität in einer beschränkteren, vorherbestimmten Art wahrnehmen. Das ist alles, was ein Künstler tut.«

»Du malst Landschaften ...«

»Stimmt, aber Schatz, sie sehen nicht aus wie natürliche Landschaften, und hoffentlich nicht wie Landschaften, die irgendein anderer Maler gemalt hat. Wenn dem so wäre, hätte ich keinen Grund mehr, sie zu malen – außer vielleicht, um Geld zu verdienen oder um auf mich aufmerksam zu machen, und das sind niedrige Motive, die zu flacher Kunst führen. Nicht, daß Künstler nichts mit Geld anfangen könnten. Oder daß wir beiden nicht ein bißchen davon gebrauchen könnten. Was hat Ultima eigentlich dazu gesagt, daß der Scheck noch nicht eingetrudelt ist?«

Boomer schwieg so lange, daß sie schon glaubte, er sei eingeschlafen, doch als sie im milchigen Morgenlicht sein Gesicht betrachtete, sah sie, daß seine Augen so groß waren wie Flipperkugeln. »Woran denkst du?« fragte sie.

»Ach, ich überleg mir bloß, was ich gern mal ausprobieren würde, aber nicht sehen kann, weil Mutter Natur es so nicht auf Lager hat.«

Ein eisiger Wind fuhr durch die Zweige des Pflaumenbäumchens. Woanders hätte man einen solchen Wind vielleicht herbeigesehnt, doch hier war irgendwas faul.

»*Warum*, Boomer?«

Als er ihr endlich gestand, daß Ultima weitere Exemplare seiner Kunst vermarkten wollte, saß halb Manhattan bereits beim Frühstück, und das Land litt unter akutem Pflaumenmangel.

Der Sommeranfang und der Scheck für den Truthahn kamen am gleichen Tag, wenn auch in verschiedenen Kuverts. Der Scheck lenkte die Petways so ab, daß sie vorübergehend sogar das Schwitzen vergaßen.

(An ebendiesem brütendheißen Freitag im Juni hockten die fünf Pilger, nachdem sie im Schneckentempo von 4,2 Meilen pro Nacht über die Rockies geholpert, gestolpert und gepoltert waren, eng aneinandergedrängt im Bau eines Präriehundes und suchten Schutz vor einer Reihe von Tornados, die sich am Horizont emporschraubten wie die Sprungfedern von Blaubarts Matratze. Als der ungeduldige Painted Stick seine Nase herausstreckte, um die Lage zu checken, erfaßte ihn eine dieser Windhosen und hob ihn gut dreihundert Meter in die Luft. Laut Conch Shell, die das Ganze mit angesehen hatte, loderte der Stock vor Wut und verpaßte dem Zyklon ein paar derart unsanfte Rippenstöße, daß dieser ihn auf Armeslänge von der Stelle entfernt absetzte, wo er ihn emporgerissen hatte. Can o' Beans war platt. »Donnerwetter! Wenn der Mr. Sock erwischt hätte, wäre er wahrscheinlich glatt bis nach Panama geflogen!« – »Was zum Teufel wissen Sie schon?« knurrte Dirty Sock.)

Der Truthahn hatte für zweihundertfünfzigtausend Dollar den Besitzer gewechselt. Ultima Sommervell kassierte genau die Hälfte davon (Kunsthändler knöpften ihren Künstlern mittlerweile in aller Regel fünfzig Prozent Kommission ab). Von Boomers Hälfte behielt die Galerie fast vierzig Prozent für Einkommen- und Gewerbesteuern. Blieben noch fünfundsiebzig Riesen. Boomers Mutter mußte ins Altersheim, also steuerte er zwanzigtausend für einen Platz bei. Trotz Ellen Cherrys energischer Einwände spendete er Buddy Winkler fünftausend für irgendein religiöses Projekt, das erst noch genau definiert werden mußte. Dann bezahlte er zur Sicherheit schon mal die Miete für neun Monate im voraus, machte achtzehntausend. Ellen Cherry bekam fünfhundert für Farbe und Leinwand und noch mal fünfhundert für neue Kleider. Die restlichen sechsunddreißigtausend deponierte er in einem Gemeinschaftsfonds des Manufacturer's Hanover Trust. Ein Großteil war für seine neue Schweißerei bestimmt.

Ende Juni hatte jeder Künstler, der es sich leisten konnte, das heißt, jeder Künstler, der zählte, die Stadt verlassen und war nach Woodstock, Provincetown oder an die Küste von Maine geflüchtet. Die Händler zogen sich in die Hamptons zurück. Die Sammler fuhren nach Europa. Es gab keine Künstlerparties und keine Vernissagen mehr. Kunstlos, oder zumindest künstlerlos, stellte New York sich selbst aus, eine kinetische Skulptur aus Taxis, Dunst und Müll. Während der Sommer fortschritt, die Müllberge in den Himmel wuchsen und alle Achselhöhlen dampften, wurde es zusehends schwieriger, geistesgestörte Obdachlose von normalen Bürgern zu unterscheiden, die, an Gestank und Feuchtigkeit verzweifelnd, schreiend durch die Straßen zogen. Die Klimaanlage im Ansonia wütete wie der Geist von Admiral Byrd, doch Ellen Cherry hing schlaff und häufig dem Heulen nahe in einer Ecke.

Eines Morgens war Boomer ausgegangen, angeblich um sich eine zu vermietende Werkstatt anzusehen. Binnen einer halben Stunde war er mit einem Secondhand-Trenchcoat, ein paar Metern undefinierbaren Stoffs und einer Tüte voll Nadeln und Faden wieder da.

»Ich werd was machen«, erklärte er. »Ich will nicht behaupten, daß es Kunst ist, aber es ist was, das ich immer schon mal sehen wollte.«

Er arbeitete täglich, er arbeitete fleißig, er arbeitete fröhlich. Er pfiff dabei vor sich hin, wie Ellen Cherry es immer getan hatte. Getan *hatte*. Denn sie mußte feststellen, daß sie nicht mehr arbeiten konnte. Je mehr sich Boomer auf sein Projekt, seine blöde Näherei versteifte, desto fremder wurden ihr ihre Pinsel. Und er.

»Was ist denn nur los mit dir, Schätzchen?« fragte Patsy.

Ellen Cherry seufzte in den hitzefeuchten Hörer. »Ich weiß auch nicht, Mami. Ich kann nicht malen, ich kann nicht vögeln und bin die ganze Zeit frustriert. Jetzt weiß ich endlich, wie sich Kritiker fühlen müssen.«

Während Ellen Cherry brütete, schuftete Boomer weiter. Er nähte den ganzen Tag, und er nähte die ganze Nacht. Er nähte den ganzen Juli, und er nähte den ganzen August. Er nähte fünfhundert Geheimtaschen in den Trenchcoat, und in jeder Tasche versteckte er eine Botschaft, jede einzelne in einem anderen selbsterfundenen Code. Es war der endgültige Agententrenchcoat, und als Boomer fertig war, grinste er so breit, daß er ein Taschenbuch von Robert Ludlum hätte runterschlucken können, ohne sich auch nur den Gaumen zu kratzen.

Kurz nach dem Labor Day kehrte Ultima Sommervell nach Manhattan zurück, worauf Boomer ihr den Agententrench mit seinen fünfhundert Geheimtaschen und den fünfhundert in fünfhundert verschiedenen Codes verschlüsselten Botschaften zeigte. Ultima fand, daß der Mantel eine ungeheure soziale Polyvalenz besaß. Daß er ein witziger und phantasievoller Kommentar zu den gefährlichen Schuljungenträumen vom Weltpolizisten USA war. Sie deponierte den Mantel in ihrem Tresor und bot Boomer für den nächsten Herbst eine Einzelausstellung an. Sie sollte in ihrer Galerie in SoHo stattfinden, da, wo die Action lief.

Ellen Cherry nahm die große Neuigkeit keineswegs gelassen auf. Tatsächlich machte sie auf dem Absatz kehrt und rauschte aus dem Apartment. Sie ging zur Bank, hob tausend Dollar ab und flog ohne Zahnbürste oder ein Unterhöschen zum Wechseln nach Virginia. Zwei Tage lang weinte sie sich an der Schulter ihrer Mutter aus. Dann kehrte sie, von Patsys Weisheit gestärkt, mit dem festen Vorsatz nach New York zurück, nicht nur Boomers Erfolg zu akzeptieren (so unverdient der auch sein mochte), sondern ihn während des Jahres, das ihm für die Vorbereitung seiner (unverdienten) Ausstellung blieb, auf jede nur erdenkliche Art zu unterstützen.

Bei ihrem überstürzten Abgang hatte sie vergessen, einen Schlüssel einzustecken. Als auf ihr Klopfen hin niemand öffnete, mußte sie Raoul bitten, ihr die Wohnung aufzuschließen. Raoul wußte, daß Boomer seine Zelte abgebrochen hatte, sagte aber nichts. Seine Finger trommelten im Takt eines unhörbaren Rhythmus, und er sah Ellen Cherry nur an, als wüßte er, daß sie ein schmutziges Höschen trug.

Es gab keine Nachricht, keine Adresse, kein gar nichts. Fast ein Monat verging, bis sie erfuhr, daß Boomer ein Loft an der Bowery gemietet und sich einen neuen Ford gekauft hatte. Doch es dauerte nicht annähernd so lange, bis sie feststellte, daß er ihr gemeinsames Bankkonto aufgelöst hatte.

Als er schließlich im Ansonia auftauchte, war er weder verstockt noch trotzig. Er zupfte lediglich zwei- oder dreimal an seiner Baskenmütze, als er ihr mit ruhiger Stimme auseinandersetzte, es täte ihm ja leid, aber ihr guter alter Schweißer habe da ein paar andere Fische an der Angel, die er braten müsse und deren Aroma sie offensichtlich nicht vertrage. Sie konnte ihm nur beipflichten, meinte jedoch, daß sie sich an den Gestank gewöhnen und ihm möglicherweise sogar beim Filetieren zur Hand gehen könnte. »Auch wenn einer davon Ultima heißt?« fragte er. Sie biß sich auf die Lippen und schüttelte den Kopf, fragte aber trotzdem, ob in seiner Pfanne nicht auch noch Platz für sie sei. »Wenn du dein Haar ein bißchen stutzt«, witzelte er. Sie lächelte, biß sich aber weiter auf die Lippen.

In den folgenden Monaten machten sie mehrere halbherzige Versöhnungsversuche. Den Winter über bis ins Frühjahr hinein »verabredeten« sie sich, genossen die physische Präsenz des anderen auf der Tanzfläche oder im Bett, sprachen aber kaum je über ihr Problem. Vielleicht schämte sich Ellen Cherry einfach ihrer Gefühle zu sehr, um sie rauszulassen. Boomer dagegen hatte ein neues Leben begonnen – ein Leben, das eigentlich *sie* hätte führen müssen –, und je mehr er es vor ihr verbarg, desto reizbarer wurde sie. In ihren oberflächlichen Unterhaltungen wurde das Thema Kunst ausgespart, und als sie dann Anfang Mai doch einmal davon anfingen, kam es zu einem erbitterten Streit, der den Verabredungen ein Ende machte, Ellen Cherry auf der Suche nach einem Job ins Isaac & Ishmael's und Boomer zurück in sein Loft auf der Bowery trieb, auf der Suche nach etwas, das ihn so sehr ängstigte (oder verwirrte), daß er es unbedingt an den Hörnern packen mußte. Und nie, nicht ein einziges Mal, verriet er ihr, daß die fünfhundert in fünfhundert verschiedenen Codes abgefaßten Botschaften in den fünfhundert Geheimtaschen alle genau dasselbe verkündeten. Nämlich: »Randolph Petway III liebt Ellen Cherry Charles.«

I & I

Sechs Monate später ...

Ellen Cherry zerriß die Einladung zu Boomer Petways Ausstellung in tausend kleine Fetzen, die sie auf dem Couchtisch niederregnen ließ. Als sie sich dann aufs Sofa warf, um sich so richtig auszuheulen, verwandelte sich die eine Hälfte der Fetzen in Schneeflocken und die andere in Funken. Die Funken schmolzen die Schneeflocken, die Schneeflocken löschten die Funken – und aus der Dynamik ihres Zusammenspiels, dem Dialog zwischen Schneeflocke und Funke, dem Austausch von Energie zwischen dem Prozeß des Schmelzens und dem des Löschens, entstand ein Schnipsel Wolfsmuttertapete.

Der Schnipsel war silbrig weiß wie Birkenrinde, an den Rändern ausgefranst und eingerollt, und wenn ein plötzlicher Windstoß durch die ausgefransten und eingerollten Ränder fuhr, erzeugte er ein Geräusch, das an ein flußab gleitendes Jagdkanu erinnerte, an kämpfende Papierdrachen, an kopulierende Schattenspieler, an einen Magier, der Asse und lebende Tauben aus dem Ärmel zaubert, an eine schwangere Vogelscheuche, die ihre Euter durchs Korn schleift oder, genauer gesagt, an Schleier, die eine Tänzerin von ihrem wirbelnden Körper löst und gekonnt nachlässig auf den Tempelboden wirft.

Weil Ellen Cherry so verzweifelt schluchzte, hörte sie nichts davon, und als sie sich endlich beruhigte und vom Lager ihrer dumpfen Trübsal aufrappelte, hatten sich die lauten Schnipsel wieder in Fetzen einer zerrissenen Einladung zurückverwandelt. Diese sammelte sie auf und trug sie zum Mülleimer unter der Spüle, wo sie sie, ohne hinzusehen, auf eine verdutzte Kreatur am Boden des Sacks warf, als hätte sie unwissentlich die Schirmherrschaft über die Konfettiparade zu Ehren eines Kakerlakenastronauten übernommen: »Ein kleiner Schritt für einen Menschen, ein großer Sprung für die Menschheit, acht hastige Trippelschrittchen für den ersten blinden Passagier auf dem Mond.«

Bei der Arbeit am nächsten Morgen war Ellen Cherrys Kopf ein Klumpen dickflüssiger Lakritze. So rabenschwarz und zäh ging es darin zu, daß Abu und Spike ihr Tennismatch verschoben, um sie im Auge zu behalten. Sie saßen an einem

Ecktisch, schlürften gezuckerten Tee und unterhielten sich über Jerusalem, doch ihre gewohnheitsmäßig wachsamen Augen, unterschiedlich in Farbton und Größe, folgten jeder ihrer Bewegungen. Es bedurfte nicht vieler Bewegungen, um eine Gästeschar zu bedienen, die in ein Schlauchboot gepaßt und darin immer noch Platz für das aufgeblasene Getue eines Diplomaten gefunden hätte.

Es war eine ziemlich harte Woche in und um Jerusalem gewesen, dieser Stadt, die noch nie viel zu lachen gehabt hat, eine harte Woche für Araber und Juden gleichermaßen. Als israelische Truppen mit Gewalt eine nationalistische Studentendemonstration in der West Bank niederschlugen, rächte sich ein palästinensischer Student, indem er einen Brandsatz gegen ein vorbeifahrendes Auto schleuderte, der eine Frau tötete und ihrem Mann sowie drei kleinen Kindern schwere Verbrennungen zufügte. Die jüdischen Siedler in der Umgegend beantworteten den Anschlag mit einer wilden Wandalentour durch ein palästinensisches Flüchtlingslager, das bereits vorher bis hinauf zu seinen brauen Augen im Elend gesteckt hatte.

»Ich glaube, daß es sind die Steine«, sagte Spike. »Sind einfach zu viele Steine im Nahen Osten! Wenn man hat so viele Steine, ist nicht schwer, einen aufzuheben und ihn seinem Nachbarn an den Kopf zu werfen. Früher man hat geschleudert Felsbrocken gegen anderer Leuts Schädel. Heute man wirft mit Molotowcocktails. Bum bum bum. Hat Tradition, dieses ewige Steinewerfen.«

»Von Steinen über Molotowcocktails zu Atombomben. Ja«, stimmte Abu zu, »das ist eine traurige, aber logische Entwicklung. Du weißt ja, die heiligste Stätte in Jerusalem wurde auf dem Moria*felsen* errichtet. Heutzutage nennen wir Araber unser größtes Heiligtum ›*Felsen*dom‹. Und Jesus sagte angeblich über Petrus: ›Auf diesen Felsen will ich meine Kirche bauen.‹ Könnte man daraus schließen, daß wir in religiösen Fragen alle Dickschädel sind?«

»Ojojoj. Bei meiner Seel.«

»Hast du dir je vorgestellt, wie anders die Geschichte dieser Religion hätte verlaufen können, wenn die Hügel bewaldet und grün gewesen wären? Mit etwas Zeit und Mühe kann man ja aus dem Holz eines Baumes eine Waffe schnitzen, aber ein Felsbrocken ist von vornherein eine. Palästina ist ein natürliches Waffenarsenal. Nein, Jerusalem steckt nicht zwischen den Mahlsteinen. Jerusalem ist der Mahlstein *selbst.*«

»Jerusalem sitzt seine Geologie im Nacken, okay. Aber Abu, sag mir: es gibt irgendwo auf der Welt eine schönere Stadt? Sag mir, du wärst nicht voller Freude, wenn du heute morgen spazierengehen könntest in seine Straßen? Ha!«

Abu widersprach ihm nicht. »Das Licht, Spike, erinnerst du dich an das Licht?« Unbewußt fuhr sich Abu über seine leuchtende Nase. »Wir könnten in alle Ewigkeit hier sitzen und über die Steine jammern, aber es ist das goldene Licht von Jerusalem, das uns in seinem Bann hält, das uns immer wieder dorthin zieht. Ah, allein in diesem Glanz zu leben ist eine religiöse Erfahrung. Kein Wunder, daß unsere Brüder da unten durchdrehen. Selbst du und ich sind ein bißchen verrückt nach ihm. Es ist einen Zacken zu intensiv für die Seele.«

Während die Besitzer des I & I sich so die Zeit vertrieben, ging Ellen Cherry trübsinnig ihren Aufgaben nach. Jedes Schmollen, jedes Zucken der Mundwinkel, jeder finstere Blick und jeder Seufzer wurde von den beiden Männern registriert, und als die letzten Gäste gegangen waren, riefen sie Ellen Cherry an ihren Tisch.

»Wissen Sie, *darlink*, wie sich hat vorgestellt die neue Tellerwäscher? ›Unterwassergeschirrspezialist‹! Nu, wo hat man so was schon gehört! Abu hat nicht getraut seine Ohren. Er hat gar nicht geahnt, was er war für eine große Nummer in die Küche. Ha!«

Ellen Cherry entrang sich ein Gelächter, aber es kam so dünn heraus wie aus Milchpulver geschlagene Sahne. Sie setzten sie neben sich, schenkten ihr ein Glas kuweitischen Wein ein und bestanden darauf zu erfahren, warum ihre Aura wie der Kragenrand eines Grubenarbeiters aussah. Sie erzählte ihnen alles.

Ohne viel Federlesen übernahm Spike Cohen die persönliche Verantwortung für ihren Schmerz. Er tätschelte ihr die Hand, tätschelte ihr die Schulter, langte unter den Tisch und tätschelte den Schuh, der von ihrem Fuß baumelte. »Nun, da Sie uns gesagt haben, warum Sie heute machen eine so sauertöpfische Gesicht, will ich Sie wieder bringen zum Lächeln, *darlink*. Ist doch ganz einfach: Sie brauchen Freunde in der Kunstbranche, ich habe Freunde in der Kunstbranche. Okay? Großhandel, Einzelhandel! Ich werde sorgen für eine Galerie, was wird aufhängen Ihre hübsche Bildchen.«

Abu Hadee antwortete nicht ganz so rasch. Doch dann erklärte er: »Ich finde, Sie sehen das alles ganz falsch, meine Liebe. Sie könnten die Ausstellung Ihres Ihnen fremd gewordenen Mannes ruhig in einem etwas positiveren Licht sehen.«

»Aber, Mr. Hadee, das ist nicht gerecht!«

»Wer hat gesagt, daß die Welt gerecht ist, kleines Fräulein? Vielleicht ist der Tod gerecht, aber das Leben bestimmt nicht. Wir müssen Ungerechtigkeit als Beweis für den erhabenen Fluß des Lebens, als kapriziöse Musik des Universums akzeptieren – und trotzdem unsere Pflicht tun …«

»Abu, du hast keine Ahnung. Was für eine Unrecht –«

»Immer langsam, Spike. Was hat Boomers Erfolg oder Mißerfolg mit Ellen Cherrys Kunst zu tun? Entschuldige, aber im Augenblick erinnert sie mich an diese Quengelbrüder – Profisportler und Entertainer sind die schlimmsten –, die den Hals nicht vollkriegen und einem ständig in den Ohren liegen, weil ein anderer in der gleichen Position mehr Geld verdient als sie. Habgier, vermischt mit Größenwahn. Es sollte uns vollkommen egal sein, was die anderen kassieren.«

»Okay, aber es geht doch nicht darum, ob Boomer *mehr* Anerkennung oder eine *bessere* Ausstellung bekommt als ich. Für mich ist weder Anerkennung noch eine Ausstellung in Sicht.«

»Erst letzte Woche haben Sie mir erzählt, daß Sie kaum gemalt haben, seit Sie in New York sind. Vielleicht sollten Sie Ihre Nase weniger in Boomers Angelegenheiten stecken als in Ihre Farbtöpfe. Freuen Sie sich, daß jemand, der Ihnen etwas bedeutet, Erfolg hat. Wenn seine Arbeit zweitklassig ist und diesen Erfolg nicht verdient, dann nehmen Sie das als Inspiration, und machen Sie es besser. Betrachten Sie es als Herausforderung, nicht als Beleidigung. Wie mein Vater immer zu sagen pflegte: ›Mach nicht aus einer Mücke einen Elefanten.‹ Ein kleines Gedicht, nicht? Seien Sie froh! Malen Sie! Malen Sie vielleicht etwas, hinter dem wir diesen elenden Bambus verstecken können. Unser nahöstliches Restaurant sieht aus wie die Hütte, in der Konfuzius seine Glückskekse backte. Szenen aus Jerusalem zum Beispiel.«

Von Cohens Anteilnahme und Hadees Vorwürfen hochgeschaukelt, bekam Ellen Cherry schließlich genügend Schwung, um ihre Karre wieder aus dem Dreck zu ziehen. Sie dankte ihren Brötchengebern, umarmte sie und machte sich auf den Weg zur Fifth Avenue, wo Turn Around Norman, so ihre Vermutung, ihrer sich schwerfällig bessernden Laune zusätzlichen Auftrieb geben würde. Hätte sie sich vorstellen können, wer oder was sich da sonst noch herumtrieb, es wäre unmöglich zu sagen gewesen, in welchem Tempo und in welche Richtung sich ihre wetterwendische Laune gedreht hätte.

Statt dessen fiel ihr beim Anblick der japanischen Restaurants an der Forty-ninth Street wieder ein, daß Wegwerfwindeln von Eskimos erfunden worden waren. Im Ernst. Sie machten sie aus Seetang. *Jemand mit einem guten Seetang-Zulieferer sollte mal einen Windeldienst mit angeschlossener Sushi-Bar eröffnen*, dachte sie. *Braunen Bachling im Angebot zu haben wäre dann nur passend, aber aus Geschmacksgründen sollte man eher zu Gelbschwanzbarbe raten.*

I & I

Spoon war die erste, die sie entdeckte. »Seht mal!« piepste sie. »Seht doch nur! Das ist *sie*!«

»Wo, Miss Spoon?« fragte Can o' Beans. »Wen meinen Sie?«

Der Socken bemerkte sie als nächster. »Also, ich freß 'nen Besen!« rief er aus. »Diesen Heuschober würd ich auf zehn Meilen wiedererkennen.«

»Heu?« fragte Can o' Beans. Dann entdeckte er/sie die munter wippenden Haarrispen in der Menge auf der Fifth Avenue und verstand. »Das kann doch nicht wahr sein!«

staunte er/sie. »Meine Miss Charles, wer hätte das gedacht! Mitten im Menschengewühl von New York City! Habe ich Ihnen je erzählt, wieviel Zeit ich auf Ihrem Küchenregal verbracht habe?«

Die drei Objekte drückten sich gegen das Fenstergitter.

»Sie bleibt stehen«, sagte Spoon. »Ich glaube, sie beobachtet unseren Gentleman.«

»Ich sage lieber unseren Führern Bescheid«, verkündete Can o' Beans, rutschte den Fensterschacht hinab und watschelte eilig davon ins trübe Halbdunkel des Kirchenkellers.

Das Kellergeschoß von St. Patrick's war ebenso verstaubt wie düster und obendrein vollgestopft mit Kartons, aufgerollten Teppichresten, Kohleneimern, Schneeschiebern, Blumenkörben, alten Gesangbüchern, durchgebrannten Sicherungen und wurmstichigen Teilen von Kirchenstühlen. Damit bot es eine Vielzahl von Verstecken für den Fall, daß ein Küster oder sonst jemand hier unten herumschnüffelte, doch bisher war noch niemand aufgetaucht. Alles in allem bildete es einen viel sichereren Unterschlupf als die meisten Scheunen, Silos, Schrottplätze, ausgebrannten Lagerhallen, Schweineställe, Geräteschuppen, Friedhöfe, abgestellten Autos, Schnellstraßenböschungen, Wäldchen, Dickichte, Abzugskanäle und Sümpfe, in denen das Quintett während seines achtzehn Monate dauernden Marsches von den Rocky Mountains zum Atlantik manchmal tagelang Rast gemacht hatte.

Ihr Treck war weit, langsam und gefährlich gewesen und hatte allen das Äußerste abverlangt. Getrieben von der Vision ihrer gemeinsamen Aufgabe im Dritten Tempel von Jerusalem, waren Conch Shell und Painted Stick nicht ein einziges Mal schwach geworden. Reine Neugier hatte die angeschlagene Bohnendose bei der Stange gehalten. Dirty Sock, ausgefranst und durchgescheuert, hielt durch, weil er es für feige hielt zu kneifen. »Ein Gewinner drückt sich nie, und ein Drückeberger gewinnt nie«, sagte er sich gelegentlich, wenn er am liebsten in den nächstbesten Kleidersack der Heilsarmee gesprungen wäre und alles andere vergessen hätte. Dabei war ihm eigentlich gar nicht klar, was er zu gewinnen hatte. Spoon, deren feine Züge verdunkelt und von üblen Kratzern entstellt waren, handelte vor allem aus einem Gefühl der Dankbarkeit heraus, denn die Jungfrau Maria hatte ihre Gebete erhört und Can o' Beans das Leben gerettet.

Für die mehr weltlich Orientierten: Im Grunde war die Rettung im wesentlichen Dirty Sock zu verdanken. Denn schließlich hatte er in den Außenbezirken der kleinen Stadt in Wyoming, an deren entgegengesetztem Ende sie sich von der Bohnendose verabschiedet hatten, die Schweißerei entdeckt. Und bei ihrem Anblick fast beiläufig bemerkt, er habe während seiner Zeit mit Boomer Petway so viel vom Schweißerhandwerk aufgeschnappt, daß er sich durchaus in der Lage sehe, den aufgeplatzten Rand der Dose zu flicken, falls sich ein Weg finde, das erforderliche Gerät rein physisch zu bedienen.

Den ganzen Tag über hielten sich die Objekte in einem verlassenen Hühnerstall versteckt (einem Ort, der nicht nur nach alter Hühnerkacke stank, sondern in dem auch noch das ewige dümmliche Glucksen nachzuhallen schien, das Hühner zum perfekten Stimmvieh für alle möglichen aufstrebenden Demagogen macht) und zerbrachen sich den Kopf. In dieser Nacht machten sie sich, statt nach Osten weiterzuziehen, auf den Rückweg zum Kirchhof, wo sie zu Spoons überströmender Freude Can o' Beans munter und einigermaßen gesund, wenngleich von einem Bataillon wildentschlossener Ameisen bedrängt antrafen. Was für ein Arbeitsethos! Ameisen schlafen nie, vom Träumen gar nicht zu reden. Sie sind die geborenen Workaholics. Ein bekannter Sozialwissenschaftler hat mal demjenigen, der ihm eine faule, arbeitsscheue Ameise brächte, eine Belohnung von zehntausend Dollar versprochen. Und tatsächlich wäre sie jeden Penny wert, denn sie würde den Beweis liefern, daß in unserem unausgesprochenen, verzweifelten Konkurrenzkampf mit den Insekten doch noch Hoffnung für die menschliche Rasse besteht, vor allem für die Japaner.

Auf alle Fälle bespritzte Conch Shell die Ameisen mit Wasser aus einer Pfütze, während Painted Stick Can o' Beans hastig davonzerrte. Dann bugsierten sie ihn/sie durch die dunklen Straßen bis zu der Schweißerei, schlugen ein Fenster ein und kletterten hinein.

Vom Anwerfen des Schweißbrenners bis zur Auswahl der Flußmittel, vom Aneinanderfügen der aufgeplatzten Seiten bis zum Erhitzen der Messinglegierung wußte Boomers verlorener Socken haargenau, was zu tun war – und unter seiner fachmännischen Anleitung erwies sich Painted Stick als (einigermaßen) geschickt genug, es zu tun.

Als sie die Enden aneinandergeschweißt hatten, war die Naht in der Dose stabiler, als sie es im fabrikneuen Zustand je gewesen war. Dirty Sock, auf den nicht nur Boomers Stolz, sondern auch seine Tüchtigkeit abgefärbt hatten bestand darauf, daß sie die Schweißnaht mit der Schmirgelmaschine nachbehandelten und Kerben, Dellen und Beulen bearbeiteten. Diese Operation wurde jedoch bald abgebrochen, weil die Schmirgelmaschine einen Schauer von Funken und Metallsplittern zu sprühen begann, der Spoon zu Tode erschreckte, Dirty Sock in Brand zu stecken drohte und Conch Shell wegen eventuell vorbeikommender Autofahrer in Sorge versetzte.

So begab sich Can o' Beans mit einer rauhen Hochreliefnarbe, die sich senkrecht über seine/ihre ganze Seite zog, in die Welt hinaus. Die ausgebeulte Dose, umflattert von Fetzen des einstigen Etiketts, bot keinen besonders hübschen Anblick. Aber sie war intakt, gesund, frei – und zusammen mit ihren Kameraden auf dem Weg nach Jerusalem. Wenn Glück mit langem Tageslicht gleichzusetzen wäre, dann wäre Can o' Beans der einundzwanzigste Juni gewesen.

»Mr. Sock, lieber Mr. Sock, wie kann ich Ihnen je danken?«

»Vergessen Sie's, Professer. Jetzt sind wir quitt.«

Vom ersten Augenblick an, da die Unbelebten durch das auf Straßenhöhe befindliche Gitter ihres neuen Refugiums gespäht und Turn Around Norman entdeckt hatten, beobachteten sie ihn voller Faszination. Von allen menschlichen Wesen, die sie, jeder für sich oder alle zusammen, je gesehen hatten, war er derjenige, der ihnen am meisten ähnelte. Bislang hatten sie weder ein menschliches Wesen gekannt noch sich vorstellen können, das sich nach etwas richtete, was der Objektzeit so nahekam. Der Mann oder die Frau auf der Straße würden seine Bewegungen, seine im Schneckentempo ausgeführten Pirouetten vielleicht nicht einmal wahrnehmen, doch für die fünf Unbelebten waren sie augenfällig, geläufig und entsprachen obendrein ihrem Zeitgefühl.

So waren ihnen seine Bewegungen zwar irgendwie vertraut, doch der Straßenkünstler selbst war ein Novum für sie. Er faszinierte sie genauso, wie die belebte Keksdose in den frühen Disney-Trickfilmen einst das Interesse menschlicher Kinogänger erweckt hatte. Es war ein auf den Kopf gestellter Anthropomorphismus. Sehr erfrischend.

Da sie während ihrer Odyssee durch das Land keinem einzigen Priester und keiner einzigen Priesterin der Göttin begegnet waren und höchstens eine Handvoll Menschen getroffen hatten, die sich offen zu den Werten der Großen Mutter bekannten – also Zuneigung zu, Respekt vor oder Sorge um die Wälder, Flüsse, Wüsten, Sumpfgebiete und den Mond an den Tag legten –, hatten Conch Shell und besonders Painted Stick ihr Vertrauen in die amerikanische Rasse ziemlich verloren. Deshalb stellte Turn Around Norman, obgleich er rein äußerlich nichts mit den wilden alten Zeiten zu tun hatte, eine solche Ausnahme zu dem dar, was sie als zeitgenössische menschliche Regel betrachteten, daß Muschel und Stock ihm die Ehre ihrer täglichen Aufmerksamkeit erwiesen. Die anderen hingegen flippten bei seinem Anblick fast aus: Sie himmelten ihn an wie picklige Schulmädchen einen Rockstar.

Abgesehen von Seelenverwandtschaft und Unterhaltungswert gab es aber auch ein rein praktisches Interesse an Norman. Die Objekte hatten den äußersten Rand des Kontinents erreicht. Zwischen ihnen und Jerusalem lagen mehr als fünftausend Meilen offener See. Sie konnten sich nicht vorstellen, wie sie ohne fremde Hilfe dem Gewühl von New York City (wo selbst Mitternacht mit weit aufgerissenen Augen dalag) entfliehen und den endlosen Atlantik überqueren sollten. Painted Stick und Conch Shell waren aus der Vergangenheit an menschliche Hilfe gewöhnt, hatten sich stets auf sie verlassen, so wie umgekehrt viele in der Priesterschaft sich auf sie verlassen hatten, und trotz ihrer Enttäuschung über die modernen Amerikaner hielten sie weiter Ausschau nach menschlicher Hilfe. Dieser merkwürdige Vogel, der aussah wie eine Kreuzung zwischen einem Cherubim und einem Teufel und sich gebärdete wie eine Kreuzung aus einem steinernen Götzen und einem Teekessel, war eine riskante Möglichkeit, aber die einzige, die sie hatten.

Doch dann tauchte Ellen Cherry Charles auf.

Im hintersten Winkel des düsteren Kellers der St. Patrick's Cathedral, in der dunkelsten Grotte dieses Riffs aus Marmor und Granit, dieses Atolls, das wohlhabende Fromme erdacht hatten und in dessen steinerner Umwallung Schuld und Sehnsucht mannigfach eingeschlossen lagen; an diesem Plätzchen, so finster und tief, daß kein Gebetsstrahl je dorthin vorgedrungen war, und auch keine Nonne, um heimlich den Boogaloo zu tanzen; in der Geborgenheit weicher Schatten, geschützt vor den messerscharfen Flammen der Votivkerzen und dem Feuerwerk der Blitze, das aufflammte, wenn frisch getraute Ehepaare oder frisch verstorbene Prominente ihren Abgang durch die himmelweiten Portale antraten; dort unten, wo Gottes Ungeziefer, das mit Gewalt aus der Gemeinde ausgeschlossen worden war, sich seiner dumpfigen Gastfreundschaft erfreute; dort in einer alles umfassenden, sozialistischen Finsternis, die die Rechte individueller Farben um »eines höheren Zweckes« willen unterdrückte – dort rückten Painted Stick und Conch Shell zu einer geheimen Besprechung eng aneinander. Oder war es eine Umarmung?

»Was glaubt ihr, was die beiden treiben, wenn sie sich so verdrücken«, hatte Dirty Sock einmal gefragt. »Geht da irgendwas *Himm*-lisches ab, wie sie sagen würden, oder«, und damit grinste er zu Spoon hinüber, »ist es einfach nur S-e-x?«

»Wo ist der Unterschied?« hatte Can o' Beans gefragt.

»Nirgendwo, was Sie betrifft. Sie kennen ja nicht mal Ihr eigenes Geschlecht.«

»Ich habe zufällig beide. Also zwei mehr als Sie, möchte ich behaupten. Im übrigen ist Geschlecht nicht dasselbe wie Sex«, gab er/sie verstimmt zurück.

»Ganz recht, Sock«, flötete der Löffel dazwischen. »Daß Sie rein technisch gesehen mal einen Partner hatten, heißt noch lange nicht, daß Sie Erfahrung in fleischlichen Angelegenheiten haben.«

»Aber Sie, nehme ich an?« hatte Mr. Sock anzüglich grinsend erwidert.

»Ganz gewiß nicht!« protestierte sie, und falls sich dabei irgendeine Erinnerung an Pudding – seine wackelnde Oberfläche, seine aufreizenden Bewegungen –, in ihr regte, so läuterte sie diese auf der Stelle von allen denkbaren erotischen Konnotationen, indem sie erklärte, sie habe der Heiligen Jungfrau gedient und würde sich wohl für das Zölibat entscheiden, wenn sie zu jenen belebten Objekten gehörte, für die eine solche Entscheidung mehr als eine rein akademische Frage wäre.

An diesem Punkt hätte Can o' Beans Dirty Sock natürlich vorhalten können, daß er nur eifersüchtig auf Painted Stick war, doch dann erinnerte er/sie sich daran, daß er/sie in der ewigen Schuld des Stinksockens stand, und verwarf den Gedanken. »Mr. Sock ist nicht bösartig, sondern nur schlecht gelaunt«, sagte er/sie sich, »und während Bösartigkeit ein Ausdruck von Empfindungslosigkeit ist, zeugt schlechte Laune lediglich von Unzufriedenheit.«

Doch um auf die Gegenwart zurückzukommen: Was immer die uralten Fetische in ihrer lichtlosen Ecke auch anstellten, geschützt vom angewinkelten Hundebein eines seit langem erkalteten Heizkessels, Can o' Beans mußte sie stören. Zu aufgeregt, um Diskretion zu wahren, platzte er/sie mit der Neuigkeit heraus, daß sie Mrs. Charles entdeckt hätten, und bat die beiden, auf der Stelle zum Gitter zurückzukommen.

»Ist sie noch da?« rief die Dose, als er/sie näherwackelte.

»O ja«, erwiderte Spoon. »Sie beobachtet ihn. Sie scheint wie in Trance.«

»Das ist sie«, sagte Can o' Beans und deutete mit seinem/ihrem zerquetschten und ausgebeulten Rand in Ellen Cherrys Richtung. »Sie kannte uns alle drei, Miss Spoon sogar sehr intim. Und sie ist Künstlerin, nicht eine von den üblichen orthodoxen jungen Frauen. Wenn wir wirklich das Risiko eingehen müssen, Kontakt zu Menschen aufzunehmen, könnte ich mir keine geeignetere Kandidatin vorstellen als sie. Ich meine, was wissen wir denn schon über den komischen Vogel da drüben?«

»Ist es die auf den Stufen? Die Hübsche mit der traurigen Frisur?«

»Genau. Wir müssen was unternehmen. Wir müssen handeln!« Can o' Beans hüpfte ganz gegen seine sonstige Art von einem Rand auf den anderen, bis die Sauce in seinem/ihrem Inneren zu glucksen begann. »Wir können sie doch nicht einfach gehen lassen.«

»Beruhigen Sie sich, junger Freund. Diese Frau wird wiederkommen. Sie ist fast jeden Tag hier.«

»Was?«

»Wirklich?«

»Kein Witz?«

Conch Shell lachte. »Sie drei haben sich so intensiv mit unserem halbbelebten Herrn beschäftigt, daß Sie Ihre alte Herrin glatt übersehen haben. Sie kommt jeden Nachmittag, spät, etwa um diese Zeit. Sie steht da und starrt ihn fast genauso unentwegt an wie Sie.«

»Es besteht eine Verbindung zwischen den beiden«, sagte Painted Stick. »Ich kann nicht sagen, was es ist, vielleicht nicht mehr als die Kraft, die einen Planeten in die Umlaufbahn um einen Stern zieht. Doch was unsere Weiterreise betrifft, so sehe ich darin ein äußerst günstiges Omen.«

»Ich auch«, stimmte Conch Shell zu. »Die Tatsache, daß sie ein solches Interesse an *ihm* hat, könnte bedeuten, daß sie auch imstande wäre, *uns* zu akzeptieren. Auf alle Fälle wird sie am morgigen Tag wieder hier sein, keine Sorge. Wir haben reichlich Zeit, darüber nachzudenken, was sie für uns tun könnte.«

Die übrigen nickten einhellig. Sie wurden still, drückten sich an das verrußte, rostige Gitter und sahen zu, wie Ellen Cherry Turn Around Norman zusah.

»Wißt ihr was«, flüsterte Spoon nach einer Weile, »sie ist nicht mehr so fröhlich wie früher.«

Conch Shell hatte sich geirrt. Am folgenden Tag war keine Spur von Ellen Cherry zu sehen – und an dem danach auch nicht. Die Bohnendose und der Löffel gerieten in Panik, und Conch Shell mußte ihnen wieder und wieder versichern, daß ihre frühere Herrin ganz sicher wiederkommen würde. Nur Dirty Sock blieb ungerührt. »Ich weiß nicht, wie ihr Verrückten auf die Idee kommen könnt, daß diese Frau so was wie 'ne gute Fee ist, die uns auf 'nem fliegenden Teppich nach Jerusalem befördern wird. Sie ist ein ziemlich durchtriebenes Luder, wenn ihr mich fragt.«

»Sock!«

»Also, Mr. Strumpf ...«

»Na hört mal, sie ist damals einfach verduftet und hat uns in dieser Monsterhöhle zurückgelassen. Wenn wir nicht so'n Schwein gehabt hätten, würde ich jetzt bis zum Bund in der Scheiße stecken. Und im übrigen, mein Löffelchen, wolln wir mal nicht vergessen, was sie in dieser Höhle da getrieben hat!«

»Sie ist eine verheiratete Frau!«

»Oho!« Und in gekünsteltem Falsett fuhr Dirty Sock fort: »Nenn mich Jezabel. O bitte, *bitte*, nenn mich Jezabel.«

»Das ist unfair.« Die Bohnendose runzelte empört die Naht. »Jezabel war eine ehrenwerte Frau.«

»Ach ja? Was hat denn das damit zu tun? Und wenn Miz Charles tatsächlich so eine feine verheiratete Zumpfel ist, warum kommt sie dann jeden Tag her und macht dem Burschen da drüben schöne Augen? Wo ist Boomer Petway, würd ich gern wissen.«

Wie die Mutter einer Schar Lauser mußte Conch Shell die Streithähne trennen, mit dem einen schimpfen und die anderen trösten. Sie versprach ihnen, daß sie Miss Charles bald wiedersehen würden, und deutete an, daß Painted Stick und sie einen Plan schmiedeten, der die frühere Beziehung der Objekte zu dieser Frau zu ihrer aller Vorteil ausnützen würde. »So, und jetzt seien Sie so nett und beziehen Posten am Gitter«, sagte sie.

Es war daher keine Überraschung, als Ellen Cherry tatsächlich, wenn auch erst ein paar Tage später, wieder auf der Treppe von St. Patrick's erschien. Bei ihrem letzten Besuch hatte sie einen Zwanzigdollarschein in Turn Around Normans Sammelbüchse geworfen, was jedoch auf offensichtliche Mißbilligung gestoßen war. Natürlich sagte Norman nichts und machte auch keine Bewegung, doch aus den Augenwinkeln projizierte er deutlichen Tadel und projizierte ihn so scharf, daß Ellen Cherry ihn spürte wie einen Schlag auf das Handgelenk. *Vielleicht habe ich zu lange hier rumgehangen und ihm zuviel Geld gegeben*, dachte sie. *Vielleicht mag er keine Groupies.* Trotzdem war sie erleichtert, daß er sie endlich zur Kenntnis genommen hatte, denn sie glaubte nicht, daß sie ihm vorher je aufgefallen war.

Ein weiterer Grund für ihre Entscheidung, die Fifth Avenue für eine Weile zu boykottieren, war die Angst, Buddy über den Weg zu laufen. Der Prediger war vor kurzem im Fernsehen aufgetreten und hatte das jüngste Blutvergießen in Israel mit den grausamsten Bibelsprüchen kommentiert. Und das derart selbstgefällig, daß es sich anhörte, als seien die Schüsse auf palästinensische Jugendliche gerechtfertigt, unvermeidlich, das Natürlichste von der Welt. Die Vorstellung, daß sich da eine heilige Prophezeiung erfüllte und jeder gläubige Christ darüber jubeln sollte, war ihr widerwärtig, und daher scheute sie die Begegnung mit ihrem sogenannten Verwandten, der solche Ideen verbreitete.

Sie hielt es also aus einer ganzen Reihe von Gründen für besser, ihre Ausflüge in die Forty-ninth Street für wenigstens eine Woche zu unterbrechen, und nahm sich fest vor, genau das zu tun. Vier Tage später jedoch stand sie wieder auf den Treppenstufen von St. Patrick's. Es war zufällig der Abend, an dem Boomers Ausstellung in der Sommervell-Galerie eröffnet werden sollte, und wenn sie sich nicht bei Turn Around Norman ablenken und trösten konnte, war alles möglich. Sie wäre sogar imstande gewesen, sich zu betrinken und zu der Eröffnung zu gehen.

Sich gegen die eisige Novemberkälte wappnend, die Hände in den Manteltaschen, die Beine gespreizt, stand Ellen Cherry da und drehte sich mit Turn Around Norman im Kreis, veränderte ihre Position ebenso unmerklich wie er, doch so, daß er ihr stets den Rücken zukehrte. *Vielleicht ist es am besten, wenn er mich nicht sieht*, dachte sie. *Ich will ihn ja nicht in Verlegenheit bringen.* Des ambivalenten Charmes seiner Gesichtsphysiognomie beraubt – dieses breitgepflügten Mondes, bestreut mit Samen von Nesseln und Narzissen, dieser rosigen Grapefruit, vom Dolch eines Attentäters zerschnitten –, hatte sie nun die Möglichkeit, sich seinen Füßen zu widmen, und konzentrierte sich auf die schmutzigen Turnschuhe, manchmal auf einen einzelnen, manchmal auf beide zusammen, auf ihre Position zueinander und zu einem Riß im Pflaster. Obwohl sich die einzelnen Positionen ständig verschoben, war sie nicht in der Lage, auch nur ein einziges Signal vom Gehirn zum Muskel oder den kleinsten Bruch in seiner skelettalen Erstarrung zu entdecken. Die Turnschuhe waren wie Potentaten aus schmutzigem Eis, die sich auf dem Rücken erhitzter Moleküle im Kreis herumtragen ließen, Passagiere auf einer nicht wahrnehmbaren, subhumanen Drehscheibe.

So unglaublich das Ganze auch war, wer hätte gedacht, daß dies spannende Unterhaltung für ein Mädchen sein könnte, das mit actionreichen Spektakeln auf kleinen und großen Leinwänden groß geworden war – selbst wenn dieses Mädchen jede einzelne Show mit Hilfe ihres Augenspiels transformiert und sich damit zu eigen gemacht hatte. In Wahrheit war nicht das, was Norman tat, so faszinierend, sondern vielmehr die Tatsache, daß er es überhaupt tat. Mit Sicherheit gab es keine Nachfrage nach dem, was er tat, noch weniger wahrscheinlich als nach ihren Bildern. Gelegentlich schien dem einen oder anderen Passanten zu dämmern, daß Norman da etwas aufführte, doch dann schüttelte er höchstens den Kopf, murmelte etwas vor sich hin und ging weiter, lächelnd oder stirnrunzelnd, je nach Temperament. Blieb jemand stehen, dann normalerweise nur, um sich über ihn lustig zu machen. Die schwarzen Jugendlichen, die in derselben Gegend tanzten und dann mit der Mütze herumgingen, hatten angefangen, ihn aufzuziehen. (»Warum tanztde denn so langsam, Fettsack? Wo is'n deine Musik?«) Manchmal stießen sie ihn mit den Fingern oder ungeöffneten Klappmessern ruppig in Rippen oder Bauch. Vielleicht wollten sie ihm seinen Platz auf der Straße streitig machen, vielleicht wußten sie einfach nicht, wie sie sonst auf eine Vorführung reagieren sollten, die so rein, so bar jeder Ambition war, die sie hätten verstehen oder teilen können. Der Mensch neigt dazu, angesichts vorsätzlicher und fortdauernder Akte des Wahnsinns die Fassung zu verlieren, und je sanfter dieser Akt ist, um so verrückter scheint er, als ließen sich Wut und Gewalt, da sie der Norm näher sind, leichter mit ihr in Einklang bringen.

Aber war er wirklich verrückt? Ellen Cherry hatte es nicht eilig, das herauszufinden. Im Augenblick war sie zufrieden mit der Inspiration, die er ihr schenkte, und dem darin verborgenen Trost. *Das*, sagte sie sich, *das und nicht das, was heute abend in Ultima Sommervells Galerie oder in irgendeiner anderen Galerie abgeht, dieses einsame, kompromißlose, besessene Tauziehen mit der scheinbaren Realität, das ist es: darum geht es in der Kunst.*

Der Strom von Passanten und Touristen drohte sie manchmal die Treppe hinab und in die Fänge eines der vielen Geschäftemacher dort unten zu schwemmen; und wenn die Menge von ihr abließ, übernahm der Wind ihre Funktion, denn der November war mit vorwärtsstürmenden Kristalltruppen in Manhattan eingefallen. Dennoch blieb sie stehen, die Hände in den Manteltaschen, die Beine gespreizt, bis sie das Gefühl hatte, daß die Vorstellung jeden Augenblick enden würde, und hastig verschwand, diesmal ohne eine Spende zu hinterlassen. Falls sie ihn tatsächlich mit ihrer Großzügigkeit beleidigt hatte, wollte sie dieser Kränkung den Stachel nehmen. Außerdem konnte sie sich ohne die finanzielle Unterstützung Boomers, der alles in sein Loft und in seine Ausstellung gesteckt hatte, und bei den Trinkgeldern im I & I, die so selten waren wie Perlen in Knallbonbons, Großzügigkeit überhaupt nicht leisten.

Beim Weggehen sorgte sie sich einen Augenblick um seine Gesundheit (er trug jetzt einen Schal und wollene Fäustlinge, aber weder Pullover noch Mantel), sagte sich jedoch, daß er wahrscheinlich schon auf der Straße gestanden hatte, bevor sie ihn kannte, und daß es ziemlich anmaßend war, anzunehmen, sein Überleben könnte in irgendeiner Weise von ihr abhängig sein. Ohne sich noch einmal umzusehen, überquerte sie die Fifth Avenue in Richtung der IRT Station an der Ecke Seventh Avenue und Fiftieth Street.

Als sie im Gestöber von Streusand und Schneeflocken verschwunden war, die sich gegenseitig im Wind aufrieben, wirkten Spoon und Can o' Beans ein wenig bedrückt. »Machen Sie sich nichts daraus«, drängte Conch Shell. »Haben Sie Geduld.«

»Ja, Mr. Can o' Beans«, seufzte Spoon. »Wir sollten wirklich geduldiger sein. Wozu die Eile? Schließlich sind wir Objekte, vergessen Sie das nicht. Außerdem, selbst falls Miss Charles uns helfen kann, nach Jerusalem zu kommen – die letzten Nachrichten, die uns von dort erreichten, berichteten von schweren Auseinandersetzungen.«

»Das war doch vor Wochen, als wir uns noch durch die Außenbezirke kämpften. Die Radios, die hier vorbeikommen, bringen nichts anderes als Rap. Und der klingt immer, als würde jemand ein Reimlexikon in einen Popcornröster stekken.«

»Und sie gleichzeitig beide einem Wachhund in den Arsch schieben«, grunzte Dirty Sock dazwischen.

Unwillkürlich gluckste Can o' Beans in sich hinein.

Spoon ignorierte die rüde Ausdrucksweise. »Nun, ich bin sicher, daß sich an der Gefahr in Israel nichts geändert hat. Ich jedenfalls reiße mich nicht darum, in eine dieser gewalttätigen Demonstrationen zu geraten. Ich kann warten. Wir haben einen weiten, sehr weiten Weg hinter uns, und wie unsere Führer sagen: wir können eine Verschnaufpause gut gebrauchen. Vor allem Sie, Ma'am/Sir.«

»Zweifellos haben Sie recht, Miss Spoon. Alles deutet darauf hin, daß der Dritte Tempel noch nicht mal auf dem Reißbrett existiert, daß noch Jahre, vielleicht Jahrzehnte bis zu seiner Entstehung vergehen können. Und welche Rolle könnten wir schon spielen, wenn wir bei seiner Errichtung anwesend wären? Ihnen, Mr. Sock und mir geht es ja nur um die Reise. Aber auf die würde ich trotz allem ungern verzichten.«

»Wir werden auf gar nichts verzichten, Sie Dummchen. Haben Sie Vertrauen in unsere Führer. Und entspannen Sie sich.«

»Wenn Sie meinen«, sagte die Bohnendose. Dann schob sie ihre deformierte Gestalt näher an das Gitter und sah traurig, sehnsüchtig auf die verstopfte, lärmende Straße hinaus, wo die Dämmerung Ellen Cherry verschluckt hatte.

Can o' Beans wußte etwas, das Spoon nicht wußte. Er/sie wußte, wenn alle Stricke rissen, war Conch Shell imstande, den Atlantischen Ozean schwimmend zu überqueren, notfalls mit ihrem Navigator im Schlepptau. Painted Stick konnte sie schleppen, nicht aber den Rest. Daher gefährdeten sie, die amerikanischen Objekte, die Weiterreise. Der Stock würde den geplanten Aufbruch mit Sicherheit nicht auf unbestimmte Zeit verschieben wollen, deshalb bestand tatsächlich die Möglichkeit, daß sie früher oder später allein in New York zurückbleiben würden. Can o' Beans hatte diese Erfahrung schon einmal gemacht und verspürte nicht die geringste Lust, sie noch einmal zu wiederholen. Deshalb war er/sie traurig.

Nur ein Narr jedoch, ein Geschöpf ohne Vision, wird für solche Fälle keine Eventualpläne entwickeln, und daher hatte Can o' Beans folgendes vor: Sollten sie es nicht schaffen, sich der Hilfe zu versichern, die sie brauchten, um das Meer zu überqueren, sollte er/sie auf Jerusalem und die ungeheuren Ereignisse, die ihnen dort verheißen waren, verzichten müssen, würde er/sie als zweite Wahl, als Entschädigung sozusagen, auf Teufel komm raus versuchen, sich irgendwie in Ellen Cherry Charles' Leben zurückzuschmuggeln. Deshalb war er/sie sehnsüchtig.

I & I

Die U-Bahn spuckte Ellen Cherry auf der gepflasterten Fußmatte einer Bar ganz in der Nähe des Ansonia aus. Da sie das Schicksal nicht beleidigen wollte, das offensichtlich für diesen Zufall verantwortlich zeichnete und den Menschenstrom so gelenkt hatte, daß er sie an dieser und keiner anderen Stelle absetzte, trat sie pflichtbewußt ein und bestellte einen Wild Turkey. Braves Mädchen.

In der Zeit, die sie brauchte, um ihn zu trinken, versuchten drei verschiedene Männer sie anzumachen. Obgleich sie alle drei abblitzen ließ, war sie dankbar für ihre Bemühungen. Sie lenkten ihre Gedanken von der Eröffnung in der Sommervell-Galerie ab und schoben sie auf ein Nebengleis, das nicht ganz so gefährlich war. Nicht ganz.

Sie zwinkerte ihren abgewiesenen Verehrern zu, zahlte und verließ die Bar ohne Begleitung. Am Broadway trat sie in ein bestimmtes Geschäft und tätigte einen bestimmten Einkauf. Fünf Minuten später durchquerte sie mit einer unauffälligen braunen Papiertüte in der Hand die Lobby des Ansonia.

Raoul begrüßte sie. »Hey, Miz Charl! Wieder zurück aus Jerusalem?« Grinsend hob er einen Finger an den Rand seines makellosen Huts.

Ellen Cherry blieb stehen und betrachtete ihn. Raoul ließ sich einen Schnurrbart wachsen. Vereinzelte feine Härchen, dünn und verloren wie afrikanische Rinder, wanderten über die Ebene unter seiner Nase. Sie stellte sich vor, wie sie ihre Lippen berührten, ihre Nippel, ihren kitzeligen Bauch, wie sie sich an der Salzlecke versammelten, die sie zu bieten hatte. Bevor sie sich versah, zog sie ihn mit Blicken aus. Das hatte sie nicht vorgehabt, aber jetzt konnte sie sich einfach nicht mehr bremsen. Und als sie im Geiste den knappen Fruta-del-Telar-Slip von der Erektion befreite, auf der er hing wie ein Geschirrhandtuch an einem Nagel, befürchtete sie, jeden Augenblick in Ohnmacht zu fallen. Ihr Höschen war so naß, als hätte sie auf einer Tomate gesessen.

Gerade als sie sich ihn schnappen wollte, mitsamt »Messing«knöpfen aus Plastik, Filzhut und allem, sagte er: »Hey, ich bin eifersüchtig, Mann.«

Aus ihren Träumen purzelnd, fragte sie mit schwacher Stimme: »Was sagen Sie da?«

»Irgend'n reicher Filmstar hat Ihnen Blumen geschickt, Mann. Ham Sie Geburtstag, oder was?« Er zog einen langen grünen Blumenkarton mit grüner Schleife hinter seinem

Pult hervor. »Kennen Sie diesen Romeo? Mann, bin ich eifersüchtig!«

Ellen Cherry nahm ihm den Karton ab. Mit kaum erkennbaren Bewegungen, nur wenig schneller als Turn Around Norman und gewiß langsamer als Painted Stick, ging sie über den schwarzweiß gekachelten Flur auf den Lift zu und öffnete unterwegs den winzigen Umschlag. Auf der Karte stand: »Für unsere Lieblingskünstlerin«, und die Unterschrift lautete: »Spike Cohen und Roland Abu Hadee«.

Na ja. Sie warf Raoul einen Blick über die Schulter zu. »Danke«, rief sie. Dann tätschelte sie ihren brandneuen Vibrator, der elegant und diensteifrig in seiner Hülle lag, und betrat den Aufzug. Raoul blieb mit einem seiner halbfertigen, kitschigen Verse zurück, denen es zwar an der elfenbeinernen Flamme großer Poesie mangelte, die man aber trotzdem nie wieder loswurde – wie eine Narbe, eine Tätowierung oder das kleine Einmaleins.

Der nächste Morgen ließ sich an wie ein deutscher Luxuswagen. Es war Ellen Cherrys freier Tag, und sie schlief aus. Als sie endlich ganz wach war und der Motor summte, wischte sie den Vibrator mit einem feuchten Waschlappen ab, gab ihm noch einen Kuß auf die Spitze und versteckte ihn in der Schublade, wo ihre Baumwollunterhöschen ein einfaches, aber stolzes Dasein fristeten, ohne jeden Anflug von Neid auf Satin oder Spitze. *»Merci, mon capitaine«*, sagte sie zu dem Vibrator. »Danke für den wunderbaren Abend.«

Dann machte sie sich ein richtiges Frühstück, eins von der Art, wie Gott es den Sterblichen bestimmt hat: Eier und Schinken, Haferflocken und Toast. Die Zeiten der Schokoladen-Doughnuts und kalten Pizzareste zum Frühstück waren vorbei, der ganze Fraß hatte sich auf die Bowery verkrümelt, wo die Dekadenz noch immer einen Parkplatz gefunden hat. Vorbei auch die Zeiten des *leban zabadi*, jenes sahnigen ägyptischen Yoghurts der vergangenen Morgen – doch die Tatsache, daß sie den *leban zabadi* beim Frühstück ausließ, bedeutete, daß sie ihn wahrscheinlich zum Lunch essen würde. Reste aus dem I & I hatten sich als überlebensnotwendig erwiesen. Einmal hatte sie sogar *baba ghanoug* mit nach Hause genommen.

Es war Zeit für ein Bad, und einen Augenblick dachte sie ernsthaft daran, Captain Vibrator dazu einzuladen. »Vielleicht sollte ich warten, bis ich ihn ein bißchen besser kenne«, sagte sie, an die Vase mit Rosen gewandt, die auf dem Frühstückstisch stand. So badete sie statt dessen mit den Rosen. Sie schwammen im Wasser, das ganze Dutzend, rieben ihre samtenen Gesichter an ihr und piekten sie gelegentlich mit einer ihrer langen Dornen. »Akupunktur«, sagte sie. »Genau das, was ich gebraucht habe.« Blütenblätter lösten sich, fielen ab wie Illustriertenseiten über den Lebensstil von Blattläusen, um sich sogleich in den Netzen von Seifenspinnen zu verfangen. Ellen Cherry klebte feuchte Rosenblätter auf ihre Nippel und eins unter ihre Nase wie den Schnurrbart eines Komikers. *»Frühling für Hitler«*, sagte sie. Draußen war es November, und die Margarita-Gläser der Wolkenkratzer trugen Salzränder aus Frost.

Sauber und höchst leger gekleidet, packte sie die ertrunkenen Rosen in Zeitungspapier und warf sie in den Abfall. »Sie hätten es sowieso nicht lang gemacht«, sagte sie sich und trocknete die Hände an ihrem Sweatshirt ab. »Nicht sehr lang jedenfalls. Sie stammten aus dem Gewächshaus. Blumen aus dem Gewächshaus verblühen schnell, genauso wie Kunst aus dem Gewächshaus.« Damit meinte sie Kunst, die im künstlichen Licht von Spleens und Moden heranwuchs, überdüngt mit persönlichen Ambitionen und ferngehalten von allen Wettern, die im harten, steinigen Boden des Glaubens widerstandsfähige Systeme hervorbringen. Vielleicht meinte sie auch die Art Kunst, die in diesem Moment in Ultima Sommervells Galerie zu besichtigen war. Sie führte ihre Theorie nicht weiter aus. Statt dessen stülpte sie den Deckel über die Rosen, verurteilte sie zum Vergessen unter der Spüle und stellte ihre Staffelei auf. Mr. Hadee hatte recht: Es war Zeit, mit dem Jammern aufzuhören und zu handeln.

Seit sie in New York lebte, hatte sie sich von ihren alten Ideen über die Würde des Leidens immer mehr distanziert. Je mehr Leid sie sah – und die New Yorker Kunstwelt war vom Leid geradezu zerfressen –, desto weniger hielt sie davon. Manches Elend war natürlich umweltbedingt, aber die meisten leidenden Künstler waren Narzißten, wie sie mittlerweile zu glauben begann. Narzißtische Künstler schienen vom Leiden geradezu magisch angezogen, sie suhlten sich im Elend, heulten und schrien und brachten dann nicht mal einen anständigen Selbstmord zustande; ihre Verzweiflungsanfälle waren sorgfältig inszeniert (am liebsten in der Öffentlichkeit), um Kritiker und Sammler von der Ernsthaftigkeit ihrer Ästhetik zu überzeugen. In der Vergangenheit war wohl auch sie von der Vorstellung des leidenden Künstlers fasziniert gewesen, in ihrem Inneren aber hatte sie im Künstlerdasein stets mehr ein Privileg als einen Fluch gesehen, und diejenigen, für die das kreative Leben nur Elend bereithielt, forderte sie mittlerweile offen auf, doch in die Gastronomie zu wechseln. Eine Kellnerin, ein Koch wurden immer gebraucht.

Sie stellte das letzte Bild, an dem sie gearbeitet hatte, auf die Staffelei. Es war ein einigermaßen realistisches Porträt von Boomer Petway, vor zwei Wochen nach der Erinnerung begonnen. Impulsiv tauchte sie den Pinsel in die Farbe und malte ihm die lange, ausgerollte Zunge eines Frosches. Dann trat sie zurück und kniff die Augen zusammen. Und sah, daß es gut war.

Außer der Froschzunge, in deren Banderole sie noch eine Fliege setzte, malte Ellen Cherry Boomer noch die schwarze, ungleichmäßige Zunge eines Chow-Chows dazu. Pflanzte die Strohhalmzunge eines Schmetterlings und die gespaltene Zunge einer Boa dazwischen. Die Zunge eines Spechts, pfeilköpfig und spitz; eine Ochsenzunge, muskulös, breit und triefend vor Sabber, und schließlich die scheue, glückliche Zunge, mit der die Delphine Wellen auf die Küste zuschieben. Nach der siebten Zunge hielt sie inne. Und wandte sich den Ohren zu.

Es war nichts Respektloses daran, wie sie das Porträt veränderte. Den Zungen mangelte es an jeglicher psychologischen oder symbolischen Bedeutung. Es war ein malerischer Akt, ein rein visuelles Experiment. »Nimm es nicht persönlich«, sagte sie zu Boomers Porträt. »Ich leiste mir nur einen kleinen Spaß.«

»Warum bist du gestern abend nicht zu meiner Eröffnung gekommen?« gab Boomers Porträt zurück.

Natürlich sprach das Bild nicht wirklich. Trotz seiner sieben Zungen blieb es stumm, wie alle Bilder. Ellen Cherry war jedoch so sicher, daß Boomer ihr diese Frage stellen würde, vielleicht noch bevor der Tag zu Ende ging, daß ihr Unterbewußtsein dem Bild die Worte förmlich in den Mund legte.

Die Frage hatte einen vorwurfsvollen Unterton. Als sie sie hörte oder *glaubte*, sie gehört zu haben, konnte sie nicht weitermalen. Sie legte ihren Pinsel weg. Viel *leban zabadi* sollte den Nil hinabfließen, ehe sie ihn wieder zur Hand nehmen würde.

In der Lobby des Ansonia gab es ein öffentliches Telefon. Um sich ihre Unabhängigkeit von Patsy zu beweisen, hatte die frischverheiratete Ellen Cherry beschlossen, kein eigenes Telefon zu installieren, als sie und ihr Bräutigam das Apartment bezogen, und jetzt konnte sie sich keines mehr leisten. Also ging sie jetzt zu diesem öffentlichen Telefon hinunter, mit einer wappentiergeschmückten Münze bewaffnet. Sie trug noch ihre Malerklamotten, farbverschmiert und ausgebeult. *Gott sei Dank hat Raoul noch nicht angefangen zu arbeiten*, dachte sie.

Boomer klang schlaftrunken. Wahrscheinlich lag er noch im Bett. Ihre Uhr zeigte halb eins, aber es war sicher eine anstrengende Nacht gewesen. Sie fragte sich, ob Ultima neben ihm lag.

»Ich bin's«, sagte sie. »Ich wollte nur sagen, tut mir leid, daß ich nicht zur Eröffnung kommen konnte.«

»Macht nix«, sagte er. »Hab sowieso nicht mit dir gerechnet.«

»Wirklich nicht?«

»Nein.«

»Wieso nicht?«

»Weil ... ach, laß uns über was anderes reden.«

Er klingt komisch, dachte sie. *Komisch und kalt. Schlimmer als nur verkatert.* Ob seine Show ein Reinfall war? Es hätte sie nicht überrascht. Er war schon lange nicht mehr ganz dicht im Kopf, darüber konnte nicht mal die Baskenmütze hinwegtäuschen. »Warum sollten wir nicht drüber reden?«

»Warum sollten wir über irgendwas reden, was wichtig ist? Was unsere guten Beziehungen stören könnte?«

Sie war betroffen. »Du spinnst! Wir haben immer geredet.«

»Quatsch, Ellen Cherry. Wir haben nie geredet. Wir haben Witze gemacht. Witze machen ist nicht reden.«

Sie wollte Einspruch erheben, doch fiel ihr kein Beweis ein, der ihn hätte untermauern können. Während sie sich zu erinnern versuchte, wann sie sich das letzte Mal wirklich richtig unterhalten hatten, platzte er plötzlich los. »Weißt du, warum wir nie geredet haben? Weil du immer gemeint hast, mit mir *könnte* man nicht reden. Jedenfalls nicht auf deinem Niveau. Nicht über Kunst. Ich hatte keine Ahnung von Kunst. Ich hab mir nichts aus Kunst gemacht, ich hab keinen Pfifferling dafür gegeben. Und das hat mich in deinen Augen herabgesetzt, verstehst du; ich war so eine Art Bürger zweiter Klasse für dich wie all die anderen Blödmänner in Colonial Pines ...«

»Nein! Du warst anders. Und ich habe dich geliebt.«

»Du hast mich nie geliebt. Du nicht. Du hast ein bißchen rechts von mir und ein bißchen links von mir geliebt. Über mir, unter mir, und vielleicht auch irgendwo hinter meinem Rücken. Aber du hast nicht *mich* geliebt. Meinen Bizeps, ja, und meinen großen alten Schweißerpimmel, und die Art, wie ich tanze, weil ich freier und lockerer war als du. Das hast du geliebt, Teufel noch mal! Dir hat gefallen, daß ich mich gehen lassen konnte, denn der einzige Ort, wo *du* deine Hemmungen vergißt, ist vor der Staffelei. In der Kunst bist du frei. Ansonsten bist du verklemmt wie'n Kerzenhalter am Christbaum.«

»Hey, Moment mal, Bürschchen. Ich wußte ja gar nicht, daß du so locker bist. Es gibt 'ne Menge Sachen, die du nicht gebracht hast. Du wolltest mich zum Beispiel nicht Jezabel nennen.«

Boomer zögerte. Dann senkte er die Stimme. »Das ist was ganz anderes, hörst du?«

»Ja, nicht wahr?«

»Jawohl!«

»Was ganz anderes.«

»Das kannst du laut sagen.«

Aber sie sagte es nicht laut. Eine Zeitlang sagte sie überhaupt nichts mehr, und er auch nicht. Dann fingen plötzlich beide im gleichen Augenblick an:

»Das Schlimme an dir –« sagte sie.

»Das Schlimme an dir –« meinte er. Da seine Stimme kräftiger war, bekam sie die Vorfahrt eingeräumt. »– ist, daß du dich nur über deine verdammte Kunst ausdrücken kannst. Du hast nie gelernt, einem Mann deine Gefühle mitzuteilen. Du *willst* überhaupt keine Kommunikation in einer Beziehung. Du glaubst, wenn du dich auf die Liebe einläßt, könntest du deine Unabhängigkeit oder den Ausdruck deiner Persönlichkeit oder deiner Kreativität verlieren, oder wie auch immer du diese leidenschaftliche, wunderbare Sache nennen willst, die dir das Gefühl gibt, lebendig zu sein. Patsy hat mich gewarnt, daß du nie Kinder haben wollen würdest, weil sie dir die Kraft für deine Bilder nähmen –«

»Meine Mama hat nie –«

»O doch, hat sie wohl! Du sagst, du liebst mich, und vielleicht tust du es sogar auf irgendeine ausgeklinkte Art, aber du liebst mich nicht um meinetwillen. Das hast du nie getan. Als ich bloß ein gewöhnlicher Schweißer war, hast du auf mich herabgesehen. Du hast mich eigentlich nie richtig gewollt, erst als du dachtest, du könntest mich nicht haben, als du merktest, daß ich die Leiter raufkletterte, die deiner Meinung nach an *deiner* Wand lehnte. Wenn ich zu meinem Schweißerleben zurückkehrte, Ellen Cherry, wenn ich wieder nach Uptown ziehen würde, fändest du mich keine zwei Tage mehr aufregend. Denn nachdem du deine Orgasmen gehabt hast, müßtest du eine Beziehung haben, und das ist eine Sache, die dich allerhöchstens am Rande interessiert. Du kannst überhaupt nicht mit einem Mann verheiratet sein, denn du bist schon mit deiner Kunst verheiratet.«

Jetzt war sie dran, aber sie hatte nicht die Kraft zu einem richtigen Gegenangriff. Leise, mit einstudierter Überzeugung, sagte sie: »Die Kunst ist der einzige Bereich, in dem man gewinnen kann.«

»Vielleicht ist es der einzige Bereich, in dem *du* gewinnen kannst. Ich glaube, daß wir verdammt noch mal überall gewinnen können, wenn wir es nur versuchen!«

»Das Schlimme an dir, Boomer –«

»Ja los, mach schon, sag mir, was so schlimm an mir ist.«

»Du glaubst, die Welt ist eine *piñata*. Du lebst in der Vorstellung, wenn du immer wieder draufhaust und neuen Anlauf nimmst und noch mal draufhaust, dann platzt sie eines Tages auf, und alle Preise rollen dir vor die Füße.«

Er dachte einen Augenblick darüber nach. Dann sagte er: »Na ja, schlecht lief es gestern abend nicht gerade.«

»Oh?«

»Hab alles verkauft, bis auf ein Stück. Und wenn ich mir die Mühe machen würde, damit wohin zu fahren, wäre es auch weg.«

Ellen Cherry bekam vor Schreck Puddingknie. Sie mußte sich an die Wand lehnen. »Also ... also ... das ist ja enorm, Boomer. Muß ja wirklich ... toll für dich gewesen sein.«

»Es war ganz nett. Überhaupt nichts Großartiges eigentlich. Es wär besser gewesen, wenn du gekommen wärst. Ich meine, ich hab gedacht, du würdest vielleicht vorbeikommen. Ich weiß, wie eifersüchtig und verbittert du bist, und ich mach dir keine Vorwürfe. Du weißt tausendmal besser über Kunst Bescheid als ich. Aber ich hab gelernt, daß es gar nicht so drauf ankommt, viel zu wissen. Du machst ganz einfach das, was du gern sehen würdest, stimmt's? Es ist ein Spiel, stimmt's? Als würde man fürs Träumen auch noch bezahlt.« Er lachte. »Ich fühl mich wie ein Geheimagent. Wie'n Maulwurf im Haus der Kunst. Jedenfalls hab ich das alles nur angefangen, weil ich dich verstehn und deinen Respekt verdienen wollte, Ellen Cherry. Und dann wollt ich wahrscheinlich besser sein als du, weil du immer so gottverdammt *überheblich* getan hast. Aber jetzt weiß ich auch nicht mehr weiter. Das Ganze ist mir irgendwie eine Nummer zu groß geworden. Vielleicht hat's mich ja richtig gepackt, obwohl ich manchmal ein schlechtes Gewissen habe. Wegen dir – und wegen der Leute, die einen Trottel wie mich ernst nehmen, und außerdem, weil es so viel Spaß macht. Es ist geil, es ist Wahnsinn. Aber das spielt keine Rolle. Es hat mir was ausgemacht, daß du nicht zur Eröffnung gekommen bist. Schätze, das ist der Grund, warum ich heute morgen so neben der Spur bin. Ist es eigentlich noch Morgen?«

Sie schwiegen mehrere Minuten. Dann meldete sich eine unpersönliche Stimme in der Leitung und forderte Ellen Cherry auf, Münzen nachzuwerfen. Als der letzte Nickel gefallen war, mit einem hohlen und trotzdem wohlklingenden Klimpern, wie wenn ein Roboter einen Nierenstein ausscheidet, fragte Boomer: »Was denkst du?«

»Weiß nicht. Und du?«

»Ach, ich dachte nur, was ich gerade gesagt hab, mußte wahrscheinlich mal gesagt werden, aber inzwischen glaub ich, Witze machen ist vielleicht doch nicht so schlecht.«

Sie lächelte auf eine Art, die ihm unten in der Bowery, am anderen Ende der Leitung, bewußt werden ließ, daß sie lächelte. Es gibt ein Lächeln, das tatsächlich durch eine Telefonleitung schlüpfen kann, obgleich kein Techniker der Telefongesellschaft erklären könnte, wie das gehen soll.

Boomer beantwortete das Lächeln. »Die Leute nehmen die Kunst einfach zu ernst. Hab ich das schon gesagt? Aber weißt du, sie nehmen auch ihre Beziehungen zu ernst. Bei mir war es meistens so. Bei dir auch. Und heut morgen geht es wahrscheinlich uns beiden so.«

»Scheint, als hätte ich das alles gewußt und dann wieder vergessen. Wie ein eigentlich guter Schwimmer, der eines Tages von einer Welle überrascht wird und ertrinkt.«

»Zuerst verkrampft man sich, und dann säuft man ab. Kann jedem passieren. Wenn die Liebe einem auf den Magen schlägt …«

»Die Leute neigen dazu, *alles* viel zu ernst zu nehmen. Vor allem sich selbst.«

»Genau. Und deshalb sind sie wahrscheinlich die meiste Zeit so ängstlich und verletzt. Das Leben ist einfach zu ernst, um es derart ernst zu nehmen.«

Noch ein Lächeln kroch auf schmerzhaft gekrümmten Beinen durch die Leitung. »Ich möchte mir deine Ausstellung ansehen. Wirklich. Ich werde kommen. Sobald ich den Nerv dazu habe. Vielleicht können wir uns dann zusammensetzen und ein paar Witze machen.«

»In Ordnung«, sagte er. »Machen wir. Ich melde mich, sobald ich aus Jerusalem zurück bin.«

I & I

Jerusalem. Jeru Salaam. »Stadt des Friedens.« Das einzig Lustige daran war sein Name. Siebenunddreißig Kriege (nicht Schlachten, sondern Kriege) waren darum geführt worden. Siebzehn verschiedene Eroberer hatten es siebzehnmal in Schutt und Asche gelegt. Jedesmal wurde es wieder aufgebaut – und jedesmal erneut belagert.

Jerusalem. Ein öder, hügeliger, provinzieller Boxenstopp auf der windigen Straße ins Nichts. Es hatte weder einen Hafen noch strategisch bedeutsame Festungen noch ein fruchtbares Hinterland. Keine Bäume, die man hätte fällen, keine Fische, die man hätte fangen, kein Erz, das man hätte fördern können, und kaum mehr als eine Handvoll Disteln für das Vieh. Ein Ort, der so gut wie nichts zu bieten hatte und nach dem doch seit mehr als dreitausend Jahren alle begehrlich die Hand ausstreckten.

Jerusalem. Jeru Salaam. Entstanden aus reinem Geist, getränkt mit vergossenem Blut. Ein goldener Schrein, unablässig geschwärzt von Brand und Schlachten, nur um dann von frommen Knien und Schriftrollen mit traumhaften Prophezeiungen wieder auf Hochglanz poliert zu werden. Jerusalem. Als sie das Geschrei seiner Kinder nicht länger ertragen konnten, wurden auf der ganzen Welt die Steine taub.

Jerusalem. Eine mystische Metropole mit sieben magischen Toren. Wenige haben sie betreten, keiner hat sie vergessen. Zentrum des Todes und Sitz der Unsterblichkeit zugleich. Nabe am Rad der Pilgerschaft. Brennpunkt allen aufgefangenen Sternenlichts. Fleckiger Spiegel des Himmels auf Erden. Sprungbrett in die Ewigkeit. Die Stadt, die sich von keiner Logik in die Knie zwingen ließ. Die Stadt unter allen Städten, der Wiederkehr und Erlösung verheißen sind. Man munkelt, nicht nur Christus, sondern auch der Messias hätte Eintrittskarten. Jeru Salaam.

Was Boomer Petway anging, so war Jerusalem in der Sonntagsschule gegründet worden und wurde in den Sechsuhrnachrichten aufgepäppelt. Jedenfalls war es kein Ort, den man tatsächlich besuchte. Es war nicht einmal ein Ort, über den man sich unterhielt, es sei denn, man war ein religiöser oder politischer Fanatiker (was mehr und mehr zur selben Sache wurde). Trotzdem hörte er sich jetzt sagen, daß er dorthin fliegen würde, und obwohl eine solche Reise ihm noch unwirklicher erschien als sein Erfolg in der Kunstwelt, mußte er einräumen, daß es wahrscheinlich stimmte.

Sein ganzes Erwachsenenleben lang hatte Boomer die Pappröhren aus Klopapierrollen gesammelt. Er wußte selbst nicht recht, warum. Man hatte ihm die Dinger zum Spielen gegeben, als er klein war, und eine gewisse Affinität schien sich bis heute gehalten zu haben. Jedenfalls stapelten sich auf dem Dachboden seines Bungalows in Colonial Pines alte Klopapierrollen aus mehr als zehn Jahren, und als er anfing, Kunst zu machen, fuhr er runter nach Virginia und lud sie in seinen Lieferwagen. Es waren Hunderte. Er besprühte sie mit schwarzem Acryllack. Als sie trocken waren, schichtete er sie wie Hölzer zusammen und baute eine Art Blockhütte, eins fünfzig breit und zwei Meter hoch. In dieses Bauwerk setzte er eine lebende Krähe. Das Tier erhielt eine Stange aus Klopapierrollen (schwarz, wie die anderen), einen schwarzen Wasserbehälter aus Plastik und eine schwarze Keramikschale, die mit einer dunklen Sorte Sonnenblumenkerne gefüllt war. Diese Installation stand in seiner Ausstellung unter dem Titel *Ministerium für Verdeckte Operationen.*

Ein Kurator des Israel-Museums in Westjerusalems Givat Ram war dermaßen davon angetan, daß er ein Angebot machte. Die Israelis würden es kaufen, unter der Bedingung, daß Boomer es nach Jerusalem begleitete und es rechtzeitig für eine Ausstellung wieder zusammensetzte, die sich mit dem Thema der nationalen Sicherheit aus der Sicht von Künstlern beschäftigte. Die Ausstellung sollte in weniger als zwei Wochen beginnen.

Ultima war davon sehr angetan, obgleich es bedeutete, daß das Kunstwerk vorzeitig aus ihrer Galerie verschwinden mußte. Boomer, der noch nicht ganz davon überzeugt war, daß Jerusalem tatsächlich existierte, sagte, er würde es sich überlegen. Und erst als er hörte, wie er Ellen Cherry von seiner Reise erzählte, merkte er, daß er bereits entschlossen war, sich dem Druck seiner ehemaligen Frau, seiner Galeristin und seines plötzlichen Ruhms zu entziehen und mit seiner Fracht aus Klopapierrollen und einer streitsüchtigen zahmen Krähe in diese verwirrende Stadt zu fliegen, die hier nacheinander als *Auge, Nabel, Stimme* und *Arschloch* der Welt bezeichnet wurde.

Mitte November startete Boomer vom JFK-Airport aus, in der Absicht, spätestens zu Thanksgiving zurück zu sein. Zwischen Jeans, Boxershorts, Hawaiihemden und zueinander passenden Socken in seiner hastig gepackten Reisetasche quetschte sich auch ein einzelner roter Strumpf, der, hätte er für Boomer nicht einen zweifelhaften sentimentalen Wert besessen, schon längst in der Mülltonne gelandet wäre. So aber wollte es eine Fügung des perversen Schicksals, daß Clean Sock – Clean Sock! – die Reise nach Jerusalem antrat.

Hätte sein seit langem verschwundener Zwillingsbruder Kenntnis von dieser Sachlage erlangt, wären wohl die vulgärsten Flüche aus dem Keller der St. Patrick's Cathedral aufgestiegen, und Dirty Sock wäre von einem Ende dieser Behausung, die in seinen Augen kaum weniger trostlos und bedrückend war als das Innere einer x-beliebigen Wäscheschublade, ans andere getigert und hätte sich selbst in den Arsch getreten.

So hatte es schon einiges für sich, daß Dirty Sock nichts davon ahnte. Er lag zusammengerollt und faul vor dem Gitter, wartete in aller Unschuld auf die Rückkehr von Turn Around Norman und schenkte Can o' Beans, der/die vor Spoon auf seine/ihre Art über die mögliche Größe, Form und Bedeutung des Dritten Tempels von Jerusalem spekulierte, nur wenig Aufmerksamkeit.

Der einzige von den sieben Zwergen, der sich rasierte, war der kleinste. Das sollte uns etwas über die Weisheit des Rasierens verraten.

Wenn Can o' Beans ein Mann gewesen wäre, hätte er/sie wahrscheinlich einen Bart gehabt. Zumindest wäre es nicht abwegig anzunehmen, daß er/sie einen gepflegten Spitzbart oder etwas ähnlich Altertümliches getragen hätte, dazu vielleicht einen weißen Anzug, an den Ärmeln abgewetzt und speckig, und daß er/sie sich beim Gehen auf einen Stock mit einem Adlerknauf gestützt hätte. Man stelle sich vor, wie er/sie vor dem Kaminfeuer in der Bibliothek des Explorer's Club säße und nachdenklich einen Cognacschwenker in der Hand drehte.

Vielleicht ist diese Phantasie viel zu beschränkt, viel zu simpel gestrickt, um einer so komplexen Gestalt gerecht zu werden, aber sei's drum. Tatsache war, daß Gesichtsbehaarung und die zwergenmäßige Entfernung derselben für unser Gefäß überhaupt kein Thema waren. Es versuchte so würdevoll wie möglich die Reste seines Etiketts zu schützen, während es auf einem rußgeschwärzten Gesangbuch hockte, das wiederum auf einem umgedrehten Kohleneimer lag, und bemühte sich, sich über dem verrückten Walzer des hereinbrandenden Verkehrslärms, dessen hektische Crescendos durch das Gitter hupten und kreischten, Gehör zu verschaffen. Dennoch hätte der Dessertlöffel, der zu seinen Füßen lag, nicht aufmerksamer sein können, wenn Can o' Beans von Zeit zu Zeit die Hand gehoben hätte, um sich über seinen vorbildlichen Schnurrbart zu fahren.

Spoon zuliebe hatte Can o' Beans soeben noch einmal alle Informationen über den Ersten Tempel – Salomons (oder Hirams) Tempel – zusammengefaßt, die ihnen an jenem durchzitterten, düsteren Tag nach ihrer Feuerprobe in den Bergen von Wyoming zuteil geworden waren. Jetzt referierte er/sie laut, was sie auf sein/ihr Drängen hin während einer Siesta in einem Fossilienbett im Nordwesten Nebraskas über den Zweiten Tempel – Herodes' Tempel – erfahren hatten.

»Ich schlage vor, wir werden uns erst mal über die Daten klar«, sagte Can o' Beans. »Salomons Tempel wurde 586 v.

Chr. zerstört, stimmt's? Der Zweite Tempel, ein mehr oder weniger ordinärer Ersatz, wurde 515 v. Chr. zusammengezimmert. Das würde bedeuten, daß Jerusalem, warten Sie, einundsiebzig Jahre lang überhaupt keinen Tempel hatte. Natürlich waren die meisten Juden während dieser Periode im babylonischen Exil, so daß es eigentlich keinen Grund für einen Tempel in Jerusalem gab. Doch um 515 – sind Sie nicht froh, Miss Spoon, daß unbelebte Objekte nicht der Geschichte unterworfen sind? Jedenfalls keiner, die uns zwingt, Jahreszahlen auswendig zu lernen. Wir sind doch besser dran, als wir glauben. Keine historischen Daten, keine gewöhnliche Erkältung, keine Einkommensteuer, keine gequetschten Zehen, Zahnschmerzen, Schuppen, Herpes, Mundgeruch, Sodbrennen oder Körperbehaarung. Vor allem Körperbehaarung. Igitt! Obwohl, mit einem schneidigen Ziegenbärtchen könnte ich mich anfreunden.«

»Trockenfäule«, grunzte Dirty Sock.

»Wie bitte?«

»Dafür haben die Menschen keine Probleme mit Trockenfäule. Oder Rost.«

»Oh, da bin ich mir nicht so sicher«, wandte Can o' Beans ein. »Erinnern Sie sich noch an die alten Republikaner, die wir bei dieser Kundgebung in Iowa gesehen haben?« Spoon kicherte. »Aber sagen Sie, Mr. Sock«, fuhr die Dose fort, »wissen Sie zufällig noch das Datum, zu dem König Herodes den Zweiten Tempel erneuert haben soll?«

»Na klar. Anno einundzwanzig vor Christus hat der alte Knabe den Kasten auf Vordermann gebracht.« Dirty Sock wälzte sich herum und konzentrierte sich wieder auf die Straße, während Can o' Beans und Miss Spoon leicht verwunderte Blicke wechselten.

Erst während des babylonischen Exils kriegten die Patriarchen ihr monotheistisches Weltbild endlich auf die Reihe. In all den Jahrhunderten, die vorbeigerauscht waren, seit der Stamm Abrahams die politische Entscheidung traf, seine lokale Stammesgottheit Jahwe zum einen und einzigen Gott des Kosmos hochzupushen, hatten Judäa und Israel die Große

Mutter weiter verehrt. Die alten Juden liebten die Göttin, liebten sie wohl und weislich, und selbst als sie endlich einwilligten, Jahwe zu akzeptieren, bewahrten sie ihr einen heiligen Schrein – in ihren Tempeln und in ihren Herzen. Astarte oder Ashtoreth, wie sie genannt wurde, herrschte im Ersten Tempel von Jerusalem zusammen mit Jahwe und gelegentlich auch an seiner Statt – eine Konstellation, die den Frauenfeinden der jahwistischen Rechten schon lange ein Dorn im Auge war.

In der babylonischen Gefangenschaft dagegen hielten die Juden zusammen, wie sie es zu Hause niemals geschafft hätten. Unterdrückung und Heimweh stärkten ihre gemeinsamen Bindungen. Je mehr die Babylonier über den Kraftmeier Jahwe spotteten, desto stärker hielten die Hebräer an ihm als einem einzigartigen, ihnen ureigenen kulturellen Symbol fest. Vom Propheten Hesekiel ermuntert, beeilten sich die Patriarchen, die Lage auszunutzen.

In Babylon wurden dann auch die bislang so mannigfaltigen und unübersichtlichen Gesetze und Rituale des Judaismus überarbeitet und kodifiziert. Neue Traditionen, etwa die der Synagoge, wurden etabliert. Und ein strenges, gewaltiges, inspirierendes Dogma wurde aus dem uralten Wüstenerz gehämmert, das die Menschen in der Flamme ihrer Sehnsucht gesammelt und gereinigt hatten. Von dieser Zeit an prallten alle zärtlichen Küsse der Mutter am Panzer dogmatischen Messings ab. So groß waren Haß und Furcht der Patriarchen, daß sie sie in ihren Transkriptionen namenlos ließen. Wurde sie überhaupt erwähnt, dann höchstens als vages, unaussprechliches, lasterhaft heidnisches Übel.

Um 538 v. Chr., als die jubelnden Exilanten in ein desolates Judäa zurückkehren durften (es war, wie man sich erinnern wird, im Verlauf der babylonischen Invasion dem Erdboden gleichgemacht worden), hatte ein knappes halbes Jahrhundert der Reprogrammierung sie von allen matriarchalischen Gefühlen geläutert. Zum Ruhme Jahwes, und Jahwes allein, bauten sie ihre Nation, ihre Hauptstadt und ihren Tempel wieder auf. Der Zweite Tempel war zwar ebenso groß wie der erste, aber einfach und schmucklos; ein merkwürdig armseliger, schlampig gebauter braver Kasten, der auf einem Haufen Schutt stand. Weder die Göttin noch Conch Shell oder Painted Stick sollten je das Innere dieser Bude zu sehen bekommen – doch ihre Tage und Nächte auf dem Tempelberg waren noch nicht vorüber.

»Ja, du liebe Güte, richtig«, sagte Spoon. »Jetzt erinnere ich mich wieder. Wir waren an diesem Ort mit all den versteinerten unheimlichen Krabbeltieren, und Sie hatten den Eindruck, daß Conch Shell und Painted Stick sich eine Art selbstauferlegtem Exil unterworfen hatten, aber dann meinte Conch Shell, es sei, nachdem sie der Vernichtung durch die babylonischen Truppen entkommen waren, genauso weitergegangen wie immer, jedenfalls was sie anging. War es nicht so, Ma'am/Sir?«

»Genau. Im Schutz der Dunkelheit, wie es so schön heißt, stahlen sich Mr. Stick und Conch Shell den Ölberg hinab und begaben sich im Licht der Sterne zu einem Ort, dessen Name mir entfallen ist, jedenfalls wußten sie, daß man dort ihre Göttin verehrte, und so legten sie sich einfach auf die Treppenstufen einer Priesterin. Am Morgen wurden sie entdeckt, hereingeholt und ohne langes Gefrage abgestaubt, geküßt und auf einen Altar gelegt. Die Babylonier verehrten Ishtar, daher stand die Besatzungsmacht den Aktivitäten, in die Mr. Stick und Miss Shell verwickelt waren, keineswegs feindselig gegenüber. Damals war Judäa so arm, daß sich seine Bewohner angeblich von Brot und Wasser ernähren mußten; nur eine Handvoll zerlumpter Schafhirten bevölkerte das Land, und es war alles andere als die ruhmreiche Zeit im Tempel Nummer eins, doch unsere Freunde waren offensichtlich ausgefüllt und zufrieden. Mr. Stick hat es so ausgedrückt: Menschliche Narrheit verhindert nicht, daß die Sterne sich drehen. Während des Exils gingen sie wie üblich ihrer Arbeit nach und waren nie mehr als ein paar Meilen von Jerusalem entfernt. Besser gesagt, von dem, was von Jerusalem übrig war.«

»Aber als die Juden wiederkehrten ...«

»Ah ja, das ist eine andere Geschichte. Götzendienst wurde nicht länger toleriert.«

»Und das ist auch richtig so«, sagte Spoon mit piepsiger Stimme, aber entschieden. Dann wandte sie sich, auf ihrem zierlichen Stiel rotierend, der gegenüberliegenden Ecke zu, wo Conch Shell und der Stock konferierten. »Nichts für ungut.«

»Sehen Sie denn nicht, meine Liebe«, fiel ihr Can o' Beans ins Wort, »daß ein sogenannter ›Götze‹ gewöhnlich nur die abschätzige Bezeichnung für den Gott eines anderen ist? Ein Nichtchrist könnte auch eine Jesusfigur für einen Götzen halten.«

»Ketzer! Es gibt nur einen Gott!«

»Und wer ist das, Miss Spoon? Der Silberschmied in Philadelphia, dem Sie Ihr Dasein verdanken?«

»Sie wissen ganz genau, wen ich meine.«

»Ich habe da so eine vage Ahnung. Ich muß jedoch zugeben, daß mich als Objekt der ganze Zirkus mit der Religion einigermaßen verwirrt. Und ich bin davon überzeugt, daß die Art und Weise, wie Mr. Stick und Miss Shell darin verwikkelt sind, sich grundlegend von allen menschlichen Bemühungen um Gott unterscheidet. Die Bibel bezeichnet jede Gottheit neben Jahwe als ›Götzen‹. Doch es gibt noch eine zweite Definition von ›Götze‹: ein von Menschen verehrtes Objekt. Ein Objekt, Miss Spoon. Einer von uns. Sie und ich könnten ›Götzen‹ sein, wenn das jemandem in den Sinn käme. Können Sie sich den neuen Löffelkult vorstellen? Oder die Kirche der Bohnendosen? Den Sockismus? Nein, ich sehe schon, das können Sie nicht. Egal. Sie hätten ganz gut in ein Jerusalem nach der Gefangenschaft gepaßt, obgleich ich sagen würde, daß man dort wenig Gelegenheit hatte, Crème Caramel zu löffeln. Aber unsere Freunde paßten nicht mehr dahin. Und nach mehreren Jahrzehnten im Untergrund wurden sie in einem Korb mit Wolle versteckt und auf dem Höcker eines Kamels heimlich nach Phönizien geschafft.«

»Schrecklich.«

»Aufregend.«

»Widerlich.«

»Oder ein Abenteuer. Je nach Einstellung. Auf alle Fälle blieben sie ziemlich lange in Phönizien. Als die Griechen die Macht in Judäa übernahmen, ich glaube, es war um dreihundertundnochwas nach Christi, stimmt's, Mr. Sock – oh, er hört gerade nicht zu –, hätten sie eigentlich zurückkommen können. Die Griechen liebten schöne Dinge und waren Heiden bis in ihre Sandalenspitzen, aber unser Stock und unsere Muschel hatten genug in ihrer Heimat Phönizien zu tun und fühlten sich wohl dort.«

»Aber sie waren getrennt.«

»Nun ja, Miss Shell diente in einem prächtigen Tempel in Sidon, Jezabels alter Heimatstadt, und Mr. Stick fuhr die meiste Zeit zur See. Auf langen Reisen hatten phönizische Schiffe häufig Priester an Bord, und diese fanden Verwendung für Mr. Stick. Eine Mischung aus wissenschaftlichen und spirituellen Aufgaben, wie mir scheint.«

»Sie waren getrennt.«

»Nein, in alten Zeiten waren Wissenschaft und Spiritualität buchstäblich eins. Auf einer höheren Ebene sind sie es noch heute.«

»Das meine ich nicht, Sie Dummchen. Ich meine, Conch Shell und Painted Stick waren getrennt. Wie traurig.«

»Glauben Sie wirklich, daß sie deswegen traurig waren? Vielleicht. Auf alle Fälle kamen sie ja am Ende wieder zusammen. Wurden in Herodes' Tempel wiedervereint. Wie in einem Hollywoodstreifen.«

»Seufz.«

Herodes war semitischer Abstammung, ein halber Hebräer, um genau zu sein, und König von Judäa, doch alle Welt wußte, daß er zum Inventar des Römischen Reiches gehörte, und sorgte dafür, daß er das nie vergaß. Er stellte sich auf den Kopf und spuckte Schekel, um das Wohlwollen der Juden zu erlangen, doch Herodes zu mögen war schwieriger als der Versuch, auf einer mexikanischen Postkarte das Phänomen der Quantenstrahlung erklären zu wollen. Plünderungen, Vergewaltigung, Folter, Erniedrigung, Mord und Totschlag, die Jerusalemer Juden seit Jahrhunderten unter diversen Besatzerkontingenten hatten erdulden müssen, waren einfach zu schlimm und grausam gewesen, als daß sie je wieder hätten vergessen werden können. Herodes mochte sein Haar scheiteln wie ein Jude, seine Schuhe wienern wie ein Jude, seinen Pimmel beschneiden lassen wie ein Jude und jedem Schwein, das ihm über den Weg lief, auf die Schnauze spucken – es änderte nichts an der Tatsache, daß er die Hälfte seiner Chromosomen Edom und seinen Thron (sowie die Genehmigung, Steuern einzutreiben) Rom verdankte. Er galt als opportunistischer Ausländer, dem man weder trauen konnte noch wollte.

Während der dreiunddreißig Jahre seiner Herrschaft tat Herodes alles mögliche, außer mit den Ohren zu wackeln, um Jerusalem auf seine Seite zu bringen; er restaurierte sogar das Stadtbild und die Religion (die Gebäude, die ursprünglich die von den Babyloniern zerstörten ersetzt hatten, waren im besten Falle funktional, und die Praktizierung des judäischen Glaubens war gegen Ende der griechischen Herrschaft brutal unterdrückt worden). Zwar wurde Herodes' Entgegenkommen anerkannt und höflich beklatscht, doch blieb er als Person unpopulär bis zu dem Tag, an dem er in einer letzten edelmütigen Geste beschloß, den Zweiten Tempel zu renovieren und in neuem Glanz erstrahlen zu lassen.

Der Zweite Tempel war von Anfang an nicht besonders reizvoll gewesen, doch die hellenischen Widersacher reduzierten ihn praktisch auf ein ausgebranntes Gemäuer. Dennoch hatte er vier Jahrhunderte überdauert, und die Rituale, die in seinem Inneren stattfanden, vermochten Alexander den Großen auf einer Inspektionsreise dermaßen zu beeindrucken, daß er schließlich einwilligte, ihn zu erhalten. Ganz Jerusalem war aus dem Häuschen, wenn auch ein wenig mißtrauisch, als Herodes zu Hammer und Pinsel griff. Doch Herodes machte seine Sache gut.

Um die Ängste seiner Untertanen, er werde womöglich erst den existierenden Tempel abreißen und dann nicht fähig oder willens sein, seine großen Pläne zu vollenden, schon im Keim zu ersticken, ließ sich Herodes acht Jahre Zeit, um Materialien zu sammeln und Arbeitstruppen aufzustellen und auszubilden. Die Innengebäude wurden von einer Mannschaft aus tausend hebräischen Priestern erbaut, die nach einem alten geheimen Gesetz ihrer Religion Stein auf Stein fügten.

Die Gesamtstruktur mit ihren Stützmauern, Kreuzgängen, massiven Säulen und verschachtelten Innenhöfen erstreckte sich über beinahe hundertfünfzigtausend Quadratmeter und war buchstäblich ein Ebenbild des Ersten Tempels, was ironischerweise heißt, daß sie einem uralten und heidnischen phönizischen oder kanaanäischen Entwurf folgte. (Wie Can o' Beans an diesem Tag im Fossilienbett gelernt hatte, gehörten Phönizier und Kanaaniter im Prinzip zu ein und demselben Volksstamm; der Hauptunterschied zwischen ihnen bestand darin, daß die Vertreter der Linie, die Phönizier genannt wurden, Küstenbewohner und Seefahrer waren, während die Kanaaniter im Inneren des Landes, in Wüsten und auf Hügeln, lebten. Bezeichnenderweise bedeutet Kanaan in einem nahöstlichen Dialekt »Land des Purpurs«, also genau dasselbe wie »Phönizien« im Griechischen, daher waren beide Linien in der Wolle mit der königlichen Farbe der Muschel eingefärbt.)

Wie sich zeigte, stand Herodes' verschwenderische Pracht der seines Vorgängers Salomon in nichts nach. Der Tempel und seine Mauern wurden mit Silber und Gold überzogen, und zwar mit soviel, daß Josephus behauptete, an schönen Sommertagen hätten Betrachter auf Grund des gleißenden Goldglanzes das Augenlicht verloren. Aus der Ferne leuchtete der Tempel wie die Sonne selbst.

Vielleicht unbewußt waren der Mischung bestimmte heidnische Komponenten beigemengt worden. Josephus sprach davon, daß die Dächer des Tempels »mit tief in das Zedernholz geschnittenen Bildwerken verziert waren, die mancherlei Formen aufwiesen«, und die Innengebäude enthielten reiche Schätze, die Herodes' Truppen in den arabischen Ländern erbeutet hatten. Die Sturzbalken am Eingang zum eigentlichen Tempel waren wie das Innere des Heiligtums mit »bunten Vorhängen geschmückt, in welche purpurne Blumen und Säulen eingewebt waren«. Purpurne, wohlgemerkt. Und direkt unter der Mauerkrönung breitete sich »ein goldener Weinstock mit herabhängenden Trauben« aus, »so groß wie ein Mann«. An der Rückwand der Eingangshalle verbargen sich riesige, mit Goldplatten geschmückte Portale hinter einem »babylonischen Vorhang ... aus zartestem und weißestem Byssus ... sowie in Hyacinth, Purpur und Scharlach gewirkt«, und »die Stickerei zeigte den Anblick des ganzen Himmels mit Ausnahme der Bilder des Tierkreises.« Zwar bemühten sich die Priester, auf die Darstellung animalistischer Aspekte der Astrologie zu verzichten, zögerten jedoch nicht, himmlische Symbole zu verwenden: die erste ummauerte Abteilung des Tempels enthielt einen Kerzenleuchter mit sieben Armen für die sieben bis dahin bekannten Planeten und einen Tisch mit »Schaubrot – zwölf Laiben, die den Tierkreis darstellten.« Ob wissentlich oder nicht, jedenfalls zollten sie sogar dem intimsten Geheimnis der Göttin Tribut, indem sie die zeremoniellen Gewänder der Hohenpriester mit süßen kleinen, an Vaginen erinnernden Granatäpfeln aus reinem Gold schmückten.

So überschattet waren diese Reste des fast vergessenen Heidentums vom Tamtam und den Ritualen des jahwistischen Judaismus, daß selbst Puristen sie übersahen. Jahwe sollte in diesen Hallen ausschließlicher und großartiger verehrt werden als je zuvor.

Doch als Herodes die Juden zu Dankbarkeit verpflichtet hatte und sie ihm endlich so weit vertrauten, daß sie einen gebrauchten Streitwagen von ihm gekauft hätten, verpatzte er alles. Kurz vor der Einweihung des Tempels, nach elf Jahren Planung und Schufterei, ging er hin und setzte einen großen römischen Adler über den Haupteingang. Diese Tat erbitterte die Hebräer nicht nur wegen des arroganten, unsensiblen Tributs an die verhaßten fremden Herren, sondern auch wegen ihres symbolischen Gehalts (für diejenigen, die genügend Grips im Kopf hatten, um ihn deuten zu können), nämlich daß so dem Heidentum aufs neue jede Gelegenheit gegeben wurde, Jahwes zentrale Autorität zu unterwandern und zu vergiften. Tatsächlich vergingen nur wenige Jahre, bis zuerst Conch Shell und dann auch Painted Stick diskret wieder im Tempeldienst eingesetzt wurden.

I & I

Der Herbstmond hat die Farbe von Nektarinen und Eisen.

Schwer und schwindelerregend ist er wie ein Klumpen Haschisch.

Wenn er untergeht, seufzt das Tempelgold erleichtert auf.

Doch seine Farbe hält sich in den weinspendenden Reben.

Noch vor dem Morgengrauen erwacht der Priester.

Er legt seine Granatäpfel an, schreitet den Hügel hinab und kommt zu einer klaren Quelle unterhalb der Tempelmauern.

Er taucht eine Muschel in das sprudelnde Naß.

Und steigt den Hang wieder hinauf.

Die Granatäpfel klingeln wie Schafsglöckchen, als der Priester die Muschel mit Wasser ins Allerheiligste trägt.

Tausende von Kerzen flackern.

Jede Kerze symbolisiert einen Stern.

Langsam, ganz langsam gießt der Priester das Wasser auf den Boden.

Eine Muschelzunge klaren Wassers leckt über den seit undenklichen Zeiten pulsierenden Stein.

Und eine Kerzengalaxie birgt die Geheimnisse der Nacht.

Immer wieder unternimmt der Priester diesen Gang. Himmel zu Wasser. Wasser zu Erde. Erde zu Himmel.

Bis die Sonne aufgeht und das Gold sich aufs neue an ihr reibt.

I & I

So integrierte der Zweite Tempel im letzten Teil seines fünfhundertjährigen Daseins die alte Religion in die neue. Vereinte Geist und Seele. Lieferte eine funktionelle Metapher für die Transzendenz. Band menschliche Individuen auf reale und persönliche Art in die kosmischen Zyklen ein.

Conch Shell diente als Kelch für die Säfte der Existenz. Painted Stick war ein Anzeiger psychischen Wetterleuchtens, ein Pfosten, an dem die Milchstraße vertäut war.

Es könnte sein, daß der junge Jesus, wenn er unter dem verhaßten römischen Adler eintrat und ebenso wie die anderen Pilger dessen kriegerische Krallen ignorierte, solche

Zeremonien beobachtet hat. Als Gegengewicht zur Heuchelei, Engstirnigkeit und Korruption, die sich in der Hierarchie des Tempels auszubreiten begannen (und ihn bald zur offenen Rebellion anstachelten), muß Jesus diese Rituale erfrischend gefunden haben. Andererseits bewirkten sie vielleicht auch ein unbehagliches Gefühl. Gewiß waren sie den Jüngern, die in seinem Namen eine Religion begründen sollten, nicht geheuer. Für diejenigen, die beteten, aber nicht tanzten, fasteten, aber nicht feierten, tauften, aber nicht planschten, schlugen, aber nicht bumsten, für diejenigen, die Geist kauften und Seele verkauften, den Vater krönten und die Mutter hintergingen, war Herodes' Tempel ein bedrohlicher Ort, zur Sommersonnenwende ebenso wie unter dem Erntemond.

Während Can o' Beans die Riten aufzählte und alles, was er/sie von dem verschwiegenen Stock-und-Muschel-Pärchen erfahren hatte, fühlte sich auch Spoon ein kleines bißchen unbehaglich. Die beiden strahlten eine Schönheit und Anmut aus, die ihr feines Empfindungsvermögen ansprach, aber trotzdem wurde ihr in ihrer Gegenwart zuweilen etwas mulmig. Was ihr aber wirklich den Magen umdrehte, war die Sache mit Salome. Wie die halbwüchsige Salome ihren Stiefvater, den armen bedrängten Herodes, zum Wahnsinn getrieben hatte in jener Nacht, als sie den Tanz der sieben Schleier tanzte, mit Storchenbeinen und allem.

»Das muß ein Tanz gewesen sein«, schwärmte Can o' Beans. »Herodes hat ihn offenbar nie verkraftet.«

»Oh, aber Ma'am/Sir, es war nicht nur der angedeutete Matratzensamba, der Herodes fertigmachte. Er litt bereits vorher an Schwermut, weil er von allen abgelehnt wurde. Stellen Sie sich vor: um Salome zum Tanzen zu bringen, mußte er versprechen, Johannes den Täufer köpfen zu lassen. Und ihr den Kopf auf einem Silbertablett zu präsentieren. Ojemine, ist das nicht schrecklich? Ein menschlicher Kopf wie Roastbeef auf einem Teller. Ich darf gar nicht daran denken.«

»Angeblich war es Herodes' Frau, Salomes Mutter, die Johannes den Täufer loswerden wollte.«

»Egal. Herodes stimmte zu. Nur um das junge Mädchen beluren zu können. Kinderpornographie nennt man so was heutzutage ...«

»Sie war sechzehn. In jenen Zeiten war eine Sechzehnjährige eine in jeder Hinsicht erwachsene Frau.«

»Darum geht es nicht, mit Verlaub. Sondern darum, daß Herodes' eigene unterdrückte Verkommenheit ihn in den Wahnsinn trieb, nicht irgendwelche schändlichen Peepshows.«

»Vielleicht haben Sie recht, Miss Spoon. Wer weiß schon, was im menschlichen Gehirn abgehen muß, damit es plötzlich die Hosen runterläßt. Es scheint, als würde es so viele Vorhänge zwischen sich und das wahre Universum hängen, daß kein Licht mehr bis zu ihm durchdringt und es im Dunkeln vor sich hin modert. Auf alle Fälle hatte der König von Judäa ziemlich viel Spucke in der Flöte. Als Salome zu Ende getanzt hatte, pfiff er auf dem letzten Loch. Aufrührerische Juden stürzten den römischen Adler vom Tempel, obwohl Herodes noch lebte und auf seinem Diwan vor sich hin sabberte.«

»Gut für sie. Auf alle Fälle war er am Ende zu betrunken und zu verrückt, um sie noch länger daran zu hindern, Gottes Haus zu säubern.«

»Nun ja, der Adler war weg, aber im Tempel selbst änderte sich nicht allzuviel. Miss Conch verströmte sich noch immer bei feierlichen Anlässen, und Mr. Stick war stets zur Hand, wenn ein Priester auf die Idee kam, in dem Eintopf von Sex und Sternen zu rühren. Er war gewissermaßen zu ihrer Kompaßnadel geworden und wies nach Norden, von wo laut Aussage der Propheten der Messias zu erwarten war. Im Tempel wimmelte es nach wie vor von Geschäftemachern und korrupten Priestern. Erinnern Sie sich, in der Bibel heißt es, Jesus habe eines Tages eine Peitsche genommen und die Geldwechsler hinausgejagt.«

»Da war Herodes aber schon tot.«

»Ja, er starb, als Jesus noch ein Kind war. Miss Shell und Mr. Stick können sich übrigens gar nicht an dieses Bürschlein erinnern. Ihrer Meinung nach hatte er bis vierzig Jahre nach seiner Kreuzigung kaum Einfluß in Jerusalem. Aber ich weiß, das interessiert Sie nicht. Was zählt, ist die Tatsache, daß die Lage für die Juden wirklich brenzlig wurde, nachdem Herodes weg war. Rom schlug zu. Die Juden leisteten Widerstand. Ein Schlag folgte dem anderen. Die Juden wehrten sich. Bis die Römer von dem ewigen Krach endlich die Nase voll hatten und im Jahre 70 des Herrn Jerusalem erneut dem Erdboden gleichmachten. Schon wieder! Können Sie sich das vorstellen? Die ganze Stadt kurz und klein schlugen. Eine Million Menschen umbrachten. Ein General namens Titus plünderte den Tempel, beraubte ihn all seiner Schätze und segelte mit reicher Beute nach Italien. Dort wurden die Schätze im sogenannten Friedenstempel öffentlich zur Schau gestellt. Von der Stadt des Friedens – Jerusalem – zum Friedenstempel im imperialistischen Rom. Menschen neigen dazu, das Wort *Frieden* ziemlich nachlässig zu gebrauchen, finden Sie nicht? Diese Mißachtung der wahren Bedeutung von Begriffen wird wohl auch einer der Hauptgründe für ihre Hirnfäule sein. Habe ich Ihnen je meine Theorie erläutert ...«

»Haben Sie, haben Sie, Ma'am/Sir«, erklärte Spoon hastig. »Sehr einleuchtend. Doch bleiben wir beim Thema, wenn es Ihnen recht ist: Conch Shell und Painted Stick wurden nicht nach Rom entführt.«

»Sie gehörten zu der Art von Beute, die Militärs wie Titus gern übersehen.«

»Aber irgendwer hat sie dann doch gerettet.«

»Zum Glück. Ein Sklave aus Phönizien. Er hat sie aus den Tempelruinen mitgehen lassen und eiligst in die Wildnis geschafft. Miss Shell behauptet, irgendwo gäbe es immer ein paar erleuchtete menschliche Wesen, die sie brauchten. Selbst heute noch. Heute vielleicht mehr denn je. Deshalb sind sie und Mr. Shell auch wieder tätig. Ich weiß nicht, Miss Spoon, aber mir kommt das manchmal ein bißchen wie Wunschdenken vor. Magie und Erleuchtung am Ende des zwanzigsten Jahrhunderts? Diese verrückte Idee mit dem Dritten Tempel?«

»Herrje, der Dritte Tempel«, piepste Miss Spoon, erleichtert, daß die Geschichtsstunde vorbei war. Sie hörte gern zu, wenn Can o' Beans dozierte, aber die Version der biblischen

Ereignisse, die Stock und Muschel der Dose geschildert hatten, war höchst beunruhigend. »Eigentlich wollten Sie mir doch erzählen, wie Sie sich den Dritten Tempel vorstellen.«

»Falls es je einen Dritten Tempel gibt«, erwiderte Can o' Beans.

Draußen auf der Fifth Avenue, im urbanen Getümmel und mondänen Gewimmel, waren Reverend Buddy Winkler und zwei koscher aussehende Herren an einem Hot-dog-Karren stehengeblieben. Die anderen sahen zu, wie der Reverend seine goldenen Fänge in ein Frankfurter Würstchen schlug. »Ich sollte so was einklich nich essen«, verkündete er und wischte sich mit einer Papierserviette von der Größe einer Spielkarte das Fett von den Lippen. »Hab gestern abend ein Pfund Schweinerippchen verdrückt. Die war'n so fett, daß meine Arterien sich glatt selbständig gemacht haben. Als ich heut morgen wach wurde, war'n sie schon munter und lasen Zeitung. ›Verpiß dich‹, ham sie zu mir gesagt. ›Wir brauchen dich nich.‹ Dann ham sie weiter geblättert bis zum Börsenteil und die Kurse für Schweinebauch studiert.«

Die beiden Rabbis musterten ihn ungläubig. Dirty Sock musterte ihn ebenfalls. Der Socken meinte, daß Buddy ihm irgendwie bekannt vorkam. Doch noch bevor er das Gesicht hinreichend mit Colonial Pines und Boomer Petway in Verbindung gebracht hatte, kurvten der Priester und seine Begleiter schon die kühle Avenue hinab, ziellos treibende Flusen im dikken Schwall von Kaschmir und Pelz, den die elektrischen Muskeln der Metropole – »Rot! Gelb! Grün!« – im Rhythmus ihrer ferngesteuerten Pathologie ausspuckten oder verschluckten.

Dirty Sock wandte sich Turn Around Norman zu, der soeben wie ein gefrorener Planet seine tägliche Umlaufbahn um die dunkle Sonne eines Teerfleckens vor der Kathedrale begonnen hatte, und rief: »Hey, Leute! Der Junge ist wieder da! Beginn der Vorstellung!«

Seine Gefährten gaben keine Antwort. Can o' Beans war immer noch dabei, wortreich über einen Dritten Tempel in Jerusalem zu spekulieren, und Spoon war entweder zu gebannt oder zu schüchtern, um ihn/sie zu unterbrechen.

»Nun ja, es stimmt, daß der Erste und der Zweite Tempel beinahe so etwas wie Zwillinge waren, oder Duplikate, um genauer und damit gesünder zu sein, aber ich kann mir ums Verrosten nicht vorstellen, daß die Juden von heute, sosehr sie Traditionen schätzen, etwas den ersten beiden auch nur entfernt Ähnliches bauen würden. Nicht nach all den Fortschritten der modernen Architektur. Nicht angesichts der heutigen Maßstäbe von Stromversorgung und Kanalisation. Bestimmt werden sie einen so großen Komplex nicht mit Silber und Gold pflastern, dafür sind Edelmetalle mittlerweile einfach zu teuer. Und denken Sie nur an den Spott, den sie sich einhandeln würden, wenn sie phallische Säulen errichteten oder die Eingänge mit geschnitzten Früchten schmückten. Wir leben in einer anderen Welt, einer völlig anderen, bis in die Moleküle hinein; selbst für Fundamentalisten ist sie anders.

Im Zweiten Tempel zum Beispiel war es Frauen verboten, den Innenraum zu betreten. Sie durften nicht über einen abgetrennten Abschnitt im äußeren Hof hinaus, und wenn sie, verzeihen Sie, menstruierten, ließ man sie überhaupt nicht hinein. Können Sie sich vorstellen, daß Frauen von heute so was mitmachen würden? Hoho! Natürlich gibt es immer noch ultraorthodoxe Sekten, in denen Frauen sich die Schädel rasieren und ihre Körper in Jutesäcke stecken, wahrscheinlich, um ihre sexuell ungefestigten Ehemänner nicht ständig in Versuchung zu führen. Aber wenn Sie mich fragen, lassen sich potentielle Vergewaltiger, wenn sie sich erst an den Anblick solcher Frauen gewöhnt haben, nach einiger Zeit auch davon nicht mehr abschrecken. Dann wird es Männer geben, die sich an glatzköpfigen Frauen *aufgeilen*, und Magazine, deren ausklappbare Modelle rasierte Köpfe und Jutesäcke zur Schau tragen …«

»Bitte, Ma'am/Sir, Sie schweifen ab.«

»Oh, ach ja. Sie haben recht«, stimmte Can o' Beans zu. »Tut mir leid.« Doch bevor er/sie fortfahren konnte, näherten sich Painted Stick und Conch Shell.

»Guten Morgen«, sagte der Behälter. »Wie geht's? Wollen Sie sich auch ein bißchen Turn Around Norman ansehen? Mr.

Sock hat berichtet, er dreht sich wie der sprichwörtliche Kreisel.«

Die Reliquien waren jedoch keineswegs gekommen, um den unvergleichlichen Norman zu genießen und die aufgewärmten Geschichten und gewagten Schlußfolgerungen der Bohnendose zu bestätigen oder zu widerlegen. Sie waren gekommen, um zu erklären, daß sie eine Entscheidung getroffen hatten, und diese Ankündigung kam so unerwartet, daß Dirty Sock sich vom Gitter loseiste und das verdatterte Löffelchen über seinen eigenen Stiel stolperte.

Es war ganz einfach. Die Talismane hatten beschlossen, daß einer aus der Gruppe ihr Versteck in der Kathedrale verlassen und sich in die Stadt hinauswagen mußte. Insbesondere mußte einer von ihnen Verbindung zu Turn Around Norman aufnehmen, ihm nach Hause folgen, ihn und seine Lebensweise aus nächster Nähe beobachten, sozusagen hinter den Kulissen, und möglichst am nächsten Tag Bericht erstatten. Offensichtlich barg dieser Plan große Risiken, aber es war die einzige Möglichkeit für die Objekte, einigermaßen genau festzustellen, ob der Straßenkünstler aktiv daran beteiligt werden konnte, sie aus der Stadt hinaus und über den Atlantik nach Jerusalem zu transportieren.

Um die Gefahr, entdeckt zu werden, auf ein Minimum zu beschränken, mußte das für diese Mission ausersehene Objekt notgedrungen das kleinste und unauffälligste von ihnen sein. Und das war natürlich das arme Löffelchen.

I & I

Eine Woche vor Thanksgiving hatte Ellen Cherry einen Kellnerinnentraum. *Den* Kellnerinnentraum. Den Alptraum von den verwechselten Bestellungen. In diesem berüchtigten Traum setzt die Kellnerin (in diesem Falle Ellen Cherry) den Buddhisten Blutwurst und dem Club der Vampire Knoblauchsuppe vor.

Sie erwachte mit popcorngroßen Schweißperlen auf Oberlippe und Brustwarzen. Und es ging ihr nicht besser, als sie die Lampe angeknipst hatte, denn sie wußte, daß dieser Traum mit einem Bein in der Wirklichkeit stand.

In der Woche seit ihrem Gespräch, ihrer Konfrontation mit Boomer war ein Sturm von Selbstzweifeln über sie hinweggebraust. Sie pendelte zwischen verletzter Eitelkeit und Hoffnung, sie litt Höllenqualen, empfand gar nichts mehr und unterzog sich schließlich einem inquisitorischen Verhör. Sie inspizierte ihre Seele wie ein Straßendieb die Taschen eines Betrunkenen. Und was sie fand, außer genügend Gefühlskleingeld, um jeden Verkaufsautomaten im populärpsychologischen Institut zu füttern, war ein Schnappschuß ihrer selbst, aufgenommen, bevor sie sich zur Künstlerin ausgerufen hatte. Das Bild war so alt, vergilbt und zerknittert, daß sie nicht sagen konnte, wonach sie darauf aussah.

Vielleicht hat Boomer recht, dachte sie. *Recht nicht nur damit, daß ich ihn nicht wirklich liebe – Gott weiß, daß ich keinen Pinsel auf die Beständigkeit meiner Gefühle verwettet hätte –, sondern auch, daß ich in meiner Identität als Künstlerin so verloren bin, daß ich mein Herz nicht mal mehr mit Taschenlampe und Kompaß wiederfinden würde. Auf alle Fälle hat er recht, wenn er sagt, daß ich mit der Kunst verheiratet bin. Hab ich ja auch nie geleugnet, aber zum erstenmal im Leben muß ich mich fragen, ob das nicht vielleicht eine schlechte Ehe ist. Ob ich nicht so jung geheiratet habe, daß ich deswegen eine Menge anderer Sachen verpaßt habe, Sachen, die mich an Orte geführt und mir Dinge gezeigt und mich auf eine Weise ganz und glücklich gemacht hätten, die ich mir nicht mal vorstellen kann. Hätte ich noch gewartet, vielleicht hätte ich mich dann nur hin und wieder mit der Kunst eingelassen, statt sie gleich zu heiraten, und vielleicht hätte ich schon längst nichts mehr mit ihr zu tun.*

Sie hatte im vergangenen Jahr die Malerei aufgegeben, weil sie von der New Yorker Kunstszene enttäuscht war und mit Boomers Erfolg nicht fertig wurde. Das war eine negative Reaktion. Jetzt, so dachte sie, würde sie einen positiven Rückzug versuchen. Sie beschloß, mal auszutesten, was es für ein Gefühl war, nicht nur die Kunst an sich, sondern auch ihre Existenz als Künstlerin aufzugeben. Beiden aufrichtig und vollständig abzuschwören. Zur Abwechslung mal etwas anderes zu sein. Und da es momentan nur eine einzige andere Sache gab, die sie einigermaßen beherrschte, schrieb sie fünfhundertmal »Ich bin Kellnerin« auf die Wandtafel ihres Bewußtseins. Nicht »Ich bin Künstlerin/Kellnerin« oder »Ich bin eine Künstlerin, die vorübergehend kellnert«, sondern »Ich bin Kellnerin«.

Nach Thanksgiving, wenn er aus Jerusalem zurückgekehrt war, würde sie ihre neue Identität vielleicht an Boomer ausprobieren. Und schon morgen Spike und Mr. Hadee einweihen. Heute nacht jedoch setzte sie Wimpy Popeyes Spinat vor, wälzte sich stöhnend im Bett hin und her und verträumte jede Chance auf ein Trinkgeld.

Um ihre Kellnerinnenmuskeln – *extensor hallucis, tendo calcaneus, tibialis anterior* – zu trainieren, ging Ellen Cherry am nächsten Morgen zu Fuß zur Arbeit. Auf dem eiskalten Marsch, während ihre Nase einen aus ihrem eigenen Atem gebildeten Spitzenvorhang nach dem anderen durchstieß, kam sie an zahllosen Kiosken und Zeitungsständen vorbei, und alle schienen die gleichen Tintenflaggen gehißt zu haben, die von weiterer Gewaltanwendung in Israel kündeten. Schreiend oder flüsternd, je nach Stil, berichteten die Zeitungen von Ausgangs- und Straßensperren, brennenden Autoreifen und plattgewalzten Küchen, Brautschleiern aus Tränengas und blutgetränkten Pullovern, berichteten von Anführern mit Zungen, die an ausgebrannte Blitze erinnerten, von mit Steinen gefüllten Wiegen und von jungen Mädchen, die mit scharfer Munition tanzten statt mit ihren Vätern (für die Jungs waren sie noch zu jung), berichteten von der alten Primatenregel: Zupacken und festhalten – diesem verrückten Affentanz, den die Anthropologen »territorialen Imperativ« und die Politiker »nationales Interesse« nennen, berichteten von der klaffenden Wunde, die viertausend Jahre nicht zu heilen vermocht hatten, dem wahnsinnigen Erbe von Isaak und Ishmael.

Ellen Cherrys Schicht, ihre letzte, so hoffte sie, als Maître d', endete um drei, aber sie wartete noch auf Spike und

Abu, die im allgemeinen gegen Viertel nach vier vom Tennis zurückkamen. Sie wollte sie um eine Rückstufung bitten. Erstens war es albern, einen Tageschef in einem Restaurant zu haben, dessen Gästeschar zu Mittag bequem in die Wohnzelle eines Einsiedlers gepaßt hätte. So wohlhabend Spike und Abu sein mochten, sie konnten es sich nicht leisten, ständig Geld zum Fenster hinauszuwerfen. Wenn sie einwilligten und sie als Kellnerin arbeiten ließen, würden sie zweitens ihr Gehalt einsparen plus das der Angestellten, die sie ersetzen würde. Das Personal des I & I bestand hauptsächlich aus ernsthaften, aber unzuverlässigen jungen Liberalen, die nur die Zeit totschlugen, bis die juristischen Fakultäten sie wieder aufnahmen, und sie war ziemlich sicher, daß sie doppelt so schnell arbeitete wie die. Möglicherweise dreimal so schnell. Was gab es bei einem Gästestamm von einem runden Dutzend schon großartig zu tun?

Als ihre Arbeitgeber eintrafen, Spikes Katzenaugen auf Schuhhöhe fixiert und Abus Nase noch röter als sonst (ob vor Kälte oder vom Tennis, konnte sie nicht sagen), war ihnen anzumerken, daß auch sie die neuesten giftigen Schlagzeilen über Israel gesehen hatten.

Gewöhnlich verkniffen sich die Besitzer offene politische Diskussionen im I & I. Ihr laufender Kommentar zur Heiligen Stadt bewegte sich mehr im Bereich eines Lobgesangs auf ihre Schönheit, ihre Leidenschaftlichkeit und die geheimnisvolle Faszination, mit denen sie die Herzen der Menschen erfüllte. Oder es war ein belustigtes Rätselraten über Fragen wie diese: Warum sehen auf den Hügeln von Jerusalem Felsen immer aus wie Schafe und Schafe wie Felsen? Heute jedoch brannte der scharfe Pfeffer, der aus den Mühlen der Medien rieselte, in ihrem Hals, und ihre Stimmen klangen gepreßt.

»Über das Leiden der Juden man weiß mittlerweile Bescheid«, sagte Spike. Abu, Ellen Cherry und er saßen an der leeren Bar und starrten auf leere Gläser, als erwarteten sie, daß sie sich von selbst füllten. Im Augenblick hatte keiner von ihnen große Lust, aufzustehen und den Barkeeper zu spielen. »Noch mehr zum Thema Judenverfolgung wir können nicht gebrauchen. Wenn die Juden machen einem nicht schon heute das Herz schwer, sie's tun auch nicht nächste Woche. Was endlich muß auf den Tisch, ist, daß wir nicht nur einstecken, sondern auch austeilen tüchtig.«

»Ah, aber das ist doch was ganz anderes«, widersprach Abu. »Die israelische Armee greift zu massiver Gewalt, um Aufstände in der West Bank zu unterdrücken, das stimmt, und manchmal ist sie sadistisch und grausam, aber auch wenn diese Gewalt rassisch motiviert und gegen meine Cousins gerichtet ist, finde ich, ist das eine Bagatelle im Vergleich zum Holocaust –«

»Einen Augenblick, mein Freund«, fiel Spike ihm ins Wort. »Einen Augenblick nur. Holocaust? Wir Juden haben begangen unsere eigene Holocaust, ich sage dir. Wann? Gegen wen? Vor dreitausend Jahren gegen die Kanaaniter, so war es nämlich. Wie kam es, daß sich hat verwandelt plötzlich das Land Kanaan in das Land Israel? Durch welche Schmu, welche Handel, welche faule Trick, hä? Durch eine Holocaust. Die Hebräer sind geflohen aus Ägypten, sind eingefallen in Kanaan und haben getötet alle, das ganze Land, Frauen, alte Männer, Kinder, Babys, was lagen in ihre Arme. Eine Million wir haben abgeschlachtet. Du kannst es selbst nachlesen. Was war vielleicht der erste Massenmord in der Geschichte. Die einzigen Kanaaniter, die mit das Leben davonkamen, waren was taugten zur Sklavenarbeit.«

»Wow!« sagte Ellen Cherry. »Das ist ja brutal. Aber schon ewig her. Und überhaupt, nahmen sich die Juden nicht einfach nur ihr Heimatland wieder? Sie wissen schon, was ich meine: kämpften sie nicht nur, um sich das verheißene Land von den Kanaanitern zurückzuholen?«

»Ha! Wer hat gesagt so? Moses' Geist vielleicht? Ein Heimatland es hat gegeben für Hebräer noch nie. Wir sind gewesen schon immer Nomaden. Unsere Stämme haben sich geschleppt durch diese Kanaan und haben gelebt eine Weile unter seine Einwohner. Dann sind gezogen die meisten von ihnen weiter nach Ägypten. So ist vergangen eine lange Zeit, und dann sind geworden Hebräer Sklaven des Pharao, was war echt dumm für uns, und diese Moses hat zu ihnen gesagt: ›He Leute, lassen wir diese Scheiße hinter uns, machen wir uns aus die Staub.‹ Und die Juden haben gesagt: ›Okay, nu, aber wohin gehen wir denn?‹ ›Nach Kanaan‹, Moses hat geantwortet. ›Kanaan ist unsere rechtmäßige Heimat, falls ihr das vergessen habt.‹ Und Gott hat sich gewandt an Abraham persönlich und hat gesagt zu ihm: ›Ich verspreche euch das Land Kanaan. Ihr seid mein Volk Nummer eins, was ich habe auserwählt, und Kanaan ist das Land, das ich reserviert habe für euch, jetzt und in Ewigkeit.‹ Na schön. Nur hat nicht einer nicht gelesen das Kleingedruckte, was nämlich sagte, daß wir haben gemußt abschlachten Hunderte und Tausende von Mitmenschen, was damals dort lebten, bevor wir haben können einziehen in unsere neue Heimat.«

»Übertreiben Sie da nicht ein wenig, Mr. Cohen? War nicht Kanaan eine Art Wildnis, die nur darauf wartete, besiedelt zu werden?«

»Ojojoj! Ihr jungen Leute von heute habt wirklich von keine Sache eine Ahnung. Wir sprechen über eine weit entwickelte Zivilisation. Ist gewesen zweitausend Jahre alt, als die Hebräer sie haben überfallen. Nu, eine große Teil von unserer Kultur hat gestammt aus Kanaan. Sie glauben doch nicht, daß Gott hat befohlen Moses, anzugreifen eine weit entwickelte Zivilisation, sich unter den Nagel zu reißen ihre Territorium und zu töten die Leute, *darlink?* Nehmen wir an, Sie hätten eine nette kleine Haus in Westchester, und ich komme zu Besuch übers Wochenende, und dann die Jahre vergehen, und eines Tages ich stehe auf die Matte und sage: ›Gott hat mir dein Haus versprochen.‹ Würden Sie glauben eine solche Blödsinn? Nein, bestimmt nicht. Also okay, ich habe gemußt Sie töten und auch Ihre Kinder und die Großmutter, was sitzt in Rollstuhl, und Ihre Katze und Ihren Hund und alle drei Goldfische. Und ich sage zu den Nachbarn: ›Das ist jetzt mein Haus, ihr laßt euch ja nicht einfallen, zu pinkeln auf meine Rasen.‹ Ojojoj!«

»Ich glaube, wir haben Amerika auf dieselbe Art einkassiert«, wandte Ellen Cherry ein. »Von den Indianern.«

Spike fuhr mit seinem kurzen, leberfleckgezeichneten Zeigefinger über den Rand seines trockenen Glases. »Okay, ja«, sagte er, »aber wenigstens John Wayne hat nie behauptet, daß Gott hat ihm das versprochen. Er hat gestohlen auf ehrliche Art.«

Er machte eine Pause. »Ich kann Ihnen was sagen?« Wieder hielt er inne, und Ellen Cherry stellte fest, daß die grünen Stachelbeeren seiner Augen in Tränen schwammen. »Ich kann Ihnen was sagen? Warum ich habe verändert meine Geburtsnamen? Abu weiß es, aber sonst kein Mensch. Ich zitiere aus die Alte Testament. Joshua ›verbannte alles, was in den Städten war, mit der Schärfe des Schwertes: Mann und Weib, jung und alt, Ochsen, Schafe und Esel‹, was gemeint hat die Städte Kanaans, ›und verschonte niemand, der noch Leben in sich hatte‹. Joshua ›plünderte‹, Joshua ›verbrannte‹, Joshua ›massakrierte‹, Joshua ›löschte aus‹, ›tötete‹ und ›führte seine Kriegsleute‹, und ›alle Städte wurden im Sturm erobert ... gnadenlos vernichtet und vollständig zerstört‹, Joshua ›unterwarf‹, Joshua ›erschlug‹, Joshua ›ließ keine Überlebenden zurück‹. In Ihre christliche Bibel Sie finden diese nette Geschichte über den netten Joshua. Glauben Sie, daß ich könnte weiterleben mit dem Namen von eine solche Mensch?«

Ellen Cherry war gerührt und verlegen zugleich. Sie streckte die Hand aus und tätschelte den Ärmel seines kanariengelb und ketchuprot karierten Sportsakkos.

Abu mischte sich ein. »Mal abgesehen davon, was du mit diesem Joshua zu tun hast – nebenbei bemerkt, ich finde es albern, daß du diese Geschichte so persönlich nimmst –, verstehe ich sehr gut, was du sagst. Du fragst dich, ob im Nahen Osten nicht gerade die Juden das ganze Blutvergießen in Gang gesetzt haben. Vielleicht waren sie's, vielleicht auch nicht. Und du fragst dich, woher Israel die Chuzpe nimmt, selbstgerecht ein Territorium zu verteidigen, das seine Vorfahren auf so barbarische Weise erbeutet hatten. Eine berechtigte Frage. Was das angeht – auch die West Bank wurde gewaltsam annektiert, und das ist noch gar nicht lange her. Aber Spike, ich möchte dir noch mal vor Augen führen, daß die sogenannten Palästiner, die den Juden dieses Territorium streitig machen, dazu wenig oder auch gar nicht befugt sind.«

»Sind sie nicht?« fragte Ellen Cherry. Die Frage war ihr einfach so rausgerutscht. Sie biß sich – zu spät – auf die Zunge und dachte: *Teppiche.*

»Nein«, sagte Abu. »Sie stammen nicht von den Kanaanitern ab. Und auch nicht von den Phöniziern, dem einzigen kanaanätischen Volk, das Joshuas Raserei überlebte. Was aber noch mehr zählt: das umstrittene Territorium war seit undenklichen Zeiten nicht mehr ihre Heimat, wie sie selbst eingestehen. Nur wenige haben mehr als fünfzig Jahre in dieser Gegend gelebt.«

»Teppiche.«

»Ihr könnt mir glauben! Die Juden haben die Araber nicht aus Palästina verdrängt, ganz im Gegenteil. Die meisten Araber dort haben ihre Wurzeln woanders. Sie sind in Regionen zu- und eingewandert, die schon im präisraelischen Palästina von Juden besiedelt waren. In den vierziger Jahren. Ich sagte zu- und eingewandert, aber in Wirklichkeit haben die Briten sie aus der ganzen arabischen Welt dorthin gekarrt. Und sie in einem Land, das ihnen fremd war, neu angesiedelt.«

»Wunderschöne Teppiche.«

»Mit dem Einverständnis der Amerikaner, da bin ich sicher, und in voller Absicht haben die Briten Araber in großer Zahl dorthin geschafft, als abzusehen war, daß die UN nach dem Ende des Zweiten Weltkriegs den Staat Israel anerkennen würde. Deshalb erinnere ich Spike immer wieder daran: ganz gleich, wie unfair und brutal die Palästinenser behandelt werden, sie haben noch weniger Anspruch auf das Territorium als die Juden.«

Abu machte eine Pause und fuhr dann fort: »Doch könnte man sich natürlich fragen, warum sich die Briten mit dem Einverständnis der Amerikaner, davon bin ich überzeugt, die Mühe machten, fremde Araber in Palästina anzusiedeln.«

»Handgeknüpfte, mit organischen Stoffen gefärbte Teppiche.«

»Es war ein bewußter Trick, um die Juden auf offener Flamme sieden zu lassen. Sie unter ständigen Druck zu setzen und so jeglichen finanziellen oder kulturellen Einfluß zu beschränken, den sie auf den Rest der Welt hätten ausüben können. Es war ein großangelegter, zynischer Verrat. Spike kann das verständlicherweise nicht zugeben, aber in meinen Augen war, wenn Hitlers Holocaust der größte antisemitische Akt in der Geschichte war, die Schaffung des Staates Israel der zweitgrößte. Eine ungeheuerliche angloamerikanische Falle.«

In Ellen Cherrys Kopf umschwirrten exquisit geknüpfte fliegende Teppiche die Kontrolltürme diverser internationaler Flughäfen. Als sie schließlich mitbekam, daß ihre Arbeitgeber beide verstummt waren, stand sie auf und füllte ihre Gläser, das von Spike mit Cola-Rum, das von Abu mit Tee.

»Und Sie trinken nichts, *darlink*?« fragte Spike.

Erst jetzt trug sie ihre Bitte um Rückstufung vor und versicherte den beiden, daß sie dadurch nicht nur Geld sparen, sondern sich auch die Arbeitskraft einer Kellnerin sichern würden, die mit Leib und Seele in ihrem Beruf aufging.

»Aber, meine Liebe, Sie sind Künstlerin«, sagte Abu.

»Nur Geduld. Eine nette kleine Galerie, was ich werde Ihnen besorgen«, sagte Spike.

Als sie hartnäckig blieb, baten sie, die Angelegenheit unter vier Augen besprechen zu können. Sie willigte ein, einen Spaziergang zu machen und in einer Stunde wiederzukommen.

Als sie das Restaurant mit einer Papiertüte voller *shish tawook* unter dem Arm verließ, hörte sie Abu fragen: »Was hat sie bloß dauernd von Teppichen gemurmelt?«

Der Vermieter ihrer letzten Wohnung in Seattle war so freundlich gewesen, Ellen Cherry einen Coldspot-Herd und einen Hotpoint-Kühlschrank zu überlassen. Can o' Beans hatte sich von seinem/ihrem Hochsitz auf dem Küchenregal über diesen Widerspruch, diesen unpräzisen Sprachgebrauch zugleich amüsiert und geärgert. Und Ellen Cherry erklärte Boomer eines Tages am Telefon: »Ich habe einen kalten Punkt und einen heißen Punkt.«

»Du und jede andere Frau, mit der ich zu tun hatte«, antwortete Boomer.

Dieses Gespräch fiel Ellen Cherry wieder ein, als sie jetzt die Forty-ninth Street hinaufging. Eigentlich hatte sie vorgehabt, am East River spazierenzugehen, doch der Wind war zu frisch, und außerdem zog gerade eine Demonstration vor dem UNO-Gebäude auf. Arabischstämmige Amerikaner und eine erstaunlich große Zahl von Juden protestierten gegen die Brutalität, mit der Israel seine Autorität in den besetzten Gebieten durchzusetzen versuchte. Deshalb hatte sie beschlossen, einen schnellen Abstecher zur Fifth Avenue zu machen, um noch die letzten Schwingungen von Turn Around Normans langgezogener Pirouette mitzubekommen. Während sie fast im Laufschritt die vertraute Strecke entlangeilte und die Papiertüte durch die eisige Luft schwenkte, wurde sie das Gefühl nicht los, daß in den vergangenen fünfundzwanzig Jahren ihres Lebens ihr kalter Punkt niemals kälter und ihr heißer niemals heißer gewesen war.

Als sie an Mel Davis' Hundeboutique vorbeikam und einen Truthahn aus Pappe in der Tür hängen sah (offensichtlich gab es auch für Pudel Thanksgiving), erstaunte es sie nicht, daß das Gefühl von simultaner Hitze und Kälte sich noch verstärkte.

Keines dieser Extreme ihres Psychoklimas war für die Objekte im Keller erkennbar. Tatsächlich registrierten sie ihre Gegenwart auf den Stufen der Kathedrale kaum. An diesem Tag und in diesem Augenblick richtete sich ihre Aufmerksamkeit auf etwas anderes.

»Könnte ich doch nur an Ihrer Stelle gehen, Miss Spoon«, sagte Can o' Beans mitleidig.

»Na, ich bin heilfroh, daß es nich mich erwischt hat«, sagte Dirty Sock. »Aber Sie werden es schon hinkriegen, Süße. Sie sind zu klein zum Scheißelöffeln und zu groß zum Kokainlöffeln. Kein Mensch in New York wird was von Ihnen wollen. Also marschieren Sie los, und machen Sie Ihre Sache gut. Verhelfen Sie der Welt zu mehr Demokratie. Denken Sie an das Alamo. Verdammte Torpedos! Sie haben keine Fragen zu stellen, sie haben nur zu kämpfen und zu ...«

Painted Stick fauchte etwas auf phönizisch, was die Socke unmöglich übersetzen konnte, aber sie ahnte vage, was gemeint war, und hielt den Mund.

Spoon war längst verstummt. Sie hatte schon seit Stunden kein Wort mehr herausgebracht. Sie stand einfach neben dem Gitter und zitterte, als hätte sie den ganzen Tag in Patsys Hühnchensülze verbracht.

Der Plan war relativ einfach. Wenn die Sonne unterging und die Schatten von St. Patrick's den nächsten halben Block der Fifth Avenue in ein Kohlerevier verwandelten, unmittelbar bevor Turn Around Norman seine Erdachsendrehung ohne Applaus und Quietschgeräusch beendete, sollte Spoon sich durch das Gitter zwängen (wobei sie Bonbonpapierchen und aufgeweichte, vom Wind herangewehte Scientology-Flugblätter fortschieben würde wie einen Schleier), so schnell und unauffällig wie möglich die fünf Meter zwischen dem Fenstergitter und Normans Standort entlangschleichen und, kurz bevor er sich bückte und seine Sammelbüchse aufhob, dort hineinspringen.

Wie fast überall kam es auch hier auf das richtige Timing an.

Mittlerweile kannten die Objekte genau wie Ellen Cherry Normans Bewegungsabläufe in- und auswendig und konnten daher ziemlich genau vorhersagen, wann er seine Vorstellung abschließen und sich mit dem Tageserlös auf den Heimweg machen würde. Jetzt, als die Wimpern seiner Schlafpuppenaugen zu flattern begannen wie die einer aufziehbaren Jezabel, als sich die schraubverschlossenen Gesichtszüge entspannten und ein wenig von der Sanftmut eines Korkens annahmen, als sich der verkniffene Mund öffnete und die gewaltig blauen Augen fokussierten, stieß Painted Stick Spoon in die Seite, gab Conch Shell ihr ihren Segen und *klimper klirr*, schon war sie durchs Gitter und schoß den Bürgersteig entlang wie ein Silberpfeil von einem Spielzeugbogen.

»*Bon voyage*«, flüsterte Can o' Beans.

»*See ya later, alligator*«, rief Dirty Sock.

Spoon hörte sie nicht. Panischer denn je zuvor in ihrem Leben, hörte sie nichts als das feine Klimpern und Klirren ihres Körpers auf dem Pflaster, und dieses Geräusch schien ihr in ihrer Angst und Erregung dermaßen übermächtig, daß sie das Gefühl hatte, es müsse den mechanisch donnernden Verkehrslärm der Rush-hour noch übertönen. »Liebe Güte! O heilige Maria, Muttergottes!«

Klimper, klirr. Es waren keine zwei Meter mehr, da spürte sie Schritte hinter sich, so nah, daß sie fürchtete, jeden Augenblick plattgetreten zu werden. Sie warf einen hastigen Blick über die Schulter, kam vom Weg ab, stolperte über den Rand der ersten Stufe vor der Kathedrale und verlor den Halt.

»Was ist *das* denn?« hörte sie jemanden rufen (oder zumindest glaubte sie das). Ein Schatten fiel über sie (dabei war sie bereits im Schatten), und dann spürte sie (oder glaubte zu spüren), wie eine rauhe, neugierige Hand sich herabsenkte, um sie vom Pflaster aufzuheben.

In heller Panik, atemlos und unfähig zu denken, machte sie einen verzweifelten Satz in das nächstbeste geschützte Eckchen – zufällig die halb geöffnete Papiertüte, die zu Ellen Cherrys Füßen stand.

Und während Turn Around Norman die spärlichen Tageseinnahmen in die Tasche steckte und in der Menge untertauchte, lag Spoon im Dunkeln, neben einer Portion in Alufolie gewickeltem *shish tawook*, und bibberte so heftig, daß ein vorüberkommender Passant hätte meinen können, die Tüte steckte voller Mäuse.

Es war jetzt nach sechs, und die Billionen Teilchen, aus denen die Atmosphäre von Manhattan bestand, hatten ihre grellen Sportklamotten mit dem Smoking vertauscht. Als Ellen Cherry in der Hoffnung auf Rückstufung zum Isaac & Ishmael's zurückkehrte, lief sie durch eine Dunkelheit, die fast so finster war wie jene, in der Spoon zitterte. Nur das diskrete Neon der Sushi-Bars oder die blendenden Scheinwerfer der Taxis schlangen den steifen Kragen der Nachtmoleküle aufs Geratewohl bunte Frackschleifen um. Spoon hatte sich so weit beruhigt, daß sie sich ein mehr oder weniger genaues Bild von ihrer Umgebung machen konnte, und obgleich sie immer noch zu Tode erschrocken war, tröstete sie sich mit der Einsicht, daß ihr Schicksal nun mit Ellen Cherrys und nicht mit dem irgendeines Fremden verknüpft war.

Im Kellergeschoß von St. Patrick's grunzte Dirty Sock mürrisch: »Sie hat's vermasselt. Typisch, Mann, schlicht und einfach vermasselt. Ich wußte es ja, ich hätt den Job selbst machen sollen.«

Can o' Beans dagegen blieb ungerührt. Er/sie erklärte dem Stock und der Muschel, daß Spoon in ihrer Panik möglicherweise eine glückliche Wahl getroffen hatte. »Wenn Sie mich fragen«, sagte er/sie, »ist die Kleine bei Miss Charles besser aufgehoben als bei Turn Around Norman. Daß unser geheimnisvoller Mr. Norman den Schweißfehler in der gepanzerten menschlichen Vorstellung vom Fortschritt entdeckt hat, heißt noch lange nicht, daß er bereit ist, sich aktiv an einem Vorhaben der Unbelebten zu beteiligen. Schon wahr, auch Miss Charles könnte angesichts solcher Aussichten das Handtuch werfen, aber falls sie sich nicht mächtig verändert hat, wissen wir zumindest, daß sie mitfühlend und exzentrisch ist – eine ausgezeichnete Kombination für ein menschliches Wesen; wir wissen, daß sie mich vier Jahre lang ungeöffnet aufgehoben hat; wir wissen, daß sie Miss Spoon und Ihre geliebte Jezabel mochte; und ich habe das Gefühl, daß wir imstande wären, wertvolle Hilfe von ihr zu erhalten, ohne ihr allzuviel anvertrauen zu müssen. Verstehen Sie, was ich meine? Schon ein Hauch subtiler Manipulation würde reichen. Vollkommen harmlos natürlich.«

Conch Shell nickte, während Painted Stick ins Leere starrte und vielleicht an eine Zeit zurückdachte, in der die Kluft zwischen belebten und unbelebten Wesen noch nicht so groß gewesen war.

»Wie auch immer«, fuhr die Bohnendose fort. »Miss Charles taucht hier vor der Kirche fast so regelmäßig auf wie Mr. Turn Around. Wenn Spoon ihr Köpfchen gebraucht und Ihren Anweisungen folgt, ist sie morgen oder übermorgen wieder bei uns. Und mit ein bißchen Glück wissen wir dann etwas mehr über unsere Chancen, nach Jerusalem zu kommen.«

Doch ach, Can o' Beans wäre um einiges weniger optimistisch und Spoon weniger tapfer gewesen, hätte einer von ihnen Ellen Cherrys Gedanken lesen können. Während sie die East Forty-ninth Street wieder hinabtrottete und dabei die Papiertüte durch die frostige, ebenholzschwarze Luft schwenkte (ohne daß ihr das zusätzliche Gewicht des Dessertlöffelchens aufgefallen wäre), traf Ellen Cherry eine Entscheidung. Wenn sie schon ihr Künstlerdasein aufgab, mußte sie auch die Kunst an sich aufgeben. Jede Art von Kunst. Punktum. Alles andere wäre wie die Scheidung von einem Mann, den man noch liebte, nur um dann rumzuhängen und abzuwarten, wie er mit seiner neuen Frau zurechtkam. Wenn sie schon nicht Teilnehmerin sein konnte, wollte sie auch nicht Zuschauerin sein.

Doch wenn diese Verzichtserklärung das Dilemma, ob sie sich Boomers Show (die einerseits ihre Neugier weckte, sie andererseits jedoch mit Grausen erfüllte) ansehen sollte oder nicht, ein für allemal löste, würde sie auch den kulturellen Pilgergängen zur Fifth Avenue, diesen ewigen Hommagen für den »einzigen echten Künstler in New York« ein Ende machen. Als sie an Mel Davis' Hundeboutique vorbeikam, wo sich der Papptruthahn nun wie eine nostalgische Silhouette in der Nacht abhob, nahm sie sich das Versprechen ab, Turn Around Norman heute zum allerletztenmal gesehen zu haben.

Klar, Ellen Cherry würde den Straßenkünstler vermissen. Weniger klar war, *warum*.

Früher hatte sie sich gesagt, daß er sie aus dem gleichen Grund anzog, wie Jerusalem Spike anzog: Turn Around Norman ging es nicht ums Geld.

Aber stimmte das eigentlich so ganz – ging es ihm wirklich nicht ums Geld? Und wenn, was war daran so großartig?

Turn Around Norman drehte sich nicht umsonst. Beinahe – aber nicht ganz. Man konnte ihm stundenlang zusehen, wochenlang sogar, und keinen Penny dafür zahlen. Andererseits war seine Sammelbüchse – eigentlich ein Pappkarton, der einst als Verpackung für ein Kinderpuzzle gedient hatte – stets gut sichtbar aufgestellt, und finanzielle Spenden in Rockefellerschen Dimensionen waren nicht ausdrücklich untersagt. Dennoch hatte er Glück, wenn er drei Dollar am Tag machte. So schien er einerseits willig, wenn nicht gar darauf bedacht, eine Barspende als Ausdruck der Wertschätzung für seine Arbeit, seine Kunst, seine Zeitlupenstraßenkunst anzunehmen, doch gingen seine Motive offensichtlich über das rein Finanzielle hinaus. Oder er hatte keinen Film in der Kamera.

In Ellen Cherrys Augen bewies die Tatsache, daß Turn Around Norman sich einem rigoros kontrollierten *minimal act* verschrieben hatte, und das geradezu unerbittlich, Tag für Tag (außer mittwochsnachmittags), bei schönem wie bei Hundewetter, vor einem gedankenlosen, häufig ausfälligen Publikum und ohne nennenswerte materielle Entschädigung – bewies diese Tatsache, daß er an irgend etwas glauben mußte. Zweifellos war auch Jerusalem irgendeinem Glauben verpflichtet. Obwohl sie nicht wußte, welchem. Auch von Normans Überzeugungen hatte sie höchstens eine diffuse Ahnung. Offenbar glaubte er ans Sich-im-Kreis-Drehen.

»Das Schlimme an den New Yorker Künstlern ist, abgesehen von der Tatsache, daß sie bei Toten und Lebendigen klauen, was das Zeug hält: sie wollen bloß reich und berühmt sein, sie *glauben* an nichts«, hatte sie Boomer eines Tages vorgeworfen.

»Doch, das tun sie«, antwortete Boomer. »Sie glauben ans Reich-und-berühmt-Sein.«

Aha. Gab es qualitative Unterschiede zwischen dem Glauben an ganz, ganz langsame Umdrehungen auf der Straße und dem Glauben ans Reich-und-berühmt-Sein? War Geldbesessenheit etwas Schleimiges, Schändliches mit nagetiermäßig gefletschten Zähnen im Vergleich zur Kunstbesessenheit?

Da sie im Ansonia mit zwei Monatsmieten im Rückstand lag und jetzt auch noch mit einer selbstverschuldeten Gehaltskürzung rechnen mußte, befand sich Ellen Cherry in der mißlichen Lage, eine Unterstützung von Boomer in Erwägung zu ziehen, ihn möglicherweise sogar bitten zu müssen, sie an den Gewinnen aus der Ausstellung in der Sommervell-Galerie zu beteiligen. Dabei hatte sie gerade endgültig beschlossen, diese Ausstellung zu boykottieren. Um ihren augenblicklichen Lebensstandard halten zu können, mußte sie von den Kunstwerken eines Mannes leben, der, wie sie wußte, an nichts, mit anderen Worten, weder an seine eigene noch an ihre Arbeit glaubte. Sie hatte nie etwas gegen den Tausch von Bildern gegen Dollars gehabt. Es hatte sogar eine Zeit gegeben, als sie, Ellen Cherry, sich darum gerissen hätte, reich und berühmt zu sein. Das war noch gar nicht so lange her. Aber etwas hatte sich verändert ...

Wenn man genau hinsah, erwies sich der künstlerische Erfolg in sozioökonomischer Hinsicht als ein Dämon, den sie gerufen hatte und mit dem sie jetzt nicht fertig wurde. Nach und nach gelangte sie zu der abstoßenden Erkenntnis, daß ihr lebenslanges Augenspiel (ihr Privatvergnügen, ihre eigene kleine Erlösung) zu einer Handelsware verkam wie Limonade, Jeans, Fernsehpredigten oder Alcos Anal. Die Beziehung zwischen Kunst und Geld blieb ihr ein Buch mit sieben Siegeln. So kompliziert wie der Nahe Osten, und kein Teppich weit und breit.

Schon das Geld an sich war ihr unbegreiflich. Vom Zeitpunkt seiner Erfindung an hatte es diejenigen, in deren Leben es eine Rolle spielte, verwirrt und verdorben. Und obgleich der moderne Mensch daran gewöhnt war, obgleich er täglich, wenn nicht stündlich mit Geld zu tun hatte und obgleich es sein ganzes Denken durchdrang wie Hefe einen Brotteig, verstand er nicht mehr davon als seine Vorfahren. Es beunruhigte ihn, beherrschte ihn und brachte ihn aus der Fassung. Ein einsichtsvoller Mensch konnte nicht umhin einzuräumen, daß es sein Blickfeld verschleierte wie ... ja, richtig geraten, wie ein Schleier.

Wenn der fünfte Schleier fällt, und mit ihm die Illusion von der Bedeutung des Finanziellen, finden Individuen vielleicht wieder zu sich selbst und merken, daß sie gleichsam nackt zwischen uralten Werten in einer lange verlorenen Landschaft stehen.

Aber schon jetzt kann man mit einiger Sicherheit behaupten, daß Geld trotz des darum vollführten Geschreis und trotz der von ihm ausgelösten Ängste kaum wirklich existiert. Als eine Abstraktion, ein Symbol, ein Glaubensakt, ein Schuldschein, der sich allein auf das Wort des Bankiers stützt, ist Geld zuerst und vor allem ein Ersatz. Das Lustige an der Sache ist, daß es häufig ein Ersatz für Dinge ist, die selbst nicht existieren.

Dagegen ist eine Umdrehung auf der Straße trotz ihrer relativ kurzen Dauer durchaus real.

Kunst und Geld, beide verstaubt von der Romantik und der Poesie der Zeit, sind magisch. Oder besser gesagt, Geld ist Zauberei, Kunst ist Magie. Geld ist schauspielerisches Können, Fingerfertigkeit, ein Haufen Taschenspielertricks. Kunst dagegen ist ein Bündel von Kräften und Einflüssen, die mittels praktischer, doch stets unerklärlicher geheimer Verbindungen auf die Sinne einwirken. Zugegeben, die Scheidelinie zwischen beiden kann so dünn sein wie ein Dollarschein. Und hinzu kommt noch, daß die Zauberer des Kapitalismus ihren Einfluß auf das Publikum mit Hilfe der Manipulation künstlerischer Bilder verstärken.

Lange bevor der Kunst der kommerzielle Schleier über die Augen fiel, hatte er bereits den Blick der Religion getrübt. Alte Tempel, ob nun heidnisch oder sonstwas, waren fast immer zugleich Schatzkammern und Münzämter. Der Tempel von Jerusalem bildete da keine Ausnahme. Der Erste Tempel und beide Versionen des Zweiten dienten dem Staat Judäa als Finanzzentren. Davon hatte Ellen Cherry keine Ahnung. Reverend Buddy Winkler schon eher, aber das Licht, in dem Buddy die Beziehungen der Religion zum Reichtum untersuchte, war verständlicherweise trübe. Can o' Beans war sich völlig im klaren darüber, doch vermied er/sie in seinen/ihren Spekulationen über das mögliche Aussehen des Dritten Tempels jegliche Mutmaßung darüber, was für Beziehungen dieser möglicherweise zur Bank von Israel unterhalten würde. Selbst die furchtlose Bohnendose hielt das Thema für heikel.

Es liegt auf der Hand, daß weder das Geld an sich noch die Liebe zu ihm die Wurzel allen Übels ist. Das Übel wurzelt tiefer. Auf alle Fälle hat Geld keine Wurzeln. Geld ist ein Blatt. Billionen von Blättern, um genau zu sein; dicht, buschig, grün wie Dollarscheine, Blätter, die mit ihrem künstlichen Baldachin die Sterne der Wirklichkeit verdunkeln. Wer sagt, daß Geld nicht auf Bäumen wächst?

Die Einführung des Geldes mit seinen verführerischen, wenn auch größtenteils zweifelhaften Versprechungen verlieh dem Wettkampf des Lebens neuen Schwung, aber der Schwung verwandelte sich in Schwindel, als die Akteure, betäubt von immer neuen Unwägbarkeiten, anfingen, das Feld mit dem Spiel zu verwechseln.

So wird selbst für diejenigen unter uns, die nicht persönlich bei Salomes Tanz dabeisein können, der fünfte Schleier fallen, und zwar im Augenblick des Todes. Wenn wir erst daliegen, hilflos, für keine Ablenkung mehr empfänglich, und die Energie sich aus unserem Hirn stiehlt wie ein Gauner von der Seite seines gutgläubigen Opfers, wird es vielen von uns wie Schuppen von den Augen fallen: Bei allem, was wir getan haben, ging es um Geld. Und in diesem Augenblick, kurz bevor die Sterne verlöschen, werden wir das, je nachdem, was wir sonst noch im Leben gelernt haben, entweder leidenschaftlich bereuen oder ein stilles Gelächter ausstoßen, das ganz allein auf unsere Kosten geht.

I & I

Das ist der Raum mit der Wolfsmuttertapete. Der Raum, in dem der Hummer den Kopfkissenbezug zerriß, weil er ihn verwechselte mit … hoppla! Momentchen mal. Wo wir gerade von Verwechslungen sprechen, das hier ist tatsächlich weit entfernt von dem Boudoir, das die Wolfsmutter tapeziert hat. Das hier ist nicht einmal ein Raum. Das hier ist zufällig die Kreuzung East Forty-ninth Street und United Nations Plaza, wo ein plötzlicher Schneeschauer, von einem frischen Wind vom Fluß herübergewirbelt, in Ellen Cherrys angespanntes Gesicht peitschte, alle Gedanken an Geld und Kunst aus ihrem Großhirn vertrieb, Eiskristalle über die arg gerupfte Bienenwabe ihres Haars streute und einen Moment lang eine Halluzination von Krustentieren und Bettlaken erzeugte, vielleicht einen Flashback zu einem Raum, in den Ellen Cherrys Neuronen womöglich einmal in einem vergessenen Traum gestolpert waren.

Sie schüttelte das Bild, den Schnee, den Wind und den unerwarteten Temperatursturz ab und ging um die Ecke zur UN Plaza, nur um vor dem I & I Zeuge einer Szene zu werden, die gleichfalls aus einem Traum hätte stammen können: Eine raunende Menge. Hysterisch flackernde rote Lichter. Das ruppige Drängeln von für den Notfall ausstaffierten Männern.

Zuerst hielt Ellen Cherry das alles für den Rest der Demonstration vor dem UN-Gebäude ein Stück die Straße runter, doch als sie näher kam, sah sie, daß die Menge lediglich untätig um zwei einsame Männer herumstand, die in zwei sich ausbreitenden Blutlachen lagen. Einer der Männer war Sylvester, ein Wachmann aus dem Restaurant. Er war mit einem Laken bedeckt. Der andere, von Ärzten umringt, war Spike Cohen.

Ellen Cherry ließ die Papiertüte auf das Pflaster fallen (Minuten später wurde sie samt Spoon und allem von der Polizei beschlagnahmt, und Sprengstoffexperten machten sich daran, sie zu untersuchen). Sie drängte sich durch die Menge und sank neben Spike auf die Knie. Blut spritzte aus seinem Kopf wie Fusel aus einem Weinschlauch. Seine Augen waren weit aufgerissen, und er keuchte, als wolle er alle Luft der Welt auf einmal schnappen.

Ihr stehengebliebenes Herz pochte dumpf weiter, als sie sah, daß er lebte. Doch im gleichen hoffnungsvollen Augenblick erklang eine warnende Stimme in ihrem Kopf. Sie wußte nicht, woher sie kam oder wem sie gehörte. Doch sie erschrak dermaßen, daß sie halb aufstand und sich umsah. Die Stimme hatte gesagt: »Boomer Petway kommt nicht mehr aus Jerusalem zurück.«

Warum nicht? Und was hatte Jerusalem mit dem zu tun, was hier geschah?

Sie spürte Abus Hand auf ihrer Schulter.

Sie hörte den Fetzen eines Songs aus einem unsichtbaren Lautsprecher:

Mein Herz ist ein Dritte-Welt-Land
Und deine Liebe ein Tourist aus der Schweiz.

Sie hatte ihn noch nie gehört, aber auf geradezu unheimliche Weise klang er vertraut. (Eines Tages würde sie erfahren, daß es Raoul Ritz' erste Platte war.)

Als sie sich wieder Spike zuwandte, rechnete sie schon damit, daß er tot war. Doch die Ärzte hatten die Blutung zum Stillstand gebracht, und auf seinem Gesicht lag ein schwaches Grinsen. Von seiner günstigen Position auf dem vom Blut erwärmten Zement konnte er in aller Ruhe jeden Schuh in der Menge inspizieren.

DER

SECHSTE

SCHLEIER

Mitte Dezember ließ die Kälte plötzlich nach. Die Leute machten ihre Weihnachtseinkäufe in Hemdsärmeln. Auf der Fifth Avenue hätten Christrosen blühen können, so mild und schön waren die Tage. Der zunehmende Mond war ein typischer Wintermond, hoch und käsig, aber die Nächte, in denen er anschwoll, waren so lind wie Babyöl. An Heiligabend war Vollmond. Er rollte über den Himmel wie ein gruseliger Ball, wie ein Wagenrad von gespenstischem Frischkäse. Obwohl der Weihnachtsstern der hellere von beiden war, hielt er Abstand zu diesem Mond.

Die Mitternachtsmesse in St. Patrick's lockte eine riesige Menge an. Der Erzbischof sprach in einer längst ausgestorbenen Sprache über einen längst verschiedenen Zimmermann. Nichtsdestotrotz war die Stimmung von fröhlicher Festlichkeit geprägt. Unten im Kellergeschoß, wo der Chor kaum zu hören war, rekelten sich die Unbelebten im Mondlicht, das durchs Gitter fiel.

»Es ist zum Heulen, daß unser Löffelchen nicht bei uns ist«, sagte Dirty Sock. »Die Gute würd ausflippen bei all den Chorälen und Hymnen.«

»Stimmt«, nickte Can o' Beans. »Das würde sie in der Tat. Ich persönlich finde Choräle zwar erträglicher als Rap, aber nicht viel. Der Choral strahlt Hoffnung aus, der Rap Aggression, aber beide sind verwurzelt im überwältigenden Gefühl menschlicher Ohnmacht.«

»Hören Sie auf, Professer. Können Sie nicht endlich mal 'ne Pause einlegen? Es ist Heiligabend!«

»Und was hat das mit Ihnen zu tun, verehrter Polyesterfreund?«

In der Hoffnung, ihre Kabbelei im Keim ersticken zu können, beschrieb Conch Shell dem Strumpf und der Dose die winterlichen Feierlichkeiten, die man zu dieser Jahreszeit auf Jerusalems Tempelberg abzuhalten pflegte. Im Vergleich dazu war die Messe, die über ihnen zelebriert wurde, offenbar ziemlich fade, doch selbst Painted Stick unterbrach die Betrachtung des Punktes, an dem sich der Strahl des Mondes mit dem Licht des Sterns kreuzte, um einzuräumen, daß die Orgel musikalische Möglichkeiten bot, die für eine Trommel oder ein Tamburin undenkbar gewesen wären.

»Die Musik hat sich verändert«, sagte Painted Stick, »doch der Stern im Osten ist derselbe.«

Draußen ratterten Lastwagen mit den ersten Lieferungen der Morgenzeitung vorbei. Die Schlagzeilen lauteten: »Truppen sichern von Pilgern belagertes Bethlehem.«

Und in der Herrentoilette des Isaac & Ishmael's drüben auf der United Nations Plaza stand Verlin Charles mit der Hand auf dem Hosenschlitz da und starrte durch ein Fenster auf den Weihnachtsstern.

Verlin und Patsy hatten erwartet, daß Ellen Cherry zu Thanksgiving nach Hause kommen würde, doch sie hatte abgesagt. In letzter Minute war ihr klargeworden, daß sie es nicht ertragen würde, über den langen Eichentisch hinweg auf einen gebratenen Truthahn sehen zu müssen, und das, wo Boomer immer noch in Jerusalem war. Ihre Eltern waren enttäuscht gewesen, hatten jedoch ihr Versprechen akzeptiert, sie würde Weihnachten in Colonial Pines verbringen. Als Boomers Rückkehr sich weiter verzögerte, hatte sich Ellen Cherry jedoch auch für Weihnachten eine Ausrede einfallen lassen.

»Na schön«, sagte Patsy entschlossen. »Wenn sie nich zu uns kommt, fahren wir eben zu ihr.«

»Immer langsam mit den jungen Pferden«, sagte Verlin. »Redest du etwa von New York? Zu Weihnachten? Wir?«

»Du hast es erfaßt. Es wird eine Familienfeier werden. Und sehr romantisch.«

»Es wird ein verdammter Alptraum. Von allen Orten, an denen man Weihnachten feiern könnte ...«

»Bud wird dasein.«

»Is mir egal.«

»Und ich auch –«

Verlin wußte nicht weiter. Er konnte sehen, daß sie es ernst meinte. Verdammter Mist! Sie hatte ihn am Wickel. Er konnte in Colonial Pines bleiben und allein feiern – allein! – oder mit seiner durchtriebenen Frau und seiner unberechenbaren Tochter in einem heidnischen Sündenpfuhl, wo ihr

Leben keine zwei Cents wert war, nicht mal am Geburtstag des Christkindes. Ganz zu schweigen von den unzähligen Footballspielen, die er verpassen würde.

Nun, am Heiligabend, schlug seine Blase Purzelbäume, so dringend wollte sie das Glas jüdischen Wein wieder abschlagen, das er nur aus Höflichkeit getrunken hatte. Da stand er also vor dem Pissoir in einem Restaurant, das jeden Augenblick in die Luft fliegen konnte. Er hatte Angst, den Reißverschluß runterzuziehen und sein zitterndes Geschlecht den Krankheitskeimen auszusetzen, die, grinsend wie Totenschädel und feixend wie Tunten, an einem schmutzigen Ort wie diesem auf der Lauer liegen mußten, wie ihm sein gesunder Menschenverstand sagte.

Als er durch das schmierige Fenster über seinem Kopf den Stern erblickte, faßte er vorübergehend wieder Mut. Die göttliche Liebe und Fürsorge Jesu durchdringt alles, selbst dieses feststehende Ziel an diesem fürchterlichen Abend, sagte er sich und griff entschlossen nach dem Mantelzipfel des Christkindes, um sich zu beruhigen. Er stand so weit es der Strahl erlaubte vom Pissoir entfernt und verrichtete vorsichtig sein Geschäft. In einer Stunde wäre der schlimmste Heiligabend seines Lebens vorüber, und er läge mit Patsy gemütlich aneinandergekuschelt in der relativen Sicherheit ihres Zimmers im Waldorf-Astoria.

Hat keinen Sinn, sich so anzustellen, dachte er. Er seufzte und entspannte seinen Schließmuskel. In diesem Augenblick aber verschwand der Stern, verdunkelt von einem fremdartigen Gesicht, das sich plötzlich gegen das Fensterglas preßte, einem dunklen, semitischen Gesicht, das finster unter einer zerrissenen weißen Kopfbedeckung hervorblickte. Verlin trat zurück, und sein Wasser spritzte über eine bambusbedeckte Wand. »Terroristen!« schrie er, und dann fiel er glatt in Ohnmacht.

Niemand hörte Verlins Schrei. Roland Abu Hadee und seine Frau Nabila waren in der Küche, der eine mit Geschirrabwaschen, die andere mit Vorbereitungen für Kaffee und Nachtisch beschäftigt. Patsy und Ellen Cherry saßen im Speisesaal und waren ins Gespräch vertieft – es war ihre erste Gelegenheit, unter vier Augen zu reden. Sie hatten den ganzen Tag mit Einkäufen verbracht, Verlin und seine Kreditkarten im Schlepptau, und nach einem Bad und einem Nickerchen in ihrem jeweiligen Quartier hatte auch schon die ausgiebige Dinnerparty begonnen.

Für diese Feier gab es mehr Rechtfertigungen als Eiterpusteln in Buddy Winklers Gesicht. Erstens feierte das ganze Land Weihnachten und Chanukka. Dann war es Verlins und Patsys erster Besuch in New York. Als nächstes wäre der erst vor kurzem eingetrudelte Brief vom Polizeichef zu erwähnen, der dem I & I die Genehmigung für eine Wiedereröffnung erteilte, nachdem es im Anschluß an die Schüsse im November hatte schließen müssen. Und nicht zuletzt war Spike Cohen erst einen Tag zuvor aus dem Krankenhaus entlassen worden. Man hatte sogar ausgemacht, daß er irgendwann während der Party zu ihnen stoßen würde. Er würde die erste Hälfte des Abends mit seinem Sohn auf einer Chanukka-Feier verbringen und dann mit dem Taxi ins I & I kommen. Mitternacht war jedoch bereits verstrichen, ohne daß Spike aufgetaucht wäre. Schließlich kam man überein, die Chanukka-Party habe ihn gewiß so erschöpft, daß er wahrscheinlich direkt ins Bett gegangen sei. Alle hofften, daß ihm nichts zugestoßen war.

Spikes Schußverletzung im besonderen und Gewalt im allgemeinen hatten das Tischgespräch beherrscht – Verlin steckte voller paranoider Fragen, auf die Abu philosophische Antworten gab –, nun aber, da Mutter und Tochter allein waren, kamen sie wie üblich auf die Liebe zu sprechen.

»Okay«, sagte Ellen Cherry. »Hier ist Boomers erster Brief.« Sie zog ein oder zwei mit kindlichen Bleistiftkritzeleien bedeckte Blätter aus einem dünnen Luftpostumschlag. »Das meiste ist über Jerusalem. Hier zum Beispiel schreibt er: ›Es ist eine Stadt, die auf anderen Städten erbaut wurde, doch eine soll noch kommen, die letzte, wie Buddy meint, und das ist das Neue Jerusalem. Als erstes verpaßt Jerusalem Dir einen Kulturschock. An jeder Ecke prallen brodelnde Kulturen aufeinander. In Israel hab ich die wunderbarsten und die schlimmsten Menschen der Welt getroffen. Harte Cowboytypen, die keinen Schritt ohne ihre Uzis machen, überzeugte Fanatiker verschiedenster Glaubensrichtungen. Leute, so gastfreundlich und mitfühlend, daß man heulen könnte, und andere mit diesem hinterhältigen Zug, der typisch ist für Menschen mit beschränktem Horizont.‹

Dann geht es weiter: ›Auf den ersten Blick würde man schwören, daß die Leute hier sehr erdverbunden leben, das gefällt mir natürlich, aber irgendwie sind sie dann doch nicht wirklich mit der Erde verbunden, selbst wenn sie sie bearbeiten. Kopf und Herz schweben schon irgendwo in den Wolken. Buddy behauptet ja, daß Jerusalem in allernächster Zukunft gen Himmel auffahren wird. Wenn du mich fragst, macht das keinen großen Unterschied zu jetzt.‹

Laß mal sehen ..., na ja, so geht es eine Weile weiter. Dann erzählt er, wie gut sein Museumsprojekt läuft. Und gleich danach wirft er mir einen Brosamen hin und schreibt, wie sehr er sich darauf freut, mich bald wiederzusehen. Obgleich das gut bis nach Thanksgiving dauern könnte. Das ist es. Das ist der erste Brief.« Ellen Cherry blickte zu ihrer Mutter auf, doch Patsy lächelte nur und zuckte die Achseln.

»Na gut. Hier ist der nächste.« Sie öffnete einen zweiten Umschlag. »Mami, willst du noch schnell ein Glas Wein? Daddy würde es gar nicht mitkriegen.«

»Lieber Himmel, nein, Schatz. Ich bin nich an Alkohol gewöhnt. Er macht mich nur dumm im Kopf.«

»Na, wie du willst. Jedenfalls, dieser hier fängt an mit: ›Liebstes Zuckerpfläumchen.‹ Hast du jemals so was gehört? Ich meine, wer würde so was schreiben, außer Boomer? ›Liebstes Zuckerpfläumchen. Diese ausgetickte Stadt hat mich völlig in ihren Bann gezogen. Manchmal fasziniert sie mich, und manchmal möchte ich kotzen. Mal fühlt man sich inspiriert und rein und gleich darauf wieder so, als hätte man in einem Haufen Scheiße übernachtet. Und nur, weil Jerusalem so verflucht *heilig* ist. Sieht mir ganz so aus, als würde das Leben in einer heiligen Stadt die Leute entweder besonders brutal und gewalttätig oder besonders liebenswert machen. Manche von diesen religiösen Brüdern hier sind zum Fürchten. Das gleiche gilt für die ganze Stadt Jerusalem, so schön sie auch ist, und du weißt ja, wie ich auf Sachen reagiere, die mir angst machen. Ich muß mich mit ihnen auseinandersetzen.‹

Na ja, dazu sag ich gleich noch was. Ich überspringe jetzt ein paar Absätze, weil Daddy jeden Augenblick wiederkommen kann, und außerdem ist Boomers Handschrift eine Zumutung. Jedenfalls schreibt er weiter, daß er einen israelischen Bildhauer kennengelernt hat, dessen Arbeit in der Ausstellung gezeigt wird, an der auch Boomer beteiligt ist, und daß dieser Bildhauer in einem Kibbuz außerhalb von Jerusalem wohnt, eine Art Künstlerkibbuz, wo es eine Gießerei und eine Metallwerkstatt gibt, und daß sie schon lange nach einem erfahrenen Schweißer gesucht haben, weil der, den sie hatten, wieder zur Armee zurückmußte. Natürlich hat der gute Boomer angeboten, ihnen aus der Patsche zu helfen.«

»Na, das war doch sehr nett von ihm.«

»Kann schon sein. Falls es dir nicht aufgefallen ist, er hat vergessen zu erwähnen, ob dieser Bildhauer männlichen oder weiblichen Geschlechts ist.«

»Ach, Liebling!«

»Okay, ich bin also albern. Aber hör zur. ›Wenn ich wirklich im Kibbuz‹ – er buchstabiert es K-i-e-b-u-t-s – ›arbeiten sollte, wird sich meine Rückkehr nach New York um einen oder zwei Monate verschieben, aber das stand ohnehin an. Buddy hat mir vor ein paar Tagen einen Haufen Geld geschickt und gefragt, ob ich ihm einen Gefallen tun und ein bißchen länger in Jerusalem bleiben könnte, denn er will mich für eine geheime Mission einsetzen.‹«

Ellen Cherry warf den Brief auf den Untersetzer aus Bambus. »Also, was hältst du davon?«

»Ich kann mir keinen Reim drauf machen«, sagte Patsy. »Buddy quasselt andauernd davon, daß er und seine Juden das Armageddon auslösen wollen, aber du lieber Himmel, ich weiß auch nich. Auf alle Fälle werd ich ihn fragen, wenn wir ihn morgen treffen.«

»Onkel Buddy manipuliert Boomer. Er weiß genau, wie er das machen muß. ›Geheime Mission‹! Und Boomer fällt natürlich prompt auf diesen Blödsinn rein.«

»Ja, er hatte schon immer eine Schwäche für Spionagethriller.«

»Jedenfalls, was denkst du, Mami? Er redet davon, dazubleiben und sich mit Jerusalem ›auseinanderzusetzen‹, weil er sich mit allem im Leben, was ihm angst macht, auseinandersetzen muß, und das ist relativ wenig, geb ich ja zu. Aber er macht sich selbst was vor, wenn das der Grund ist, denn du kannst mir glauben, das einzige, wovor er momentan einen Heidenschiß hat, ist nach New York zurückzukommen und sich mit mir und Ultima Sommervell und seiner tollen neuen Karriere auseinanderzusetzen!«

Mit ihren miamipink lackierten Nägeln – Verlin hatte getobt und sie »Jezabel« genannt, als sie das Fläschchen kurz vor dem Abendessen aus der Einkaufstüte gefischt hatte – kratzte Patsy an den gelben Flecken, die das *tahini* auf der Tischdecke hinterlassen hatte. »Wenn du mich fragst, und das hast du ja getan, dann erinner dich bitte daran, daß Boomers Problem hauptsächlich darin besteht: Er liebt dich, aber er mag dich nicht. Er mag diese Ultima, aber er liebt sie nich. Und als Künstler kommt er sich vor wie'n Hochstapler. Der Junge ist so verdammt durcheinander, daß der Nahe Osten im Moment wahrscheinlich genau das Richtige für ihn ist.«

»Alle Künstler kommen sich vor wie Hochstapler, außer vielleicht diejenigen, die wirklich welche sind. Sogar ich hatte manchmal das Gefühl. Heute dagegen hab ich das Gefühl, ich würde mich als Kellnerin ausgeben, was weniger anstößig ist. Jedenfalls ... glaubst du wirklich, daß Boomer mich nicht mag, Mami?«

Noch bevor Patsy antworten konnte, flog die Tür auf, und Roland Abu Hadee stürzte herein, gefolgt von einem erregten Mann mit einer weißen Kopfbedeckung.

»Cherry!« rief Abu. »Weißt du, wo dein Vater ist? Spike hat einen Mann in der Toilette zusammenbrechen sehen.«

»Mr. Cohen?! Was?«

Die ganze Mannschaft eilte zur Herrentoilette. Dort fanden sie Verlin bereits wieder auf den Beinen, wenn auch aschfahl und benommen, der Hosenschlitz weit offen für die vier

Winde, sieben Weltmeere, zwölf Apostel und neunundneunzig Bierflaschen an der Wand.

Nach einer ausführlichen Erklärung, gefolgt von einer ausführlichen Entschuldigung, während der Nabila das *dondurma* schmelzen und den Kaffee zu Traktordiesel verkochen ließ, stellte sich heraus, was passiert war.

Spike Cohen hatte ein ganz besonderes Geschenk für das I & I. Von der letzten Operation, der er sich zur Behandlung seiner Schußwunden hatte unterziehen müssen, war sein Kopf noch mit dicken weißen Verbänden umwickelt. Wie auch immer, um die Überraschung zu vergrößern, hatte Spike geplant, das Geschenk mit Unterstützung seines Sohnes und zweier Freunde seines Sohnes durch die Küche hereinzuschmuggeln. So hatten sie es alle vier zum Hinterhof geschleppt, den sich das I & I mit dem indischen Restaurant nebenan teilte. Da sich das Küchenfenster aber als zu hoch gelegen erwies, war Spike auf die Idee mit dem Toilettenfenster gekommen. Eigentlich alles ganz einfach. Aber die Beule an Verlins Kopf und die pleistozäne Brühe auf dem Boden der Kaffeekanne war es nicht wert.

Spike schüttelte Verlin die Hand und tätschelte über Patsys Pumps. »Nu, *darlink*, wo haben Sie bloß gefunden diese schicke Schuh in Dixieland?« Dann eilte er hinaus in den Hof und wies seine Helfer an, die Überraschung hereinzuhieven. Sie entpuppte sich als sehr großes, sehr modernes, sehr teures Fernsehgerät mit allem Komfort und Zurück. Der Bildschirm maß eins achtzig in der Diagonale, und es hatte eine revolutionäre neue Bildröhre, die eine optimale Bildauflösung bot. Spike hatte es aus Tokio einfliegen lassen, und es gab nicht einen Fernseher in ganz New York, der es damit aufnehmen konnte.

»Potztausend!« rief Verlin, der allmählich seinen Schock überwand. »Auf diesem Ding kann man bestimmt jeden Schweißtropfen sehen, der dem Quarterback auf dem Weg zum Tor über die Stirn läuft. Teufel auch, vielleicht wär man sogar imstande, Tom Landrys Zähne zu zählen ...«

Es dauerte fast eine Stunde, den Fernseher aufzubauen, und ohne Verlins fachmännische Hilfe hätte es noch länger gedauert. Dem Ingenieur ist bekanntlich nichts zu schwör, und Verlin gab sein Bestes. Als das Gerät angeschlossen und eingestellt war, machten es sich alle gemütlich und sahen sich die zweite Hälfte von *Das Leben ist wundervoll* an. Natürlich blieb dabei kein Auge trocken.

Zwar hatte der Speisesaal im Isaac & Ishmael's den ganzen Herbst hindurch buchstäblich leergestanden, doch hatte die Bar allmählich eine kleine Schar von Stammkunden angezogen, hauptsächlich Junggesellen oder gelangweilte Ehemänner, die im UN-Hauptquartier arbeiteten. Sie trudelten spätabends auf ein Maccabee-Bier und eine Portion von Abus Falafel ein. Die Schießerei hatte dem Ganzen ein Ende gemacht, doch Spike hoffte, mit der überdimensionalen Glotze die Burschen zurückholen und noch ein paar andere anlocken zu können. Hätte er geahnt, wie sehr das Gerät eines Tages, wenn auch indirekt, ihrer aller Leben beeinflussen würde, dann hätte er in dieser Nacht aus anderen Gründen Tränen vergossen als über Jimmy Stewarts Erscheinung.

Es war schon nach zwei und eine leibhaftige Gähnepidemie ausgebrochen, als die Versammelten ihre leichten Mäntel überstreiften und sich gegenseitig gute Nacht und fröhliche Weihnachten wünschten. Als Abu Ellen Cherry umarmte, fiel ihm plötzlich etwas ein. »Ach richtig, das hätte ich fast vergessen. Ihr Löffel.«

»Was?«

»Ihr Löffel. Er war in der Papiertüte mit dem Essen damals. Die Polizei hat ihn zurückgegeben.«

»Ich weiß beim besten Willen nicht, wovon Sie reden, Mr. Hadee. Ich erinnere mich weder an einen Löffel noch an eine Papiertüte.«

»An dem Abend, als die Schießerei war. Wissen Sie nicht mehr? Sie haben vor dem Restaurant eine Tüte fallen lassen, und das gesamte Polizeiaufgebot ging in Deckung. Es muß Ihr eigener Löffel gewesen sein, denn er war zu fein und zu angelaufen für einen von unseren. Jedenfalls bin ich jetzt endlich dazu gekommen, ihn zu restaurieren. Es ist eine Schande, Patsy. Haben Sie vergessen, Ihrer Tochter beizubringen, wie man Silber putzt?«

Abu wandte sich ab und ging in die Küche. Ellen Cherrys Gesichtsausdruck war leer wie die Tanzkarte einer Querschnittsgelähmten. »Ich habe keine Ahnung, was er meint«, sagte sie, als sie Spike Cohen umarmte und küßte. Dann flüsterte sie ihm ins Ohr: »Ihr großer Fernseher hat meinem Daddy den Tag gerettet. Er war das einzige, was ihm in New York gefallen hat.«

»Haben Sie stets Respekt vor Ihrem Papa«, mahnte Spike. Seine glitzernden grünen Augen nahmen sie aufs Korn. Unter dem weißen Verband schimmerten sie noch grüner als sonst. »Gleich nach Silvester werd ich Ihnen besorgen eine hübsche Galerie, kleine Künstlerin.«

»Kellnerin«, verbesserte sie ihn. »Kleine Kellnerin.«

Abu kehrte mit einem schimmernden Dessertlöffelchen aus der Küche zurück. Ellen Cherry untersuchte es und riß vor Erstaunen den Mund auf. In Sekundenschnelle flog ihr ganzes Leben an ihr vorbei, und die Gänsehaut auf ihrem Rükken brachte Scharen von kleinen Gänsehäuten hervor. »Wie um alles in der Welt ...?« Selbst ihr Haar hätte sich gesträubt, wäre es nicht so schrecklich struppig gewesen.

Spoon selbst war unendlich erleichtert über diese Wiedervereinigung. Allerdings war sie auf Grund von Abus Aufmerksamkeiten ohnehin schon selig. Dieses liebevolle Können, mit dem er sie eingeseift, abgespült und poliert hatte, liebe Güte, sie dachte, sie würde sterben und geradewegs zum Himmel auffahren.

Bei der pompösen Weihnachtsfeier in der Radio City Music Hall am nächsten Nachmittag hätte Ellen Cherry ebensogut mit verbundenen Augen erscheinen können. Ohne auf die über die Bühne wippenden Rockettes in ihren knappsitzenden Weihnachtsmann-Kostümen zu achten, wälzte sie die gleichen Gedanken, die sie fast die ganze Nacht wachgehalten hatten.

Sie *könnte* sich irren und den Löffel doch nicht in der Höhle vergessen haben, doch wie hätte er dann in den vergangenen zwanzig Monaten völlig unbemerkt bleiben können? Unmöglich. Es sei denn, Boomer hatte ihn aus irgendeinem blödsinnigen Grund versteckt, als dummen Witz sozusagen. So was war Boomer durchaus zuzutrauen, obgleich er den Löffel von seinem Kibbuz aus sicher nicht in ihre Tüte hätte schmuggeln können. War es ein unheimliches parapsychologisches Phänomen? Oder war sie dabei, ihren jungen Verstand zu verlieren?

Ihre Eltern fanden ihre Reaktion übertrieben. Sie waren sich sicher, daß es eine logische Erklärung für die Sache gab und daß sie schon irgendwann von selbst drauf kommen würde.

»Du machst aus 'ner Mücke 'nen Elefanten«, sagte Verlin. »So weit kommt's, wenn man sich mit der Kunst einläßt, ich hab schon immer gesagt, du sollst die Finger davon lassen!«

»Reg dich nicht auf, Liebling«, riet Patsy. »Wunder mit Silber aus zweiter Hand sind äußerst selten.«

Nach der Vorstellung nahmen sie ein Taxi zum Ansonia, wo sie in Ellen Cherrys Apartment ihre Geschenke auspakken und das Weihnachtsessen zu sich nehmen wollten. Während der Taxifahrt war Patsy mindestens genauso versonnen wie ihre Tochter. Seufzend sagte sie: »Wenn ich bei meiner Tanzerei geblieben wär, hätt ich jetz da oben stehen können.«

Verlin widerstand dem Verlangen, am Weihnachtstag an ihrer Moral zu zweifeln, und schüttelte den Kopf: »Dazu bist du viel zu klein«, sagte er.

Raoul Ritz öffnete ihnen die Tür. An seinem Hut klemmte ein Mistelzweig. Ellen Cherry zögerte keine Sekunde. Sie küßte ihn mitten auf den Mund und steckte ihm sogar einen Augenblick die Zunge rein. Der Blitz, der zwischen ihren Schenkeln aufzuckte, mußte ihr Höschen zum Schmelzen gebracht haben. Sie konnte spüren, wie es anfing zu tropfen. Keine Frage, daß sie Raoul eingeladen hätte, noch am selben Abend nach Schichtende vorbeizukommen, hätte sich nicht das Geheimnis des verlorenen Löffels gleich wieder dazwischengedrängt. Sie riß sich zusammen und schob ihre Eltern Richtung Aufzug. Sie mußte unbedingt wissen, ob der Löffel noch da war.

»*Felices Navidades*, Miz Charl«, rief Raoul und fuhr mit einem gitarrenverhornten, nikotingebleichten Finger über seine frisch geküßten Lippen. »Ham Sie mein' Song gehört, Mann?«

»Welchen Song?« fragte Ellen Cherry, doch im gleichen Augenblick schloß sich die Aufzugtür.

»Ist *der* süß«, sagte Patsy.

Verlin warf ihr einen finsteren Blick zu.

Ellen Cherrys Hand zitterte förmlich, als sie die Schublade aufzog. Aber da lag der Löffel, so prosaisch und leblos wie das rostfreie Besteck neben ihm, obgleich er, dank Roland Abu Hadee (so glaubte Ellen Cherry jedenfalls), auf eine Weise funkelte, die dem restlichen Besteck die Schamröte ins Gesicht treiben mußte. *Daddy hat recht, ich bin dumm*, dachte sie. Trotzdem nahm sie den Löffel heraus und war im Begriff, ihn auf den Sims des längst nicht mehr genutzten Kamins zu legen, als Reverend Buddy Winkler aus der Halle anrief.

»Los, laß ihn rein«, sagte Verlin. »Höchste Zeit, daß dieses Weihnachten zu sei'm Christkind und sei'm Football kommt!«

Wie ein Maiskolben mit einem Diamanten am Aufschlag wirkte Buddy auf schäbige Art protzig. Sein blauer Armani-Anzug war weder ausgebeult noch verknittert, doch das weiße Hemd war so steif gestärkt, daß man damit ein Fenster hätte verbarrikadieren können, und die Krawatte nicht nur schlecht geknotet, sondern auch drei Zentimeter zu breit. Schlimmer noch, sie war braun. Mit neonfarbenen Pfauen drauf. Ellen Cherry hatte Buddy vor kurzem im Fernsehen gesehen, wo er eine Krawatte mit der Aufschrift »Jesus ist der Herr« getragen hatte. Wenn sie es recht bedachte, war sie froh, daß er sich heute für bunte Vögel entschieden hatte.

Reverend Buddy Winkler hatte noch immer keine eigene TV-Gemeinde. Im Gegenteil, fast ein Drittel der Radioanstalten, die der Southern Baptist Voice of the Sparrow Network angeschlossen waren, hatte seine Sonntagspredigten abgesetzt, weil er in seinen politischen Ansichten, besonders in puncto Naher Osten, zusehends militanter wurde. Dabei hatten sie gar nicht unbedingt etwas gegen seine Ansichten, sondern eher gegen seine detaillierten Beschreibungen der

Schrecken des Weltuntergangs, in die er die ganze Überzeugungskraft seines Saxophons legte. Das offensichtliche Vergnügen, mit dem er die grausamsten Gemetzel voraussagte, hatte so manchem Zuschauer das Frühstück im Hals stekkenbleiben lassen. Trotzdem verbreitete sich Buddys Ruhm unaufhaltsam. Immer wieder erschien er bei Sendungen anderer Evangelisten als Gastredner, und die Medien hatten gelernt, daß auf seine haarsträubenden Äußerungen stets Verlaß war. Es war vor allem Buddys Verdienst, daß die Third Temple Platoon besonders bei christlichen Fundamentalisten an Glaubwürdigkeit gewonnen hatte. Buddys Geschick, wenn es darum ging, rechtsradikalen Gojim das Geld aus der Tasche zu ziehen, sicherte ihm die Dankbarkeit radikaler Zionisten, die es nicht störte, daß er einen Teil der Spenden für Goldzähne und italienische Designeranzüge ausgab.

Vielleicht von Patsys Gegenwart eingeschüchtert, hielt sich Buddy an diesem Tag bei Tisch zurück. Sicher, sein Gebet zog sich derart in die Länge, daß die Sauce zu erstarren drohte. Und einmal begann er, den Trichter des Saxophons einigermaßen mit kandierten Süßkartoffeln und Marshmallows gestopft, die diversen sündigen Aktivitäten der Menschheit aufzuzählen, mit Schwerpunkt auf Sex, Alkohol, Drogen und Sozialismus. Bud zufolge war der Allmächtige stinksauer. »Aber was erwartet er?« sagte Patsy. »Er hat sich seit zweitausend Jahren nich mehr blicken lassen. Geht die Katze aus dem Haus, tanzen die Mäuse auf dem Tisch.«

Im großen und ganzen jedoch verlief das Fest ohne Zwischenfälle. Ellen Cherry konzentrierte sich auf die Kochkunst ihrer Mutter und warf nur hin und wieder einen verstohlenen Blick auf den Löffel auf dem Kaminsims, und ein- oder zweimal schloß sie die Augen und stellte sich Raoul vor. *Wenn das Ende der Welt tatsächlich so nah ist*, dachte sie, *sollte ich sie noch ein bißchen genießen.*

Nach Kürbis-Pie, Hackfleischpastete und englischem Kuchen schoben sie ihre Stühle vom Tisch. Nicht sehr weit. Bei all den Bildern, die an den Wänden lehnten, blieb nicht viel Platz für vier überfressene Erwachsene.

»Warum zeigst du uns nich deine neuen Bilder, Kleines?« fragte Patsy.

»Es sind alles alte, Mama. Ich hab dir doch erzählt, daß ich schon seit Herbst nicht mehr male.«

»Für uns sind sie neu.«

Ellen Cherry wurde unsicher. »Nei-ei-ein. Lieber nicht.«

»Ach komm, stell dich nich so an! Wir sind eine Familie; uns interessiert, was du machst. Verlin, stell endlich die verdammte Glotze ab und schau dir an, wieviel Talent deine Tochter hat.«

»Oh, Mami!«

Buddy fuhr sich übers Kinn. Seine Pusteln waren noch nicht ganz rot genug, um als Christbaumkugeln durchgehen zu können. »Ja, genau, Kleines, laß uns sehn, wie du Gottes Gaben nutzt!«

Gegen besseres Wissen fing Ellen Cherry an, die Bilder umzudrehen, wobei sie sorgfältig darauf achtete, daß keiner der lebensgroßen Akte von Boomer dabei war.

»Hmm«, sagte Verlin.

»Jessas«, sagte Buddy.

»Sehr gut, Schatz«, sagte Patsy.

Insgeheim dachten alle drei ungefähr das gleiche: *Wenigstens is es nich mehr so ein wüstes Durcheinander wie vorher. Wenigstens nimmt sie jetzt die richtigen Farben für alles. Aber wer um alles in der Welt würde ...*

Mit anderen Worten, die Familie war nicht beeindruckt. Eine Spur beunruhigt vielleicht. Doch jedesmal, wenn ein neues überlebensgroßes Porträt von der Bohnendose, dem Löffel oder der verknautschten Socke – *Wer um alles in der Welt ...?* – enthüllt wurde, konnte sich Spoon auf ihrem Hochsitz kaum halten. Am liebsten wäre sie vom Kamin gesprungen und hätte einen Freudentanz aufgeführt.

Verlin fixierte wieder das fliegende Leder, das undeutlich inmitten des Geflimmers, der Streifen und der verwischten Schemen auf dem winzigen tragbaren Schwarzweißfernseher zu erkennen war, den Buddy auf sein Drängen hin mit ins Ansonia gebracht hatte. Es war ein spannendes Spiel, ein

Meisterschaftsspiel, und es auf dem herrlichen Bildschirm des I & I zu sehen, ohne diesen flimmernden Schleier elektroblauer Aalspucke, hätte die damit einhergehende Gefahr für Leib und Leben beinahe gelohnt. Wäre es die Super Bowl gewesen, hätte er es fraglos riskiert. *Weihnachten ist Weihnachten*, dachte Verlin, *aber die Super Bowl, potztausend, die läßt man sich nich entgehn.*

Als Patsy anfing, den Tisch abzuräumen, stand Ellen Cherry auf, um ihr zu helfen. Doch dann griff der Prediger nach einem der Gemälde, die noch an der Wand lehnten, und sie blieb wie versteinert stehen. »Nein, Onkel Buddy! Laß das!«

Zu spät. Er drehte das Bild um und trat einen Schritt oder zwei zurück, um es zu betrachten. Zum Glück war es nicht einer der Boomer-Akte, auf denen sein glorifizierter Penis schlaff wie eine umgedrehte Eistüte herabhing (mal ein Klecks Himbeer, mal eine Kugel Kiwi), sondern ihr letztes Bild, das Porträt mit den vielen Zungen.

»Jessas«, sagte Buddy. »Was ham wir denn hier? Ts-ts. Wenn da nich der Teufel seine Hand im Spiel hat, freß ich 'nen Besen.«

»Bud«, sagte Patsy. »Du hast grad zu Abend gegessen.«

»Dumme Sprüche schmuggeln dich nich durchs Radar des heiligen Petrus, Patsy Charles, und mir imponieren sie auch nich. Statt deinen Klugscheißerhumor zum Besten zu geben, solltest du lieber herkommen und dir ansehn, warum deine Tochter, die dir so verdammt ähnlich sieht, bis hin zu dem Jezabelkleister auf den Augen, warum sie hingehn und ihren Mann, mit dem sie im heiligen Bund der Ehe auf ewig vor Gott verbunden is, als Dämon darstellen muß. Als Bestie!«

»Ich dachte, die Bestie wär eine Frau«, sagte Ellen Cherry.

»Bud, es is Weihnachten«, mischte sich Verlin ein.

»Ach, laß ihn doch keifen«, sagte Patsy. »Er wird so ein Sodbrennen davon kriegen, daß er bei Gott um Gnade winseln wird.«

»Also Patsy …«

»Außerdem find ich das Thema interessant. Bud, wie dir sicher nich entgangen is, war es Mr. Boomer Petway, der sich aus dem Staub gemacht und meine Ellen Cherry sitzengelassen hat.«

»Offen gesagt, das erstaunt mich nich.«

»Und jetzt isser drüben in Is-ra-el, wie du es nennst. Reden wir mal im Augenblick nich davon, daß eine verlassene, betrogene Frau –«

»Mami!«

»– der er das Herz gebrochen hat, den Kerl nich unbedingt besonders schmeichelhaft darstelln würde. Doch wie gesagt, reden wir nich davon. Ich will dir mal 'ne theologische Frage stellen. Du hast gesagt, daß Ellen Cherry und Boomer in alle Ewigkeit vor Gott verbunden sind. Jetzt frag ich mich, was würde wohl passieren, wenn der alte Boomer da drüben in Is-ra-el umkommen täte? Wär es dann aus Gottes und aus deiner Sicht denkbar, daß Ellen Cherry sich einen neuen Ehemann nimmt?«

»Das wäre das letzte, was *ich* wollte«, murmelte Ellen Cherry.

»Bud?«

Buddy zögerte. Er war mißtrauisch. Das konnte leicht eine Fangfrage sein. »Ich weiß nich, worauf du hinauswillst, aber ja, es is vollkommen in Ordnung, wenn eine Witwe sich wieder verheiratet.«

»Na schön, aber was, wenn die Witwe stirbt und in den Himmel kommt, mit wem teilt sie dann das Bett: Ehemann Nummer eins oder Ehemann Nummer zwei?«

Verlin, der sich gerade von dem Spiel abgewendet hatte, um Patsy zum Schweigen zu bringen, verharrte mit offenem Mund. Donnerwetter, das war eine interessante Frage.

»Man ›teilt‹ im Himmel kein ›Bett‹«, sagte Buddy mit einem Hauch von Verachtung in der Stimme.

»Nein? Tut man nich? Also ruht man sich im Himmel nie aus? Erwartet ihr etwa von 'ner alten Witwe, daß sie vierundzwanzig Stunden am Tag auf den Beinen is?«

»Du hast nich von ›ausruhn‹ gesprochen.«

»Nein? Wovon hab ich denn gesprochen, Bud?«

»Patsy, verdammt noch mal, jetzt halt endlich die Klappe!« fluchte Verlin. »Laß ihn in Ruhe. Vergiß das blöde Bild, Bud, und sieh dir diesen Paß an. Sieht ganz so aus, als würde Washington gleich punkten.«

»Na schön«, sagte Patsy. »Tut mir leid. Wahrscheinlich is das nicht die Art Frage, mit der ein ernsthafter Theologe seine kostbare Zeit vertun würde. Es war dumm von mir. Ich mein, zunächst mal kommt natürlich Boomer in Jerusalem nich um.« Sie machte eine Pause. Und lächelte so zuckersüß, daß die Kakerlaken, denen beim Duft des Kuchens und der kandierten Süßkartoffeln bereits das Wasser im Mund zusammengelaufen war, aus ihren diversen Löchern spähten, um zu sehen, wo soviel Süße bloß herkam.

»Was zum Teufel willst du damit sagen?«

»Das genau würd ich gern rauskriegen. Ich würd gern was wissen, wozu Boomers Angetraute hier jedes Recht der Welt hat, nämlich: In welche finsteren Machenschaften willst du den Jungen da drüben eigentlich verstricken?«

Buddy zerrte an seinem Krawattenknoten. Er sah sich im Apartment um. Aller Augen waren auf ihn gerichtet, einschließlich die seines Vetters. Washington mußte ohne Verlin Charles punkten.

I & I

Das ist der Raum mit der Wolfsmuttertapete. Der Raum, wo die riesige Motte mit papierdünnen Schwingen gegen den juwelengeschmückten Lampenschirm schlug. Der Raum, wo Jezabel ihre kholgeschwärzten Wimpern gegen die Fensterscheibe schlug. Wo das Windrad seine schwindelnden Kinder schlug, weil sie den Nordwind mit dem Weihnachtsmann verwechselt hatten.

Nur wenige unbelebte Objekte glaubten an den Weihnachtsmann. Und wer hätte das besser wissen können als sie? Wenn ein alter Fettsack in einem roten Anzug mitten in der Nacht durch den Schornstein plumpste, würden Familie und Haustiere im Schlaf vielleicht nichts bemerken, doch jedes Objekt im Wohnzimmer könnte es bezeugen. Sicher, die Objekte, die das Kellergeschoß in der Kathedrale bewohnten, hatten die

Story vom Weihnachtsmann nie geschluckt, egal, wie oft die Händler sie abgelassen hatten. Sie waren am Weihnachtsmorgen in aller Herrgottsfrühe auf den Beinen, allerdings nicht, um nach Geschenken oder Konsumgütern Ausschau zu halten, sondern weil sie gespannt waren, ob Turn Around Norman auch an diesem Feiertag auf seinem Posten erscheinen würde.

Zu ihrer Überraschung kam er tatsächlich. Und obgleich die Fifth Avenue, von dem einen oder anderen Penner oder obdachlosen Verrückten abgesehen, verlassen dalag, blieb er den ganzen Tag, wie eine Wabe aus Hartgummi, die sich auf einer Bienenachse dreht. Nie hatten die Objekte ihn mit größerer Anmut und Leidenschaft seine Kreise ziehen sehen. Er dehnte sich auf schier unglaubliche Art aus und zog sich dann wieder zusammen, wie Butter, die schmilzt und erstarrt, musikalische Butter, ein Butterklümpchen mit Harmonikazungen, das die Reise vom Kühlschrank zur Pfanne und zurück mehrmals in der Sekunde macht. Er legte die Zeit ab, als wäre sie eine Hose. Er faltete die Zeit zusammen und legte sie über die Stuhllehne, dann spazierte er hosen- und schamlos herum und schnüffelte an der nie verwelkenden Rose. Er drehte sich wie ein radioaktiver Wurm in Bernstein, wie ein Haufen phosphoreszierendes Plankton im Darm einer an Verstopfung leidenden Seeschlange.

Hätten sie Hände gehabt, die Objekte hätten applaudiert. »Wirklich nicht übel«, erklärte Dirty Sock, und die anderen nickten.

Sie spekulierten, daß die Stille und der Frieden diese außerordentliche Leistung bewirkt und es Turn Around Norman ermöglicht haben mußten, seine Grenzen zu transzendieren und sich zu drehen, wie sie es noch nie erlebt hatten, langsamer und dennoch intensiver. Ohne das Gedränge der Menge, ohne den Spott der Kritiker, ohne die rauschende, verpestete Brandung des Verkehrs war er möglicherweise konzentrierter und weniger angespannt. Dann bemerkten sie noch etwas anderes. An diesem Tag arbeitete Turn Around Norman zum erstenmal ohne seine Sammelbüchse.

»Es ist Weihnachten«, sagte Can o' Beans. »Weihnachten, da tritt er umsonst auf.«

»Ja«, nickte Conch Shell. »Als wäre die Vorstellung ein Geschenk. Nur für wen, das ist die Frage.«

»Ich wünschte, Miss Charles wäre hier und könnte ihn sehen«, sagte Can o' Beans.

»Teufel auch, das wär was«, stimmte Dirty Sock zu. »Vielleicht würde das zerzauste Flittchen mit der unmöglichen Frisur uns unser Löffelchen wiederbringen.«

Wie auf ein Codewort hin wandten sich ihrer aller Gedanken Spoon zu. Wo und wie verbrachte Spoon wohl diesen Weihnachtstag? Wenn je ein unbelebtes Objekt an den Weihnachtsmann geglaubt hatte, dann wohl Spoon.

Spoon dachte ebenfalls an sie. Buddy schien es notwendig zu finden, sich in einen langen Vortrag über den Felsendom zu stürzen, um klarzustellen, warum er Boomer ermutigt hatte, in Jerusalem zu bleiben, und ihm obendrein einen »Geheimauftrag« erteilt hatte. »So also sieht der Tempelberg heutzutage aus«, sagte Spoon zu einem fassungslosen Aschenbecher. »Warten Sie nur, bis ich das meinen Freunden erzähle.«

»Wißt ihr, was der Felsendom is?« fragte Buddy.

Patsy schüttelte verneinend ihre Locken.

»Ein überdachtes Stadion auf Gibraltar«, versuchte es Verlin, »wo die Mittelmeermeisterschaften ausgetragen wer'n.«

»Ich habe Mr. Hadee davon sprechen hören«, sagte Ellen Cherry. »Er muß was mit Jerusalem zu tun haben.«

»Ganz recht, es is der verdammte *Mittelpunkt* von Jerusalem«, erklärte Buddy. »Er steht oben auf'm Tempelberg, da wo früher die hebräischen Tempel von Salomon und Herodes gestanden ham, wo der jugendliche Jesus die Rabbis ausgetrickst hat und so weiter. Im siebten Jahrhundert beherrschten diese durchtriebenen A-raber diesen Teil der Welt und bauten 'ne ziemlich kostspielige Moschee auf den Ruinen von Herodes' Tempel, sogar zwei Moscheen, um genau zu sein, und die größere, die von oben bis unten blau gekachelt is, mit der auffälligen goldenen Kuppel obendrauf, tauften sie Felsendom. Es is das erste verfluchte Ding, das man zu Gesicht kriegt, wenn man nach Jerusalem reinkommt.

Na, also dieser Felsendom is das drittwichtigste Heiligtum der islamischen Religion. Warum? Weil der alte Mohammed hoch und heilig geschworn hat, daß Gott ihn vom Tempelberg aus zu 'nem kleinen Ausritt in den Himmel eingeladen hat. Is 'ne Weile mit ihm rumgezockelt, hat ihn Moses und Jesus vorgestellt und dann genau da wieder abgesetzt, wo sie aufgebrochen waren. Wenn das kein Märchen is!

Jedenfalls verschaffte Mohammeds Schwindel den Moslems Anspruch auf den Tempelberg als Heiligtum ihrer eignen Religion. Klar, daß das die legitimen Ansprüche von Christen und Juden erheblich einschränkte. Mohammeds Anhänger gingen einfach hin und setzten ihnen diese feudale Moschee vor die Nase. Heute ist Jerusalem wieder in jüdischer Hand, aber die A-raber sitzen auf dem Tempelberg und haben die Juden und Christen am Arsch. Verzeihung, die Damen. Bitte um Verzeihung.«

»Aber was soll das, warum solln sie nich da sitzen?« fragte Patsy.

»Ja«, sagte Verlin. »Ich kapier nich, was das Ganze mit uns Christen zu tun hat. Oder welche Rolle du und jetzt auch noch Boomer in dem Ganzen spielen sollen.«

Ellen Cherry schwieg. Sie lehnte sich auf dem Sofa zurück, rieb sich über den vollen Bauch und dachte: *Naher Osten. Teppiche. Boomer. Teppiche. Boomerteppiche.*

»Offenbarung!« Ein Saxophonschrei von höchster Erregung. »Offenbarung!« Ein wildes, primitives, blau flackerndes Kreischen, wie aus dem Schlund eines Sumpfstorches, der seine Brut von Räubern bedroht sieht. »Kennt ihr eure Offenbarung nich? Gottes prophetische Worte kennen heißt die Zukunft kennen. Die Bibel is besser als jede Kristallkugel. Gott hat uns *alles* vorhergesagt, was passieren wird. Verlin, du hast doch die Heilige Schrift gelesen ...«

»Ja, hab ich. Aber ich kann mich nich erinnern, daß da von 'nem Felsendom die Rede ist ...«

»Na, die Heilige Schrift nennt ihn doch nich beim Namen. Das verfluchte Ding war noch nich mal gebaut, als die Heilige Schrift erfunden worden is.«

»Aber Bud«, sagte Patsy. »Grad hast du noch gesagt, Gott hätte alles, was geschehen wird, vorhergesagt.«

Das Saxophon stieß einen empörten Seufzer aus. »Aber doch nich mit Namen. Gott hat die Dinge nich beim *Namen* genannt. Von modernen Bezeichnungen hatten die alten Propheten doch kein' Schimmer! Sie ham sich an Beschreibungen gehalten, die beständiger sind und präziser wie Namen. Und sie ham uns einiges zu diesem Thema überliefert. Paßt auf.«

»Ich hoffe, das hier führt irgendwann noch zu Boomer Petway«, sagte Patsy.

»Amen«, sagte Ellen Cherry, und das war das einzige fromme Wort, das während des ganzen Weihnachtsfestes über ihre Lippen kam.

»Das erste Stadium von Gottes Plan«, sagte Buddy, »endet damit, daß die Juden nach Israel zurückkehren.« Er machte eine Pause und räusperte sich. »Is-ra-el. Als die Römer Herodes' Tempel kurz und klein geschlagen hatten, stoben die Juden in alle Himmelsrichtungen wie Vogelschrot davon, fanden hie Unterschlupf und da, in diesem Getto und an jener medizinischen Fakultät, aber Jehova versprach, daß sie eines Tages wieder zusammenfinden und ihre Milch und ihren Honig zurückkriegen täten, und so isses ja dann auch tatsächlich gekommen. Im zweiten Stadium sollte Jerusalem wieder 'ne jüdische Stadt werden. Na, und was passiert im Jahr 1967? Genau das, und damit hat sich die Prophezeiung erfüllt. Im dritten und letzten Stadium soll nun der Tempel wiederaufgebaut werden. Das steht als nächstes an. Und dann – zack, zack! – Armageddon und Erlösung.«

»Warum bauen sie das verdammte Ding dann nich einfach?« fragte Patsy.

»Wie solln sie's bauen, solang der großkotzige Felsendom noch mitten auf dem Gelände steht? Das is das Problem, Kinder. Der Herr kann erst kommen, wenn der Dritte Tempel gebaut is, und der Dritte Tempel kann nich gebaut werden, solang der Felsendom da is. Klar?«

»Na, wenn der Herr gesagt hat, er wird wiederaufgebaut, dann wird er auch wiederaufgebaut.«

»Da hast du verdammt recht, Patsy. Dafür wer'n wir sorgen.«

»Wie das?«

»Indem wir die a-rabische Moschee in Schutt und Asche legen und uns den Tempelberg unter den Nagel reißen.«

»Ihr wollt den Felsendom zerstören? Du und deine Kumpels?«

»Ich und meine *yeshivas*. Tja, das könnte man wohl sagen.«

»Damit der Messias kommt?«

»Wenn der Tempel wiederaufgebaut is, *muß* er einfach kommen.«

»Moment mal, Bud. Das hört sich ja an, als wolltest du den Messias zu was zwingen. Die Wiederkunft sozusagen herbeizwingen.«

Reverend Buddy Winkler zuckte die Achseln. Er pickte einen Krümel Kürbis-Pie vom Tisch und zermalmte ihn zwischen den goldenen Beißern, ein mitternächtlicher Imbiß weniger für die Kakerlaken. »Wie lang solln wir denn noch warten?« fragte er.

»So lang, bis der liebe Gott soweit is.«

»Patsy hat recht«, sagte Verlin. »Scheint mir nich ganz koscher, sich in Gottes Planungen einzumischen. Ihn zu was drängen. Is dir das denn völlig egal?«

»Inzwischen ja. Irgendwann is mir ein Ausspruch eingefallen: ›Hilf dir selbst, dann hilft dir Gott.‹ Vielleicht hat Jesus Christus deshalb so verflucht lang gebraucht. Er hat dagesessen und gewartet, daß wir unsere fetten Ärsche hochkriegen und loslegen. Immerhin ham sich die Juden mittlerweile Jerusalem geschnappt. Jedenfalls is es ihnen nich auf'm Silbertablett serviert worden. Und es wird allmählich Zeit, die Sache zu Ende zu bringen.«

Verlin schüttelte den Kopf. »Ich weiß nich, Bud ...«

»Na, aber ich. Ich hab nämlich 'ne Vision gehabt. Klar und deutlich. Mitten in eurem Wohnzimmer. Und das is der einzige Grund, warum ich euch in unsre Pläne einweihe. 'türlich kann ich euch nich alles erzählen.« Wieder warf er einen mißtrauischen Blick auf Ellen Cherry. »Und eigentlich sollte ich vor unserm durchtriebnen Zuckerpüppchen hier *kein Wort* sagen. Nich bei den Freunden, die sie hat.«

»Nun mach aber mal halblang, Onkel Buddy.«

»Wir ham Spike und Abu gestern abend kennengelernt«, sagte Patsy. »Es sind sehr nette Herren.«

»Nette Werkzeuge des Teufels.«

Verlin widersprach. »So übel waren sie nich, Bud.«

»Ach nein? Na, dann will ich euch was sagen ...«

»Jetzt halt endlich den Rand! Du hast vielleicht Nerven! Du willst sie kritisieren, gerade du mit deinen hinterhältigen Plänen? Eine Moschee in die Luft jagen, damit Jesus wiederkommt. Was für eine Schnapsidee! Man sollte dich einsperren, bevor jemand dran glauben muß!«

»Also wirklich, Ellen Cherry ...« sagte Verlin.

»Oh, 'ne Menge Leute wer'n dran glauben müssen«, sagte Buddy grinsend. »Verlaß dich drauf.«

»Und is einer davon etwa Boomer Petway?« fragte Patsy. »Willst du etwa ihn damit beauftragen, den Felsendom in die Luft zu jagen?«

»Soviel ich weiß, hat kein Mensch bisher irgendwas von Indie-Luft-Jagen gesagt. Und Boomer wird kein Härchen gekrümmt. Es sei denn, der Teufel hat dabei seine Finger im Spiel. Was unmöglich is, solang der gute Boomer seine Sünden anständig bereut. Ich hab einfach 'nen Mann in Jerusalem gebraucht, das is alles. Meine *yeshivas* sind mir treu ergeben, aber, na ja, ihr könnt euch denken, sie sind nich so wie ihr und ich. Irgendwie exotisch. Esoterisch. Wir ham da ein paar zuverlässige Christen in Jerusalem sitzen, aber ich hab das Gefühl, daß sie sich gelegentlich von Juden übers Ohr hauen lassen. Ich hab einfach 'nen eigenen Mann gebraucht da drüben, jemand, dem ich vertrauen kann für den Fall, daß ich den einen oder andern kleinen Auftrag hab, von dem die andern nich unbedingt was wissen müssen.«

»Also is Boomer so was wie dein Botenjunge?«

»Boomer is gar nichts, Patsy. Er is nichts, und er weiß nichts. Er is nur da für den Fall, daß der Herr und ich ihn brauchen.«

»Paß lieber auf, in was du ihn da reinziehst!«

»Mach ich, Patsy, mach ich.«

»Könnten wir das Thema nich endlich beenden?« schlug Verlin vor. »Es is grad Halbzeit. Außerdem ham wir noch nich alle Geschenke ausgepackt.« Damit zog er ein großes, in buntes Weihnachtspapier verpacktes Päckchen unter Ellen Cherrys stoppeligem, aber kunstvoll geschmücktem Tannenbaum hervor. »Hier, Bud. Ich glaub, das hat der Weihnachtsmann für dich abgegeben.«

»Oh, danke«, sagte Buddy. »Vielen Dank auch.« Er zog an der grünen Schleife. »Mal sehn, was drin is.«

»Ich hoffe, es paßt«, sagte Verlin.

»Bestimmt«, meinte Ellen Cherry. »Es is 'ne Zwangsjacke.«

Der Prediger gab keine Antwort. Ganz langsam, ganz vorsichtig löste er die Schleife. Offenbar hatte er mit seinem Weihnachtsgeschenk mehr Geduld als mit dem Ende der Welt. Verlin warf unruhige, verstohlene Blicke auf den Fernseher, wo die Halbzeitshow lief, während Patsy den Tisch abwischte. Unter der Spüle hockten die Kaker und sahen ihr verzweifelt zu.

Gegen halb elf ging das Familientreffen zu Ende. Als Ellen Cherry allein war, kehrten ihre Gedanken wieder und wieder zu Raoul zurück. Sie war kurz davor, ihn anzurufen und zu sich einzuladen, doch als sie pinkeln ging, entdeckte sie, daß sie ihre »Pünktlichen« hatte.

Ach ja. Sie seufzte. Und während sie sich widerwillig ein Tampon reinschob, sang sie alle drei Strophen von »Jingle Bells« hintereinander.

Einen Tag nach Weihnachten gingen Verlin und Patsy ins Museum of Modern Art, um sich den Airstream-Truthahn anzusehen. Es war Patsys Idee. »Ich hab das verrückte Ding umsonst gesehn«, murrte Verlin. »Warum soll ich jetzt gutes Yankee-Geld zahlen, um es mir noch mal anzugucken?«

Sie fuhren mit dem Taxi hin, die Fenster heruntergekurbelt, um die für die Jahreszeit ungewöhnliche Wärme hereinzulassen. Der chaotische Trubel der nachweihnachtlichen Einkaufsflut drang mit dem Wetter herein.

»Das is ja wie in Asien«, sagte Patsy und staunte über das Gewimmel, die bunten Päckchen, das tausendfach verstärkte Stimmengewirr.

»Es is wie –« sagte Verlin, unfähig, sich einen Kontinent, ein Land oder irgendeine menschliche Gesellungsform vorzustellen, mit der sich diese päckchenbepackte, auspuffgasatmende, ellbogendrängelnde, verkehrsbehindernde Menge vergleichen ließ. »Es is wie bei der Krönung der Heuschrekkenkönigin«, sagte er schließlich. Patsy verstand kein Wort, und Verlin war sich nicht sicher, ob es ihm anders ging, obgleich ihm sein Großhirn die vage Erinnerung an eine Heuschreckenplage funkte, die er mal in einer Tiersendung im Fernsehen gesehen hatte.

Verständlicherweise hatte Ellen Cherry keine große Lust, den Truthahn wiederzusehen, schon gar nicht in diesem Kunst-Ambiente. Kunst-Ambiente? Der Truthahn war doch selber Kunst. Die Kardinäle der Kunst hatten es so gewollt. Sie hätte wetten können, daß er das einzige Werk in diesem Museum war, in dem ein Paar seine Flitterwochen verbracht hatte, obwohl es bei näherem Hinsehen in der Sammlung ein paar Gemälde gab, die aussahen, als hätte es auch bei ihrer Produktion kräftig gebumst.

Als sie auf dem Weg zum Flughafen im Ansonia haltmachten – Patsy mußte noch ihre Kürbis-Pie-Form abholen –, hatten ihre Eltern wenig über den motorisierten Truthahn zu sagen, außer daß er »anders, vollkommen anders« aussah, wenn er in einem großen leeren Raum geparkt war. Dafür sprachen sie über ein anderes Stück von Boomer, eins, das offensichtlich aus der Sommervell-Ausstellung stammte und vom Museum gekauft worden war. Ihrer Beschreibung nach war es ein riesiger, geschweißter Kleiderbügel, etwa zwei Meter lang. Darauf hing, ordentlich zusammengefaltet, ein flacher Wolkenkratzer aus Leinwand mit Bügelfalten. Fenster, Türen und andere architektonische Details waren aufgemalt. Das Stück baumelte von der Decke, und an der Wand war eine Karte angebracht mit Boomers Namen, den Materialien, die er benutzt hatte, und dem Titel. Der Titel lautete: *Donald Trumps Hose kommt aus der Reinigung.*

»Offensichtlich«, sagte Ellen Cherry und imitierte dabei Ultimas näselnde Stimme, »äußerst polyvalent.«

Verlin war perplex. »Ich seh, daß Boomer sein Zeug in 'nem berühmten Museum ausstellt, und ich seh die Bilder von den alten Socken, Dosen und Löffeln, die du malst ...«

»Die Geschichte mit diesem Löffel ist mir immer noch unheimlich«, sagte Ellen Cherry und sah zum Kaminsims hinüber.

»Aber ein Poltergeist ist er nun nich grad, Liebes«, sagte Patsy.

»... und dann frag ich mich, wer is eigentlich verrückt auf dieser Welt und wer normal.«

»Tja, Daddy, ich hab immer geglaubt, daß Künstler dem Wahnsinn verfallen, weil sie lauter ästhetische Kunstwerke schaffen müssen, um die geistige Gesundheit der Gesellschaft zu erhalten. Heutzutage aber machen Künstler bewußt häßliche Kunst, um der Gesellschaft den Spiegel vorzuhalten, statt sie zu inspirieren. Daher drehen wir jetzt wahrscheinlich alle zusammen durch, wie verrückte Ratten im Scheißhaus des freien Marktes.«

»Sehr passende Ausdrucksweise für eine junge Dame.«

»Aber ich will dir mal was sagen, Daddy: Der irrste Künstler, den ich je getroffen habe, war stinknormal im Vergleich zu Buddy Winkler.«

»Du nimmst deinen Onkel Bud einfach zu ernst. Das meiste is doch einfach bloß Gerede. Obwohl, einiges davon könnte uns alten Sündern schon das Zuhörn wert sein.«

»Ich hoffe um seinetwillen, daß es nur Gerede ist, denn wenn ich je rauskriege, daß er was mit den Schüssen auf Mr. Cohen zu tun hatte ...«

»Jetzt isses aber genug, Mädchen! Fang bloß nicht an, dir auch noch so was einzubilden!«

»Okay, aber ...«

Ellen Cherry begleitete sie zur Tür, wo Pepe ihnen ein Taxi rief. Raouls Schicht hatte noch nicht begonnen. Als Patsy und Verlin auf dem Weg zum La Guardia waren, ging sie wieder hinauf, legte sich aufs Sofa und versuchte ein Nickerchen zu machen. Doch jedesmal, wenn sie gerade eindösen wollte, hatte sie das Gefühl, daß der Löffel auf dem Kaminsims sie beobachtete.

Schließlich, und obwohl ihr das selbst verrückt vorkam, stand sie auf und steckte den Löffel in die Schublade mit ihrer Unterwäsche. Da lag er nun, neben dem Vibrator. Sie als Mensch hätte sich niemals vorstellen können, welche Unterhaltungen sich aus dieser Begegnung entwickelten.

Nach Silvester (einem berauschend einsamen Silvester, an dem sie schließlich auf die Suche nach Raoul gegangen war, das Diaphragma bereits eingeführt, nur um sich von Pepe erklären lassen zu müssen, daß Raoul freigenommen hatte, Mann, und mit »seiner Band« in Los Angeles war) wurde Ellen Cherry im Isaac & Ishmael's in die Dinnerschicht versetzt. Praktisch war sie damit zur Cocktailkellnerin geworden, denn die abendlichen Geschäfte im I & I beschränkten sich im wesentlichen auf die Bar.

Das Wichtigste war, daß sie überhaupt Geschäfte machten. Als sich das Gerücht von dem monumentalen Fernseher mit der hohen Bildauflösung in der Nachbarschaft verbreitete, kam der eine oder andere Mann einfach so vorbei, aus reiner Neugier, und blieb dann auf einen Drink, um eine Kleinigkeit zu essen, sich zu unterhalten und sich die Sportübertragungen anzusehen. Viele Ausländer, die bei den Vereinten Nationen arbeiteten, fanden Geschmack an amerikanischen Sportarten. Die Wettkämpfe auf einem überdimensionalen Bildschirm zu verfolgen, gleichzeitig vertraute Mittelmeerspezialitäten zu verdrücken und dazu Bier, Wein, starken Kaffee oder Tee aus der Heimat zu trinken – diese Verlockung war einfach zu groß, als daß man ihr lange widerstehen konnte. Nur wenige beschwerten sich über den Bambus. Manche brachten sogar ihre Frauen mit. Am Super-Bowl-Sonntag, als die Bar vom ersten bis zum letzten Platz besetzt war, saßen tatsächlich Griechen neben Türken und Araber neben Juden.

Ein Super-Bowl-Kicker hätte ein Field Goal in Roland Abu Hadees Rachen plazieren können, so breit war sein Lächeln. Auch Spike Cohen grinste zufrieden, obgleich seine grünen Augen, grüner als das ägyptische Bier, das die Kellner herbeischleppten, grüner als die Gurkenscheiben, die die Teller mit *baba ghanoug* zierten, Augen, die nun überschattet waren von einer langgezogenen, bogenförmigen Narbe, sich häufig abwandten, um die Straße zu beobachten, aber auch die unauffälligen schwarzen Schuhe der beiden Wachmänner, die auf dem frostüberzogenen Bürgersteig auf und ab marschierten, auf und ab, auf und ab.

Als Ellen Cherry und Boomer Petway in ihrem Braten quer durch Amerika gebraust waren, hatten sie auf den Stoßstangen oder Rückfenstern anderer Wagen immer wieder Aufkleber entdeckt, die öffentlich und ziemlich wehleidig verkündeten: »Ich würde lieber Ski laufen.« Oder: »Ich würde lieber Golf spielen.« Einige dieser unzufriedenen Autofahrer wären lieber drachenfliegen gegangen, andere mußten unbedingt alle Welt darauf hinweisen, daß sie es vorgezogen hätten zu wandern, Volleyball zu spielen, einen Berg zu besteigen, zu segeln, auf einem Maultier zu reiten, Pilze zu sammeln, Bridge zu spielen, Square dance zu tanzen oder mit Zahnstochern den Eiffelturm nachzubauen.

»Ich frage mich, was auf *meinem* Aufkleber stehen müßte«, hatte Ellen Cherry damals überlegt. »Wahrscheinlich: Ich würde lieber malen.« Sie hatte einen großen Schluck Pepsi Light getrunken. »Und wie steht's mit dir, Schatz? Was würde auf deinem stehen?«

Sie hatte den Verdacht gehabt, daß er auf »Ich würde lieber Mösen lecken« oder so was bestehen würde, obwohl sie wußte und glaubte, auch er wüßte tief in seinem Inneren, daß seine Proklamationen sexueller Unersättlichkeit wie die der meisten Männer eine Spur übertrieben waren. Sie war sich nicht mal sicher, ob er sie überhaupt gehört hatte, denn er schien völlig darin vertieft zu sein, die Landschaft zu betrachten, Kühe zu zählen, in Gedanken defekte Heuballenpressen zusammenzuschweißen oder ähnlich Spannendes. Doch Boomer hatte keine Sekunde gezögert. Er hatte das Gesicht zu so einem traurigen, breiten Flunsch verzogen, daß es sich auf dem Rand ihrer sportlich schwitzenden Pepsidose spiegelte, und gesagt:

»Diese Dinger sind das elendeste Eingeständnis einer Niederlage, das mir je untergekommen ist, jawohl. Wenn mein Leben aus derartigen Kompromissen bestünde, würd ich das bestimmt nicht in aller Öffentlichkeit kundtun. Auf meinem Aufkleber würde stehen: ›Wenn es was gäbe, was ich lieber täte, würd ich's verdammt noch mal tun.‹«

Ellen Cherry erinnerte sich an diese Unterhaltung, als sie sich jetzt von der U-Bahn zur Arbeit schaukeln ließ. Bis sie von ihrer Station zum I & I gelaufen war, wäre die Super Bowl bereits zu Ende, Gott sei Dank, aber wahrscheinlich würde es eine Menge aufzuräumen geben. Nicht daß sie die Arbeit scheute. Aber um die Wahrheit zu sagen, sie war derart durcheinander, daß sie sich wieder und wieder fragte, was auf ihrem Aufkleber stehen würde, hätte an diesem frischen Januarnachmittag einer auf ihrem Hintern geprangt. Ihr Leben schien leer, nichtssagend, sinnlos – Colonial Pines in Person. Aber ihr fiel einfach gar nichts ein, was sie lieber getan hätte. Jedenfalls nichts, was sie hätte zugeben können.

I & I

Mehrere Blocks entfernt standen die Objekte am Gitter aufgereiht und fragten sich, wo denn nur alle Welt steckte. Es war nicht ungewöhnlich, daß sie sich Gedanken über den Verbleib von Ellen Cherry und dem Löffel machten. Die Objekte – Dose und Socken zumindest – dachten häufig an Ellen Cherry und Spoon wie just entwöhnte Zigarettenraucher an ihre verlorenen kleinen Freunde. Heute aber schien die Bevölkerung von Manhattan ebenso vom Erdboden verschluckt zu sein wie ihre Kameradin und ihre potentielle Wohltäterin. Nichts rührte sich auf der Fifth Avenue, bis auf Turn Around Norman, und der sah aus wie der letzte graue Rauchschleier über den Trümmern von Pompeji.

Die Gemeinde, die sich um die Mittagszeit zur Messe einfand, war ungewöhnlich klein gewesen und hatte hauptsächlich aus älteren Frauen bestanden, die sich an Gehstökken aus Mahagoni und dem elektrisierenden Funkeln ihrer

Diamanten aufrecht hielten. Die wenigen Männer waren auf und davon gegangen, sobald die Messe zu Ende gewesen war. Selbst der Erzbischof hatte sich hastig zurückgezogen, sich in seine wartende Limousine fallen lassen und dem Chauffeur einen Schlag mit dem Rosenkranz versetzt wie ein Jockey, der seinen Gaul antreibt. Wozu die Eile? Wo steckten denn nur alle? Conch Shell versuchte Painted Stick klarzumachen, daß sich in Jerusalem nichts von Bedeutung ereignet haben konnte. »Das Zeitalter, das kommen soll, ist noch nicht angebrochen«, sagte sie, aber so ganz überzeugend klang das nicht. Die beiden hatten natürlich noch nie von der Super Bowl gehört, und die anderen beiden hatten sie ganz vergessen.

Schließlich kam ein alter Schlitten angerattert und bremste an der Kreuzung, eine wilde Mischung aus Musik, Qualm und Rost. Als die Ampel umsprang, rumpelte und pumpelte er davon in Richtung New Jersey, doch nicht ohne daß die Objekte einen Aufkleber an seiner Stoßstange entdeckten, der verkündete: »Ich würd lieber feste feiern.« Can o' Beans hielt das für einen Verstoß gegen die Stilregeln, wenn nicht gegen die der Grammatik, und erklärte: »Trau keinem, der nicht zwischen Substantiv und Adjektiv zu unterscheiden weiß«, mußte jedoch einen Rückzieher machen, als Dirty Sock grunzte und wie aus der Pistole geschossen antwortete: »Jaja, und schon gar keinem, dem korrekte Grammatik wichtiger ist als 'ne anständige Sause.«

»Touché«, seufzte die Bohnendose. »Obwohl sich im kommenden Zeitalter beides nicht unbedingt ausschließen muß.«

I & I

Einige Super-Bowl-Fans blieben zum Dinner. Der Alkohol mußte sie sehr hungrig gemacht haben oder sehr mutig. Nur Spike Cohen schien sich stets daran zu erinnern, wie gefährlich das I & I sein konnte. Von seinem Posten hinter der Registrierkasse aus behielt er die Straße im Auge, als sei sie ein Schuh aus Krokodilleder, der sich jeden Augenblick in seine vormalige Daseinsform zurückverwandeln könnte. Als ein

Laster unter Fehlzündungen um die Ecke zur First Avenue bog, drangen schwache Würgegeräusche aus seiner Luftröhre.

Doch Spike war umsonst nervös. Abgesehen davon, daß ihnen die Kichererbsen ausgingen, kam es zu keinerlei größeren Katastrophen. Der nächste Abend war sterbenslangweilig. Und dem danach gebrach es ebenso an Action wie einem medizinischen Kolloquium über Verstopfung. In Wahrheit blieb der ganze Winter so friedlich und faul wie eine Python, die einen Valiumabhängigen verdaut. Die vielen Feinde des Restaurants und seiner Politik richteten ihr Augenmerk entweder auf weiter nahöstlich gelegene Ziele oder waren zu dem Schluß gekommen, daß die störrischen Brüder Cohen und Hadee den Aufwand einfach nicht lohnten. Auf alle Fälle war Isaac & Ishmael's erster Auftritt als berühmtestes Restaurant von New York definitiv beendet.

Auch Ellen Cherry verbrachte einen vergleichsweise ereignislosen Winter. Das einzige Mal, daß die Nadel an ihrem Seismographen ausschlug, war, als Boomer sie am Ende eines seiner immer seltener eintreffenden Briefe informierte, sie könne sich einen Scheck abholen, wenn sie bei der Sommervell-Galerie vorbeiginge.

Es schien, als sei Boomer aus dem Kibbuz geflogen, nachdem er einen – laut eigener Aussage – »unziemlichen Antrag« gestellt hatte (sie mußte grinsen, als sie sich auszumalen versuchte, was der Spinner wohl vorgeschlagen haben mochte), aber er und sein Bildhauerfreund (immer noch kein Hinweis auf das Geschlecht: es konnte nur weiblich sein) »teilten sich eine Bude« in Westjerusalem, wo sie zusammen an einem Projekt von anscheinend monumentalen Ausmaßen arbeiteten. »Es handelt sich um eine echte Skulptur«, schrieb er. »Das müßtest sogar du zugeben.«

Kurz nach Weihnachten hatte sie ihm geschrieben und ihn klipp und klar gefragt, welche Aufgaben er für Buddy Winkler erfüllte, und jetzt, im frühen Februar, antwortete er:

Alles, was ich für Bud getan habe, ist, ein paar Schweißerutensilien zu kaufen und sie in einem Keller irgendwo in Ostjerusalem abzuliefern. Es war eine echt ausgerastete Szene. Drei oder vier Rabbis mit langen schwarzen Mänteln, schwarzen Hüten und wolligen schwarzen Bärten saßen in einem Raum, in dem es so finster war, daß man nicht mal Blindenschrift mit einer Taschenlampe hätte entziffern können, und die alten Knaben hockten da und strickten. Klapperten mit ihren langen Nadeln vor sich hin, genau wie deine Mami. Ich hab sie gefragt, ob sie sich auf einen Besuch bei einer werdenden Mutter vorbereiteten, aber sie sprachen kein Wort Englisch, und der Kerl, der mich reingelassen hatte, erklärte, das wären die heiligen Stricker, sie strickten heilige Gewänder für die Hohenpriester, die sie tragen würden, wenn der Tempel erst wieder aufgebaut und eröffnet worden sei. Ich fragte ihn, wann das wohl sein würde, und er klopft mir auf die Schulter und sagt, ich höre, Sie schweißen, und ich sage, na ja, kommt auf den Preis an. Er hat gelächelt und mich zur Tür gebracht, und das war's. Von Bud hab ich seitdem keinen Piepser mehr gehört.

Ich nehm an, Du hast mitgekriegt, wie es auf der West Bank und im Gazastreifen zugeht. Es ist zum Heulen. Jeden Tag werden Kinder angeschossen oder verprügelt. Palästinenser setzten Obstgärten in Brand. Jerusalem ist fickrig wie ein Zappelphilipp im Mixer. Das meistgehörte Wort hier ist Rache. Araber faseln von Rache, Juden faseln von Rache, Alte, Junge, jeder schmiedet seine eigenen kleinen Rachepläne. Ich schwör Dir, sie würden ihre Scheißrache sogar einem großen saftigen Steak oder einer Nummer mit einem Filmstar in seidener Bettwäsche vorziehen. Ausgeticktes Volk und ausgetickte Stadt, aber ziemlich interessant. Voll Geheimniskrämerei und Intrigen. Ich hab das Gefühl, hier irgendwo angekommen zu sein. Verstehst Du, was ich meine? Es gibt Orte, da geht man hin und hat das Gefühl, überhaupt nicht weg zu sein, aber Jerusalem ist anders, vollkommen anders. Es gibt sogar Geißblatt hier, genau wie in Virginia. Es duftet wie in einer himmlischen Stadt, im wahrsten Sinne des Wortes. Und die Mieten sind niedrig. Wobei mir einfällt, Du hast ja immer noch das Ansonia am Hals. Geh bei Ultima vorbei und hol Dir einen Scheck ab.

Alles Liebe, wie immer
Boomer

Eher freß ich Parasitensuppe, als bei Ultima vorbeizugehen, dachte Ellen Cherry, aber der Rausschmiß lauerte im Hintergrund wie ein Sittenstrolch in der U-Bahn-Station, also nahm sie sich am nächsten freien Tag zusammen und ging im dichten Schneetreiben runter zur Fifty-seventh Street. Es gab mindestens so viele Kunstgalerien in der Fifty-seventh Street wie Sushi-Bars in der East Forty-ninth, aber sie versuchte, sie nicht zu beachten. Seit Thanksgiving hatte sie kein Farbpigment mehr angesehen, es sei denn, man zählte die Gemälde, die an jeder Wand ihres Apartments lehnten und ihre blanken Hinterteile zur Schau stellten, als träumten sie von David Hockney. Auch Turn Around Norman hatte sie nicht mehr besucht, ein Versäumnis, das den Objekten im Keller von St. Patrick's schmerzlich bewußt geworden war. Ob Turn Around Norman ihre Abwesenheit bemerkte, stand allerdings in den Sternen.

Sie rechnete damit, daß Ultima sie warten lassen würde – das machten Galeristen gern so, damit der Eindruck entstand, sie seien so beschäftigt wie Ärzte und so wichtig wie Anwälte –, doch der Schnee war noch nicht ganz von Ellen Cherrys roten Gummistiefeln geschmolzen, als sie schon aufgerufen wurde. Während sie der Angestellten in Ultimas Büro folgte, schützte sie ihre Augen vor den Leon-Golub-Lithographien an den Wänden. Kunstweh. Doch dann vergaß sie die Gefahren der Kunst, denn jetzt drohte ein Hund. Drei Köter, genauer gesagt, drei behalsbandete, parfümierte, aber ungezähmte kleine Wadenbeißer, die sich kläffend und mit gebleckten Zähnen auf sie stürzten. Ultima erschien in einer eleganten Seidenwolke und scheuchte zwei davon. Der dritte schnappte weiter nach Ellen Cherrys Ferse. Sie ertappte sich bei einem Gedanken an Jezabel und schützte jeden Teil ihres Körpers, bis auf den Schädel, die Füße und die Handflächen.

»Baby Butts!« rief Ultima streng, aber zärtlich. »Böses Hündchen!«

»Blödes Vieh«, fluchte Ellen Cherry leise. Sie konnte schwören, Spuren von Schaum in den Hundemaulwinkeln entdeckt zu haben.

Ultima hockte sich auf den blankpolierten Holzboden. Unter dem unproportionierten Gewicht ihres Busens wäre sie beinahe vornüber gekippt, aber sie stützte sich gerade noch rechtzeitig auf, um nicht ihrerseits ein Stück aus Ellen Cherrys Stiefel zu beißen. »Hierher, Baby Butts, komm zu Frauchen«, flötete sie, und der Köter sprang, noch immer knurrend und schäumend, in ihre Arme. »Gib Frauchen ein Küßchen.«

Das darf doch nicht wahr sein! dachte Ellen Cherry. *Soll das heißen, Boomer hat den Mund geküßt, den vorher diese Töle abgeschleckt hat?*

Obgleich sie nach dem langen Marsch ziemlich durchgefroren war, lehnte Ellen Cherry Kaffee, Tee und Sherry ab. Sie versuchte, gute Miene zum bösen Spiel zu machen, aber sie wollte wirklich nur ihr Geld abholen und dann nichts wie weg. Ultima spielte mit. Mit der einen Hand streichelte sie Baby Butts, während sich die beiden anderen Hunde unter dem Frank-Lloyd-Wright-Schreibtisch balgten, und mit der anderen zog sie einen Scheck aus einer Schatulle und reichte ihn Ellen Cherry, die es schaffte, ihn ihr mit spitzen Fingern aus der Hand zu ziehen, ohne daß Blut floß. Allerdings verlor sie ein wenig Farbe.

»Stimmt was nicht?«

»Äh, na ja, abgesehen von der Tatsache, daß Baby Butts ihn vollgesabbert hat, hab ich ein bißchen mehr erwartet, schätze ich.«

»Mehr als sieben Riesen?«

»Die Ausstellung war ausverkauft. Sie muß zirka hunderttausend gebracht haben.«

»Mehr. Aber dann kamen die Abzüge.«

»Ihre Kommission.«

»Die Kommission der Galerie, ja. Einkommen- und Gewerbesteuer. Und Mr. Petway hatte gewisse Bedürfnisse. Offenbar ist Stahl recht kostspielig in Palästina. Er arbeitet –«

»– an einer großen Skulptur. Ja, ich weiß.« *Glaubt sie etwa, Boomer schreibt mir nicht?*

Die beiden Frauen starrten einander so lange und feindselig an, daß Baby Butts anfing zu winseln. Die Erkenntnis, daß er das Machtmonopol im Raum verloren hatte, schien ihn zu überraschen und zu kränken. Schließlich begann Ultima zu lächeln und hielt ihr einen zweiten Scheck hin. »Herzlichen Glückwunsch«, sagte sie.

»Was ist das?« Ellen Cherry nahm das Dokument langsam und vorsichtig entgegen, aber der Hund tat keinen Muckser. Es war ein Scheck über achtzehnhundert Dollar.

»Zwei Ihrer Werke sind verkauft«, sagte Ultima. »Sicher ist Ihnen bekannt, daß in letzter Zeit das Interesse an Landschaftsmalerei wieder aufgeflammt ist. Ich meine, es gibt ja auch kaum noch echte Landschaften. Die Sammler bevorzugen natürlich naturalistische Darstellungen, aber der Vorrat an erstklassigen *œuvres* geht zur Neige. Auf alle Fälle habe ich Ihre Bilder einem Ehepaar aus Rochester gezeigt, das an Ihren, äh ... Exzessen offenbar keinen Anstoß nahm. Also nochmals herzlichen Glückwunsch, meine Liebe, zu Ihrem ersten Verkauf in New York. Vielleicht sollten Sie mir ein paar neue Bilder vorbeibringen.«

»Danke«, sagte Ellen Cherry. »Vielen Dank. Vielleicht mach ich das.« Da sie nicht wollte, daß Ultima sich an ihrer Verwirrung aufgeilte, entschuldigte sie sich und rauschte zur Tür hinaus.

Als sie durch den hohen Schnee nach Hause stapfte, in jeder Faust einen Scheck wie zwei chinesische Handwärmer, hatte sie nur noch einen Gedanken: *Jetzt kann ich Mr. Cohen wenigstens erklären, warum ich meine Arbeiten nicht ins Kunst- und Antiquitätenhaus von Westchester geben will.*

Ellen Cherry brachte keine neuen Bilder in die Galerie, nicht mal einen von Boomers Akten (oh, wie gern hätte sie Ultimas Gesicht gesehen), aber sie zerbrach sich wochenlang den Kopf über das Angebot. Nachts lag sie wach und grübelte über seine Vor- und Nachteile.

Sollte sie sich wieder als Künstlerin betrachten? Konnte man sich aussuchen, ob man Künstler war oder nicht? Waren in der Kindheit erst bestimmte Einflüsse in Gang gesetzt, dann war man Künstler oder nicht, und wenn man einer war, konnte man sich aussuchen, ob man ausstellen wollte oder nicht, ja sogar, ob man malen wollte oder nicht. Oder anders gesagt: Man konnte sich einer Karriere als Künstler widersetzen, ein Leben als Künstler ablehnen und trotzdem Künstler sein. Wirklich? Oder war das nur Semantik? Den Verfechtern des Egalitarismus zufolge hatte jeder Mensch künstlerisches Talent. Für die Hobby-Ebene mochte das stimmen. Na und? Zwar wollten viele Leute gern davon träumen, Künstler zu werden, doch war ihr aufgefallen, daß die meisten keine Künstler *sein* wollten. Eine Freundin in Seattle hatte mal zu ihr gesagt: »Ich würd alles darum geben, so malen zu können wie du«, und Ellen Cherry hatte mit einem Anflug von Überheblichkeit geantwortet: »Ich *habe* alles gegeben.«

Talent war nur die Grundlage. Um Künstler zu sein, mußte man auch Nerven haben. Und um die Nerven zu behalten, brauchte man Ansporn. Offenbar hatte sie ihren Antrieb verloren. Doch wenn sie ihn wirklich verloren hatte, warum quälte sie sich dann so? Außerdem, wenn es unmöglich war, seine Künstlerhaut abzustreifen, wie sehr man sich auch drehte und wendete, war es dann nicht nur vernünftig, finanziellen Nutzen daraus zu ziehen, sich entspannt zurückzulehnen und seinen bescheidenen Erfolg zu genießen? Oder war es gerade diese »Bescheidenheit« (angesichts von Boomers Triumph), die ihr so zu schaffen machte?

So ging es Nacht für Nacht, bis sie schließlich verzweifelt nach dem Vibrator griff, um sich ein wenig abzulenken.

Gleichzeitig, allerdings weitaus weniger intensiv, brütete sie über Buddy Winkler. Kurz nach den Weihnachtsfeiertagen hatte sie Roland Abu Hadee beiseite genommen und gefragt, was passieren würde, wenn ein paar Fanatiker den Felsendom angreifen und zerstören würden.

»Krieg«, hatte Abu nüchtern geantwortet. »Es würde zum Krieg kommen.«

»Sie meinen, die Moslems würden zum Gegenschlag gegen Synagogen und so ausholen?«

»Nein«, sagte Abu. »Ich meine richtigen Krieg. Syrien, Libyen, Iran, der Libanon, wahrscheinlich Jordanien, Ägypten und Saudi-Arabien und womöglich sogar weit entfernte Nationen wie Pakistan und Indonesien würden zum Krieg aufrufen, zum Dschihad, zum Heiligen Krieg gegen Israel.

So empfindlich sind die Moslems in bezug auf den Felsendom. Jeder von ihnen wäre bereit, dafür zu sterben. Die Israelis wären dermaßen in der Minderzahl, daß sie gezwungen wären, die Atombombe einzusetzen. In diesem Fall würden wahrscheinlich die GUS-Staaten die islamischen Länder mit Atomsprengköpfen versorgen. Was mit ziemlicher Sicherheit auch Amerika hineinziehen würde. O ja, die Zerstörung der Moscheen auf dem Tempelberg hätte einen riesigen Donnerschlag zur Folge. Die Polkappen würden scheppern wie Dosendeckel und Babys schon bei der Geburt nach Schwefel stinken. Der Terror würde von innen nach außen gekehrt. Das Ei des Feuers wäre endlich ausgebrütet. Armageddon. Oder der Dritte Weltkrieg, ganz wie Sie wollen.«

Kaum hatte Abu die Küche verlassen, da stürzte Ellen Cherry zum Telefon und wählte Buddys Nummer. Normalerweise hätte sie nicht den Mumm dazu gehabt, aber sie war durcheinander, und es störte sie auch nicht, daß es schon nach Mitternacht war.

»Ummmmm.«

»Hallo, Onkel Buddy?«

»Kleines. Grad hab ich von dir geträumt. Oder so 'nem andern hübschen Zuckerpüppchen.«

»Hör zu, Onkel Bud. Ist dir eigentlich klar, was passieren würde, wenn der Felsendom zerstört würde?«

Natürlich war es das. Ungeachtet der Tatsache, daß er im Schlafanzug steckte, eine Pflegemaske auf seine Pusteln aufgetragen hatte und sich den Schlaf wie Anchovispaste aus den Augen reiben mußte, es war ihm klar. »Es würd den letzten Kampf zwischen Gut und Böse auslösen, der laut Prophezeiung vor der Wiederkunft Christi und der Erlösung der Menschheit stattfinden soll. Halleluja. Amen. Wieviel Uhr isses eigentlich?«

»Es könnte den Dritten Weltkrieg auslösen.«

»Da hast du verdammt recht. Darum geht's ja grade.«

»Willst du mir etwa erzählen, daß du bereit bist, mit dem Leben von Milliarden unschuldigen Menschen zu spielen, das Leben jeder Kreatur auf Erden zu riskieren, Tiere, Bäume, kleine Kinder, damit sie in Feuerstürmen verglühen, mit Ätzwunden und Verbrennungen übersät an der Strahlenkrankheit krepieren? Was für ein schreckliches, schreckliches Leid, was für Schmerzen –«

»Halt, stopp! Moment mal, kleines Fräulein Mitgefühl! Das is kein Spiel! Das Wort Gottes is kein Lotterieschein. Es *wird* in Erfüllung gehn, da kannst du Gift drauf nehm'. Seine Warnungen sind so unübersehbar wie der Puder auf deiner Nase. Und es wird schrecklich wer'n. Der Herr hat gewollt, daß es schrecklich wird. Aber die Rechtschaffnen wer'n es überstehn, jawohl. Jesus wird die Gläubigen zu sich rufen, und sie wer'n in den Genuß des ewigen Lebens kommen. Die Verbrennungen wer'n heilen und die Wunden verschwinden. Doch was die Gottlosen und Verruchten angeht, die kriegen, was ihn' zusteht. Sie hatten ihre Chance, und jetzt gehn sie an ihrer eigenen Lasterhaftigkeit zugrunde. Also solln die Kriegstrompeten erklingen. Solln die Bomben falln. Es is Gottes Wille, und *er* wird entscheiden, wer unschuldig ist und wer nich.«

Ellen Cherry konnte es nicht fassen. »Du bist so verdammt selbstgerecht, daß du bereit wärst, einen dritten Weltkrieg zu riskieren? Diese Last würdest du auf dich nehmen?«

»Hörst du schlecht oder was? Ich hab dir doch eben erklärt – ach, vergiß es. Dein Herz is verhärtet. Ich weiß nich, wo du dich zu dieser unchristlichen Stunde rumtreibst, aber ich fleh dich an, geh nach Haus und lies die Heilige Schrift, und dann knie neben dei'm Bett nieder, aus dem du deinen Angetrauten vertrieben hast, und bete. ›So tut nun Buße und bekehret euch, daß eure Sünden getilgt werden; auf daß da komme die Zeit der Erquickung vor dem Angesichte des Herrn, wenn er senden wird den, der euch jetzt zuvor gepredigt wird, Jesus Christus.‹ Apostelgeschichte, drei, neunzehn.«

»Die Zeit der Erquickung nennen die das?«

»Ganz recht. Erquickend wie Cola.«

»Ich hätte nicht übel Lust, den Bullen zu erzählen, was du vorhast.«

Buddy gluckste in sich hinein. »Welchen Bullen? Die hiesige Polizei hat da überhaupt nix zu sagen, und die israelische is größtenteils auf meiner Seite. Die rechtschaffnen Juden sehnen die Erlösung genauso herbei wie die Christen. Klar, nach Jesu Wiederkunft wer'n all die Juden, die's wert sind, gezwungen zu konvertieren. Im Neuen Jerusalem sind wir Christen unter uns.«

»Und was wird aus den Moslems? Den Buddhisten und Hindus?«

»Hackfleisch.«

Ellen Cherry knallte den Hörer auf die Gabel. Die ganze Nacht und viele weitere Nächte kochte sie vor Wut über Buddy, wenn sie sich nicht gerade den Kopf über das Künstlerdasein zerbrach. Mit Buddys faulem Zauber, mit dem I & I und seiner Raison d'être, und mit Boomer, der da drüben mit weiß der Geier welchem Mumpitz die Zeit vertrödelte – kein Wunder, daß es da immer schwieriger wurde, den nahöstlichen Teppich im Wohnzimmer ihres Bewußtseins zu verlegen.

In all den Jahren, die Ellen Cherry Buddy Winkler kannte, hatte sie noch nie einen Satz aus seinem Mund gehört, der nicht auf irgendein Klischee hinauslief. Sie schloß, daß der institutionalisierte Glaube dergleichen bewirkte. Er machte den Leuten nur Gedanken aus zweiter Hand zugänglich. Er zwang sie zu einem Leben aus zweiter Hand. Und war das nicht auch der Berührungspunkt zwischen Religion und totalitärer Politik? Nazi-Deutschland, die Inquisition, der Stalinismus, die Kreuzzüge, all das konnte nur passieren, weil man zugelassen hatte, daß die Realität von Klischees verdrängt wurde.

Hinter dem sechsten Schleier lag, wie eine Perle unter Gaze, die Erkenntnis, daß »das Ende der Welt« das gefährlichste aller Klischees war. Unfähig, den Schleier zu lüften, sich der Existenz des Schleiers nicht einmal bewußt, konnte Ellen Cherry nur vor Wut kochen – und sich fragen, warum Buddy eine solche Schwäche für die Apokalypse hatte.

1. Weil ihr Eintreffen bedeutete, daß seine Seite schließlich doch gewonnen hatte?
2. Weil die verwirrende, geheimnisvolle Unvollkommenheit des Lebens damit ein für allemal zum perfekt geformten,

völlig in sich ruhenden, massiv goldenen Monolithen des Lebens nach dem Tode erstarren würde?

3. Weil er einsam war?

Wenn Bud es tatsächlich fertigbrachte, so ein brutales biblisches Hirngespinst in die Tat umzusetzen, nur um gegen seine unerträgliche Frustration und Einsamkeit anzukämpfen, dann gab es da etwas, was sie tun konnte. Doch halt, nein, nicht mal, wenn es so einfach gewesen wäre, nicht mal, wenn sie sich mit Frustration und Einsamkeit so ausgekannt hätte, wie sie glaubte, hätte sie sich auf diesem Altar opfern können. Unmöglich. Lächerlich.

Am nächsten Morgen, kaum daß sie den Vibrator wieder in die Wäscheschublade gelegt hatte, verstummte das pubertäre Gekicher der Höschen, und sie zwitscherten: »Wer? Wer? Wer?« Wer war es diesmal gewesen? Wessen Namen hatte sie laut gerufen, als sie spreizbeinig auf dem weißen Pony des Orgasmus davongeritten war? Norman? Raoul? Wieder mal Boomer? »Wer, Daruma, sagen Sie schon, wer?«

Doch der Vibrator verriet nichts, bis die Höschen sich einigermaßen beruhigt hatten. Er lag neben der peinlichst berührten Spoon und intonierte mit tiefer Stimme die immer gleichen eintönigen japanischen Silben: »*Wooga go nami ne, Wooga go nami ne.*« Als endlich Ruhe in der Schublade herrschte, sagte er: »Die einsame Wolke am Mittagshimmel führt keine Entensauce.« Er wartete, um zu sehen, ob die Höschen protestieren würden, und als sie es nicht taten, fuhr er fort: »Gut. Der Name, den meine Herrin rief, war ...«

Spoon begann eine kleine Melodie zu summen, in der Hoffnung, den Namen zu übertönen, aber sie hörte ihn trotzdem.

»Buddy«, sagte der Vibrator. »›Onkel Bud‹, rief sie.«

Auch Spoon köchelte die meiste Zeit vor sich hin. Leider im rein metaphorischen Sinne. Man hatte so lange nicht mit ihr gegessen, daß es ihr das Herz brach. Was auch immer passieren würde, wenn sie nach Jerusalem kam, zumindest würde man dort mit ihr *essen*. Jawohl, dafür würde sie sorgen. Nach ihrem Einzug in den Dritten Tempel würde Spoon schnurstracks in die Cafeteria gehen. Sich zwischen einen Priester und seinen Pudding werfen. Jetzt, da sie wieder glänzte und funkelte, vielleicht sogar zwischen den Messias selbst und ... Das Sakrileg, die Lippen des Messias zu berühren, konnte sie sich schlechterdings nicht vorstellen, wohl aber, in seiner heilenden Hand zu liegen, einer Hand wie Samt und Seide. Der Messias speiste die Blinden mit Fischsuppe. Hungrige Waisenkinder mit Eiscreme. Und er würde Spoon benutzen, um einen magischen Kreis im Honigtopf zu ziehen. »Da«, würde er zu seinen Aposteln sagen. »Das wird die Fliegen fernhalten.«

Das Träumen war angenehm, das Köcheln weniger. Objekte schwimmen nicht in der Geschichte wie die Menschheit. Selbst jene seltenen Objekte, die die Fähigkeit, sich zu bewegen, wiedergewonnen haben, besitzen eine natürliche Geduld, nach der kein menschlicher Heiliger vernünftigerweise je streben sollte. Trotzdem sehnte Spoon die Wiedervereinigung mit ihren Reisegefährten herbei. Immer wieder stellte sie sich vor, wie sie ihnen vom Felsendom erzählen würde, von Mr. Petway, der in Jerusalem war, vor allem aber von Miss Charles' Gemälden. Die Tatsache, daß Miss Charles dutzendfach Porträts von ihnen gemalt hatte – von *ihnen*: Dirty Sock, Can o' Beans und Spoon –, konnte nur bedeuten, daß sie ihre von Gott auserwählte Fürsprecherin war.

Und doch, brütete Spoon, *wenn ich ihr so viel bedeute, warum hat sie mich dann in die Gesellschaft ihrer oberflächlichen, geschwätzigen Unterwäsche und dieses orientalischen Objekts ihrer Begierde verbannt?* Can o' Beans hatte ihr erklärt, daß man von Ausländern eine Menge lernen kann, doch was phönizische Stöcke und japanische Dildos von sich gaben, machte nur in den seltensten Fällen Sinn. Und der Vibrator war noch weitaus unergründlicher als Painted Stick.

»Wo kommen Sie her, Sir?« hatte Spoon gefragt, als sie sich kennenlernten.

»Vom gleichen Ort wie das Guano, das der unsichtbare Vogel ins dunstige Meer fallen ließ.«

»Das ist hübsch«, sagte Spoon, um Höflichkeit bemüht. Damals war sie sich der obszönen Funktion des Burschen noch nicht bewußt gewesen und hatte ihn für einen Lockenstab gehalten.

»Drei Pfund Flachs«, sagte der Vibrator.

Die Unterhöschen verstanden ihn auch nicht, aber sie taten, als sei er so weise wie Salomon (wenn Salomon denn weise gewesen wäre). Sie verbeugten sich vor ihm und nannten ihn »Meister« oder »Daruma«, und so schwer es ihnen fiel, ihr Gekicher zu unterdrücken, intonierten sie doch täglich zwei Stunden lang mit ihm: »*Wooga go nami ne, Wooga go nami ne.*«

»Ich würde Kopfschmerzen davon kriegen«, beschwerte sich Spoon. »Wenn ich einen Kopf hätte.«

»Ah, kopflose Kopfschmerzen!« rief der Vibrator entzückt. »Gut. Es besteht noch Hoffnung für Sie.«

Wenn sie sich selbst überlassen waren, schlugen die Unterhöschen die Zeit tot, indem sie über Mode, die neuesten Diäten, den Lebensstil von Prominenten und Popmusik plauderten. Selbst während sie unter Darumas Aufsicht meditierten, konnte Spoon sie manchmal über die Pfunde tuscheln hören, die diese Schauspielerin verloren oder jene angesetzt hatte. Mit besonderer Vorliebe stellten sie endlose und häufig sensationslüsterne Spekulationen über Ellen Cherry Charles an. Sie waren wie besessen von Miss Charles' Sexualleben, was Spoon der Tatsache zuschrieb, daß sich eine nach der anderen, entsprechend dem Rotationsprinzip, in nächster Nähe zum, äh, Dreh- und Angelpunkt dieser vermuteten Aktivitäten befand.

Zum Schutz vor dieser vulgären, peinlichen Tratscherei fing Spoon an, ihnen von ihren Abenteuern zu berichten: wo sie gewesen war, wo sie hinwollte, unter welchen Umständen und in welcher Begleitung. Da sie nichts lieber taten, als sich unterhalten zu lassen, hörten die Unterhöschen aufmerksam zu. Sie wußten eine gut erzählte Geschichte zu schätzen. Nicht den Bruchteil einer Sekunde lang jedoch glaubten sie, daß Spoon tatsächlich über die Fähigkeit verfügte, sich zu bewegen. Für sie war das alles nur Prahlerei. Gekränkt, daß die Unterhöschen ihre Wahrheitsliebe in Frage stellten, schlug Spoon ein paar schlappe Räder und führte ihnen eine unbeholfene Pirouette vor. Da ließen sie vor lauter Begeisterung ihre Gummibändchen schnappen. Von nun an hörten sie doppelt so gespannt zu. Und selbst Daruma war beeindruckt, trotz seines reservierten Gehabes.

In Anbetracht der Tatsache, daß sie sich tatsächlich bewegen konnte, war es den Höschen völlig schleierhaft, warum Spoon in dieser Wäscheschublade herumlag und vor sich hin köchelte. Wieso verduftete sie nicht nach St. Patrick's und tat sich wieder mit ihren interessanten Freunden zusammen?

»Erstens, weil ich den Weg nicht weiß«, antwortete Spoon.

»Der wahre Weg ist stets unbekannt«, konterte der Vibrator.

»Zweitens kriege ich schon bei der Vorstellung Angst.«

»Jeder, der reist, muß den Staub mögen lernen«, sagte Daruma.

»Das Wichtigste aber ist: Wir unbelebten Objekte tragen die ethische Verantwortung dafür, daß wir das Realitätsbewußtsein der menschlichen Wesen nicht zerstören. In dieser Hinsicht versteht Conch Shell keinen Spaß. Wenn ein Mensch sähe, wie ich mich bewegte, würde er wahrscheinlich glauben, er spinne oder sei Zeuge eines Wunders. Can o' Beans sagt, die Menschen sind zu zerbrechlich für Wunder.«

»Honto des'«, bemerkte der Vibrator weise. »Richtig. Vor zweitausend Jahren hat eine Jungfrau ein Kind geboren. Darüber ist die Menschheit heute noch nicht hinweg. Hahaha.«

»Ich habe die unbefleckte Empfängnis nie in einem solchen Licht gesehen«, erwiderte Spoon. »Und lustig finde ich sie auch nicht. Aber Sie könnten schon recht haben. Vielleicht mußte Gott deswegen aufhören, Wunder zu wirken.«

Da sie es zufrieden waren, Spoons Geschichten zu lauschen, stellten die Höschen selten Fragen. Daruma dagegen stellte auf seine coole Art eine unerschöpfliche Neugier zur Schau. »Je mehr Gerede und Gedanken, desto ferner die Wahrheit«, pflegte er zu sagen, und gleichwohl löcherte er Spoon mit Fragen danach, wie der verzierte Stock und die Muschel es fertiggebracht hatten, von Jerusalem aus in eine Höhle in Utah zu gelangen (oder war es Wyoming?). Auch Spoon hatte sich darüber dereinst den Kopf zerbrochen. Mittlerweile wußte sie die Antwort.

»Die Phönizier haben sie mitgenommen. Sie glauben wahrscheinlich, daß Kolumbus Amerika entdeckt hat, aber da liegen Sie ganz falsch. Er war ein guter, tapferer Katholik, und ich würde nur allzu gern glauben, daß er der erste war, aber er war es nicht. Die Phönizier besaßen herrliche Schiffe, mit denen sie um die ganze Welt segelten. Nun ja, über den Pazifik vermutlich nicht, aber über die anderen Meere schon. Sie wußten schon Jahrhunderte vor Kolumbus von Amerika. Viele, viele Jahrhunderte. Ist das nicht sagenhaft? Nach der Zerstörung von Herodes' Tempel durch die Römer im Jahre –« Spoon mußte innehalten, um sich die Zahlen vor Augen zu führen. Sie sah eine Sieben, die mit ausgestrecktem rechtem Arm dastand, aufrecht wie ein Schülerlotse vor einem Zebrastreifen, aber sie brachte kein klares Bild von der Zahl zu ihrer Linken zustande. Die Fünf sah irgendwie nicht richtig aus, wie sie sich da auf ihrem Brontosaurusschwanz wiegte, und die wasserköpfige Neun erst recht nicht.

»Siebzig und soundso A. D. Wissen Sie, was A. D. bedeutet?«

»Na klar«, sagte ein Baumwollslip. »Das ist doch so was Ähnliches wie der Strom, der den Meister vibrieren läßt, wenn er auf Batterie läuft.«

»*Alle* Vibratoren laufen auf Batterie«, berichtigte ein etwas älteres Höschen, bläulich bleich wie Mondschein auf Schnee. »Glaubst du etwa, eine Dame würde was ficken wollen, das in der Wand steckt?«

Gekicher ertönte in der Schublade wie Vogelgezwitscher in einer Hecke. Spoon zuckte zusammen, räusperte sich dann und beschloß, fortzufahren. »Nachdem Jerusalem im Jahre siebzig und soundso zerstört worden war, landeten Painted Stick und Conch Shell wieder bei den Phöniziern. Dort gab es mächtige Priesterinnen, die angeblich die Zukunft vorhersagen konnten. Damals war Phönizien Teil des Römischen Reiches, die römische Provinz Syria. Seine wirtschaftliche Blüte war ungebrochen, doch die Priesterinnen überzeugten viele Menschen davon, daß ihre Kultur und Religion zum Untergang verurteilt waren. Was sich als richtig erwies. Dank ihrer Prophezeiungen begannen sie Maßnahmen zu ergreifen, um zu überleben, oder besser gesagt, um später wiederauftauchen zu können.«

»Wenn Leute von ›Maßnahmen‹ sprechen, muß ich immer ans Maßnehmen denken«, piepste eine süße junge Stimme aus dem Wäschestapel. »Achtzig Zentimeter. Hundert Zentimeter.«

»Wie Liz Taylors Hüften, meinst du?«

Wieder ertönte Gekicher in der Schublade. Spoon wandte sich hilfesuchend an den Vibrator, der zwar Mitgefühl, aber wenig Hilfe zu bieten hatte. »Wenn der Fisch nach dem Köder giert, ist er bald im Netz. Du brauchst nur den Mund zu öffnen, und schon bist du verloren.«

Spoon beschloß, es kurz zu machen. »Eine Priesterin brachte Conch Shell und Painted Stick an Bord eines großen Schiffes. Sie überquerten den Atlantik und segelten so weit sie konnten das verzweigte Netz des St.-Lawrence-Stromes hinauf. Dann trug man sie tiefer und tiefer ins Landesinnere, bis die Priesterin das richtige Versteck gefunden hatte. Es war eine kleine Höhle. In der Höhle befand sich eine Nische, und darin versteckte die Priesterin den Stock und die Muschel, aber vorher rieb sie die beiden auf eine besondere Art, was sie in Trance versetzte. So wurden sie programmiert, erst aufzuwachen, wenn sie eine ganz bestimmte, vertraute Energie spürten. Das sollte das Signal sein, daß die Ära Roms beendet und die Erde wieder bei Sinnen war. Ich gebe zu, das hört sich schrecklich heidnisch an, aber so hat man es mir erklärt.«

»Ach so«, sagte Daruma, der Oh-Macher.

I & I

Monate früher, lange bevor Boomer seinen lahmen Fuß durch eines der sieben mystischen Tore von Jerusalem setzte, hatte Ellen Cherry ihren Ehering vom linken Ringfinger abgezogen und ihn an den rechten gesteckt, ein Zeichen, daß sie verwitwet oder geschieden war, obgleich rein technisch keines von beidem zutraf. Jedesmal wenn die Wäscheschublade geöffnet wurde, ergoß sich eine Flut von Lampen- oder Sonnenlicht in das Innere, dann folgte ein kräftiger Stoß kohlenwasserstoffbelasteter New Yorker Luft, und schließlich kam Ellen Cherrys rechte Hand, leicht zu erkennen an ihren flammenden Jezabel-Nägeln (lang und scharf wie die schmiedeeisernen Spitzen um einen Botschaftszaun) und dem schlichten Goldreif.

Jedesmal wenn die Hand in die Schublade tauchte, hoffte Spoon inständig, sie möge nach ihr greifen. Doch morgens erwählte die Hand stets ein Höschen (Ellen Cherry besaß nur wenige BHs, denn ihre Rundungen waren zu klein für jede Art von Harnisch), und abends griff sie, immer ein wenig zögernd, nach Daruma. Tja.

Doch eines Nachmittags im späten Februar, als sie wegen einer saftigen Erkältung nicht zur Arbeit gegangen war, nahm Ellen Cherry dann doch den Löffel aus der Schublade. Was für ein hoffnungsvoller Augenblick für das auf Abwege geratene Eßutensil! Am Ende aber war es Ellen Cherry, die von der Begegnung profitierte.

Sie legte den Löffel aufs Bett und putzte sich erst einmal die Nase. Dann nahm sie ihn wieder zur Hand und untersuchte ihn, als erhoffte sie sich einen zuvor übersehenen Hinweis, der sein unheimliches Wiederauftauchen doch noch irgendwie erklären würde. Als dabei nichts herauskam, hielt Ellen Cherry sich das schicke kleine Objekt ganz dicht vor die Nase und begann das alte Augenspiel. Sie hatte es, wie Patsy sagen würde, »seit Urzeiten« nicht mehr gespielt, fand jedoch rasch wieder hinein, möglicherweise unterstützt von den triefenden Tränen, mit denen ihr Kopf etwaige feindliche Bakterien fortspülte.

Die verzierten Ränder des Löffelgriffs begannen zu beben wie eine Muschelschale aus Seidenpapier, sich schneckenförmig zu winden wie Reste einer Bouillabaisse à la Botticelli, eine salzige, schnörkelige Brühe, aus der sich die emanzipierten Seelen sterbender Meeresschnecken lösten und in der Gischt mit fliegenden Nymphenlocken verschmolzen. Die Höhlung des Löffels verflachte, verbreiterte und verengte sich vor ihren Augen, bis sie einer geisterhaft verhüllten Achselhöhle ähnelte und sich der silbrige Schimmer auf ihrer Oberfläche als glühender Energiewirbel manifestierte. Je tiefer Ellen Cherrys Blick eindrang, desto schneller schwand oder brach diese Energie zusammen, und gerade deshalb wurde es um so notwendiger, daß sie noch tiefer eindrang, um der völligen Auflösung zuvorzukommen, sie gleichsam hinter sich zu lassen. Mit so etwas wie dem visuellen Äquivalent zu einem Sprinter, der über die Ziellinie hechtet, verschaffte sie sich schließlich einen Vorsprung vor der endgültigen Dissipation und fand sich in einem zeitlosen, langgestreckten Gang wieder, für den ihr keine andere Bezeichnung als »Information« einfiel.

Einen schwindelerregenden Augenblick lang hatte sie das Gefühl, sich an der Schnittstelle zwischen sichtbarer und unsichtbarer Welt aufzuhalten, Ganzheit zu betrachten, einen endgültigen Zustand, in dem alle denkbaren Formen und Bewegungen angelegt, aber durch ein physisches oder metaphysisches Gesetz vor dem Prozeß der Selektion oder Vetternwirtschaft geschützt waren, der sie zweifellos kompromittiert hätte.

Das Gefühl war nur von kurzer Dauer, doch solange es anhielt, meinte Ellen Cherry etwas Glitschiges am Schwanz gepackt zu haben. Etwas Glitschiges und sicherlich Bedeutendes. Sie konnte es nicht recht identifizieren. Mit Sicherheit konnte sie es nicht analysieren. Instinktiv erkannte sie, daß eine Analyse es auf der Stelle zunichte gemacht hätte. Es schien eine Art Verzückung zu sein, eine Substanz der Verzückung, die in allen Dingen anzutreffen war, wenn man sie nur in einem bestimmten Licht betrachtete. Auf einer rationalen Ebene ergab das etwa soviel Sinn wie ein Kartenspiel mit lauter Assen, und doch durchströmte Ellen Cherry vorübergehend ein so intensives Glücksgefühl, daß die Erinnerung daran sie monatelang aufmunterte und jeden Gedanken an Rückzug oder Kapitulation verscheuchte.

Der Augenblick selbst war jedoch vergangen. Sie hatte sich erneut die Nase putzen und einen Löffel Hustensaft schlukken müssen. Sie dachte daran, den Löffel für die Medizin zu benutzen, entschied sich aber dagegen. Dann fokussierte sie wieder normal, zog die Schublade auf und legte eine unendlich enttäuschte Spoon zwischen ihre unwürdigen Gefährten; »unwürdig« nicht, weil es ihnen an der geheimnisvollen Substanz gefehlt hätte, sondern weil sie so ungebildet waren, daß sie Phönizien für eine Stadt an der Adria hielten, in der die Leute in altmodischen Gondeln durch Kanäle fuhren, statt wie alle Welt Autos und Schnellstraßen zu benutzen.

Binnen einer Woche hatte ihr Immunsystem die Erkältung weggeputzt, und Ellen Cherry kehrte ins I & I zurück. Dort hatte inzwischen eine Veränderung stattgefunden. Da es an den Wochenenden immer weniger Sportübertragungen im Fernsehen gab (und das waren die Abende, an denen die Angestellten der UN wie arbeitende Menschen überall auf der Welt am liebsten ausgingen), beschlossen Spike und Abu, mit Live-Musik an der Bar zu experimentieren. Sie begaben sich mit einem Bündel Banknoten zur Stadtverwaltung, schmierten rechts und links ausgestreckte Handflächen und besorgten sich eine Kabarett-Lizenz. Dann ließen sie vorspielen.

Nachdem sie jeden Stein im New Yorker Ethnosound-Untergrund umgedreht hatten, fanden sie schließlich einen jungen Jemeniten, der imstande und willens war, nicht nur arabische, sondern auch israelische Volkslieder zu singen. Barhäuptig und in babyblauer Smokingjacke, um unparteiisch zu erscheinen, trat der Bursche von nun an sonntagabends auf, begleitet von seinem elfjährigen Bruder am Baß und seinem Großvater an den Tontrommeln. Gitarre und Stimme trieften vor Schmalz, ganz gleich, in welchem Tempo er spielte, und sein Repertoire enthielt beachtenswerte Texte wie diesen: »Gestern reinigte ich mein Gewehr, während meine Freundin schlief und die Mandelbäume vor Freude weinten.« Das Sonntagabendgeschäft zeigte keinen dramatischen Anstieg.

Für die Unterhaltung an Freitag- und Samstagabenden wurde eine Nachtclub-Band aus Ostjerusalem angeheuert.

»Warum nicht? Auch Juden in Israel mögen diese Musik«, erklärte Spike. »Ist orientalische Musik. Man will es nicht so recht glauben in Westchester, aber nu, Israel ist ein orientalisches Land vor allem.«

Die Musiker der Band waren eine bunte Mischung aus Palästinensern, Ägyptern und Libanesen. Sie waren durchweg über Sechzig (manchmal half auch der jemenitische Opa aus), doch sie spielten mit Leidenschaft und Hingabe. Wenn sie richtig loslegten, erzitterte das ganze Gebäude unter ihren schrillen Wüstenschreien und donnernden Rhythmen. Die dissonanten Harmonien uralter Weisen kreisten im Schnellfeuerwirbel der Trommeln, und an Schlangenbeschwörer gemahnende Flötentöne wanden sich um die Knöchel eines jeden Takts, einer jeden Note.

Die Band zog tatsächlich Gäste an, wenn auch nicht in so großer Zahl, daß sie die zusätzlichen Kosten wieder eingespielt hätte. Es dauerte nicht lange, bis Spike und Abu einsahen, daß Live-Unterhaltung ein schlechtes Geschäft war, aber da ihnen selbst die Musik so gut gefiel, zögerten sie, wieder damit aufzuhören.

»Ist eine erstklassige Orchester«, sagte Spike, »obgleich ich bin traurig, daß sie nicht haben gespielt Tamburin.«

»Mir fehlt das Tamburin auch«, sagte Abu. Ellen Cherry erklärte er: »Im Nahen Osten können Tamburine Trauer und Freude zugleich ausdrücken. Vor Jahrhunderten waren sie die einzigen Instrumente, die auf Beerdigungen und Hochzeiten gespielt wurden. Sie sind der Inbegriff von Musik in Jerusalem, denn Jerusalem selbst ist ein Trauerspiel und ein Freudenfest zugleich. Spike, ich werde den Bandleader fragen, ob sie nicht ein Tamburin dazunehmen können.«

Ein paar Tage später berichtete Abu dann von seinem Gespräch mit dem zahnlosen alten Libanesen, der die Band leitete. »Er meinte, sie würden kein Tamburin spielen, weil sie keine Frau im Orchester hätten. Er sagt, das Tamburin sei das einzige weibliche Instrument im Nahen Osten. Vor Mohammed wurde es mit der Göttin Astarte in Zusammenhang gebracht. Ist das nicht interessant? Einer der anderen Musiker meinte, das Tamburin sei weiblich, weil es so hübsch klimpere und geschlagen werde. Das ist wohl die eher zeitgenössische patriarchalische Haltung. Auf alle Fälle habe ich sie gefragt, ob sie nicht eine Tamburinspielerin wüßten, die an einem der nächsten Abende mit ihnen auftreten könnte. Sie behaupteten, sie würden keine kennen, aber als ich durchblicken ließ, daß sie damit ihr Engagement bei uns verlängern könnten, versprachen sie, sich umzuhören.«

Spike nickte zustimmend. »Das ist sehr nett«, sagte er. »Das letzte Mal, was ich war in Jerusalem, ich hörte ein sehr hübsches Tamburin, gespielt von eine barfüßige Bauchtänzerin. Das war im Nachtclub ›Milch und Honig‹. Barfüßig, ich sage euch ...«

»›Milch und Honig‹«, meinte Abu. »Ein ziemlich abgedroschener Begriff, und trotzdem immer noch ungemein anziehend. Milch und Honig. Seltsam, nicht, wie ein kleines Gedicht.«

So plauderten die beiden Männer weiter, ohne zu ahnen, welchen Einfluß ihre Vorliebe für das Tamburin noch auf ihr Leben haben sollte.

Ellen Cherry machte sich nicht viel aus der Band. Ihr hohes, nasales Gejaule erinnerte sie an ein prähistorisches Besetztzeichen. Auch der jemenitische Folksänger schaffte es nicht, ihre musikalischen Instinkte anzusprechen, obgleich sie offenbar etwas in *ihm* auslöste, denn er warf ihr lange, schmachtende Blicke zu. Als er sich dann mit ihr verabreden wollte, war sie beinahe versucht, anzunehmen. Auf seine düstere Art sah er irgendwie gut aus, und wenngleich Melancholie bei Jugendlichen immer ein wenig verdächtig ist, rein oberflächlich ist sie durchaus attraktiv. *Aber ich kenne diese arabischen Typen*, dachte sie. *Er würde sich nicht damit zufriedengeben, mein Liebhaber zu sein. Nach spätestens drei Verabredungen würde er mich heiraten und in die alte Heimat entführen wollen, mich hinter einem Schleier verstecken und mir Schafaugen zum Essen vorsetzen.*

Nachdem sie ihn abgewiesen hatte, fielen seine Auftritte noch ein paar Takte melancholischer aus. Texte wie »Ehe ich in die Schlacht ziehe, gestatte mir, meine tränenfeuchten

Augen an deinem bestickten Ärmel zu trocknen« brauchten nicht ins Englische übersetzt zu werden, um ihre lähmende Wirkung zu tun. Schließlich setzten Abu und Spike ihn vor die Tür.

Im April waren sie kurz davor, auch die Band zu feuern, als der zahnlose Kauz ihnen mitteilte, daß sie nächsten Freitag von einer »höchst sehr wunderschönen« Bauchtänzerin begleitet würden, die »höchst sehr ausgezeichnet« Tamburin spielte.

Während Spike den alten Musiker erregt fragte, ob die Frau beschuht oder barfüßig tanzen würde, erzählte Abu, ebenfalls zufrieden, wenn auch sehr viel gelassener, Ellen Cherry, daß während einer von Mohammed erzwungenen Periode musikalischer Inaktivität im siebten Jahrhundert nur das *ghirbal* und das Tamburin erlaubt gewesen waren, letzteres ohne Glöckchen. »Das hat die neue Religion der arabischen Kultur angetan«, sagte Abu. »Am Schlagen hielt sie fest, aber das Klingeln hat sie verboten.«

»Wir Baptisten haben das ja auch verlernt«, gestand Ellen Cherry. »Außer mit dem Klingelbeutel.«

I & I

Es ist der dritte Freitag im April. Der Frühling rekelt sich über New York wie eine Odaliske auf einem Haremsdiwan. Wie ein AIDS-Baby auf einem Sofa in Harlem. Ein riesiger Mond geht auf. Wie die Odaliske scheint auch der Mond von Süßigkeiten und Sperma überzuquellen, doch der Dunstschleier, durch den er aufsteigt, ist dünn und schleimverschmiert und läßt auf offene, mit ziemlicher Sicherheit bösartige Schwären blicken. Überall schmiegt sich Weiches an Hartes. Das Harte zuckt die Achseln, sagt: »Na und?«, kassiert einen Haufen schmutzige Dollars und jagt sich überdimensionale Nadeln in die Vene. Zarte grüne Blättchen entfalten sich zu Tausenden an rußstarrenden Ästen. Der diabolisch beißende Gestank von Autoabgasen hebt sich scharf gegen das Chlorophyll ab. Beim Atmen dringt eine betörende Giftschwade ins eine und das sirupartige Aroma pflanzlichen Lebens ins andere Nasenloch. In der Mischung von Mondschein und Straßenlaternen, von Neon und Blattglanz sind die Wolkenkratzer so betörend wie eine Prozession hinduistischer Heiliger. Energiesprühend, flimmernd und funkelnd vor Licht scheinen sie ebenso vor Lebenskraft zu strotzen wie die Ahornbäume im Park.

Die erwartungsvollen Massen, die aus Wohnungen und Häusern, aus Boutiquen und Bodegas strömen, haben ein neues Tempo gefunden, eine Gangart irgendwo zwischen der aufziehpuppenhaften Winterhektik und dem trägen Tiefseetaucher-Schleppgang des bevorstehenden schwülen Sommers. Sie tänzeln beinahe über Hamburger-Kartons aus Styropor, leere Kondompackungen, Einwegspritzen und graffitispeiende Sprühdosen; ein unbewußter Frühlingsrhythmus macht sich in ihren Schritten bemerkbar, eine vergessene Erinnerung an Gras und Saatgut, an Lämmer und Ringelreihen. Die unvollendete und nie zu vollendende Symphonie, zu der sie sich bewegen, ist aus lautsprecherverstärktem Salsa, Rap und Funk komponiert, aus Fetzen von Vivaldi, die knisternd wie Silberpapier aus feinen Restaurants und Limousinen wehen, aus dem raffinierten Tappen von Cole Porters imaginärer Zigarettenspitze auf dem Rückgrat von Touristen und Geschäftsleuten in Hotelhallen in ganz Midtown, aus prophetischem Technobeat in SoHo-Bars und Künstlerlofts, aus Schlagzeugsolos von genialen Straßenmusikern auf Plastikeimern und Kühlschrankeinsätzen, aus dem Nachrichtenton androgyner Moderatorinnen und Moderatoren, aus dem lauten Kreischen von Bus- und Lastwagenbremsen, aus endlosem Sirenengeheul, Taxigehupe, dem einen oder anderen Schuß oder Schrei, aus mädchenhaftem Gekicher und jungenhafter Protzerei, aus Hundegebell, dem Winseln aggressiver Bettler, dem Heulen obdachloser Verrückter und, an so mancher Straßenecke, den glattzüngigen Ermahnungen geweihter oder selbsternannter Wanderprediger, die den Passanten warnen, dies könne der letzte April sein, den Gott ihm schenke – als sei der April ein Kätzchen und Gott ein wütender Farmer mit einem Sack.

Im Juli wird die Luft in New York mit Anabolika vollgepumpt sein: tierische Bizepse werden einem beim Atmen die Lungen quetschen und die Wangen besonders Empfindlicher zerkratzen wie ein Dreitagebart. An diesem Abend im April jedoch ist die Atmosphäre unbeschreiblich weiblich. Der Smog trägt Spitzen, die Brise hüllt sich in Schwangerschaftskleider, und die erschöpften Städter haben angesichts des ständigen Geblinzels und Gesäusels ihre Schutzmechanismen fallen gelassen. Kurz vor Einbruch der Dämmerung steuert ein Schwarm kanadischer Wildgänse über Manhattan und verursacht ein Hupkonzert, das um ein Haar sämtliche Autobatterien der Stadt geleert hätte. Millionen verrenken sich den Hals, um den Flug der Gänse zu verfolgen, und als der Schwarm im Dunst verschwindet, packt ein uralter Rausch das kollektive Unterbewußtsein. Alle Welt scheint nun leicht beschwipst von Gänsewein.

Ellen Cherry spürt die weibliche Wildheit in den Straßen, noch bevor sie das Apartment verläßt. Vom zehnten Stock des Ansonia wirken die Neonlichter wie Flecken verschmierten Lippenstifts, und in dem wirren Lärm, der vom Broadway heraufdröhnt, klingt ein kaum hörbares Schnurren mit. Es ist, als habe jemand Blütennektar, Mondmalz und Gänsegrog in die übliche Freitagabendmischung aus Kommerz und Kultur, Liebe und Verbrechen, Luxus und Elend gerührt: Ellen Cherry kann sie schmecken, als sie das Fenster einen Spalt weit öffnet. Sie schiebt es weiter hoch und trinkt einen größeren Schluck. Es ist eine Nacht voller Verheißung, eine Nacht, in der alles mögliche passieren könnte, und plötzlich kann sie es kaum erwarten, hinauszukommen.

»New York hat ein Tamburin verschluckt«, sagt sie. Sie weiß nicht viel mehr über Tamburine als das, was sie vor kurzem gehört hat, aber sie ist sich bewußt, daß diese ungezähmte weibliche Musik heute abend im Isaac & Ishmael's erklingen soll, wo sie in der Spätschicht arbeiten wird, von neun bis drei. Wie sich herausstellt, ist ihre Metapher sehr treffend, obgleich sie sie schon wieder vergessen hat, als sie noch einmal zur Garderobe im Flur zurückkehrt, um den Mantel aufzuhängen, den sie nicht brauchen wird (inwieweit die Erlösung von diesen dicken Winterklamotten zu der beschwingten neuen Stimmung der Stadt beigetragen hat, kann gar nicht hoch genug eingeschätzt werden).

In dem Augenblick, als Ellen Cherry die Wohnung verläßt, rührt sich ganz unerwartet etwas in der Wäscheschublade. Die Schublade steht einen Spalt offen, und auch Spoon hat die Faszination und Verheißung dieses Aprilabends gespürt.

Daruma beobachtet sie. Sie zittert wie ein Kokainsüchtiger bei einem Einstellungsgespräch. Auf der Spitze des Griffs balancierend, springt sie immer wieder so hoch in die Luft, daß sie über den Rand der Schublade spähen kann. Sie springt, zögert und zittert. Springt, zögert und zittert.

»Kamikaze«, flüstert der Vibrator.

»Kamikaze?«

»Himmlischer Wind.«

Sie springt, zögert und zittert. »Himmlischer Wind?«

»Spring«, sagt er. »Spring mit dem Wind. Riskiere alles. Du hast nichts zu verlieren. Spring.«

Spoon springt.

Geräuschlos landet sie auf dem Läufer vor dem Bett. Rappelt sich auf. Sieht sich um. Hüpft auf die Handtasche zu, die Ellen Cherry neben der Tür auf der Erde hat liegenlassen.

Das letzte, was sie hört, als sie tief eintaucht in das Durcheinander von Schlüsseln, Kleingeld, Kleenex und Boomers Briefen, postjezabelianischer Kosmetik und alten, aus Zeitschriften herausgerissenen Fotos von Georgia O'Keeffe, ist das wahnsinnige Gelächter des heidnischen Beglückers.

Die Handtasche einer durchschnittlichen Frau wiegt ungefähr ein Kilo. Das Herz einer durchschnittlichen Frau wiegt ungefähr zweihundertfünfzig Gramm. Das Gewicht eines Tamburins liegt irgendwo dazwischen, ein bißchen näher beim Herzen als bei der Handtasche.

Als Ellen Cherry ins Schlafzimmer zurückkehrt, greift sie nach der Handtasche und wühlt darin. Mehrmals berührt ihre rechte Hand – die mit dem verbannten Ehering – den Löffel oder stößt ihn beiseite, ohne es zu merken. Kann eine

Frau, die nicht einmal den Inhalt ihrer Handtasche kennt, wissen, was in ihrem Herzen los ist?

Ellen Cherry nimmt ihre Schlüssel, zwei U-Bahn-Münzen und ein Döschen Lipgloss heraus. Diese Gegenstände steckt sie in die Tasche ihres gelben Wollkleids, des Betsy-Johnson-Kleids mit dem überdimensionalen Reißverschluß. Die Tasche wirft sie aufs Bett. In dieser frühlingstrunkenen Aprilnacht wird sie mit leichtem Gepäck unterwegs sein. Und Spoon soll offensichtlich zu Hause bleiben.

Spoon wartet in der Handtasche, bis sie sich sicher ist, daß Ellen Cherry das Gebäude verlassen hat. Dann zwängt sie sich heraus, sehr beneidet von einem Regenumhang aus Plastik, der seit Jahren auf dem Grund der Tasche schmachtet. »Sie w-wird mich n-nie t-tragen«, schluchzt der Regenumhang. »Ich p-passe nicht ü-über all das H-Haar.«

»Nur Geduld, mein Lieber«, tröstet ihn Spoon. »Wie mein Freund Can o' Beans immer sagt, die Welt ist ein ziemlich seltsamer Ort, und die Karten werden immer wieder neu gemischt.«

Nun, da sie die Bohnendose zitiert hat, käme sie sich wie eine Heuchlerin vor, wenn sie in die Wäscheschublade zurückklettern würde. Sie fühlt sich ohnehin schon wie eine Heuchlerin, da sie zur Geduld rät, obwohl sie selbst die Geduld längst verloren hat. *Kann es sein, daß bestimmte unbelebte Objekte ganz gegen ihre Natur immer ungeduldiger werden, je näher es auf die Jahrtausendwende zugeht?* fragt sie sich. *Und wenn ja, ist das eine theologische oder eine säkulare Frage?*

Spoon sieht sich im Zimmer um. Die Bahnen des Mondlichts gleiten durch das Fenster wie eine Flotte weißer Cadillacs. Ohne nachzudenken schnellt sie mit einem Satz vom Bett aufs Fensterbrett. »Liebe Güte!« keucht sie, fasziniert und erschrocken zugleich. Unter ihr, weit, weit unter ihr, pulsieren Farbe und Klang in den vom April überraschten, sonst so starren Straßen. Die warme Luft fließt an ihr herab wie das duftendste Spülwasser, das sie je genossen hat. Auch die Lichter der Stadt beglänzen sie, beleben ihr klassisches Profil, tauchen sie in eine andere Art von Bad. Der ohrenbetäubende

Lärm macht sie konfus. Die Höhe schwindlig. Sie kommt sich vor wie ein regloser Stern in einem wirbelnden Himmel.

»Kamikaze!«

»Wie bitte, Sir?«

Spoon dreht sich halb um, um verstehen zu können, was der Vibrator ihr aus der Schublade zuruft, rutscht aus und stürzt vom Sims hinab in die weite, brausende Leere.

Zieht das Leben eines Objekts an ihm vorbei, bevor es aufprallt? Wäre Galilei nicht so ein überzeugter Chauvi gewesen, hätte er sich dieser Frage bei seinen Experimenten in Pisa womöglich intensiver gewidmet. Andererseits ist die Annahme, daß etwas Unbelebtes, Anorganisches ein »Leben« hat, das an ihm vorbeiziehen kann, vielleicht schlicht absurd. Aber was sieht Spoon denn nun, als sie auf das Straßenpflaster zusaust?

Sie fällt vorbei an Schalen, grob aus dem Holz des Blauen Gummibaums geschnitzt und mit Bildern von schwangeren Tieren verziert, vorbei an Untertassen aus Schildkrötenpanzern und *compotiers* aus Schädeln junger Mädchen, in deren Wangen das Alphabet geritzt ist. Aus Gefäßen wie diesem hat Spoon ganz gewiß nie Eiscreme gelöffelt.

Sie fällt an einem schwarzen Hahn vorbei, der an einen Bettpfosten gefesselt ist, an einer Eidechse und einem Rotkehlchen, die zusammen aus derselben jahrtausendealten Pfütze trinken, an bunt bemalten Eicheln, Peyote-Möbeln und Kerzenleuchtern, an denen das Fett von Iglukerzen herabrinnt. Auf all ihren Reisen von Küste zu Küste hat Spoon so etwas nie gesehen.

Sie fällt nicht durch ihr eigenes Gehirn wie die Menschen, sondern durch den Raum mit der Wolfsmuttertapete, und Fetzen der Tapete streifen an ihr vorbei, während sie fällt. Sie glaubt, von weit her Conch Shells Stimme zu hören, die ihren Namen trompetet. Dann ist alles vorbei ...

Sie landet nicht mit dem gräßlichen Klirren, das sie erwartet hat, sondern mit einem dumpfen Schlag. Sie prallt von etwas relativ Weichem ab, beult es ein, fliegt im hohen Bogen zur Seite und landet kaum halb so schnell wie zuvor auf dem Bürgersteig. Ein paar Blutstropfen platschen neben ihr auf.

Hätte Raoul Ritz an diesem Tag seinen Filzhut getragen, hätte dieser den Schlag einigermaßen gedämpft. Sein Manager in Los Angeles jedoch findet den Hut bescheuert und hat ihn überredet, darauf zu verzichten, zumindest in der Öffentlichkeit. Als Raoul sich also dem Ansonia nähert, ganz wild darauf, Ellen Cherry zu erzählen, daß der Song, den er für sie geschrieben hat (und der bei ein paar New Yorker Radiosendern schon hin und wieder gelaufen ist), jetzt landesweit gespielt werden soll, ist seine Birne dummerweise ungeschützt.

Er hebt beide Arme zum Kopf und dreht sich ziellos um sich selbst, wie eine Fledermaus mit defektem Sonarsystem; dann knallt er gegen eine Ecke des Ansonia, prallt ab und bricht zusammen. Pepe, der neue Pförtner, kommt heraus, um nachzusehen, was los ist, findet Raoul bewußtlos auf dem Bürgersteig und ruft den Notarzt. Spoons erster Gedanke ist, sich zu verstecken, doch es hat sich bereits eine kleine Menschenmenge gebildet.

Als Krankenwagen und Polizei eintreffen, ist Raoul wieder bei Sinnen und hat sich aufgesetzt. In dem Polizeiwagen sitzt ein Kriminalbeamter, der soeben vom Tatort eines Mordfalles kommt. »Womit wurde er getroffen?« fragt Detective Shaftoe.

»Mit einem Löffel«, antwortet eine Zeugin. »Dieser Löffel hier ist ihm auf den Kopf gefallen.«

»Ohne Scheiß?« Shaftoe nimmt der Zeugin den Löffel aus der Hand und inspiziert ihn. Er ist aus massivem Silber, ziemlich schwer für seine Größe. »Ist gefallen oder wurde geworfen?«

Die Zeugin zuckt die Achseln. Shaftoe tritt auf die Straße, von wo er die ganze Fassade des Ansonia überblicken kann. Auf dieser Seite des Gebäudes steht nur ein Fenster offen. Der Detective zählt die Fensterreihen, um festzustellen, zu welchem Stockwerk es gehört. Er ist ein kleiner, stämmiger Mann, mit schwarzer Haut und weißem Haar, Adleraugen und einer Nase, die öfter gebrochen worden sein muß als alle Versprechen eines Heiratsschwindlers. Er hat jede Menge Football gespielt, allerdings weit ab von der Super-

Bowl. »Wer wohnt in diesem Apartment?« fragt er Pepe und zeigt auf das offene Fenster.

»Bin nicht sicher. Ich glaub, Miz Charl.«

»Miz Charl«, wiederholt Raoul. Das sind seine ersten Worte, und sie klingen, als wären sie durch den Liebestöter einer alten Nonne gefiltert worden. Die Ärzte wollen Raoul davon überzeugen, daß es besser wäre, wenn er in ein Krankenhaus ginge und sich untersuchen ließe, aber er ist dagegen. Die Polizei wird zu Rate gezogen.

»Er ist ein zäher Bursche«, sagt Shaftoe. »Laßt ihn. Wollt ihr eure Zeit und unsere Steuergelder verschwenden, indem ihr das Innenleben dieses Schädels fotografiert? Außerdem paßt es ihm bestimmt nicht, wenn sich rumspricht, daß ihn so ein Löffelchen hier umgehauen hat.« Shaftoe grinst, und einige Zuschauer auch.

»Haben Sie einen Schlüssel für das Apartment?« wendet sich Shaftoe an Pepe. »Gut. Ich geh mal rauf.« Er dreht sich zu Raoul um, der wieder auf den Beinen ist. »Wollen Sie mitkommen?«

Raoul nickt trotz seiner Kopfschmerzen. »Ja, Mann, ich komm mal lieber mit. Miz Charl is so durchgedreht, weil ich nach L. A. gefahren bin, statt sie zu vögeln, Mann, daß sie ihr Küchenzeug nach mir schmeißt.«

»Tatsache?« fragt Shaftoe.

»Ich glaub nich, daß sie zu Haus is«, sagt Pepe. »Sie is vor zwanzig Minuten los zur Arbeit.«

»Sind Sie sicher, daß es zwanzig waren?«

Pepe hat recht, es ist niemand in der Wohnung. »Muß ja nicht aus dieser Wohnung gekommen sein«, sagt Shaftoe. »Sie könnten das Fenster wieder zugemacht haben.« Raoul scheint enttäuscht, besonders als der Detective die Küchenschubladen aufzieht und kein Silber findet, das mit dem anderen Stück zusammenpaßt.

Als sie schon halb zur Tür hinaus sind, dreht Shaftoe, der sonntags gern im Central Park sitzt und malt, eins von Ellen Cherrys Bildern um. Nur um zu schauen, ob ihr Zeug was taugt. Als er das Porträt eines Löffels entdeckt – eines Löffels, der identisch ist mit dem in seiner Hand – pfeift er leise durch die Zähne und sinkt langsam aufs Sofa.

Auf dem Weg zum Isaac & Ishmael's sagt der Streifenpolizist, der den Wagen fährt: »Ich versteh das nich. Ein Typ kriegt 'nen Teelöffel an die Bedonje, braucht nich mal genäht zu werden, und Sie führen Ermittlungen durch.«

»Irgendwas … stimmt hier nicht«, sagt Shaftoe. »Irgendwas ist faul an der Sache.«

»Hören Sie, Sergeant, das hier is New York, nich irgend'n Provinznest in Ohio. Außerdem gibt's für alles 'ne einfache Erklärung, sogar in dieser Stadt. Die Alte läßt 'nen Löffel auf'm Fenstersims liegen, er fällt runter und trifft 'nen Makker am Kopf. Ach, die beiden kennen sich? Zufall.«

»Und was ist mit all den Bildern von der Kleinen?« fragt Shaftoe und schwenkt den Löffel in der Hand. »Was mit denen von den Bohnendosen? Was, wenn dem nächsten Typen 'ne Bohnendose das Hirn zu Brei matscht? Irgendeinen Typen, auf den sie sauer ist, weil er es ihr nicht besorgt? Hab ich nicht recht, Kumpel?«

Raoul auf dem Rücksitz zuckt die Achseln und betastet vorsichtig seinen Kopf.

»Ja gut, aber da warn auch noch Socken«, sagt der Bulle. »Mit 'ner Socke kann sie keinen erschlagen. Und überhaupt war sie bei der Arbeit.«

»Aber wo arbeitet die Dame? In der brenzligsten Kneipe von ganz New York. Wo sie ihre Finger in allen möglichen nahöstlichen Machenschaften haben. Nein, ich sag euch, die Sache … stinkt. Da liegt was in der Luft.«

»Der Frühling«, sagt der Bulle.

Shaftoe sagt gar nichts, reibt nur immer wieder den Löffel zwischen den Fingern. Sollte er sich in eine Fee verwandeln, würde er als ersten Wunsch die Geschichte dieses Löffels erfahren wollen. Doch halt, nein, so ein eingefleischter Detective ist er auch wieder nicht. Sein erster Wunsch wäre, wieder Football zu spielen. Der zweite: vielleicht Frieden in der Welt, vielleicht ein Heilmittel gegen AIDS. Der dritte … ach was, spielt sowieso keine Rolle. Er wirft einen Blick über die Schulter. »Diese Dame, diese Miss Charles, wie ist die denn so?«

»Sie is Künstlerin«, sagt Raoul.

»Ist nicht wahr.«

Vor dem I & I läßt der Fahrer den Detective und Raoul aussteigen. »Tragen Sie Ihre Weste?« fragt er.

»Nee«, sagt Shaftoe und streicht sich übers Hemd. »Ich werd rechtzeitig in Deckung gehn. Das Essen soll übrigens auch nicht besonders sein.«

Wenn man das I & I betritt, liegt linker Hand die Bar und rechts der Raum, in dem die Gäste essen, abgeteilt durch eine niedrige, bambusverkleidete Trennwand, vielleicht einen Meter hoch. Das Podium steht am Ende der Bar, ist aber vom Speisesaal aus bestens zu sehen – und zu hören. Teddy, der Maître d', setzt Detective Sergeant Shaftoe und Raoul Ritz in den Speisebereich, da er praktisch leer ist, während in der weniger großen Bar die Leute dicht gedrängt stehen. Ellen Cherrys Platz ist mehr vorn an der Bar, daher bedient sie Shaftoe und Raoul nicht, und die beiden müssen sich den Hals verrenken, um sie zu sehen.

»Mann, sieht sie nicht klasse aus?« sagt Raoul.

»Was für Haar«, staunt Shaftoe.

Ihre Aufmerksamkeit richtet sich aufs Podium, wo der Bandleader gerade mit ein paar dürren und nichtssagenden Worten eine sehr junge Frau vorgestellt hat. Als die Band wieder loslegt, versetzt das Mädchen dem Tamburin einen lauten Schlag und beginnt zu tanzen. Im gleichen Augenblick weiß Shaftoe, welches sein dritter Wunsch wäre. Raouls Kopfschmerzen verflüchtigen sich jäh durch den weit aufgerissenen Mund. Alle Gespräche im I & I werden abgebrochen, manche mitten im Satz. Das Publiklum sitzt da wie versteinert. Manche Männer greifen sich ans Herz, aber die meisten sind starr vor Staunen, wie Schmetterlinge hinter Glas. Köche und Tellerwäscher zieht es aus der Küche, Wachmänner verlassen ihren Posten auf dem Bürgersteig. Das Tamburin dröhnt, das Tamburin klingelt; das Mädchen tanzt – ungelenk, schüchtern –, und das Publikum spürt das Gewicht, das Gewebe, den Duft eines uralten Tuchs, das über seine Köpfe gefallen ist, vielleicht das Tuch, auf dem Abraham die Beine von Sarai und Hagar spreizte.

Es hat abgekühlt, wie an Aprilabenden üblich, doch als der Tanz vorbei ist, badet das I & I in Schweiß. Die Männer applaudieren, halten inne, um sich über die Stirn zu wischen, und applaudieren weiter. Sie pfeifen und stampfen. Es ist schon eine Weile her, daß Shaftoe eine solche Belebung seiner Lenden erlebt hat. Raoul murmelt etwas auf spanisch vor sich hin, irgendwas wie: »Ich schreib 'nen Song für sie, Mann. Ich schreib *zehn* Songs.« Raoul hat Ellen Cherry total vergessen. Ebenso die Griechen und Syrer, die Türken und Algerier, die Zyprioten, Kuwaitis und Israelis, die seit Monaten mit ihr flirten und aus deren Mitte sie sich, trotz ihrer rassischen Vorurteile, in nächster Zukunft einen Liebhaber zu erwählen gedachte.

Ellen Cherry muß das nachlassende Interesse instinktiv gespürt haben, denn als der schweißtriefende Abu und der augenrollende Spike sie atemlos in rascher Folge fragen: »Was halten Sie von dem Tamburinmädchen?« und »Nu, was denken Sie über unsere kleine Salome?«, stülpt sie ihre Unterlippe so weit vor, daß eine Topfpflanze darauf Platz fände, und antwortet: »Ihre Beine sind zu dünn. Für eine Bauchtänzerin hat sie wirklich Storchenbeine.«

Ein oder zwei Minuten später setzt die Musik wieder ein, und erneut verwandelt sich das I & I durch die scheue junge Tänzerin, Storchenbeine und so weiter, in ein wildes, orgiastisches Dampfbad. Gedankenverloren zieht Shaftoe den Löffel aus der Tasche seines billigen Sportsakkos und trommelt im Takt der Musik auf einen Bambusuntersetzer. Spoon ist gekränkt. So peinlich ist ihr die unanständige Vorstellung, daß sie den Raum nicht mehr als den Ort erkennt, an dem sie und Ellen Cherry vor fünf Monaten wiedervereint wurden, und sie wünscht sich nichts sehnlicher, als daß sie bei dem Sturz vom Fenstersims in tausend Stücke zerbrochen wäre. Sie hat auf den Rat eines verdorbenen, heidnischen Werkzeugs onanistischer Freuden gehört, und so weit ist es nun gekommen. Die Tänzerin vollführt mit kreisenden Hüften und bebenden Arschbacken, zitternd wie ein Blatt im Wind, einen Shimmy, der mit einem doppelten Hüftschwenk endet. Shaftoe läßt Spoon gegen sein Bierglas rattern. »Liebe Güte!« wimmert sie. »Heilige Maria, erlöse mich.«

Spoons Gebet wird erhört. Der Streifenpolizist betritt das I & I, schiebt Teddy beiseite und geht mit großen Schritten auf Shaftoe zu. Er schreit dem Detective etwas in sein Blumenkohlohr. »Der Captain sagt, Sie solln nach Uptown kommen, und zwar schleunigst.« Shaftoe brummt, wirft fünf Dollar auf den Tisch und geht rückwärts aus dem Lokal, ohne die Augen von Salome zu wenden. Er hat keinen Atemzug damit verschwendet, Raoul zu fragen, ob er ihn mitnehmen kann.

Als sie draußen sind, sagt der Polizist: »Als ich dem Captain erzählt hab, wo Sie sind, hat er fast 'nen Anfall gekriegt. Als ich ihm erzählt hab, was Sie da drin machen, mußten sie ihm 'ne Herzmassage verpassen.«

Shaftoe spuckte aus. »Wenn der Mistkerl gesehen hätte, was ich heute abend gesehen habe, würd er mehr brauchen als 'ne Herzmassage, um seinen Arsch wieder hochzukriegen.«

Zögernd dreht Shaftoe dem I & I den Rücken zu und folgt dem Fahrer um die Ecke zur Forty-ninth, wo der Wagen geparkt ist. Vor einem Abfallkorb bleibt er stehen. Nachdenklich schaut er vom Löffel auf den Korb und dann wieder auf den Löffel. Er schüttelt den Kopf und steckt den Löffel in die Tasche. Doch kaum ist er ein paar Schritte gegangen, bleibt er wieder stehen, nimmt ihn heraus und inspiziert ihn noch einmal im Mondschein. Als er seufzt, ist es, als habe man ihn wieder einmal aus dem Spiel genommen, als erinnere sich irgendwas in seinem Seufzmechanismus an den Patzer, der sein Testspiel bei den Buffalo Bills beendete. Er wirft Spoon in den Müll.

Der Bulle hat alles beobachtet. »Vergessen Sie's, Sergeant«, sagt er. »Es gibt eine Million Geschichten in Naked City.«

Es ist der dritte Freitag im April, und der Mond versinkt. Wenn der Mond geht, verschwindet auch die Odaliske. Ihr nach Minze duftendes Ambrosia, ihre Oden, ihre Hormone und ihren Gänsewein nimmt sie mit. (Bald wird ihr auch das Präsens folgen.) Das AIDS-Baby läßt sie allein und zitternd in der frischen kühlen Nachtluft zurück. Auch die Blüten an den Bäumen, die Penner und die Krüppel auf den Straßen zittern.

Salome beendet ihren Tanz um Mitternacht. »Sie ist erst sechzehn«, erklärt der Bandleader. Spike bietet an, sie nach Hause zu fahren, aber sie ist schon weg, und zwar durch den Hinterhof, den das I & I mit dem indischen Restaurant nebenan teilt. Die Band spielt weiter bis zwei, obgleich sich die Menge schon lange vorher praktisch aufgelöst hat.

»Sehen Sie?« sagt Abu. »Fast alle bevorzugen das Tamburin.«

»Ganz recht«, sagt Ellen Cherry. »Das Tamburin.« Auch sie verschwindet durch den Hinterhof und verpaßt auf diese Weise Raoul, der, nachdem er Salome draußen nicht gefunden hat, zum Restaurant zurückgekommen ist, um Ellen Cherry wenigstens von seinem Song, seiner Begierde, der Beule an seinem Kopf zu berichten.

Ellen Cherry braucht nicht lange, um ihren mantellosen Zustand zu bedauern. Sie findet, daß die Nacht zu dunkel und zu kühl ist, als daß sie bis zur U-Bahn-Station laufen könnte, und winkt einem Taxi. Gerade als es anfährt, stolpert Raoul aus dem I & I. »Die kleine Tamburindame ist morgen wieder hier«, ruft Abu ihm nach.

Raoul wirbelt herum, um den großen, vornehmen Abu wütend anzufunkeln. »Mann, da bin ich in Scheiß-L. A.«, sagt er sauer.

Im Ansonia hat Pepe für heute Dienstschluß gemacht, ohne Ellen Cherry eine Nachricht über die Aufregung am frühen Abend zu hinterlassen, und wieso ihr Apartment darin verwickelt war. Deshalb ist sie erstaunt und ein wenig beunruhigt, als ihr beim Reinkommen die meisten Bilder direkt in die Augen starren. Sie weiß auch nicht warum, vielleicht hat es etwas mit den Frühlingsgefühlen zu tun, aber sie hat den leisen Verdacht, daß Boomer in der Wohnung war. Nichts ist zerstört worden, und fehlen tut auch nichts, und wer, wenn nicht Boomer oder vielleicht Ultima Sommervell, hat schon Interesse an ihren Bildern?

Natürlich ist sie auf dem Holzweg, wenn sie glaubt, daß nichts fehlt. Doch selbst wenn Boomer unerwartet aus Jerusalem zurückgekommen sein sollte, selbst wenn er da war, um heimlich ihre Bilder auszuspionieren, wird sie ihn in dieser Nacht wohl kaum noch sehen. Nachdem sie den Rauch und den Schmutz aus dem I & I abgeduscht und eine Feuchtigkeitscreme auf Gesicht und Körper aufgetragen hat, zieht sie die oberste Schublade ihrer Wäschekommode auf und greift nach dem Vibrator. *All diese Geilheit im I & I muß auf mich abgefärbt haben,* denkt sie.

Als sie merkt, daß der Löffel nicht da ist, wo sie ihn hingelegt und noch vor wenigen Stunden gesehen hat, zieht sich ihr Rückgrat zusammen wie Euklids Sackhalter, und mit ihrem Blut hätte ein tropisches Hotel seine Räume kühlen können.

Man hat herausgefunden, daß ein Mensch im Laufe seines Lebens ungefähr ein Jahr damit vertut, nach verlorenen Gegenständen zu suchen. Ellen Cherry ahnte bereits, daß sie ihr ganzes Jahr aufzehren könnte, ohne den Löffel zu finden, aber sie versuchte es trotzdem. In diesem Zustand, der an Panik grenzte, wußte sie nicht, was sie sonst hätte tun sollen. Das kleine Apartment auf den Kopf zu stellen ging so schnell, daß sie es gleich zweimal hintereinander tat.

Sie kämpfte sich in einen seidenen Kimono – ihre Gänsehaut war so stark, daß der Kimono überall hängenblieb – und fuhr mit dem Aufzug in die Halle hinunter, wobei sie immer wieder verstohlene Blicke über die Schulter warf und bei jedem Geräusch oder Schatten zusammenfuhr. Sie wählte eine bestimmte Nummer, obwohl sie geschworen hatte, sie nie wieder zu wählen, und wartete mit einem starken Übelkeitsgefühl im Bauch, während es in Ultima Sommervells Stadthaus klingelte.

»Ja?« Im Hintergrund war schwaches Hundegebell zu hören.

»Entschuldigen Sie. Hier spricht Ellen Cherry Charles. Ich würd nur gern wissen, ob Boomer schon wieder in New York ist.«

»Meine Liebe, es ist vier Uhr morgens, zum Teufel noch mal! Sie haben wohl schlecht geträumt. Nein, unglücklicherweise ist er noch nicht wieder da. Im Gegenteil, ich fliege am Montagmorgen nach Israel, um ihn zur Rückkehr zu überreden. Er entpuppt sich als zweiter Jean-Michel Basquiat: Er ist tatsächlich blöd genug, seinen eigenen Erfolg zu sabotieren.«

»Er ist also noch nicht wieder zurück?«

»Sie hören sich gar nicht gut an. Vielleicht sollten Sie was zur Beruhigung nehmen.«

»Danke, entschuldigen Sie nochmals.« Sie hängte auf und wählte Spike Cohens Nummer. »Tut mir leid, Sie um diese Zeit aufzuwecken, Mr. Cohen. Es hört sich vielleicht albern an, aber da war jemand in meinem Apartment und ...«

Als die Einzelheiten der Geschichte aus ihr herausquollen wie frische Spaghetti, fand Spike sie tatsächlich etwas albern. Trotzdem zögerte er nicht, sie zu beruhigen und aufzumuntern. »Nu Sie machen sich keine Sorgen, *darlink*. Ich bin schon unterwegs. Wenn es ist ein *dybbuk*, was Sie verfolgt, weiß ich, was ihn vertreibt.«

Als Ellen Cherry *dybbuk* endlich im Lexikon gefunden hatte – sie verschwendete zehn Minuten damit, unter *di* zu suchen –, traf Spike auch schon im Ansonia ein, in der Tasche eine Kopie des einundneunzigsten Psalms und einen Viertelliter Rum. Sie hatte ihn bereits hereingebeten, als sie merkte, daß sie nur ihren dünnen, geblümten Kimono trug und sonst nichts außer einer rasch verdunstenden Schicht Feuchtigkeitscreme. Sie versuchte, sich nichts anmerken zu lassen; er versuchte, woanders hinzusehen.

»Um zu vertreiben Ihre Dämon, muß ich laut vorlesen die einundneunzigste Psalm. Wenn das nicht hilft, dann ich muß blasen die *shofar*, das Horn des Widders. Die *shofar* wirkt garantiert. Oj! Zu schade, ich besitze keine *shofar*, deswegen ich habe mitgebracht eine Flasche Rum stattdessen.«

»Mr. Cohen, Sie glauben doch nicht im Ernst, daß ein *dybbuk* dahintersteckt ...«

Er lächelte. Seine Zähne waren regelmäßig und so weiß wie Waschpulver. »Nein, nein«, sagte er. »Natürlich nicht. Kein *dybbuk* mit eine Funken von Selbstachtung würde belästigen eine *shiksa*. Aber es ist eine hübsche Psalm, und der Rum ist auch nicht schlecht.«

Spike goß jedem von ihnen drei Fingerbreit dunklen Bacardi ein. »Und jetzt«, sagte er und setzte sich ihr gegenüber, »Sie erzählen mir von diese Löffel, was kommt und geht, kommt und geht.«

Während Ellen Cherry berichtete, nahm Spoon gerade ihren ganzen Mut zusammen, um aus dem schmutzigen Zeitungspapier zu linsen, in dem sie sich verkrochen hatte. Zufällig war es die Titelseite einer New Yorker Tageszeitung. Der Leitartikel rechtfertigte die Lagerung von Giftgas, chemischen Waffen und Langstreckenraketen auf seiten beider nahöstlicher Konfliktparteien mit der Begründung, wenn die Arsenale von Umfang und Kampfkraft her gleichwertig seien, würden sie sich gegenseitig aufheben. Er ging sogar so weit, auf die unvergeßliche Logik Henry Kissingers zu bauen: »Wir müssen mehr Raketen bauen, um die Raketen loszuwerden.« Spoon hatte keine Ahnung vom Inhalt des Blattes. Sie war viel zu sehr darauf bedacht, sich in ihm zu verbergen, um es zu lesen (falls sie hätte lesen können) – wie auch nur die gewissenhaftesten Menschen auf die Idee kommen, die wahre Natur jener Institutionen in Frage zu stellen, die theoretisch zu ihrem Schutz dasein sollen.

Sie vergewisserte sich, daß die Forty-ninth Street leer war, kämpfte sich mühsam nach oben und lehnte sich gegen den Rand des Abfallkorbes. Sie sah die Straße auf und ab und fragte sich, in welcher Richtung St. Patrick's liegen mochte, und wie weit es wohl entfernt war. Es dauerte eine Weile, bis sie merkte, daß sie genau wie dieses unsägliche Gerät und die es anhimmelnden Wäschestücke vor sich hin summte, nur daß sie statt *»Wooga go nami ne«* pausenlos »Liebe Güte, liebe Güte, liebe Güte« trällerte. Sie verstummte – und schrie im nächsten Augenblick laut auf: »Liebe Güte!« Was kam denn da die Straße entlang?

Es hatte Ähnlichkeit mit einem Rad und drehte sich so schnell, daß sie kaum mehr als einen verwischten Schatten sah. Als es näher heranwirbelte, bemerkte Spoon, was ein organisches Auge wahrscheinlich nie zu sehen vermocht hätte: der Schatten war Painted Stick.

Hatte die berauschend launische Frühlingsnacht die Rastlosigkeit des Stocks gesteigert und ihn, nicht ohne beträchtliches Risiko, aus seinem Versteck auf die Straße gelockt? Spoon war seit fünf Monaten verschwunden. Das ist in normaler Objektzeit zwar nur ein kurzer Augenblick, doch waren weder diese Objekte noch die Umstände normal. Jeder von ihnen wußte, daß Painted Stick darauf brannte, nach Jerusalem aufzubrechen, koste es, was es wolle. Er verachtete dieses Land, Amerika, und war überzeugt, daß nicht ein einziger seiner Bürger, Turn Around Norman vielleicht ausgenommen, sich auf die Funktionen des Universums gut genug verstand, um ihm die Rückkehr nach Jerusalem zu erleichtern. Aber wie sollten sie auch, wenn sie von ihrer entsetzlichen Furcht vor Jahwe betäubt und von ihrer stürmischen Liebe zum Geld korrumpiert waren? Conch Shell war da viel toleranter, fügte sich viel leichter in ihr Schicksal als er, aber dennoch hatte gerade sie, im Verein mit dem Vollmond, zu seiner Flucht aus der Kathedrale beigetragen.

Conch Shell hatte diesen Freitag im April – den Tag, an dem der Frühling New York mit seiner härtesten Feder kitzelte – seitlich liegend auf dem Sims verbracht und durch das Gitter gestarrt. Noch lange nachdem Turn Around Norman seine letzte Umdrehung beendet hatte, lag sie da und starrte vor sich hin. Vielleicht starrte sie auch gar nicht. Die Schneckenmuschel ist die Braut des Seebullen Taurus, der Jahr für Jahr im April an die Oberfläche kommt, um die Erde mit seinem durchscheinenden Samen zu befruchten; sie ist sein Herold, sie kündigt sein Kommen an, beruhigt und erweckt das Land, damit es sich öffnet und die lebensspendenden Ergüsse in sich aufnimmt. Es ist daher denkbar, daß Conch Shell in direkter Verbindung zu dem stand, was die New Yorker in dieser Jahreszeit vage verspürten, aber niemals hätten identifizieren können. Mit Sicherheit war die Aura um sie herum größer und rosiger, als Can o' Beans sie seit langem gesehen hatte. »Miss Shell scheint voller Erwartung zu sein«, meinte er/sie zu Dirty Sock, »in eine richtige Reverie versunken.«

»So nennen sie das also auf dem Bohnendosen-College, aha«, antwortete die Socke. »Dann verraten Sie mir doch auch mal, wie ihr Klugscheißer das nennt, was unserem Kumpel hier zu schaffen macht? Wenn er nicht selbst ein Stock wär, würd ich sagen, er läuft rum, als hätte er einen verschluckt.«

Diese etwas flapsige Diagnose traf insofern zu, als Painted Stick schon seit einiger Zeit im wahrsten Sinne des Wortes stocksteif war. Geduldig und vollkommen reglos stand er aufrecht auf dem Kellerboden unter Conch Shell und sah zu ihr auf. Dann kamen ebenso lange Perioden, in denen er auf und ab marschierte, wie ein Militärkommandeur, der auf Neuigkeiten von der Front wartete. So ging es stundenlang, bis der Stock am späten Abend, oder besser gesagt, am frühen Morgen, als der Mond untergegangen war und die menschlichen Aktivitäten nachließen, neben die gastropodische Undine auf den Sims hüpfte und erklärte, er werde sich jetzt zum Meer begeben. Noch bevor Conch Shell ihren Protest zum Ausdruck bringen konnte, war er schon an ihr vorbei und zwängte sich durch das Gitter. Der Durchlaß war so schmal, daß ihn das Manöver ein Drittel seiner restlichen Farbe kostete. Winzige Späne, bemalt von Händen, die seit dreitausend Jahren tot waren, splitterten ab und gesellten sich zu dem Ruß und Schmutz auf dem städtischen Bürgersteig. Painted Stick achtete nicht darauf, sondern trat furchtlos an den Randstein, wo er Verbindung zu den Sternen aufnahm. Nachdem er ermittelt hatte, in welcher Richtung sich der Ozean befand, machte er sich auf den Weg, radschlagend und so schnell, daß er hoffentlich für menschliche Augen unsichtbar blieb. Als er mehrere Blocks hinter sich hatte, ohne entdeckt zu werden, packte ihn ein vertrautes, überwältigendes Machtgefühl, und er fragte sich, warum er das nicht schon längst probiert hatte. Painted Stick schaffte es nicht bis zum Meer. Der East River kam ihm in die Quere. Mehr als eine Stunde verharrte er auf der Ufermauer, etwa zweihundert Meter vom Isaac & Ishmael's entfernt, um die Strömung und die Schiffahrt zu beobachten. Etwas weiter flußab gab es anscheinend einen Hafen, und dahinter mußte der offene Atlantik sein, aber wie weit es bis dahin sein mochte, vermochte er nicht festzustellen. Jedenfalls konnte es nicht viel mehr als ein Katzensprung sein, und er war entschlossen, sein Häuflein dorthin zu führen, damit sie sich auf ein nach Israel auslaufendes Schiff schmuggeln konnten. Diese modernen Wasserfahrzeuge, die da in der Nacht an ihm vorbeiglitten, waren ziemlich riesig im Vergleich zu dem phönizischen Boot, in dem er nach Amerika gekommen war, obgleich sie ihm langsamer erschienen und bei weitem nicht so schön. Auf alle Fälle würde es mit Sicherheit ein Plätzchen an Bord geben, an dem man sich verstecken konnte, und das war eine gute Nachricht.

Kurz nach vier Uhr morgens machte sich der Stock auf den Rückweg, indem er sich wie ein vertikaler Propeller um seine eigene Achse drehte. Er war erst ein kurzes Stück die Straße mit der Nummer 49 hinaufgekommen, als er die schüchterne, atemlose »Stimme« des amerikanischen Löffels »hörte«, die seinen Namen »rief«. Painted Stick verriet keinerlei Überraschung, dazu war er nicht der Typ, aber Spoon konnte seine Erregung an den vielen Fragen erkennen, mit denen er sie bestürmte. Sie hätte nie gedacht, daß er so aus sich herausgehen konnte.

»O Sir, bitte helfen Sie mir nur zurück zur Kathedrale«, flehte sie. »Dort wird jede Menge Zeit für Erklärungen sein. Sind die anderen noch da? Can o' Beans?«

Painted Stick schickte sie vor. »Sie kommen langsam voran und sind leicht zu entdecken. Laufen Sie einfach, so schnell Sie können, bleiben Sie auf der Straße, dicht am Bordstein, und verlassen Sie sich darauf, daß ich Ihre Flanke schütze.«

So machten sie sich auf den Weg: Spoon trippelte zwischen parkenden Autos und dem Rinnstein entlang, Painted Stick hielt sich einen halben Block hinter ihr auf dem Gehweg. Er wirbelte so schnell er konnte, um unsichtbar zu bleiben, achtete jedoch darauf, den Abstand nicht zu verringern. Das System schien zu funktionieren, aber sie waren noch nicht weit gekommen, da gerieten sie schon in eine Klemme.

Die Tür von Mel Davis' Hundeboutique flog auf, und ein Mann in T-Shirt und Jeans kam herausgerannt. Er war beladen mit Hundehalsbändern, manche mit Diamanten besetzt, andere mit Rubinen, die im Schein der Straßenlaterne ebenso rot schimmerten wie die entzündeten Einstichnarben in seinen Armen. Er stürzte zum Bordstein, als würde dort ein Komplize mit einem Wagen auf ihn warten, und entdeckte im gleichen Augenblick die vorbeihuschende Spoon. Instinktiv bückte er sich, um sie besser erkennen zu können, Visionen von irgendeinem teuren ferngesteuerten Spielzeug im Kopf. Spoon hastete weiter. Der Einbrecher versuchte sie zu stoppen, indem er seinen Fuß auf sie setzte. Eben wollte sie ein zerschlissener, schmutziger Turnschuh auf das Pflaster drücken, als Painted Stick angewirbelt kam, sich dem Burschen mit aller Macht in die Leiste rammte, und ihn dann, als er sich vor Schmerzen krümmte, in beide Augen stach. Der Mann stürzte und wälzte sich im Rinnstein, und die juwelenbesetzten Hundehalsbänder lagen um ihn verstreut wie wertloser Tand um die Mumie eines Pharaos.

Noch nie zuvor hatte Painted Stick einen Menschen angegriffen. Kein anderes unbelebtes Objekt hatte, soviel er sagen konnte, jemals absichtlich und aus eigenem Antrieb heraus ein menschliches Wesen attackiert. Er bekam das Gefühl, ein schweres Verbrechen begangen, die fundamentalen Gesetze der Andersartigkeit und territorialen Bestimmung übertreten zu haben. Das könnte schreckliche Folgen haben. Was, wenn damit ein Präzedenzfall geschaffen worden war? Wenn er am Gefüge der universellen Ordnung gerüttelt hatte? Doch während er noch voller Angst und Schuldgefühle die ethischen Grundsätze seiner spontanen Tat in Zweifel zog, fühlte er sich zugleich von ihr erhoben. Mit einemmal wußte er, daß ihn auf Dauer kein Mensch daran hindern konnte, seine Kameraden tatsächlich zum Meer zu führen.

Ein besorgter, aber zuversichtlicher Stock und ein hysterisch zitternder Löffel setzten ihren Weg die East Forty-ninth Street hinauf fort. Zwar erwies sich die Kreuzung Lexington Avenue als heikel – ja als beinahe katastrophal –, doch erreichten sie St. Patrick's noch vor Anbruch der Dämmerung.

I & I

»Denn er errettet dich vom Strick des Jägers
und von der schädlichen Pestilenz.
Er wird dich mit seinen Fittichen decken.
Deine Zuversicht wird sein unter seinen Flügeln.«

Der einundneunzigste Psalm war lang und dramatisch, und Spike Cohen las ihn mit gelassenem Selbstvertrauen. Ellen Cherry mußte daran denken, was Buddy Winkler wohl daraus gemacht hätte. Nach dem dritten Vers aber hörte sie nicht mehr richtig zu. Vielleicht war es der Rum, vielleicht die späte Stunde, jedenfalls verfiel sie, ohne es eigentlich zu wollen, auf ihr Augenspiel und ließ die Muster und Farben von Spikes Kleidern ineinanderfließen – den salatgrünen Pullover mit V-Ausschnitt, das lila-weiß gepunktete Hemd, den pflaumenblauen und olivgrünen Balkenmuster-Anzug –, bis sie sich fühlte, als schlüge ihr jemand ein Kaleidoskop um die Ohren. Doch dann fiel ihr ein weiteres Spiel ein, das, das ihre Augen mit dem Löffel gespielt hatten und das ihr eine andere Realitätsebene bewußtgemacht hatte, einen Bereich, eine Domäne, die von der reflexhaften Welt verschleiert wurde. Diese Erfahrung hatte dazu geführt, daß ihr die Welt jetzt sehr viel größer vorkam. Zugleich aber auch intimer.

Insgesamt hatte die ganze Sache mit dem Löffel ihr einen heimlichen Bezugspunkt jenseits der alltäglichen Ordnung der Dinge vermittelt. Er war wie das, was Turn Around Norman einmal gewesen war, nur persönlicher. Spike hatte eine Viertelstunde damit verbracht, sie sanft davon zu überzeugen, daß es eine rationale, einfache Erklärung für Spoons Auftauchen und Verschwinden gab und daß das, was so geheimnisvoll erschienen war, sich irgendwann als ziemlich prosaisch erweisen würde. Im Augenblick, so glaubte sie, würde sie sich betrogen fühlen, sollte das der Fall sein. Gab es im Leben nicht schon genug Langeweile, Wiederholung, Mittelmäßigkeit und Ordnung? Sollte sie nicht froh sein, *dankbar* für diese Attacke des Unerwarteten und Unerklärlichen? Und wenn sie es nie verstand, na schön, um so besser. Die Überraschung und der Schock des Außergewöhnlichen, selbst wenn es sich in einer so unbedeutenden Sache wie dem Rätsel um den Löffel manifestierte, konnten ein Tonic sein, ein Pfaffenhütchen-Sirup, und sie ertappte sich dabei, daß sie jedem, den sie kannte, eine Dosis davon wünschte – scheiß auf die gefährlichen Nebenwirkungen.

Ich will ihn sättigen mit langem Leben
und will ihm zeigen mein Heil.

Als Spike fertig war, blickte er von der Seite auf und sah ein Grinsen über Ellen Cherrys Gesicht huschen, wie jenes Huhn, das die Straße überquert, obgleich das Grinsen eigentlich mehr Ähnlichkeit mit den roten Hosenträgern eines Feuerwehrmanns hatte. »Ojojoj«, sagte er. »Vielleicht einen *dybbuk* haben wir doch vertrieben aus Ihnen. Habe ich nicht gleich gesagt, daß es ist eine prima Psalm?« Er stürzte sein Glas Rum hinunter. »Und die Ersatz-*shofar*, was ich habe gebracht, tut seine Wirkung auch, wie?«

Ellen Cherry konsultierte ihr Glas und kicherte.

»Nu, Sie entspannen jetzt, wie? Sie können gebrauchen ein wenig Schlaf. Träumen Sie von schöne Dinge, bloß nicht von wandernde Silber, okay? Was ist los mit diesem Löffel, ist er jüdisch oder was?« Spike rappelte sich aus dem Sessel hoch und machte Anstalten zu gehen. Er warf einen Blick durch den Raum. »Irgendwann Sie können mir vielleicht zeigen die Bilder, was dieser *gonif* sucht, wenn er schleicht heimlich durch Ihre Wohnung.«

»Okay, vielleicht mach ich das eines Tages wirklich.« Sie empfand einen Anflug von schlechtem Gewissen, weil sie ihm nicht wenigstens die Bilder von dem Löffel gezeigt hatte, denn offenbar hatten sie auf die eine oder andere Weise mit dem Verschwinden des Bestecks zu tun. Sie zog ihren Kimono enger um den Körper und stand ebenfalls auf. »Aber im Moment«, sagte sie, und der Schalk quoll aus ihrer Stimme wie die Füllung aus einem Polster, »hätte ich mehr Lust, Ihnen ein paar Schuhe zu zeigen.«

»Schuhe?« fragte Spike unschuldig, als wäre Schuhwerk überhaupt kein Thema für ihn.

»Mhm. Bei der Arbeit trag ich ja meistens bequeme Latschen, meine Ausgehschuhe kennen Sie gar nicht. Also, tja, ich bin zwar keine Imelda, aber ich habe schon drei oder vier Paar, die glatt den Staatshaushalt eines Dritte-Welt-Landes aufzehren könnten, und die Eingeborenen würden noch danke sagen. Meine scharfen rosaroten Kenneth-Cole-

Pumps zum Beispiel könnten Manila in Null Komma nichts arm machen.«

Verdutzt, wie er war, wußte Spike nicht recht, was er sagen sollte. »Ich erinnere ein Paar rote Cassinis, was Sie trugen bei unsere Wiedereröffnung«, meinte er. Sein Ton und sein ganzes Verhalten waren zurückhaltend.

»Richtig. Diese Schuhe können brandschatzen, aber nicht plündern. Warten Sie, ich zeig Ihnen ein Paar, das keine Gefangenen macht.« Ellen Cherry kippte einen weiteren Rum und verschwand in ihrem begehbaren Kleiderschrank im Schlafzimmer. Als sie wiederauftauchte, trug sie ein Paar Pumps vor sich her wie einen verdoppelten heiligen Gral. Sie sahen aus wie eine elegant verschnürte Mischung aus Passionsfrucht und Affengedärm, mit tief ausgeschnittenem Spann, Schleifensenkeln und Spulenabsätzen, die sich nach unten hin verbreiterten.

»Tata«, sagte sie leise und ohne jede Betonung. »Sind das nicht Schuhe, die das Östrogen tragen würde, wenn es Füße hätte? Die Farbe nenne ich ›Neonfuchszunge‹, aber das ist eine andere Geschichte.«

»Ojojoj, herrlich, einfach umwerfend! Sehr weiblich, sehr – um ehrlich zu sein, Freunde von mir würden sagen, diese Schuhe sind *ongepotchket*: übertrieben, gräßlich, eine schreckliche Mischmasch, aber mir gefallen sie.« Spike trat ein oder zwei Schritte zurück. »Ja, ich finde, zu Ihnen passen sie. Sie haben ... schwer zu sagen, wenn Sie sie nur so in die Hand halten. Könnten Sie ...« Er zögerte. »Könnten Sie sie nicht mal anziehen?«

Sie lächelte erneut und musterte ihn von oben bis unten. Bekannte von ihr (an diesem Punkt ihres Lebens gab es eigentlich keine Freunde) würden sagen, *er* sei *ongepotchket*, falls sie das Wort gekannt oder hätten aussprechen können, aber die Künstlerin in ihr billigte ausgefallene Effekte, und die Frau in ihr sah darüber hinweg. Noch immer lächelnd, sagte sie: »Ich bin gleich wieder da.«

In ihrem Wandschrank zog sie die Schuhe an. Und streifte den Kimono ab.

Ihre Befürchtung, Spike könnte nervös, schockiert, ja sogar abgestoßen sein, erwies sich als unbegründet. Seit vor dreissig Jahren seine Frau verschwunden war, hatte er nur mit Prostituierten geschlafen, mit Callgirls von der Upper West Side, um genau zu sein, so daß er, als Ellen Cherry bis auf die Kenneth-Cole-Schuhe nackt (eher »nackig«) in der Schlafzimmertür erschien, spontan, systematisch und entschlossen reagierte. Nun, ein paar Faxen waren schon dabei, aber die kamen erst später. Und im Augenblick war sie ganz zufrieden damit, Konversation und Vorspiel vergessen zu können. Sie waren schlicht überflüssig.

Mit den gleichen fließenden Bewegungen, mit denen Spike Abu zufolge beim Tennis den Ball aufschlug und den Return mit der Rückhand nahm, entledigte er sich jetzt seiner Kleidung bis auf das letzte *ongepotchkete* Stück. Dann geleitete er sie zum Bett, plazierte sie darauf, spreizte ihre Beine (an denen noch immer die rosa Pumps baumelten) und schwang sich elegant in den Sattel.

Im nächsten Augenblick hallten die Schreie ihres ersten Orgasmus durchs Zimmer. Die Höschen in der Wäscheschublade kicherten wissend und neckten Meister Daruma, der scharfsinnig konterte: »Auf einer haarigen Raupe ist Platz für *viele* Tautropfen.«

In der relativen Stille, die auf ihren zweiten Höhepunkt folgte, einer Phase, in der er sie langsam, aber keineswegs leidenschaftslos auf Touren brachte und sie sich treiben ließ und dabei das graue Morgenlicht betrachtete, das sich im Schweiß seiner auf und ab wogenden Schulterblätter spiegelte, empfand sie ein jähes Schuldgefühl. Angesichts der Ereignisse der letzten zwei Jahre war es auf absurde Weise irrational, aber es war da, ein für Frauen aus dem Süden typischer konditionierter Reflex, der ihre Gefühle beeinträchtigte und den Glanz ihrer physischen Freude trübte. Ah, aber dann fiel ihr ein, daß Ultima am Montag nach Jerusalem flog, und sie konzentrierte sich mit neuem Elan aufs Vögeln.

Mit beiden Händen seinen Arsch umklammernd, bäumte sie sich unter ihm auf, nicht um ihn tiefer in sich hineinzustoßen – er war schon so tief drin, daß sie ihn beinahe schmekken konnte –, sondern um ihm mehr von *sich* zu geben, ihm so viel von ihrer Pussi zu schenken wie anatomisch nur möglich, ohne Hemmungen, Scheu oder Scham. Wunderbare Laute entrangen sich ihnen, wie von Meeressäugetieren: ein Grunzen gegen den Druck des Ozeans, das gurgelnde Öffnen von Muschelschalen, das Klatschen nasser Flossen, die Ausdünstung feucht-salziger Gerüche, das blubbernde Schnorcheln von Moby Dick.

Und schreckte sie etwa zurück, als er sich aus ihr zurückzog, um sich an ihren Füßen zu reiben? *Au contraire.* Sie zuckte mit keiner Wimper, als sie es heiß zwischen ihren Zehen herabrinnen spürte. Es machte ihr nichts aus, daß er einen ihrer schicken neuen Schuhe in eine Sauciere verwandelt hatte. Nein, zu gegebener Zeit würde Ellen Cherry gewiß selbst einige ungewöhnliche Ansprüche stellen, und sie wußte, daß der gute Spike Cohen genau der richtige Mann dafür war, sie zu befriedigen.

Sie erwachte gegen Mittag mit dem Gefühl, daß sich das Schicksal zu ihren Gunsten gewendet hatte. Zweifellos war das eine Frage der Einstellung. Hat man erst mal eine flexiblere Definition dessen akzeptiert, was Realität ist, fällt auch ein größeres Netz über die Gewässer des Schicksals.

Es war kein Zufall, daß gegen eins, als sie und Spike schon einen neuen Ritt auf dem Delphin hinter sich hatten, der Tagespförtner an die Tür klopfte und ihr einen Umschlag überreichte, den ein Bote für sie abgegeben hatte. Er enthielt einen Scheck und eine Notiz, mit violetter Tinte auf rosenfarbenes Papier geschrieben:

> Vergaß letzte Nacht (besser gesagt, heute morgen) zu erwähnen, daß auch Ihr letztes Bild verkauft wurde. Diesmal an einen Sammler aus Corning. Offenbar kommen Sie in der Provinz groß raus, meine Liebe. Nach meiner Rückkehr aus Jerusalem müssen Sie mir unbedingt ein paar neue Arbeiten bringen.

»Vielleicht mach ich das, Ultima Baby«, sagte Ellen Cherry und kratzte sich genüßlich wie ein Affe das Hinterteil. »Vielleicht.«

Spike brach auf, um Abu zum Tennis zu treffen, pfeifend wie ein Wellensittich in einem Marihuanafeld, und sie schlief weiter und träumte von Wellen mit weißen Schaumkronen. Wahrscheinlich waren es eher sexuelle als kreative Wellen, aber später erinnerte sie sich, daß ihnen kurz vor dem Aufwachen ein Pinsel in ihrem Kopf ein paar Tupfer Neapelgelb (Schutzheiliger der Kettenraucher von Napoli) hinzufügte, damit das Weiß nicht allzu eintönig wirkte.

Serpent à sonnettes. Rattelslang. Culebra de cascabel. Skallerorm. Rattlesnake. Klapperschlange.

Als sie an dem behelfsmäßigen Podium vorbeiging, um in der Küche ihr leichtes Jackett aufzuhängen (den Mantelfehler vom vergangenen Abend würde sie nicht wiederholen), stieß Ellen Cherrys Fuß zufällig gegen Salomes Tamburin. Es klingelte und klapperte, so daß sie instinktiv einen Satz zur Seite machte, als wäre sie über eine dieser Schlangen gestolpert, deren Schwänze vibrieren, wenn sie aufgeschreckt werden. Abu hatte die Szene beobachtet und lachte laut.

Serpent à sonnettes.
Rattelslang.
Culebra de cascabel.
Skallerorm.
Rattlesnake.
Klapperschlange.

Einzeln oder alle zusammen: musikalisch. Ein kleines Gedicht.

In stillschweigender Übereinstimmung hielten Ellen Cherry und Spike die neue Facette geheim, die von den Diamantschleifern des Schicksals in ihre Beziehung geritzt worden war. Sie vermieden es gewissenhaft, sich bedeutungsvolle Blicke zuzuwerfen, sich zu berühren oder zu lächeln, wenn sie aneinander vorbeigingen. Um jeden Verdacht zu vermeiden, hatte sich Ellen Cherry sogar vorgenommen, Abu an diesem Abend besondere Aufmerksamkeit zu schenken, wann immer sich die Gelegenheit dazu ergab. Die Tamburin-

Attacke verschaffte ihr den ersten Vorwand. Patsys Anruf den zweiten.

Da sie in ihrem Apartment im Ansonia immer noch kein Telefon hatte, riefen Ellen Cherrys Eltern ungefähr einmal pro Woche im Isaac & Ishmael's an. Aus Rücksicht auf die Gäste (was anfangs Wunschdenken gewesen war, wenn nicht ein Witz) kam ihr Anruf meistens am frühen Abend, zu Schichtbeginn.

»Lieber Himmel, *du* bist ja heute aufgekratzt!«

»Ehrlich?« Ellen Cherry war enttäuscht, daß man ihr das vermeintlich heimliche Glück so leicht anmerkte.

»Jessas, ja, ehrlich, Kleines. Also sag schon: Is der gute Boomer wieder zurück?«

»Aber nein, Mami, ist er nicht. Wie kommst du denn auf die Idee?«

»Es war gar nich meine Idee. Hab nur mal auf den Busch geklopft, das is alles. Wollte bloß wissen, warum du dich so munter anhörst. Deine alte präfeministische Mutter hatte nämlich den dummen Verdacht, daß es mit so einem Macker zu tun haben könnte.« Patsy zögerte. »Ehrlich gesagt, irgendwie hatte ich gehofft, daß Boomer zurück wär. Aus verschiedenen Gründen.«

»Warum denn?« fragte Ellen Cherry, hauptsächlich höflichkeitshalber. Zum erstenmal seit vielen Monaten war es nicht mehr ihr höchster Daseinszweck, den blöden Schweißer an sich zu schmieden.

»Weil«, sagte Patsy langsam, »weil nämlich dein Onkel Buddy, wie du ihn immer genannt hast, nach Jerusalem reisen wird. Sein Flieger geht am Montag. Liebes, ich glaub, er is dabei, diese Sache durchzuziehen, von der er Weihnachten erzählt hat. Weißt du noch, die Geschichte mit dem, äh, Felsendom?«

»Ja, Mami, ich weiß genau, was du meinst. Mr. Hadee meint, das würde einen Weltkrieg auslösen.«

»Das weiß ich nich, aber Bud hat deinem Daddy gesagt, daß er den Schlag gegen die Moschee während 'ner großen religiösen Feier führen will, die anscheinend nächsten Monat stattfinden soll. Er sagt, dann wimmelt's auf dem Tempelberg von Menschen, und sein Coup haut um so mächtiger rein.«

»Mit anderen Worten, es gibt mehr Verwundete oder Tote. Bei der Vorstellung dreht sich mir der Magen um.«

»Ich wollte dir nich deine gute Laune verderben, Kleines. Ich weiß ja, daß du dich schon mit Bud darüber gestritten hast. Jedenfalls dachte ich, vielleicht könntest du Boomer irgendwo erwischen und äh, na ja, mal vernünftig mit ihm reden, denn ich wette Dollars gegen Doughnuts, Bud bildet sich ein, daß er Boomer auf seine Seite kriegen und ihn da mit reinziehen kann.«

»Ich wüßte nicht, wie er Boomer da mit reinziehen sollte. Boomer kann ein Arschloch sein, aber gewalttätig ist er nicht. Und der harte Bursche, als den er sich so gern sieht, schon gar nicht.«

»Na ja, aber trotzdem ...«

»Ich werd drüber nachdenken, Mami. Ernsthaft. Wie geht's dir? Und Daddy? Abgesehen von euren Kontakten zu baptistischen Terroristen.«

»Oh, ganz gut. Verlin hat's wieder mit dem Rücken. Er behauptet, er hätt sich neulich nacht beim Krötenstechen was verrenkt, aber ich glaub, es liegt daran, daß er die ganze Zeit vor der verdammten Glotze hockt und bis in die Puppen die Spiele verfolgt. Er sitzt total verkrampft in sei'm Sessel, wie'n Jagdhund, der seinen Knochen bewacht. Ich wollt ihn ja überreden, daß er mit mir Gymnastik macht, aber das is unter seiner Würde. Wenn er wüßte, daß meine Übungen von Jane Fonda stammen, würd er im Dreieck springen. Er meint, Frauen, die Gymnastik machen, sind genauso wie Frauen, die Make-up benutzen – sie täten es bloß, um Männer zu verführen. Ha! Und ich hab davon geträumt, Profi-Tänzerin zu werden.« Patsy seufzte. »Aber es war halt bloß ein Traum.« Wieder seufzte sie.

»Mami, bitte nicht. Jetzt werd bloß nicht sentimental.«

»Ich hab das Tanzen aufgegeben, weil mich ein Mann so geliebt hat, daß er nich wollte, daß ich tanze. Meine Tochter gibt das Malen auf, weil ein Mann – ach, du hast recht, ich sollte lieber die Klappe halten. Ich weiß ja nich mal, warum du aufgehört hast zu malen –«

»Ich auch nicht.«

»– aber ich wünsch mir, daß du wieder anfängst.«

»Vielleicht mach ich das. Ja, ehrlich, vielleicht fang ich wieder an. Und du könntest wieder anfangen zu tanzen. Du bist knapp über vierzig und gut in Form. Klar, es heißt immer, Tanzen ist was für junge Mädchen, aber was soll's, das sind Regeln von anderen, nicht deine. Eine Sache, die ich bei meinem Augenspiel gelernt habe, und ich glaube, auch Boomer hat mir das gezeigt, ist, entweder man brockt sich seine Suppe selbst ein, oder man frißt aus demselben Trog wie die Masse.«

»Warum kommst du dann nich her und hilfst mir bei meiner Suppe? 'ne Menge Leute in Colonial Pines könnten neue Regeln gebrauchen. Und im Moment isses wunderbar hier. Du weißt ja selbst, wie schön der Frühling in Virginia sein kann.«

Mutter und Tochter plauderten noch eine Weile über das Wetter, dann verabschiedete sich Ellen Cherry. Ihre Schicht hatte begonnen. Als sie auflegten, war Patsys Frohnatur wieder zum Vorschein gekommen, obgleich es sie beunruhigte, daß ihre Tochter schon wieder auf diese seltsame Geschichte mit dem Löffel zu sprechen gekommen war.

Ellen Cherry drückte die Küchentür einen Spalt auf und spähte hinaus. Neun oder zehn Männer saßen in der Bar und sahen sich ein Spiel der Yankees auf dem futuristischen Bildschirm an. Der Speiseraum war leer. Wahrscheinlich würde es erst nach acht losgehen. Die Vorstellung begann um neun. Sie ließ die Tür wieder zufallen und ging durch die Küche zur Spüle, wo Abu mit einem widerspenstigen Wasserhahn kämpfte.

»Mr. Hadee, glauben Sie, daß Männer wie Buddy Winkler wirklich gefährlich sind?«

Auf seine Klempnerarbeit konzentriert – er wollte das Ding fertig repariert haben, bevor ihr inkompetenter Tellerwäscher eintraf –, antwortete Abu nicht sofort. Nach einer Weile blickte er auf und sagte folgendes: »Jeder, der absolute Wertmaßstäbe für Gut und Böse aufstellt, ist gefährlich. Genauso gefährlich wie ein Verrückter mit einem geladenen Revolver. Im Grunde *ist* der Mann, der absolute Wertmaßstäbe für Gut und Böse aufstellt, gewöhnlich der Verrückte mit dem Revolver.«

Dann konzentrierte er sich wieder auf den Wasserhahn. Die Mutter drehte sich ungefähr so schnell wie Turn Around Norman. Schließlich hatte er es geschafft, das Gewinde zu lösen. Dann richtete er sich auf, um das Maschinenöl zu suchen. »Übrigens hat Nabila Reverend Winkler gestern abend im Fernsehen gesehen. Er sprach das Bittgebet auf der großen Kundgebung der Republikaner im Madison Square Garden. Offenbar haben sie ihn mit stehendem Applaus begrüßt, als er auf die Bühne kam.«

Ellen Cherry schüttelte empört ihre Locken, dann beugte sie sich rasch über die Teller, um nachzusehen, ob sich auch kein Haar zwischen die Falafel verirrt hatte. »Nehmen wir mal an, er würde als Drahtzieher – oder einer der Drahtzieher – eines Anschlags entlarvt, der sich gegen ein berühmtes Gebäude richtete und den Tod unschuldiger Opfer zur Folge hätte?«

»Und?«

»Dann wären doch alle gegen ihn, oder?«

Mit einem Stück Küchenpapier wischte Abu das restliche Öl vom Wasserhahn. Sein Lachen war so hart und scharf wie die Zehennägel des Roadrunners. »Darauf würde ich nicht bauen«, sagte er. »Das hängt ganz davon ab. Wenn es im Namen Gottes oder des Vaterlandes begangen wird, ist kein Verbrechen zu abscheulich, als daß die Öffentlichkeit nicht bereit wäre, es zu vergeben.«

Gegen neun war das I & I, nun ja, nicht rappelvoll, nicht überfüllt, aber doch gut besetzt und summte vor Erregung wie eine Telefonleitung. Viele Gäste vom vergangenen Abend waren wiedergekommen und hatten ihre Freunde mitgebracht. Zwar war das Restaurant nicht voll besetzt, doch es verzeichnete die größte Gästezahl seit dem Super-Bowl-Sonntag, und etwas von der Super-Bowl-Atmosphäre gespannter Ungeduld hing auch jetzt im Raum. Als es auf zehn zuging, waren die Männer so fickrig, als erwarteten sie jeden Augenblick den Anpfiff. In Wirklichkeit warteten sie auf ein sechzehnjähriges Mädchen, das der Bandleader widerwillig als »Salome« vorstellen würde.

Dann erschien sie, ohne jede Vorwarnung und mit einem Minimum an Tamtam, auf der Bühne. Sie trug eine weite dünne Pumphose aus buntem Chiffon und darüber ein wesentlich undurchsichtigeres kurzes Oberteil und einen breiten Gürtel, beide mit Gold und Silber bestickt und mit Plättchen und Blumen besetzt. Die Hose saß so tief auf den Hüften, daß man jede Menge nackter Haut sah. Nur der Nabel wurde von einer Rosette aus Brokat in Form einer stilisierten Kastanienschale verdeckt, deren Stacheln etwas Rundes und Süßes und sehr Fruchtbares beschützten, irgendeinen mesopotamischen Samenkern, der noch nicht gekeimt hatte. Um ihre Handgelenke kreisten Geschwader aus Alabaster und Metall mit summenden Staffeln unsichtbarer Bienen darin, um ihre Knöchel wanden sich Perlen und Glöckchen, und um ihren Hals lag ein Riff aus künstlichen Edelsteinen, an dem eine größere Goldinsel hing.

Nach Ellen Cherrys Meinung war das Kostüm *ongepotchket* – und altmodisch und unglaublich kitschig. Doch keiner der Anwesenden interessierte sich für Ellen Cherrys Meinung, nicht einmal Spike. Hier sollten wir nicht vergessen zu erwähnen, daß Salome barfuß war.

Von den lackierten Fußnägeln bis zu ihren schwarzen Ringellocken maß sie eins dreiundfünfzig, höchstens eins vierundfünfzig. Im großen und ganzen war ihr Körper schmal und schlangengleich: die Brüste klein und offensichtlich noch nicht ganz ausgereift, doch um die Hüften war sie etwas breiter, und das Becken wäre ohne weiteres imstande gewesen, ein Kind auszutragen. Trotz der dichten Augenbrauen war ihr Gesicht überwältigend. Sie hatte die Haut einer nachtblütigen Lilie, volle Lippen, wie aus dem Fleisch einer Honigmelone geformt, eine längliche Nase, die in ihrer anmutigen Form an die Schnecke einer kleinen Violine erinnerte, Wangen und Kinn, deren Gegensatz zwischen feinem Knochenbau und unbekümmertem Babyspeck die Eleganz eines Rennpferdes mit der Robustheit eines Maulesels kombinierten, und riesige feuchte braune Augen, deren latente Glut jeden Chemiker davon überzeugt hätte, daß Schokolade wenn schon kein lebender Organismus, so doch wenigstens ein fossiler Brennstoff ist.

Aber es war ihre Art, mehr noch als ihr Aussehen, die die Herzen der Männer in einen Laufradkäfig verwandelte. Wenn Salome auf der Bühne erschien, erinnerte sie an ein verwirrtes Reh im Scheinwerferlicht eines heranrasenden Lastwagens. Schüchtern und verlegen zappelte sie herum, warf ihre Haare nach hinten, rollte die Augen, klammerte sich nervös an ihr Tamburin, zupfte immer wieder an ihrer Hose, starrte in einem Augenblick das Publikum wütend an und schrak im nächsten vor ihm zurück. Doch hatte sie erst zu tanzen begonnen, wurden die Bewegungen ihres Körpers in keiner Weise von ihrer Scheu und Befangenheit behindert. Der Effekt war derselbe wie bei einem Mädchen, das Opfer einer Verführung wird. Ist sie Jungfrau, einem anderen Mann versprochen oder verachtet den Verführer, so wird sich ihr Bewußtsein seinen sexuellen Forderungen widersetzen, während ihr Körper, ohne daß sie es will, darauf reagiert. Falls es irgendwo auf der Welt etwas gibt, was die männliche Libido nachhaltiger anheizen kann als das, so hat man jedenfalls noch nie davon gehört.

In Ellen Cherrys Augen war Salome ein linkisches Schulmädchen, »fummelt an ihrem Hosenboden rum, als wär ihr das Höschen in die Arschspalte gerutscht«, aber wie schon gesagt, niemand interessierte sich für Ellen Cherrys Meinung, am wenigsten Detective Shaftoe, der an einem Tisch ganz vorn saß und so aufgeregt war, daß er sich vorsichtshalber selbst unter Arrest stellte. Über Salome ließ sich nun mal nicht streiten. Über eine Kaiserin, eine Dichterin, einen Popstar kann man sich eine Meinung bilden, denn solche Frauen werden entweder im Bernstein der Geschichte eingeschlossen oder sausen mit dir die illusionäre Straße deiner eigenen Zeit hinab. Salome dagegen hatte etwas Zeitloses. Obgleich sie so unschuldig jung war, strahlte sie etwas aus, das auf jahrelange Erfahrung schließen ließ. Sie schien wissend, nicht bewußt oder auffällig, eher so, als hafte ihr etwas seltsam Bedeutungsvolles an, ein geheimes Wissen, eine verborgene Weisheit, eine helle kreative Macht und eine dunkle zerstörerische, über die sie nicht nachdenken mußte, da sie weniger dachte als gedacht wurde.

Salome schüttelte ihre Halskette: *serpent à sonnettes*. Sie schüttelte ihre Armreifen: *rattelslang*. Sie schüttelte ihre Fußkettchen: *culebra de cascabel*. Sie schüttelte ihr Tamburin: *skallerorm* und *rattlesnake*. Und es wurde jedem Hans im Restaurant und jedem Franz an der Bar klar, daß sie diejenige war, die sich die Schlange zur Freundin erwählt, ihr das Blut ihrer ersten Menstruation zu trinken gegeben hatte, daß sie ... *uuuh iiih*, daß sie ... *uuuh iiih*, daß sie ... *uuuh iiih*, daß sie nun wußte, was die Schlange wußte.

Je leidenschaftlicher sie tanzte, desto intensiver projizierte sie das Bild der passiven, leicht widerstrebenden Empfängerin männlicher Energie und symbolisierte zur gleichen Zeit (obwohl die Zeit nicht länger existierte) ein Instrument des Unheils, eine schreckliche Gefahr für alle Männer. Und durch den Schleier aus blauem Rauch und rotem Licht und den weißen Dampf der Tabletts mit Falafel war jedes ausdruckslose Gesicht – gefangen im Widerstreit von Ego und Entspannung, Angst und Entzücken – im Raum ihr zugewandt.

So beschäftigt war Ellen Cherry an diesem Abend, die übrigen Wünsche ihrer Gäste zu erfüllen, Wünsche nach Essen und Trinken (hauptsächlich Trinken), daß sie kaum Zeit hatte, über Patsys Anruf nachzudenken. Jede Entscheidung hinsichtlich Boomers, und ob sie ihn vor Buddys mutmaßlichen Plänen warnen sollte, mußte auf später verschoben werden. Spontan hätte sie jedoch gesagt, daß ihr Mann – technisch gesehen war er das ja noch – einen großen Bogen um Buds Vorhaben gemacht hätte, selbst wenn Bud ihn um Mithilfe gebeten hätte, was unwahrscheinlich war. Der Boomer Petway, den sie zu kennen und verstehen glaubte, würde sich kaum am schamlosen Flirt der Kirche mit dem Ende der Welt beteiligen, und ganz sicher würde er sich nicht danach drängeln, ihren Untergang einzuleiten. Oder doch? Er war in der Vergangenheit Bud gegenüber nicht nur tolerant, sondern auch großzügig gewesen, und unglaublich viele ansonsten völlig normale Bürger waren auf ihn hereingefallen und hatten ihm Beträge gespendet, die die meisten sich kaum leisten konnten.

Vielleicht hatte die Aura der Unbekümmertheit, die Salome ausstrahlte, einen Einfluß auf Ellen Cherrys Unterbewußtsein, aber sie konnte sich beim besten Willen nicht vorstellen, daß Gott eines Tages mit voller Wucht auf die Bremse treten und die ganze Welt durch die Windschutzscheibe fliegen lassen würde. Welchen Sinn hätte das gehabt? War das Leben nur ein fehlgeschlagenes Experiment, das eines Tages beendet würde? Da seine Propheten vor Tausenden von Jahren ein infernalisches Ende vorausgesagt hatten, sah es aus, als hätte Gott die ganze Zeit gewußt, daß sein Experiment eines Tages fehlschlagen würde. Aber warum sollte ein allwissender, allmächtiger Gott sich die Mühe machen, ein unendlich komplexes Universum zu erschaffen, wenn ihm von Anfang an klar war, daß es auf keinen Fall funktionieren und schrecklich enden würde?

»Tut mir leid, Sir, Maccabee wird nicht in Flaschen exportiert. Wollen Sie es aus der Dose? Sonst hätten wir auch Stella in der Flasche. Das ist ein ägyptisches Bier.«

Man konnte das Ganze auch so sehen, daß das Leben kein Experiment war, sondern ein Test, den die meisten – nicht alle – vermasselten. Auf die wenigen, die ihn bestanden, wartete eine Belohnung, ein Leben nach dem Tod, das nicht nur, soviel man weiß, dem Leben überlegen ist, sondern auch frei vom eingebauten Alterungsprozeß des Lebens. Irgendwas an diesem System wirkte stark vereinfachend, wenn nicht gar nivellierend, aber sie wußte nicht genau, was es war, im Moment jedenfalls nicht.

»Zwei Maccabees, ein Stella und einen Cognac Alexandria«, sagte sie zum Barmann. »Nein, nicht Alexander, Alexandria. Ich weiß auch nicht, was der Unterschied ist. Aber wenn du willst, frag ich auf dem Weg in die Küche den Kerl mit dem Fez.«

Ein Punkt, an dem sie relativ wenig Zweifel hegte, war, daß Buddy Winkler nicht das geringste Gespür für die Schönheit des Lebens besaß, daß seine Unempfindlichkeit gegenüber dem Leben an sich irgendwie mit seiner beinharten Überzeugung zu tun haben mußte, daß im Gegensatz zu Gott menschliche Wesen dazu neigen, über die Linien hinaus zu malen – und man deshalb am besten das Malbuch mit Benzin übergießen und anzünden sollte. In seinen Augen war Zeit nichts anderes als ein kurzer, matschiger Pfad vom Kreidemalkasten Evas bis zum Feuerzeug des Messias.

In diesem Augenblick schlug Salome sittsam die Augen nieder und schwenkte ihre wohlgeformten jungen Hüften zum Rhythmus des Tamburins. Eine Welle vibrierender Ekstase schwappte über die Tische. Zwei zypriotische Volkswirtschaftler gerieten auf ihren Barhockern ins Trudeln. Die Welle erfaßte Ellen Cherry, als sie mit einem vollbeladenen Tablett aus der Küche kam. Nach außen hin achtete sie kaum darauf, doch die Umrisse der Ewigkeit, die die mitschwingenden Vektoren nachzeichneten, mußte eine verirrte geistige Sequenz wieder an ihren ursprünglichen Platz versetzt haben, denn plötzlich ertappte sie sich bei dem Gedanken, daß *all die Leute, die durchs Leben stolpern und darauf warten, daß Jesus mit dem Fallschirm abspringt und die Party beendet, möglicherweise enttäuscht werden.* Sie persönlich konnte sich keine Zukunft vorstellen, wie weit sie auch entfernt sein mochte, in der nicht irgendwo auf der Welt eine Kellnerin mit schmerzenden Füßen aus der Küche watschelte, um einen Teller mit, nun ja, nicht unbedingt *baba ghanoug*, aber irgendeinem anderen ebenso belanglosen Gericht zu servieren, das den Magen und seine ewigen Kontraktionen beruhigte. Trotzdem mußte sie zugeben, daß eine endlose Zukunft, in der endlose Paraden von Kellnerinnen endlose, immer wieder aufgewärmte Gerichte servierten, manchen Leuten als perfekte Beschreibung der Hölle erscheinen mußte, während andere sich kein schöneres Paradies vorstellen konnten.

I & I

Informationen über die Zeit lassen sich nicht einfach so vermitteln. Wie Möbel muß man sie abpolstern und auf die Seite kippen, damit sie durch die Tür passen. Wenn die Vergangenheit ein massives Eichenbuffet ist, dem man die Beine abschrauben und die Schubladen herausnehmen muß, bevor es in diesem veränderten Zustand durch die Pforten unseres Bewußtseins geschoben und aufgestellt werden kann, ist die

Zukunft ein überdimensionales Wasserbett, das kaum eine Chance hat zu passen, vor allem dann nicht, wenn man es in einem Aufzug befördern will.

Die Massen von Menschen, die die Zeit auch weiterhin als ewiges Streben nach der Zukunft begreifen wollen, kaufen sich ständig Wasserbetten, die sie nie über die Veranda oder den Hausflur hinausbekommen werden. Und wenn der Mensch die Aufgabe hat, in der Fülle der Gegenwart zu leben, hat er nun mal keinen Platz für ein Wasserbett, nicht mal, wenn er es durchs Dachfenster runterlassen könnte.

Ellen Cherry Charles hatte ebensosehr wie Buddy Winkler teil an der Geschichte, dieser modernen Bewußtseinsform, die das auseinandergenommene Buffet glorifiziert und sich trotzdem nichts sehnlicher wünscht als ein Wasserbett. Im Unterschied zu Reverend Buddy Winkler aber hatte Ellen Cherry die Natur – die lebendige Gegenwart, den lebenden Planeten – nicht abgelehnt, um einem transzendenten Ziel hinterherzujagen. Deshalb verwirrte sie Buddys Verhalten. Sie war im Moment einfach zu sehr damit beschäftigt, *tahini* auf Tische zu knallen und verschütteten Gin aufzuwischen, um die augenblicklichen Differenzen zwischen ihnen einigermaßen präzise analysieren zu können. Obgleich sie in ihrem kurzen Leben eine Menge Möbel hin und her gerückt hatte, wäre sie – selbst unter ruhigeren Umständen – intellektuell vielleicht auch gar nicht in der Lage dazu gewesen. Doch lag sie durchaus richtig mit der Vermutung, daß Buddys mangelndes Interesse an Natur, Kunst und menschlicher Erfahrung unmittelbar mit seiner Vorstellung von der Zeit zu tun hatte, besonders was jene unwiderruflich letzte Schichtwechselsirene betraf, der nur noch das Leben nach dem Tod folgte.

Wenn der sechste Schleier fällt – und angesichts dieses barfüßigen Kindes namens Salome, das in einer von Testosteron blubbernden New Yorker Bar den uralten levantinischen Geburtstanz tanzt, ist es vielleicht nicht mehr verfrüht, von fallenden Schleiern zu sprechen –, wenn also der sechste Schleier fällt, wird sich die abstumpfende, korrumpierende Illusion, die Geschichte sei ein Hochgeschwindigkeitszug mit apokalyptischem Bestimmungsort, garantiert in Luft auflösen.

Roland Abu Hadee hatte einmal gesagt, der Grund, warum Juden stets mehr als Moslems und, wenn wir schon dabei sind, auch mehr als Christen erreichen, der Grund, warum sie nur selten zögern, künstlerische, soziale oder ökonomische Aufgaben zu übernehmen, die einen, sagen wir mal, möglicherweise qualifizierteren Nichtjuden abschrecken würden, sei darin zu suchen, daß die Juden nicht alles auf die Jenseitskarte setzen. Die Juden spielen ihre Karten furchtlos aus und kassieren, was ihnen zusteht, im *Hier und Jetzt*. Das halten sie ihr Leben lang so, denn niemand hat sie als Volk bislang so ganz davon überzeugen können, daß die Banken auch im Himmel geöffnet haben.

Offenbar weiß kein Mensch auf der Welt, ganz unabhängig von Rasse, Religion oder individuellem Erkenntnisstand, ob es ein Leben nach dem Tod gibt oder nicht. Das wissen nur die Toten mit letzter Sicherheit, und die reden nicht. Energie geht nicht verloren, deshalb leuchtet die Vorstellung der Reinkarnation bis zu einem gewissen Grad ein, aber es gibt absolut keinen Beweis dafür, unbeschadet aller »Erinnerungen« an »vergangene Leben« (genetische Tonscherben?). Trotzdem blüht ein weitverbreiteter und strenger Glaube an das Ende der Zeit, und die Menschen sind davon überzeugt, daß sie beim Finale entweder im Olymp oder im Orkus landen. Dieser Glaube – dieses Wunschdenken oder diese Angst – bildet einen Schleier, so dicht, so undurchdringlich, daß es an ein Wunder grenzt, wenn wir morgens klar genug sehen, um aufzustehen. Der sechste Schleier ist ein wirksamer Sonnenschutz, wenn nicht mehr. Er könnte auch eine Fessel oder ein Leichentuch sein.

Solange man ein Volk dazu bringen kann, an ein übernatürliches Jenseits zu glauben, läßt es sich unterdrücken und beherrschen. Die Menschen werden sich mit allen Arten von Tyrannei, Armut und schlechter Behandlung abfinden, solange sie davon überzeugt sind, daß sie am Ende Zuflucht an einem Badeort im Himmel finden werden, wo Rettungsschwimmer überflüssig sind und der Pool niemals geschlossen wird. Darüber hinaus sind Gläubige in der Regel bereit, ihre Haut zu riskieren, ganz gleich, in welches militärische

Abenteuer ihre Regierung sich gerade stürzt. Doch wenn der sechste Schleier fällt, wird ganz sicher Mangel an Kanonenfutter herrschen.

Die hohen Tiere sind keineswegs immun. Während das Konzept vom Leben nach dem Tod die Massen beherrschbar macht, macht es ihre Meister zu Zerstörern. Ein Führer, der davon überzeugt ist, daß das Leben nur eine Prüfung für das kostbarere und authentischere Leben nach dem Tod ist, wird kaum davor zurückschrecken, einen atomaren Holocaust in Gang zu setzen. Ein Politiker oder Konzernmanager, der die ewige Seligkeit mit der nächsten Maschine aus Jerusalem erwartet, wird sich nicht sonderlich den Kopf darüber zerbrechen, ob er Meere verseucht oder Wälder zerstört. Warum auch?

Daraus folgt: Wer auf ein Leben nach dem Tod setzt, verneint das Leben. Wer sich auf den Himmel konzentriert, schafft die Hölle.

In ihrer verzweifelten Sehnsucht, Unordnung, Spannungen und Imponderabilien zu transzendieren, die das Leben zur Qual machen, in ihrem Wunsch nach einem neuen Anfang in einem sauberen Habitat, bazillenfrei und von Engeln bewacht, setzen die gläubigen Massen das einzige Leben, das sie vielleicht je haben werden, in einem Rennen ohne Ziellinie auf ein falsches Pferd. Ihre Todessehnsucht übersteigt alle Grenzen, sie ist eine eschatologische Erweiterung von Kissingers perverser Logik – »Um ewig zu leben, müssen wir so schnell wie möglich sterben« –, und wenn die Zeit nicht schnell genug ausläuft, werden sie sich zusammenrotten und ihr ein Ende machen. Zu ihrem Glück sehen sie überall Zeichen dafür, daß das Ende nah ist. Zu ihrem Unglück sind es buchstäblich dieselben Zeichen, die ihre Vorfahren Jahrtausende vor ihnen sahen.

In der Zwischenzeit drehen sich die thermodynamischen und kosmologischen Kräfte, die das Fundament für die »Zeit« bilden, fröhlich weiter um sich selbst, ohne jemals irgendwo anzukommen. Einfach nur im Kreis. Und noch mal im Kreis. Ordnung expandiert zu Unordnung und schrumpft wieder zu Ordnung, aber so unglaublich langsam, daß es uns langweilt und verwirrt. Schließlich fällt uns dann nichts Besseres ein, als allerlei mögliche Schlußakte dafür zu erfinden. Der sechste Schleier verbirgt keine Uhr ohne Zifferblatt, sondern den erleichterten Ausdruck auf unserem Gesicht, wenn wir uns plötzlich, aus entgegengesetzten Richtungen kommend, selbst gegenüberstehen, frei, endlich die Gegenwart zu genießen, da wir nicht länger von einer Zukunft gefesselt sind, die längst Geschichte ist.

I & I

Am Sonntagabend gab es keine Vorstellung, und das Isaac & Ishmael's schloß früh, gleich nach dem Spiel der Yankees. Während der gesamten Übertragung, mindestens einmal pro Inning, machte der eine oder andere Gast eine Bemerkung über Salome, meistens mit heiserer und fiebriger Stimme, der Stimme eines angehenden Bräutigams. Doch ach, das Tamburin lag stumm da, und weder Abu noch Spike konnten die allgemeine Neugier hinsichtlich der Identität seiner Herrin befriedigen. »Aber wenigstens welche Nationalität sie hat, müssen Sie doch wissen!« sagte ein frustrierter Fan. Abu schüttelte den Kopf. »Sie sagt, sie kommt aus Kanaan. Aber das ist natürlich, wie ihr Name auch, nur ihre Vorstellung vom Showgeschäft.« Niemand lächelte. »Sie lernt Krankenschwester im Bellevue«, sagte ein Mann. Alle sahen ihn an. Er war Amerikaner, ein untersetzter Schwarzer mit Haar wie Baumwolle, relativ neu im I & I. »Sie besitzt die libanesische Staatsangehörigkeit und ist mit einem Studentenvisum hier. Tagsüber leert sie Bettpfannen aus.« Die Männer starrten ihn ungläubig an. »Woher wissen Sie das?« – »Nehmen wir mal an, ich wär ein verdammter Kriminaler«, sagte Shaftoe, trank sein Bier aus und ging.

Binnen einer Stunde waren die letzten Gläser gespült, die Lichter gelöscht, und Abu machte sich auf den Heimweg. »Mr. Cohen wird sich die Bücher ansehen«, sagte er beim Hinausgehen zum Wachmann. »Er bleibt noch ein Stündchen im Büro.« – »Und die Kellnerin?« fragte der Mann. Abu blieb stehen. »Ach, die Kellnerin ist noch da?« Er zögerte. »Kein

Problem«, sagte er schließlich und stieg, sich den kirschroten Karottenzinken reibend, in den wartenden Wagen.

Dreißig Minuten später, etwa zu der Zeit, als Ultima Sommervell ihren frisch gepackten Koffer zuschnappen ließ, etwa zu der Zeit, als Reverend Buddy Winkler ein barbecuefleckiges Armani-Jackett in seine neue Tasche legte, etwa zu der Zeit, als Turn Around Norman begann, sich im Schlaf umzudrehen – eine Bewegung, die begreiflicherweise die halbe Nacht dauern konnte –, ging der Wachmann ums Haus herum in den Innenhof und horchte an der Wand. Er war nicht wirklich überrascht zu hören, daß Mr. Cohen und die Kellnerin den Delphin ritten; vor seinem geistigen Auge sah er die beiden ineinander verschlungen auf der Bürocouch liegen, wenngleich er sich nicht vorstellen konnte, daß Ellen Cherry nackt war bis auf ein Paar brandneue Stöckelschuhe im Leopardenlook mit smaragdgrünen Schnallen, während der Karton und das Papier, in die sie verpackt gewesen waren, zusammen mit den Kleidern überall auf dem Fußboden verstreut herumlagen. Der Wachmann hatte das übliche Ächzen und Stöhnen des fleischlichen Pingpongs, die unterdrückten Schluchzer und das erregte Murmeln erwartet, die im AIDS-gepeinigten Amerika noch immer Lingua franca waren, aber er war nicht vorbereitet auf das, was er als nächstes hörte, eine Laudatio, bei der er sich schleunigst bekreuzigte und Gott für die imaginäre Sünde des Lauschens um Vergebung bat.

»Jezabel. Jezabel. Geschminkte Königin von Israel. Ich preise dich, o Königin von Israel. Hure des Goldenen Kalbes. Gespielin des Baal. Jezabel. Schlampe von Samaria. Unsere Königin, von den Hunden gefressen. Die Wasser Israels durchströmen dich. Jezabel. Meine Königin. Deren Tochter in Jerusalem herrscht. Aus deren Schoß das Haus David hervorging. Hmm. Jezabel. Priesterin der Unzucht. Hmmm. Pik-Dame. Königin der Flittchen. O Jezabel, du bist meine Königin, ich frohlocke in dir und preise deine Sandalen.«

Und so weiter und so fort, bis der Wachmann nach dem Kruzifix auf seiner Brust griff und auf die Straße floh.

Und so weiter und so fort, bis es zwei Blocks entfernt Conch Shell und Painted Stick an ihr rostiges Fenstergitter zog, als spürten sie eine magische Anziehungskraft in der Luft.

Und so weiter und so fort, bis Ellen Cherrys neue Schuhe in den Fluß des Lebens tauchten, voll rein in den blinden Kaulquappen-Boogie-Woogie.

DER SIEBTE SCHLEIER

In der ewigen Bestenliste der Erfindungen steht der Spiegel an überraschend hoher Stelle. Was die Erfindung selbst angeht, so erforderte die Genesis des Spiegels nicht gerade eine Wagenladung Phantasie, denn das Spiegelglas war im Grunde nichts anderes als die verfeinerte und tragbar gemachte Fortentwicklung einer Seeoberfläche. Da der Spiegel aber von den drei Milliarden Seelen, die unsere irdene Kugel bewohnen, so häufig und erwartungsvoll konsultiert wird, fast wie eine mächtige Gottheit, die eine Gunst erweisen, sie aber auch verweigern kann; da er im Gegensatz zu den meisten anderen Dingen auf der Welt das Licht nicht absorbiert, sondern zurückwirft (er hält es fest, verknackt es jedoch nicht, sondern setzt es gleichsam auf Treu und Glauben wieder auf freien Fuß); da er uns außerdem, wie kurz und oberflächlich auch immer, die individuelle Identität zurückgibt, die wir sonst so gern der Autorität des Staates und seiner strengen Götter ausliefern; da er stets dafür sorgt, daß jemand da ist, den wir lieben, und jemand, den wir hassen können – darum wird der Spiegel stets höher eingestuft als die Thermosflasche, allerdings nicht ganz so hoch wie der Zimmerservice.

»Mir ist aufgefallen, Sir«, sagte Can o' Beans zum Spiegel, »daß der Einfallswinkel stets gleich dem Ausfallswinkel ist, aber *warum?* Können Sie mir das erklären?«

»?nerälkre sad rim ...«

»Und noch etwas, Mr. Mirror«, fuhr die Dose fort. »Sind Sie nicht, da Sie Chaos und Instabilität ebenso objektiv reflektieren wie Ordnung, da Sie all das Neue und Vielfältige widerspiegeln, das von den Institutionen der Menschheit anscheinend unterdrückt und verleugnet werden soll, in Wirklichkeit ein gefährlicher Agent der Wahrheit? Ich meine, ich weiß, daß Magier Sie bei ihren Zaubertricks benutzen, aber ist nicht kompromißloser Realismus Ihre eigentliche Stärke? Wenn die Menschen Institutionen schaffen, in denen sie die ungebärdigen Aspekte ihres eigenen Denkens zu unterdrücken lernen, sind dann Spiegel nicht so etwas Ähnliches wie Ritzen in den Festungsmauern? Sind Sie nicht Wegweiser, die von jeglicher Rationalität und Standardisierung wegführen? Denn ihr Burschen zeigt doch *alles* – Gut und Böse,

Schönheit und Gemeinheit, Gleichgewicht und Unordnung – mit gleicher Schärfe. Oder bilde ich mir ein, Sie seien subversiv, während Sie in Wirklichkeit nur blasiert sind? Nichts für ungut, Sir, in beiden Fällen.«

».nelläF nedieb ni ,riS ,tugnu ...«

Oh, es war zwecklos, sich mit so einem Spiegel gepflegt unterhalten zu wollen. Ganz gleich, was man zu ihm sagte, er drehte einem einfach das Wort im Munde um.

Dieser besondere, halb erblindete Spiegel, der an einer feuchten Wand im Keller der St. Patrick's Cathedral lehnte, hatte einst in einer Herrentoilette über der Apsis residiert. In seiner Blütezeit hatte er viele berühmte Gesichter in seinen flachen Händen gehalten. Politiker, Bonzen, Broadway-Stars. John F. Kennedy, Truman Capote, Rudolf Valentino und zahllose andere ebenso Schöne oder Mächtige. Doch ach, jetzt spiegelte er eine Dose Bohnen mit Schweinefleisch. Und was für eine jämmerliche Bohnendose, was für ein mißgebildetes, gebeuteltes Häuflein Metall, von dem ein paar Fetzen des ehemaligen Etiketts herabhingen wie Troddeln von den Nippeln einer Stripperin.

Wenn die Blechdose sich vor ihrem Spiegelbild erschrak, so ließ sie sich jedenfalls nichts anmerken. Sie schien sogar recht aufgekratzt und von sich eingenommen. Der Grund für ihre Hochstimmung lag in dem Wissen, daß vier oder fünf Porträts von ihr existierten, wundervolle Ölgemälde, die sie in der Blüte ihrer Jahre darstellten. »Welche andere Bohnendose ist je auf diese Weise für die Nachwelt erhalten worden?« fragte Can o' Beans. Es war eine rhetorische Frage. »Und sollte es meinem Porträt am Glanz, an der Eleganz des traditionellen Gesellschaftsporträts mangeln, um so besser. Ich bin ein modernes, proletarisches Symbol, und es trifft sich gut, daß ich in einem grellen, modernistischen Stil dargestellt bin.«

In den Wochen, seit er/sie von seinen/ihren Porträts erfahren hatte, war Can o' Beans wieder und wieder vor den Spiegel getreten, während er/sie zuvor seinem/ihrem Spiegelbild stets ausgewichen war. »Es spielt keine Rolle mehr, daß ich ein Wrack bin«, sagte er/sie zu dem Spiegelglas. »Ich bin unsterblich.« Dann aber, denn immerhin war er/sie äußerst sensibel, setzte er/sie hinzu: »Deshalb Kopf hoch, alter Freund, vergessen Sie Ihre blinden Flecken. Auch Sie werden vielleicht noch auf ganz unerwartete Weise zu neuem Leben erwachen.«

Wie Spoon war Can o' Beans davon überzeugt, daß Ellen Cherrys Entscheidung, sie zu malen, ein Zeichen für eine besondere Einsicht, für eine vielversprechende Seelenverwandtschaft war. »Wenn wir uns nicht an Miss Charles wenden können«, sagte er/sie, »dann wage ich zu behaupten, daß es gar niemanden gibt.«

Dirty Sock glaubte keine Sekunde daran. Weder die Nachricht von den Gemälden noch Spoons Beschreibung davon, wie Ellen Cherry sie in die Hand genommen und mit unglaublicher Konzentration betrachtet hatte, machten großen Eindruck auf ihn. »Die Tussi hat einfach 'ne Meise«, sagte Dirty Sock. »Alle Künstler haben 'ne Meise.«

Normalerweise hätte Can o' Beans sich jetzt vielleicht in einen Diskurs über die feine Linie zwischen Genie und Wahnsinn gestürzt, eine ebenso umstrittene Grenze wie jede x-beliebige im Nahen Osten. An diesem Tag jedoch hatte er/sie etwas anderes auf dem Herzen. »Andererseits verstehe ich nicht ganz, warum unsere ehrwürdigen Führer so beharrlich glauben, daß menschliche Unterstützung überhaupt wünschenswert oder notwendig sein soll. Bei allem Respekt für Miss Charles und Mr. Norman, das schien mir schon immer etwas fragwürdig, und nun, da Mr. Stick einen Weg zum Meer gefunden hat ...«

»Seit er diesem Junkie den Arsch versohlt hat, macht mir der alte Stock den Eindruck, als hätt er ebenfalls 'ne Meise.«

Normalerweise hätte Can o' Beans sich jetzt vielleicht über die rüde Ausdrucksweise der Socke beschwert und darauf hingewiesen, daß eine Meise ein Vogel war und sonst nichts, ein Allgemeinplatz, auf den Dirty Sock möglicherweise geantwortet hätte: »Man muß selber eine haben, um zu wissen, wie das ist, würd ich sagen.« An diesem Tag jedoch wich sein/ihr Belehrungsdrang der Besorgnis. »Sicher, Mr. Stick hat mehrere Wochen über diese allzu männliche Tat nachgedacht«, stimmte die Dose zu. »Aber jetzt sieht es so aus, als hätte er die Sache geklärt. Wenigstens liegt er nicht mehr Tag und Nacht am Fenster und sucht den Horizont nach Zeichen eines kosmischen Widerhalls ab, wobei er natürlich kaum etwas außer vorbeifahrenden Bussen sieht. Er und Miss Shell hecken wieder etwas aus, und das ist es, was mich beunruhigt. Warum trollen wir uns nicht einfach runter zu den Schiffen, und fertig? Miss Spoon – ist sie nicht noch hübscher, nun, da sie poliert ist? – Miss Spoon steht Todesängste aus, daß die beiden auf die Idee kommen könnten, sie wieder rauszuschicken, damit sie ein zweites Mal versucht, Turn Around Normans Privatleben auszuschnüffeln. Ich mache mir Sorgen wegen des Löffelchens.«

»Hören Sie auf, Professer, Sie wollen mir doch nicht allen Ernstes weismachen, daß Sie keine Angst haben, zum Hafen zu gehen und sich an Bord eines dieser großen fremdartigen Schiffe zu schmuggeln?«

»Ich? Angst? Was habe ich schon zu verlieren? Ich hatte bereits mehr Glück auf dieser Welt als jede andere Bohnendose. Und nun werde ich auch noch ewig leben, auf die Leinwand gebannt, damit zukünftige Generationen mich kennenlernen und über mich urteilen können.«

»Genau«, grunzte Dirty Sock. »Sie und die alte Dämona Lisa.«

Spoons Befürchtungen waren nicht unbegründet. Der Stock und die Muschel dachten tatsächlich daran, sie erneut auf Normans Sammelbüchse anzusetzen. Es war nicht so, daß die Reliquien aus dem Nahen Osten Ellen Cherrys potentielle Freundschaft, die sich in ihren Bildern ebenso zeigte wie im Augenspiel und ihrer früheren Faszination für den Herrn, der sich für seine Brötchen im Kreis drehte, nicht zu würdigen gewußt hätten. Nein, nur wußten die Reliquien etwas, was die anderen nicht wußten.

Sie wußten, daß sie in der Falle saßen.

Das heißt, zwei aus ihrem Bunde saßen in der Falle.

Sie waren damals mitten in einer regnerischen, dunstigen Herbstnacht nach Manhattan gekommen. Tagelang hatten sie in einem leeren Wasserrohr in New Jersey unweit des dortigen Eingangs zum Lincoln-Tunnel gehockt und auf genau solche Wetterverhältnisse gewartet. Doch selbst um drei Uhr morgens und trotz heftigen Sprühregens war die unentdeckte Fortbewegung schwieriger als erwartet gewesen, und als sie auf ihrem ziellosen Weg Richtung Atlantik zufällig an den weit geöffneten Toren eines heiligen Ortes vorbeigekommen waren, hatten sie beschlossen, dort vorübergehend Asyl zu suchen.

Ein Lieferwagen parkte vor der Kathedrale, und von diesem führte ein langer Plastikschlauch von großem Durchmesser in die Kirche, als sei die Schlange um ein Vielfaches gewachsen und rachsüchtig aus dem Paradies zurückgekehrt, um sämtliche Hostien der Welt zu verschlingen. Die Wahrheit war, daß St. Patrick's seine Teppiche reinigen ließ: der Schlauch pumpte Teppichschaum in die Kirche. Jedenfalls waren die Objekte dem Schlauch durch das Hauptportal gefolgt, und dann, als sie die Männer sahen, die im Hauptschiff bei der Arbeit waren, die schmale Treppe hinab geholpert, gestolpert und gepoltert, die vom Narthex aus ins Untergeschoß führte. Dort waren sie auf eine weitere Tür gestoßen, die der Küster einen Spaltbreit hatte offenstehen lassen. Painted Stick hatte sie so weit aufgedrückt, daß alle hindurchschlüpfen und eine zweite Treppe hinabsteigen konnten.

Die Tore der alten Welt, an die Painted Stick gewöhnt war, hingen im allgemeinen lose in ihren Angeln, es sei denn, sie waren per Hand verriegelt oder abgesperrt. Als jedoch die Tür zum Keller hinter ihnen ins Schloß gefallen war, hatte er ein verdächtiges Klicken gehört. Moderne Türen hatten anscheinend Klinken, die automatisch zuschnappten. Die Klinke wurde von einem runden, glatten Messingknauf bewegt, und es war dem Stock, der von allen Unbelebten bei weitem der geschickteste war, ganz unmöglich, ihn zu betätigen: Er hatte es verschiedentlich versucht, wenn seine Kameraden anderweitig beschäftigt waren. Falls nicht wieder ein Küster die Tür offenstehen ließ, und das war seit anderthalb Jahren nicht der Fall gewesen, gab es für die Objekte nicht die geringste Aussicht, je wieder durch sie hinauszukommen.

Nun hätten sich Spoon, Dirty Sock und, wenn es ihm nichts ausmachte, noch ein bißchen mehr Farbe zu verlieren, auch Painted Stick durchs Fenstergitter zwängen können. Doch Conch Shell und Can o' Beans waren zu breit, um mit den Maschen fertig zu werden. Diese beiden saßen in der Falle.

Schön und gut, immerhin hatten die Objekte ein wenig Zeit gebraucht, um sich auszuruhen und Pläne zu schmieden, und Conch Shell hatte Painted Stick davon überzeugt, daß Jerusalem des Dritten Tempels noch harrte, eine Tatsache, die Spoon mit der Wiederholung von Buddy Winklers Beschreibung des Felsendoms bestätigte. Doch Tempel hin, Tempel her, alle fünf brannten darauf, ihre Reise fortzusetzen, und die einzige Möglichkeit, dies zu bewerkstelligen, bestand darin, einen Menschen aufzutreiben, der ihnen die Türen öffnete oder das Fenstergitter aufstemmte.

Miss Charles wäre eine geeignete Kandidatin gewesen, aber es war Monate her, seit sie das letzte Mal vor der Kathedrale gestanden hatte, und Spoon hatte nicht die leiseste Ahnung, wie sie ihr Apartment wiederfinden sollte. Das hieß, daß sie sich auf Turn Around Norman konzentrieren mußten. Oder sich etwas ganz anderes einfallen lassen.

Es mußte etwas ganz anderes sein, aus dem einfachen Grund, daß sich Turn Around Norman eines Nachmittags mitten in der Drehung plötzlich nach seiner Sammelbüchse bückte, seine höllisch blauen Augen aufblitzen ließ, die schwanengleichen Nüstern blähte, ein glitschiges Etwas aus seinem Dichtermund spie, auf dem Absatz des fleckigen Turnschuhs kehrtmachte und die Bühne der Fifth Avenue auf Nimmerwiedersehen verließ.

So plötzlich war der Abgang des Künstlers, daß er die Objekte völlig unvorbereitet traf, wenngleich ihnen im Rückblick klar wurde, daß sie ihn hätten kommen sehen müssen. Im Verlauf des Frühjahrs hatten sich immer mehr Prediger auf der Fifth Avenue eingefunden, ein aufgescheuchter Haufen lärmender Vögel, die aus einem dunklen rauhen Land kamen. Mindestens vier hatten sich in Hörweite von St. Patrick's niedergelassen, und zu allen Stunden des Tages konnten die Objekte ihre Elsternschreie hören. »Preiset den Herrn!«, »Die

Erlösung steht bevor!«, »Bereut, denn das Ende ist nahe!«, »Ihr Ausgeburten der Schlange, wie wollt ihr der Verdammnis der Hölle entgehen?«

Als das Warngeschrei an Lautstärke und Häufigkeit zunahm, mußte Conch Shell Painted Stick immer wieder beteuern, daß es zum Standard theologischer Rhetorik gehörte und sich keineswegs um Verlautbarungen aus Jerusalem handelte. Um sie zu unterstützen, wies Can o' Beans darauf hin, daß die Stimmen nur biblische Verse rezitierten oder abgedroschene Slogans nachplapperten. Keinem von ihnen war in den Sinn gekommen, daß die wachsende Zahl der Bürgersteig-Evangelisten Turn Around Norman auf die Nerven gehen, daß sie sein Timing unterbrechen, seine Konzentration stören oder den Kreisel, der sein Herz war, aus der Bahn werfen könnten. Schließlich war dieser Teil der Fifth Avenue schon immer ein lärmendes Pflaster gewesen. Überdies hatte ihn in der Vergangenheit weder die Konkurrenz der anderen Straßenkünstler noch der Spott der Zyniker aus der Ruhe bringen können.

Im späten Mai hatte sich der Sommer auf New Yorks Gesicht gesetzt – heiß, feucht, stickig, dumpf und drückend; und mit dem wärmeren Wetter war auch ein heißerer Prediger gekommen, ein ausgemergelter Mann in einem ziemlich teuer aussehenden Anzug. Sein Mund glänzte vor Gold, sein hungriges Gesicht war von Pusteln entstellt, und seine Stimme erinnerte an ein trauriges Saxophon. Dieser Mann klopfte keine amateurhaften Sprüche, sondern hielt ausgewachsene Predigten, weitschweifig, theatralisch, gekonnt aalglatt. Doch viel wichtiger: Er hatte sich offenkundig mit Absicht vor St. Patrick's postiert, praktisch Schulter an Schulter mit dem ergreifenden Cherubim, der sich mit übernatürlicher Langsamkeit auf der Straße drehte.

Den größeren Teil der Woche hatte Turn Around Norman mit seiner Show weitergemacht und nicht den leisesten Hinweis darauf gegeben, daß der Eindringling seine innere Schale knackte. Dann aber – presto! – verschwand er von einem Augenblick auf den anderen und ließ die Objekte völlig verdutzt zurück. Und in mehr als einer Hinsicht verloren.

»Wir hätten es kommen sehen müssen«, sagte Can o' Beans.

»Stimmt«, nickte Conch Shell. »Fromme Dogmen werden, wenn man sie nicht daran hindert, ins Kraut zu schießen, stets die Magie vertreiben.«

I & I

Ellen Cherry hatte Boomer geschrieben, um ihn über Buddy Winklers Intentionen zu unterrichten. Da sie über Ultima Sommervells Intentionen weniger gut Bescheid wußte, vermied sie jede Anspielung auf die Kunsthändlerin. Erst als Boomer einen Monat später antwortete, erfuhr sie, daß Buddy nur zehn Tage in Jerusalem geblieben war und Ultima bloß halb so lang. Über ihre Besuche hatte Boomers Brief folgendes zu berichten:

> In Jerusalem hab ich immer das Gefühl, der Geschichte heimlich unter den Rock zu sehen. Da formt sich was Wichtiges, da am Zwickel der Welt, und wenn das Licht richtig einfällt, kannst du die Konturen ihres Slips erahnen, wenn du auch keinen Schimmer hast, welche Farbe das Ding hat, und ob es aus Seide, Baumwolle, Gummi oder Jute ist. Auf alle Fälle spricht es den Handwerker in mir an, und so hocke ich da und kneif die Augen zusammen, um es mir besser ansehen oder gar hindurchsehen zu können, als wenn es ein Schleier wär, hinter dem sich eine sagenhafte Möse verbirgt, eine Pussi aus Gold oder so, und dann taucht Bud hier auf, und es stellt sich raus, daß ihm das Ding noch mehr zu schaffen macht als mir. Er ist aufgekratzt und munter und läßt einen Schwall kryptisches Geschwafel los und tut so, als hätte er mehr Geheimnisse als eine Promenadenmischung Flöhe. Scheint, als hätte er irgendein Eisen im Feuer, und ich soll ihm damit helfen, nur will er nicht sagen, was es ist. Er läßt durchblicken, daß ich möglicherweise meine Schweißerausrüstung brauchen könnte, nicht um was zusammenzuschweißen, sondern um was durchzubrennen, und weiter, daß ich und ein paar andere Typen, die unter meinem Kommando ste-

hen, irgendwo einsteigen sollen, wo es Metalltore oder vielleicht Gitter vor den Fenstern gibt. Ich hatte Deinen Brief noch nicht bekommen, daher konnte ich mir nicht vorstellen, wo das sein sollte. Ich meine, ich hab nicht geglaubt, daß er im Namen Gottes eine Bank ausrauben will, also sag ich ihm, tja, vielleicht mach ich mit, solang es mich nicht von meiner Arbeit an der Skulptur abhält. Worauf er sich natürlich eine Predigt über Götzenbilder nicht verkneifen konnte.

Na, wie auch immer, Schnuckiputzi, nach ungefähr einer Woche sagt Bud zu mir, daß der ganze Deal verschoben wird, und will wissen, ob ich im Januar immer noch in Jerusalem bin, was tatsächlich der Fall ist, denn dann soll die Skulptur, an der wir arbeiten, enthüllt werden. Ultima, die zur gleichen Zeit fünf Tage hier war und mich dazu bringen wollte, mir irgendwelche New-York-Kunst aus den Rippen zu schwitzen, hat Informationen über unser Monument gesehen, und ich hab sie gebeten, Dir alles drüber zu erzählen, falls Du Dich dafür interessierst. Ruf sie doch mal an.

Daß die Sprengung des Felsendoms verschoben wurde (falls Du recht hast und Buddy tatsächlich mit diesem Gedanken spielt), liegt an der israelischen Innenpolitik. Zwar haben die rechten, religiösen Parteien bei den letzten Wahlen eine Menge Boden gewonnen, aber es war nicht genug, um das Blatt zu wenden, und Israel ist wieder mal mit einer Koalitionsregierung geendet, in der die Betonköpfe aus dem konservativen Likud-Block, der auf gutem Fuß mit den alten Knakkern von den rechtsradikalen Splittergruppen steht, sich die Macht mit den Liberalen von der Labor Party teilen. Nun, das war vor fast vier Jahren, und jeder redet davon, daß trotz der Zugeständnisse von der PLO und allem bei der nächsten Wahl, die im November ansteht, die Rechten den ganzen Kuchen einsacken werden, inklusive Bisquitt (Biskuit?) und allem. Also geht Bud davon aus, daß er es bedeutend leichter haben wird, wenn die Ultrarechten am Ruder sind, und will warten, bis sie im Januar in ihre Ämter eingesetzt sind, um seine miese Posse in die Tat umzusetzen. Alles klar, Zuckerpfläumchen?

Alles klar. Und weit und breit kein Teppich in Sicht.

I & I

Der Luftdruck in einer Champagnerflasche ist fast identisch mit dem in einem großen Lastwagenreifen, acht oder neun atü, um genau zu sein, aber damit hat die Ähnlichkeit auch schon ein Ende. Die Unterschiede im Ambiente sind jedenfalls enorm.

Die meiste Zeit, die Ellen Cherry in New York verbracht hatte, etwa seit Verkauf des Airstream-Truthahns, hatte sie das Gefühl, innerlich unter Druck zu stehen. Der Druck selbst blieb konstant, sein Temperament jedoch wechselte. Er konnte prickelnd und leicht sein, aber er konnte sie auch niederschmettern und plattmachen. Mit anderen Worten, teils fühlte sie sich wie eine Champagnerflasche, teils wie ein Lastwagenreifen.

Dank ihrer verwirrenden Erfahrungen mit dem flatterhaften Löffel sowie der unwahrscheinlichen und ziemlich, äh … idiosynkratischen Affäre mit ihrem Boss war sie den größten Teil dieses Frühlings und Frühsommers über eine spritzige Magnum, und die Bläschen, die gegen ihre äußere Hülle perlten, gaben ihr genug Auftrieb, um sie bei Ultima Sommervell anrufen zu lassen, als sie in die Nähe eines Telefons geriet. Ultima würde in Kürze ihren Laden dichtmachen und den Sommer in den Hamptons verbringen; wenn Ellen Cherry sie also über Boomers Aktivitäten ausquetschen wollte, mußte sie schnell handeln oder bis zum Herbst warten. Sie war nicht mehr verzweifelt, sagte sie sich, nur neugierig, aber sie beeilte sich doch, ein Treffen zu vereinbaren. Und sie bestand auf der Downtown-Galerie, denn ihr war klar, daß Köter wie Ultimas nur selten südlich der Fourteenth Street verkehrten.

Am ausgemachten Tag, einem Tag Anfang Juni, als Ozonwolken um jede Straßenlaterne standen und der Schweiß in

Strömen zum Meer hinabfloß, fuhr Ellen Cherry mit dem Eighth Avenue Express zur Canal Street und ging dann zu Fuß weiter zur Grand. Das erste Gewitter der Saison befand sich bereits in der Künstlergarderobe, hüllte sich in sein schwarzes Gewand, legte sein Hagelkollier um und rüstete sich mit seinem elektrischen Schwert. Sie hob den Blick zum Himmel, um zu sehen, ob sie es noch schaffen würde, bevor die Vorstellung losging. Sie trug ein Paar kiwigrüne Velourslederpumps mit lindgrünen Satinschleifen, ein Geschenk ihres Liebhabers. Sie riskierte zwar, daß die Sohlen auf ewig im Höllenfeuer schmoren mußten, beschloß aber ungeachtet dessen, sich um die Taufe zu drücken. Oh, Spike würde die Schuhe noch bald genug naßmachen, aber sie wollte alles tun, um sie vor einem Vollbad zu bewahren.

Ultima würde wütend sein, daß Ellen Cherry ihr nicht ein oder zwei Bilder mitgebracht hatte, aber sie hatte beim besten Willen nichts vorzuweisen. Ihre beiden letzten Landschaften hatte sie vernichtet, als Boomer seine Ausstellung bekam, und Bilder von einer Bohnendose brachten es nun mal nicht. Zum einen würde man sie als bloßen Abklatsch von Andy Warhols Suppendosen von Anno dunnemals bezeichnen, obgleich es genügend bedeutsame Unterschiede zwischen ihnen gab. Jedenfalls glaubte sie das. Man stelle sich also ihre Überraschung vor, als sie die berühmte Galerie betrat und feststellte, daß die Wände mit dreisten Imitationen von Jackson Pollock, Bridget Riley, Ellsworth Kelly u. a. voll hingen, aber auch mit Bildern, die direkt, ohne jede persönliche Handschrift, aus Fernsehen, Kino und Werbung übernommen worden waren. Alles an der Ausstellung deutete auf eine perverse Ablehnung jeglicher Originalität hin, die weit verbreitet sein mußte, denn es war eine Gruppenausstellung von einem Dutzend oder mehr relativ erfolgreichen jüngeren Künstlern, nicht das Produkt einer einzigen beschränkten Phantasie. Sie bestaunte gerade einen falschen Joseph Beuys, als Ultima auf der Galerie erschien und sie nach oben rief.

Anders als die weitläufige, köterverseuchte Suite in Miss Sommervells Dependance auf der Fifty-seventh Street bestand das Büro der Galerie in SoHo aus einem niedrigen

Schränkchen und drei Sesseln, die zwanglos um den Schreibtisch auf der Empore gruppiert waren. Von ihrem Platz aus konnte Ellen Cherry auf die usurpierte Kunst herabsehen und darüber rätseln, während Ultima sie, so gut sie es vermochte, über Boomers mysteriöses Projekt aufklärte.

»Es sieht so aus, als hätte sich Mr. Petway mit einem israelischen Bildhauer namens Amos Zif angefreundet.«

»Amos!« platzte Ellen Cherry heraus. »Also ist es ein Mann!«

»Wie bitte?«

»Ach, nichts. Bitte sprechen Sie weiter.« Aus heiterem Himmel schlug eine Welle der Erleichterung über Ellen Cherry zusammen. Und tatsächlich bewegte sich der Druck in ihrem Inneren, der aufgrund von Ultima Sommervells Nähe und der geradezu zynischen Kunstattrappen schon den Charakter der abgestandenen, muffigen Luft in einem Lastwagenreifen hatte annehmen wollen, jetzt mit einemmal in Richtung Dom Perignon.

»Kurz und gut, dieser Zif bekam den Auftrag, eine Skulptur, eine Art Denkmal zu errichten, ein Stück Plaza-Plopp, wie wir hier in New York sagen würden, das auf einen kleinen Platz geklotzt werden soll, unweit der Altstadt, dieser lärmenden, stinkenden Gegend, wo laut Mr. Petway selbst Houdini klaustrophobische Anfälle bekommen hätte. *Ich* habe jedenfalls welche bekommen. Gleich vor dem Jaffa-Tor gibt es ein altes jüdisches Viertel, das im Krieg 1967 schwer mitgenommen wurde. Heute ist man dabei, es wiederaufzubauen und bewohnbar zu machen, eher bescheiden, was die Architektur angeht, dafür um so ethnozentrischer im Stil. Die Projektleiter haben Zif beauftragt, eine Skulptur zu schaffen, die das Wesen des Landes widerspiegelt, des alten wie des neuen, des säkularen wie des religiösen. Finanziert wird das Ganze von ein paar reichen Amerikanern, die es genau so haben wollten. Nun ja, Zif zerbrach sich den Kopf, um irgend etwas auf die Beine zu stellen, und seine Mitbewohner im Kibbuz unterbreiteten ihm jeden Tag neue Vorschläge, bis eines Tages unser Mr. Petway mit einer ureigenen Idee aufkreuzte. Er schaffte es, den ganzen Kibbuz ›mit Kind und Kegel‹, wie er sich ausdrückte, auf die Barrikaden zu bringen, nur Amos Zif nicht, der voll darauf abfuhr, was ja auch kein Wunder ist, denn Boomer Petway ist ein amerikanisches Genie, und niemand in ganz Israel macht Kunst, für die es auch nur die Straße zu überqueren lohnte, vom Ozean ganz zu schweigen. Israel ist ein Dritte-Welt-Land, wenn ich so sagen darf, doch zu gebildet, um auf die unschuldige Art bezaubernd zu sein. Es gibt nichts Schlimmeres auf der Welt als Provinzintellektuelle, jedenfalls in der Kunst.«

»Ultima, glauben Sie wirklich, daß Boomer ein Genie ist?«

»Sie etwa nicht?«

Ellen Cherry schüttelte den Kopf. »Nein, *idiot savant* würde ich eher gelten lassen.«

Ultima gab ein näselndes britisches Gelächter von sich. »Unter uns gesagt, ich fürchte, Sie haben recht. Aber erzählen Sie bloß niemandem, daß ich das gesagt habe. Auf jeden Fall hat er, wie Sie vielleicht wissen, mit Zif den Kibbuz verlassen, und seitdem arbeiten die beiden zusammen an der Skulptur. Sie soll im Januar enthüllt werden, und die beiden haben beschlossen, den Entwurf bis dahin geheimzuhalten, was ziemlich clever war, wenn Sie mich fragen. Mir allerdings haben sie eine Vorschau auf die eine Hälfte gestattet.«

»Welche Hälfte?«

»Die untere natürlich. Den Sockel, um genau zu sein.«

»Und?«

»Ach, es war nichts, was einen vom Hocker reißen würde. Da ist ein großer Haufen Steine, was ich ganz passend finde, und aus dem Haufen erhebt sich eine aufrechtstehende, dreidimensionale Landkarte von Palästina, dem alten Palästina aus biblischen Zeiten, mit Städten, die verschwunden sind, und Grenzen, die nicht länger existieren. Die Karte besteht aus gitterartig miteinander verschweißten Eisenstangen. Sie ist groß, vielleicht sechs Meter hoch, und die beiden haben durchblicken lassen, daß die Statue, die darauf stehen soll, noch mal so groß sein soll.«

»Sechs Meter. Wieviel ist das in Fuß?«

Ultima betrachtete sie wie ein Pariser einen amerikanischen Touristen, der *croissant* ausspricht, als sei das Frühstückshörnchen eine reizbare Anverwandte. »Meine Liebe«, schnurrte sie, »ein Meter entspricht drei Fuß und drei Inches. Ich nehme an, zusammenrechnen können Sie selber.«

Tölenfresse! dachte Ellen Cherry, aber sie hielt sich zurück. »Und was ist mit dieser Statue? Haben Sie Hinweise darauf, um was es geht?«

»Nicht mal die amerikanischen Geldgeber haben bisher eine Skizze oder ein Modell gesehen. Ich hoffe nur, daß es nichts Unanständiges oder Absurdes ist. Die Leute haben nicht einen Funken Humor in diesem Teil der Welt. Leidenschaft ja. Humor nein. Jedenfalls, die gute Nachricht ist, daß unser gemeinsamer Freund sich ein bißchen freinehmen und mir ein paar Sachen für meine Gruppenausstellung im Herbst machen wird.«

Ellen Cherry deutete auf die Bilder unter ihnen. »Werden die Künstler da auch in dieser Ausstellung vertreten sein?«

»Viele davon, ja. Habe ich da eben einen Anflug von Mißbilligung gehört?«

»Ich verstehe es wohl einfach nicht. Die Hälfte davon ist geklaut, und die andere Hälfte einfach nur blöd.«

»Das verstehen Sie nicht? Meine Liebe, Sie sind viel zu jung, um dermaßen am Zeitgeist vorbeizuleben. Originalität ist ein Mythos, der von den Naiven, den Romantikern, den Skrupellosen aufrechterhalten wird. Es hat doch seit prähistorischer Zeit keine wirklich originelle Kunst mehr gegeben. Jeder Künstler hat nur das Werk seiner Vorgänger überarbeitet. Meine Künstler sind einzigartig, weil sie sich zu dieser Praxis bekennen. Sie sind sogar einen Schritt weiter gegangen, indem sie sich weigern, den Schwindel mitzumachen. Wenn sie sich das Werk der Künstler, die sie bewundern, einfach aneignen, wenn sie es kopieren und als ihr eigenes ausstellen, sind sie auf mutige Weise ehrlich – und auf tragische Weise traurig. Daß sie ihre Niederlage eingestehen, bildet einen wesentlichen Bestandteil der allgegenwärtigen Melancholie, die unsere Zeit durchdringt.«

»Polyvalent, wie?«

»Sie verachten meine Künstler, weil Sie sie für passiv und unbedeutend halten, aber Sie haben sich nicht die Mühe gemacht zu fragen, warum sie sich für diesen Standpunkt entschieden haben. Denn immerhin ist es ein bewußter Standpunkt. Diese Künstler haben beschlossen, das dekadente Bildermachen der Bourgeoisie abzulehnen. Sie verspotten die Aura, die hohe Kunst umgibt, eine Aura von Kostbarkeit und Seltenheit, die in Wirklichkeit mehr mit Kunst als Handelsware denn mit Kunst als einem Vehikel für soziale Verbesserungen zu tun hat.«

»Die Art Kunst, die Sie in der Uptown-Galerie zeigen.«

»Ja, meine Hundchen und ich müssen schließlich von irgendwas leben. In Uptown ist die Kunst nur Aura, und Sammler bezahlen teuer dafür, diese Aura in ihr Heim oder Büro transferieren zu können. Hier in SoHo ist die Kunst schlicht *Objekt*. Sie verachtet die gesamte regressive Vorstellung von der Verherrlichung der Kultur. Warum auch nicht? Was gibt es an unserer Kultur schon zu verherrlichen? AIDS? Armut? Gewalt? Korruption? Habgier? Die Atombombe? Jeden Tag kommen neue Meldungen aus dem Nahen Osten, die unseren Untergang ankündigen. Es ist schon schlimm genug, daß sie sich gegenseitig die Köpfe einschlagen, aber es könnte jeden Augenblick eskalieren und auch den Rest der Menschheit mit hineinziehen. Meiner Ansicht nach wäre es ein Beweis für die soziale Verantwortungslosigkeit eines Künstlers, wenn er im Schatten von Jerusalem nur hübsche, elitäre Handelsware produzierte.«

Ultima zündete eine pinkfarbene Zigarette an und stieß durch ihr zartes Näschen parfümierte Rauchwolken aus. Sie schien darauf zu warten, daß ihre kleine Lektion Wirkung zeigte. Vielleicht glaubte sie, daß es seine Zeit dauern würde, bis die Information durch das viele Haar gedrungen war. Schließlich sagte sie: »Bitte nehmen Sie meine Kommentare nicht persönlich, meine Liebe. Es wird immer eine Nische für Landschaftsmaler geben. Aber bevor Sie gehen, sehen Sie sich die Künstler, die Sie eben so geringschätzig über einen Kamm geschoren haben, noch einmal genauer an. Wenn sie überhaupt eine gemeinsame Botschaft haben, so lautet sie: ›Wir räumen unsere Niederlage ein. Wir haben keine Chance gegen die Meisterwerke der Vergangenheit, gegen den Markt der Gegenwart, gegen die Vernichtung der Zukunft – aber wir sind trotzdem da!‹ Da ist etwas so Treffendes, Tapferes und Ironisches dran, daß ich manchmal heulen könnte.«

»Ja«, sagte Ellen Cherry. »Ich muß wirklich gehen. Da draußen braut sich was zusammen.«

Doch als sie die schmiedeeiserne Wendeltreppe hinabgestiegen war, trödelte sie noch eine volle Viertelstunde herum und tanzte im Ausstellungsraum Walzer mit den Geistern, die Ultima in ihrem Elfenbeinturm losgelassen hatte. War sie, Ellen Cherry, nicht ebenfalls der Kunst zum Opfer gefallen? Aber wem hatte sie sich anvertraut? Niemandem. Sie hatte sich still zurückgezogen. Sozusagen mit eingezogenem Schwanz verdrückt. Es war ihr nie in den Sinn gekommen, aus ihrer Niederlage ein künstlerisches Statement zu machen. Deshalb hatte Ultima vielleicht recht: diese Künstler waren ehrlicher, mutiger als sie. Man brauchte Mumm, um die Pleite seiner Phantasie einzugestehen. Und überhaupt, wo stand denn eigentlich geschrieben, daß man als Künstler unbedingt etwas Neues schaffen mußte? Wahrscheinlich hatte sie Innovation immer schon als Vorbedingung für ein bedeutendes Werk angesehen, als eine Art Gesetz, aber natürlich gab es in der Kunst keine Gesetze. Genau das war ja das Verlockende daran. In ihren Augen war die Kunst damit viel besser dran als das Leben. Oder wenn nicht besser dran, so doch zumindest interessanter.

Andererseits, was war interessant an der detailgetreuen Abbildung eines U-Bahn-Plans in Öl? Wie trostlos und langweilig, wie gewöhnlich und blöd. Aber wenn man ein paar Faxen machte … Sie fing an, ihre Augen zusammenzukneifen und das Bild verschwimmen zu lassen, hörte jedoch schnell wieder auf. Wenn sie sich auf das Werk einlassen wollte, dann zu dessen Bedingungen. Und soweit sie sah, waren diese Bedingungen sozial, intellektuell und politisch, nicht ästhetisch. Diese Kunst existierte wegen eines konzeptuellen Arguments, weniger wegen ihres Einflusses auf die Wahrnehmung. Ellen Cherry war umgeben von ideologischen Aussagen, in denen die Ideologie eine statische Vision war. Mit anderen Worten, die Ideen steckten in den Kunstwerken fest. Mangels Expression konnten sie sich nicht daraus befreien, um den

Gleisen der Retina in die unergründlichen Tunnel der Psyche zu folgen.

Diese Bilder sind Grabsteine, dachte sie. *Vielleicht entdekken sie auf ihre zynische Art einen Wert in Resignation, Leere und Sinnlosigkeit; vielleicht erweisen sie uns einen Dienst, indem sie zeigen, wie vergeblich der Versuch ist, mit den Massenmedien in Konkurrenz zu treten, aber hoppla, in Wirklichkeit sind sie nichts anderes als Todesanzeigen, sie erklären die Magie in der Kunst für tot. Und das könnte verfrüht sein.*

Je länger Ellen Cherry darüber nachdachte, desto überzeugter war sie davon, daß die Aufgabe des Künstlers in einer übertechnisierten, übermaskulinisierten Gesellschaft darin bestand, die alte Magie zu neuem Leben zu erwecken.

Ob das möglich war? Na sicher, ihr pessimistischen Schlappschwänze, warum nicht? Ob es *ihr* möglich war? Schon fraglicher, aber sie konnte es wenigstens versuchen.

Sie schoß nach draußen. Es hatte noch nicht angefangen zu regnen, aber der Himmel kochte wie ein Topf voller *film-noir*-Kartoffeln. Zum Himmel aufzusehen war, als blickte man in einem Hipster-Waschsalon durch das Bullauge einer Waschmaschine. Mindestens drei schwarze Rollkragenpullover kreisten zwischen Ellen Cherry und der Sonne.

Es war kaum drei Uhr, aber in SoHo brannte bereits Licht. Der Tag war so dunkel geschminkt wie Jezabels Augenlider, die Luft frisch und elektrostatisch aufgeladen. Die Leute rannten wie furchtsame Tiere. Viele trugen Turbane, manche waren in Bettlaken gehüllt. Ellen Cherry hatte den Eindruck, daß allmählich die ganze Stadt aussah wie die Bar im Isaac & Ishmael's. Sie konnte sich nicht daran erinnern, wann sie in den Straßen von New York das letzte Mal Englisch gehört hatte. Aus den Radios, an denen sie vorbeikam – jedes einzelne in einem Akt rechtmäßiger Aggression voll aufgedreht –, rollten die spanischen Sänger im von dem Gewitter verursachten statischen Rauschen minutenlang ihre R.

Sie hätte geradewegs nach Hause gehen, ihre Geräte aus dem Stecker ziehen, die Fenster schließen und ihre neuen Schuhe in einen trockenen Schrank eindocken sollen, aber sie konnte nicht. Sie hatte sich entschieden, wieder zu malen; sie wußte nicht, was, sie war sich nicht sicher, wann, doch inspiriert vom Pessimismus ihrer Künstlerkollegen, geleitet von der außergewöhnlichen Erfahrung mit dem Löffel und um ihre Verbitterung wegen Boomer zu überwinden, würde sie malen – das stand fest. Und um ihre Entscheidung zu feiern und zu bekräftigen, schuldete sie sich, Gewitter hin, Gewitter her, einen längst überfälligen Besuch bei Turn Around Norman.

Norman, Norman. Menschliche Pfeffermühle, die mit so atemberaubender Langsamkeit die alten Gewürze mahlte, die einst der faden Brühe des Überlebens eine Prise echter Ekstase hinzugefügt hatten. Selbst wenn man von seiner eigentlichen Performance unberührt blieb, bildeten die Konzentration und Integrität, die Norman ausstrahlte, ein Vorbild nicht nur für Künstler, sondern für ... Eine blauäugige Sekunde mal eben! Wo steckte denn der Typ?

Sie hatte sich ein Taxi gesucht, um dem Regen zu entwischen, und Erfolg gehabt. Der Wind war aufgefrischt, der Donner grollte wie ein Wal mit einem Bauch voller Jonasse, aber noch war kein Tropfen gefallen, und die Fifth Avenue wirkte relativ belebt. Nur war das nicht Turn Around Norman da auf den Stufen der Kathedrale. Das war nicht er, der sich da um sich selbst drehte, genau an der Stelle, wo er sich jahrelang tagein, tagaus (außer mittwochs nachmittags) und bei jedem Wetter, am Heiligabend ebenso wie am Super-Bowl-Sonntag gedreht hatte. Das da drüben war nicht Norman, sondern jemand anderes.

Ihre Enttäuschung verwandelte sich in Abscheu. Und dann in Angst. Denn Reverend Buddy Winkler erkannte sie im gleichen Moment wie sie ihn und brach seine Predigt mitten im Satz ab, um ihr einen höchst feindseligen Blick zuzuwerfen. Sein Gesicht war dermaßen verzerrt vor Haß und Wut, daß die Pusteln quietschten wie Styropor und die Goldzähne sich um ein Haar aus dem Gaumen losgerissen hätten. In einem Geistesblitz, der wie ein Froschschenkel über den Horizont jagte, wurde Ellen Cherry klar, was er dort machte und warum er sie so finster anstarrte.

Zwei Monate zuvor, als Buddy nach Jerusalem aufgebrochen war, hatte sie das FBI und die Southern Baptist Convention von seinen mutmaßlichen Absichten verständigt. Falls die Firma je in irgendeiner Form auf ihren Tip reagiert hatte, so hatte sie nie etwas davon erfahren. Moderate Baptisten jedoch waren schon lange auf der Suche nach einem Vorwand gewesen, um Buddy aus seiner langjährigen Sonntagsvormittagssendung beim Voice of the Sparrow Network auszubooten, und kurz darauf war er vom Dienst suspendiert worden. Natürlich war er damit finanziell keineswegs ruiniert – seine leitende Stellung in der Third Temple Platoon entschädigte ihn reichlich –, und nach wie vor trat er als Gast in Fernsehsendungen anderer Evangelisten auf (Pat Robertson bewunderte ihn wegen seines Hurrapatriotismus, Jimmy Swaggart wegen seiner italienischen Hosen), doch Buddy Winkler war ein Prediger, der regelmäßig seine Kanzel brauchte, so wie eine Toilette regelmäßig gespült werden muß. Daher erklärte er eines Tages, er werde jetzt »das Evangelium verkünden, genau wie der Herr's gemacht hat«, und ging auf die Straße. Seine Entscheidung, sich auf den »Blödmann« einzuschießen, »der wahrscheinlich irgendeine Art von Superhängerdroge nimmt«, war als kleine Rache gegen Ellen Cherry gedacht. Und nun stand sie keine zehn Meter von ihm entfernt vor der Kirche.

»Da!« kreischte er. »Brüder und Schwestern, da steht sie!« Er zeigte mit einem langen, knochigen Finger auf Ellen Cherry, und seine Stimme klang weniger nach einem Saxophon als nach einer Autoalarmanlage. »Da is sie! Die Hure von Babylon, vor deren hinterfotziger Schlechtigkeit die Propheten Gottes gewarnt haben.«

Mehrere Passanten musterten sie von oben bis unten, wenn auch mit jenem Anstrich äußerster Gleichgültigkeit, wie ihn alle New Yorker in der Öffentlichkeit an den Tag legen, während eine Gruppe von japanischen Touristen die Sucher ihrer Nikons auf sie richteten. Dann, als die ersten dicken Regentropfen auf das Pflaster klatschten, fing er an, auf sie zuzugehen.

»Jezabel!« kreischte er. »Jezabel!«

Ellen Cherry war zu geschockt, um sich zu rühren. »Jezabel!« Sie sah einen Regentropfen von ihrer Schuhspitze abprallen. »Jezabel!« Sein Blick war mörderisch, sein anklagender Finger schlug aus wie der Zeiger eines Lügendetektors bei einem Briefing im Weißen Haus. »Jezabel!«

Im Keller von St. Patrick's klemmten sich Conch Shell und Painted Stick, gefolgt von ihren drei Gefährten, hinter das Gitter.

»Liebe Güte«, keuchte Spoon. »Sie!«

»Wen haben Sie denn erwartet?« fragte Dirty Sock. »Die gottverdammte Mutter Teresa?«

Can o' Beans kam als letzte/r. Er/sie hatte wieder mal sein/ihr Spiegelbild bewundert und sich gefragt, ob Miss Charles ihn/sie aus der Erinnerung gemalt oder eine andere Bohnendose als Modell benutzt hatte. »Das kann gefährlich werden«, bemerkte er/sie.

Plötzlich gab es einen lauten Donnerschlag, der Spoon beinahe umgeworfen hätte. Der Regen kam vom Himmel wie eine Flüchtlingsflut nach einer Revolution. »Jezabel!«

Der Prediger näherte sich ihr im Zeitlupentempo. Es sah aus, als hätte er eine Seite aus Turn Around Normans Buch geklaut, einem Buch, das mit kalter Melasse auf Zinkpapier gedruckt schien. Aber er kam näher, und Blitzstrahlen huschten im Zickzack um seine vom Wahnsinn gezeichneten Augen wie Fetzen von Frankensteins Nabelschnur. Er war weniger als zehn Schritte von Ellen Cherry entfernt, als ein mächtiger Donner die Luft zerriß und sie aus ihrer Trance rüttelte. Sie machte auf dem Absatz kehrt, doch der war nicht für sportliche Aktivitäten bestimmt. Sie stürzte und schrammte sich die Knie auf dem Pflaster auf. Sie war dermaßen durchnäßt, daß sie Mühe hatte, auf die Beine zu kommen.

»Jezabel!« kreischte der Prediger durch den Donner und eilte auf sie zu wie ein Ozelot auf seine in die Enge getriebene Beute, mit gebleckten Zähnen und stocksteifem Schwanz. Aber als er sich mit Volldampf auf sie stürzen wollte, schoß plötzlich ein Speer, ein Stab, eine Art hölzerner Stecken durch das Gitter des auf Straßenhöhe befindlichen Kellerfensters, warf sich ihm auf Höhe des rechten Knöchels in den Weg und brachte ihn zu Fall, so daß er voll auf die Fresse flog. Seine Pusteln schlitterten über das nasse Pflaster, ein Zahn bohrte sich in seine Unterlippe. Er rutschte direkt auf Ellen Cherry, doch sie schaffte es, sich aufzurappeln und ihre ruinierten Schuhe abzustreifen, bevor sie sich im Schutz des Regens eiligst in Sicherheit brachte.

Die Objekte zogen sich vom Gitter zurück, während der Priester – benommen, naß bis auf die Knochen und blutend – die Fifth Avenue hinab in Richtung seines Büros taumelte. Alle paar Schritte blieb er stehen, wandte sich um und starrte verwirrt in ihre Richtung. Dann sah Painted Stick schuldbewußt zu den anderen, als wollte er sagen: »Mögen die Sterne mir verzeihen. Ich habe mich schon wieder vergessen.«

I & I

Mein Herz ist eine lateinamerikanische Imbißbude
Und deine Liebe ein Gesundheitsinspektor aus Zürich

Pepe, der gerade seine Schicht im Ansonia angetreten hatte, schob die vor kurzem erschienene Kassette von Raoul Ritz ein und drehte den Recorder voll auf. Er hatte vorgehabt, sie Ellen Cherry vorzuspielen, und er hatte sie außerdem endlich nach dem Löffel fragen wollen, der Raoul damals im April k. o. geschlagen hatte – war es wirklich ihrer gewesen? Und wie hatte er ausgerechnet Raoul erwischen können? Immer wieder hatte er vergessen, sie das zu fragen – doch als sie jetzt auf Strümpfen, mit tropfnassen Kleidern, aufgeschlagenen Knien und wildgewordener Lockenpracht durch die Tür kam, herrschte plötzlich Ebbe in Pepes Kopf.

»Miz Charles, um Himmels willen, Mann! Was is passiert, Mann?«

»Harten Tag im Büro gehabt, Pepe.« Sie lächelte ihm zähneklappernd zu und patschte, Rinnsale von Regenwasser auf den Kacheln hinterlassend, zum Aufzug.

Oben ließ sie sich ein heißes Bad ein, stieg in die Wanne und heulte sich kurz aus. Vielleicht hätte sie länger geweint, hätte sie nicht gewußt, daß in ein bis zwei Stunden Spike kommen und sie trösten würde. Spike Cohen konnte sie wunderbar trösten. Spike Cohen war überhaupt ein wunderbarer Mann. Kein Tattergreis, der den Kopf verlor, sie mit glasigen Augen anflehte, ihn zu heiraten, eifersüchtig auf jeden jüngeren Mann war, der ihr über den Weg lief, oder sie mit teuren Geschenken überschüttete. Etwa einmal die Woche brachte er ihr ein Paar neue Schuhe mit, aber ihre Schuhe schienen dieser Tage ohnehin ein kurzes Leben zu haben, und außerdem bekam Spike Rabatt. Er war nicht unbedingt ein Tarzan im Bett, aber auch keine Cheetah. Seine mangelnden akrobatischen Fähigkeiten wurden durch Zärtlichkeit, Einfühlungsvermögen und Aufmerksamkeit wettgemacht. Nicht zu vergessen natürlich die Tatsache, daß er sie genau im richtigen Moment und genau in der richtigen Tonlage mit einem bestimmten Namen biblischen Ursprungs ansprach, der aus unerfindlichen Gründen ihre Klitoris zum Schwirren bringen konnte wie die Schraube eines Spielzeugmotorboots.

Dank Salomes wachsender Beliebtheit lief das Isaac & Ishmael's auf Hochtouren und zog viele auf einen Drink und so manchen auf ein kleines Mahl an, selbst an den Abenden, an denen das Mädchen nicht tanzte. Aber es wurde erst gegen acht, halb neun richtig voll, daher erwartete Ellen Cherry heute, an ihrem freien Tag, Spike gegen sechs in ihrem Apartment, wo sie ein paar ungestörte Stunden miteinander verbringen konnten. Und tatsächlich klopfte er um zehn vor sechs mit den Absätzen neuer Maud-Frizon-Schuhe an ihre Tür. Doch als sie ihm öffnete, sah sie sofort, daß es diesmal an ihr sein würde, Trost und Erleichterung zu spenden.

»Welch ein Schmerz, was mich plagt! Sex muß fallen heute aus!«

Spikes smaragdgrüne Augen waren stumpfer, trauriger als sonst, und sein Gang ähnelte dem eines Mannes, der dabei ist, einen Kühlschrank zu verrücken. Er erklärte, er habe die ganze Woche über stoßweise auftretende Schmerzen und Krämpfe im Unterleib gehabt, und jetzt seien sie gewandert, in die – er benutzte das jiddische Wort für Hoden, aber Ellen Cherry verstand, was er meinte. Sie war zerknirscht. »Vielleicht haben wir es zu oft gemacht«, sagte sie. »Oder zu heftig.« Da sie noch nie einen älteren Liebhaber gehabt hatte, war sie sich über deren Belastbarkeit nicht ganz im klaren. Sie wollte es nicht übertreiben.

»Nein, nein«, protestierte Spike. »Beim Tennis ich habe bestimmt schon was ausgerenkt. Oj!«

Spike zog seine Schuhe aus und legte sich aufs Bett. Ellen Cherry zog ihre neuen Schuhe an und legte sich neben ihn. Sie trug ihren Kimono und ein Höschen, das von seinen weniger glücklichen Gefährten in der Schublade heftig beneidet wurde. Diese ermahnten sich gegenseitig immer wieder zum Schweigen; sie konnten sich einfach nicht entscheiden zwischen ihrem Cola-Light-Gezwitscher und dem Versuch, die Ohren zu spitzen und mitzukriegen, was im Schlafzimmer los war. Nur Daruma, der Vibrator, schien zu spüren, daß irgend etwas falsch lief und seine kichernden *zenbo* wohl enttäuscht werden würden. »Wenn Rettich kocht, tränt es aus dem Schornstein«, sagte er.

Das Pärchen nippte abwechselnd an einer Flasche Rum, die Ellen Cherry seit neuestem auf dem Nachttisch stehen hatte. »Kann ich etwas für dich tun?« fragte sie.

»Nein, nein«, antwortete Spike und biß die Zähne zusammen. Dann erzählte er ihr von einem Journalisten der *Village Voice*, der am Nachmittag im I & I erschienen war und ihn mit Fragen über Salome gelöchert hatte. Der Journalist hatte sie am Samstagabend tanzen sehen, und jetzt wollte er einen Artikel über sie schreiben. »Ich sage zu ihm, okay, Sie schreiben, was Sie wollen, aber sie redet nur mit ihre Tamburin.«

»Das stimmt, Spike. Ich habe sie in den ganzen zwei Monaten nicht mal pieps sagen hören. Und kaum ist die Vorstellung beendet, macht sie sich aus dem Staub.«

»Also ich sag zu ihm, schreiben Sie, schreiben Sie, aber daß Sie nicht vergessen, ein Jude und ein Araber gemeinsam haben es ermöglicht.«

»Gut, das macht er bestimmt. Die *Voice* ist nicht irgendein Käseblatt. Bei der sind sogar die Kleinanzeigen politisch.«

»Oj! All die einsamen Herzen, die stellen heraus ihre Vorzüge, und dann sie vergessen anzugeben, welche Schuhgröße haben sie oder welche Zustand ihre Füße!«

Sie unterhielten sich eine Weile darüber, wie einsam sie gewesen waren, bevor sie zueinander gefunden hatten, wie sie jedoch lieber vor Einsamkeit gestorben wären, als eine Anzeige aufzugeben, und ob diese Einstellung nun eher ein Zeichen von Würde oder von Verklemmtheit sei. Es war herrlich gemütlich, so dazuliegen und zu reden, und Spikes Schmerzen schienen, wie auch das Gewitter, nachzulassen. Jedenfalls verzog er nicht mehr so angestrengt das Gesicht. Ellen Cherry fühlte sich dem Thema von Reverend Buddy Winklers Attacke noch nicht ganz gewachsen, deshalb erzählte sie zunächst von Ultima und der Ausstellung in der Galerie.

»Ultima hat wahrscheinlich recht, ihre Künstler gestehen ihre Niederlage ein. Aber das Ausgeklinkte daran ist, daß sie erwarten, für diese Niederlage *belohnt* zu werden, als wäre selbst sie noch ein Triumph. Kapierst du das? Sie glauben, daß sie ethisch und sozial gesehen das Recht haben, ausgestellt, besprochen und gesammelt zu werden, und es spielt überhaupt keine Rolle, daß ihre Arbeiten ein bewußter Protest gegen das Ausstellen, Besprechen und Sammeln sind. Alles andere, jegliche Bevorzugung von Leuten, die über außergewöhnliches Talent verfügen, wäre unfair, undemokratisch, elitär, reaktionär und weiß der Geier was noch alles. Lieber Himmel! Ich hätte nie gedacht, daß Mittelmäßigkeit eine solche Tugend sein könnte. Aber es sieht so aus, als würde sie von sämtlichen verbreiteten politischen Systemen gefördert.«

»Vielleicht du würdest die Knute vorziehen?«

Zuerst glaubte sie, daß Spike sie zu einem ihrer sexuellen Experimente einladen wollte, und war von seiner ungewohnten Direktheit überrascht, doch dann kapierte sie. »Die Knute? Nein, nein, die Zeit der Tyrannei ist vorbei! Ich weiß nicht, welches System ich vorziehen würde. Aber ich weiß, daß Menschen, die sich wirklich hervortun – egal, ob sie Kunstwerke schaffen oder Geschäfte machen –, kaum je ein großes Getue um Gleichheit machen, außer vielleicht im rechtlichen Bereich. Gleiche Ausgangsbasis, ja. Gleiche Ergebnisse – unmöglich. Bei denjenigen, die sich darüber aufregen, daß nicht alle gleich sind, daß es Konkurrenz gibt, Qualitätsunterschiede, daß Kunstwerke von einer Aura umgeben sind, handelt es sich im allgemeinen um Leute mit durchschnittlichen Fähigkeiten und einem durchschnittlichen Bewußtsein. Allerdings auch einem unterdurchschnittlichen Sinn für Humor. Ganz gleich, ob es darum geht, die Benachteiligten zu fördern oder die Begabten zu bremsen – sie wollen, daß alle Welt auf *ihrem* Level funktioniert. Was für ein Leben!«

»Man kann nicht sie tadeln, *little darlink*. Ist nur die neue amerikanische Traum, was sie nachjagen.«

»Welcher Traum?«

»In Europa meine Familie hat gelassen ihre Zehen, aber nach Ellis Island sie hat gebracht eine Traum. Die alte amerikanische Traum. Arbeite hart, spar dein Geld, sei anständig, und der Erfolg wird sein unausweichlich. Eine eigene Geschäft. Ein Haus. Gutes Essen auf dem Tisch, Teppiche, Vorhänge. Zwei Wochen im Dezember in Miami Beach, vielleicht. Nur, wenn du bist meine Familie, du schwimmst mit Gummisandalen an die Füße. Okay. Ich bin aufgewachsen mit diese Traum. Aber die Künstler, die du beschreibst – selbsternannte Jammerlappen, was sind bewußte Schlockmeister und Ganeffs –, sie träumen die *neue* amerikanische Traum, was handelt von Reichtum und Anerkennung ohne die Bürde von Intelligenz, Talent, Aufopferung oder universale menschliche Werte.«

»Ja, ich schätze, eine Menge Leute sind heutzutage so verwöhnt. In jeder Hinsicht. Und in jedem Alter. Aber offen gesagt, Spike, mir ist es scheißegal, ob ein Künstler sich vierzig Stunden in der Woche abrackert oder die Zehn Gebote beachtet. Mit ist es schnurzpiepe, ob er seine Steuern bezahlt, Hauptsache, seine Bilder taugen was. Wenn sie mir allerdings keine neue oder erstaunliche Vision bieten können, sollen sie auch nicht erwarten, daß ich ihnen ihre Sünden vergebe.«

»Nein, nein, *little darlink*. Man muß verzeihen jedermann.«

»Auch Buddy Winkler?« Erst jetzt begann sie, Spike von Buddys Attacke zu erzählen, und wie nicht anders zu erwarten, konnte er sie trösten, bis jegliches Unwohlsein verflogen war, selbst das wegen Turn Around Normans Rückzug. Er hielt sie in den Armen, knetete sanft die runden Brotfladen ihrer Arschbäckchen, liebkoste die Napfkuchen ihrer Brüste. Bald vergaßen sie die körperlichen und geistigen Probleme, die ihnen zu schaffen gemacht hatten. Der Delphin trug sie dorthin, wo die Brandung wild und ungestüm war und die Wellentäler tief und salzig.

In ihrer Ekstase merkte Ellen Cherry gar nicht, wie heftig sie sich ihm entgegenwarf. Unbekümmert bäumte sie sich auf, bog den Rücken durch, wälzte sich hin und her, bis sein Stöhnen in einem Schrei gipfelte – nicht vor Lust, sondern vor Schmerz –, der die Wogen um sie herum erstarren ließ. Keuchend rollte er von ihr herab, fiel aus dem Bett und blieb schließlich aschfahl und bewußtlos in einer Lache von Erbrochenem liegen.

»O mein Gott!« rief sie. »Ich hab ihn umgebracht!«

I & I

Wenn man Reverend Buddy Winkler und seinen Kollegen glauben wollte, war die AIDS-Epidemie eine Plage, mit der Jehova die sexuellen Abenteurer auf der Welt bestrafen wollte. AIDS war der letzte und endgültige Beweis, so predigten sie, daß die Tage der Menschheit gezählt waren. Daß der Tribut, den AIDS forderte, nur ein Tropfen auf den heißen Stein war, verglichen mit den Sterblichkeitsraten im 14. Jahrhundert, als die Beulenpest ein Drittel der Weltbevölkerung hinweggerafft hatte, gehörte nicht zu den Tatsachen, denen solche unverbesserlichen Schwarzseher und Stänkerer große Beachtung schenkten. AIDS paßte den phantastischen Wahnvorstellungen der religiösen Rechtsradikalen schon deshalb so wunderbar in den Kram, weil es durch Geschlechtsverkehr übertragen wurde.

Vor mehr als einer Gemeinde und bei mehr als einer Gelegenheit hatte Buddy verkündet: »Der Mensch hat mit Schafen verkehrt und die Syphilis hervorgebracht. Der Mensch hat mit Affen verkehrt und AIDS hervorgebracht.«

»Was verrät uns das über die Schweinepest?« hatte Ellen Cherry eines Tages nachgehakt.

»Ja«, hatte Boomer Petway eingestimmt. »Und über den ersten Menschen, der je gesagt hat, er fühle sich ›hundeelend‹? Hat er damit vielleicht unwillkürlich was gebeichtet? War das vielleicht der Ursprung der Colliera?«

Ellen Cherry: »Sollte etwa Rhett Butler der Perversling gewesen sein, der Scharlach verbreitet hat?«

Boomer: »Und wenn man mit Jazzmusikern verkehrt, kann man sich dabei Thelonius Mumps holen?«

Nun ja, lassen wir den beiden ihren Spaß. Es gab tatsächlich eine Epidemie in diesem Land, und wenn sie auch alles andere als apokalyptisch war, wenn die Zahl ihrer Opfer auch klein blieb im Vergleich zu den Seuchen der Vergangenheit (so wie etwa die Verluste der zwei Weltkriege gering blieben im Vergleich mit denen des Krieges zwischen den Mandschu und den Chinesen im Jahre 1644), so war sie doch ernst und unheimlich, um so mehr, da sie sexuell übertragen wurde. Kinder wuchsen mit der Assoziation »Liebe gleich Tod« auf.

Trotzdem hatte weder AIDS noch Ellens Pussi Spike Cohen niedergestreckt. Während Ellen Cherry voller Panik in die Lobby stürzte, um einen Krankenwagen zu rufen, kam Spike wieder zu Bewußtsein und taumelte ins Badezimmer, wo er einen Nierenstein ausschied, so groß wie das Ritz.

Ein paar Tage darauf kamen die Schmerzen wieder. Ein zweites Konkrement, ein Kalzium-Oxalatstein, um genau zu sein, hatte sich in seinem Harnleiter verklemmt und ging wie ein Piratensender sporadisch mit seiner Erkennungsmelodie und einem Musikprogramm auf Sendung, das sich anhörte, als sei es von nationalsozialistischen Biologen und Prälaten der Inquisition zusammengestellt. Spike wurde in ein Krankenhaus eingeliefert, wo ein Techniker Sound mit Sound bekämpfte und dem jaulenden Stein mit den hochintensiven Schallwellen eines Litho-Tripsters zu Leibe rückte. Als das Bombardement geendet hatte und der Schallpegel nur noch leicht vibrierte, war das kristalline Konkrement jedoch keineswegs verschwunden, sondern hockte in der Röhre zwischen Niere und Blase wie ein Storch in einem Schornstein.

Die medizinischen Oberbefehlshaber bliesen zur Invasion. Ein schlingenbewehrtes Drahtinstrument, das an einen Schneebesen erinnerte, wurde durch Spikes Penis und Blase beordert, mit der Mission, den Stein einzufangen. Doch als man es herauszog, war die Falle leer, und eine Röntgenaufnahme ergab, daß die üble Klette, die einen Umfang von guten sechs Millimetern aufwies, sich nicht von der Stelle gerührt hatte. Daraufhin wurde Spike auf eine großangelegte Operation vorbereitet. Alles ging glatt, bis ein Arzt mit zittriger Hand (wahrscheinlich die Folge eines Golf-Ellbogens) versehentlich den strohhalmdünnen Harnleiter durchtrennte, ein Schnitzer, der vom Operationsteam unbemerkt blieb (vermutlich, weil es gerade in eine heftige Debatte über das Geschick der Giants und Jets verstrickt war).

An diesem Abend bekam Spike Kopfschmerzen und leichtes Fieber. Die Schwestern fanden seinen Zustand keineswegs besorgniserregend, auch nicht, als er anhielt. Es vergingen beinahe drei Tage, bis ihnen klarwurde, daß Spike seit der Operation nicht ein einziges Mal uriniert hatte. Ein Stationsarzt vermutete, daß ein dritter Stein in der Verbindung zwischen Niere und Blase festsaß, doch auf den Röntgenbildern war nichts zu erkennen. Man nahm ihm Blut ab. Das Labor schlug ihnen eine Analyse um die Ohren, die sich gewaschen hatte. Danach hatte Spikes Blutkreislauf Ähnlichkeit mit der Gosse von Kalkutta. Die Nitratwerte waren bereits jenseits alles Meßbaren. Kein Wunder, denn der Urin hatte sich, da er die Blase nicht erreichen konnte, mit einer Quote von 800 ccm pro Tag in die Bauchhöhle entleert. Mit anderen Worten, er hatte so viel Pisse im Bauch, daß er damit die Verbrennungskammern mehrerer heißer Öfen hätte füllen können.

Mittlerweile war Spike schon ziemlich weggetreten, sein Gesicht und die Extremitäten schwollen an, der ganze Körper wurde von leichten Krämpfen geschüttelt. Die Ärzte schwirrten um ihn herum, als wäre er der erste Abschlag in einem frisch eingeweihten Country-Golfclub. Man schloß ihn an eine Dialysemaschine an und verpaßte ihm eine Bluttransfusion. Auf dem Weg in den Operationssaal sah seine Bahre aus wie der erste Wagen einer Karawane von sterilisierten Zigeunern. Sie schnitten ihn zum zweitenmal auf, saugten die Flüssigkeit ab und flickten den Harnleiter wieder zusammen. Ein paar Stunden lang hing sein Leben an einem seidenen Faden, aber er schaffte es.

Das erste, was er zu Ellen Cherry sagte, als sie ihn am nächsten Tag besuchen durfte, war: »Ojojoj! Ich hatte eine Kopfschuß, und ich hatte Nierensteine. Kopfschuß ist besser.«

Obwohl Spike Cohen ziemlich robust war, hatte der dreifache Hammer von Nierensteinen, Urämie und zweitem Chirurgenstreich einen deutlichen Absacker in seiner Kondition zur Folge. Der elftägige Aufenthalt im Krankenhaus zog eine vierwöchige Erholungspause in seiner Wohnung auf der Upper West Side nach sich. Tagsüber sorgte Ellen Cherry für ihn, abends kamen sein Sohn und seine Schwiegertochter. Der Junge verbrachte Stunden damit, seinen Vater dazu zu überreden, daß er die Ärzte verklagte. »Mag sein, daß es ist eine schlechte Krankenhaus, aber es ist nicht die staatliche Lotterie von New York«, sagte Spike. »Ich verdiene mein Geld auf altmodische Art.«

Abu besuchte den Rekonvaleszenten, sooft er konnte, aber er hatte alle Hände voll mit dem Restaurant zu tun. Die Veröffentlichung des Artikels in der *Village Voice* hatte Salomes Ruhm weiter wachsen lassen. Der Ruf des Isaac & Ishmael's verbreitete sich noch einen Zacken schneller. Abu stellte die Regel auf, daß niemand im Eßraum sitzen durfte, wenn er nicht etwas zu essen bestellte, doch selbst diese gräßliche Aussicht konnte die Massen nicht abschrecken. An Freitag- und Samstagabenden gab es schon gegen sieben keinen einzigen freien Platz mehr im ganzen Restaurant. Abu versuchte mit Geld und guten Worten, den Bandleader dazu zu bringen, daß er Salome überredete, auch an anderen Abenden zu tanzen, doch vergeblich. »Ich werde offen mit ihr sprechen«, sagte der zahnlose Musiker und befingerte den 50-Dollar-Schein, den Abu ihm zugesteckt hatte. »Aber sie ist ein junges Mädchen, sie muß lernen, sie braucht ihren Schlaf.«

Eleganter denn je – er trug jetzt zu allen Jahreszeiten dunkelblaue Nadelstreifenanzüge – saß Abu an Spikes Bett und erzählte ihm Geschichten vom Erfolg des Restaurants und von der Aufmerksamkeit, die Salome auf ihr brüderliches Experiment zog. Immer wieder klagte Abu darüber, daß er keinen kompetenten Tennispartner fand, und auch diese harmlose kleine Lüge munterte Spike auf. Doch Abus Besuche waren kurz. Die meiste Zeit kümmerte sich Ellen Cherry ganz allein um Spike. Sie fütterte ihn, badete ihn, erinnerte ihn an seine Medikamente, mixte ihm schwachen Rumpunsch und las ihm Gedichte von Shakespeare und Pablo Neruda vor.

»Als ich war eine kleine Junge«, sagte Spike, »ich hatte ein Lieblingslied. Es hieß: Zeigt her eure Füße, zeigt her eure Schuh.«

»Das wundert mich nicht«, sagte Ellen Cherry.

»Ich mochte auch Aschenputtel, aber es machte nervös meine Familie, besonders die Stelle: Ruckedigu, Blut ist im Schuh.«

Obwohl Ellen Cherry auf diese Weise kaum noch Zeit für anderes außer der Arbeit blieb, bereute sie es nicht, wochenlang Spikes Krankenschwester zu spielen. Doch veränderte diese Erfahrung ihre Beziehung radikal. Ellen Cherrys sexuelle Begierde löste sich buchstäblich in Luft auf. Vielleicht war es seine Hilflosigkeit, vielleicht eine Überdosis Intimität. Sie wußte nicht, was das Feuer gelöscht hatte, aber es war aus. Zwar gingen beide einer Diskussion darüber geflissentlich aus dem Weg, doch blieb Spike der erotische Temperatursturz nicht verborgen. Und sosehr er sich auch danach sehnen mochte, er unternahm nicht den kleinsten Versuch, nach dem Delphin zu pfeifen oder ihm eine elektrische Heizdecke über den kühlen, glatten Rücken zu legen. Ellen Cherry und er blieben gute Freunde, doch nie wieder ritten sie über die Wellenkämme des Ozeans, wo die salzige Gischt auf ihrem Neo-Schlampen-Rouge glitzerte und er nach jenem strahlenden Meereswesen tauchte, dessen Geschmack viele Männer gekostet haben, das aber keiner je ganz gesehen hat.

Spike war dünn und blaß wie der Altersschimmel auf der Wolfsmuttertapete, als er endlich auf seinen Posten an den

Empfangsschalter des Isaac & Ishmael's zurückkehrte. Es war ein schwüler Freitagabend Anfang August, und das Restaurant bereitete sich auf einen Ansturm von Pita-Liebhabern und Salome-Bewunderern vor. Stammkunden, etwa das Team von marokkanischen Bewässerungsexperten, der kurdische Dolmetscher bei der UNO oder Detective Shaftoe saßen bereits seit fünf Uhr nachmittags auf ihren Barhockern, bereit, volle vier Stunden auf das erste Klimpern des Tamburins zu warten. Gegen halb sieben lungerten ein paar schmachtende Romeos vor dem Eingang herum, in der Hoffnung, den Blick der Tänzerin zu erhaschen, wenn sie aus der schwarzen Limousine stieg, die sie regelmäßig brachte und wieder abholte. Doch nur das scharfe Auge von Salomes Anstandsdame, der stämmigen Schwester des Bandleaders, nahm sie zur Kenntnis. Salome selbst blickte niemanden an und sprach kein Wort, sondern wartete zusammengekauert, schüchtern, abwesend, zurückhaltend, bis die Band mit der ersten Nummer begann. Dann breitete sie die Arme aus und verströmte ihre Glut im ganzen Raum, erhitzte die frisch rasierten Wangen der Diplomaten und ließ die grünen Oliven in ihren Martinis nachreifen. »Bauchtänzerinnen sind keineswegs neu in New York«, hatte die *Village Voice* geschrieben. »Sie wackeln mit Hüften und Ärschen, seit die Verrenkungen von Little Egypt dem revolutionären Flackern des ersten Fernsehers auf der Weltausstellung von 1939 die Schau stahlen. Seit 1940 gab es in dieser Stadt stets mindestens zwei oder drei arabische oder griechische Clubs, in denen Ausübende dieser alten Kunst zu bewundern waren. Doch noch nie hat Manhattan eine Bauchtänzerin gesehen, die der jungen Salome im Isaac & Ishmael's das Wasser reichen könnte.«

Um zehn vor sieben klingelte das Telefon. »Isaac & Ishmael's«, sagte Spike. »Wir sind bereits voll.« Er lauschte einen Augenblick und machte Ellen Cherry dann ein Zeichen. »Für dich«, sagte er und schwenkte den Hörer. »Hört sich an wie deine Mama.«

»Ich geh in der Küche ran. Tut mir leid, Spike. Ich hab ihnen gesagt, sie sollen hier nicht zur Essenszeit anrufen.«

»Keine Sorge. Wir haben ohnehin nichts mehr frei.«

»Ja, aber ich muß tonnenweise Falafel servieren.«

»Macht nichts. Ich übernehme deine Tische. Es ist nur die Tänzerin, auf was sie sind scharf.«

»Na schön, aber übertreib nicht, sonst kriegst du mir noch einen Rückfall. Ich will morgen Farbe und Leinwand kaufen gehen.«

Sie schob die unzähligen anonymen Hände beiseite, die sich ausstreckten, um sie in den Arsch zu kneifen oder über ihre Schenkel zu streicheln, und kämpfte sich durch bis zur Küche, wo sie den Hörer vom Wandapparat nahm und erfuhr, daß ihr Daddy gestorben war.

Trotz der Künste des Leichenbestatters lag Verlin Charles in seinem Sarg und roch noch immer nach muffigem Waschlappen. Es war eine Art von Widerstand, der Ellen Cherry irgendwie tröstete. Verlin nahm diesen Geruch sozusagen mit ins Grab.

Sie stand über den offenen Sarg gebeugt und erinnerte sich an Dinge, die sie zusammen gemacht hatten, an Dinge, die er für sie getan hatte, an die Puppen und Malkästen, die er ihr mitgebracht hatte, an die Filme, die sie auf seinem Schoß sitzend gesehen hatte, an die Fahrten nach Florida, auf denen er immer wieder gefragt hatte, ob »Daddys kleines Mädchen« eine Cola oder einen Hamburger wollte oder pinkeln mußte (dabei wollte sie nichts weiter als ihr Augenspiel spielen). Mit Tränen in den Augen mischte sie das Blatt der Erinnerung und spielte nur die Karten aus, die seine Liebe bewiesen – Rücksichtnahme, Aufopferung, Spaß. Doch immer wieder tauchte das Pik-As auf und machte den Stich, indem es ihr jenen Tag ins Gedächtnis zurückrief, an dem er sie aus der Kunstklasse gezerrt, ihr das Gesicht zerkratzt und sie »Jezabel« genannt hatte. Dieser Tag schien alles zu überschatten, was Verlin zu ihrer Entwicklung und zu ihrem Glück beigetragen hatte. Sie fragte sich, ob es normal war, Groll gegen im großen und ganzen liebevolle Eltern zu hegen, selbst über den Tod hinaus. Wenn sie morgen starb – würde man sie wegen ein paar guter Bilder in Erinnerung behalten, wegen ein paar guter Taten im Leben oder wegen ihrer Selbstsüchtigkeit und Gehässigkeit, vor allem gegenüber Boomer Petway? Sie weinte nicht nur um ihren Vater, sondern auch um sich selbst. Erst als sie merkte, daß der Leichenbestatter eine dicke Schicht Schminke auf dem Gesicht ihres Vaters verteilt hatte, stahl sich ein bitteres Lächeln durch die Tränen.

Patsy kam und stellte sich neben sie. »Der Football hat ihn umgebracht«, sagte sie.

»Wovon redest du, Mami? Daddy hat nicht mehr Football gespielt, seit er ein kleiner Junge war.«

»Nich das Spielen, das *Zugucken*. Er hat vor dem gottverdammten Kasten gesessen, bis sein Herz nich mehr wollte.«

Später erzählte einer der Sargträger Ellen Cherry, daß Verlin während eines Freundschaftsspiels der Washington Redskins plötzlich aufgestanden war und nach seinem Herzen gegriffen hatte. »'s war nich die Aufregung«, vertraute der Mann ihr an. »'s warn die späte Stunde und die guten Häppchen deiner Mama.«

Reverend Buddy Winkler vermied in seinem Nachruf jede Anspielung auf Football oder Fernsehen, gab jedoch ein paar Anekdoten vom Krötenstechen zum besten. Der Prediger sprach sehr eindrucksvoll, das mußte selbst Ellen Cherry zugeben. Sein Saxophon hauchte den Augen des Toten ein bißchen Glück ein und seiner explodierten Pumpe den ewigen Frieden. In hypnotischen Kadenzen beschwor er vor den schlichten baptistischen Trauergästen den Schatten, den ein neugeborenes Baby wirft, ließ dann den Schatten wachsen und spitz zulaufen, bis er wie ein Kirchturm in Gottes eigenem Himmel endete. »Was unten ist, ist auch oben«, sagte er und zitierte damit vor einem Publikum, das nur selten etwas als Wahrheit akzeptierte, was nicht direkt aus der Bibel oder von einem Politiker aus dem Süden stammte, den Ausspruch eines griechischen Philosophen.

Ellen Cherry wollte Bud schon fragen, was ihm einfiele, in Jehovas Haus einen Heiden zu zitieren, aber sie wagte nicht, ihm zu nahe zu kommen. Nach der Beerdigung stand er die meiste Zeit bei Patsy, legte einen Arm um sie und drückte hin und wieder ihr verheultes Gesicht an sein Armani-Jakkett. Immer wenn er in Ellen Cherrys Richtung sah, mahlten seine Goldzähne vor sich hin wie die Mühlen der Bürokratie bei einer Scheidung. Zum Glück kehrte er am nächsten Morgen nach New York zurück.

Am Nachmittag des nächsten Tages reiste auch Ellen Cherry wieder ab. Patsy hatte darauf bestanden. »Du hast deinen Job, Kleines. Dein Daddy hätte nich gewollt, daß du noch länger von der Arbeit wegbleibst. Du weißt ja, was er von Drückebergern und Faulenzern gehalten hat.«

Trotzdem zögerte Ellen Cherry aufzubrechen, bis Patsy ihr erzählte, sie hätte vor, selbst nach Manhattan zu kommen. »Im Moment steh ich noch unter Schock. Lieber Himmel, was für ein Schock! Aber mit der Zeit werd ich drüber wegkommen, und dann hält mich nix mehr in Colonial Pines. Vielleicht zieh ich sogar nach Manhattan und bleib 'ne Weile bei dir. Wär das okay? Daddys Lebensversicherung reicht für die Brötchen, und wer weiß, vielleicht kann ich aus dem alten Schuppen hier noch was rausschlagen.«

Auf dem Flug von Byrd Field versuchte Ellen Cherry vergeblich, sich Patsy ohne Verlin vorzustellen. Aber sie konnte sich nichts ohne ihn vorstellen, so unbedeutend er als Spieler auf der Weltbühne auch gewesen sein mochte. Die chronische Abwesenheit von jemandem, der (aus ihrer Perspektive) immer dagewesen war und ihre grundlegenden Erfahrungen, ihr Fleisch und Blut geprägt hatte, war überwältigend und irreal. Sie fühlte sich älter, verletzlicher, als wäre plötzlich ein Puffer zwischen ihr und der Schwelle zum Tod gebrochen.

Am Tag nach der Beerdigung, als ihre Mutter und sie vor dem Ventilator gesessen und eisgekühlten Tee geschlürft hatten, hatte Patsy auf zwei Fehlgeburten angespielt, die sie gehabt hatte, als Ellen Cherry noch ganz klein gewesen war. Der eine Fötus war offenbar nicht von Verlin gewesen. Das war eine Information, um die Ellen Cherry nicht gebeten hatte und die ihr unangenehm war, doch als sie versuchte, das Thema zu wechseln, hatte Patsy erklärt: »Aber jetzt isses Zeit für *dich*, Kleines, Babys zu haben. Bald. Und weißt du, warum? So ein Baby krempelt zwar dein ganzes Leben um, aber solang du jung bist, hast du sowieso das Gefühl, das

Leben wär ein Riesenchaos, und deshalb macht's dir nich viel aus, noch ein oder zwei Babys darin unterzubringen.«

Wahrscheinlich hatte Patsy recht mit dem Riesenchaos. Bislang war ihr Leben wirklich nicht gerade wie am Schnürchen verlaufen, obwohl es überall in ihrer Umgebung Leute gab, bei denen alles noch verfahrener und konfuser war als bei ihr. Auf alle Fälle schien das Hosenbündchen ihres emotionalen Pyjamas diesmal dichtzuhalten, vorausgesetzt, es war nicht wieder falscher Alarm.

Die Skyline von Manhattan rückte ins Bild. Die Türme lenkten sie von ihrem Kummer und ihrer Nabelschau ab und schenkten ihr einen unerwarteten Nervenkitzel. Richmond war so flach im Vergleich, Colonial Pines ein solch harmloser Splitter am Maibaum der Welt. Sie fühlte sich wie eine Biene, die zu einem großen summenden Stock zurückkehrt, aber einem Stock, wo die Drohnen das Gelée royale klauten, die Arbeiterinnen den Müll nachts heimlich auf die Straße kippten und die Königin nur so lange regierte, wie sie gute Kritiken in der *Times* bekam. Möglich, daß alle Welt mit Jerusalem beschäftigt war, aber ihr war New York aufregend genug. »Alles mögliche könnte da unten passieren«, sinnierte sie, aber aus dieser Höhe war es natürlich unmöglich, etwas Bestimmtes auszumachen. Nicht eine einzige verirrte Rauchfahne, kein Fetzen abgerissenes Sirenengeheul drang von dem Brand, der in der St. Patrick's Cathedral tobte, zu ihrer Maschine hoch.

I & I

Hat je einer von Ihnen Bekanntschaft mit einem Geschoß gemacht?«

Can o' Beans' Frage blieb unbeantwortet. Dirty Sock und Spoon waren vollauf mit der Menge beschäftigt, die sich auf den Stufen der Kathedrale versammelt hatte, um Reverend Buddy Winkler zuzuhören oder ihn zu bestaunen. Ein Journalist der *Village Voice*, derselbe rasende Reporter, der so begeistert von Salome gewesen war, hatte einen Artikel über den Prediger veröffentlicht. Mehrere Fernsehstationen hatten das zum Anlaß genommen, ebenfalls über ihn zu berichten (wie es später auch mit der Salome-Story passierte). Die Folge war, daß reguläre Passanten Buddy mehr Beachtung schenkten und manche diesen Teil der Fifth Avenue sogar bewußt aufsuchten, um den berüchtigten Radio-Evangelisten, der in Christi Sandalenstapfen getreten war und seine Masche auf der Straße abzog, mit eigenen Augen zu sehen. Die zunehmenden Menschenaufläufe auf dem Bürgersteig machten der städtischen Obrigkeit zu schaffen, doch aufgrund der überall zu verzeichnenden Hysterie angesichts der nahenden Jahrtausendwende und der politischen Macht der christlichen Rechten zögerte sie einzugreifen. Insgeheim hoffte die City Hall, daß irgendeine linke Gruppierung, »Freedom From Religion« zum Beispiel, Anzeige erstatten würde.

»Ich wage zu behaupten, daß Miss Spoon noch nie den Weg eines Geschosses gekreuzt hat, gleich welchen Kalibers, aber Sie, Mr. Sock, haben doch mal erzählt, Sie hätten einst an einer Ochsenfroschjagd teilgenommen …«

»Krötenjagd, und sie wurden gestochen, oder meinen Sie etwa, man schießt sie ab?« grunzte Dirty Sock. Dann wandte er sich wieder dem Bürgersteig zu. »Der gute Norman konnte zwar Pirouetten drehen wie kein anderer, aber dieser Bursche da weiß, wie man absahnt.«

»Ich persönlich hätte nichts dagegen, einmal so ein Geschoß kennenzulernen. Ich würde nur allzugern wissen, was im Inneren dieser kleinen Knallköpfe vorgeht.«

Das Interesse der Bohnendose an Geschossen war durch eine zum Fenster hereingedrungene Radiomeldung geweckt worden. In einem mit viel medialer Aufmerksamkeit bedachten Versuch, die Verluste unter den unbewaffneten palästinensischen Demonstranten zu verringern, hatte die israelische Armee angefangen, Holz- oder Gummigeschosse zu verwenden. Daraufhin war die Zahl der Todesfälle jedoch drastisch angestiegen. Amerikanische und europäische Krankenpfleger oder Ärzte, die freiwillig in Krankenhäusern auf der West Bank Dienst taten, berichteten, daß israelische Soldaten, der Macht des Bleis beraubt, die jungen Araber nun aus nächster Nähe in den Kopf schossen, so daß selbst ein Gummigeschoß den Tod oder Hirnverletzungen zur Folge haben konnte. »Wo ein Wille ist, ist auch ein Weg«, sagte Can o' Beans verächtlich. Er/sie entschied, daß er/sie versuchen würde, ein oder zwei Geschosse zu interviewen, falls er/sie es schaffte, tatsächlich nach Jerusalem zu kommen. Hatten Geschosse hinter der Fassade des absoluten Stoizismus, die sie wie alle Objekte der von Belebten kontrollierten Welt präsentierten, Hoffnungen, Träume und Ängste? Unterschied sich das Seelenleben eines Holzgeschosses wesentlich von dem seines stahlummantelten Kollegen?

Falls ich es schaffe, tatsächlich nach Jerusalem zu kommen. Dieser Gedanke (vielleicht mit einer Spur Fatalismus behaftet) war kaum durch das geschossen, was man bei einer Bohnendose als Kopf bezeichnen könnte, als Conch Shell und Painted Stick ihn/sie, den Socken und den Löffel von ihrem rostigen kleinen Fenster zur Welt abberiefen, um ihnen zu verkünden, daß sie noch am selben Tag aktiv zu werden gedachten.

I & I

Unser Timing muß absolut präzise sein«, erklärte Conch Shell. »Und selbst dann wird es enorm gefährlich. Keiner von Ihnen sollte sich verpflichtet fühlen mitzumachen.«

Doch Can o' Beans und Dirty Sock waren so scharf darauf, endlich von hier wegzukommen (als Mutanten konnten sie sich nicht mehr mit der Seßhaftigkeit ihrer Spezies abfinden), daß sie schon Feuer und Flamme waren, bevor sie überhaupt den Plan kannten. Spoon schauderte unter leichtem Geklapper zusammen und schloß sich den anderen auf Gedeih und Verderb an.

Painted Stick würde den Keller in Brand setzen. Das mußte passieren, solange es noch hell genug war, damit man draussen sehen konnte, wie der Rauch aus dem vergitterten Fenster quoll, andererseits aber so spät, daß die Objekte den Schutz der Dunkelheit ausnutzen konnten, sobald sie die

Kathedrale erst einmal verlassen hatten. Painted Stick, der auf seine Kenntnisse in Sachen himmlische Angelegenheiten bauen konnte, würde die Stunde der Wahrheit auf die Sekunde genau berechnen. Im Idealfall sollte der Rauch zwei Minuten bevor die letzten Farben des Zwielichts verblaßten, von Passanten bemerkt werden. Natürlich mußte dann auch sofort Alarm geschlagen werden: Wenn das Feuer außer Kontrolle geriet, bestand die Gefahr, daß die Objekte, eines wie das andere, in den Flammen umkamen. Nur Spoon hatte die Chance, das Inferno zu überleben, doch selbst sie konnte leicht als zusammengeschmolzenes Metallhäuflein enden, noch unästhetischer und gewöhnlicher als die gegenwärtige Konfiguration von Can o' Beans. Spoon schauderte erneut zusammen. Alle hörten das leise Klappern.

»Na schön, aber wie um alles in der Welt soll das gottverdammte Feuer entstehen?« fragte die Socke.

»Durch Reibung«, erwiderte der Stock.

»Und wie ...« begann Can o' Beans. Denn wie üblich war er neugierig und wollte Painted Stick fragen, wie er sich fühlen würde, wenn er die berühmte Kathedrale bis auf die Grundmauern niederbrannte, nur um ihnen die Flucht zu ermöglichen. Doch dann beschloß er/sie, Painted Stick nicht schon wieder mit einem »moralischen« Problem zu behelligen, nachdem er bereits einen Mann geschlagen und einem anderen ein Bein gestellt hatte. Außerdem war sich Can o' Beans durchaus bewußt, daß mehr als ein Feuer mit »unbekannter« Ursache heimlich von unbelebten Objekten gelegt worden war. Selbst die Menschen kannten das Phänomen der »Spontanverbrennung«. Sie merkten nur nicht, daß es ein bewußter Willensakt sein konnte.

Im entlegensten Winkel des Kellers hatte Painted Stick eine alte Lattenkiste umgestülpt. Die Holzspäne, die herausrieselten, wurden dann vom Löffel in die Muschel und in den Socken bugsiert und vom Stock festgestampft, der das Zeug anschließend mit Hilfe der beiden Vehikel an eine Stelle unweit des Fenstergitters transportierte. »Mr. Sock sieht aus, als hätte er Anabolika gespritzt«, sagte Can o' Beans über seinen angeschwollenen Kameraden. »Oder als hätte man ihn wie eine Gans für *pâté de sock gras* gestopft.«

Spoon kicherte. Dirty Sock grunzte.

Auf den Haufen geringelter Holzspäne, die Dirty Sock seinen Worten zufolge an Miss Charles' Frisur erinnerten, hatten sie, jeder seinen Fähigkeiten entsprechend, mehrere trokkene, verstaubte Gesangbücher geschubst, gestoßen und geschoben. Auf die gleiche Art kamen noch ein paar Holzkloben von einer kaputten Kirchenbank hinzu. Schließlich traten sie zurück, um ihren Scheiterhaufen zu begutachten. »Ich würde sagen, keine Pfadfindertruppe hätte bessere Arbeit leisten können«, erklärte Can o' Beans.

»Sie sagen es hiermit«, antwortete Dirty Sock.

Spoon kicherte erneut, mehr aus Nervosität als Belustigung.

Bei Sonnenuntergang hatten alle ihre Posten bezogen. Spoon und Dirty Sock, sie zitternd vor Erregung, er irritiert von einem Holzspan, der sich in seinem Gewebe verfangen hatte, hockten auf dem Sims vor dem Fenstergitter. Conch Shell und Can o' Beans saßen an der Tür; wenn sie aufsprang, konnten sie sich dahinter verstecken. Painted Stick stand ganz oben auf dem Scheiterhaufen und balancierte auf seinem spitz zulaufenden Ende.

Sie warteten.

Und warteten.

Erst als er mit Einfallswinkel und Zusammensetzung des nachlassenden Lichts zufrieden war, begann der Stock sich zu drehen. Sie sahen ihm zu, und alle mußten flüchtig an Turn Around Norman denken, obgleich Norman eindeutig ein Bummelzug nach Bleistadt war im Vergleich zu dem wirbelnden Stock. Wie der Wind drehte sich der uralte Talisman, rasend wie im Rausch, wie ein Blindenstock in einem Whirlpool, wie die Bohrerspitze eines Diamantschleifers.

Sie beobachteten ihn.

Und beobachteten ihn.

Und wurden nervös.

Doch dann begann ein Holzspan zu glimmen. Noch einer. Und noch einer. Der erste Funke tauchte auf wie ein blutverschmierter Babykopf aus einem Sauerstoffschoß. Zwillinge. Fünflinge. Dann loderte eine ganze Population auf, und der Schatten des versengten Stocks tanzte groß und geheimnisvoll an der vom Feuer erleuchteten Wand.

Kurz vor der Landung in La Guardia, als Ellen Cherry Charles – gatten-, liebhaber- und jetzt auch noch vaterlos – ihren Sitz wieder in eine aufrechte Position brachte, drückte eine Vorhut von Feuerwehrmännern vorsichtig die Tür zum Keller von St. Patrick's auf. Genau in diesem Augenblick quetschten sich Spoon, Dirty Sock und Painted Stick durch das Gitter hinaus auf den Bürgersteig. Dort versteckten sie sich hinter einem Rauchvorhang. Die Polizei hatte bereis den gesamten Block abgeriegelt. So weit, so gut.

»Wenn es bei den anderen nur halb so glatt geht«, seufzte Spoon.

»Genau«, sagte Dirty Sock. »Wir haben es geschafft, im Gegensatz zu ihnen.«

Kaum hatten die Objekte ausgesprochen, als sich ein Mann aus dem Rauch löste, ein großer, hagerer Mann, der zwar einen Fünfzehnhundert-Dollar-Anzug trug, aber trotzdem so billig wie Kaugummi aussah. Auf den Schock des Erkennens folgte der noch größere Schock des Ergriffenwerdens. Noch bevor Spoon »Heilige Muttergottes« oder »Weißes Schokoladenmousse« murmeln konnte, hatte die rechte Hand des Mannes sie schon am Wickel. Ebenso plötzlich packte er mit der linken Painted Stick. Einen Augenblick beugte er sich zum Pflaster herab, um Dirty Sock zu inspizieren, doch dann wandte er sich mit einem Ausdruck des Widerwillens ab. Den schmutzigen Fußwärmer mißachtend, ging er davon, in der einen Hand das Löffelchen, in der anderen den Stab. Und beide unterzog er einer aufmerksamen Inspektion.

Buddy Winkler hatte an jenem frühen Abend die Zeit vergessen und sich länger als sonst in der Nähe der Kathedrale herumgetrieben. Er sprach gerade mit einem vermeintlichen Jünger, einem gutgekleideten Fremden, der durchblikken ließ, daß er jeden Plan, der das Armageddon beschleunigen mochte, finanziell unterstützen werde. »Gehn wir zwei beiden doch noch irgendwohin und unterhalten uns weiter«, sagte Buddy, und tatsächlich waren sie mitten im Gespräch, als sie den Rauch aus einem der vergitterten Kellerfenster der Kathedrale quellen sahen. Und dann konnte der Prediger nur noch staunen über das Tempo und die Geistesgegenwart, mit der der Fremde über eine Notrufsäule der Polizei die Feuerwehr rief.

Als der erste Polizeiwagen eintraf, wandte sich der Fahrer an Bud, um ihm ein paar Fragen zu dem Feuer zu stellen.

»Nein, nein. Das ist Reverend Buddy Winkler«, fuhr der Fremde dazwischen.

»Und wer zum Teufel sind Sie?«

Daraufhin zog der Fremde seine Brieftasche und zeigte irgendeinen Ausweis, der verdächtig mehr Ähnlichkeit mit einer Hundemarke als mit einer Visa-Gold-Karte aufwies. Der Bulle nickte und begann die Gegend abzusperren. »Schätze, ich sollte mich aus dem Staub machen und euch nich bei der Arbeit störn«, sagte Buddy. »Vielleicht können wir beiden mal bei ’ner ruhigeren Gelegenheit weiterplaudern.« Er nickte in Richtung der rauchenden Kathedrale. »Wolln hoffen, daß die Fischfresser nich ihr bestes Stück verliern.«

Damit drehte sich Buddy um und ging auf die Absperrung zu. Fluchend stießen Feuerwehrmänner gegen ihn, als sie die Stufen der Kathedrale hinaufliefen. Einen Moment lang verschwand er vollkommen in den Rauchschwaden. »Jede Wette, daß die Arschficker vergessen haben, die Flamme unter der Fischsuppe auszudrehen«, murmelte er bei sich. »Wobei ... könnt auch sein, daß sie grad dabei waren, ihre Vaseline aufzuwärmen.« Er kniff im beißenden Rauch die Augen zusammen, und erst als er vorsichtig wieder blinzelte, fielen ihm die Objekte auf dem Gehsteig auf.

Sie einzukassieren, jedenfalls zwei von ihnen, war reine Intuition gewesen, obgleich ihm schnell aufging, daß der Löffel identisch mit dem war, den seine liederliche Nichte gemalt hatte, und daß der teuflische Stock derselbe war, der ihn ein paar Wochen zuvor so jämmerlich hatte auf die Fresse fallen lassen. Es war ihm schon eine ganze Weile mulmig gewesen beim Anblick des Gitters in der Kathedrale, als triebe etwas Übernatürliches und Gottloses sein Unwesen dahinter. Etwas, das vielleicht dazu bestimmt war, ihn persönlich zu piesakken. Es war etwas, das er nicht aussprechen konnte. Über das er nicht einmal nachdenken wollte, höchstens ganz flüchtig. Merkwürdigerweise schob er die Schuld nicht den Katholiken in die Schuhe. Intuitiv hatte er den Verdacht, daß, egal, was es war, der verdammte Holzkopf dahintersteckte, der da stocksteif vor der Kathedrale gestanden und leichtgläubige Pseudointellektuelle wie Ellen Cherry Charles zum Narren gehalten hatte, indem er ihnen weismachte, daß er sich um sich selbst drehte. Na schön, diesmal würde er ihnen die Suppe versalzen! Er würde ihnen einfach ihr gottverdammtes Spielzeug wegnehmen. Bis auf die Socke wohlgemerkt. Sollte sich doch der Teufel das stinkende Ding um den Huf wickeln!

Dirty Sock machte sich so klein er konnte und zwängte sich in eine Mauerritze. Gen Morgen rutschte er, schachmatt und mutterseelenallein, durch das Gitter zurück in den rußgeschwärzten Keller von St. Patrick's. Manche sagen, daß er heute noch da ist. Daß er in der Kathedrale herumspukt wie ein abscheuliches protestantisches Gespenst, bei dessen Anblick die Meßdiener den Wein verschütten, würdevolle Herren mitten in der Beichte zu furzen anfangen, Bischöfe in kindische Geheimsprachen verfallen und junge Mütter für Geburtenkontrolle auf die Straße gehen. Es heißt sogar, daß er sich in kalten Winternächten ein bis zwei Klumpen Kohle auflädt und unheimliche Hank-Williams-Riffs auf der Orgel spielt. Oder gerade lange genug durch das Gitter schlüpft, um sich um den Knöchel einer matronenhaften Hausfrau zu schmiegen, bis sie anfängt zu quieken und alle Päckchen fallen läßt, die sie bei Sak's eingekauft hat. »Hä-hä-hä«, soll er dann angeblich in sich hineinglucksen, wenn er sich wieder in seine Höhle zurückzieht.

Kühlere Köpfe behaupten, daß er sich keineswegs in der Kirche aufhält, sondern an jenem Ort, den so viele einzelne Socken aufsuchen, nachdem sie vollkommen unerklärlicherweise aus Waschmaschinen in ganz Amerika verschwunden sind; daß er sozusagen eine andere Dimension betreten hat, ein paralleles Universum aus Baumwolle, Wolle und Polyester: den Planeten der verlorenen Socken. Auf alle Fälle sollte Dirty Sock, wie so viele Pilger vor ihm, das ferne Jerusalem nie erreichen. Es ist jedoch denkbar, daß Jerusalem eines Tages noch zu ihm kommt.

Was das betrifft, so erging es den anderen beweglichen Objekten um einiges besser als der Socke.

Buddy Winkler brachte Spoon und Painted Stick zu dem hübschen Apartment im Zentrum der Stadt, das die Third Temple Platoon für ihn gemietet (und das er in eine Art Schweinestall verwandelt) hatte. Dort untersuchte er sie noch eine Weile mit einer Mischung aus Neugier und Abscheu, bevor er sie in seinen Schrank sperrte und die Tür mit einem Gebet versiegelte: »Lieber Gott, wenn diese Gegenstände vom Teufel besessen sind, so bewahre deinen ergebenen und untertänigen Diener vor ihrem bösen Einfluß.«

Kaum hatte Buddy die Jalousietür zugeworfen, als eine vollkommen hysterische Spoon die breiten Öffnungen zwischen den Lamellen bemerkte und Painted Stick zum Angriff drängte. »Schlagen Sie ihm die Birne ein«, sagte Spoon, »und dann verduften wir!« Überrascht von ihrem Selbstbewußtsein und zugleich abgestoßen von der Vorstellung, belebten Wesen die Birne einzuschlagen, riet ihr der Stock, cool zu bleiben und abzuwarten, was die Zukunft brachte.

Im Verlauf der Nacht fand Spoon tatsächlich ein wenig zu ihrem früheren Gleichgewicht zurück, doch am nächsten Morgen, als sie hörte, wie sich der Prediger regte, erneuerte sie ihren Vorschlag, zuzuschlagen und sich aus dem Staub zu machen. »Ruhe!« befahl der bemalte Stab. »Was kann denn schon passieren? Haben Sie nicht letzte Nacht gehört, was für vielversprechende Pläne unser Entführer hat?«

Die Pläne, auf die Painted Stick anspielte, waren bei einem mitternächtlichen Treffen zwischen Buddy Winkler und einem verstohlenen Besucher zur Sprache gekommen. »Tut mir leid, daß ich Sie herbitten mußte, Rabbi«, hatte Buddy gesagt, »aber das gottverdammte Telefon wird garantiert abgehört. Jedenfalls wollt ich Ihnen erzählen, daß mich heut so ein liberaler Undercoveragent angemacht hat. So'n richtiger Schleimer, obwohl, ich glaub nich, daß er viel aus mir rausholen konnte. Auf alle Fälle isses ein Zeichen, ein Hinweis des Allmächtigen, daß wir uns mehr in acht nehmen solln. Deshalb will ich alles, was uns belasten könnte, morgen oder übermorgen nach Jerusalem schicken. Das Zeug muß weg von hier. Mein Kumpel Boomer Petway kann es drüben für uns aufheben.«

»Haben Sie das nicht gehört?« fragte der Stock. »Dieser Mann wird irgendwelches ›Zeug‹ nach Jerusalem schicken. Und Sie und ich werden mitreisen.«

»Liebe Güte!« schluckte Spoon. »Und was ist mit den anderen?«

»Im Moment können wir nichts für sie tun. Ihr Schicksal liegt in der Hand der Sterne. Zum Glück funkt es einigermaßen zwischen Conch Shell und den Sternen.«

Es dauerte mehrere Stunden, bis es Conch Shell und Can o' Beans gelungen war, die Kirche zu verlassen. Kurz nachdem die Wasserschläuche hereingeschleift worden waren, schlüpften sie aus ihrem Versteck hinter der Tür und begannen den mühsamen, furchteinflößenden Aufstieg die Treppe hinauf. Kurz vor dem Zwischengeschoß eilten zwei Feuerwehrmänner an ihnen vorbei, ohne sie zu bemerken. Im Zwischengeschoß versteckten sie sich eine halbe Stunde in einem Weihrauchgefäß. »Wieder einmal danke ich meinem Schöpfer, daß ich kein Mensch bin«, sagte die Bohnendose. »Hätten wir Nasen, würden wir an diesem Zeug ersticken. Andererseits, hätten wir Nasen, hätte uns Mr. Sock schon längst vergast.«

Die Feuerwehr machte relativ kurzen Prozeß mit den Flammen. Alle bis auf einen Löschwagen fuhren wieder ab. Die Mannschaft hing noch eine Weile herum, tat sich an Kaffee und Doughnuts gütlich und fachsimpelte mit den Polizisten über Football. Sie paßten auf, daß das Feuer nicht wieder aufflammte. Am Schluß kamen die Brandstiftungsexperten, um mit ihren Ermittlungen anzufangen. Bis dahin hatten die Muschel und die Dose, wie ein Lachspärchen im Gipsverband, das eine trockene Fischleiter emporklettert, sich heil zum Erdgeschoß vorgekämpft, wo sie hinter einer Kirchenbank im Mittelschiff Zuflucht fanden.

Langsam verabschiedete sich ein Feuerwehrmann nach dem anderen, bis nur noch ein Ermittler, der Sekretär des Erzbischofs und der Chefküster übrig waren. Eine Zeitlang fürchteten die Objekte, im Kirchenschiff in der Falle zu sitzen, in der nächsten Sonntagsmesse unter den Knien der Gläubigen zermalmt zu werden. Doch dann machte der Sekretär den Vorschlag, die Portale zu öffnen, um das Innere der Kirche zu lüften, denn es roch immer noch durchdringend nach Holzrauch und verbrannten Gesangbüchern. Kurz darauf fanden sich Can o' Beans und Conch Shell auf den nächtlichen Straßen wieder, wo der Pulsschlag der Großstadt wie tausend phosphoreszierende Flügel ihre Haut aus Stahl und Kalzium streifte.

Der zusammengeknüllte Socken steckte einen Meter Richtung Fifty-first Street hinter dem Ende des Gitters in einer Mauerritze. Conch Shell und Can o' Beans wandten sich nach Süden, wie abgemacht, daher bemerkten sie Dirty Sock nicht. Er sah sie ebenfalls nicht. Sich stets im Schatten haltend, überquerten sie hastig die Fiftieth Street, bogen um die Ecke der Forty-ninth und verbargen sich im zementbekleisterten Labyrinth einer Baustelle. Sie waren bitter enttäuscht, als sie merkten, daß Stick, Spoon und Sock sie nicht dort erwarteten.

»Pech gehabt!« sagte Can o' Beans. »Was machen wir jetzt?«

»Wir warten noch ein bißchen. Um diese Zeit sind zu viele Menschen unterwegs. Doch wenn unsere Gefährten bis zum Monduntergang nicht erschienen sind, machen wir uns allein auf den Weg zum Fluß. Und von da zum Meer.«

Nachdenklich lehnte sich Conch Shell gegen ein Stück Styropor, um auszuruhen. Es entpuppte sich als Essensbehälter eines feinschmeckerisch veranlagten Bauarbeiters, der am Nachmittag seinen Lunch in einem nahe gelegenen japanischen Restaurant gekauft und den Karton achtlos weggeworfen hatte. Eine der Stacheln am Gehäuse der Muschel stieß ihn um, worauf er einen Klecks schwabbeligen, abstoßend gelbweißen Glibber ausspuckte. »Gu-uu-uu-uu-ten A-aa-aa-

aa-bend«, sagte der Klecks und vibrierte wie der Kehlkopf eines Albino-Soprans.

»Und was, wenn ich bitten darf, stellen *Sie* dar?« fragte die Muschel verblüfft.

Nachdem es endlich aufgehört hatte zu wackeln, antwortete das merkwürdige Gebilde: »Nennen Sie mich Tofu. Oder auch Dofu. Alles, nur nicht Bohnengallerte.«

Zweiundsiebzig Stunden lang huschten Conch Shell und Can o' Beans in New Yorks Hafenviertel von Versteck zu Versteck, in der vergeblichen Hoffnung, ihre Freunde wiederzufinden. Schließlich, gegen elf Uhr der dritten Nacht, einer Augustnacht, einer Nacht, so warm und wildaromatisch wie Schildkrötensuppe, wies die Muschel die Bohnendose an, sie zu besteigen. Nachdem sich der deformierte Behälter in ihr perlmuttschimmerndes Cockpit gekuschelt hatte (was ein bißchen zu gefährlich war, um es so richtig zu genießen), glitt sie ins schmutzige Hafenbecken und schwamm davon.

Das Gewicht der Dose drückte sie tief ins Wasser. Jede kleine Welle leckte an ihrem Passagier, und sie fürchtete, daß die mächtigen Wogen des Ozeans ihn aus ihrer Höhlung spülen würde. Sie warnte Can o' Beans davor, doch als sie am nächsten Morgen den Hafen verließen und die ersten Wogen mit weißen Schaumkronen auf sie zurollten, klapperte er/sie im Inneren der Muschel hin und her und rief: »Auf die Bretter ... fertig ... los!« Und kreischend wie ein Schuljunge/-mädchen gab er/sie sein/ihr zehenloses Bestes, um bis zum Ende stehend auf dem Surfbrett durchzuhalten.

»Wir reisen langsam«, sagte Conch Shell, »und wir haben einen sehr weiten Weg vor uns. Wenn wir in einen Sturm geraten ...«

»Leg 'nen Zahn zu!« rief Can o' Beans. Um dann etwas ruhiger hinzuzufügen: »Schauen Sie, Miss Shell, nicht jede Dose fix und fertig zubereiteter Kohlenhydrate hat das Glück, übers Meer schippern zu dürfen, erst recht nicht in einem so schmucken Boot. Ich müßte lügen, wenn ich nicht zugeben würde, daß die Art der Unterbringung auf dieser Kreuzfahrt sowohl die maskulinen als auch die femininen Aspekte meiner Natur in Wallung bringt. Doch deswegen brauchen Sie nicht zu erröten. Oder sich Gedanken zu machen. Denken Sie lieber an den Dritten Tempel in Jerusalem und welche Rolle Sie darin spielen werden. Bei mir sitzt die Energie schon viel zu lange im Intellekt fest. Deshalb macht mir ja unsere Kreuzfahrt so einen Heidenspaß.«

Conch Shell antwortete nicht, sondern konzentrierte sich auf den Ansturm der Wellen und darauf, ihren schwankenden Passagier nicht zu verlieren. Girlanden von Meerespflanzen wanden sich um sie wie verwelkte Leis, Krebse brachten ihnen auf ihren Flacheisenfiedeln Ständchen dar, und ganze Schwärme von Alsen schubsten sie mit ihren Nasen vorwärts. Kaum war die Freiheitsstatue außer Sicht, wurden sie von mehreren Frachtern überholt. Und im Laderaum jenes einen, dessen Kielwasser ihnen am meisten zu schaffen machte, versteckt unter einem Haufen exotischem Flitter und Firlefanz, in einer an Randolph Petway III adressierten Kiste, kuschelte sich ein Pärchen mutierter Objekte aneinander, das sie seit langem kannten und liebten.

I & I

Gatten-, liebhaber- und nun auch noch vaterlos wurde Ellen Cherry Ehefrau, Geliebte und Tochter des I & I. Das Personal des Restaurants war buchstäblich verdoppelt worden, und über Nacht fand sie sich wieder einmal auf dem Posten des Managers wieder. Vielleicht hätte sie es vorgezogen, einfache Kellnerin zu bleiben, aber das war unmöglich. Mitte September wurde die Situation beinahe unüberschaubar, und ihre Tüchtigkeit und Energie waren ständig gefragt.

Salome war New Yorks Königin der Nacht. Die Presse fand sie im Vergleich zu den aggressiven, aufgedonnerten, publicitygeilen Schlampen, die sonst um diesen Titel wetteiferten, höchst erfrischend und betete sie an. Doch je mehr über sie geschrieben wurde, desto geheimnisvoller erschien sie, und je größer ihr Geheimnis war, desto mehr Aufmerksamkeit erregte sie. Es war eine revolutionäre Umkehrung der normalen Verhältnisse; die Hippen, die Coolen und die Berühmten entdeckten sie als letzte. Monatelang widerstanden sie, doch dann schluckten sie einer nach dem anderen, erst einzeln, dann in ganzen Cliquen, ihren Stolz herunter, ließen Nell's, 6 Bond Street, M. K. und Payday sausen und brachen per Taxi oder Limousine zur United Nations Plaza auf, wo sie sich gedemütigt in die Schlange der Spießer aus den Schlafstädten einreihten und darum bettelten, daß man sie hereinließ. Gelegentlich tauchte echte platinvergoldete Prominenz an der Tür auf und bat um Einlaß, doch Abu und Spike bevorzugten niemanden: Wer zuerst kam, wurde bei Isaac & Ishmael's auch zuerst bedient. Eine einzige Ausnahme gab es, als Abu eines Tages Debra Winger gestattete, die Vorstellung von der Küche aus zu verfolgen, nachdem sie ihm angeboten hatte, dafür beim Abwaschen zu helfen.

In jedem Interview, das sie gewährten, beharrten Abu und Spike darauf, daß die Raison d'être des Restaurants und seiner problematischen Vergangenheit erwähnt werden mußte. Die Folge war, daß ihr Experiment in Sachen arabisch-jüdische Freundschaft bekannter wurde, als sie in ihren kühnsten Träumen zu hoffen gewagt hatten. Alle Zeitungsausschnitte und Videobänder wurden gesammelt, pflichtschuldigst kopiert und nach Jerusalem geschickt.

»Ihr braucht nicht sentimental zu werden, wenn ihr über uns schreibt«, warnte Abu die Journalisten. »Wir sind eine winzige und leicht verrückte Oase in einer unendlichen Wüste. Wir machen das alles und geben diese Erklärungen ab, weil wir sind, wie wir sind, nicht weil wir glauben, damit den Nahen Osten umkrempeln zu können.«

Und Spike setzte hinzu: »Aber was wir tun, ist wichtig, selbst wenn keiner folgt unserem Beispiel.«

Im späten September erhielt das I & I eine ziemlich bedeutende Auszeichnung für seine humanitäre Gesinnung. Doch es war die junge Bauchtänzerin, es war Salome, die im Mittelpunkt der Aufmerksamkeit stand. Was New York anging, so war sie das Fleisch und auch die Sauce des I & I, die Sache mit der Brüderlichkeit dagegen nur die obligatorische Verzierung, das Petersiliensträußchen sozusagen.

Ein paar Wochen lang ließ das Restaurant das Orchester auch dienstags, mittwochs und donnerstags auftreten und heuerte dazu zwei erfahrene Bauchtänzerinnen an. Geschäftlich war dieses erweiterte Angebot kein Mißerfolg, aber auf Abus und Spikes Erregungsbarometer brachte er nicht mal den Zeiger zum Ausschlag. Die neuen Tänzerinnen, Veteranen ihrer Kunst, waren gechlortes Leitungswasser neben Salomes Kürbisflasche voll süßer Stutenmilch. Nicht schlecht, aber, wie Abu zu sagen pflegte: »Für einen Kenner ist ›nicht schlecht‹ eine Beleidigung.« Außerdem beschwerten sich die Stammgäste darüber, daß während ihres Auftritts der affengeile Fernseher ausgeschaltet wurde, meistens im entscheidenden Augenblick eines Spiels. Daraufhin feuerten Spike und Abu die Tänzerinnen und kehrten zum alten Freitag-Samstag-Trott zurück.

Das indische Restaurant nebenan, das völlig in ihrem Schatten stand, obgleich es ohne Frage den besseren Küchenchef hatte, machte dem arabisch-jüdischen Gespann das Angebot, den beiden seinen Anteil zu verkaufen, damit sie expandieren konnten. Abu und Spike lehnten ab. »Was wir haben, dabei bleiben wir nu«, erklärte Spike. Und was sie hatten, war eine verschlossene sechzehnjährige Krankenschwester (Shaftoe hatte recht), die sich weigerte, mit Produzenten der »Tonight Show« zu reden, als diese sie in der Cafeteria des Bellevue-Hospitals ansprachen und dabei so wild mit einem Vertrag herumfuchtelten, daß ihre doppelte Portion Fritten kalt wurde. (Shaftoe tat auch kund – und niemand wußte, wo er seine Informationen herhatte –, daß das Mädchen eine schwere Hornbrille trug, wenn sie lernte oder im Fernsehen Comics ansah, eine Tatsache, die später von einem *Newsweek*-Reporter bestätigt wurde und Dutzende von Männern und Frauen veranlaßte, trotz besten Sehvermögens mit absolut idiotischen Brillen an der UN Plaza zu erscheinen.)

Was sie hatten, war eine zappelige, schüchterne Halbwüchsige, die die Kunst des Bauchtanzes neu definierte, ohne es eigentlich zu wollen, ähnlich einer Nachtwandlerin, die ihre schönsten Liebesgedichte im Schlaf schreibt. Was sie hatten, war eine Jungfrau (der Bandleader schwor, daß sie es war!), die Männer (und auch ein paar Frauen) zum Orgasmus brachte, ohne sie zu berühren oder auch nur anzusehen. Was sie hatten, war eine unreife Kindfrau, die ihren billigen Lippenstift schwang, ein rubinrotes X auf die Brust des modernen, weltläufigen, zynischen Manhattan malte und ihm dann sein mit tiefen Gefühlen und albernen Ideen erfülltes Herz durchbohrte.

»Der Bauchtanz begann als eine Art praktisches feministisches Yoga«, erklärte Abu bei mehr als einer Gelegenheit. »Er wurde vor Hunderten, vielleicht Tausenden von Jahren in der Levante entwickelt. Es war eine Methode, bestimmte Muskeln zu stärken und andere zu lockern, so daß Frauen leichter und schmerzfreier gebären konnten. Außerdem wirkte sich der Bauchtanz bei Menstruationsbeschwerden positiv aus. Was ich jetzt sage, ist natürlich reine Spekulation, aber ich stelle mir vor, daß Frauen zusammenkamen, um diese Übungen zu machen, ähnlich wie heute in Aerobic-Kursen, und unwillkürlich waren die Männer fasziniert. Sie fanden das Ganze unterhaltsam oder erotisch oder beides. Im Lauf der Zeit verlor der Bauchtanz, wie so vieles, seinen eigentlichen Sinn. Heute ist er nur noch manieriert, gekünstelt, in sich selbst verliebt.«

»Und Salome bringt etwas von dem ursprünglichen Habitus, den alten Bewegungen zurück?«

»Wie soll ich das wissen? Und wenn wir schon dabei sind, wie soll sie das wissen?«

»Nun, immerhin behauptet sie, Kanaaniterin zu sein.«

»Ein Witz, ist doch klar. Alle Kanaaniter, die nicht von den Hebräern ausgerottet wurden, vermischten sich mit ihnen. Was Salome eigentlich gesagt hat, war: ›Ich bin eines jener kanaanäischen Mädchen, deren Mütter Blumen für den Altar von Jerusalem gepflückt haben.‹ Ein Witz, aber mir gefällt er. Er ist musikalisch. Ein kleines Gedicht. Was sie auf ihre romantische, mädchenhafte Art wohl wirklich ausdrükken will – und ich verbiete euch, mich hier zu zitieren –, ist, daß sie halb jüdischer und halb arabischer Abstammung ist. Natürlich wird sie deswegen manches durchgemacht haben, und daß sie sich zur Kanaaniterin stilisiert, zur Angehörigen einer verlorenen Rasse, ist ihre poetische Art, mit dieser Konfusion, diesem Leiden fertig zu werden. Reine Spekulation, wie gesagt. Detective Shaftoe, dessen Informationen gewöhnlich zuverlässig sind, hat nichts dergleichen verlauten lassen.«

In einer Hinsicht entwickelte Ellen Cherry einen gewissen Groll gegen das I & I und seine Hauptattraktion. Je erfolgreicher das Restaurant wurde, desto mehr Zeit und Energie stahl es ihr. Sie freute sich für ihre Arbeitgeber, doch wieder einmal hatte sie ihre Rückkehr zum Malen aufgeschoben (ohne daß eine Herde großartig durchgedrehter Ideen auf die Klippen ihres Großhirns zugedonnert wäre, um sich kopfüber in die Farbeimer dort unten zu stürzen). Salome schien nun mal, wie Boomer, Riesenerfolg zu haben, ohne eigentlich etwas dafür zu tun (obwohl – wie konnte eine gekränkte Ellen Cherry wissen, ob Salome nicht den größten Teil ihres jungen Lebens damit verbracht hatte, diese anmutigen Bewegungen zu üben, die sie jetzt so zaudernd, wenn nicht gleichgültig ausführte, und mehr noch, hatte nicht Ellen Cherry selbst versichert, es sei ihr egal, ob Künstler ihren Zoll zahlten, solange das Endprodukt Sidolin auf die Scheiben der Wahrnehmung spritzte?) Widersprüchlichkeit mag eine unvermeidliche Facette im schillernden Bewußtsein eines expandierenden Universums sein, aber Verbitterung schränkt die Objektivität auf trivialste Art und Weise ein, und Ellen Cherry war klar, daß sie dagegen ankämpfen mußte. Wieder und wieder sagte sie sich, wie glücklich sie sich schätzen sollte, daß sich ihr Leben in eine Umgebung verlagert hatte, in der alle möglichen komischen Geschichten passieren konnten. »Jemine, hätte ich nicht das Augenspiel erfunden, als ich noch klein war, würde ich jetzt vielleicht in Colonial Pines hocken und einem Bauern seine Unterhosen waschen und bügeln.«

Gatten-, liebhaber- und jetzt auch noch vaterlos, konnte es Ellen Cherry nicht entgangen sein, daß Männerunterhosen definitiv zu den Posten gehörten, die in jedem Inventar ihrer Welt fehlten. Es war, als hätte ein gewaltiger Hoover alle in Frage kommenden Unterhosenträger aus ihrem Leben gesaugt. Natürlich gab es noch Abu. Und Spike, in recycelter Gestalt. Und keinen Mangel an männlicher Energie unter der Kundschaft des I & I. Andererseits, was war aus Turn Around Norman geworden? Und dem schöne Augen machenden Raoul? Auch sie waren von dem nahöstlichen Teppich gesaugt worden, der die Erde anscheinend in jede Richtung, so weit das Auge reichte, bedeckte.

Schließlich ließ sie sich ein Telefon in ihr Apartment legen, damit sie besser Kontakt zu Patsy halten konnte, wechselte freundliche, aber nichtssagende Briefe mit Boomer, übernahm die Lunch-Schicht im Restaurant und blieb freitags und samstags häufig länger, um beim Dinner auszuhelfen und, wie sie sagte, »den Männern zuzusehen, wenn sie über dem spastischen kleinen Luder mit Storchenbeinen und allem ausflippen«, und – was sonst? Nicht viel. Der tägliche Klatsch und Tratsch in ihrer Wäscheschublade reduzierte sich dermaßen, daß Daruma schon dachte, die Höschen näherten sich der Erleuchtung.

»Das Wasser wird ruhig im Karpfenteich des Denkens«, sagte der Vibrator anerkennend. Draußen im Atlantik aber nahmen die Wellen gigantische Ausmaße an und drohten Can o' Beans pausenlos dem Griff der Seemuschel zu entreißen. Und über das Isaac & Ishmael's ergoß sich ebenfalls eine Welle, die alles durcheinanderwarf.

I & I

Es war vier Uhr nachmittags, an einem Montag im September. Im späten September. So spät, daß man schon ganz genau hinsehen mußte, um ihn vom Oktober zu unterscheiden. Stipp ein Stück Brot in Eierkuchenteig. Das ist der September, goldgelb, weich und klebrig. Dann röste das Brot. Jetzt hast du den Oktober: knuspriger, trockener, braun gestreift. Der fragliche Tag fiel irgendwo in die Mitte dieses geistigen Armen Ritters. Ein Hauch von eisgekühlter Marmelade lag in der Luft.

In der Bar des I & I versammelten sich die Stammgäste, um auf dem Riesenbildschirm wie jeden Montagabend die Footballübertragung zu verfolgen. Doch der Kickoff lag noch Stunden entfernt, und das Palaver an der Theke wandte sich anderen Themen zu. Einem anderen Thema, um genau zu sein.

»Sie wirkt immer so gelangweilt.«

»Nicht gelangweilt. Eher verängstigt.«

»Oh, ich weiß nicht ...«

»Beides. Gelangweilt *und* verängstigt. Das isses ja, was in mein' Kopf nich reingeht. Sie macht den Eindruck, wenn man mit ihr ins Bett geht, würd sie einen die ganze Zeit so anstarren.«

»Stimmt!«

»Da 'aben Sie rescht.«

»Sie würde nicht einfach nur daliegen. Sie würde es einem besorgen wie sonstwas. Es wäre wie ein Ritt auf einem wilden Maultier. Hü! Allein die Vorstellung macht mich fickrig. Ich kann kaum noch schlafen bei dem Gedanken.«

»Er 'at rescht. In die Kino, die Frauen machen Liebe und sehen aus, wie sagen Sie noch – verzückend. Sie sehen aus verzückend und dankbar. Eine Fehler. Wie erregend, wenn sie sehen aus gelangweilt und verängstigt. Dann die Männer springen auf und stürmen die Leinwand. Unwiderstehlich!«

»Sie ist jung, das ist alles.«

»Genau, Herrschaften! Sie kommt euch gelangweilt und verängstigt vor, weil sie jung genug ist, um eure Tochter zu sein.«

»Wenn sie meine Tochter wär, säß ich im Knast.«

»Verrückt. Aber ich auch.«

Eine Welle unbehaglichen Gelächters breitete sich aus. Ein Kellner erschien mit einem Tablett voller Falafel, das einzige Gericht auf der Speisekarte, das nicht schmeckte, als sei es just vom Docht von Aladins Wunderlampe gekratzt worden.

»Auf alle Fälle ist es weder ihr Gesicht noch der Ausdruck. Es ist ihr Körper, die Art, wie sie sich bewegt.«

»Oui! Ja. Diese kleine Titten, wie sie kreisen! Damit sie könnte schlagen Eiweiß pour Soufflé.«

»Ich habe Hunderte von Bauchtänzerinnen gesehen. Hunderte. Meine Kusine beherrschte diesen Tanz besser als jede andere Frau in Istanbul. Aber Salome ...«

»Sie ist die Beste. Ihre Bewegungen sind weicher und sanfter, aber gleichzeitig auch stark. Ihr Tanz ist ...«

»Mist!«

Der Mann, der gesprochen hatte, war Detective Shaftoe. Sein Kopf steckte in einem Bierkrug, und es war sein erstes Wort, seit er gekommen war. Alle starrten ihn ungläubig an.

»Pardon?«

»Mist?«

»Mist! Die Tänze, die sie hier tanzt, sind keinen Pfifferling wert, Kinderkram. In mehr als einer Hinsicht.«

»Was wollen Sie damit sagen?« Die Meinung des muskulösen schwarzen Mannes zählte etwas im I & I. Immerhin hatte er früher Football gespielt. Und häufig schien er Dinge über Salome zu wissen, die sonst niemand wußte.

»Ich meine, wenn ihr das, was sie hier macht, für so gottverdammt heiß haltet, solltet ihr sie mal den Tanz der sieben Schleier tanzen sehen.«

Auf Befragen gab Shaftoe zu, daß er diesen »Tanz der sieben Schleier« selbst nie gesehen hatte. Er hatte nur Berichte gehört. Aber seine ungenannten Quellen versicherten, falls Salome ihn je tanzte, was kaum zu erwarten war, würden ihre bisherigen Tänze dagegen prüde, farblos und unansehnlich erscheinen.

An der Bar wurde es still, und so blieb es fast während der gesamten montagabendlichen Footballübertragung.

Das Gerücht verbreitete sich wie eine Hautkrankheit in einer Nudistenkolonie. Kaum ein Stammgast, ob alt oder neu, betrat das I & I, ohne Spike zu fragen: »Wann tanzt sie den Tanz der sieben Schleier?« Mitten in Salomes Auftritten oder zwischen den einzelnen Nummern riefen die Gäste ihr »Tanz der sieben Schleier!« zu, als forderten sie von einem berühmten Rockstar einen bestimmten Song. Bei den ersten paar Malen wirkte sie so verwirrt, als habe jemand eine Pistole gezogen, doch später, als sie sich an die Zwischenrufe gewöhnt hatte, spielten die Waschbärkrallen eines dunklen kleinen Lächelns mit dem Fleisch ihrer Oberlippe, und ganz leicht und rasch schüttelte sie den Kopf.

Ein ablehnendes Kopfschütteln, das war alles, was auch Abu und Spike von Salome bekamen. Also wandten sie sich an den Bandleader, der sich benahm, als schränkten die Zahnlücken auch sein Hörvermögen ein. »Eines Tages, vielleicht«, sagte er ein wenig versonnen und blickte ins Leere, »eines Tages, wenn die Aprikosen blühen ...«

Abu kannte sich mit arabischen Wendungen gut genug aus, um zu wissen, daß diese kleine Metapher soviel bedeutete wie »am St.-Nimmerleins-Tag«. Er packte den alten Mann am Schlafittchen seines glänzenden dunkelblauen Anzugs. »Sag ihr, wenn sie den Tanz der sieben Schleier tanzt, verdoppele ich ihr Gehalt.«

Der Bandleader tippte sich auf die Brust. »Mir auch?« fragte er.

»Wenn die Aprikosen blühen«, antwortete Abu wie aus der Pistole geschossen. »Du bist doch sowieso überbezahlt.«

Der Orchesterleiter ging davon und ließ Abu schmoren wie einen Topf *turshi*. Abu beriet sich mit Spike. Die beiden waren ebenso neugierig auf den legendären Tanz wie alle anderen. In der folgenden Woche unterbreitete Abu ein neues Angebot. »Wenn Salome den Tanz der sieben Schleier nur ein einziges Mal tanzt, bezahlen wir ihr das Dreifache und dir das Doppelte, für diesen Abend, aber nur für diesen einen Abend.«

Der Bandleader stellte seinen Gaumen zur Schau, der ebenso rosig und glatt war wie Conch Shells Spalte, und schwor, sein Bestes zu tun. Doch am nächsten Abend nahm der alte Schwätzer Abu beiseite, um ihm mitzuteilen, daß es keinen Zweck hatte.

»Nicht mal für das dreifache Gehalt?«

»Das ist keine Sache des Geldes, mein großmütiger Wohltäter. Es hat etwas zu tun mit Tradition. Es hat zu tun mit den Geheimnissen der Frauen, von denen wir Männer kaum eine Vorstellung haben. Und außerdem hat es zu tun mit der persönlichen Einstellung. Das Mädchen ist hoch intelligent – für ein Mädchen. Sie ist die jüngste Schwesternschülerin am

Bellevue-Hospital. Und sie möchte in ihre Heimat zurückkehren, um ihren Landsleuten zu helfen. Es tut mir leid, Sir, aber das Mädchen wird diesen Tanz niemals tanzen.«

»Niemals?«

»Nun ja. Vielleicht eines Tages. Wenn die ...«

»... Aprikosen blühen«, beendete Abu den Satz und jagte ihn aus seinem Büro.

I & I

Ellen Cherry saß am Telefon und kümmerte sich um die Reservierungen an jenem Oktobernachmittag, als das I & I wieder einmal eine Bombendrohung erhielt, die erste nach vielen Monaten. Bevor auch sie das Gebäude verließ wie die übrigen Angestellten, rief sie im Tennisclub an und verständigte ihre Arbeitgeber. Sie trafen in weißen Leinenhosen und weißen Baumwollpullovern am Ort des Geschehens ein. Spike trug weiße Tennisschuhe, doch Abu hatte seine Nikes gegen schwarze Lederhalbschuhe eingetauscht. Die rot blinkenden Warnlichter des Feuerwehrwagens spiegelten sich in den blankgewichsten Schuhspitzen.

»Irgendwer hat Lust, die alten Zeiten heraufzubeschwören«, sagte Abu lächelnd. »Wer hätte gedacht, daß religiöse Terroristen so sentimental sein können?«

»Nein«, erwiderte Spike. »Ich glaube, daß es sind die Bullen, was machen die Drohung. Sie wollen feiern und haben nichts mehr zu trinken.«

»Ihr scheint alle beide die Sache nicht ganz ernst zu nehmen«, sagte Ellen Cherry.

Spike betastete die Narben auf seiner Stirn. »Ich nehme ernster als jeder andere«, sagte er. »Aber ich glaube, daß es ist nur ein *shikker*, was ist sauer, weil unsere kleine Salome sich weigert zu tanzen den Tanz der sieben Schleier.«

»Was ist bloß dran an diesem Tanz?« fragte Ellen Cherry. »Alle Welt verdreht die Augen, als ginge es um freie Liebe mit Eiscreme, aber keiner hat den leisesten Schimmer, was das Ganze eigentlich soll.«

»Es ist dieser Schnüffler, was hat angefangen die ganze Sache«, sagte Spike und meinte Shaftoe.

»Aber es ist wirklich ein Tanz«, warf Abu ein. »Und anscheinend hat sie ihn im Repertoire.«

»Na schön, aber was ist so Besonderes daran? Stammt er nicht aus der Bibel oder so?«

Es war noch keine drei Uhr nachmittags, doch an der Fortyninth Street-Ausfahrt des FDR-Drive staute sich bereits der Verkehr. Die ungeduldigen Hupen und dröhnenden Motoren waren so laut, daß Ellen Cherry im Bemühen, Abus Erklärungen zu verstehen, Ohrenschmerzen riskierte. »Nein, in der Bibel wird der Tanz nirgendwo mit Namen erwähnt, obgleich der Historiker Josephus berichtet, daß die biblische Salome ihn auf der Geburtstagsfeier für ihren Stiefvater Herodes aufführte.«

»War das die Feier, wo der Kopf Johannes' des Täufers aus dem Kuchen rollte?«

»Sozusagen. Übrigens stammt Salome vom gleichen semitischen Wortstamm ab wie *shalom* oder *salem*. Mit anderen Worten, Frieden. So ist unsere geliebte Stadt Jerusalem nicht nur die Stadt des Friedens, sondern auch die der Tempeltänzerin.«

»Der was?«

»Der Tempeltänzerin.«

»Wie nett«, sagte Ellen Cherry.

»*Mir* gefällt es«, sagte Spike.

Abu fuhr fort. »Der Tanz selbst ist älter als Herodes und seine Stieftochter Salome. Tatsache ist, daß er uralt und durch und durch heidnisch ist, verknüpft mit dem Mythos vom zyklischen Tod des Sonnengottes. Seine Mondgöttin steigt in die Unterwelt hinab, weil sie ihn retten will, aber um ihn zurückzubekommen, muß sie an jedem der sieben Tore eines ihrer sieben Kleidungsstücke ablegen.«

»Warum?«

»Keine Ahnung. Aber Neuinszenierungen dieser Story gab es offensichtlich bis weit in römische Zeiten hinein. Mit Unterstützung der Hebräer übrigens. Eine Tänzerin ließ an jedem der sieben Tore des Tempels in Jerusalem einen Schleier fallen. Am siebten Tor war sie nackt, wie Gott sie geschaffen hatte, aber das war nicht unbedingt der Grund, warum Herodes sich diesen Tanz für seine Geburtstagsfeier gewünscht hatte. Ich habe gelesen, daß die Schleier die verschiedenen Arten von Illusionen darstellten. Jedesmal wenn ein Schleier fiel, wurde eine Illusion zerstört, bis endlich das große zentrale Geheimnis des Lebens enthüllt wurde.«

»Was?« schrie Ellen Cherry. »Das habe ich nicht mitgekriegt.«

Bevor Abu die Geschichte wiederholen konnte, kam die Nachricht von der anderen Seite der UN Plaza, daß die Polizei tatsächlich eine Art Bombe gefunden hatte, versteckt hinter dem Bambusbehang an einer Wand unweit des Podiums. Spike und Abu waren überrascht. Ellen Cherry dachte sofort an Buddy Winkler.

Es war falscher Alarm. Die »Bombe« entpuppte sich als Kassettenrecorder mit Fernbedienung. Irgend jemand, wohl ein Kellner, hatte ihn dort versteckt, um heimlich das Orchester mit Salome am Tamburin aufzunehmen. »Wahrscheinlich wollte er sich mit dem Verscherbeln von Raubkassetten was dazuverdienen«, folgerte Abu.

»Ist das der alte amerikanische Traum oder der neue?« erkundigte sich Ellen Cherry bei Spike.

»Nu, is besser fauler Kapitalismus als Bombe. Es wird allmählich bissel zu ruhig für die beiden Rettiche. Vielleicht die religiösen Sekten fangen an, endlich religiös zu werden.«

»Weißt du was?« sagte Ellen Cherry. »Ich kann gar nicht verstehen, warum diese Sekten so populär sind. Okay, die Leute haben jemand, der ihnen das Denken abnimmt, aber was ist so toll daran? Sind sie wirklich nur faul, oder verschafft es einem einen heimlichen Kick, wenn man sein Bewußtsein kontrollieren läßt?«

»Ich hege ernsthafte Zweifel daran, daß der Kick ein Faktor ist«, sagte Abu. »Der Grad von Ordnung, den die Leute anstreben, steht immer in direkter Beziehung zum Chaos in ihnen selbst.«

»Dann muß der alte Boomer so tumb sein wie ein Eimer voll Nüsse.« Lächelnd dachte sie einen Augenblick an Boomers Abneigung gegen alles, was geradlinig und eng war. »Zu schade, daß Sie ihn nie getroffen haben, Mr. Hadee. Ich habe das Gefühl, Sie wären gut mit ihm ausgekommen.«

Abu und Spike warfen sich unbehagliche Blicke zu. So unbehagliche, daß Ellen Cherry Verdacht schöpfte. Sie musterte sie fragend. »Sollen wir es ihr erzählen?« fragte Abu.

»Ja«, antwortete Spike. »Sie hat ein Recht darauf, es zu erfahren.«

»Was ist los, ihr beiden?«

»Kein Grund zur Aufregung, *little darlink*. Nur, daß Abu und ich könnten in allernächster Zukunft deinen Boomer treffen.«

»Sehen Sie, Ellen Cherry, letztes Jahr haben Spike und ich beschlossen, eine Skulptur für ein vom Krieg zerstörtes Viertel vor dem Jaffa-Tor von Jerusalem zu spenden, das gerade wiederaufgebaut wird. Wir hielten unsere Rolle geheim, weil wir gerade Probleme mit dem Restaurant hatten und unsere Partnerschaft ja nicht unumstritten war. Durch Mittelsmänner erteilten wir einem israelischen Bildhauer namens Zif, Amos Zif, den Auftrag.«

»Ha!« rief Ellen Cherry aus. Man sah förmlich die Glühbirne über ihrem Kopf leuchten.

»Ha, in der Tat. Nun, wir erfuhren bald genug, daß Zif seinerseits einen Partner gefunden hatte, einen Nichtisraeli, was wir ihm nicht übelnahmen, denn unsere grundlegende Absicht war es, ein Monument erbauen zu lassen, das eine Brücke zwischen den Kulturen schafft. Zugleich hörten wir von Ihnen, daß Boomer Petway an einer Statue in Jerusalem mitarbeitete. Erst vor kurzem aber zählten wir zwei und zwei zusammen und –«

»Ich klinke aus«, sagte Ellen Cherry. »Wenn die Welt noch kleiner wird, müssen wir alle eine Diät machen.«

»Ja, aber wir haben ein Problem. Ihr Boomer macht doch diese großen Hühnchen ...«

»Truthahn. Einen großen Truthahn.«

»Truthähne und Wolkenkratzerhosen und Einkommensteuererklärungen für Doppelagenten – was ist nicht gerade so, wie wir uns vorgestellt hatten.«

»Verstehe.«

»Wir sind ein wenig besorgt«, sagte Abu. »Besorgt über das Image und besorgt über die Aussage. Deshalb haben wir darum gebeten, ein Modell der Skulptur sehen zu dürfen, bevor sie weitermachen.«

»Da oder hier?«

Simultan antworteten sie mit einem arabischen und einem jüdischen Achselzucken, fundamental ähnliche Bewegungen, doch so unterschiedlich in den Nuancen wie ein Fez und ein Yarmulke. »Die Antwort wir haben noch nicht erhalten«, sagte Spike. Dann wandte er sich dem Bambusbehang zu, der nach der Invasion des Räumkommandos in Fetzen von der Wand hing wie die Bluse einer ausgepeitschten Ehebrecherin. »Wie teuer ist Mörtel?« fragte er.

Es wurde vereinbart, die Wände im Isaac & Ishmael's neu verputzen zu lassen. Das Restaurant würde während der Thanksgiving-Woche schließen, damit die Arbeiter werkeln konnten. »Das Personal erhält ein paar Tage bezahlten Urlaub«, verkündete Abu. Das Personal begrüßte die Nachricht mit Jubel – es war hektisch zugegangen in diesem Herbst –, doch einige der Gäste jammerten. Nicht nur, daß sie eine Woche ohne Salome auskommen mußten, nein, der Thanksgiving Day war für den Football dasselbe wie der St. Patrick's Day für den Schnaps.

»Jetzt muß ich zu Hause bleiben und die Spiele auf meinem Mickergerät ansehen«, jammerte ein griechischer Delegierter. »Und mich obendrein in der Halbzeit um meine Frau kümmern.«

»Cowboys haben eben nie Feierabend«, sagte Ellen Cherry und gähnte.

»Ich fürchte, da haben Sie ein Non sequitur produziert«, erklärte ein ägyptischer Arzt, der ziemlich klugscheißerisch mit seinem jüngst erworbenen Englisch protzte.

»Verpiß dich«, gab Ellen Cherry zurück. Sie hatte einen dieser regelmäßig auftretenden Anfälle, in denen sie sich als gescheiterte Künstlerin sah.

»Oxymoron!« erklärte der Arzt und erläuterte ihr, warum. »Es ist unmöglich, sich zu verpissen, man kann nur geradeaus, nach rechts oder links und im Bogen pissen. Oder nicht?«

Ellen Cherry seufzte. Bis Thanksgiving war es noch Wochen hin.

Mittlerweile hatten sie den zerfetzten Bambusbehang notdürftig wieder an den Wänden befestigt. Die Räume sahen aus, als wären sie mit besonders gesunden Frühstücksflocken beschichtet, ein unter der Bezeichnung »Früh übt sich« bekanntes Dekor. In dieser äußerst glasfiberhaltigen Atmosphäre setzte Salome ihre Auftritte fort, weigerte sich jedoch nach wie vor, den Tanz der sieben Schleier zu tanzen, ganz gleich, wie flehentlich die Bitten von den Müsliwänden widerhallten.

November. Salome tanzte, Ellen Cherry managte, und die Israelis wählten. Boomer berichtete Ellen Cherry in allen Einzelheiten darüber. Faule Tricks, vorgetäuschte terroristische Anschläge, Lügen, Drohungen und Einschüchterungsstrategien jedes stinkigen Kalibers. Boomer war begeistert. Natürlich gewannen die Rechten. Konservative verstehen sich auf Halloween, Liberale nur auf Weihnachten. Wenn man eine Bevölkerung kontrollieren will, darf man ihr nicht mit Sozialleistungen kommen, sondern muß ihr die Hölle heiß machen. Vielleicht war der Kommunismus wirklich passé, aber ach – da gab es die Schreckgespenster Terrorismus und Drogen, mit denen sich gedankenlose Massen einschüchtern und unterdrücken ließen. »Das habe ich aus meinen Spionageromanen gelernt«, schrieb Boomer. »Wenn du den Kids beibringen willst, wie die Welt tatsächlich funktioniert, nimm ihnen ihre Staatskundebücher weg und gib ihnen ein paar gute Spionagethriller zu lesen. Übrigens, könntest Du mir den neuesten Tom Clancy schicken? Kann ihn hier nicht kriegen.«

Boomer fuhr fort, nun, da sich die Rechten ihren Platz gesichert hätten – sie würden den Joystick offiziell im Januar übernehmen –, sei es sonnenklar, daß es zu einigem Aufruhr kommen würde, wenn ihr Monument enthüllt wurde. Und dann überraschte er sie unter der in Großbuchstaben geschriebenen Überschrift STRENG VERTRAULICH! mit einer Beschreibung des Monuments.

Die Beschreibung war eingehend; sie vermittelte nicht nur ein Bild von den hervorstechendsten äußerlichen Merkmalen der Skulptur, sondern enthielt auch historische, mythologische und kulturelle Anspielungen, die er kaum aus einem Spionageroman haben konnte. Was immer sie von der Ästhetik der Skulptur halten mochte, die verbale Präsentation war einfach umwerfend, und das ungeachtet der Tatsache, daß sie in einer fürchterlichen Sauklaue geschrieben war. Sie schloß die Augen, und als sie das tat, sah sie nicht nur das Monument vor sich, das er so eindringlich beschrieben hatte, sondern auch Boomers süßen Kopf, von dem das Haar floh wie das Ozon von der Arktis. War ihr Groll gegen ihn einer Sehnsucht gewichen, einem gespenstischen, unbewußten Verlangen, einer Begierde, die über das rein Körperliche hinausging, einer Sehnsucht nach seiner Persönlichkeit, seinem Sein, seinem ... *Bewußtsein*?

Ellen Cherry riß sich aus den albernen Tagträumen und kehrte wieder zu seinem Brief zurück. Es schien, als hätte Boomer Probleme mit den Behörden wegen einer Kiste, die Buddy Winkler ihm geschickt hatte. Boomer wußte nicht, was drin war. Die Zollbehörden in Tel Aviv hatten sie beschlagnahmt mit der Begründung, sie sei verdächtig. »Jetzt wird gegen mich ermittelt, und zum erstenmal in meinem Leben muß ich mich möglicherweise so weit erniedrigen, einen Anwalt zu nehmen. Das ist das Ende von allem Guten und Reinen. Wird ein Kerl wie ich erst mal weich und heuert einen Anwalt an, ist seine Passage zum Hades so gut wie gebucht.«

Die Epistel schloß mit einer offenkundig lasziven Bemerkung. Boomers Handschrift wurde im Verlauf des Briefes immer unleserlicher, und sie konnte den Schluß nicht ganz entziffern, hätte aber ihren letzten Cent darauf verwettet, daß er etwas Anzügliches enthielt. Seine Unterschrift ähnelte dem Schnurrbart eines lateinamerikanischen Tanzlehrers. Am Ende der Seite jedoch entdeckte sie ein Postskriptum von beinahe akademischer Leserlichkeit. Zweifellos hatte er es morgens nach dem Ausschlafen hinzugesetzt. Es lautete:

»Wenn ich's mir recht überlege – vergiß den Tom Clancy.«

Der November spielte seine Karten aus: zwei schwarze Asse, zwei zitternde schwarze Siebenen und den Pik-Buben. Salome tanzte, Ellen Cherry managte, und dann kamen die Maurer und schickten beide nach Hause. Am Mittwoch vor Thanksgiving wachte Salome auf, um (wahrscheinlich) Chemie zu büffeln, Verbände zu wechseln und Irren und Junkies den Schaum vom Mund zu wischen. Ellen Cherry wachte auf, um (sicher) im Bett zu bleiben und zu grübeln. Doch nach einer Weile hatte sie ihre Verzweiflung satt, stand auf, machte Toilette und wärmte sich zum Frühstück einen Rest *shawarma* aus dem I & I auf.

Die Aussicht auf ein Frühstück aus *shawarma*-Resten war eines der Dinge, die sie deprimierten. Dann stellte sich heraus, daß es gar nicht übel war. Wie man es auch drehte und wendete, es schlug *baba ghanoug* um Längen. Einmal hatte sie sich *baba ghanoug* zum Frühstück gemacht und sogar ein paar Bissen davon runtergewürgt, bevor ihre Geschmacksknospen protestierten, das widerspreche der Genfer Konvention.

Außerdem schwelgte sie in Selbstmitleid, weil sie an einem so bedeutenden Feiertag mutterseelenallein sein würde. Patsy war übers lange Wochenende nach Florida geflogen, würde aber Weihnachten nach New York kommen und sogar eine Weile zu ihr ziehen, bis sie eine eigene Wohnung gefunden hatte, ein Unterfangen, das so lange dauern konnte wie die Entwicklung eines Mittels gegen die gewöhnliche Erkältung. Ellen Cherry war klar, daß sie diesen letzten Monat des Alleinseins nutzen sollte. Im übrigen hatte sie eine Einladung zum Thanksgiving-Dinner bei Abu, Nabila und Familie. Also konnte sie ihr Selbstmitleid begraben – trotz Gatten-, Liebhaber- und Vaterlosigkeit.

Da sie wieder einmal mit der Miete im Rückstand war, grübelte sie auch über ihre Finanzen nach. Aber halt, sie hatte nicht nur bezahlten Urlaub, Spike hatte ihr obendrein auch noch eine Urlaubszulage in Höhe von zwölfhundert Dollar zugesteckt. Das würde die Lage für eine Weile entspannen. Und auf lange Sicht würde sie schon irgendeine Möglichkeit zum Überleben finden. So war es immer gewesen. Eins stand jedenfalls fest: sie würde keine Bilder für Ultima Sommervells

Galerie malen, nur um schnell an Geld zu kommen. Wie sie mehr als einmal mit Blick auf die Staffelei gesagt hatte: »Es für Geld zu tun ist was ganz anderes, als es zu tun, weil man muß.«

Was uns auf den vierten im Bunde ihrer Bluesbläser bringt: die Künstlerdaseinstrübsal. Jeder zweite auf der Straße war der gescheiterte Konsorte dieser oder jener Muse. Man traf sie überall. Der Sonntagsgitarrist, der einfach keine Zeit zum Üben hatte, der Dichterling, der eine Allergie gegen die Einsamkeit entwickelt hatte, die Möchtegernschauspielerin, die zu schwach war, um ihren häuslichen und mütterlichen Pflichten zu widerstehen, der Farbkleckser, der es leichter fand, sich am Alkohol zu berauschen als an Farben, der Möchtegernfilmemacher, der aus mangelndem Selbstbewußtsein in der Werbung endete; die Sänger, Töpfer, Tänzer, denen der Extrafunke an Leidenschaft, das Extraenzym an Hingabe, die Extrapferdestärke an Courage fehlte, waren dazu verdammt, die Wände ihres Lebens mit zerstörten Träumen und heimlichen Frustrationen zu tapezieren. Ellen Cherry hatte sich geschworen, lieber lebende Kakerlaken zum Frühstück zu verspeisen, als sich ihnen anzuschließen.

Plötzlich stand sie auf und drehte eins der Bilder um, die an der Wand lehnten. Ohne einen Gedanken daran zu verschwenden, den Kimono gegen ein altes T-Shirt einzutauschen, griff sie nach einem Bottich mit Kreidegrund und fing an, das Bild zu übermalen. Hätte Can o' Beans, der/die in der Dünung des endlosen Atlantiks ums nackte Überleben kämpfte, das erfahren, so hätte er/sie sich wahrscheinlich einfach aus seinem/ihrem pfläumchenrosa Bunker gestürzt und sich zum Müll auf dem von Seesternen übersäten Meeresgrund gesellt.

Ein eisiger Kreidenebel legte sich über das Bild. Bald war die obere Hälfte verschwunden. Daß die Worte »Bohnen« und »in Tomatensauce« unter den Schwaden noch deutlich sichtbar waren, hätte Can o' Beans nicht besänftigen können. »Und wenn ein ungeduldiger, dreister Gilbert Stuart eines schönen Morgens die obere Hälfte seines Washington-Porträts mit weißem Zeug überpinselt hätte?« hätte er/

sie möglicherweise gefragt. »Könnten Schulkinder ein Doppelkinn und einen runden weißen Kragen betrachten und sie als Dinge identifizieren, die sich im Krieg, im Frieden und in den Herzen ihrer Landsleute ausgezeichnet hatten? Wenn Leonardo ...« Nein, Can o' Beans wäre nicht zu beruhigen gewesen, wenngleich er/sie es vielleicht merkwürdig gefunden hätte, daß die Hälfte seines/ihres Porträts unversehrt blieb.

Die Erklärung dafür war, daß Ellen Cherrys Tüncherei von einem Klopfen an der Tür unterbrochen wurde. »Wer ist da?« rief sie.

»Eine Lieferung.«

»Eine Lieferung?«

»Von Ihrem Blumenhändler.«

Das war seltsam. Lieferungen, auch Blumen, wurden normalerweise beim Türsteher abgegeben. Sehr seltsam. Außerdem hatte die Stimme (männlich) einen merkwürdigen Akzent gehabt, so wie einer aus dem Süden, der versucht, Französisch zu sprechen. Buddy Winkler fiel ihr ein, doch es war nicht Buddys Stimme, und ein Zittern wie von Furcht überkam sie.

Ohne die Kette abzunehmen, öffnete sie die Tür einen Spaltbreit. Draußen stand ein uniformierter Verkaufsfahrer, der geradewegs den zwanziger Jahren entsprungen schien. Er trug eine braune Jacke mit zwei Reihen Messingknöpfen, Reithosen, die in hohen Schnürstiefeln steckten, und ein Offizierskäppi mit glänzendem schwarzem Schirm. Er sah aus wie der Chauffeur des Großen Gatsby. Doch noch während sie ihn in die Sparte Anachronismen einstufte, mußte sie einräumen, daß alle möglichen auf vornehm getrimmten Uptown-Blumenhandlungen imstande wären, ihren Fahrer in einen derart lächerlichen Aufzug zu stecken, und dann sah sie, daß er eine dieser länglichen grünen Schachteln unter dem Arm trug, in der häufig Rosen verpackt sind. Außerdem hielt er eine braune Papiertüte in der Hand, die mit dem Firmenemblem von Barnes & Noble bedruckt war, und das fiel ihr auf, obwohl, wenn er für eine größere Firma arbeitete, war es gut möglich, daß er auch Bücher auslieferte. Trotzdem gefiel ihr das Ganze nicht. Irgend etwas stimmte nicht an diesem Bild. Die dunkle Brille zum Beispiel. Der geschniegelte kleine Spitzbart, der kein bißchen aufgefallen wäre, wenn er in einem brasilianischen Fluß geschwommen wäre. Die Art, wie er sie anstarrte und sich mit der Zungenspitze nervös über die Unterlippe fuhr.

Mit der freien Hand zog sie sich den Kimono enger um den Hals. Wenn dieser Clown Titten sehen wollte, sollte er zum Mardi Gras fahren. Sie überlegte, ob sie die Tür gerade so weit öffnen sollte, daß sie die Blumen in Empfang nehmen konnte. Immerhin hatten die Reithosen einen altmodisch geknöpften Hosenschlitz, nicht sehr praktisch für einen Vergewaltiger. Andererseits, was, wenn die Schachtel von Onkel Buddy war, was, wenn sie etwas anderes enthielt als Rosen? Nein, der Kerl in dem Affenaufzug starrte sie immer noch an und leckte sich die Lippen. Sie hatte ein komisches Gefühl.

»Geben Sie sie unten beim Pförtner ab«, sagte sie. Als sie die Tür zugeworfen hatte, horchte sie an der Täfelung. Mehrere Minuten vergingen, bevor er den Gang hinunter zum Aufzug ging. Aus einem Fenster sah sie, wie er das Ansonia verließ. Er trug die Tüte, nicht jedoch die Schachtel. *Wahrscheinlich ist es okay*, dachte sie, aber im nächsten Augenblick drehte er sich um und starrte zu ihr hinauf. Ellen Cherry machte einen Satz vom Fenster weg, gerade, als er die Hand hob, um zu winken.

Sie zog sich in Windeseile an, warum, wußte sie auch nicht. Ein Höschen wurde so heftig aus der Schublade gezerrt, daß Daruma richtig schwindlig wurde. Es war, als beginne vor seinen Augen alles zu verschwimmen. »Satori ist immer flüchtig. Reines Licht erfüllt das Bewußtsein wie die Hand eines Taschendiebs. *Om wooga nam.*« Seine Batterien begannen zu summen. Ellen Cherry nahm eine Strumpfhose heraus, schlüpfte in einen Wollrock und hüllte ihren Oberkörper in einen weiten Baumwollpullover. Erst als sie sich ein Paar Schuhe aussuchen wollte und ihr Blick unschlüssig über diejenigen wanderte, die nicht mit *sauce de Spike* besudelt waren, wurde ihr klar, daß sie sich mehr für die Straße als für die Staffelei angezogen hatte.

Die Tüncharbeit wurde nicht fortgesetzt, aber das Bild auch nicht wieder gegen die Wand gelehnt. Den Rest dieses Morgens über starrte sie auf eine halbe Bohnendose, sofern sie nicht gerade nervöse Blicke aus dem Fenster warf. *Wahrscheinlich bin ich noch nicht soweit*, dachte sie. *Ich bin noch nicht bereit zu malen. Wäre ich bereit, wäre ich in der richtigen Stimmung, brauchte es mehr als diesen Zwischenfall, um mich davon abzuhalten. Uncle Bud könnte ohne Unterhosen und mit einer zappelnden Kröte in der Hand vor der Tür stehen, und ich würde seelenruhig weitermalen. Ich dachte, ich wäre schon soweit, aber das war ein Irrtum.*

Kurz nach Mittag läutete versöhnlich das Telefon. Es war Abu. Er und Spike seien im I & I, ob es ihr etwas ausmachen würde, auf einen Sprung vorbeizukommen. Man brauche ihren Rat. Es habe nichts mit dem Restaurant zu tun, erklärte Abu, es gehe um etwas anderes. Ellen Cherry war schnurzpiepe, um was es ging. »Ich bin da, bevor Sie einhängen können«, sagte sie und rauschte so schnell aus der Tür, daß sie ihre Jacke vergaß und noch einmal umkehren mußte.

Im Vorbeigehen griff sie nach der Blumenschachtel. Der angeblichen Blumenschachtel. *Ich nehm sie mit*, dachte sie. *Spike und Mr. Hadee werden schon wissen, was zu tun ist.* Die Schachtel war leicht. Sie tickte nicht. Sie roch nach Kälte.

Im Nahen Osten mischt man Sand in die letzte Schicht des Verputzes. Der Sand verleiht ihm Struktur, vor allem aber Festigkeit. Sand ist für den Putz dasselbe, was Bildung fürs Herz ist. Im Isaac & Ishmael's hatten sich die Maurer an diese levantinische Regel gehalten. So sah das Ganze mehr nach Jerusalem aus. Als sie am Mittwoch gegen Mittag Feierabend machten, waren sie noch nicht ganz fertig. Die Wand hinter dem Podium war sandlos und glatt wie zuvor. »Sie kommen Montag morgen, um die Arbeit zu beenden«, sagte Abu. »Deshalb fällt der Lunch am Montag mittag aus. Und Sie, meine Liebe, haben einen extra Tag frei.«

»Prima. Allerdings muß ich sagen, daß ich die glatte Wand am besten finde. Sie ist irgendwie freundlicher.«

»Deshalb sind rauhe Wände eben authentischer«, sagte Abu.

»Willst du Mr. Nice zum Nachbarn, geh nicht nach Jerusalem«, setzte Spike hinzu. »Jerusalem ist keine Stadt für Howdy Doody.«

»Jerusalem ist die Stadt tiefer Freundschaften«, erklärte Abu. »Aber die Maurerkelle der Geschichte hat hier selbst die Gefühle ein bißchen rauh werden lassen. In Jerusalem wird man sein Leben für Sie riskieren, aber Sie werden niemanden hören, der Ihnen *Have a nice day* zuruft.«

Normalerweise hätten sich Abu und Spike, hatten sie sich erst einmal auf Jerusalem eingestimmt, eher die Zunge abgebissen als so schnell wieder aufgehört. Heute aber schoben sie Ellen Cherry, nachdem sie den kurzen Rundgang durch die frisch verputzten Räume abgeschlossen hatten, ins Büro, wo das bunt bemalte Modell eines Monuments auf dem Tisch stand. Es konnte sich nur um das gemeinsame Projekt von Petway und Zif handeln.

Der Attrappe nach zu urteilen bestand das Fundament der Skulptur genauso, wie Ultima und Boomer es beschrieben hatten, aus einem Haufen Felsblöcke, über dem sich eine freistehende, dreidimensionale, vertikale Landkarte des alten Palästina (oder Kanaan) erhob. Auf dieser Karte balancierte eine gewaltige und ziemlich außergewöhnliche Figur, deren Füße unbekümmert über der Stadt Dan im Norden des Landes baumelten. Es war eine zusammengeschweißte und grell bemalte Mischung aus Stahl und Aluminium. Man hätte sagen können, daß die Figur den Körper eines Menschen und den Kopf eines Esels besaß, nur hatte der Körper einen Schwanz, und der Kopf war eher anthropomorph. Die Ohren, eins aufgestellt, das andere heruntergeklappt, waren lang und haarig; die Augen quollen aberwitzig heraus; die dicken Lippen seines Pferdemauls teilten sich zu einem anmaßenden Grinsen und legten ein Dominoset von Zähnen frei: hervorstehende Zähne, krumme Zähne, schiefe Zähne, Zähne, vor der selbst die Zange Salpeters, des griechischen Gottes der Zahnmedizin, kapituliert hätte. Dieser groteske Esel hatte einen wohlproportionierten menschlichen Körper, bis auf die Stellen, wo sein Gewand (dessen Muster das Grün des Islam mit dem Blau von Judäa vereinte) offenstand. Dort sah man die von Milch schwellenden Brüste einer Frau und den lässig pendelnden Penis eines normalen Mannes. Am linken Fuß trug die Kreatur ein hochhackiges Pantöffelchen, am rechten den Schnürstiefel eines Arbeiters.

»Was soll das sein?« fragte Spike. »Lucky Luke auf Speed? Ed von Schleck?«

»Sie sind doch Künstlerin«, sagte Abu ein wenig zögernd, denn er hatte bisher kaum Zeugnisse ihrer Kunst gesehen. »Was halten Sie von dieser hermaphroditischen Comic-Figur?«

Ellen Cherry studierte das Monument aufmerksam. Boomers Brief zu lesen und es dann sozusagen in Fleisch und Blut vor sich zu sehen, waren zweierlei Paar Stiefel. Nicht, daß er es nicht exakt beschrieben hätte, aber das Ding war, nun ja, vitaler, als sie sich vorgestellt hatte, viel dynamischer und ergreifender, selbst in seinem jetzigen Zwergenzustand.

»Hmmmm«, sagte sie. »Hmmm.«

»Hmmmm«, wiederholte Spike. »Unsere kleine Künstlerin hat zu sagen nicht mehr als ›Hmmmm‹?«

Ellen Cherry ignorierte ihn. Sie musterte das Modell und schüttelte ihre aufgedrehte Spielzeugmähne – ob aus Verzweiflung oder Verwunderung, konnten sie nicht sagen. Schließlich antwortete sie: »Nun, was immer es ist, mit Comics hat es nichts zu tun. Im Gegenteil, es ist ziemlich stark, sowohl im kinetischen als auch im totemistischen Sinne.«

»Siehst du?« sagte Spike. »Was ich habe dir gesagt? Nur ein Künstler begreift die *tychnik* von eine Künstler.«

»Dann wissen Sie auch nicht, was es ist?« fragte Abu.

»O doch, das tue ich«, korrigierte ihn Ellen Cherry. »Aber natürlich weiß ich, was es ist.«

Das Land Palästina, das ehemalige Kanaan, wurde nach Pales benannt.

Pales war ein Gott. Der Eselsgott. Oder die Eselsgöttin. Im allgemeinen war er männlich, aber manchmal war sie weiblich, und manchmal haftete dem Geschlecht auch ein bißchen etwas Ambivalentes an.

Der Name Pales war arabisch; er stammte aus Libyen, doch die Hebräer liebten das langohrige bisexuelle Monstrum nicht weniger als die Araber. Der römische Historiker Tacitus schrieb, die Semiten verehrten den Esel, denn hätte es keine wilden Esel gegeben, hätten sie in der Wüste niemals überlebt. Wahrscheinlich war es komplizierter als das.

Der Esel war ein Retter, der Milch, Fleisch und Schuhleder lieferte und zugleich den Transport von Gütern ermöglichte (was die Bibel als »goldenes Kalb« bezeichnete, war in Wirklichkeit ein Goldesel, denn so viele Rindviecher hatte es in der Levante nie gegeben).

Im übrigen war der Esel ein Dickkopf, ein Faultier und ein sexueller Nimmersatt.

All diese Eigenschaften verkörperte auch Pales; er war Trickster, Geist der Fruchtbarkeit und heiliger Clown, der über die zügellosen Leidenschaften der Menschen herrschte und die Bedürfnisse der Sterblichen erfüllte, allerdings erst, nachdem er ihnen gründlich auf der Nase herumgetanzt war.

Das alles erklärte Ellen Cherry Abu und Spike, so wie Boomer es ihr erklärt hatte. »In der linken Hand, der weiblichen Hand, der mit den langen Fingernägeln, hält er einen Krug Milch und ein Glas Honig. Die welligen weißen Stäbe in der männlichen Hand dagegen sollen den heißen Wüstenwind symbolisieren. Ich glaube, sie nannten ihn ›Eselsatem‹. Dieser Wind bedeutete Ärger.«

»Wie könnte es anders sein, wenn er ›Eselsatem‹ heißt?« sagte Abu. »Trotzdem, es ist musikalisch. Ein kleines Gedicht.«

»Nu, den Wind kenne ich. Im Sinai ich habe ihn gespürt. Oj! Was für ein Wind! Er erregt nicht nur die Körper, sondern auch die Geist.«

Nachdem sie die beiden Sponsoren aufgeklärt hatte, wen oder was die Statue darstellen sollte, hängte Ellen Cherry noch eine Erklärung darüber an, wie die beiden Künstler darauf gekommen waren. »Boomer sagt, die Figur soll Araber und Juden an ihre gemeinsamen Wurzeln erinnern. Vor langer Zeit haben sie dieselbe Gottheit verehrt, und eine Menge von dem Zeug, was sich in beiden Religionen bis heute erhalten hat, läßt sich auf gemeinsame Kulte zurückführen. Er sagt, sie soll daran erinnern, daß dieses Land, um das sie so erbittert gekämpft haben, nach einem schreienden Dummkopf benannt ist. Und das soll ihnen etwas zeigen. Unter anderem, daß sie sich nicht so ernst nehmen sollen. Zif und der gute Boomer hoffen, daß Araber und Juden diese Kreatur betrachten können, verrückt und vulgär, wie sie ist, und vielleicht einen Funken von Humor in ihrer eigenen Verrücktheit entdecken. Und wenn sie über sich lachen und über die Tatsache, daß sie zusehen konnten, wie sich ein einfacher Fall von Machtkampf unter Geschwistern zu einem derart lang anhaltenden, die ganze Welt bedrohenden Chaos ausweitete, bestätigen sie auch ihre eigentliche Sexualität, und das ist, wie Boomer behauptet, dasselbe, als wenn sie ihre Verbindung zur Natur bejahen. Er sagt, eins der Hauptprobleme in Palästina oder Israel ist, daß alle, Araber wie Juden, in einem Abstraktum leben und lieber politischen und religiösen Ideologien folgen statt ihren Körpern, die erdverbunden sind.«

Sie hielt inne. »Nun ja, das wär's so ungefähr. Ich persönlich kann Eselsscheiße nicht von Hafergrütze unterscheiden, wenn es um Eselsgötter geht oder irgendwelche anderen Märchen aus dem *National Geographic*. Aber ich weiß, was auf dem ästhetischen Level abgeht, und egal wie ausgetickt das Ding auch sein mag, als Kunstwerk ist es nicht übel. Ganz und gar nicht übel.«

Immer wieder umkreisten Abu und Spike das Modell.

»Es hat ein gewisses Etwas«, räumte Abu ein. »Eine ziemlich verdrehte Daseinsfreude.«

»Es spricht an unsere grundlegende Einheit«, sagte Spike. »Das ich finde gut.«

»Ja«, nickte Abu. »Aber es wird jede Menge Mißverständnisse geben. Und Ärger.«

»Ojojoj! Du sagst es. Eselsatem.«

Immer wieder umkreisten Abu und Spike das Modell. Ellen Cherry ging zur Toilette. Unterwegs blieb sie stehen und bewunderte die saubere weiße Wand hinter dem Podium. Als sie zum Büro zurückkehrte, drehten die Männer noch immer ihre Kreise um den androgynen Esel und versuchten herauszukriegen, ob er ihnen gefiel oder nicht.

»Übrigens«, fragte Ellen Cherry, »wie kommt das Modell eigentlich hierher?«

»Das ist ziemlich mysterös«, erwiderte Abu. »Ein Bote hat es abgegeben. Wir wußten gar nichts davon.«

»Oh. Sie hatten angedeutet, daß Boomer oder Zif es vielleicht persönlich überbringen würden.«

»Ja, aber dann kam der Bote.«

»Oh.«

Auf dem Tisch stand eine Flasche Rum, und Ellen Cherry goß sich ein Glas ein. Im gleichen Augenblick, als er ihren Magen erreichte, spürte sie einen Anflug von Sodbrennen, fast als sträube sich der Rum gegen eine chemische Verbindung mit den Bestandteilen des *shawarmas*. Sie rülpste. Der Rülpser, obwohl eher verschämt und gedämpft, setzte einen Denkprozeß in Gang.

»Wie sah der Bote aus?« fragte sie.

»Wie bitte?«

»Dieser Bote, der das Modell abgegeben hat – wie sah er ...?«

»Nun, da Sie davon spechen, er wirkte etwas wunderlich. Er trug eine Livree.«

»Hatte er einen Bart?«

»Nein.«

»Sind Sie sicher? Kein Spitzbärtchen?«

»Nein, er war glatt rasiert, nicht wahr, Spike?«

»Glatt wie ein Kinderpopo.«

»Hmm, trug er eine dunkle Brille?«

»Ja. Ja, genau, das stimmt. Woher wissen Sie das?«

»Noch etwas?«

»Nein.«

»Keine braune Papiertüte?«

»Ach so, ja, doch. Er hatte eine Tüte unterm Arm.«

»Ja, und als er abstellte das Modell, ein Buch ist gefallen heraus. Es war der neue Bestseller von diese Tom Clancy.«

»Also, das darf doch nicht … dann hat er *doch* gehumpelt, als ich ihn aus dem Ansonia gehen sah.«

»Was ist los, Cherry?«

Ellen Cherry stürzte zum Sofa und hob die Blumenschachtel auf, die sie dort abgelegt hatte. Sie riß die Verpackung auf. Entdeckte ein Dutzend rote Rosen, deren Stengel weitaus länger waren als die virilen Ohren eines Esels. Und einen winzigen Umschlag. Und in dem Umschlag eine Karte. In stilechter Zementmischerklaue stand darauf:

Liebe und Lust vom
Meister der Verkleidung

»Dieser Schweinehund«, sagte sie lachend. »Dieser Mistkerl! Der Bursche hat entschieden zuviel Spaß im Leben.«

Als erstes rief sie in Ultima Sommervells Galerie an. Ultima sei in einer Besprechung, hieß es.

Als nächstes wählte sie die Nummer des Ansonia. »Tut mir leid, Mann«, sagte eine unbekannte Stimme. »Pepe ist in einer Besprechung, Mann.«

Waren das etwa die vielbeschworenen Auswirkungen der angespannten Wirtschaftslage? Sie goß sich noch einen Rum ein. Während sie heimlich einen Schwall von geschmolzener Lava und Drachenrotze rülpste, ein Gift von Feuerameisen, eine Substanz, die gewisse Regierungen im nahöstlichen Raum garantiert in einen Kampfstoff verwandelt hätten, bekam sie ihre Emotionen wieder unter Kontrolle. Intuitiv wußte sie, daß Boomer sich bereits auf dem Rückweg nach Jerusalem befand. Eine innere Stimme jammerte, daß er wahrscheinlich gerade lang genug geblieben war, um die blöde Ultima zu bumsen, aber dann schalt sie sich selbst – sie hatte wirklich Nerven, sich über so was aufzuregen, wenn sie auf demselben Sofa saß, wo Spike und sie … Ellen Cherry schob die ganze Sache beiseite. Sie begann wieder zu lachen und trank einen Schluck Rum.

Dann wählte sie erneut. »David Davis, Künstlerzubehör«, meldete sich eine kauzige Stimme. Es war der alte Dave selbst. Offensichtlich war Dave Davis, der Besitzer ihres Lieblingsgeschäfts für Pinsel und Farben (nicht zu verwechseln mit Mel Davis, beim Anblick von dessen Hundeboutique sich ihr jedesmal der Magen umdrehte), nicht in einer Besprechung.

Ellen Cherry warf einen Blick auf die Uhr im Büro. Es war vierzehn Uhr dreißig am Tag vor Thanksgiving. »Haben Sie noch auf?« fragte sie.

»Darauf können Sie wetten, Ma'am.«

»Ich bin gleich da.«

Ein letzter Schluck Rum, dann verließ sie Spikes und Abus Umlaufbahn um den Pales, winkte einem Taxi und fuhr zur Ecke Bleecker und Lafayette, um das Geld für ihre Miete im Einzelhandelssektor der Privatwirtschaft zu investieren.

Viele New Yorker Künstler zogen das Pearl Paints auf der Canal Street, Ecke Broadway vor, aber für Ellen Cherry kam nur David Davis in Frage. Ihr gefiel es, daß der Laden alt, muffig und schlecht beleuchtet war. Ihr gefiel auch, daß der alte Dave persönliche Beziehungen zu Künstlern unterhielt und daß die Angestellten, die gewöhnlich zu beschäftigt waren, um sich um sie zu kümmern, schwarze Trainingsanzüge trugen, als seien sie Bühnenarbeiter in einem mit Künstlerbedarf vollgestopften Kabuki-Theater. Es war die Art Geschäft, von dem sie geträumt hatte, als sie noch ein kleines Mädchen in Colonial Pines war – ein Ort, nicht ganz von dieser Welt, der die Tapferen und die Auserwählten für ihre magische Suche ausstattete.

Es gab einen Raum bei David Davis, der nur Pinseln vorbehalten war. Zu Hunderten lagen sie in allen Größen und Formen in der unterirdischen Düsterkeit, und ihre schimmernden Borsten sträubten sich dem Käufer entgegen, als stelle sich dieser vor einem Publikum von Igeln zur Schau. Immer wenn sie den Pinselraum betrat, fühlte sich Ellen Cherry wie eine Motte, die in einen Pelzmantel geflattert war. Heute suchte sie ein rundes Dutzend feiner Zobelpinsel aus, die meisten davon breiteren Kalibers, und jedesmal, wenn sie aufstoßen mußte, kam ihr eine halbe Tasse Napalm hoch.

Ein Verkäufer, der in den Raum glitt, als sei er im Begriff, ein Stück Kulisse beiseite zu schieben, damit kostümierte Samurai gegen Streichmesser kämpfen konnten, fragte tatsächlich, ob er ihr behilflich sein könne. Das Geschäft war ungewöhnlich leer. Es gab keine hektischen Einkäufe in letzter Minute bei David Davis, keine Kochkünstler auf der Suche nach Material, mit dem sich das Erscheinungsbild eines Truthahns aufmöbeln ließ.

Sie ging weiter in die Farbenabteilung. Jetzt begann der eigentliche Spaß. Ohne auf den Preis zu achten, fing sie an, große Farbtöpfe mit Acrylfarben aus den Regalen zu ziehen. Und immer wieder aufstoßend – ihre Speiseröhre schmorte wie eine aufgeweichte Zündschnur –, rezitierte sie die Namen der Farben, die sie in den Einkaufskorb legte.

»Indischrot«, sang sie, »Marsrot, Venezianischrot, Kadmiumorange, Zinnoberrot und Krapprosa.« Es gab Krapprot, Magentarot und den Stachel im Fleisch der Sündigen, Schwester Terra Rosa.

Es gab Kobaltblau, Cölinblau, Preußischblau, Ultramarinblau und, gewürzt mit einem Hauch Knoblauch, Französisches Ultramarinblau.

»Hansagelb.« Sie liebte den Klang dieser Farbe so sehr, daß sie ihn wiederholen mußte. »Hansagelb« (Schutzheiliger gelbsüchtiger Pianisten). Dann Zinkgelb, Zitronengelb, Lichter Ocker, Marsgelb, Neapelgelb und Chromorange.

Echtviolett, Kobaltviolett, feuriges Violett, Kobaltlila, Purpurviolett.

Als nächstes der Alptraum jungverheirateter Hausfrauen, Verbranntes Siena (»Mach dir nichts draus, Darling, wir bestellen uns eine Pizza«), Siena natur, Van-Dyck-Braun, Madderbraun, Kupferbraun, Silber, Goldgelb und Paynesgrau.

»Chromoxidgrün, o Chromoxidgrün! Grüne Erde, Kadmiumgrün, Hookersgrün« (Schutzheilige aller jungen Prostituierten) »und Saftgrün« (Schutzheiliger grüner Wähler).

»O besinge das Rebenschwarz, Lampenschwarz, Elfenbeinschwarz und Titanweiß« (gesegnet seien die weißen Einwanderer, die mitsamt dem Schiff untergingen). »Besinge das schillernde Weiß und das sanfte Fleischrosa.«

Was hatte sie vergessen? Lilienweiß, Nachtschwarz, Schneeweiß, Tiefschwarz, Weiße Weihnacht, Schwarzer Freitag, weiße Überlegenheit, Black Power, die Farbe Lila, die Farbe des Geldes, Phasengrün, Rasengrün, Lorne Green, Lohengrin, die Farbe des Fallschirms, die Haarfarbe meiner Liebsten, Marsbraun, Mars Chartreuse, Marsriegel, die blaue Stunde, Blue Bayou, blaue Briefe, das Blaue vom Himmel, blaue Bohnen, Blauhelme, blaues Blut, blaue Jungs, blauer Montag, besser rot als tot, rote Zahlen, den rot angestrichenen Tag im Kalender, James Brown, grün und blau, grüne Neune, grünes Licht, die grüne Grenze, dasselbe in Grün, Dorian Gray, grau in grau, Long-John Silver, den gelben Neid, die gelbe Gefahr, Gelbfieber, Senf, Curry und Silberzwiebeln.

Ellen Cherry drehte sich der Kopf. Sie fühlte sich schwach und schwindlig. Sie hätte wirklich wissen können, daß Rum und Künstlerbedarf nicht zusammengehen. Mühsam schleppte sie ihre Einkäufe zur Kasse, wo man ihr eine beachtliche Summe abknöpfte. Nach der Transaktion rief Dave ihr ein Taxi. Sie wartete auf der Straße, in der kühlen frischen Luft.

Als das Taxi sie vor dem Isaac & Ishmael's absetzte, hatte der Schwindel nachgelassen, und das Sodbrennen war nur noch ein glühendes Stück Asche. Spike und Abu waren schon gegangen. »Ich kümmere mich um die Dekoration«, erklärte sie dem mißtrauischen Wachmann und schloß mit ihrem eigenen Schlüssel auf. Sie verlor keine Zeit, sondern packte das Material aus, stellte die Farbtöpfe am hinteren Ende des Podiums in einer Reihe auf, holte eine Trittleiter aus der Anrichte, drehte den Thermostat auf, zog sich bis auf das Höschen aus und machte sich an die Arbeit.

Sie pfiff und summte, kratzte sich, wackelte mit den Hüften, warf den Kopf hin und her, trank eine Pepsi Light nach der anderen, überließ sich dem Augenspiel wie als kleines Mädchen und malte bis weit nach Mitternacht. Dann brach sie auf der Couch im Büro zusammen, wo Spike Cohen und sie …

Sie erwachte im Morgengrauen, röstete ein paar Scheiben Pitabrot, spülte sie mit Milch herunter und begutachtete ihr Werk. Der größte Teil war gut. Hie und da entdeckte sie ein paar Konturen, die hervorgehoben, Linien, die verlängert oder verkürzt, Schattierungen, die verstärkt oder abgeschwächt, und Partien, die stärker hervorgehoben werden mußten – wahrscheinlich war sie in letzter Zeit ein bißchen eingerostet. Doch im großen und ganzen war sie mit sich zufrieden. Vor allem aber war noch jede Menge freie Fläche übrig; immerhin maß die Wand drei Meter fünfzig mal fünf Meter.

Nachdem sie Nabila angerufen und sich mit Kopfschmerzen vor dem abendlichen Thanksgiving-Dinner gedrückt hatte, stieg sie wieder auf die Leiter und malte den ganzen Tag. So ging es Donnerstag, Donnerstag abend, Freitag, Freitag abend, Samstag, Samstag abend, Sonntag und Sonntag abend. Sie nahm täglich ein Schaumbad in Abus geliebter Küchenspüle, doch ihre Unterwäsche wurde kein einziges Mal gewechselt, und so sah sie schon lange vor Montag aus wie … nun, wäre der heilige Josef Transvestit gewesen, hätte die Bibel sicher auch die eine oder andere Bemerkung über seine schmutzigen Unterhosen fallengelassen. (»Die Mädels in der Schublade werden's nicht glauben«, sagte der vielfach gestreifte Slip. »*Om wooga nam.*«) Ellen Cherry trank sämtliche Flaschen Cola oder Pepsi Light, die sie im I & I auftreiben konnte, und verdrückte den letzten Krümel Falafel, *tahini* und, ja, auch *baba ghanoug.* Am Sonntagnachmittag hielt sie sich nur noch mit einer Diät aus Kaffee mit Rum aufrecht.

Als Spike am Montagmorgen gegen 8.45 Uhr auftauchte, um die Maurer hereinzulassen, lag Ellen in so tiefem Schlaf, daß nicht einmal ein Kran sie hätte heben können. Spike stand vor ihr und verfluchte den Nierenstein, der ihn aus ihren Armen vertrieben hatte. Seine Finger zuckten, und um ein Haar hätte er ihre Nippel berührt, obgleich der eine goldgelb und der andere lila war. Auch ihre Füße waren voller Farbkleckse. Trotzdem beugte sich Spike herab und hauchte ihr einen Kuß auf den großen Zeh. Dann bedeckte er ihre

Blöße mit seinem *ongepotchketen* Mantel und ging in die Küche, um Abu anzurufen.

»Unsere kleine Künstlerin hat zugeschlagen!« verkündete er. »Es ist ein Volltreffer.«

»Schick die Maurer nach Hause«, sagte Abu, als er die Einzelheiten erfuhr.

Ellen Cherry erwachte, und die Bar war bereits voller Männer, die auf die montagabendliche Footballübertragung warteten. Jeder von ihnen hatte das neue Wandgemälde gesehen, doch nur einer, Detective Jackie Shaftoe, betrachtete es ebenso intensiv wie das Spiel.

Ellen Cherry zog sich an und schlüpfte zur Hintertür hinaus und durch den eisigen Hof. Sie war noch immer erschöpft, aber ihr Gang hatte neuen Schwung. Am liebsten hätte sie mit dem Mond Football gespielt.

Nun hatten Abu und Spike gleich zwei verwirrende Kunstwerke an der Backe, ohne das Geringste davon zu verstehen. Trotzdem fingen sie mit unermüdlichem Eifer an, sie zu studieren. Das Werk des Ehemanns, die Skulptur, war natürlich heikler, da sie eine Entscheidung darüber fällen mußten, ob sie aufgestellt werden sollte oder nicht. Bis Donnerstag abend hatten sie sich geeinigt.

Abu erläuterte Ellen Cherry ihren Entschluß. »Was diesen Pales angeht, so wissen wir natürlich nicht, wieviel Recherche Ihr Boomer in das Werk investiert hat –«

»Wahrscheinlich nicht sonderlich viel. Ich würde sagen, er ist irgendwo über die Geschichte gestolpert und hat einen Narren daran gefressen.«

»Aber wir haben heute unser Tennismatch ausfallen lassen, um in die Bibliothek zu gehen und seine Behauptungen zu überprüfen.«

»Und lag er richtig?«

»Ojojoj! Das Ding ist bloß die Spitze von eine Eisberg!«

»In der Tat, Ellen Cherry. Anscheinend war der Kult der Eselsgottheit in der gesamten antiken Welt verbreitet. Zu meiner Überraschung stellte sich heraus, daß der Palatin-Hügel in Rom ebenfalls nach diesem Clown Pales benannt ist.«

»Was – vielleicht, vielleicht auch nicht – spricht für uns Hebräer, ist, daß wir ihn als männlich ansehen. ›Iao‹ er heißt bei uns.«

Ellen Cherry stimmte »Und auf der Farm, da hatt' er'n Esel, *ia-ia-o*« an.

»Nu, du lachst, aber vielleicht du hast gar nicht so unrecht.«

»Wie du schon ganz richtig berichtet hast, schrieb Tacitus, daß die Semiten den Esel verehrten, weil sie ohne die wilden Esel nicht überlebt hätten in der Wüste. Wahrscheinlich war es komplizierter. Wie kompliziert aber? Nun, nicht nur, daß die Kinder von Lilith, Adams ›schlechter‹ Frau, mit Eselsfüßen zur Welt kamen, Samson die Philister mit dem Kieferknochen eines Esels erschlagen hat oder Jesus auf dem Rükken eines dieser dürren Klepper nach Jerusalem einzog: frühe Darstellungen des hebräischen Messias zeigten ihn bereits als an einen Baum genagelten eselsköpfigen Mann.«

»Irre!«

»Noch früher, in Ägypten, gab es einen eselsköpfigen Gott, den meine Vorfahren Seth nannten. Einmal im Jahr wurde er gekreuzigt und in die Seite gestochen. Mehr als einmal stand er an einem Sonntagmorgen im Frühjahr von den Toten auf.«

»Sie machen wohl Witze.«

»›Sie machen wohl Witze‹, sie sagt. Das, *little darlink*, ich sage zu die nächste Goj, was versucht zu beschuldigen mein Volk des Christusmordes. Sie machen wohl Witze.«

»Als Göttin war Pales Beschützerin der Herdentiere und sicherte so das Überleben des Stammes. Dem bisexuellen Gott dienten sowohl Priester als auch Priesterinnen, die gewöhnlich große Eselsmasken aus Holz trugen. Die Tempel, in denen Pales verehrt wurde, schenkten uns den Begriff Palast.«

»Faszinierend, was ihr da ausgegraben habt.«

»Während des Festes von Palilia, das als Namenstag des heiligen Georg in den christlichen Kalender einging, fanden in diesem Tempel regelmäßig wüste Orgien statt.«

»Das glaube ich.«

»Die unschuldigen Kinder von heute, was verschandeln ihre Geschichtsbücher mit Eselsohren, ha, sie wissen nicht, was sie tun.«

»*Ia-ia-o*«, sagte Ellen Cherry.

Da Pales eine wichtige religiöse Gestalt gewesen war, eine, deren fahler Geist bis heute in der Welt des Westens und des Nahen Ostens herumspukt, und da er – oder sie – vollständig vergessen, von revisionistischen Theologen zum großen Teil absichtlich aus der Überlieferung getilgt worden war, hielten es Spike und Abu für eine prima Idee, dieser Figur zu neuem Leben zu verhelfen.

»Es ist gefährlich, zu vergessen die Vergangenheit. Natürlich es wird sorgen für eine große Wirbel, aber ist eine so lebendige Skulptur! Wann die engstirnigen Fundamentalisten könnten springen über den Schatten ihrer Unsicherheit, vielleicht sie könnten sogar lachen über die Mätzchen von die tanzende Esel.«

»Wenn sie das tun, freß ich einen Besen«, sagte Ellen Cherry. »Nun ja, jedenfalls freut mich eure Entscheidung. Es ist ein Werk, das geprägt ist von der verstörenden Poetik des Raumes. Ich meine damit, daß die implizite Vorstellung von vereinheitlichter Form im Raum durch die Präsenz dreier unabhängiger Komponenten – Felsen, Landkarte und Gestalt –, die nur unterschwellig in Verbindung miteinander stehen, spielerisch jedoch den konstanten Ansturm von Bildern und ihrer Bedeutung auf das menschliche Bewußtsein zurückwerfen, sozusagen gesprengt wird.«

Spike und Abu musterten sie von oben bis unten.

»Hu, was für eine Begriff von die *tychnik*«, sagte der eine.

»Was hat ein Mädchen wie Sie eigentlich in der Gastronomie verloren?« meinte der andere.

»Aber keiner von euch hat mir bisher gesagt, was ihr von meinem Wandgemälde haltet.«

Um die Wahrheit zu sagen, sie waren sich selbst nicht so ganz sicher, was sie davon hielten. Gewiß wäre es ihnen nicht in den Sinn gekommen, die Wand zu verhängen oder zu überstreichen, denn das hätte Ellen Cherry verletzt, und außerdem mußten sie zugeben, daß der Raum durch das Gemälde Farbe und Leben gewann. Ob sie es verstanden oder nicht, es aus tiefstem Herzen schätzen konnten oder gegen Angriffe von Dritten verteidigen würden – das war eine ganz andere Frage.

Und tatsächlich ließen spitze Bemerkungen nicht lange auf sich warten. Beim Personal und bei den Stammgästen gab es einige, die von dem Bild begeistert waren, viele, die sich die Sache leicht machten und es einfach ignorierten, und manche, die sich hinsichtlich ihrer Vorstellungen von Kunst und Realitätswahrnehmung vor den Kopf gestoßen fühlten. Bei verschiedenen Gelegenheiten gerieten sowohl Abu als auch Spike in die Klauen der beiden Lager, allerdings selten länger als eine Stunde.

Als ein britischer UN-Delegierter meinte: »Das hätte meine siebenjährige Tochter malen können«, reagierte Ellen Cherry eisig und mit der einzigen Antwort, die auf diesen abgedroschensten und dümmsten aller Kommentare zur Kunst möglich ist:

»Vielleicht hätte sie. Aber sie hat nicht. Und ich habe!«

Während der Cocktailstunde am Freitag, als sich die Bar füllte, zogen die Stammgäste Ellen Cherry mit ihrem Bild auf, viele unbekümmert, alle uninformiert. Nach einer besonders abfälligen Bemerkung des fetten ägyptischen Arztes stand Detective Shaftoe auf, hob seine Bierdose, wies auf das Gemälde und sagte leise, aber äußerst nachdrücklich:

»Museumsqualität.«

Dann setzte er sich wieder.

Der mürrische, untersetzte Schwarze mit dem weißen Haar und der mehrmals gebrochenen Nase war dafür bekannt, daß er nur dann den Mund aufmachte, wenn er wirklich etwas zu sagen hatte. Die anderen respektierten seine Meinung. Wenn Shaftoe erklärte, das Bild gehöre in ein Museum, gab es niemand im Raum, der etwas dagegen einzuwenden wagte. Trotzdem neigte die Mehrheit in der Bar der Meinung des Barkeepers zu, der nach einer respektvollen Pause sagte:

»Wahrscheinlich geh ich deswegen nich in Museums.«

»In Museen«, verbesserte ihn Dr. Farouk. Can o' Beans wäre begeistert gewesen.

Das Auge des Betrachters drang durch den Schnabel einer Eule in das Bild ein. Es war eine Hommage an die Nacht. Obgleich die Szene, wenn man sie denn als Szene bezeichnen konnte, in einem Raum spielte, waren die Sterne deutlich sichtbar, und auf den Möbeln klebten Tupfer von Mondschaum.

Durch ein diamantförmiges Fenster erkannte man schnarchende Tiere auf einem Hügel.

Es gab ins Auge fallende architektonische Anklänge, doch ließ sich das Bild, wenn man es denn als Bild bezeichnen wollte, auch als Landschaft lesen. War das nicht eine Eiche, in deren Schatten der Herd stand, und waren es nicht Mistelzweige, die sie zu ersticken drohten?

Unbekümmert und großzügig war die klebrige, zähe Farbe aufgetragen worden, und doch kündete die Stimmung, die sie erzeugte, nicht vom Luxus unserer Zeit, sondern von präindustrieller Größe, von der schwarzen, schlammigen, verrauchten Herrlichkeit eines Lebens am Rande ausgedehnter Wälder. Von pastoraler Pracht. Von einem Holzfällerball.

Nicht nur, daß die Bildsymbolik auf die Wiederentdekkung einer vergessenen Vergangenheit anspielte, sie schien auch andeuten zu wollen, daß diese »verlorene« Vergangenheit ein vollkommener Ausdruck für die urbane Sensibilität der heutigen Zeit war. Woher waren denn die Städtebewohner letzten Endes gekommen? Was waren die metropolitanen Gegenstücke zum fröhlichen Treiben ums Lagerfeuer oder zu den mit Reißzähnen bewehrten Ungeheuern, die unschuldigen Mädchen auf dem Weg zum Brunnen auflauerten?

Zwar war das Gemälde äußerst gewichtig, von der Schwerkraft nach unten gezogen wie die Haut eines alten Weibes, doch nichts darin wirkte statisch. Die Pilze und die Fetische, die Wolle und der Wein, die Maskaratiegel, die Mohnblumen, die Grillen, die Giftpfeile, die kühnen Spiralen schweren Rauchs – all das wirbelte durcheinander wie die Sterne: vorwärts, nach außen, rückwärts, nach innen, seitlich, kopfüber und auf ewig. Das eiserne Schwert, eingebettet im Stamm der Eiche, war so lebendig wie der kleine silberne Löffel, der auf dem Büffelfell Trampolin sprang; die goldene Wiege, die in einer Gabelung des Baumes balancierte, schaukelte so stark, daß sie den Himmel ins Wanken brachte – ein Tierkreis, transformiert in eine Music-Hall.

Trotz seiner Komplexität, seiner düsteren Tiefe lag etwas Übermütiges, wenn nicht Ungestümes darin, etwas Sorgloses und Kindliches. Stellare Informationen zuckten auf, bogen sich unter dem Gewicht von Asche, getrockneten Lehmziegeln und Knochen, aber alles ging drunter und drüber wie in einem Kinderlied; es war wie ein Kachima-Flipper, wie eine Episode aus dem Kinderfernsehen.

In gewisser Weise glich es – und das muß hier einfach mal gesagt werden – dem Raum mit der Wolfmuttertapete. Als Salome zu ihrer Freitagabendvorstellung eintraf, warf sie einen langen, verzückten Blick darauf und willigte ein, den Tanz der sieben Schleier zu tanzen.

I & I

Sie tanzte den Tanz der sieben Schleier nicht in dieser Nacht, wie Abu schon beinahe glaubte. »Wird sie ihn dann morgen tanzen?« fragte er den Bandleader am Ende der Vorstellung. Salome war bereits gegangen. Sie sprach ohnehin nur selten, teils aus Schüchternheit, teils wegen ihres ausgeprägten Lispelns, teils wegen eines kulturellen Kodexes, den sie angeblich befolgte. »Wird sie ihn morgen tanzen?«

»Das nicht.«

»Oder nächste Woche?«

»Das nicht.«

»Wann also?«

»Später.«

»Oh, ich kapiere. *Mish mish*. Wenn die verdammten Aprikosen blühen.«

»Nein, nein, mein Wohltäter, nein. Der Monat des Tanzes soll der Januar sein. Das Datum des Tanzes soll der dreiundzwanzigste sein. Der Tag des Tanzes soll ein Sonntag sein. Die Stunde des Tanzes soll um drei Uhr nachmittags sein.«

»Hmm, verstehe. Na, das ist ja wirklich sehr präzise. Ich werde Sie nicht bitten, mir zu erläutern, wie sie auf diese Stunde gekommen ist, aber ich möchte doch darauf hinweisen, daß sie noch gute sieben Wochen entfernt ist.«

»Sie muß sich vorbereiten«, sagte der Bandleader. Und nicht das kleinste Bröckchen Zahnschmelz in seinem Mund hinderte ihn an diesen Worten.

Das Management hatte eigentlich nicht vorgehabt, die Nachricht so rasch zu verbreiten, aber sie sickerte schneller durch als Strahlung aus einem staatseigenen Reaktor, und als am Samstagabend die Vorstellung begann, quiekte das Restaurant von der Küche bis zur Warteschlange vom Sieben-Schleier-Helium. Doch so gut wie keiner wußte das richtige Datum, und die wenigen, die den Tag getroffen hatten, verlegten die Stunde auf irgendwann zwischen Morgengrauen und Mitternacht. Daher lieh sich Abu vom Bandleader das Mikrophon, baute sich würdevoll und in voller Größe auf, wobei seine Nase wie ein fluoreszierender Pylon im Licht des Scheinwerfers leuchtete, räusperte sich und begann: »Meine Damen und Herren, Isaac & Ishmael's, das Restaurant mit der multikulturellen Küche Jerusalems, ist stolz darauf, Ihnen ankündigen zu dürfen ...«

Er schloß vor einer Handschuhfabrik von Applaus. Selbst die avantgardistischen Flüchtlinge aus dem Payday und Nell's, Leute, die sich rühmten, sich niemals für irgend etwas zu begeistern (außer für sich selbst zu Hause vor dem Spiegel), schlugen eine feuchte Handfläche gegen die andere, ließen sich jedoch nicht zum Pfeifen oder Johlen herab. Es war derart laut, daß nur die ganz vorn an der Bar Detective Shaftoe hörten, als er ausrief: »Da ist aber ein Haken dran!«

Unter denen, die ihn hörten, waren Abu und Spike, der griechische Delegierte, der ägyptische Doktor, der zypriotische Volkswirt und eine Handvoll israelischer Stammgäste aus der Peace-Now-Bewegung. Sie alle sahen Detective Shaftoe erwartungsvoll und ein wenig ängstlich an.

»Da ist ein gottverdammter Haken dran!« wiederholte er. In Shaftoes Stimme schwang ein Unterton von Enttäuschung mit, ein Anflug von Ohnmacht und Skepsis, als könne er nicht glauben, was sein polizeigeübtes Gedächtnis ihm gerade offenbart hatte.

Die Super Bowl.

Die Super Bowl.

Die Super Bowl, die Super Bowl, die Super Bowl, die Super Bowl.

Durch einen unschuldigen Zufall oder in diabolischer Absicht hatte Salome den Tanz der sieben Schleier zeitgleich mit dem Anpfiff zur Super Bowl gelegt.

I & I

Fast augenblicklich flammte die Kontroverse auf. Auf der einen Seite diejenigen, für die der legendäre Tanz der sieben Schleier den Charakter einer ausufernden privaten Phantasie angenommen hatte – romantisch, erotisch, üppig, mysteriös und erfüllt vom Widerhall lange verloren geglaubter Exotika, von biblischen und orientalischen Geheimnissen: Sie wären zehn Kilometer über Hundescheiße und Rasierklingen gerobbt, um ihn mitzuerleben, falls es der echte war, und bei dieser umwerfenden Nymphe, die sich Salome nannte, konnte es keinen Zweifel an der Authentizität geben. Auf der anderen Seite diejenigen, die in der Super Bowl das sehnlichst herbeigewünschte und spannendste Ereignis des Jahres sahen, den Höhepunkt fünfmonatigen Hoffens und Bangens, endloser Statistiken, immer neuen Auftriebs fürs Ego und abgrundtiefer Enttäuschungen, ein bedeutender Feiertag, nein, *der* Feiertag schlechthin, ein Tag, an dem jegliche Routine und Pflichterfüllung ruhte, an dem die Nation, die ganze Welt sich einig war, ein Festtag, der alle nationalen, rassischen und religiösen Grenzen sprengte, ein Ritual, in dem die Zeit nicht existierte, abgesehen von der künstlichen Zeit auf der großen Uhr über der Tribüne, eine symbolische Schlacht, in der nur Scheinblut vergossen und die Umklammerung der menschlichen Psyche durch den Tod gelockert und verdrängt wurde: Im Isaac & Ishmael's stand nach wie vor der größte und schärfste Fernseher im Zentrum von Manhattan, und diese Gruppe war wild entschlossen, das Spiel darauf zu sehen.

Es war jedoch nicht eine Frage von zwei rivalisierenden Lagern, von denen das eine Salome und das andere die Super Bowl forderte. Jedenfalls zu Anfang nicht. Zuerst konnte sich die Mehrheit der Stammgäste im I & I gar nicht entscheiden, mit welcher Partei sie es halten sollte. Sie wollte das Spiel *und* den Tanz. Sergeant Shaftoe zum Beispiel konnte sich nicht einmal *vorstellen*, zwischen den beiden entscheiden zu müssen.

Als Humanisten, die sie nun mal waren, gaben Spike und Abu ihr Bestes, um den Streit schon im Keim zu ersticken. Noch in derselben Nacht, sieben Wochen vor dem dreiundzwanzigsten Januar, versuchten sie, Konflikte zu vermeiden und einen Kompromiß zu finden.

Salomes Wagen hatte sich an diesem Abend verspätet, daher wartete sie im Büro darauf, daß ihre Anstandsdame durch den Hinterhof kam und sie abholte. Dort machten sie sich an sie heran. Sie atmete schwer nach der anstrengenden Vorstellung, und ihr Körper war so in Schweiß gebadet, daß die Klamotten geradezu daran klebten. Ihre Schenkel präsentierten sich wie zwei Makrelenfilets auf einer Servierplatte, und ihre Nippel standen ab wie Radiergummi unter nassem Kleenex. Ein kleiner Schnurrbart aus Schweißperlen betonte den vollen Mund und ließ ihn aussehen, als hätte sie an einem reifen Pfirsich gelutscht. Das Haar klebte ihr im Nacken, als sei sie soeben einem Bad entstiegen – oder einem Hochzeitslager. Zu Spikes und Abus großer Erleichterung hatte sie ihre *marquise au chocolat*-Augen hinter einer dicken Brille verborgen und war in einen Donald-Duck-Comic versunken. Wären die Brille und der Comic nicht gewesen, hätten sie vielleicht nicht den Mut aufgebracht, sie anzusprechen.

Wie sich herausstellte, brachte es ohnehin nichts. Mit spukkefeuchtem Lispeln erklärte sie: »Meine Termine stehen fest, Sirs. *Mektoub*. Ich tanze an diesem Tag oder nie.«

Was konnten sie anderes tun als ihr versichern, daß der Tag gut, wunderbar, ausgezeichnet, voller glücklicher Vorzeichen war und eine Nelke im Knopfloch trug? Sie winkten ihr lahm hinterher, als sie in einen schweren Wollmantel schlüpfte und mit beschlagenen Brillengläsern am Arm ihrer Beschützerin durch den Hinterhof verschwand.

Während der nächsten paar Tage informierten sie die Stammgäste über Salomes Entscheidung. Die Stammkundschaft bestand mittlerweile aus dreißig bis vierzig Männern und einem halben Dutzend Frauen. Die Entscheidung wurde im großen und ganzen akzeptiert, wenn auch nicht ohne Murren.

»Sie hätte an jedem x-beliebigen anderen Tag tanzen können, stimmt's? Also warum ausgerechnet dann, wenn das Spiel läuft? Was soll das, verdammt noch mal?«

»Wie der Inspektor 'at bemerkt, es ist eine Falle. Iisch glaube, eine Triiik. Vielleicht sie sabotiert das Football.«

»Nein, nein, ach was. Da steckt nix weiter hinter. Es ist ihr einfach egal, das ist alles. Schließlich ist sie 'ne Frau.«

»Einspruch. Millionen Frauen sehen sich die Super Bowl an. Eines Tages spielen wir vielleicht sogar mit.«

»Haha.«

»So siehst du aus!«

»Wenn die Aprikosen blühen, was?«

Während der Vorstellung am nächsten Wochenende kommentierten mehrere Gäste Salomes Entscheidung mit Zwischenrufen. Manche waren zurückhaltend, andere machten aus ihrem Groll keinen Hehl. Sie schenkte ihnen kaum Beachtung. Im Gegenteil, sie tanzte besser als je zuvor: hingebungsvoller, leidenschaftlicher und ungehemmter.

»Wahrscheinlich bereitet sie sich auf die sieben Schleier vor«, sagte ein Bewunderer.

»Ach was«, entgegnete der Barkeeper. »Der Bandleader sagt, es macht sie einfach tierisch an, unter diesem Bild zu tanzen.«

I & I

Salome und Sergeant Shaftoe waren nicht die einzigen, die enthusiastisch auf Ellen Cherrys Wandgemälde reagierten. Ein Künstler, ein Sammler und ein Trio von Galeriehüpfern wandten den Blick lange genug vom Hupf-diduideltralala ab, um den sternenerleuchteten Hindernisparcours von Ellen Cherrys Schöpfung zu überwinden, um auf der

Jagd nach flüchtigen, organischen Formen hier eine Rutschbahn aus Farbe herunterzusausen und dort gegen die schattige Kante eines Rechtecks zu prallen. Immerhin waren sie so beeindruckt, daß sie später in SoHo über das Bild diskutierten, wahrscheinlich in Hörweite von Ultima Sommervell, denn eines Tages erschien sie zum Lunch im I & I.

»Darling, wie unglaublich interessant. Ich darf wohl sagen, daß dies Ihre beste Arbeit ist. Ja wirklich, es ist ein Durchbruch, finden Sie nicht?«

»Es ist ziemlich dasselbe wie das, was ich schon immer gemalt habe.«

»Oh, aber die Abmessungen können einen bedeutenden Unterschied machen. Größe *ist* wichtig, ganz gleich, was unsere feministischen Schwestern dazu sagen.« Ultima gab ein nasales Sprühdie-Rosen-Gelächter von sich. »Aber es ist natürlich mehr als nur das Format. Es ist Ihre Syntax. Die Art, wie Sie die strukturelle Auseinandersetzung zwischen dem Metaphorischen und dem Metonymischen dirigieren. Was esse ich hier eigentlich?«

»Es heißt *baba ghanoug*.«

»Kein schlechter Name.« Sie schob den hellbraunen Brei mit der Gabel an den Tellerrand. »Inhaltlich scheinen Sie die Grenzen zwischen Innerem und Äußerem, Vergangenheit und Gegenwart, Abstraktem und Konkretem immer wieder zu überschreiten, gelegentlich auch auszulöschen. Ohne Zuflucht bei den billigen Mätzchen des Surrealismus zu nehmen, haben Sie ein Porträt des nächtlichen Bewußtseins geschaffen, mit anderen Worten, ein Porträt der femininen Seite, der rechten Gehirnhälfte, der Intuition.«

»Nun ja … dieses Bild hat tatsächlich mehr mit meiner Intuition als mit meiner Erfahrung zu tun«, räumte Ellen Cherry ein. »Hören Sie, vielleicht würden Sie gern eine Kostprobe unseres …« Aber sosehr sie sich auch anstrengte, es fiel ihr nichts Schrecklicheres ein als *baba ghanoug*.

Es war nicht so, daß Ellen Cherry Ultimas Einschätzung ihrer *tychnik* nicht zu würdigen wußte. Die Galeristin hatte einen guten Blick, kein Zweifel. Doch Ellen Cherry hatte ihr Bild weder selbst analysiert noch die geringste Lust, sich die

Bewertung von jemand anderem anzuhören. Auf dem kognitiven Level war sie sich nicht sicher, was das Bild bedeutete oder wo es hergekommen war; sie wußte nur, daß es ein Werk von komplizierter und unerwarteter Schönheit war, für das sie auf irgendeine Art verantwortlich zeichnete. Schönheit! War es nicht das, was zählte? Schönheit war nicht gerade ein verbreitetes Ideal in diesem hektischen Augenblick der Geschichte. Die Massen waren zu abgestumpft, und die Intelligenzija beäugte sie mißtrauisch. Für die meisten ihrer Kollegen hatte »Schönheit« den Beigeschmack von Vergeistigung, Luxus, Verschwendung und Dekadenz. Wie konnte man guten Gewissens nach Schönheit streben, wenn es auf der Welt soviel Leid und Ungerechtigkeit gab? Ellen Cherry fand, wenn man Schönheit nicht kultivierte, würde man nach kurzer Zeit nicht mehr imstande sein, das Häßliche zu erkennen. Die weite Verbreitung des Häßlichen im sozialen Bereich machte das Engagement für äußerliche Schönheit um so wichtiger. Und allein die Präsenz von überbreiten Wohnmobilen, Filzstiftgraffiti oder weichen orangefarbenen Teppichen hatte den Effekt, daß sie Übel wie Armut, Verbrechen, Unterdrückung, Umweltverschmutzung und Kindsmißbrauch halbwegs erträglich erscheinen ließen. In gewissem Sinn war Schönheit so etwas wie das Äußerste an Protest und, weil sie im allgemeinen von größerer Dauer war als ein Orgasmus, die letzte Zuflucht. Die Venus von Milo schleuderte allem Übel ein »Nein!« entgegen, während die Synthetik-Stretchhose oder der Macramé-Blumenhänger ihm geradezu um den Hals fielen. Häßliche Schlafzimmer gebaren häßliche Gewohnheiten. Natürlich verlangte man von der Schönheit nicht, daß sie eine soziale Funktion ausübte. Das war das Gute daran. Mehr noch als die Tugend war sie sich selbst genug. Sicher, es gab Leute, die behaupteten, die Schönheit liege im Auge des Betrachters, und es gab Betrachter, die glaubten, ihr Bild sei der fette Auswurf eines Kotzbrockens, aber diese Typen konnten sie am Arsch lecken. Und den fand schließlich *jeder* schön.

I & I

Nachbar gegen Nachbar, Landsmann gegen Landsmann, Bruder gegen Bruder, Chef gegen Untergebenen, Ehemann gegen Ehefrau. Wenn die Zustände im Isaac & Ishmael's nach Bürgerkrieg rochen, dann biß die Maus da keinen Faden ab, denn so war es eben, als das Jahr in seinem Sonnenscharnier von alt nach neu umschwang.

Fort Sumter verwandelte sich in eine nicht besonders noble Cocktailbar, die Garnison in eine bunte Mischung von Amerikanern und Ausländern, die vor der Glotze hockten, und der Schuß, der alles in Gang setzte, stammte nicht aus einer Kanone, sondern von der Stoppuhr des Zeitnehmers. Es geschah an einem Wochenende, an dem Nachmittag, als eine der Footballmannschaften von New York – ob die Jets oder die Giants, ist nicht weiter von Bedeutung – ihr Liga-Playoffspiel gewann (das erste Mal seit 1986) und sich damit für das Endspiel um die Super Bowl qualifiziert hatte.

»New York ist dabei!« jubelte ein Ortsansässiger. »Jetzt *müssen* wir das Spiel sehen, bei Gott!«

»Genau! Salome muß ihre Schleier ein andermal fallen lassen.«

»Ja, aber sie wird ihren Zeitplan nicht ändern, das steht fest. Deshalb solltet ihr euch das Spiel vielleicht lieber woanders ansehen.«

»Woanders ansehen?« wiederholte der Typ. Er war fassungslos.

»Vielleicht sollte sie lieber ihre billige Stripteasenummer woandershin verlegen.«

»Sie tanzt hier, nirgendwo anders.«

»Na schön, und ich guck mir das Spiel hier an, nirgendwo anders.«

»Und jetzt ist es auf einmal 'ne ›billige Stripteasenummer‹, wie?«

»Ihr Typen habt aber auch immer nur Sex im Kopf!«

»Und ihr, meine 'erren, 'abt Football in die Kopf.«

»Nicht Football, verdammt! Die Super Bowl!«

»Und nischt Sex, sondern die Tanz von die sieben Schleier!«

»Ach komm, Junge, werd doch vernünftig! Die Super Bowl ist geradezu der Inbegriff von Amerika. Sie vereint das ganze

Land, sie ist das, was uns alle hier geprägt hat. Wenn du sie verpaßt, hast du bis heute nicht geschnallt, was du hier verloren hast.«

»Ha! Glauben Sie etwa, wir sind hier, um reiche Gorillas Schulhofspiele austragen zu sehen?«

»Nein, ich nehme an, ihr seid hier, um zuzusehen, wie eine halbwüchsige Stripperin mit dem Tamburin herumfuchtelt.«

»'irnwichser!«

»Dein Englisch wird ja immer besser, Franzmann.«

»Ich habe immer geglaubt, dies sei eine Demokratie«, warf Dr. Farouk ein.

»Eine gottverdammte Demokratie, genau das isses!«

»Dann müssen wir abstimmen.«

In diesem Augenblick kamen Spike und Abu herein. »Okay«, sagte Spike. »Okay, wir nu machen eine Abstimmung.«

»Aber nicht heute«, erklärte Abu. »Wir brauchen Zeit, um uns die Sache durch den Kopf gehen zu lassen, das Für und Wider gegeneinander abzuwägen. Denkt darüber nach, debattiert, und in zwei Wochen stimmt ihr ab. Mr. Cohen und ich bleiben neutral. Wir zählen die Stimmen aus und ermitteln den Sieger.«

Alle kamen überein, daß dies eine faire Lösung war. Alle bis auf einen. »Das haut nie im Leben hin. Man kann sich entscheiden, ob man Geld für Schulen zur Verfügung stellen will oder nicht, ob Jesse Jackson oder irgendein Dummschwätzer von Republikaner Präsident sein soll, aber kein Mann, der wirklich ein Mann ist, kann sich zwischen dem Tanz der sieben Schleier und der Super Bowl entscheiden.« Wie gewöhnlich hatte Detective Shaftoe recht.

Wie in allen modernen Wahlkampagnen war *fair play* von vornherein ausgeschlossen. Spike und Abu waren gezwungen, einen Großteil ihrer Zeit dafür zu opfern, Verhältnisse zu schaffen, die eine saubere Abstimmung garantierten. Das brachte ungefähr soviel wie Rotkäppchens Sorge um seine Großmutter. Vertreter beider Seiten schleppten Verwandte, Freunde und Bekannte an und versuchten, sie als Wahlberechtigte, das heißt als regelmäßige Gäste des I & I auszugeben. Es war schwierig, die schwarzen Schafe zu ermitteln, denn für Spike sahen die meisten Araber gleich aus, und Abu hatte dasselbe Problem mit den Juden. Rasse oder nationale Abstammung hatten jedoch wenig damit zu tun, auf welcher Seite die Leute standen. Es gab Nordafrikaner, die mit Feuereifer für den Football eintraten, Amerikaner, die sich leidenschaftlich für den Tanz einsetzten, und umgekehrt. Heterosexuelle Frauen und homosexuelle Männer standen geschlossen hinter Salome. Die Lesben forderten die Super Bowl.

Im Taumel der Erregung, der auf New Yorks Sieg in den Playoffspielen folgte, tendierte die Mehrheit eindeutig zur Super Bowl. Dann kam der Freitagabend, an dem Salome – schmollend und schüchtern wie immer – tanzte, als ritte sie eine ungesattelte Pythonschlange, tanzte wie die Trillerpfeife eines Bullen bei einer Bordellrazzia, tanzte wie eine automatische Uhr am Arm des heiligen Vitus. Das Pendel schwang um.

»Aber ich weiß einfach nicht, wie ich in voller Absicht die Super Bowl verpassen könnte«, sagte ein verwirrter Herr. »Es kommt mir … pervers vor.«

»Bedenke folgendes, mein Freund. Wann hast du das letzte Mal ein Super-Bowl-Spiel gesehen, das nicht öde wie sonstwas gewesen wäre?«

»Na ja …«

»Sei ehrlich. Neunzig Prozent der Spiele waren sterbenslangweilig.«

»Jede Menge wichtiger Sachen sind langweilig. Die Kirche ist langweilig. Aber das ist keine Entschuldigung, um nicht hinzugehen. Die UNO ist langweilig.«

»Salome ist keine Kirche, und sie ist auch nicht die UNO –«

»Aber hallo!«

»Das kannst du laut sagen!«

»– und der Tanz der sieben Schleier ist auf keinen Fall von dieser Welt.«

»Kann ja gar nich.«

»Ausgeschlossen!«

»Unmöglich!«

»Ja, aber trotzdem …«

Als der Wahltag näher rückte, begannen Abu und Spike über den Ausgang zu rätseln. Nach eingehender Beobachtung, eigener Spekulation und wissenschaftlicher Schätzung kamen sie zu dem Ergebnis, daß fünfundzwanzig Prozent der wahlberechtigten Gäste für das Spiel waren, dreißig Prozent für den Tanz, und die übrigen fünfundvierzig Prozent nicht nur unentschlossen, sondern dermaßen hin und her gerissen, daß sie sich wahrscheinlich der Stimme enthalten würden.

»Wie wir den Braten auch aufteilen, irgendeiner hat immer das Nachsehen«, sagte Abu.

»Oj!« rief Spike. »Genau wie in Palästina.«

Ellen Cherry hatte das Auf und Ab, die schmutzigen Tricks, die Verbitterung und Konfusion mit distanzierter Belustigung beobachtet. Sie persönlich war für den Tanz, aber bloß aus Neugier, und neugierig war sie nur, weil sie gehört hatte, daß ihr Wandgemälde Salomes Entscheidung, den Schleiertanz doch zu tanzen, beeinflußt hatte. Natürlich hatte sie sich noch nie etwas aus Sport gemacht. Eines der wenigen Dinge, die sie an Boomer Petway wirklich bewunderte, war, daß er die Kugel an den Nagel gehängt und mit dem Tangotanzen angefangen hatte.

Eines Abends fragte sie ein paar Männer an der Bar: »Was würde eigentlich passieren, wenn der liebe Gott euch eure Bälle wegnehmen würde? Nehmen wir mal an, eine fliegende Untertasse würde sich in unsere Atmosphäre verirren und alle Bälle auf dem Planeten wegbeamen. Jeden einzelnen Football, Tennisball, Baseball, Basketball, Volleyball, Golfball, Softball, Squashball, Fußball, jede Krocket-, Billard- oder Bowlingkugel, bis hin zu Polobällen – was würde passieren? Würde die männliche Bevölkerung langsam, aber sicher durchdrehen? Würde Blut fließen? Würdet ihr Jungs einfach verkümmern? Oder würde das die Evolution einer höheren Spezies von Säugetieren beschleunigen?«

Einige glotzten sie dumm an, die anderen glotzten so, als wäre sie hier die Dumme.

»Es gibt keine fliegenden Untertassen«, stellte der ägyptische Arzt trocken fest.

»Hoffentlich schießen sie keine Ballonköpfe ab, sonst sitzt *du* ganz schön in der Tinte«, warnte Shaftoe.

I & I

Wochenlang tobte die Kontroverse. Zwar konnte Ellen Cherry sie unmöglich ignorieren, aber es machte ihr auch keinerlei Probleme, sie zu bagatellisieren. Es gab wichtigere Sorgen, die ihre Synapsen unter den pekanbraunen und chicoréeblonden Locken beschäftigten, und nicht die geringste davon war Patsys bevorstehende Ankunft in New York mit Sack und Pack, Haut und Haar, Haus und Hof und allem sonstigen Drum und Dran.

Zur Vorbereitung auf Patsys weihnachtlichen Einzug in die nonstop tätige Espressomaschine Manhattan hatte sie sämtliche Akte von Boomer Petway mit Kreidegrund übertüncht. Diesem Handstreich lag ein zweifaches Motiv zugrunde: zum einen wollte sie ihre künstlerische Bewunderung für Boomers schweres Geschütz verbergen (obgleich sie den Verdacht hatte, daß Patsys Faszination für das männliche Instrumentarium ihre eigene noch übertraf), und zum anderen brauchte sie neuen Malgrund. Das Bedürfnis, wieder zu malen, wuchs von Tag zu Tag, und eine ihrer größten Befürchtungen war, daß sie wegen Patsys Anwesenheit in der Wohnung weder die nötige Ruhe noch den Platz dafür haben würde.

Dann waren die Porträts von schmutzigen Socken und Bohnendosen drangekommen, einschließlich der halben Dose, die von ihrer letzten Reise in die Kreidezeit übriggeblieben war. (Tausende von Meilen entfernt schnappte ein deformierter, barrakudagebissener und splitternackter Can o' Beans – die letzten Fetzen seines/ihres Etiketts hatten sich in den lauwarmen Gewässern des östlichen Mittelmeers aufgelöst – erschrocken nach Luft, als hätte er die Nachricht telepathisch aufgefangen. »Halten Sie noch eine Weile durch, es muß sein, es muß einfach sein«, befahl Conch Shell. Sie konnte bereits die Schallwellen der Brandung wahrnehmen, die gegen einen Pier in Tel Aviv anrannte.) Als nächstes wandte Ellen Cherry sich den Löffeln zu. Einen nach dem anderen übermalte sie, am ganzen Leib zitternd, bis nur noch ein einziges Löffelporträt übrig war. Sie war schon halbwegs entschlossen, es als Erinnerung an den verwirrenden Einfluß zu behalten, den das geheimnisvolle Kommen und Gehen des Löffels auf ihr Leben ausgeübt hatte (dabei verdächtigte sie Geheimagent Petway immer noch, irgendwie seine Finger im Spiel zu haben), und, was ebenso wichtig war, als Erinnerung an das unendliche Entzücken und verborgene Wissen, mit dem der Löffel sie belohnt hatte, als sie ihn zum Objekt des Augenspiels gemacht hatte. Doch nach einigem Nachdenken beschloß sie, daß es Dinge auf dieser Welt gab, auf die man sich besser nicht allzu intensiv einließ, sonst hingen sie einem am Kiel wie Rankenfußkrebse, man bekam Schlagseite und ging unter. Sie hatte einiges von ihrem Gleichgewicht wiedergewonnen, das sie beim Umzug nach New York eingebüßt hatte, und wollte nicht riskieren, durch den Sog eines unheimlichen Dessertlöffels erneut aus der Bahn geworfen zu werden. Doch halt! In gewisser Hinsicht hatte der Löffel in all seiner Unheimlichkeit ihr ja sogar geholfen, wieder zu sich selbst zu finden. Hatte der Löffel nicht den starren Panzer ihres Egos durchbohrt wie eine Gabel, und war nicht ein rigides Ego die Quelle für jede Menge Elend auf der Welt, und weiter, hatte sie nicht intuitiv einen Löffel in ihr Wandgemälde im I & I eingearbeitet? Am Ende beschloß sie, diesen einen Löffel zu retten, ihn aber sicherheitshalber der Wand zuzukehren.

Noch ein Gemälde blieb unverändert: Boomers Porträt mit den sieben Zungen. Dieses schleppte sie zu Ultima Sommervells Galerie. Ultima fand es nicht so gut wie ihr Wandgemälde im I & I, in das sie noch immer alle möglichen sozialen und politischen Bedeutungen hineinlas, obwohl sie auch bemängelte, daß es die Schwachstellen des Feminismus allzusehr betonte. Trotzdem war Ultima davon überzeugt, daß sich Boomers Porträt kommerziell ausschlachten ließ, hauptsächlich wegen seines Themas. Seit Boomer sich nach Israel verdünnisiert hatte, zählte sein Name in der New Yorker Kunstszene mehr denn je. »Wäre er Jude«, erklärte Ultima, »hätte man zu seiner Flucht nach Jerusalem nur beifällig genickt. Aber er ist ein weißer, nichtjüdischer Hillbilly aus dem Süden ... Tja, meine Liebe, unser Mr. Petway gibt einem einige Rätsel auf.« Das Porträt verkaufte sich innerhalb von achtundvierzig Stunden für fünftausend Dollar, was Ellen Cherry wieder einmal vor dem Rausschmiß aus dem Ansonia bewahrte. Es wäre schon etwas komisch gewesen, wenn Patsy bei der Ankunft hätte feststellen müssen, daß Ellen Cherry am Heiligabend auf der Straße kampierte.

Kurz vor Patsy war noch ein Brief von Boomer gekommen. Ellen Cherry hatte ihm ebenfalls geschrieben. Ihre Nachrichten hatten sich gekreuzt, vielleicht über dem Atlantik (dessen unruhigen Wellen Conch Shell und Can o' Beans gerade noch rechtzeitig vor den Winterstürmen hatten entkommen können), vielleicht auch über Jerusalem selbst, über Gaza, der Intifada, Steinen, Schafsköpfen, Honigkuchen, Gummigeschossen und der endlosen Karawane allerlei überlieferter Aberglauben.

Boomer berichtete, daß die Pales-Skulptur fertig war und in Kürze installiert werden sollte. Die Enthüllung war für die letzte Januarwoche vorgesehen. Danach würden einige Entscheidungen zu treffen sein. Zunächst aber erwartete er Buddy Winkler, der allerdings wohl erst nach der Einweihung, etwa Mitte Februar, kommen würde. Nachdem er ausgiebig mit dem Erfolg seiner Maskerade gestrunzt hatte, beschrieb er im letzten Absatz geradezu rührend die süßen Qualen, die er bei ihrer kurzen Begegnung ausgestanden hatte. »Als ich Dich in Deinem Kimono sah, hab ich mich gefühlt, als würde ein Imbißkoch Fleischzartmacher über mein Herz streuen«, kritzelte er. »Ein zahnloses Baby hätte es wegschlabbern können. Einem alten Knacker mit blutenden Geschwüren wär es runtergegangen wie Butter.«

Was Ellen Cherrys Nachricht anging, so war sie so knapp, daß sie auf einer Hallmark-Postkarte Platz gefunden hatte. »Lieber Gatte und Meister der Verkleidung«, schrieb sie. »Danke für die herrlichen Rosen. Ich wußte die ganze Zeit, daß Du es warst.«

Patsys Maschine am Heiligabend landete mit einer Stunde Verspätung gegen Mittag. Ihre Emotionen waren ebenso kraus wie ihr Haar. »Und wieder kommt ein Provinzbanause in die große Stadt«, verkündete sie, als sie durch die Sperre trat. »Lieber Himmel, Kleines, warum bin ich nich da unten geblieben, wo ich hingehör? Ich bin viel zu alt und hab viel zuviel von der Versicherung kassiert, um mich in so einen Fleischwolf wie New York zu stürzen. Ich hab das Gefühl, ich sollte dem ersten Strauchdieb, der mir über den Weg läuft, mein ganzes Geld in die Hand drücken, dann kann er sich die Mühe sparen, mich auszunehmen.«

»Ach Mami, da unterschätzt du deine Pfiffigkeit und überschätzt deine Barschaft. Du wirst in Null Komma nichts pleite sein, das stimmt, aber das Geld landet bei Vermietern und Bloomingdale's, nicht da, wo du denkst.«

In dieser Nacht brieten sie ein Hühnchen und schmückten ihr klägliches Tannenbäumchen, das noch verlorener und verängstigter wirkte als Patsy. Sie tranken Unmengen von Eierflips mit Rum, und am Ende brachen sie in Tränen aus, hauptsächlich wegen Verlin, obwohl sie auch ein Dutzend für Boomer Petway reservierten und ein weiteres halbes Dutzend für die Männer im allgemeinen.

Am nächsten Morgen hatte sich Patsy ein wenig gefangen. »Wenn Bud in dieser schaurigen Stadt zurechtkommt, schaff ich das auch«, sagte sie zu ihrem Frühstücksspeck.

»Du wirst sehen, es ist ganz einfach, Mami. Aber bitte, laß uns nicht über Onkel Bud reden.«

»Er wird erwarten, daß ich mich mit ihm verabrede.«

»Kannst du machen, wenn du willst, nur nicht unter meinem Dach.«

Sie wechselten das Thema und brachten das Gespräch auf das Isaac & Ishmael's. Ellen Cherry erzählte von Salome, ihren Streichholzbeinchen, ihrem entflammten Publikum und der hellen Aufregung, die ihretwegen herrschte: Tanz der sieben Schleier gegen Super Bowl. Patsy war begeistert. »Ich hätt selber Tänzerin werden können«, sagte sie sehnsüchtig, und dabei umkreiste die Gabel das Hochrelief ihrer Waffel wie ein getroffener Kampfflieger eine Bergregion auf der Suche nach einem Platz zum Notlanden.

Während der ersten Woche in New York weigerte sich Patsy Charles, das Ansonia ohne Begleitung ihrer Tochter zu verlassen. Wenn Ellen Cherry bei der Arbeit war, putzte Patsy das Apartment und tanzte zu Tapes von den Neville Brothers, nackt bis auf die weißen Go-go-Stiefelchen. Einmal stand sie am Fenster und sagte zu Ellen Cherry: »Es sieht so rauh aus da draußen. Ein Wunder, daß du noch keine Schwielen davon gekriegt hast!«

»Könnte noch kommen«, antwortete Ellen Cherry. »Aber man kann es auch so sehen, daß es einen glattpoliert, auf Hochglanz bringt sozusagen. Ich weiß noch, daß Boomer mir mal über den Nahen Osten geschrieben hat: ›Je rauher das Land um mich herum wird, desto reiner komme ich mir vor.‹ Vermutlich ist es nur eine Frage der Einstellung.«

»Dieser Boomer!«

»Ach ja«, seufzte Ellen Cherry. »Dieser Boomer.«

Schließlich fing sie an, ihre Mami zum I & I mitzunehmen. Patsy half in der Küche aus und betätigte sich als Hilfskellnerin an der Bar. So hatte sie etwas zu tun und konnte nicht nur das Wandgemälde ihrer Tochter studieren, sondern bekam auch das schreckliche Tauziehen im Restaurant aus nächster Nähe mit. Die magnetische Anziehungskraft des Football kannte sie, immerhin hatte sie ihren eigenen Mann daran verloren. Doch erst als sie Salome zum erstenmal auftreten sah, begriff sie, welche Ausstrahlung die Kleine auf ihr Publikum hatte.

»Lieber Himmel«, sagte Patsy. »Sie is noch grün hinter den Ohren, aber den Mann, der ihr widerstehen kann, möcht ich sehn.«

Ein paar Tage später kam es zu einem Streit an der Bar. Es fing damit an, daß eine Frau, die die Super Bowl haßte, ihrem Mann mit langen rotlackierten Fingernägeln das Gesicht zerkratzte und sich dann wie eine Furie auf die anderen Tische stürzte, bevor Detective Shaftoe dem Ganzen ein Ende machte, indem er seine stumpfnasige 38er zog und in die Luft feuerte. Das Geschoß prallte an einer Rohrleitung unter der Decke ab und blieb im Wandgemälde stecken. Aus dem Einschußloch drang ein Laut, der an fernes Wolfsgeheul erinnerte.

I & I

Damit ist die Sache gelaufen«, sagte Abu, als Spike und er vom Tennisclub zurückkamen. Shaftoe und der Wachmann stritten noch darüber, ob der Detective das Recht hatte, eine Schußwaffe mit ins Restaurant zu bringen. »Ein für allemal! Die Wahl wird abgesagt.«

»Ojojoj!« sagte Spike. »Hören wir uns an wie Bananenrepublik.«

»Aber du hast doch einen Plan«, erinnerte ihn Abu.

»Richtig. Lassen wir sausen die Wahl und konzentrieren auf Plan B.«

Plan B war Spike Cohens Idee. So sehr beunruhigte ihn die Zwietracht, die aus dem Konflikt zwischen Spiel und Tanz erwachsen war, daß er sich angeboten hatte, mehrere große, sündhaft teure Heizgeräte und eine Segeltuchmarkise zu kaufen, so daß man den Riesenfernseher für einen Nachmittag im Hof hinter dem I & I aufstellen konnte. Es würde nicht halb so bequem sein wie drinnen, aber man würde an Plastiktischchen Essen und Getränke servieren, und Gäste, die sich partout nicht zwischen den beiden Attraktionen entscheiden konnten, hatten die Möglichkeit, zwischen dem Tanz der sieben Schleier und der Super Bowl hin und her zu pendeln, wann immer sie Lust verspürten.

Da der schicksalhafte Sonntag jetzt nur noch acht Tage entfernt war, schienen fast alle erleichtert über den Kompromiß. »Sieht nicht schlecht aus«, grunzte Shaftoe. »*Auf dem Papier.*«

Am Montag, dem 17. Januar, aß Patsy mit Buddy Winkler zu Mittag. Sie bat Ellen Cherry mitzukommen, doch die blieb standhaft, und so machte sich Patsy allein auf den Weg.

Nach neun oder zehn zaghaften Versuchen gelang es ihr endlich, ein Taxi anzuhalten. Zu Patsys Überraschung war die Adresse, die Buddy ihr genannt hatte, ein nahöstliches Spezialitätenrestaurant. »Wieso gerade hier?« fragte sie, nachdem sie den guten Reverend mit einer innigen Umarmung einigermaßen verwirrt hatte.

»Weil ich morgen früh nach Jerusalem verschwinde und meine Geschmacksknospen schon mal an den Fraß gewöhnen muß. Hab da drüben 'ne Menge zu erledigen und kann nich riskieren, mir von dem perversen, unappetitlichen Zeug alles vermasseln zu lassen. Deine nächste Frage is wahrscheinlich, warum ich meinen Gaumen nich in diesem stinkenden Gomorrha anpassen kann, wo Verlins einzige Tochter ihrem toten Vater das Herz bricht.«

»Hör mal, Bud«, sagte Patsy. »Ich wollt dich grad fragen, wer dich angezogen hat. Ich mein, das is ja ein wirklich feiner Anzug, den du da anhast, aber der Schlips sieht aus, als hätt 'ne Katze draufgeschissen, und dein Hemd – hat es nich 'ne Spur zuviel Stärke abgekriegt? Ich wollt dich fragen, ob du nich eine Frau brauchst, die dir gelegentlich zur Hand geht. Was deine Klamotten angeht, mein ich. Aber jetzt, wo du mir erzählt hast, daß du auf'm Weg nach Is-ra-el bist, sollt ich vielleicht lieber fragen: ›Warum?‹ Was hast du an diesem gottverlaßnen Ort verloren? Ich *weiß*, warum du nich ins Isaac & Ishmael's willst, obwohl selbst Verlin Charles da mal gegessen hat. Und das bringt mich auf 'ne andre Frage, *zwei* andre Fragen. Kann man einem, der mausetot ist, wirklich noch das Herz brechen? Und glaubst du allen Ernstes, wenn Jesus Christus wieder zur Erde runtersteigt und in Jerusalem regiert, wer'n Biskuits und Schinkenbraten auf der Speisekarte stehn?«

Reverend Buddy Winkler starrte sie einfach nur an und schüttelte den Kopf, so wie ein gütiger, aber zur Verzweiflung getriebener Mathematiklehrer einen Schüler betrachtet, der lieber Papierkügelchen durchs Klassenzimmer schießt, als sich mit der ungekürzten Division zu beschäftigen. Der Kellner erschien, und beide bestellten *shish tawook* mit Gurken.

»Wahrscheinlich findest du's im Isaac & Ishmael's besser«, sagte Buddy, als das Essen auf dem Tisch stand.

»Ehrlich gesagt, nein«, sagte Patsy. »Da schmeckt's immer ein bißchen nach Kerosin.«

»Wie soll einem in so 'ner Umgebung auch was schmecken? Wo dieses Flittchen tanzt?«

»Du hast von Salome gehört?«

»Die ganze verdammte Stadt spricht von dem kleinen Luder. Kannst du dir so was vorstellen? Nennt sich nach der zweitgrößten Hure in der Heiligen Schrift! Ein Schlag in des Täufers Gesicht! Wenn ich nich so verdammich sicher wär, daß die Welt demnächst zum Teufel geht, würd mir all diese Schlechtigkeit um uns rum noch den Appetit verderben.«

»Das Ende der Welt steht unmittelbar bevor, was, Bud?«

»Oh, Patsy, du kannst dir nich vorstellen, wie glatt alles geht.« Mit einem hölzernen Kebabspieß klopfte er auf den Tisch (keine Bambusuntersetzer in *diesem* Spezialitätenrestaurant). *Klopf klopf klopf.* »Alle Prophezeiungen.« *Klopf klopf klopf.* »Wer'n wahr.« *Klopf klopf klopf.* »Eine nach der andern.« *Klopf klopf klopf.* »Wie am Schnürchen.« Er legte den Spieß weg. »Klar, die Russen müssen mal wieder querschießen, hätt man sich ja denken können. Trotz dem neuen Regime da. Faseln von Frieden und Abrüstung und versuchen, alles zu bremsen. Klar, die Russen wolln das flammende Ende nich, sind ja Atheisten, die wer'n als erste verbrennen. Die Russen stelln absichtlich Hindernisse auf. Sie stekken ihre Nase in Gottes Zeitplan und bringen alles durcheinander. Und deshalb muß ich da tun ... was mir aufgetragen is. Die Dinge wieder einrenken. Drüben in Jerusalem essen sie solche Gurken hier zum Frühstück. Zum *Frühstück*! Hat man je so was ...«

»Du meinst den Felsendom.«

»Pssst. Mehr kann ich nich sagen. Deine verrückte Tochter is zum Stachel in mei'm Fleisch geworden. Man kann ihr nich trauen. Beklagen wir die Schandtaten, zu denen Jezabels Schminktopf sie verleitet hat. Beten wir –«

»Wechseln wir lieber das verdammte Thema, bevor mir der Kragen platzt. Ich hab keine Lust, hier zu sitzen und mir anzuhörn, wie du auf Ellen Cherry rumhackst.«

»Oh, Patsy.«

Schweigend beendeten sie die Mahlzeit. Als sie auf die Rechnung warteten, sagte Buddy: »Ich wollt dir noch sagen, wie dankbar ich bin, daß Verlin meine Mission in sei'm Testament bedacht hat.«

»Deine Mission ist eine sprudelnde Geldquelle, was, Bud?«

»Armageddons sind nun mal nich billig.«

»Sag mir eins: Was is, wenn deine grausamen Pläne erfolgreich sind und du dieses arabische Ding in die Luft jagst, wenn die Probleme da drüben noch schlimmer werden, als sie jetzt schon sind – und sich der Messias trotzdem nich blikken läßt?«

Nach einer kurzen Pause, während der er den Kebabspieß dazu benutzte, einen Mikrochip von grünem Pfeffer aus seinen Goldzähnen zu pulen, erwiderte Buddy: »Dann muß ich wohl selber einspringen und den Messias spielen.«

So entsetzt und ungläubig starrte Patsy ihn an, daß er instinktiv mit der Hand über die Vulkanlandschaft seines Gesichts fuhr und ein wenig unsicher sagte: »Mach dir keine Sorgen, die Prophezeiungen flunkern nicht, und wenn doch, dann is das Leben sowieso kein' Pfifferling wert, und war's auch nie.« Er griff nach einem Teller *baba ghanoug* und hielt ihn ihr so dicht vor die Nase, daß sie gar keine andere Wahl hatte, als die toten Zivilisationen zu betrachten, die in dem widerlichen Brei untergegangen waren.

I & I

Als Patsy Ellen Cherry an diesem Abend erzählte, daß Onkel Buds Ehrgeiz möglicherweise größer war, als sie sich je hatte träumen lassen (»Ich hab immer gedacht, er wollte bloß ins Fernsehen«), und als der Reverend selbst gerade dabei war, die neue schußsichere Weste in seiner Reisetasche zu verstauen, klopfte es plötzlich heftig an seiner Tür. Draußen standen zwei Männer. Den einen erkannte Bud als den Typen wieder, der ihn damals bei dem Brand in der St. Patrick's Cathedral in ein dubioses Gespräch verwickelt hatte. Höflich lächelnd zeigten sie ihm Plastikausweise, die sie als Beamte der Central Intelligence Agency auswiesen. Zuerst baten sie um seinen Führerschein, dann um seinen Paß und das Flugticket nach Jerusalem. Den Führerschein gaben sie ihm zurück, den Paß konfiszierten sie, und das Ticket zerrissen sie in tausend Fetzen.

»Wir wären Ihnen sehr verbunden, wenn Sie mit uns kämen, bitte, Reverend Winkler«, sagte der, den er schon kannte.

»Also, hör'n Sie, ich hab in dieser Stadt 'nen Haufen ausgezeichneter jüdischer Anwälte an der Hand, und wenn die mit euch beiden fertig sind, werd' ihr euch wünschen, zu Hause zu sitzen und mit euren Alten ›Mit Schirm, Charme und Melone‹-Wiederholungen zu sehen.« Er griff nach dem Telefon, doch eine eiserne Faust schloß sich um sein Handgelenk.

»Sie werden diese Angelegenheit nicht mit Ihren Anwälten besprechen wollen, glauben Sie mir, ganz bestimmt nicht. In ein paar Stunden werden Sie verstehen, warum. Und jetzt holen Sie Ihren Mantel. Auf uns wartet ein Flugzeug.«

Erst als er das flutlichtbeleuchtete Washington Monument sah, wurde Buddy klar, in welche Richtung sie geflogen waren. (Ihr Lear-Jet trug das Logo eines Zeitungskonzerns mit Sitz irgendwo im Westen, soweit der Reverend wußte, und war von einem Militärflughafen in New Jersey aus gestartet.) Wenige Minuten später überflogen sie den Potomac und setzten zur Landung an.

Eine langgezogene Limousine, so schimmernd schwarz, daß Buddy sie im ersten Augenblick für einen Schatten hielt, wartete auf der Landebahn. »Wenigstens entführn Sie mich mit Stil«, grunzte Buddy, der während des Fluges ungewöhnlich schweigsam gewesen war. Im Wagen saß bereits ein Passagier, ein Bursche im Trainingsanzug, oder besser gesagt, ein Gentleman in einem taubenblauen Gucci-Laufdreß. In der Hand hielt er eine Dose Miller Lite. Als Bud sich an das trübe Licht gewöhnt hatte, erkannte er das Gesicht des jungenhaft gutaussehenden Vizepräsidenten der Vereinigten Staaten.

»Lust auf ein Bierchen, Reverend Winkler?«

»Also … normalerwiese rühr ich ja Alkohol nich an, aber, okay, vielen Dank auch, Sir.«

Einer der Agenten, der neben ihnen auf dem sanft schaukelnden, geräumigen Rücksitz Platz genommen hatte, holte eine Dose Miller Lite aus dem eingebauten Kühlschrank und zog die Lasche auf. Buddy nahm einen langen, vorsichtigen Schluck.

»Schmeckt großartig«, sagte er.

»Weniger Kalorien«, sagte der Vizepräsident.

Buddy dachte nicht daran zu widersprechen.

Eine Stunde lang fuhren sie durch die eisige Nacht, durch einen verschlafenen Vorort nach dem anderen und jeder so dezent im Temperament wie der britisch klingende Name, den er trug (Pickwick Farms, The Greensward, Dippingdale Creek); vorbei an ausgestorbenen Drive-in-Kinos mit blinden Leinwänden, vorbei an großflächigen Einkaufszentren, deren architektonisches Design an Städte aus der Kolonialzeit erinnern sollte und die jetzt dunkel und verlassen dalagen, während ihre Kassen abkühlten wie Läufer nach einem Marathon. Sie fuhren gerade so schnell wie erlaubt, nicht mehr, nicht weniger, und hielten nur einmal an, auf dem Parkplatz eines ebenfalls im Kolonialstil erbauten McDonald's, wo der Vizepräsident kurz ausstieg und in die Büsche pinkelte.

Während sie so dahinfuhren, redete der Vizepräsident. Seine Stimme klang oberflächlich munter, hatte jedoch eine gewisse Schärfe, die sich bei entsprechender Stimulierung der Drüsen zu einer Art Pfadfinder-Hysterie steigern konnte. Zuerst dankte er dem Priester für seine unermüdlichen Anstrengungen im Dienste des Allmächtigen und des Himmelreiches. Dann erklärte er, daß er nicht nur Buddys Plan zur Sprengung des Felsendoms unterstütze (den er im übrigen bis in die kleinste Einzelheit zu kennen schien), sondern ihm auch Dankbarkeit und Bewunderung schulde. Es sei ein Job, den er für unumgänglich halte. Nur sei es leider noch zu früh.

»Sie müssen verstehen«, sagte der Vize, »und das vertraue ich Ihnen unter dem Siegel der Verschwiegenheit an: der Präsident dieser Republik ist ein Heuchler.«

»Nun, Mr. Vizepräsident ...« warnte einer seiner Agenten.

»Ein ausgezeichneter und kompetenter Führer in vieler Hinsicht«, fuhr der junge Staatsmann fort, »aber hinsichtlich gewisser Angelegenheiten, die von größter Bedeutung sind für, äh, wahre Christen überall auf der Welt, liegt er, so traurig das sein mag, nicht ganz auf unserer Linie. Er legt Lippenbekenntnisse ab, was diese, äh, Glaubensangelegenheiten angeht, aber die Wahrheit ist, Reverend Winkler, unser Präsident glaubt nicht für fünf Cent an die Prophezeiungen. Nun ja, das stimmt vielleicht nicht ganz, er glaubt ein kleines bißchen daran, auf eine, äh, abstrakte, distanzierte Weise, auf dem Papier sozusagen; aber er glaubt nicht eine Minute an die Erfüllung von Hesekiels Prophezeiungen in unserer Zeit. Ja, wahrscheinlich *will* er sie gar nicht. Ich glaube nicht, daß er sich für die ewige Seligkeit interessiert. Sie müßten sehen, wie er jedesmal die Augen verdreht, wenn ich darauf zu sprechen komme. Manchmal habe ich das Gefühl, er macht sich über mich lustig. Über *uns.*«

»Was Sie nicht sagen!« gluckste Buddy, und durch seinen Kopf wirbelten Sprüche aus der Heiligen Schrift und geschichtliche Tatsachen, die er dem Präsidenten zitieren könnte, um zu beweisen, daß Hesekiels Visionen aufgingen wie eine Drachensaat, daß Feuer und Schwefel vom Himmel fallen würden und daß Abrüstungsverhandlungen, die den Flammenregen aufhielten, nur dem Antichrist in die Hände spielten.

Während die Limousine an den Neo-Tudor-Gebäuden der Tally Ho Estates vorbeiglitt, erklärte der Vizepräsident, worum es ging. Würden Buddy und seine Third Temple Platoon den Felsendom in naher Zukunft angreifen, deutete alles darauf hin, daß der Präsident sich mit dem neuerdings so friedfertig agierenden Rußland, dem Reich des Bösen schlechthin, verbünden und versuchen würde, das atomare Fegefeuer zu verhindern, das Hesekiel in so eindringlichen Bildern beschworen hatte und dem die Zerstörung der heidnischen Moschee eigentlich *vorangehen* mußte, wenn alles nach Plan lief.

Der Vize warnte Bud, den Felsendom zu schleifen, während der jetzige Präsident im Amt sei, berge das Risiko, das Ganze zu vermasseln. Er bat Bud – befahl Bud –, noch ein Weilchen Geduld zu haben und zu warten, bis ein aufgeklärterer Präsident ins Weiße Haus eingezogen sei. Dabei ließ er durchblicken, daß dies nicht notwendigerweise so lange dauern würde, wie Buddy vielleicht glaubte.

Die Lichter des Flughafens, in der frostigen Nacht von einem Heiligenschein umgeben wie nordische Madonnen, tauchten in der Ferne auf, als er Buddy noch einmal eindringlich vor der selbstherrlichen Narrheit von Einzelaktionen warnte. »Ich bewundere Ihren Mut, aber schauen Sie, Pat und Jerry haben, äh, haben ebenfalls ein Interesse an dieser Sache, und offen gesagt, sie stehen in der Befehlshierarchie eine Stufe höher als Sie. Es ist wichtig, daß wir alle am selben Strang ziehen. Haben wir uns verstanden?«

»Sie können sich drauf verlassen, Sir. Wahrlich, wahrlich, ich sage euch –«

Doch bevor er auch nur die Spucke aus seinem Saxophon blasen konnte, unterbrach ihn der Vizepräsident. »Sagen Sie, Reverend, wer ist eigentlich Ihre Lieblingsmannschaft bei der Super Bowl?«

»Indianapolis«, platzte Buddy hoffnungsvoll heraus – und bereute es schon im nächsten Augenblick. Irgend etwas in der Stimme des Vize, als er sagte: »Das ist ja echt gut, mein Lieber«, verriet Buddy, daß die Colts es dieses Jahr wohl nicht geschafft hatten.

Als die Limousine auf der Startbahn wieder zum Stehen kam, schüttelte ihm sein Gastgeber kräftig die Hand. »Gott schütze Sie«, sagte er, und die Tür öffnete sich wie auf ein Stichwort. Fünfzig Meter entfernt wärmte der Lear-Jet bereits die Motoren auf.

»Irgendwelche Fragen?« sagte einer der Agenten, als Bud sich anschnallte.

»Nein. Oder doch, ja, da is 'ne winzige Sache, die mir nich aus'm Kopf geht. Ihr Jungs habt doch offensichtlich in mei'm Apartment rumgeschnüffelt. Na schön, Schwamm drüber. Ihr mußtet, ihr hattet eure Befehle. Ich denk, ihr wart bestimmt mehr als einmal in meiner Wohnung, und da fällt mir folgende Frage ein: Habt ihr jemals – aus guten Gründen, versteht sich – 'nen Löffel, so'n kleines silbernes Löffelchen und 'nen bemalten Stock mitgehen lassen? Der Stock hatte so komische kleine Hörner am Ende.«

Daraus, wie die Agenten erst ihn ansahen und einander dann vielsagende Blicke zuwarfen, mußte Buddy schließen, daß er damit auch den letzten Rest an Glaubwürdigkeit, den er bei den höheren Chargen der Macht einmal besessen haben mochte, verspielt hatte.

I & I

Was war das für ein Geräusch? Jenes leise Geraschel? Man hörte es im eisigen Norden, wo kein einziges Blatt mehr an den Bäumen hing, und man hörte es im Süden, wo die Krinolinenunterröcke in ihren Truhen eingemottet lagen, so still und gedämpft wie Wolle. Man hörte es von einer Küste zur anderen, über majestätisch purpurrot gefärbten Gebirgen und fruchtbaren Ebenen. Was war es? Nun, es war das Geraschel Tausender von Kartoffelchipstüten, die aus den Supermarktregalen gezogen wurden; es war das Geraschel von Plastikbeuteln, in die Bier und Limonade und Literflaschen mit Hochprozentigem gepackt wurden; es war das Geraschel von Zeitungspapier, als die Leser eifrig nach hinten zur Sportseite blätterten; es war das Geraschel von Banknoten, als Eintrittskarten für das Vierzigfache ihres Wertes den Besitzer wechselten und insgesamt zweihundertsiebzig Millionen Dollar auf das eine oder andere der beiden professionellen Footballteams gesetzt wurden. Es war das hektische Geraschel der Super-Bowl-Woche, das die Seufzer der Obdachlosen, das Gestammel der Verrückten, das Todesröcheln der AIDS-Kranken und die traurigen, schändlichen Nachrichten aus Israel alias Palästina ebenso übertönte wie das Motorbootgebrabbel glücklicher Kleinkinder, die Freudenschreie der Lotteriegewinner, das schmatzende Stöhnen der Liebenden, die Gebete der Unverbesserlichen und die Gesänge derer, die in Meditationszentren, in Holzhütten auf dem Lande und in mindestens einer Schublade mit Unterwäsche exotische Mantras wiederholten (und wiederholten); es übertönte sogar Geschäftsverhandlungen, Schulunterricht, Rap, Rock und Reggae, ganz zu schweigen von normalen Tischgesprächen. Das Geraschel sorgte dafür, daß Symphonieorchester Konzerte absagten, Bräute ihre Hochzeit verschoben und Leute, die das Pech hatten, am dreiundzwanzigsten Januar Geburtstag zu haben, jedermann verfluchten, der in diesem Jahr an sie dachte. Das Geraschel wurde desto lauter, je mehr die Woche ihrem Ende zustrebte, nicht nur in Amerika, sondern auch in zahllosen fremden Ländern, obwohl die Lautstärke in New Orleans, wo die Super Bowl ausgetragen werden sollte, natürlich noch grösser war als, sagen wir, in Ouagadougou, wo Fans, die normalerweise Fulani oder Bobo sprachen, in den TV-Bars winziger tropischer Hotels saßen und »*Touchydown!*« schrien.

Ja, Hunderte von Konzerten, Hochzeiten, Geburtstagsfeiern und Politikerreden wurden tatsächlich verschoben, um nicht von der Super Bowl ausgestochen zu werden. Einhundertvierzig Millionen Amerikaner würden das Spiel sehen. Trotz des allgegenwärtigen Geraschels hatte Salome, die Bauchtänzerin aus dem Isaac & Ishmael's, jenem Restaurant mit Jerusalem-Touch schräg gegenüber dem Hauptquartier der Vereinten Nationen in New York, nicht nachgegeben. Sie würde um drei Uhr tanzen, und wer sie nicht verpassen wollte, würde zusehen, daß er kam. Die anderen konnten sich das Match ansehen, in einem zugigen Hinterhof auf Plastikstühle gefläzt, und dabei Möhrenschnitzel in Schalen mit faden Flüssigkeiten stippen, die kaum appetitlicher waren als *baba ghanoug*.

Ein Opfer des I & I-Dilemmas glaubte, die Lösung gefunden zu haben. »Eins haben wir übersehen, Leute«, sagte er. »Ich meine, wie lange wird dieser Tanz der sieben Schleier dauern? Zwanzig Minuten? Länger nicht, da geh ich jede Wette ein. Also können wir ganz beruhigt sein, wißt ihr. Ich seh mir den Tanz an, und dann geh ich raus, um mir die letzten drei Viertel eines tollen Spiels inklusive Halbzeit anzugucken. Ich bezahle Dr. Farouk, damit er mir einen Platz freihält.«

Shaftoe grinste hämisch. »Glaubst du etwa, du bist der erste, der darauf gekommen ist? Farouk ist wahrscheinlich hingegangen und hat diesen Platz einem Dutzend Dummköppen wie dir verkauft. Er kommt aus diesem Teil der Welt, Mann. Er weiß, daß der Tanz stundenlang dauern kann. Und wenn du erst mal angefangen hast, hinzusehen, Baby, rührst du dich nicht vom Fleck, bis er zu Ende ist. Nicht für alles Geld der Welt.«

»Aber für die Super Bowl ...«

Wieder grinste Shaftoe. »Scheiße! Was weißt du schon über Football? Ich –« Der Detective verstummte und kehrte zu seinem Bier zurück.

I & I

Salomes Freitagabendvorstellung war mehr als dürftig. Sie schlurfte übellaunig und zerstreut im Schneckentempo dahin und ließ zweimal ihr Tamburin fallen. Wiederholt warf sie einen Blick auf das Wandgemälde hinter sich, aber es vermochte sie weder zu entspannen noch zu inspirieren. Am Samstagabend, als New Orleans, New York und mindestens eine weitere amerikanische Stadt sich praktisch in eine einzige Super-Bowl-Party verwandelt hatten, kam sie überhaupt nicht.

»Sie hat das kleine Fieber«, erklärte der Bandleader.

»Das Mädchen sieht immer aus, als hätte sie leichtes Fieber«, sagte Abu zu Spike. »Deshalb ist sie ja so faszinierend.«

Die Sängerin Bonnie Raitt, eine der Prominenten unter den Zuschauern, sprang ein und unterhielt das Publikum mit improvisiertem Blues zu nahöstlichen Rhythmen. Sie war bei Vorstädtern, Szenegängern und Touristen gleichermaßen ein voller Erfolg, aber die Stammgäste gingen nach Hause und schimpften über Salome.

»Und wenn sie morgen auch nicht aufkreuzt? Wenn sie vor lauter Schiß kneift? Stellt euch vor, sie hat 'ne Erkältung?«

Sie sahen zu Shaftoe hinüber, aber der schwieg.

I & I

Am Sonntagmorgen kam die Sonne heraus wie eine technische Anlage, die mit beträchtlicher Anstrengung an einem Gerüst aus dünnen, vereisten Wolken emporgezogen wird.

Sie wirkte riesig und flach und mächtig und blaß, wie der Wall eines frisch errichteten Damms. Hinter diesem Damm schäumte und brandete ein Amazonas aus Schnee, bereit, jeden Moment über die Ufer zu treten.

Patsy war Ellen Cherrys Wecker. Sie wachte jeden Morgen um sieben auf, erhob sich und machte als erstes ihre Jane-Fonda-Übungen. Dann duschte sie, legte Make-up auf (nie ohne den Gedanken, daß Verlin sich im Grabe umdrehen würde), machte Frühstück und weckte ihre Tochter. Als Ellen Cherry an diesem Morgen aus dem Badezimmer kam und sich an den Frühstückstisch setzte, wo der zimtfarbene Toast bereits auf sie wartete, saß Patsy da und blätterte in den Gelben Seiten, auf der Suche nach einer zu Fuß erreichbaren Baptistenkirche. Sie mußte zugeben, daß es mehr Gewohnheit als sonstwas war.

»Vergiß es, Mami. Wenn du nächste Woche immer noch in die Messe willst, fein, dann werden wir schon was für dich finden. Aber heute ist der große Tag im I & I. Ich meine, der ganz große Tag. Die Leute werden völlig durchdrehen. Ich gehe heute schon früher los, gleich nach dem Frühstück. Und du solltest mitkommen, denn wir können deine Hilfe gebrauchen, und vielleicht wird es ja auch interessant, man kann nie wissen.«

So verrückt sich Ellen Cherry die Zustände im Isaac & Ishmael's auch ausgemalt hatte, sie waren noch verrückter. Als sie mit Patsy im Schlepptau um fünf nach zehn ankam, hatte sich bereits eine Schlange gebildet, die sich den ganzen Block entlang und noch um die Ecke zur East Forty-ninth herum zog. Diejenigen, die sich für die Fernsehübertragung angestellt hatten, unterschieden sich deutlich von denen, die den berühmten Tanz sehen wollten: erstere waren laut, jetzt schon angetrunken und kamen bewußt in ihren lässigsten Klamotten, die anderen dagegen wirkten sowohl in ihrem Verhalten als auch in ihrer Kleidung kultivierter, obgleich auch sie eine festliche Stimmung ausstrahlten. Eine dritte, zahlenmäßig kleinere Gruppe machte einen ängstlichen, zaudernden, nervös bedrückten Eindruck. Das waren diejenigen, die sich noch entscheiden mußten.

Von Wachmännern eskortiert, eilten Ellen Cherry und Patsy durch eine kleine Nebenstraße in den Hinterhof. Er war in ein Straßencafé verwandelt und mit einer riesigen Markise in den Farben der New Yorker Mannschaft überdacht worden. Die mächtigen Heizgeräte summten und glühten und verschluckten die Schneeflocken, die sich in ihre Nähe verirrten, wie eine Kerzenflamme die sprichwörtlichen Motten. Der Fernseher, fast ebenso groß wie das Wandgemälde, lief bereits, als müßte er sich aufwärmen. Mutter und Tochter blieben stehen und warfen einen Blick darauf. Im Moment wurde ein Vorprogramm übertragen, das die Stimmung anheizen sollte, eine Art Vorgeschmack auf die Show, die während der Halbzeit laufen würde, wie der Sprecher erklärte. Dieses Jahr richtete sie sich vor allem an die wachsende spanischsprachige Gemeinde in Amerika. Ellen Cherry traute ihren Augen nicht. »Also, ich freß einen Besen!« sagte sie ungläubig. »Der Junge sieht aus wie der gute alte Raoul. Raoul, der Türsteher.«

Spike drehte die Lautstärke auf, und man hörte, wie das gutaussehende Bürschchen mit dem silbernen Overall und dem roten puertoricanischen Stirnband, dieser Sexprotz, der umgeben war von Dutzenden Tänzern und Rock 'n' Roll-Musikern und bis auf den fehlenden Filzhut eine Menge Ähnlichkeit mit Raoul Ritz hatte, sang:

Mein Herz ist ein Dritte-Welt-Land
Und deine Liebe ein Tourist aus der Schweiz.
Trau nie einem Land, das kein lebendes Geflügel
In Bussen erlaubt.
Oh, trau nie einem Land,
Das kein lebendes Geflügel
In seinen Bussen fahren läßt.

In der Küche stand Abu in Hemdsärmeln; das Jackett seines konservativen Nadelstreifenanzugs hing an einem Haken. Er zerstampfte mit der einen Hand Kichererbsen und hobelte mit der anderen Gurken. Seine Frau Nabila half ihm bei den vorbereitenden Arbeiten. Patsy klopfte den beiden auf den Rükken, nahm ein Messer und machte sich an die Arbeit. »Wenn ein Mädchen aus dem Süden eins weiß, dann wie man Hühnchen zerlegt«, sagte sie.

Ellen Cherry ging in den Speiseraum, um Teddy beim Tischdecken zu helfen. »Ich wußte gar nicht, daß Raoul Ritz in der Hitparade ist«, sagte sie.

»Wo hast du eigentlich gelebt?«

Das war eine gute Frage. Sie blickte auf das Wandgemälde, als könnte es ihr einen Hinweis darauf geben. Der Weg hinein führte durch den Schnabel einer Eule.

Nach und nach trudelten die restlichen Angestellten ein. Alle arbeiteten wie besessen. Zwar war der Beginn des nachmittäglichen Doppelspektakels auf drei Uhr festgesetzt, doch sollte das Restaurant bereits um zwölf aufmachen. Spike Cohen sorgte dafür, daß sie auf die Minute pünktlich waren.

Die Menge, darunter viele hohe Beamte der Vereinten Nationen, stürmte herein wie eine Herde wilder Mustangs. Sie drängelten, schubsten und kämpften um die besten Plätze wie Teenager in einem Heavy-Metal-Konzert. Viele landeten, ohne es eigentlich zu wollen, im Hof. Dort draußen ging es weniger ruppig zu, vielleicht, weil im Umkreis von einer Viertelmeile um den riesigen Fernseher alle Plätze gute Plätze waren. Niemand hatte Detective Shaftoe draußen in der Schlange gesehen, aber plötzlich war er da, saß auf einem Barhocker direkt neben dem Podium und bestellte Falafel und Maccabee. Einer der Griechen meinte, wahrscheinlich habe er sich über Nacht im Klo eingeschlossen. »Ihr Schwachköpfe habt zuviel Geschichten über das Trojanische Pferd gelesen«, sagte Shaftoe. Auf alle Fälle hatte er seine Wahl getroffen.

Um 12.12 Uhr wies Spike die Wachmänner an, die Türen zu schließen. Draußen standen noch mindestens hundert Leute, die lauthals Einlaß forderten, doch die von der Feuerwehr zugelassene Höchstzahl von Gästen war bereits überschritten. Diejenigen, die es geschafft hatten, einen Platz im Speiseraum oder an der Bar zu ergattern, schrien und schwatzten durcheinander. Unter der lärmenden Freude jedoch war die Atmosphäre unverkennbar gespannt. Einige Gäste schienen von einer heimlichen Furcht geplagt, hier gelandet zu sein, obgleich deren Wurzel nicht so leicht freizulegen war. Vielleicht hatten sie Angst vor Gewalttätigkeiten. Vielleicht war es etwas weniger Konkretes.

Spike ging raus zu den wartenden Presseleuten. »Die Super Bowl wird gezeigt im Hinterhof«, erklärte er. »Drinnen die kleine Dame wird geben eine Sondervorstellung. Das in aller Kürze.« Er zuckte die Achseln. Die Reporter gaben sich damit nicht zufrieden. Sie hatten Wind vom Tanz der sieben Schleier bekommen, und jetzt wollten sie Einzelheiten wissen. Spike erzählte ihnen, was er wußte, auch wenn es nicht viel war, und kam dann auf sein Lieblingsthema I & I zu sprechen. »Früher haben gesagt meine arabische Partner und ich, es ist nur eine Geste, was wir hier machen, und wir bilden uns nicht ein, daß wir können verändern die große Bild. Doch offen gesagt, bin ich jetzt nicht mehr so sicher. Was ist gewesen diese Kontinent Amerika früher? Eine ausgetrocknete Sumpf, hab ich recht? Millionen von Jahren es ist gewesen nichts als Dschungel. Dann innerhalb von eine Minute, nur eine Minute, war er bedeckt mit Eis von Kopf bis Schwanz. Sie kennen sich aus in Geschichte? Sehr, sehr schnell kann sich alles verändern. Ein Kontinent. Eine menschliche Schicksal. Araber und Juden gehen aufeinander los seit Tausende und Tausende von Jahren. Na und? Egal, wann es ist so lange. Könnte sich verändern innerhalb von eine Minute. Eine Minute, ich sage Ihnen. Es ist wegen die vage Möglichkeit von diese Minute, warum wir bleiben im Geschäft.«

»Aber, Mr. Cohen, wenn Salome den siebten Schleier fallen läßt, wird sie dann völlig nackt sein?«

»Mr. Cohen, haben Sie ein silbernes Tablett da drin?«

»Ojojoj!«

Nachdem er noch einmal bestätigt hatte, daß die Medien auf Salomes ausdrücklichen Wunsch nicht zugelassen würden, ging Spike wieder rein.

»Nichts zu holen«, brummte ein Reporter. Die anderen stimmten zu.

Mittlerweile bewegte sich Ellen Cherry nur noch im Zeitraffer, wie eine Slapstickfigur in einem Stummfilm. Speise- und Getränkebestellungen umbrandeten sie wie Gischt die

»Klippen der ertrunkenen Kellnerin«. In ihrer gesamten gastronomischen Laufbahn hatte sie noch nie in einem solchen Tempo gearbeitet.

»Himmel noch mal!« rief sie irgendwann. »Wenn das so weitergeht, könnt ihr mich heute abend als medizinische Altlast wegschmeißen. Oder gleich im Bellevue in den Verbrennungsofen stecken.«

Doch es ging nicht so weiter. Ellen Cherry sollte noch feststellen, daß die Fans im Hinterhof zwar während der gesamten Super Bowl genüßlich weiter mampften und tranken, drinnen jedoch die Nachfrage abrupt verebbte. Als der erste Schleier gefallen war, bat praktisch niemand mehr um irgend etwas, außer um Erbarmen.

Um 14.54 Uhr ertönte ein Aufschrei draußen auf der United Nations Plaza. Die Feiernden im I & I zuckten zusammen und reckten die Hälse, um zu sehen, was los war. Jede Menge Gläser wurden dabei umgestoßen. Hörte sich an wie ein Hexenkessel da draußen. Im Speiseraum dagegen war es still und gespannt. Um 14.55 Uhr stieß ein Wachmann die Eingangstür auf und bellte das Wort »koksaghyz«, gefolgt von »megakaryoblast«, ins Restaurant.

Genauso sahen sie aus, Salome und ihre Anstandsdame: wie unbekannte Worte auf einem Straßenschild oder einer Seite, über die sich ein Leser nur wundern, die er aber weder verstehen noch aussprechen konnte. Viele im I & I blätterten durch die Taschenwörterbücher ihrer Lebenserfahrung und suchten nach Bedeutungen, mit denen sie etwas anfangen konnten. Aber wäre »koksaghyz« auch nur eine Spur weniger exotisch gewesen, wenn sie gewußt hätten, daß es ein in Zentralasien vorkommender Löwenzahn war? Und zu wissen, daß ein »Megakaryoblast« schlicht ein unreifer Megakaryozyt war, half ihnen auch nicht viel weiter. Besser war es vielleicht, die Worte als das zu nehmen, was sie waren, und es den Sinnen zu überlassen, mit ihnen fertig zu werden, oder dem Hirnstamm. Die Vernunft war da nur im Weg. Ein besseres Wort für die Anstandsdame, die ihre Ellbogen gebrauchte und ihren Hundesarg von Handtasche schwang, um sich durch die Menge zu drängen, wäre möglicherweise »entobell« gewesen. Zumindest hatte man bei »entobell« eine vage Vorstellung von ihrem watschelnden Gang und ihrem lautstarken Protestgeschrei.

Doch halten wir uns nicht mit diesem megakaryoblastisch-entobellen Ungeheuer auf. Kaum hatte es seinen Schützling zum Podium geleitet, verschwand es hinter dem Orchester und geriet sofort in Vergessenheit. Aller Augen ruhten auf dem »koksaghyz«, der da zart, einsam und zitternd im Rauch stand. Und da wir gerade von Augen sprechen, die Augen waren fast alles, was man von ihr sah. Denn Salome war so dicht in hauchdünne purpurrote Seidentücher gehüllt, daß nur ihre Hände, ihre bloßen Füße und die Augen sichtbar waren. Alle Ringe, Glöckchen und Kettchen waren von ihren Gliedmaßen verschwunden, und ihre Augen – zwei Gläschen warmen Hershey-Sirups – zeigten Anzeichen von Anopie, mit anderen Worten, waren krampfhaft nach oben verdreht (man stelle sich die himmelwärts verdrehten Augäpfel von Erstsündern oder die traumatischen Posen von El Grecos Heiligen vor). So stand sie da und zappelte, unsere nervöse »koksaghyz«, starrte an die Decke, von der der Bambus geflüchtet war, stand da, eingehüllt wie ein Schneckenmuschel-Burrito in Tücher in den purpurroten Farbtönen von Kanaan/Phönizien, stand minutenlang da, kratzte sich am Hintern, betrachtete den frischen Putz an den Wänden, bis um Punkt drei Uhr, genau in dem Moment, als der Zeh des New Yorker Kickers die eiförmige Flanke des jungfräulichen Footballs berührte, das Orchester ihr Lied anstimmte.

Zum erstenmal betrachtete Salome ihr Publikum. Der französische Staatssekretär zwinkerte ihr zu, und Shaftoe hielt den Atem an. Zwei von dreien aller Gesichter, die zurückblickten, waren männlich. Zwar hatten sie sie der Super Bowl vorgezogen, doch waren die meisten trotzdem von den gesunden Interessen ihres Geschlechts geprägt: Besitzgier, Profitstreben und Konkurrenzdenken. Salome wandte sich langsam dem Wandgemälde zu, das eine eher weibliche Sensibilität widerspiegelte: eine freie, poetische Improvisation zum Thema jahreszeitliche Erneuerung. Ohne daß das Publikum es richtig wahrnahm, stieß sie ein leises, sanftes Geheul aus. Schüttelte ihr Tamburin.

Und begann zu tanzen.

Das ist der Raum mit der Wolfsmuttertapete. Der Raum, wo im Bewässerungsgraben am Fuß des Bettes dein ältester lebender Vorfahre, die monarchistische Amöbe, hof hält.

Yeeh yeeh yeeh yeeh yeeh
Yeeh yeeh yeeh yeeh yeeh yeeh yeeh
Zinga doppa dop lop zinga
Eh, eh-eh, eh eh zeee

Während ihre bloßen Füße im Takt zu Polyrhythmen, die älter waren als das antike Petra, auf den Boden stampften, wirbelte Salome, bückte sich, wirbelte wieder, stampfte auf und wirbelte zugleich, stieß das Becken vor und zurück, als versuchte sie ein Kind herauszupressen. Ihre Augen waren groß und heiß, purpurrote Tücher umflatterten sie. So tanzte sie fast zwanzig Minuten, bevor der erste Schleier fiel.

Aus irgendeinem Grund hatten Ellen Cherry, Spike, Abu und praktisch alle anderen im Raum angenommen, daß der erste Schleier von oben fallen würde, daß es zum Beispiel der sein würde, der Nase und Mund verhüllte. Doch irrten sie. Als der Schleier schließlich zu Boden schwebte wie die Haut einer Mondschlange, entblößte er nicht ihr Gesicht, sondern ihre Lenden. Das Publikum saß da wie versteinert. Spike und Abu gerieten aus Sorge um ihre Kabarettlizenz in Panik. Shaftoes geschundene Stirn runzelte sich besorgt: Immerhin war er ein Hüter des Gesetzes. Ellen Cherry lief rot an. Sie hatte mit Freundinnen in Seattle nackt in der Sonne gelegen, aber noch nie bewußt das Geschlecht einer anderen Frau betrachtet, war noch nie buchstäblich gezwungen gewesen, es zu betrachten. Es war faszinierend und verwirrend zugleich. Sie war froh, daß Patsy draußen im Hof war.

Alle waren schockiert, selbst die Unerschrockensten. Doch keiner unternahm etwas, um die Vorstellung zu unterbrechen. Keiner. Und Salome wand sich und bückte sich und schlängelte sich und bog sich, und jedesmal, wenn sie sich bog, schauten sie in die hübscheste und rosigste kleine Spalte, die sie sich vorstellen konnten, mit Furchen, zart und geheimnisvoll, mit einem winzigen Stachel, der auf sie gerichtet war wie der Gewehrlauf einer räuberischen Orchidee, und einem lokkigen Fellchen, so glänzend und feucht wie die Fußmatte im Bermudadreieck-Hilton.

Der Schleier lag noch nicht lange am Boden, als Ellen Cherry anfing ... nun ja, Signale aufzufangen. Spontan, ohne Vorwarnung, kamen ihr Dinge in den Kopf, Gedanken traten in ihr Bewußtsein, ja, so könnte man es ausdrücken, nur waren diese Gedanken lebendiger und ausgeformter als alles, was sie je gewußt hatte, und zugleich durchdrungen von Informationen, die ihr bis dahin völlig unbekannt gewesen waren. Es war, als seien die Gedanken eines anderen in ihr Gehirn übertragen worden, wo sie sich sofort breitmachten und zu den ihren wurden.

Die Welt, so wurde ihr mit einemmal klar, drehte sich um Sexualität. Einzigartig in einem Sonnensystem von totem Gestein, Schneebällen und Gaszellen, bildete die Erde ein Theater, eine rotierende Bühne, wo sich in einer dünnen grünen Schicht organischen Lebens unzählige endlose Szenen abspielten, bei denen es explizit oder zwischen den Zeilen fast ausschließlich um Sexualität ging. In diesem biosphärischen Epos waren die Figuren entweder Samentütchen oder Eierkartons (ein paar flexiblere Darsteller, die Amöben etwa, konnten in beide Rollen schlüpfen, aber das war eine aussterbende Kunst), und Szenerie, Kulissen und Kostüme waren nur dazu bestimmt, das Verschmelzen von Heldensamen und Heldinnenei zu fördern oder zu erleichtern. Farben, Gerüche und Geräusche von organischen Dingen hatten sich zu sexuellen Reizstoffen entwickelt und dienten dazu, Milliarden von romantischen Plots Milliarden von mehr oder weniger glücklichen Enden zuzuführen. Neueste Beobachtungen der Verhaltensmuster von Verbindungen eingehenden Molekülen hatten gezeigt, daß sich selbst auf molekularer Ebene ständig komplizierte und gefährliche Liebschaften abspielten: da gab es beispielsweise die Abstoßung von Molekülen und sicherlich auch molekularen Liebeskummer. Es gab in allen Altersstufen und in allen Bereichen – ob pflanzlich, tierisch, molekular oder menschlich – sexuell inaktive Organismen, Abweichler, Freaks, pathologische Außenseiter, die sich der Harmonie des Lebens entzogen.

Trotz eines oftmals betont männlichen Erscheinungsbildes, das etwas anderes anzudeuten schien, wurde das sexuelle Drama (oder das Melodram oder die Farce) historisch gesehen größtenteils von Frauen inszeniert, insbesondere bei der Menschheit, einer Spezies, deren Männchen zu lächerlichen und häufig brutalen Mitteln griffen, um zu kompensieren, was die Unsichereren unter ihnen als eine unterlegene sexuelle Rolle empfanden. Eines dieser Mittel war die Etablierung einer patriarchalischen Religion und die Neubesetzung der Produzentenrolle mit einer Vaterfigur, obgleich der kosmogonische Hauptdarsteller von Anfang an weiblich gewesen war. Diese Männer, von Eifersucht und Angst geplagt, setzten nicht nur die Große Göttin vor die Tür (die sich lächelnd über alle Arten sexuellen Verhaltens erhob, einschließlich dessen, was die Moderne als »promiskuitiv« oder »pornographisch« bezeichnete), sondern verschwendeten auch Tausende von Jahren und Milliarden von Dollar, um die Tatsache ihrer Existenz zu verschleiern.

Und noch etwas fiel Ellen Cherry ein, als Salomes erster Schleier gefallen war: Sobald eine Gesellschaft Anstalten machte, die Göttin wiederzuentdecken und zu weiblicheren Wertsystemen zurückzukehren, brachte die patriarchalisch konditionierte Psyche Krankheiten hervor, Leiden im wahrsten Sinne des Wortes, die Syphilis etwa im wildromantischen 19. Jahrhundert oder AIDS im Gefolge der sexuellen Revolution während der sechziger Jahre. Diese Krankheiten entstanden nicht durch die sexuelle Freizügigkeit, sondern aus der *Furcht* vor der sexuellen Freizügigkeit, aus der Unfähigkeit der konservativen DNS, sich einem hedonistischen Lebensgefühl anzupassen. Und alles wurde nur noch schlimmer durch das schlechte Gewissen über die Vertreibung der Großen Mutter und die Unterdrückung ihrer Sinnlichkeit, mit deren Hilfe sie immer wieder ihre friedliche Koexistenz mit dem Nichts unter Beweis stellte. Irgendwann aber würde sich selbst AIDS totlaufen, irgendwann würden alle Varianten der Fleischeslust wieder aufblühen, denn ob es euch gefällt oder nicht, Herrschaften, so ging es zu in ihrer Welt.

Ja, genau! dachte Ellen Cherry Charles.

Yeeh yeeh yeeh yeeh yeeh
Yeeh yeeh yeeh yeeh yeeh yeeh yeeh
Zop de bango zee whee winga
Eh, eh-eh, eh eh haiii

Das ist der Raum mit der Wolfsmuttertapete. Das ist der Raum, wo die Jungs in ihren Blasrohren schliefen, um nicht von den Fledermäusen gebissen zu werden, denen die Mädchen winzige Samtanzüge genäht hatten.

Mit entblößten und verführerisch geöffneten Schamlippen tanzte Salome weiter, drehte sich im Kreis und bog den Rücken durch, bis sich nach etwa zwanzig Minuten ein zweiter Schleier löste und anmutig zu Boden flatterte. Dieser Schleier hatte die Taille und einen Bauch verhüllt, der gleichzeitig rund und flach schien, einen haptischen Halbhügel, der ihren Bewunderern bereits vertraut war, obgleich sie bis zu diesem Augenblick noch keinen Tautropfen aus dem frischen Quell ihres bloßen Nabels geschlürft hatten. Fast gleichzeitig schnappte Ellen Cherry eine weitere Botschaft auf.

»Menschliche Wesen haben keine Gewalt über Pflanzen und Tiere.« Das war die Nachricht, die über ihren geistigen Bildschirm flimmerte.

Menschliche Wesen hatten keine Gewalt über Pflanzen und Tiere. Jedes Gänseblümchen am Wegesrand, jede Sardine im Meer hatte eine Identität, die ebenso ausgeprägt war wie ihre eigene, und einen Status im Leben, der ebenso wertvoll war wie der ihre. Den Alltag von Bäumen und wilden Tieren durcheinanderzubringen, Bäumen und wilden Tieren das Leben zu nehmen (außer wenn es zum Schutz und Erhalt der Menschheit notwendig war), ganze Spezies von Bäumen und wilden Tieren auszurotten – das war arrogant, profan und letztlich ein Bumerang, ein Selbstmordprogramm.

Pflanzen und Tiere – vielleicht sogar Mineralien und unbelebte Objekte – strebten ein partnerschaftliches Zusammenleben mit den Menschen an. Zumal sie, nicht wir, aufgrund ihrer Erfahrung und Vollkommenheit die Seniorpartner waren. Von Pflanzen, insbesondere den psychoaktiven Nachtschattengewächsen und Pilzen, konnte die Menschheit eine Menge lernen. Wenn die Menschen tatsächlich darauf hofften, ihre Evolution rasch genug voranzutreiben, um mit dem technologischen Wachstum auch philosophisch Schritt halten zu können, boten die unmittelbaren, postverbalen Erkenntnisse durch die Einnahme psychotroper Pflanzen möglicherweise eine entscheidende Hilfe. Auf alle Fälle mußte jede Zivilisation mit legitimen Überlebenschancen das Wohlergehen und die Bedürfnisse des Nichtmenschlichen berücksichtigen, und das war nicht nur eine pragmatische, sondern auch eine moralische und ästhetische Frage. Die Menschheit war eine Funktion der Natur. Sie konnte daher nicht unabhängig von ihr leben, es sei denn hinter der Maske des Selbstbetrugs. Sie konnte auch nicht im Widerspruch zu ihr leben, denn damit schlüpfte sie in die Rolle eines schizophrenen Verbrechers. Und ebensowenig konnte sie die Augen vor ihren Wundern verschließen, ohne zu einem liebesunfähigen Monster zu mutieren.

Ja, genau! dachte Ellen Cherry Charles.

Yeeh yeeh yeeh yeeh yeeh
Yeeh yeeh yeeh yeeh yeeh yeeh yeeh
Wop za whoppo zeena za-za
Eh, eh-eh, eh eh eeeng

Das ist der Raum mit der Wolfsmuttertapete. Der Raum, der mit einem Sprachbesen gekehrt wird. Ein Raum, in dem Staubflocken glänzen wie Weintrauben.

Das dritte purpurrote Tuch, das sich von der wirbelnden Gestalt des tanzenden Mädchens löste – Salome drehte sich jetzt mehr und wand sich weniger –, hatte Hals und Schultern verhüllt. Und tatsächlich spürte Ellen Cherry, während er zu Boden flatterte wie die durchsichtige Seele eines schmutzigen

Sockens in sein Polyester-Paradies, wo irdische Leiden wie Löcher an den Zehen oder Wäschetrockner nur böse Erinnerungen sind – tatsächlich spürte sie, als das Tuch unweit der ausgetretenen schwarzen Schuhe des wie gelähmt dasitzenden Shaftoe zu einem zarten Häuflein zusammensank, wie ein neuer Schwall ihr Gehirn überflutete.

Plötzlich verstand sie, ohne sich eines Grundes dafür bewußt zu sein, daß es zwecklos war, um politische Lösungen für die Probleme der Menschheit zu kämpfen, denn diese waren nicht politischer Natur. Politische Probleme existierten, sicher, aber sie waren völlig nebensächlich. Die wirklichen Probleme waren philosophischer Art, und bis die philosophischen Probleme gelöst waren, müßten die politischen immer und immer wieder durchgekaut werden. Der Ausdruck »Teufelskreis« wurde extra erfunden, um die Wirkungslosigkeit nahezu jeder politischen Aktivität zu beschreiben.

Für die Ethiker war politisches Engagement verführerisch, weil es vermeintlich die Möglichkeit bot, die Gesellschaft zu verändern und Lebensumstände zu verbessern, ohne daß man sich der großen Mühe unterziehen mußte, seine eigene Wahrnehmung zu korrigieren und sein Bewußtsein dementsprechend zu verändern. Für die Gewissenlosen war politischer Reaktivismus verführerisch, weil er ihr Eigentum zu schützen und ihre Gier zu legitimieren schien. Doch beide Seiten starrten durch einen Schleier von Illusionen.

Der Sand im Getriebe der Primatenevolution war die Neigung der Herde, ihre politischen Führer – die tonangebenden Männchen – allzu ernst zu nehmen. Diese waren der Herde im Grunde nur dann von Nutzen, wenn diese von räuberischen Wesen aktiv bedroht wurde, ansonsten handelten sie größtenteils zu ihrem eigenen Vorteil und neigten naturgemäß weniger zu größerer Freiheit als zu verstärkter Kontrolle. Wenn sie sich auf die Brust trommelten und die Zähne fletschten, waren sie in Wirklichkeit nichts als Witzfiguren, die man mit respektlosem Spott in ihre Schranken verweisen konnte (wo sie dann eine Art notwendiges Übel darstellten). Hätten beispielsweise die braven Deutschen in den Bierhallen von München, wo Hitler große Reden schwang, ihn etwas weniger ernst genommen, statt dermaßen auf ihn reinzufallen, hätten sie gepfiffen, ihn ausgebuht und mit Wurstpelle beworfen – vielleicht wäre der Holocaust dann zu verhindern gewesen.

Sicher, solange es willige Jünger gab, würde es skrupellose Führer geben. Und willige Jünger würde es geben, bis die Menschheit ein bestimmtes philosophisches Niveau erreicht hatte. Dann würde sie erkennen, daß ihre große Aufgabe im Leben nichts mit einem Kampf zwischen Klassen, Rassen, Nationen oder Ideologien zu tun hatte, sondern eher darin bestand, daß man ganz individuell versuchte, seine Seele zu öffnen, sein Bewußtsein zu erweitern und seine Gedanken zu beflügeln. Auf diesem Weg zur Erkenntnis war die Politik nichts anderes als eine von lärmenden Pavianen errichtete Straßensperre.

Genau! Ja, das stimmt! dachte Ellen Cherry.

Eeena eeena eena eena
Eh eh-eh eeena whop

Das ist der Raum mit der Wolfsmuttertapete. Der Raum, wo Vulkane die Aschenbecher mit ihrer feinen Schlacke füllten und selbst das Schlüsselloch eine Fumarole war.

Wie Ellen Cherry selbst zugab, war Kunst das einzige Thema, mit dem sie sich überhaupt auskannte (es sei denn, man zählte das Kellnern mit, und natürlich konnte man es nicht mitzählen). Man könnte sagen, daß sie eine Spezialistin war. Oder, weniger freundlich ausgedrückt, ein ebensolcher *idiot savant* wie Boomer Petway. Außerhalb des Reiches der Kunst war sie nicht besonders beschlagen. Trotzdem hatte sie jetzt das Gefühl, in mehreren wichtigen Bereichen etwas verstanden zu haben, plötzlich, ohne jede Anstrengung und binnen – das war das Verrückteste daran – dieser knapp anderthalb Stunden, die sie Salome beim Tanzen zugesehen hatte. Wenn es eine Verbindung zwischen den Offenbarungen und dem Tanz gab, so erkannte sie sie nicht. Sie mußte zugeben, daß die Kleine trotz ihrer rotznäsigen Art und ihrer Storchenbeine umwerfend war, aber Salomes Wirkung beschränkte sich nicht auf das *Bewußtsein.* In Wirklichkeit machte die Kleine sie scharf – sie, die sich noch nie für andere Frauen interessiert hatte. Und das ließ es noch ungewöhnlicher erscheinen, daß ihr gleichzeitig große abstrakte Gedanken durch den Kopf schossen. Nur waren es weniger selbsterzeugte Gedanken als ... Sie hatte das Gefühl, daß es ihr wie Schuppen von den Augen fiel, und sie sah Dinge, auf die das Augenspiel sie niemals vorbereitet hatte.

Dann fiel Ellen Cherry auf, daß keiner der Gäste seit langer Zeit auch nur ein Glas Wasser bestellt hatte. Sie fragte sich, ob auch sie Weisheit aus dem Tanz der sieben Schleier schöpften, ob außer ihr noch jemand diese wortreichen Epiphanien mitbekam. Von Gesicht zu Gesicht wanderte ihr Blick. Sie waren völlig abwesend. Der bärbeißige schwarze Detective wirkte wie versteinert mit seiner Maccabee-Dose an den Lippen. Und Dr. Farouk, der in der Halbzeit aus dem Hof hereingeschlichen war, um einen kurzen Blick auf Salome zu erhaschen, stand da wie angenagelt und versperrte mit seinem fezgekrönten massigen Körper den Durchgang. Wegen des Orchesters war es schwierig, etwas zu verstehen, aber es hörte sich an, als sei die Super-Bowl-Menge hektisch und fröhlich im Vergleich zu der beinahe ehrfürchtigen Stimmung hier drin. Trotzdem konnte Ellen Cherry nicht mit Sicherheit feststellen, ob irgend jemand ihre Erkenntnisse teilte. Vielleicht mußte man dazu in letzter Zeit unheimliche Begegnungen mit einem Löffel gehabt haben.

Eeena eeena eena eena
Eh eh-eh eeena zop

Ein vierter Schleier löste sich, umflatterte mehrmals die wirbelnde Gestalt der Tänzerin (offenbar hatte er zuvor beide Arme umschlungen) wie eine gashaltige Wolke von Sternenmaterie, die um eine Galaxie kreiste, bevor sie sich schließlich von der Anziehung der Schwerkraft befreite und einem neuen Heim am Rand des Podiums zustrebte. Da verstand Ellen Cherry, daß Religion eine unangebrachte Reaktion auf das Göttliche ist.

Religion war der Versuch, das Göttliche festzulegen. Das Göttliche befand sich in beständiger Bewegung, in einem ewigen Wandel, es nahm immer wieder neue Gestalt an. Das war seine Natur. Es war absolut beweglich. Absolut transzendent. Absolut flexibel. Absolut unpersönlich. Es hatte seine Gott- und Göttinnen-Aspekte, aber letztlich war es nicht mehr Mann oder Frau als Stern oder Schraubenzieher. Es war die Summe all dieser Dinge, aber diese Summe ließ sich nicht mit Kreide auf einer Schiefertafel errechnen. Das Göttliche ging über jede Beschreibung, jedes Wissen, jedes Verstehen hinaus. Zu sagen, daß das Göttliche gleich Schöpfung geteilt durch Zerstörung war, kam der Sache so nahe, wie eine Definition es nur kann. Doch die Armen im Geiste und die Schwachen im Herzen gaben sich damit nicht zufrieden. Sie wollten dem Göttlichen ein Gesicht verpassen. Sie gingen so weit, ihm kleinliche menschliche Emotionen (Wut, Eifersucht usw.) unterzuschieben, ohne einen Augenblick darüber nachzudenken, daß Gott, wäre er ein Wesen, selbst ein erhabenes Wesen, sich über unseren Gebeten längst zu Tode gelangweilt hätte.

Das Göttliche war expansiv, die Religion dagegen reduktiv. Religion versuchte, das Göttliche auf eine genau definierte Quantität zu reduzieren, mit der Sterbliche vernünftig umgehen konnten, es ein für allemal in eine Schublade zu packen, damit wir uns nicht immer wieder neu darauf einstellen mußten. Mit dem Hammer leerer Phrasen und den Nägeln des Dogmas haben wir gekreuzigt und immer wieder gekreuzigt und versucht, das flüchtige Licht der Welt auf unseren unverrückbaren Altären festzunageln.

Und so gab die Religion falsches Zeugnis ab vom Göttlichen, Religion war Blasphemie. Und als sie erst in ihre unheilige Allianz mit der Politik eingetreten war, wurde sie zur gefährlichsten und repressivsten Macht, die die Welt je gesehen hatte.

Ja! Jetzt wird es mir klar, dachte Ellen Cherry. *Der Religionsunterricht, dem ich als Kind ausgesetzt war, war eine Form von Kindesmißhandlung.*

Und sie meinte, jemanden neben sich sagen zu hören: »Ja! Stimmt! Endlich hab ich's kapiert!«

Eeena eeena eena eena
Eh eh-eh wop wop haj

Im Raum mit der Wolfsmuttertapete fliegt ein Specht zwischen den Querbalken hindurch und hinterläßt drei Fürze: einen auf einer heißen Kasserolle, einen in einer Flasche und einen zwischen den Saiten eines Spinetts. Zimmerservice.

Die Gründung einer Religion ist eine verfeinerte Version von Aberglauben: Münzen in einen Brunnen werfen oder von einer Brücke spucken, dachte Ellen Cherry. *Wahrscheinlich haben die Menschen einen angeborenen Trieb, jeden leeren Raum füllen zu wollen.* Während sie sich darüber noch den Kopf zerbrach, nestelte Salome an Schleier Nummer fünf. Er verhüllte ihre Knöchel, Waden, Knie und die Unterschenkel, jene Teile ihres Körpers, die Ellen Cherry verächtlich als zu dünn bezeichnet hatte. Mit diesem Schleier verschwanden auch die letzten Überreste jeglicher Illusionen, die man sich möglicherweise über Geld gemacht hatte.

Immer wenn ein Staat oder ein Individuum »unzureichende Mittel« als Entschuldigung für die Vernachlässigung dieses oder jenes wichtigen Projekts anführte, veranschaulichte dies das Ausmaß, in dem die Realität von der abstrakten Brille des Reichtums verzerrt war. In Perioden sogenannter wirtschaftlicher Depression zum Beispiel litten Gesellschaften Mangel an allen möglichen lebensnotwendigen Gütern, doch stellte sich bei einer Überprüfung fast immer heraus, daß alle Waren da waren. Es gab alles: Kohle unter Tage, Getreide auf den Feldern, Wolle auf den Schafen. Was fehlte, war nicht das Material selbst, sondern eine abstrakte Maßeinheit namens »Geld«. Das Ganze erinnerte an ein hungriges Schleckermäulchen, das jammerte, es könne keinen Kuchen backen, weil es keine Waage habe. Es hatte Butter, Mehl, Eier, Milch und Zucker – aber keinen Meßbecher, keine Waage, kein Lot. Das verrückte Vermächtnis des Geldes war, daß die Arithmetik, mit deren Hilfe die Dinge gemessen wurden, wertvoller geworden war als die Dinge selbst.

Dann folgten ein paar Brocken Standardwissen: eher gehe ein Kamel durchs Nadelöhr, als daß ein reicher Mann ins

Königreich des Himmels gelange (wenn man überlegte, wie oft dieser Gemeinplatz auf dem Papier als Rechtfertigung für ein großes, rigides Ego diente, während andererseits dieses Königreich des Himmels der offene Zustand der Egolosigkeit war, wurde einem klar, worauf Jesus abzielte), und Ellen Cherry war sich sicher, Spike Cohen in diesem Augenblick rufen zu hören: »Ojojoj! Wie wahr!« Dann dröhnte das Tamburin wie eine Faust, die auf eine Schatztruhe fällt, und Salome begann eine Reihe von auserlesenen Pirouetten, die darin gipfelten, daß sich der Schleier vor ihren Brüsten löste und zu Boden flatterte.

»Hmmm. Süße Titten«, bemerkte der Barmann, ein Eindruck, der im ganzen Raum geteilt wurde. Es waren die Titten eines jungen Mädchens, nur wenig größer als Ellen Cherrys, aber so perfekt gerundet wie Fahrradreifen, und sie schienen keinem Gesetz der Schwerkraft zu gehorchen. Schweißglänzend, wie sie waren, glichen sie überdimensionalen Tulpenblüten, die in einem feinen Frühlingsregen gebadet hatten. Sie wogten vor Anstrengung wie Quallen in einem unruhigen Meer, was manche geil, andere widerwärtig fanden. Auf alle Fälle wandte niemand den Blick von ihr, obgleich im selben Augenblick einer mit unangenehm lauter Stimme durch die Hoftür brüllte: »Hey! New York hat grad 'n *field goal* geschossen und liegt in Führung!«

Eeena eeena eena-eena haj

Unter den Holzdielen dieses Raums beuten Schulmädchen eine Diamantmine aus. Jede Karte auf dem Tisch ist eine Karo-Dame. Und die Tapete heult den Mond an.

Die Offenbarungen fingen an, sich zu überlappen. Ellen Cherry dachte gerade darüber nach, daß man nicht für alles Geld der Welt Sicherheit kaufen konnte, und wenn man es konnte, war es ein schlechter Handel, ganz gleich, zu welchem Preis, denn Sicherheit stellte eine Form von Paralyse dar, so wie Befriedigung eine Form von Tod. Irgendwas in dieser Richtung schoß ihr durch den Kopf, als der sechste Schleier von Salomes liebenswerten, kosenswerten Brüsten flog, und von einer Sekunde auf die andere befaßte sich ihr Bewußtsein mit den Vorstellungen von Zeit, Geschichte und dem Leben nach dem Tod. Sie sah, daß die Vergangenheit eine Erfindung jüngsten Datums war, daß Menschen die Gegenwart einer Zukunft opferten, die nie wirklich kam, daß diejenigen, die all ihre Träume auf ein Leben nach dem Tod bezogen, nicht mal eines vor dem Tod hatten; sie sah, daß die Zeit eine Wiese war, kein Highway, und die Psyche ein rund um die Uhr geöffnetes Restaurant, kein Museum, keine Kirche, und daß der Glaube an ein Jenseits in jeder erdenklichen Hinsicht gesundheitsgefährdend war. Im übrigen würde die Welt so schnell nicht draufgehen, jedenfalls nicht bevor die Sonne in etwa zwei Milliarden Jahren ihren Geist aufgab – und bis dahin würde es längst andere Optionen geben.

»Aber was ist mit dem Jüngsten Tag?« flüsterte Ellen Cherry leise.

Jeder Tag ist der jüngste. So war es immer. So wird es immer sein.

»Noch was?«

Ja. Nur das noch. Die Toten lachen über uns.

»Wow«, sagte Ellen Cherry.

I & I

Stundenlang war Reverend Buddy Winkler in seinem Büro auf und ab geschritten. Hatte seine Knöchel knacken lassen. Mit den Goldzähnen geknirscht. Sich im Gesicht gekratzt, bis die Pusteln aufplatzten und bluteten. Er war so verflixt und gottverflucht *frustriert*! Er hielt es nicht aus! Jessas nee! Diese ungezählten langen, einsamen Monate, Jahre gar, in denen er sich präpariert, gerüstet, vorbereitet hatte auf die monumentale und glorreiche Tat: die Zerstörung des Felsendoms, damit sich an seiner Stelle endlich der Dritte Tempel erheben konnte. Heute, am dreiundzwanzigsten Januar, wären die heiligen Sprengkörper losgegangen. Heute! Und hier hockte er, vom Pech verfolgt, ohnmächtig inmitten von

Niggern, Sodomiten und Drogensüchtigen in New York City, nicht nur der Gelegenheit beraubt, seine gottgegebene Mission persönlich zu erfüllen, sondern auch außerstande, zu Hilfe zu eilen, falls die Rabbis und *yeshivas* lospreschten und die verdammte Moschee ohne ihn sprengten (was allerdings nicht wahrscheinlich war, dafür würde die CIA schon sorgen).

Jessas, er war reif für die Klapsmühle. Er würde noch platzen. Er brauchte ein Ventil für seine rechtschaffene Energie, diese erlösende Wut, mit der Jehova ihn überschüttet hatte.

Es ging auf fünf Uhr nachmittags zu, als Buddy auf die Idee kam, seine Wut im Isaac & Ishmael's abzulassen. Wenn es jemals ein Etablissement gegeben hatte, das einen ordentlichen Schlag mit Gottes Fliegenklatsche verdient hatte, dann war es das I & I. Diese humanistischen Friedensapostel! Diese Tänzerin! Dieses Plappermaul Jezabel, ungeratene Tochter von Verlin Charles! *Yep.* Bud malte sich aus, wie er runterspazieren und ihnen ein paar Takte über ihr schändliches Benehmen vorblasen würde. Er rief mehrere zionistische Freunde an, aber sie sahen alle die Super Bowl. Genau wie seine Kontaktleute bei den Steichholzmännern. *Okey-dokey.* Sollten diese Narren den Sabbat mit ihren trivialen Spielchen beflecken. Dann würde Buddy eben allein gehen.

I & I

Yeeh yeeh yeeh yeeh yeeh
Yeeh yeeh yeeh yeeh yeeh yeeh yeeh
Zinga dopla dop lop zinga
Eh, eh-eh, eeena-eeena ai

Das ist der Raum, na schön, aber die Kerzen sind niedergebrannt, die Lampen ausgetrocknet, und der blauen Neonreklame ist die Sicherung durchgeknallt. Die Tapete könnte auch nackter Stein sein. Im Dunkeln dort hörte man ein leises, anhaltendes Klappern und ein »Klick klick klick klick«. Das sind Jezabels Knochen. Oder rollende Würfel.

Jetzt war die Kleine vollkommen nackt, bis auf den schmalen purpurroten Schleier, der ihr Gesicht verhüllte. Abu und Spike hatten ihre Befürchtungen längst vergessen. Detective Shaftoe sah nicht so aus, als würde er sie gleich verhaften. Er war selbst gefesselt. Niemand rührte sich, und außer dem Quäken, Dröhnen und Trommeln des Orchesters war kein Laut zu hören, nur Salomes angestrengtes Keuchen. Sie tanzte seit mehr als zwei Stunden und war offensichtlich am Ende ihrer Kräfte. Der Tanz schien an Schwung zu verlieren. Die Wirbel waren jetzt langgezogen, träge und träumerisch, obgleich sie allenfalls einen Bruchteil ihrer Wirkung eingebüßt hatten, wenn überhaupt. Sie tanzte, als stünde sie kniehoch in Fruchtfleisch, und das hypnotisierte Publikum folgte ihr so hilflos, als sei sie der Manschettenknopf am Ärmel eines Zauberers.

Früher, viel früher an diesem Nachmittag hatte Ellen Cherry mit dem Gedanken gespielt, das Augenspiel auf die Tänzerin anzuwenden, sich dann aber gesagt, das wäre, als wollte man der Mona Lisa ein zweites Lächeln aufpinseln. Jetzt wäre sie zu dieser Art von Selbstbeherrschung nicht mehr fähig gewesen, selbst wenn sie gewollt hätte. Ihr Geist war ruhig, obwohl er vor Erregung schwirrte, und Salome schien sich mit schwitzenden kleinen Fingern daran festzuhalten, so wie an ihrem Tamburin.

Als der siebte Schleier von Salomes Gesicht schwebte, war es, als hätte das Mädchen den Mund aufgemacht und einen vogelgroßen Schmetterling ausgerülpst. Ellens erster Gedanke war: *Wie schön sie ist!*, und der zweite: *Jeder muß es selbst rauskriegen.*

Ja, darum ging es. Der Staat würde sich nicht um einen kümmern, egal wieviel Sozialversicherung man bezahlt hatte oder wie viele Stimmen man mit seinem politischen Aktionskomitee kaufen konnte. Doch das lernte man nicht auf dem College, die meisten Colleges hatten sich entschieden, es zu ignorieren. Umgekehrt rissen sich die Kirchen ein Bein aus, um einem die Mühe zu ersparen, selbst zu denken – sie überreichten einem die Antworten fix und fertig und so klar wie das tägliche Horoskop in der Zeitung, und dummerweise auch genauso nutzlos, denn sie waren etwa genauso allgemein gehalten und ganz genauso spekulativ. Große Literatur, Malerei und Musik waren hilfreich, denn die konnten einen inspirieren, und die Natur noch mehr. Wertvolle Hinweise kamen immer wieder von Philosophen, spirituellen Meistern, Gurus, Schamanen, Zigeunermädchen im Zirkus und schwadronierenden Pennern auf der Straße. Aber das waren nur Hinweise. Kein selbsternannter Heiliger konnte für einen die Kastanien aus dem Feuer holen, und die echten Heiligen würden einem das auch sagen. Ebensowenig konnte man das einem geschwätzigen, körperlosen Wesen überlassen, das aus dem Jenseits gesteuert wurde. (Die Toten lachen über uns, nicht vergessen!) Und natürlich lernte man es nicht am Rockzipfel seiner Mutter.

Die Illusion des siebten Schleiers war die Illusion, daß ein anderer etwas für einen tun konnte. Zum Beispiel für einen denken. Für einen am Kreuz hängen. Der Priester, der Rabbi, der Imam, der Swami, der philosophische Schriftsteller – sie alle waren im besten Falle Verkehrspolizisten. Sie konnten einen über eine belebte Kreuzung dirigieren, aber sie würden nicht mit nach Hause kommen und einem den Wagen einparken.

Gab es eine problematischere Lektion für ein menschliches Wesen, ein schwerer zu akzeptierendes Paradox? Zwar waren die hehren Gefühle, die hehren Wahrheiten universell, zwar war das Bewußtsein der Menschheit letztlich nur *ein* Bewußtsein, doch mußte jedes einzelne Individuum auf der Welt seine oder ihre eigene besondere, einzigartige, unvergleichliche, direkte, persönliche und praktische Beziehung mit der Realität, mit dem Universum, mit dem Göttlichen aufbauen. Möglich, daß das kompliziert war, blöd und nervig, möglich sogar, daß es – und das vor allem – eine einsame Sache war, aber darum ging es.

Es war für den einzelnen so unterschiedlich wie für alle einerlei, und deshalb mußte jeder sein Leben selbst in die Hand nehmen, seinen Tod selbst definieren und für seine Erlösung selbst sorgen. Und wenn man damit fertig war, würde man nicht den Messias anrufen. Er würde einen anrufen.

Ähem, na gut, okay, dachte Ellen Cherry. *Das hab ich soweit kapiert. Aber wart mal 'ne Sekunde. Ist das alles? Fehlt da nicht noch was? Da muß es doch noch was geben.*

Der Tanz ging zu Ende. Salome machte eine letzte beschwörende Pirouette, stampfte mit beiden Füßen laut auf den Boden und blieb dann taumelnd stehen. Sie stand dem Publikum zugewandt, doch ohne es anzusehen; die Augen niedergeschlagen, nach Luft ringend, die Atemwege krampften sich zusammen, und die Beine schwankten, als würden sie jeden Augenblick nachgeben. Merkwürdigerweise machte niemand, nicht einmal ihre Anstandsdame, Anstalten, sie zu stützen oder ihre Blöße zu bedecken. Der Raum war still, wie verzaubert.

Ellen Cherry ging es nicht besser als der Tänzerin. Sie zitterte am ganzen Körper, war erhitzt, wie in Trance. Sie war im Raum und doch nicht im Raum. Ihr Geist wirbelte weiter über eine endlose Tanzfläche voller Gedanken. Instinktiv spürte sie, daß sie mit dem Fall des letzten Schleiers eine größere, umfassendere Wahrheit erwartet hatte: Sie hätte wenigstens die Umrisse des Mysteriums erkennen müssen. Also kniff sie die Augen zusammen und blinzelte, während die arme Salome dastand, zitternd, keuchend und geschmückt mit himmlischen Schweißperlenketten. Und Ellen Cherry dachte: *Na, komm schon. Wo ist die Pointe? Da fehlt doch noch was.* Bis plötzlich eine Stimme in ihrem Inneren sagte:

»Wir erfinden sie.«

Wer? Was?

»Wir. Wir alle. Alles. Die Welt, das Universum, das Leben, die Realität. Besonders die Realität.«

»Wir erfinden sie?«

»Wir erfinden sie. Wir erfanden sie. Wir werden sie erfinden. Wir haben sie erfunden. Ich erfinde sie. Er sie es erfindet sie.«

Okay, ich bin Künstlerin, das kann ich akzeptieren. Theoretisch. Aber wie wende ich es auf mein tägliches Leben an?

»Das mußt du schon selbst ...«

... rauskriegen, ja ich weiß. Aber warte noch. Bitte, geh nicht weg. Kannst du mir nicht wenigstens einen Rat geben?

»Du willst noch mehr?« (Die Stimme klang ungläubig.)

Ja. Bitte. Ein kleines bißchen. Einen winzig kleinen Rat fürs praktische Leben.

»Na schön. Der Trick ist: Behalt den Ball im Auge. Selbst wenn du ihn nicht sehen kannst.«

Das soll wohl ein Witz sein, dachte Ellen Cherry Charles.

Ellen Cherry steuerte auf die Tür zu. Sie mußte raus hier, und zwar schnell. Alles, was passiert war, erschien ihr vollkommen natürlich, so natürlich wie ein Tagtraum oder ein Brainstorming oder das Augenspiel; sicher, sie war überwältigt, aber weder erschrocken noch verwirrt, im Gegenteil, sie war in einem Zustand, der an Ekstase grenzte. Aber sie mußte raus hier, sie brauchte frische Luft.

Andere, alles in allem etwa zwanzig Leute, folgten ihr. Und als sie um die Ecke bog und die East Forty-ninth raufging, kamen sie hinterher. Es war nicht so, daß sie ein Auge auf sie geworfen hatten, eher so, daß sie an der Spitze einer Gruppe marschierte, die von ihrer eigenen verblüffenden Dynamik mitgerissen wurde.

Die Gruppe war schon so weit weg, daß sie den Aufruhr im Isaac & Ishmael's nicht mehr mitkriegte.

Genau in dem Moment, als sie um die Ecke bogen, hatte sich Buddy Winkler ins Restaurant gedrängt. Als er Salome erblickte, die immer noch nackt vor dem Publikum stand (ihre Anstandsdame war gerade dabei, sie in einen Mantel zu hüllen), stürzte er zum Podium und wäre um ein Haar über Roland Abu Hadee gestolpert, der aus unerfindlichen Gründen auf allen vieren über den Boden kroch und die weggeworfenen Schleier aufsammelte. Einige Zeugen sagten später aus, Buddy Winkler habe »Bestie! Luder! Große Hure von Babylon!« geschrien. Andere behaupteten, er habe bloß gegrunzt und gestammelt in seiner Raserei. Auf alle Fälle packte er das Mädchen an der Kehle und drückte zu.

Im gleichen Augenblick traf ihn Detective Shaftoes Kugel.

Dann kamen die Wachmänner herein, wild um sich ballernd, wie sie es im Kino gesehen hatten. Salome erwischte es zufällig, Shaftoe mehr oder weniger absichtlich.

Beide waren schwer verletzt, doch sie überlebten.

Als Jackie Shaftoe wieder laufen konnte, schied er aus dem Polizeidienst aus und widmete sich – mit bescheidenem Erfolg – der Malerei. Sein größter Einfluß war, wie er immer wieder betonte, Ellen Cherry Charles. Er ging nie wieder zu einem Footballspiel und sah sich auch keins mehr im Fernsehen an.

Sobald sie imstande war, ohne Sauerstoffgerät zu atmen, wurde das jüdische/arabische Mädchen, das sich »Salome« nannte, von ihren Hütern außer Landes geschafft, wahrscheinlich in den Libanon – einst auch Phönizien genannt, ein Anhängsel des Landes Kanaan.

I & I

Einzelne briefmarkengroße Schneeflocken trieben in der Dämmerung, aber die Temperaturen waren eher mild, zum Glück für Ellen Cherry, die vergessen hatte, ihren Mantel überzustreifen. Trotzdem fröstelte sie leicht, als sie an Mel Davis' Hundeboutique vorbeikam, wenn auch nicht wegen des Wetters. *Wenn wir alles erfinden*, fragte sie sich, *warum erfinden wir dann Hundeboutiquen?* Sushi-Bars, das konnte sie noch verstehen, und das war gut so, denn sie und die buntgemischte Schar von verrückten Schwärmern, die hinter ihr hermarschierte, waren an mindestens einem Dutzend vorbeigekommen, sonntags geschlossen, der grüne Feuerschlund ihrer *wasabi* vor der Nacht verrammelt.

Als die Gruppe sich der Lexington Avenue näherte, fiel ihr auf, daß viele Autofahrer hupten. Das war ungewöhnlich für einen Sonntagabend, und wären die »Pilger« nicht so weggetreten gewesen, hätten einige von ihnen es vielleicht persönlich genommen. Auf der Park Avenue, der friedlichen Park Avenue, nahm das Gehupe zu, und auf der Madison Avenue hingen Leute aus Hotelfenstern und Autos und schrien. Als sie sich der Fifth Avenue näherten, blieb Ellen Cherry stehen und lauschte. Die anderen blieben ebenfalls stehen. In der Ferne war ein schrecklicher Krach zu hören, ein singendes, johlendes, stampfendes Tohuwabohu, als würde auf einem Parkplatz mehrere Blocks weiter das Woodstock-Festival neu inszeniert. Endlich hatten die »Pilger« ein Ziel. Sie überquerten die Fifth, dann die Sixth Avenue und wandten sich schließlich nach Süden, wo der Lärm herkam, mit Ellen Cherry, ihrer Kellnerin, an der Spitze.

Der Times Square war in Aufruhr. Tausende, wenn nicht Zehntausende hatten sich dort versammelt. Eine riesige, lärmende Menschenmenge verstopfte sämtliche Arterien wie belebtes Cholesterol und brachte den Verkehr mehrere Blocks weit in allen Richtungen zum Erliegen. Fahrer drückten minutenlang auf die Hupe, nicht aus Ärger oder Frustration, sondern aus Begeisterung. Die Massen, die zu Fuß gekommen waren, johlten und grölten wie mittelalterliche Kriegsleute, tanzten, sprangen von einem Fuß auf den anderen, schlugen sich gegenseitig immer wieder auf die Handfläche und hoben triumphierend den Daumen – ein Ritual. Grinsende Halbwüchsige aller Rassen tranken Bier aus Literflaschen, und berauschte Mädchen ließen ihre nackten Brüste wippen wie beim Mardi Gras in New Orleans. Das war es: das Ganze hatte etwas vom Mardi Gras, bis auf die gelegentlich vorbeiwirbelnden Schneeflocken und die fehlenden Masken. Es war ein Fest, ein rauschendes, lärmendes Freudenfest – und die benommene Gruppe aus dem Isaac & Ishmael's zog voreilig den Schluß, daß das, was hier gefeiert wurde, das Ende der Illusion war, die Enthüllung des Mysteriums, die Entstehung eines neuen, großartigen Zeitalters.

Selbst Ellen Cherry glaubte einen Augenblick, die spontane Gefühlsaufwallung sei vom Tanz der sieben Schleier ausgelöst worden. Allmählich aber dämmerte ihr, daß das, was hier gefeiert wurde und die Bevölkerung in einen derartigen Taumel versetzte, New Yorks Sieg bei der Super Bowl war.

Symbolisch gesehen schwamm Ellen Cherry vielleicht gegen den Strom, als sie versuchte, sich einen Weg vom Times Square fort zu bahnen, während Hunderte auf den Platz drängten. Einmal wurde sie von einem Schwarm Jugendlicher aus Jersey aufgehalten, an denen sie nicht vorbeikam, und nutzte die Pause, um die Schlagzeilen am Kiosk zu überfliegen. Einer der Leitartikel trug eine Jerusalemer Datumszeile. Er berichtete von einer Gruppe israelischer Soldaten, die mit Hilfe eines Bulldozers ein halbes Dutzend arabischer Jugendlicher aus der West Bank (einer davon erst elf Jahre alt) lebendig begraben hatten, weil sie sie in Verdacht hatten, ihre Militärfahrzeuge mit Steinen beworfen zu haben. Im zweiten Abschnitt beschrieb der Artikel, wie zwei Palästinenser vier unschuldige israelische Zivilisten und einen amerikanischen Touristen in einem Jerusalemer Straßencafé erstochen hatten. Während die Araber ihre langen Messer schwangen und Bäuche, Herzen und Lungen durchbohrten, hatten sie gerufen: »Gott ist groß! Gott ist groß!«

Angewidert wandte sie sich ab, fand eine Lücke in der Menge und schlängelte sich hindurch. Sie schob und wurde geschoben, bis hin zur Fifth Avenue. Dort wandte sie sich nordwärts, und die Menge wurde mit jedem Schritt kleiner, der Lärm immer leiser. Als sie die St. Patrick's Cathedral erreichte, war sie buchstäblich allein auf dem Bürgersteig, obgleich der Times Square hinter ihr dröhnte wie ein ferner Wasserfall von Papageien und Suppentöpfen und jeder zweite vorbeifahrende Autofahrer die Hand auf der Hupe hatte.

Bei St. Patrick's verlangsamte sie ihren Schritt. Im gleichen Moment sah sie in Wadenhöhe etwas Purpurrotes hinter einem Gitterfenster aufblitzen – oder glaubte es zu sehen. Es hatte solche Ähnlichkeit mit Salomes fallenden Schleiern, daß sie davon überzeugt war, an Halluzinationen zu leiden. *Wahrscheinlich sehe ich sie jetzt überall*, dachte sie. *Ich krieg schon Zustände.*

Ellen Cherry ging ein paar Meter weiter und blieb an der Stelle stehen, wo Turn Around Norman seine Vorstellung zu geben pflegte. Entschlossen setzte sie ihren Fuß so genau wie möglich an die Stelle, wo seine Füße immer gestanden hatten. Sie schloß die Augen und versuchte sogar, sich den Bruchteil eines Zentimeters nach links zu drehen, aber ihre Zeitlupe war viel zu schnell.

»Turn Around Norman«, sagte sie laut. »Wohin gehen Schönheit und Magie, wenn sie von der Erde vertrieben werden?«

Am Gitter blitzte erneut etwas Rotes auf, aber sie hatte keine Lust, nachsehen zu gehen. Sie stand einfach da, eine Schneeflockenbriefmarke auf der Stirn, als wartete sie darauf, zum Yukon geschickt zu werden, und wunderte sich über Turn Around Norman, bis es nichts mehr zu wundern gab. Dann erinnerte sie sich an die Schlagzeilen, die sie gesehen hatte, und fragte sich: *Warum schaffen wir solche Schlamassel wie den Nahen Osten?*

Der Tanz war vorbei. Alle Schleier waren gefallen. Der Schwall von Epiphanien war verebbt, die innere Stimme verstummt, und das war gut so; sie hatte mehr als genug Hinweise gegeben, mehr als genug Einsichten, mehr als genug, um das sie sich nun selbst kümmern mußte. Trotzdem dachte sie daran, sie noch ein letztes Mal um Rat zu fragen. Sie stand in Turn Around Normans Fußstapfen, kniff die Augen zusammen und begann, mehr schlecht als recht die Melodie zu summen, die das I & I den ganzen Nachmittag erfüllt hatte.

Yeeh yeeh yeeh yeeh yeeh
Eeena eeena, eh-eh, haj

Was ist los mit dem Nahen Osten? Warum macht er die ganze Welt verrückt? Warum ist es dort so schrecklich? Und so verdammt hoffnungslos? Ich muß das einfach rauskriegen.

Lange Zeit hörte sie nichts außer Super-Bowl-Fallout. Das überraschte sie nicht. Sie wischte sich eine Schneeflocke von der Nase (Antarktis, zweiundzwanzig Cents). Was konnte sie anderes erwarten? Ah, aber dann formte sich eine Antwort in ihrem Gehirn, langsam, organisch, wie Honigwaben aus dem Wachs der Bienen.

Denk doch mal an die Anatomie des Nahen Ostens, sagte die innere Stimme. Hat man ihn nicht den »fruchtbaren Halbmond« genannt, den Schoß, der die menschliche Rasse hervorgebracht hat? Nun, sieh ihn dir heute an. Es ist die fiebrigste, heißeste, zerrissenste, gespannteste, blutigste, traumatisierteste Gegend der Welt. Erinnert dich das an was? Die »Probleme« im Nahen Osten sind nichts anderes als Geburtswehen. Die Welt will gebären, und der Nahe Osten ist ganz offensichtlich die Vagina, aus der, wenn es nicht zu einer Fehlgeburt kommt, die neue Ordnung der Menschheit entstehen wird. Die Wehen sind schwierig und lang, und vielleicht wird es sogar noch schlimmer, bevor endlich das Schreien des Neugeborenen zu hören ist, aber es gibt keinen Grund zu verzweifeln: Etwas Großartiges, etwas Wunderbares, etwas vollkommen Unvorstellbares entsteht im Nahen Osten.

Willst du mich auf den Arm nehmen? fragte Ellen Cherry Charles. Aber dann preschte eine Autoladung Halbwüchsiger vorbei, die das Lied der Super Bowl grölten, und sie hörte nichts weiter und brachte auch keinen zusammenhängenden Gedanken mehr zustande.

I & I

Am nächsten Abend flog sie nach Jerusalem. Patsy zahlte einen Teil der Unkosten, Spike Cohen den Rest. Ihre Wohltäter brachten sie sogar zum JFK, um sie zu verabschieden.

Es geschah auf dem Rückweg, hinten im bequemen Polster der Limousine, daß sich Patsy und Spike Cohen ineinander verliebten. Später heirateten sie und zogen nach Brooklyn Heights, wo Patsy Bauchtanzunterricht nahm und ihre weißen Go-go-Stiefelchen endlich die Aufmerksamkeit erhielten, die sie verdienten.

Bei der bloßen Vorstellung verlor Ellen Cherry eines Tages ihr lebenslanges Faible für Schuhe.

I & I

Rostiges Metall lenkte die Morgensonne auf sich wie eine Rubinbrosche den Blick eines Einbrechers. Wäre Can o' Beans ein Mensch gewesen, hätte er/sie sich vielleicht gereckt und gegähnt. Ein neuer Tag begann in Jerusalem, einer Stadt, die in diesem oder jenem baufälligen Zustand schon viele neue Tage gesehen hatte; und auf einem Steinhaufen ein paar hundert Meter westlich des Jaffa-Tores begrüßte die Bohnendose, oder das, was von ihr übrig war, diesen Morgen wie jeden anderen mit der eingerosteten, unbelebten Entsprechung eines Grinsens.

Der Atlantik, vor dessen Wassern Conch Shell sie nicht ganz schützen konnte, hatte der Dose einen schrecklichen Tribut abverlangt. Oxidierung umschloß sie wie ein orangeroter Fäustling eine Hand, und der Verfall war nicht mehr aufzuhalten. »Ich bin nur ein müder alter Penner neben einem Eisenbahngleis«, sagte Can o' Beans zu einer geliebten Gefährtin. »Ein aufgeplatztes, rostiges Wrack, das zu nichts mehr taugt als einem billigen Schrottplatzblues auf der Mundharmonika.« Natürlich war diese Klage zumindest kokett, wenn nicht sogar ironisch gemeint.

Die Hoffnung, daß das trockene Klima Israels die Lebenserwartung der Dose um weitere sechs Monate verlängern würde, konnte nichts an der Tatsache ändern, daß ihre Tage gezählt waren. Sie war verkrustet, eingedrückt, gesprungen und verschlissen wie der Backenbart eines Ziegenbocks. Trotzdem fand sie Gefallen an ihrer letzten Ruhestätte. Denn Can o' Beans liebte die Pales-Statue, nein – er/sie betete sie an.

Painted Stick und Conch Shell, die wenig Mühe gehabt hatten, einander wiederzufinden, als beide erst wieder in ihren alten Stammlanden gelandet waren, hatten ihn/sie eingeladen, sie zum Felsendom zu begleiten, wo sie nun auf diese oder jene Art Unterschlupf gefunden hatten und das Kommen des Dritten Tempels erwarteten, in welcher Form auch immer. Zwar war Can o' Beans ihnen dankbar für das Angebot, hatte aber trotzdem abgelehnt. »Ich wäre nur im Weg«, sagte er/sie. »Ich habe nichts beizusteuern. Und der Messias, sollte er – oder sie – oder es – wirklich auftauchen, braucht keinen Schrott wie mich zwischen den Füßen. Außerdem gefällt es mir hier auf meiner kleinen Plaza. Seht euch nur diese Statue an! Wie böse sie ist, wie unheimlich und lebendig! Und obendrein androgyn! Was das Geschlecht angeht, so sagt dieser Esel alles. Er ist *mein* Tempel von Jerusalem.«

Die Sonne kletterte höher über der meistumschwärmten, meistumkämpften Stadt der Welt. Die Sonne fühlte sich in Jerusalem zu Hause. Die Sonne hatte ihre Connections in dieser Stadt. Es war zwar ein weiter Weg vom Safeway-Regal gewesen, aber auch Can o' Beans fühlte sich hier zu Hause. Er/sie saß zwischen den Steinen, so still, wie es sich für ein unbelebtes Objekt gehört, genoß die Wärme, bewunderte Pales und beobachtete die Leute, die kamen, um die Statue zu fotografieren oder mit dem Finger auf sie zu zeigen, viele mit finsteren Gesichtern.

Etwa um diese Zeit bemerkte Can o' Beans Boomer Petway. Er fiel ihm/ihr nicht etwa auf, weil er/sie sich nach ihrem gemeinsamen Airstream-Ausflug an ihn erinnert hätte – Boomer war jetzt verkleidet und kaum als der Bursche zu identifizieren, der ihn/sie damals schnöde in der Höhle zurückgelassen hatte –, sondern weil er seinen Gang wiedererkannte. »Ist es nicht komisch«, sagte er/sie zu seiner/ihrer Pflegerin und Gefährtin, »daß jeden Morgen um die gleiche Zeit eine andere Person auf haargenau die gleiche Art um die Statue herumhumpelt? Ach, was für ein herrlich verrückter Ort!«

Ellen Cherry fand Jerusalem gar nicht so verrückt. An ihren Platz im verwunschenen Garten des kleinen Steinhauses, das Boomer mit Amos Zif geteilt hatte, drangen die Auswüchse vergangener oder gegenwärtiger Todeskulte nicht vor. Die Februarsonne war gerade warm genug, um ihr Plasma zu erhitzen, und das Licht unglaublich klar. Der unkrautüberwucherte Patio ging in ein Feld von Rosmarin und Disteln über. Geißblatt wand sich bürokratisch um die Stämme des Flieders und der vom Wind gebeugten Kiefern. Vögel zwitscherten Botschaften, die älter waren als alle Prophezeiungen, älter als der Tourismus, und selbst die pelzigen schwarzen Tausendfüßler, die über die bröckelnde Gartenmauer krochen, schienen freundlich gesinnt. Sie trank in kleinen Schlukken ihren Tee, machte Entwürfe auf den Blättern ihres geistigen Zeichenblocks und sog mit jeder Pore ihres Seins das uralte, goldene Licht in sich auf.

Ellen Cherry erwartete die Rückkehr ihres Ehemanns. Jeden Morgen, nach Sex und Frühstück, kramte Boomer in seinem Spionbeutel, suchte sich eine Verkleidung aus und ging durch die Altstadt zur Plaza unweit des Jaffa-Tores, um sich zu vergewissern, daß sein Kunstwerk über Nacht nicht gesprengt, zensiert oder beschädigt worden war.

Vom Augenblick seiner Enthüllung vor vierzehn Tagen an hatte das Werk für Aufruhr gesorgt. Die negative Reaktion ging größtenteils auf Pales' nackte Vorderansicht zurück (ein echtes Schnäppchen: zwei zum Preis von einer), aber viele nahmen auch aus rassischen Gründen Anstoß, da die Figur arabisch und jüdisch zugleich war. Doch nur die wenigsten in der Regierung und anderswo hatten bisher geschnallt, daß der ausgelassene Eselsmensch eine Arabern und Juden gemeinsame uralte Gottheit repräsentierte, denn nur die wenigsten hatten gelernt, daß es der Prinz der Esel war, die Kaiserin der langzahnigen Eselinnen, nach der ihr geweihtes und hart umkämpftes Land – zu Recht oder nicht, das sei dahingestellt – getauft worden war. Wenn diese Information durchsickerte, würden die Bewohner Jerusalems entweder bessere Laune kriegen, oder die Falafel wären ganz schön am Dampfen. In Erwartung des letzteren war Zif zu einer längeren Reise nach Frankreich aufgebrochen. Boomer machte sich keine Sorgen. Was konnte ihm schon passieren? Nachdem die Sendung des mittlerweile verschiedenen Buddy Winkler mit allem möglichen Armageddonzubehör abgefangen worden war, hatte man ihn ohnehin aufgefordert, das Land binnen dreißig Tagen zu verlassen.

Trotz alledem hegte Boomer die Hoffnung, daß seine Statue überleben würde. Deshalb zog er Morgen für Morgen los, um ihren Zustand zu kontrollieren. Wenn er nach Hause kam, vergnügte er sich in der Verkleidung *du jour* mit Ellen Cherry. Sie gab gern zu, daß dies gelegentlich aufregend sein konnte, zum Beispiel, wenn er als Nonne verkleidet war, aber heute war er als städtischer Rattenfänger losgezogen, und ihr wurde klar, daß sie irgendwo eine Grenze ziehen mußte.

Abgesehen davon war die Zukunft ungewiß. Zweifellos würde sie Jerusalem zusammen mit Boomer verlassen, obwohl ihre Neugier auf die neue Dimension des Seins, die hier das Licht der Welt erblicken sollte, noch keineswegs befriedigt war. Sie sprachen davon, irgendwo in der Nähe von Seattle ein Haus zu bauen; ein geräumiges, rustikales Heim irgendwo in den immergrünen Hügeln – wenn sie einen finden konnten, dem die Holzindustrie nicht bereits bei lebendigem Leib die Haut abgezogen hatte. Dort würde sie den Ball im Auge behalten und malen. Malen, malen und malen. Ihr blieb nichts anderes übrig, als es Schönheit zu nennen, ein besseres Wort gab es nicht, um zu beschreiben, womit sie sich beschäftigen würde. Ohne deswegen sentimental oder selbstgerecht zu werden, oder auch nur spirituell und rein. Und sie würde auch nicht in die Defensive gehen, wenn man sie mißverstand oder über sie lachte. Sie würde die Schönheit nicht wie ein Banner vor sich hertragen, noch in ihr Zuflucht vor der Welt suchen wie ein Einsiedler in seiner Klause. Schönheit wäre ganz einfach ihr tägliches Brot.

Doch im Moment gab es andere Dinge, über die sie nachdenken mußte. Zum Beispiel das, was ihr – und wer weiß wie vielen anderen noch – offenbart worden war, als Salome den Tanz der sieben Schleier getanzt hatte. Die Offenbarungen konnten zur Folge haben, daß sie sich in eine gänzlich unerwartete Richtung entwickelte. Möglicherweise passierte das auch den anderen. Welchen Effekt, wenn überhaupt einen, dieses Mutantenwachstum in diesen »letzten Tagen« der Erde auf die Kultur als Ganzes haben würde, blieb abzuwarten. Bis dahin war der Garten hier in Jerusalem, dieser sonnige Patio in der Gebärmutter der Welt, ein hübscher Ort, um über all das nachzudenken.

Ellen Cherry war entspannt, ruhig, im Einklang mit sich und der Welt. Die Fahrt auf der Achterbahn war vorbei. Diese Jahre, in denen sie an einem Tag das Gefühl gehabt hatte, allen Problemen gewachsen zu sein, und am nächsten, zwischen ihnen zerrieben zu werden, waren von ihr abgefallen wie die Blätter von einem Kalender. Die bizarren Ereignisse, die sie in New York verfolgt hatten: nur noch rasch verblassende Erinnerungen. Von nun an, das spürte sie, würde ihr Leben stabil sein, vielleicht sogar solide; das Leben eines relativ normalen Künstlers, in dem sich relativ normale Ereignisse abspielten. Sie seufzte wie ein Daunenkissen, das von einem alten norwegischen Dienstmädchen ausgeklopft wird. Gemächlich trank sie einen großen Schluck Tee.

Wenige Augenblicke später stürmte Boomer in den Garten. Er sah nicht aus wie Boomer, aber er war es. Er hatte etwas in der Hand, das er ihr überreichte wie ein Geschenk. Gott, sie hoffte, daß es nicht der Schwanz einer toten Ratte war.

»Guck dir das an, Zuckerpfläumchen!« rief er aufgeregt. »Guck, was ich im Dreck der Pales-Plaza für dich gefunden habe. Einen Löffel! Einen kleinen alten Löffel! Genau wie der, den wir damals in der Höhle verloren haben. *Haargenau* gleich!«

In der Reihe **Süddeutsche Zeitung Bibliothek des Humors** sind außerdem erschienen:

Woody Allen: Nebenwirkungen & Ohne Leit kein Freud
Woody Allen, der wohl berühmteste Neurotiker der Welt, bewies mit diesen surrealen Kurzgeschichten schon früh, dass er neben seinem Filmschaffen auch ein herausragender Autor ist. Ob Privatdetektiv Kaiser Lupowitz oder Philosoph Janos Nadelmann – Allens Charaktere kennen Tiefsinn genauso wie Blödsinn. Nichts Menschliches, Absurdes und Komisches ist ihnen fremd.

Eckhard Henscheid: Geht in Ordnung - sowieso - - genau - - -
Sabine heißt die eine, Susanne die andere, ältere und schönere. Jungrentner Eckhard, genannt Moppel, würde die Schwestern allerdings gerne beide erobern, und gerät dabei in eine turbulente Dreieckskonstellation. Die nötige Unterstützung in dieser verzwickten Angelegenheit findet er ausgerechnet im Hinterzimmer des ANO-Teppichladens – bei feuchtfröhlichen Gelagen mit den Trinkern Alfred Leobold und Hans Duschke.

Fay Weldon: Die Teufelin
Eines Tages hat die unattraktive Ruth Patchett endgültig genug von den Affären ihres Mannes. Seine Familie, sein Haus, seinen Job, seine Freiheit – auf einem gnadenlosen Rachefeldzug will sie alles zerstören, was ihm wichtig ist. Und dabei sind ihr alle Mittel recht.

Boris Vian: Drehwurm, Swing und das Plankton
Jazz, Tanz und Partys: Die Junggesellen Antioche Tambrétambre und Fromental von Drehwurm genießen ihr Leben, den Swing und die Frauen. Die beiden feierwütigen Freunde beweisen beim Swingtanz Verrücktheit und Gelenkigkeit und ziemliches Geschick, wie man anderen Partygästen die Freundinnen ausspannt, ohne sich selbst Ärger zu machen. Bis Zizanie auf der Bildfläche erscheint, Antioches Schwarm…

Die komplette Bibliothek mit allen 20 Bänden ist für nur 138,– Euro erhältlich unter Telefon 089 – 21 83 18 10, im Internet unter www.sz-shop.de oder im Buchhandel.

In der Reihe **Süddeutsche Zeitung Bibliothek des Humors** sind außerdem erschienen:

T. C. Boyle: Willkommen in Wellville
Will Lightbody leidet unter Gastritis, hat Alkohol- und Opiumprobleme. Nur im luxuriösen Sanatorium von Dr. John Harvey Kellogg, dem Gesundheitsmessias der amerikanischen Oberschicht, kann ihm geholfen werden – zumindest ist Wills Frau Eleanor dieser Meinung. Und so muss er sich in der Gesellschaft von Gesundheitsaposteln, Magermilchpropheten und Scharlatanen aller Art einer qualvollen Behandlung unterziehen.

Ernst Augustin: Gutes Geld
Als der kauzige Sonderling Augustin Fajngold stirbt, hinterlässt er seinem Neffen Karl eine rätselhafte Erbschaft: ein mit allerhand Schlössern und Fallen ausgestattetes Haus und ein Riesenvermögen, das jedoch gut versteckt zu sein scheint. Bald stellt sich heraus, dass sein Onkel ein raffinierter Geldfälscher war und Karl sucht das ganze Haus nach den perfekt gemachten Blüten ab. Doch es erwartet ihn eine faustdicke Überraschung.

Thomas Berger: Abenteuer einer künstlichen Frau
Nach zahlreichen unbefriedigenden Beziehungen beschließt Ellery Pierce, sich seine Traumfrau einfach selbst zu konstruieren. Und tatsächlich gelingt ihm das Wunderwerk: Phyllis! Die Roboterdame ist zunächst die perfekte Ehefrau, intelligent und wunderschön. Zum Unmut ihres Schöpfers entwickelt sie jedoch schnell eigene Pläne und verlässt ihn, um in Hollywood Karriere zu machen. Sogar eine politische Laufbahn traut sie sich zu…

Ror Wolf: Fortsetzung des Berichts
Ror Wolfs Debütroman aus dem Jahr 1964 ist ein groteskes Meisterwerk mit einzigartiger Erzählweise. Zwei Handlungsstränge lösen die logische Zeitfolge auf, umkreisen und verzahnen sich, sind gleichzeitig surreal und doch rational: In einem beschreibt der Autor minutiös den Ablauf einer gigantischen Fressorgie, im anderen eine bizarre Wanderung.

Die komplette Bibliothek mit allen 20 Bänden ist für nur 138,– Euro erhältlich unter Telefon 089 – 21 83 18 10, im Internet unter www.sz-shop.de oder im Buchhandel.